À PROPOS DE L'AUTEUR

Nora Roberts est l'un des auteurs les plus lus dans le monde, avec plus de 400 millions de livres vendus dans 34 pays. Elle a su comme nulle autre apporter au roman féminin une dimension nouvelle ; elle fascine par ses multiples facettes et s'appuie sur une extraordinaire vivacité d'écriture pour captiver ses lecteurs.

Nora Roberts

Le clan des Donovan
Volume 2

Nora Roberts

Le clan des Donovan
Volume 2

Traduction française de
MARIE-CLAUDE CORTIAL
FABRICE CANEPA

HARLEQUIN

Titres originaux :

PARTIE 1 : CHARMED
PARTIE 2 : ENCHANTED

Ces romans ont déjà été publiés en 2015

HARPERCOLLINS FRANCE
83-85, boulevard Vincent-Auriol, 75646 PARIS CEDEX 13
Service Lectrices — Tél. : 01 45 82 47 47 - www.harlequin.fr
ISBN 978-2-2804-5691-3

Composé et édité par HarperCollins France. Achevé d'imprimer en mars 2021.
par CPI Black Print - Barcelone - Espagne
Dépôt légal : avril 2021.

FSC www.fsc.org MIXTE Papier issu de sources responsables FSC® C159065

Pour limiter l'empreinte environnementale de ses livres, HarperCollins France s'engage à n'utiliser que du papier fabriqué à partir de bois provenant de forêts gérées durablement et de manière responsable.

UN CHÂTEAU EN IRLANDE

Prologue

La magie existe. Qui pourrait en douter en voyant les arcs-en-ciel, les fleurs sauvages, en entendant la musique du vent et le silence des étoiles ? Tous ceux qui connaissent l'amour sont touchés par la magie. C'est une part de la vie à la fois extraordinaire et d'une extrême simplicité.

Quand la terre était jeune et magique, et aussi simple qu'une goutte de pluie, les fées dansaient dans les forêts profondes, parfois pour jouer de mauvais tours, parfois au service de l'amour, et elles se mêlaient aux mortels.

Certaines existent encore.

Celle qui nous intéresse ici avait une lignée et un pouvoir très anciens. Dès son plus jeune âge, on lui avait enseigné que de tels dons ont un prix. Les parents qui la chérissaient ne pouvaient pas le faire baisser, ni le payer eux-mêmes. Ils ne pouvaient qu'aimer et instruire la jeune fille, et l'observer pendant qu'elle devenait une femme. Ils ne pouvaient qu'attendre et espérer tandis qu'elle faisait l'expérience de la douleur et des joies de ce voyage, parmi les plus fascinants qui soient.

Et comme elle avait une sensibilité plus grande que les autres, parce que ses dons exigeaient qu'elle ressente les choses avec plus d'acuité, elle apprit à courtiser la paix.

En tant que femme, elle préférait une vie tranquille et se trouvait souvent seule sans en souffrir.

En tant que sorcière, elle acceptait ses dons et n'oubliait jamais la responsabilité qui lui incombait.

Sans doute souhaitait-elle, comme la plupart des humains, rencontrer le grand amour.

Car elle savait, mieux que quiconque, que nul pouvoir, nul enchantement, nulle sorcellerie ne sont plus importants que le don de l'amour.

1

Comme toujours quand elle faisait du jardinage, Anastasia fredonnait en se nourrissant des odeurs et des sensations que la terre lui procurait. Le chaud soleil de septembre formait une boule d'or dans le ciel sans nuages. En contrebas du terrain pentu, le reflux de la mer sur les rochers offrait un charmant contrepoint au bourdonnement des abeilles et au chant des oiseaux.

Ana baissa les yeux sur Quigley, son grand chat gris. Il était voluptueusement allongé de tout son long près d'elle, remuant parfois la queue au gré d'un rêve félin.

Un papillon se posa sur sa main. Du bout d'un doigt, elle caressa le bord de ses ailes bleu pâle. Tandis qu'il s'envolait, elle entendit un bruissement. Levant les yeux, elle vit un petit visage derrière la haie d'églantiers.

Ana sourit. Ce minois était charmant, avec son petit menton volontaire, son nez en trompette et ses grands yeux bleus qui reflétaient la couleur du ciel. Une chevelure brune, brillante, complétait le portrait.

Les yeux pétillant de curiosité, la fillette lui rendit son sourire.

— Bonjour ! dit Ana, comme si la présence d'une petite fille dans ses rosiers était parfaitement normale.

— Bonjour ! répondit la fillette d'une voix claire et

un peu essoufflée. Vous savez attraper les papillons ? Moi, je n'y suis jamais arrivée.

— Il faut attendre qu'ils viennent vers toi.

Rejetant une mèche qui lui tombait sur le front, Ana s'assit sur ses talons. La veille, elle avait vu un camion de déménagement. La fillette devait être sa nouvelle voisine.

— Tu viens d'emménager à côté ? demanda-t-elle.

— Oui. Je suis contente d'être ici, je peux voir la mer de la fenêtre de ma chambre. Hier, j'ai même vu un phoque. Dans l'Indiana, on n'en voit que dans les zoos. Est-ce que je peux venir ?

— Bien sûr !

Ana posa sa pelle tandis que la petite fille se faufilait à travers le massif de fleurs. Elle portait dans ses bras un chiot qui se débattait frénétiquement.

— Comment s'appelle ce petit chien adorable ?

— C'est Daisy.

Elle l'embrassa sur la tête.

— C'est un golden retriever. C'est moi qui suis allée la chercher avant que nous quittions l'Indiana. Elle a pris l'avion avec nous. Personne n'a eu peur. Je m'occupe bien d'elle, je lui donne à boire, à manger, je la brosse, et tout. C'est moi qui en suis responsable.

— Elle est très belle, dit Ana. Et très lourde, j'imagine, pour une petite fille de cinq ou six ans.

Elle tendit les bras.

— Tu permets ?

— Vous aimez les chiens ?

Elle lui passa Daisy tout en continuant son bavardage.

— J'aime les chiens et les chats, et tous les animaux. Même les hamsters de Billy Walkers. Un jour, j'aurai un cheval aussi. C'est mon papa qui l'a dit.

Complètement sous le charme, Ana caressa le chiot, qui la renifla et se mit à lui lécher le bras.

— Moi aussi, j'adore les chats, les chiens, et tous les animaux. Mon cousin a des chevaux. Deux adultes, et un bébé qui vient juste de naître, dit-elle.

— C'est vrai ? Est-ce que je pourrai aller les voir ?

— Peut-être, un de ces jours. Il n'habite pas très loin d'ici. Il faudra demander la permission à tes parents.

— Ma maman est au ciel avec les anges.

Le cœur serré, Ana tendit la main et effleura les cheveux de la petite fille. Apparemment, elle ne souffrait pas. Elle devait avoir de beaux souvenirs.

— Je m'appelle Jessica. Mais vous pouvez m'appeler Jessie.

— Et moi, c'est Anastasia.

C'était trop difficile de résister. Ana se pencha et déposa un baiser sur le petit nez en trompette.

— Mais tu peux m'appeler Ana !

Une fois les présentations faites, Jessie s'assit à côté d'elle et la bombarda de questions tout en lui parlant d'elle-même. Elle venait juste de fêter ses six ans. Jeudi, elle allait entrer au cours préparatoire dans la belle école toute neuve. Sa couleur favorite était le violet, et elle détestait les haricots. Ana pouvait-elle lui apprendre à planter des fleurs ? Son chat avait-il un nom ? Avait-elle une petite fille, elle aussi ?

Elles restèrent un long moment à bavarder. Ana avait attaché à la diable ses longs cheveux blonds, et des mèches folles échappées de son bandeau dansaient autour de son visage. Elle n'avait pas de maquillage. Sa beauté fragile, émouvante, était aussi naturelle que ses dons. Elle avait de hautes pommettes, d'immenses yeux gris, et une bouche pulpeuse, au dessin précis. La bouche des Donovan. Son expression ouverte reflétait les dispositions de son cœur généreux.

La fillette posa le chiot, qui se mit à renifler l'herbe. Brusquement, une voix masculine, dans laquelle se mêlaient inquiétude et exaspération, se fit entendre par-dessus la haie.

— Jessica Alice Sawyer !

— Mmm. Papa a dit mon nom complet. Il doit être très en colère ! dit Jessica.

Mais ses yeux étincelaient quand elle se mit debout. Visiblement, elle ne craignait pas vraiment d'être grondée.

— Je suis là, papa ! Avec Ana ! Viens !

Une seconde plus tard, un homme passa la tête par-dessus les rosiers. Nul don particulier n'était nécessaire pour détecter sur son visage le soulagement et l'agacement. Etonnée, Ana cligna des paupières. Comment cet homme rude pouvait-il être le père du petit elfe qui bondissait à côté d'elle ?

Ce n'était peut-être que sa barbe d'un jour ou deux qui lui donnait cet air farouche et dangereux. Mais elle en doutait. Sous cette ombre se devinaient des traits aigus, une bouche pleine. Seuls les yeux ressemblaient à ceux de sa fille. Bleu clair, brillants, ils trahissaient pour l'instant une profonde exaspération. Le soleil fit briller des mèches rousses dans ses cheveux noirs ébouriffés.

De l'endroit où se trouvait Ana, il paraissait gigantesque. Apparemment en pleine santé physique, il avait un corps d'athlète moulé dans un T-shirt délavé et un jean dont les coutures menaçaient de craquer. Il devait avoir une force peu commune.

Il coula un long regard ennuyé et méfiant vers Ana avant de reporter son attention sur sa fille.

— Jessica, je t'ai dit cent fois de rester dans le jardin !

— Oui, papa.

Sans se troubler, elle sourit.

— Daisy et moi, on a entendu Ana qui chantait.

Quand on a regardé dans son jardin, elle avait un papillon posé sur la main. Et elle a dit que nous pouvions venir. Tu as vu, elle a un chat. Et son cousin a des chevaux, et sa cousine a un chat et un chien.

A l'évidence, son père était habitué à ses babillages. Il attendit qu'elle ait fini.

— Quand je te dis de rester dans le jardin, et que je ne t'y trouve pas en rentrant à la maison, je me fais du souci.

C'était une explication toute simple, faite d'une voix égale. Ana éprouva du respect pour cet homme. Il n'avait pas besoin d'élever le ton ni de proférer des menaces pour se faire comprendre. Elle se sentit aussi penaude que Jessie.

— Je suis désolée, papa, murmura la fillette en faisant une petite moue boudeuse.

Ana se leva et posa une main sur son épaule.

— Je vous prie de m'excuser, monsieur Sawyer. C'est moi qui l'ai invitée à venir. Elle est d'une compagnie si agréable que je n'ai pas pensé que vous alliez vous inquiéter.

Il resta un instant sans rien dire, se contentant de la regarder de ses yeux clairs. Elle soutint son regard. Quand il baissa de nouveau les yeux sur sa fille, elle laissa échapper l'air qu'elle avait bloqué dans ses poumons.

— Tu devrais donner à manger à Daisy, dit-il simplement.

— D'accord.

Jessie souleva le chiot dans ses bras. Son père inclina la tête.

— Merci, madame… ?

— Mademoiselle, rectifia Ana. Donovan. Anastasia Donovan.

— Merci, mademoiselle Donovan, de vous être occupée d'elle.

— Merci de vous être occupée de moi, reprit Jessie avec un sourire complice. Est-ce que je pourrai revenir ?

— J'en serai très heureuse.

En traversant les buissons de roses, Jessie adressa un sourire rayonnant à son père.

— Je ne voulais pas que tu t'inquiètes, papa.

Il se baissa et lui tapota le dessus de la tête.

— Petit monstre.

Ana sourit. Sous sa mauvaise humeur, elle avait perçu l'accent de l'amour paternel.

Avec un petit rire, Jessie traversa le jardin en courant, le chiot gigotant dans ses bras. Le sourire d'Ana s'évanouit quand les yeux bleus de M. Sawyer se tournèrent vers elle.

— Elle est... absolument adorable, balbutia-t-elle.

Que lui arrivait-il ? C'était horripilant de se mettre à bégayer ainsi. Et pourquoi avait-elle les mains moites ? D'un geste nerveux, elle les essuya sur son pantalon.

— J'aurais dû faire en sorte que vous sachiez où elle se trouvait, continua-t-elle d'une voix un peu raffermie. J'espère que vous lui permettrez de revenir.

— Ce n'était pas votre faute.

Sa voix était neutre, ni amicale ni hostile. Ana était mal à l'aise. A voir la façon dont il la toisait sans vergogne de la tête aux pieds, cet homme l'évaluait.

— Jessie a un naturel curieux et amical. Elle est parfois un peu trop curieuse. Elle ne se rend pas compte qu'il y a des gens qui peuvent en profiter.

Ana hocha la tête.

— Vous avez raison, monsieur Sawyer. Mais je vous affirme que je n'ai jamais mangé de petites filles.

Un sourire se forma lentement sur les lèvres de

Boone Sawyer, effaçant la dureté de ses traits. Il était soudain terriblement séduisant.

— Vous ne correspondez pas à l'idée que je me fais d'une ogresse, mademoiselle Donovan. Maintenant, c'est à moi de vous présenter des excuses. J'ai été un peu abrupt. Tout ce que je peux dire pour ma défense, c'est que Jessie m'a fait peur. Je n'ai pas encore déballé nos affaires, et elle avait déjà disparu.

Affichant un sourire prudent, Ana observa la maison voisine. C'était une belle bâtisse de deux étages, en séquoia, avec une large rangée de fenêtres et une terrasse en demi-cercle.

Bien qu'elle ait apprécié le calme d'une maison vide, elle était heureuse qu'elle ne soit pas restée trop longtemps inhabitée.

— Je suis ravie d'avoir une enfant dans le voisinage, surtout une fillette vive comme Jessie. J'espère que vous la laisserez venir me voir souvent.

— Je me demande si j'ai jamais le temps de lui permettre quoi que ce soit.

Il effleura une rose du bout des doigts.

— A moins que vous ne remplaciez cette haie par un mur de dix mètres de hauteur, elle reviendra, affirma-t-il.

Il fit une pause et prit un air pensif. Au moins, il saurait où chercher Jessie, si elle disparaissait de nouveau.

— Mais n'hésitez pas à la renvoyer chez moi si elle vous dérange.

Il fourra ses mains dans ses poches.

— Bien. Je ferais mieux d'aller voir si elle ne donne pas notre dîner à Daisy.

— Monsieur Sawyer ? dit Ana tandis qu'il s'éloignait. Bienvenue à Monterey !

— Merci !

A longues enjambées souples, il traversa la pelouse et rentra chez lui.

Ana resta un instant immobile. Elle ne se souvenait pas du moment où, pour la dernière fois, l'air avait crépité de tant d'énergie. Poussant un profond soupir, elle se baissa pour ramasser ses outils de jardin. Quigley, que cette discussion avait réveillé, en profita pour se frotter à ses jambes.

En tout cas, elle ne se rappelait pas la dernière fois où ses mains étaient devenues moites pour l'unique raison qu'un homme la regardait. Mais, à vrai dire, aucun homme ne l'avait jamais regardée de cette façon. Regardée dans toute l'acception du terme. En surface, à l'intérieur. D'un regard qui la transperçait.

Elle transporta ses outils dans la serre. Par les vitres étincelantes, elle observa la maison située dans le jardin adjacent. Ses occupants étaient ses plus proches voisins, il était normal qu'elle s'intéresse à eux. Elle était assez sage, et elle avait appris d'expérience que cet intérêt devait être purement amical.

Quelques rares élus pouvaient accepter ce qui n'appartenait pas au monde ordinaire. Elle avait des dons, mais le revers de la médaille, c'était un cœur vulnérable, et qui avait déjà terriblement souffert sous la main glacée du rejet.

Elle soupira. Inutile de s'appesantir sur ce sujet. Sa pensée retourna vers la fillette et son père. Elle eut un petit rire. Comment aurait-il réagi si elle lui avait dit qu'elle était, non pas une ogresse, mais une véritable sorcière ?

Au milieu du fouillis de la cuisine, Boone Sawyer fouilla dans une caisse d'où il exhuma un poêlon. Il soupira. Il avait bien fait de venir en Californie, du moins s'en était-il persuadé. Mais il avait sous-estimé le travail et les tracas que représentait un déménagement.

Qu'emporter ? Que laisser derrière soi ? Il avait fallu engager des déménageurs, faire transporter sa voiture par bateau, emporter le chiot dont Jessie était tombée amoureuse. Mais le plus dur avait été de justifier sa décision aux yeux des grands-parents de la fillette, qui s'inquiétaient de les voir s'éloigner. Puis il avait trouvé une école pour Jessie et acheté tout ce qu'il fallait pour la rentrée. Seigneur, ce cauchemar allait-il se répéter à chaque automne pendant les onze années à venir ?

Il poussa encore un profond soupir. Heureusement, le pire était derrière lui. Il l'espérait en tout cas. Tout ce qui lui restait à faire maintenant était de vider caisses et cartons et de trouver une place pour chaque chose afin de transformer cette maison inconnue en un foyer chaleureux.

Il avait prévu un chili pour le repas. Commençant à le préparer, il passa un morceau de viande au hachoir. Il se sentait brusquement plus détendu. Jessie était heureuse, ce qui avait toujours été pour lui le plus important. Elle avait un heureux caractère, et une capacité extraordinaire à se faire des amies. C'était aussi agréable qu'étonnant de la part d'une enfant qui avait perdu sa mère dans sa plus tendre enfance. Il soupira. Jessie avait deux ans à la mort de sa mère. Cependant, elle ne semblait pas en souffrir le moins du monde. Elle était rayonnante.

Heureusement qu'elle était là. Sans elle, il serait devenu fou après la disparition d'Alice.

Il ne pensait pas souvent à elle maintenant. Cette évidence lui donnait parfois un sentiment de culpabilité. Il l'avait aimée, adorée, et l'enfant qu'ils avaient eue en était la preuve vivante. Mais, à l'heure qu'il était, il avait passé plus de temps sans elle qu'avec elle. Le chagrin s'était peu à peu dissipé et, bien qu'il ait essayé de l'entretenir, le considérant comme une preuve d'amour inextinguible, la tristesse s'était atténuée sous les exigences de la vie quotidienne.

Alice était partie, mais Jessie était là. C'est pour ces deux raisons qu'il avait fait le choix difficile d'aller vivre à Monterey. Dans la maison qu'ils avaient achetée dans l'Indiana pendant qu'Alice attendait Jessie, il y avait trop de liens qui les retenaient au passé. Ses parents et ceux d'Alice habitaient à dix minutes en voiture de chez eux. Comme ils n'avaient pas d'autres petits-enfants, Jessie était devenue le centre de leur univers, et l'objet d'une compétition aussi subtile que farouche.

En ce qui le concernait, Boone s'était lassé des conseils permanents, et des critiques pas toujours bienveillantes de ses beaux-parents. Naturellement, après la mort d'Alice, ses parents, surtout sa mère, s'étaient crus obligés de lui trouver une seconde épouse. La fillette avait besoin d'une mère, et lui, d'une femme, affirmaient-ils.

Il soupira. Cette ambiance l'avait rendu de plus en plus irritable. Cependant, il avait été tenté de rester dans cette maison et de s'immerger dans ses souvenirs. Cela aurait été si facile. Et c'est bien la raison pour laquelle il avait choisi de déménager.

L'avantage de son travail, c'est qu'il pouvait l'exercer n'importe où. Il avait fini par se décider pour Monterey à cause du climat, de la douceur de vivre et des écoles, dont la réputation n'était plus à faire. Mais également parce qu'une petite voix lui avait chuchoté à l'oreille que c'était le bon choix, chose qu'il ne pouvait admettre que dans son for intérieur.

Il jeta un coup d'œil par la fenêtre. C'était bon

d'avoir la mer sous les yeux, et ces cyprès aux formes fascinantes. Sans parler du fait qu'il n'y avait pas foule. Contrairement à Alice, il n'avait jamais aimé être entouré d'une multitude de gens. C'était aussi particulièrement appréciable de ne pas être trop loin de la route, mais d'en être assez éloigné pour échapper au bruit de la circulation.

Oui, il avait fait le bon choix. Jessie semblait ravie. Elle prenait déjà ses marques. Il sourit d'attendrissement. La petite coquine lui avait fait une peur bleue. Il aurait pourtant dû se douter qu'elle avait déjà trouvé quelqu'un à qui parler et faire du charme.

Boone fronça les sourcils. Cette première rencontre avec la voisine avait été plutôt étrange. Il n'avait eu qu'à la regarder pour savoir que Jessie était parfaitement en sécurité. Il n'avait lu que de la gentillesse dans ces étonnants yeux gris. Cependant, il avait eu une réaction assez agressive.

Laissant mijoter le chili, il se versa une tasse de café qu'il emporta sur la terrasse.

A quoi bon se le cacher ? Il avait éprouvé du désir pour cette femme, un désir aussi fugitif que douloureux, et totalement inopportun. Aucune autre n'avait provoqué cette réaction en lui depuis… Il secoua la tête. A vrai dire, depuis toujours. Sa relation avec Alice était fondée, entre autres, sur une forte attirance physique, mais qui n'était pas dénuée de sérénité. C'était un échange d'amour, de confiance réciproque absolue, dont il chérirait toujours le souvenir.

Mais avec cette femme ! Il avait eu l'impression d'être emporté par une lame de fond au moment d'atteindre la berge.

Il leva la tête pour admirer le vol d'un goéland au-dessus de l'eau. Après tout, sa réaction était compréhensible, et tout à fait normale. C'était une réaction saine, face à une belle femme. Car elle était très belle, il ne pouvait pas le nier. Sa beauté classique était soulignée par une attitude calme, posée. Complètement à l'opposé de la réaction violente qu'il avait eue. Secouant encore la tête, il serra les mâchoires. Il s'en voulait. Il avait autre chose à faire que de jouer à ce petit jeu, avec quelque femme que ce soit.

Il devait penser à Jessie.

D'une de ses poches, il tira une cigarette et l'alluma, les yeux irrésistiblement attirés par la délicate haie de rosiers qui séparait son terrain de celui de la voisine.

Anastasia. Un très joli nom, qui lui allait à merveille. Un peu démodé, peut-être, mais élégant, original.

— Papa !

Boone sursauta, comme un adolescent surpris en train de fumer dans une salle du collège. S'éclaircissant la voix, il adressa à sa fille un sourire contrit.

— Laisse-moi le temps, Jess. Je ne fume déjà plus qu'un demi-paquet par jour.

— Ce n'est pas bon pour toi ! Tes poumons vont être tout noirs.

— Tu as raison, ma chérie.

Sous le regard grave de sa fille, il n'osa pas tirer une dernière bouffée et écrasa sa cigarette.

— Je vais arrêter complètement de fumer. Promis !

Elle sourit, d'un sourire déconcertant pour une petite fille de son âge, et qui signifiait : « C'est bien vrai ce mensonge ? » Désemparé, il enfonça les mains dans ses poches.

— Tu me pardonnes ?

En riant, elle lui sauta au cou.

— Comme tu es bête, papa !

— J'en ai bien peur.

Il la prit sous les bras et la souleva pour lui donner un gros baiser.

— Et toi, tu es toute petite.

— Bientôt, je serai aussi grande que toi.

Elle enroula ses jambes autour de sa taille et se renversa en arrière.

— Fais-moi tourner, papa !

C'était un de ses jeux favoris. Il obtempéra, lui faisant pousser des hurlements de joie.

— Il y a peu de chances. Ce sera toujours moi le plus grand, et le plus fort, et le plus intelligent, dit-il pour la taquiner.

Cessant de tourner, il la ramena à la verticale et frotta sa barbe naissante contre sa joue. Elle se débattit en poussant des petits cris.

— Et le plus beau, ajouta-t-il.

— Et celui qui est le plus chatouilleux, cria-t-elle, triomphante, en lui enfonçant un doigt dans les côtes.

Elle l'avait bien eu. Il s'effondra sur le banc avec elle.

— D'accord, d'accord.

Il reprit son souffle et la serra dans ses bras.

— Tu seras toujours la plus coquine.

Les joues rouges, les yeux brillants, elle sauta sur ses genoux.

— J'aime bien notre nouvelle maison.

— Moi aussi.

Il arrangea ses cheveux, savourant comme toujours leur douceur sous ses doigts.

— Après le dîner, on pourra aller sur la plage regarder les phoques ?

— Bien sûr, mon trésor.

— Daisy pourra venir avec nous ?

— Daisy pourra venir.

Déjà habitué aux petites flaques sur le tapis et aux chaussettes déchiquetées, il jeta un coup d'œil à la ronde, redoutant une nouvelle bêtise de la petite chienne.

— Où est-elle ?

— Elle fait la sieste.

Jessie posa la tête sur sa poitrine.

— Elle était très fatiguée.

— J'imagine, la journée a été dure pour elle !

Il sourit en embrassant le sommet de sa tête. Jessie se mit à bâiller.

— C'est mon jour préféré aujourd'hui. J'ai rencontré Ana.

Les paupières lourdes, elle ferma les yeux, bercée par les battements de cœur paternels.

— Elle est gentille. Elle va me montrer comment on plante les fleurs.

— Mmm.

— Elle les connaît toutes par leur nom.

Jessie bâilla encore, mais elle continua à parler d'une voix lourde de sommeil.

— Daisy lui a léché le visage, mais elle n'a rien dit. Elle a juste rigolé. C'était joli, comme le rire d'une fée, murmura-t-elle avant de s'endormir.

Boone sourit. Sa fille avait de l'imagination. Sans doute l'héritage qu'il lui avait légué.

Il la déposa doucement sur le canapé pour ne pas la réveiller.

Ana marchait à grands pas sur la plage, au crépuscule. Elle éprouvait une impatience inhabituelle. Agacée par cette curieuse sensation, elle ne se sentait capable ni de rester chez elle, ni de travailler sur ses plantes et ses herbes.

Elle leva le visage pour le rafraîchir au vent humide. Voilà qui allait la remettre d'aplomb. Après une longue promenade, elle retrouverait sa sérénité, qui lui était aussi indispensable que l'air qu'elle respirait.

Si les circonstances avaient été différentes, elle

aurait téléphoné à ses cousins pour leur proposer de passer la soirée en ville. Mais Morgana devait être confortablement installée avec Nash. A ce stade de sa grossesse, elle avait besoin de repos. Quant à Sebastian, il n'était pas encore revenu de sa lune de miel.

Quoi qu'il en soit, elle n'avait jamais craint la solitude. Elle aimait se promener sur la grande plage déserte, entendre le bruit de l'eau sur les rochers et le cri des mouettes rieuses. Tout comme elle avait apprécié le rire de sa petite voisine, et le sourire de son père, qu'elle avait gardés en tête tout l'après-midi.

Soudain, alors que le soleil semblait sur le point de disparaître, projetant une palette de couleurs flamboyantes dans le ciel, elle sentit son impatience faiblir. Comment éprouver autre chose que du contentement en étant ici, seule, à contempler la magie du jour finissant ?

Elle grimpa sur un tronc d'arbre rejeté par la mer. L'eau toute proche lui aspergea le visage et mouilla son chemisier. L'esprit ailleurs, Ana sortit une pierre de sa poche, qu'elle tourna et retourna entre ses doigts, les yeux rivés sur l'horizon incendié par le soleil couchant.

La pierre se réchauffa dans sa paume. Ana baissa les yeux sur la petite gemme nacrée dont la couleur évoquait l'eau. Elle miroitait faiblement sous la lumière crépusculaire. C'était une pierre de lune. Elle eut un sourire amusé. La magie de l'astre nocturne protégeait les voyageurs et était d'une aide précieuse pour s'autoanalyser. C'était aussi, naturellement, un talisman souvent utilisé pour faire naître l'amour.

Laquelle parmi ces trois fonctions lui serait la plus utile ce soir ?

Tandis qu'elle se moquait d'elle-même et remettait la pierre dans sa poche, elle entendit prononcer son nom.

C'était Jessie qui arrivait en courant, son petit chiot sur les talons. Son père marchait quelques dizaines de mètres plus loin. Le contraste entre l'exubérance de la fillette et la nonchalance du père était saisissant.

Ana quitta son perchoir et, tout naturellement, attrapa Jessie dans ses bras. Elle la fit tournoyer avant de déposer un baiser sur ses joues rougies par le vent et l'excitation.

— Bonjour, mon petit rayon de soleil. Est-ce que tu es venue chercher des coquillages magiques avec Daisy ?

Jessie ouvrit de grands yeux.

— Des coquillages magiques ? Comment sont-ils ?

— Exactement comme tu dois les imaginer, c'est-à-dire qu'ils ressemblent au coucher ou au lever du soleil. C'est d'ailleurs les seuls moments où l'on peut les trouver.

— Mon papa dit que les fées vivent dans la forêt et qu'elles se cachent, en général, parce que les gens ne savent pas toujours comment se comporter avec elles.

— C'est vrai !

Avec un éclat de rire, Ana remit la fillette sur ses pieds.

— Mais elles aiment l'eau aussi, et les collines, reprit-elle.

— J'aimerais bien en rencontrer une, mais mon papa dit qu'elles parlent moins souvent aux gens qu'avant parce qu'ils ne croient plus vraiment en elles, sauf les enfants.

— Oui. Et tu sais pourquoi les enfants croient en elles ? Parce qu'ils sont de petits magiciens.

En parlant, elle leva les yeux. Boone venait de les rejoindre. Le soleil, derrière lui, jetait autour de son visage des ombres qui lui donnaient un air à la fois dangereux et séduisant.

— Nous parlions des fées, dit-elle.

— J'ai entendu.

Il posa une main sur l'épaule de Jessie. Bien que le geste soit doux, la signification était claire comme de l'eau de roche : « Elle est à moi. »

— Ana m'a dit qu'il y avait des coquillages sur la plage. On peut les trouver seulement au lever et au coucher du soleil. Tu saurais écrire une histoire sur eux ?

— Pourquoi pas ? répondit-il avec un sourire plein d'amour.

Quand il posa de nouveau les yeux sur Ana, elle frissonna.

— Nous avons interrompu votre promenade, dit-il.

— Bien sûr que non.

Exaspérée, elle haussa les épaules. En réalité, il voulait dire que c'était elle qui avait interrompu leur promenade.

— Je m'attardais juste un moment pour regarder l'eau avant de rentrer. L'air commence à être frais.

— Vous m'aiderez à trouver des coquillages ? s'écria Jessie.

— Un de ces jours, peut-être, répondit doucement Ana. Mais il fait nuit maintenant, je vais rentrer chez moi.

Elle lui caressa les cheveux et adressa un bref signe de tête à son père.

— Bonne nuit.

Boone la regarda s'éloigner, songeur. Elle n'aurait pas eu froid si rapidement si elle avait songé à se couvrir les jambes, se dit-il. Ses longues jambes si fines…

Il poussa un long soupir impatient.

— Viens, Jess. Il est temps d'aller dormir.

2

— J'aimerais bien le connaître.

Ana, qui était en train d'étaler des pétales de roses pour composer un pot-pourri, interrompit son geste et leva les yeux sur Morgana.

— Qui ? demanda-t-elle.

— Le père de cette petite fille que tu aimes tant.

Plus fatiguée qu'elle voulait bien l'admettre, Morgana passa une main sur son ventre très rond, en un mouvement circulaire.

— Tu n'arrêtes pas de parler d'elle, reprit-elle, mais, en ce qui concerne son père, tu observes un silence suspect.

— C'est tout simplement parce qu'il ne m'intéresse pas autant qu'elle, dit Ana d'un ton léger.

Dans un bol plein de feuilles et de pétales odorants, elle ajouta un zeste de citron. Elle eut un petit sourire. Morgana se faisait du souci, comme toujours. Il valait mieux lui fournir une petite explication.

— Il est aussi distant que Jessie est amicale. Mais il est très attaché à sa fille, cela saute aux yeux. C'est pourquoi je suis partagée mais, en réalité, je ne le trouve pas très sympathique.

— Est-il séduisant ?

Ana leva un sourcil.

— Comparé à quoi ?

— A un crapaud !

Eclatant de rire, Morgana se pencha en avant.

— Allons, Ana, dis-moi !

— Puisque tu veux tout savoir, je te dirai qu'il n'est pas horrible.

Mettant le bol de côté, elle chercha dans le placard l'huile dont elle avait besoin pour l'ajouter au pot-pourri.

— Je suppose que tu lui trouverais un air dangereux. Il a les joues creuses, une carrure athlétique, mais pas comme les lanceurs de poids.

Elle fronça les sourcils, ne sachant pour quelle huile se décider.

— Il ressemble plutôt à... un coureur de fond. Grand, élancé. Et il me paraît être dans une forme étincelante.

Un sourire malicieux aux lèvres, Morgana lui prit le menton entre deux doigts.

— Je dirais même plus...

— Tu oublies que tu es une femme mariée sur le point d'avoir des jumeaux ? plaisanta Ana.

Morgana se mit à rire. Ana choisit une huile de rose pour ajouter une touche d'élégance à son pot-pourri.

— Eh bien, si je devais dire quelque chose de gentil, je reconnaîtrais qu'il a des yeux superbes. Très clairs, très bleus. Quand ils sont posés sur Jessie, ils sont magnifiques. Et quand ils me regardent, ils sont pleins de suspicion.

— Et pourquoi donc ?

— Je n'en ai pas la moindre idée.

Morgana hocha la tête en écarquillant les yeux.

— Anastasia, je suis sûre que tu y as réfléchi assez longtemps pour connaître la réponse.

D'une main experte, Ana versa quelques gouttes d'huile parfumée dans le bol.

— Tu sais bien que je n'aime pas m'imposer.

— Oh, c'est vrai.

Devant l'air déçu de sa cousine, Ana se força à sourire.

— Même si j'étais curieuse, continua-t-elle, je ne crois pas que ce qui tourne dans le cœur de M. Sawyer m'intéresserait. J'ai la très nette impression que ce serait très inconfortable d'avoir le moindre lien avec lui, même temporaire.

— C'est toi qui possèdes de l'empathie, fit remarquer Morgana en haussant les épaules. Si Sebastian était de retour, il trouverait bien ce que ce type a dans la tête.

Elle sirota la boisson calmante qu'Ana lui avait préparée.

— Je pourrais le faire pour toi si tu veux. Voilà des semaines que je n'ai pas eu l'occasion d'interroger le miroir ou les cristaux. Je dois être rouillée, proposa Morgana.

Ana se pencha pour l'embrasser sur la joue.

— Non, merci. Maintenant, parlons de choses sérieuses. J'aimerais que tu emportes ce sachet, dit-elle en versant le pot-pourri dans un sac en plastique. Tu le mettras dans des bols, que tu disperseras chez toi et dans ta boutique. Tu ne travailles plus que deux jours par semaine pour le moment ?

— Deux ou trois.

Elle sourit, touchée par la sollicitude de sa cousine.

— Ne t'inquiète pas, ma chérie, je n'en fais pas trop. De toute façon, même si je voulais, Nash m'en empêcherait.

Hochant la tête, Ana ferma le sachet.

— Est-ce que tu bois le thé que j'avais préparé pour toi ?

— Tous les jours. Quant aux huiles, je les utilise religieusement. Et je porte sur moi une rhyolite pour alléger le stress émotionnel, une topaze contre les angoisses provoquées par le monde extérieur, un zircon pour avoir une attitude positive, et de l'ambre pour le moral.

Elle pressa la main d'Ana.

— Tu vois, il ne me manque rien.

Ana posa le pot-pourri près du sac de Morgana. Puis, changeant d'avis, elle ouvrit elle-même le sac pour le glisser à l'intérieur.

— C'est le premier bébé qui entre dans la famille, dit-elle.

— *Les* premiers, corrigea Morgana.

— J'ai d'autant plus de raison de m'inquiéter. Les jumeaux ont tendance à arriver un peu plus tôt que les autres.

Poussant un léger soupir, Morgana ferma les yeux.

— J'espère bien qu'ils ne feront pas exception. J'ai de plus en plus de mal à me mouvoir sans l'aide d'une grue !

— Tu peux plaisanter, mais j'insiste : tu devrais te reposer davantage. Et cesser de soulever des boîtes et d'être debout toute la journée à t'occuper de tes clients.

— Oui, m'dame, dit Morgana, les yeux luisant d'espièglerie.

Ana fit semblant de se fâcher.

— Maintenant, voyons un peu cela.

Posant une main douce sur le ventre de la jeune femme, elle écarta lentement les doigts et s'ouvrit au miracle qui se trouvait là.

Instantanément, Morgana sentit la fatigue s'évanouir, remplacée par un bien-être physique intense. A travers ses paupières mi-closes, elle vit le regard d'Ana se fixer sur quelque chose qu'elle seule pouvait voir.

Tandis qu'elle déplaçait ses mains sur le ventre de sa cousine, Ana sentit palpiter les deux vies qu'elle portait. Cela ne dura qu'un court instant, mais il fut d'une force incroyable. Outre la fatigue qui s'envolait, elle sentit la satisfaction tranquille, l'excitation bourgeonnante, et le simple émerveillement. Son corps devint douloureux tandis que son cœur se gonflait et que ses lèvres s'incurvaient en un léger sourire.

Puis, elle fut elle-même ces deux vies, l'une après l'autre. Nourrie par la mère, elle nageait sans rêve dans la chaleur de son ventre, en sécurité jusqu'au moment où il faudrait affronter l'extérieur. Deux cœurs en bonne santé qui battaient régulièrement, sous celui de leur mère. Les minuscules doigts qui se fermaient, un petit coup de pied paresseux.

Lentement, Ana revint à elle.

— Vous allez très bien, tous les trois.

— Je sais.

Les deux femmes entrelacèrent leurs doigts.

— Mais je me sens mieux quand tu me le dis. De même que je me sens en parfaite sécurité en sachant que tu seras près de moi le moment venu.

— Tu sais que tu peux compter sur moi.

Elle porta leurs mains jointes à sa joue.

— Mais Nash est-il content que je sois ta sage-femme ?

— Il te fait entièrement confiance, autant que moi.

Le regard d'Ana s'adoucit.

— Tu as beaucoup de chance, Morgana, d'avoir trouvé un homme qui t'accepte, qui te comprend, et qui t'apprécie.

— Je sais. C'était déjà précieux d'avoir trouvé l'amour. Mais que ce soit avec lui !

Brusquement, son sourire s'effaça.

— Ana, ma chérie, il ne faut plus penser à Robert. C'est de l'histoire ancienne.

— Je ne pensais pas à lui. Du moins pas vraiment,

mais plutôt au mauvais tournant que j'avais pris sur une route particulièrement glissante.

L'indignation enflamma le regard de Morgana.

— C'était un crétin, il n'était pas digne de toi.

Plus que de la tristesse, Ana sentit une envie de rire monter en elle.

— Avoue que tu ne l'as jamais aimé, dès le début.

— Non, je ne l'aimais pas.

Le front rembruni, Morgana fit un grand geste, son verre à la main.

— Permets-moi de te rappeler que Sebastian n'a jamais pu le supporter, lui non plus.

— Oui, mais je me souviens qu'il se méfiait aussi de Nash.

— C'était complètement différent. Je t'assure ! insista-t-elle devant le sourire d'Ana. Avec Nash, il ne faisait que me protéger. Tandis que, si Sebastian tolérait Robert, il se montrait avec lui d'une politesse presque insultante.

— Je m'en souviens.

Ana haussa les épaules.

— J'étais jeune, dit-elle avec un geste fataliste. Et assez naïve pour croire que, si j'étais amoureuse, j'étais forcément aimée en retour. Et assez folle pour être honnête. Et pour être anéantie quand cette honnêteté fut récompensée par l'incrédulité puis le rejet pur et simple.

— Je sais que tu as souffert, mais, sans aucun doute, tu aurais pu rencontrer mieux.

— Pas du tout, reconnut Ana d'un ton plein de fierté. Parmi nous, il y en a qui ne sont pas faits pour se mélanger avec des étrangers.

Maintenant, c'était la frustration autant que l'indignation qui luisait dans son regard.

— Il y a eu des tas d'hommes, de sang d'elfe ou non, qui se sont intéressés à toi, ma cousine chérie.

— Dommage qu'ils ne m'aient pas intéressée, dit Ana en riant. Tu sais bien que je suis horriblement difficile, Morgana. De plus, j'aime la vie en solitaire.

— Si je ne savais pas que tu dis la vérité, je serais tentée de te mijoter un joli petit philtre d'amour.

Elle lui jeta un coup d'œil amusé en continuant :

— Rien qui risquerait de trop t'engager, mais quelque chose qui t'apporterait un peu de distraction.

— Je suis capable de trouver mes propres distractions moi-même, merci.

— Je sais cela aussi. Et je ne doute pas que tu serais furieuse si j'osais me mêler de ta vie.

Elle écarta sa chaise de la table et se leva, regrettant un instant sa silhouette fine.

— Si nous faisions une petite promenade avant que je rentre à la maison ?

— A une seule condition : que tu me promettes de t'allonger, les pieds en l'air, pendant une heure dès que tu seras chez toi.

— Promis.

Le soleil était chaud, la brise très douce. Ana sourit. Ces deux éléments allaient faire autant de bien à Morgana que la sieste sur laquelle Nash ne manquerait pas d'insister quand sa femme serait de retour.

Elles admirèrent l'éclosion tardive des delphiniums, les asters étoilés et les énormes zinnias. Les deux cousines avaient un amour profond pour la nature, qui venait à la fois de leurs ancêtres et de leur éducation.

— As-tu des projets pour la soirée de Halloween ? interrogea Morgana.

— Non, rien de spécial.

— Nash et moi espérons que tu viendras, au moins une partie de la soirée. Nash est encore très porté sur ce genre de soirée, surtout quand il y a un bon repas à la clé.

En riant, Ana coupa quelques dahlias pour les mettre dans un vase.

— Quand un homme gagne sa vie en écrivant des films d'horreur, son devoir est de jouer le jeu à fond pour Halloween. Je ne voudrais pas rater cela.

— Parfait. Sebastian se joindra peut-être à nous pour une petite fête plus tranquille, un peu plus tard.

Morgana se penchait gauchement sur le thym et la verveine quand elle aperçut la fillette et le chiot qui se glissaient à travers la haie de roses.

Elle se redressa.

— Voilà de la compagnie.

— Jessie !

Heureuse de la voir, Ana jeta un coup d'œil prudent à la maison voisine.

— Ton père sait où tu es ?

— Il m'a dit que je pouvais venir si je vous voyais dans le jardin et si vous n'aviez pas trop de travail. Vous n'avez pas trop de travail ?

— Non.

Ana se baissa pour l'embrasser sur la joue.

— Voici ma cousine Morgana. Je lui ai dit que tu étais ma petite voisine toute neuve.

— Vous avez un chien et un chat, c'est Ana qui me l'a dit ! s'exclama la fillette, très intéressée.

Puis son regard glissa, fasciné, sur la rondeur du ventre de Morgana.

— Vous avez un bébé dans le ventre ?

— Tout à fait. En réalité, j'en ai même deux.

— Deux ?

Les yeux de Jessie s'ouvrirent tout grands.

— Comment le savez-vous ?

— Ana me l'a dit.

En riant, elle posa une main sur son ventre.

— Et parce qu'ils me donnent trop de coups de pied pour qu'il n'y ait qu'un seul bébé.

— La maman de mon amie Missy, Mme Lopez, avait un bébé dans son ventre, et elle devenue si grosse qu'elle ne pouvait presque plus marcher.

Avec un regard plein d'espoir vers Morgana, Jessie continua :

— Elle m'a permis d'écouter le bébé quand il lui donnait des coups de pied.

Charmée, Morgana prit sa main, qu'elle posa sur son ventre pendant qu'Ana décourageait Daisy de sauter dans les impatiens.

— Tu le sens ?

Jessie hocha la tête.

— Oh ! Ça doit faire mal !

— Non.

— Vous croyez qu'ils vont bientôt sortir ?

— Je l'espère bien !

— Mon papa dit que les bébés savent quand ils vont sortir parce qu'un ange vient leur murmurer à l'oreille.

Morgana sourit. Apparemment Sawyer était peut-être distant, mais il était aussi très intelligent, et très doux.

— C'est exactement ce que je crois.

— Et l'ange devient leur ange gardien, pour toujours, continua Jessie. Espérant entendre quelque chose, elle posa une joue sur le ventre de Morgana.

— Si on se retourne très vite, on peut apercevoir rapidement son ange. J'essaie, parfois, mais je ne suis pas assez rapide.

Elle leva le nez vers Morgana.

— Les anges sont timides, vous savez.

— Oui, il paraît.

— Moi, je ne suis pas timide, c'est ce que ma grand-mère dit tout le temps.

Elle donna un baiser au ventre de Morgana avant de partir en sautillant.

— C'est une femme très observatrice, commenta Ana en adressant un petit clin d'œil complice à sa cousine.

Tandis qu'elles se promenaient parmi les parterres de fleurs, Jessie prit la main d'Ana.

— Moi, je n'ai pas de cousins ni de cousines. Est-ce que c'est bien d'en avoir ?

— Oui, c'est merveilleux. Morgana, Sebastian et moi avons pratiquement été élevés ensemble. C'est comme si nous étions frère et sœurs.

— Je sais comment on fait pour avoir des frères et des sœurs, mon papa me l'a expliqué. Et les cousins, comment est-ce qu'ils arrivent ?

— Eh bien, si ton papa ou ta maman ont des frères ou des sœurs qui ont des enfants, ces enfants sont tes cousins.

Le front plissé de concentration, Jessie digéra cette information.

— Mais toi, tu es quoi ?

En riant, Morgana se reposa un instant en s'appuyant à la voiture avant de rentrer.

— C'est compliqué. Le papa d'Ana, le papa de Sebastian et le mien sont frères. Et nos mamans sont sœurs. Ce qui fait que nous sommes... on pourrait dire deux fois cousins.

— C'est chouette. Si je ne peux pas avoir de cousins, j'aurai peut-être des frères et des sœurs. Mais mon papa dit que je lui donne assez de soucis à moi toute seule.

— Je suis sûre qu'il a raison, reconnut Morgana, tandis qu'Ana éclatait de rire.

Rejetant ses cheveux en arrière, Morgana leva les

yeux sur la maison des voisins. Un homme se tenait dans l'encadrement d'une large fenêtre, au second étage. C'était certainement le père de Jessie.

Ana lui en avait fait une assez bonne description. Cependant, il était bien plus séduisant, et certainement plus sexy, que ce qu'elle avait bien voulu laisser entendre. Cette petite omission était intéressante, et bien digne d'Ana. En souriant, elle lui adressa un petit signe de la main. Après une courte hésitation, Boone lui renvoya son salut.

— C'est mon papa !

Jessie ouvrit tout grands ses bras.

— Il travaille à la maison, mais nous n'avons pas encore fini de vider les cartons.

Comme il était clair qu'Ana n'allait pas poser de questions, Morgana demanda :

— Que fait-il comme travail ?

— Il écrit des histoires. De belles histoires, sur les sorcières, les princesses, les dragons et les fontaines magiques. Quelquefois, je l'aide. Maintenant, je dois rentrer, parce que, demain, c'est mon premier jour d'école et mon papa m'a dit de ne pas rester trop longtemps. Je ne suis pas restée trop longtemps ?

— Non !

Ana se baissa pour l'embrasser sur la joue.

— Tu peux revenir tant que tu veux, petit lutin.

— Au revoir !

Elle partit en gambadant à travers la pelouse, le chien sur les talons.

— Je n'ai jamais été aussi charmée, ni aussi épuisée, dit Morgana en montant dans sa voiture. Cette petite est un véritable tourbillon, mais elle est adorable.

Souriant à Ana, elle agita ses clés.

— Quant à son père, j'imagine qu'il ne doit pas avoir une minute à lui.

— Ce ne doit pas être facile pour un homme d'élever seul une petite fille.

— D'après le premier aperçu que je viens d'avoir, il ne s'en sort pas si mal.

Elle tourna la clé de contact.

— Ce n'est pas banal qu'il écrive des histoires sur les sorcières et les dragons. Tu dis qu'il s'appelle Sawyer ?

— Oui.

Ana écarta une mèche de cheveux égarée sur ses yeux.

— Je suppose que c'est Boone Sawyer.

— Il serait peut-être intéressé de savoir que tu es la nièce de Bryna Donovan, puisqu'ils écrivent sur les mêmes thèmes. A condition, naturellement, que tu aies envie de le lui faire savoir, dit Morgana avec un regard interrogateur.

Secouant la tête, Ana dit fermement :

— Crois-moi, ma chérie, c'est le cadet de mes soucis.

Morgana la scruta d'un regard de détective.

— Voilà une affirmation un peu trop péremptoire. Mais j'y pense, peut-être s'intéresse-t-il déjà à toi, lui ?

Elle fit reculer sa voiture.

— A bientôt, ma chérie !

Se forçant à sourire, Ana lui envoya un petit signe de la main pendant que Morgana faisait demi-tour et sortait de l'allée.

Après avoir étrillé les chevaux de Sebastian et leur avoir donné à manger, Ana passa le reste de la matinée à livrer les huiles parfumées, les potions, pots-pourris, et herbes médicinales qu'elle avait préparés. Le reste était emballé, prêt à partir par la poste. Elle avait de nombreux clients directs, outre la boutique de Morgana, mais une grande partie de sa clientèle était éloignée.

Le commerce qu'Anastasia avait lancé six ans plus tôt satisfaisait entièrement ses besoins et ses ambitions et lui permettait de travailler chez elle. Elle ne le faisait pas pour l'argent. Grâce à la fortune et à l'héritage des Donovan, elle pouvait, comme toute sa famille, vivre confortablement. Cependant, à l'instar de Morgana avec sa boutique et de Sebastian avec ses divers travaux, elle éprouvait la nécessité d'être productive.

Elle était guérisseuse. Mais il était impossible de guérir tout le monde. Elle savait depuis longtemps que vouloir endosser les douleurs des autres était une démarche destructrice. Elle connaissait ses dons, mais elle n'était malheureusement pas capable de soulager toutes les souffrances. Aussi faisait-elle de son mieux, en connaissant ses limites.

L'herboristerie l'avait toujours fascinée et elle devait bien admettre qu'elle avait la main verte. Qui sait si, des siècles plus tôt, elle n'avait pas été la sorcière-guérisseuse d'un village ? Cette idée ne manquait jamais de l'amuser. Cependant, dans le monde actuel, elle était une femme d'affaires capable de préparer avec autant de talent une huile de bain que n'importe quel élixir, nuancés d'une pincée de magie.

Elle était heureuse de la vie que le destin lui avait réservée. Cependant, même si elle avait été misérable, cette journée lui aurait remonté le moral. Le soleil invitait à lézarder, la brise était caressante et l'air avait une petite odeur de pluie. Une pluie qui n'allait pas tomber avant plusieurs heures, et qui tomberait doucement.

Décidant de profiter de cette magnifique journée, elle sortit dans le jardin pour le désherber.

Prenant conscience qu'il la regardait encore, Boone soupira. Décidément, il avait pris une mauvaise habitude ! Il fit une grimace en regardant la cigarette qui se consumait au bout de ses doigts. Son taux de réussite était plutôt nul quand il essayait de chasser ses mauvaises habitudes. De plus, il n'avait pratiquement pas travaillé depuis qu'il avait jeté un coup d'œil par la fenêtre et qu'il avait aperçu la voisine.

Elle paraissait toujours si... élégante. Oui, c'était le mot juste. Une espèce d'élégance intérieure, qui n'était en rien diminuée par la tenue de jardinage tachée d'herbe et de terre dont elle était affublée.

Tout son style était dans sa façon de bouger, comme si l'air était du vin qu'elle buvait lentement, avec délice.

Il eut un petit rire. Allons bon, il devenait lyrique. Il valait mieux garder cela pour ses romans.

C'était peut-être parce qu'elle ressemblait tellement aux princesses de contes de fées de ses livres. Avec son allure éthérée, elle semblait venir d'un autre monde. Et cette force tranquille dans son regard ! Il n'aurait jamais cru que les princesses de contes de fées aient une telle volonté.

Sans parler de son corps. Il était d'une telle délicatesse. Elle n'était pas frêle, elle avait plutôt cette féminité sereine qui pouvait troubler n'importe quel homme encore capable de respirer... Et, à coup sûr, il était encore capable de respirer.

Il soupira. Le problème, c'est qu'il pensait un peu trop souvent à sa charmante voisine.

Que pouvait-elle bien faire en ce moment ? D'un geste nerveux, il écrasa sa cigarette dans le cendrier et s'approcha un peu plus de la fenêtre. Elle était allée dans l'abri de jardin, d'où elle était ressortie les bras chargés de pots en terre.

Essayer de porter plus qu'elles ne peuvent, un trait bien féminin...

Alors qu'il s'offrait une petite satisfaction de supériorité masculine, Daisy fila sous ses yeux. Elle chassait un chat gris.

Une main posée sur la fenêtre, il s'apprêta à rappeler la chienne. Mais, avant qu'il ait eu le temps de bouger, il était déjà trop tard.

Au ralenti, cela aurait fait une belle chorégraphie. Le chat fila comme un nuage gris entre les jambes d'Ana. Elle chancela légèrement tandis que les pots de terre se balançaient dangereusement entre ses bras. Boone poussa un juron, puis un soupir de soulagement en la voyant retrouver son équilibre. Mais, déjà, Daisy arrivait derrière le chat, passait elle aussi entre les jambes d'Ana. Cette fois, celle-ci ne put se retenir et les pots tombèrent avec elle.

Accumulant les jurons, Boone ne fit qu'un bond par la porte de la terrasse et dévala l'escalier.

Quand il l'atteignit, elle marmonnait des malédictions qui avaient un petit accent exotique. Il ne pouvait pas la blâmer. Le chat avait grimpé à un arbre et crachait de tous ses poumons après la chienne qui jappait d'une voix surexcitée. Les pots qu'Ana transportait avant sa chute étaient réduits en petits morceaux éparpillés sur l'herbe et sous la haie du patio.

Boone s'éclaircit la gorge.

— Vous êtes blessée ?

Elle s'était redressée sur les genoux et les mains. Ses cheveux cachaient ses yeux. Elle les rejeta en arrière et lui coula un long regard entre ses mèches blondes.

— En pleine forme !

— Je... je vous ai vue... j'étais à la fenêtre.

Ce n'était sûrement pas le moment d'admettre qu'il l'observait.

— Enfin, je passais près de la fenêtre, corrigea-t-il. J'ai vu la chasse et la collision.

S'accroupissant, il l'aida à ramasser les morceaux.

— Je suis désolé que Daisy ait provoqué cet accident. Nous ne l'avons que depuis quelques jours et nous n'avons pas encore réussi à la discipliner.

— C'est encore un bébé. On ne peut pas reprocher à un chien d'agir comme un chien.

— Je remplacerai vos pots, dit-il.

Il se sentait d'une gaucherie épouvantable.

— C'est inutile, j'en ai d'autres.

Les miaulements et les aboiements leur vrillaient les oreilles. Ana s'assit sur les talons et cria d'une voix ferme :

— Daisy !

La chienne se tut aussitôt et agita furieusement la queue, avant de lui lécher le visage et les bras. Refusant de tomber sous le charme, Ana prit sa tête entre ses mains.

— Assise ! ordonna-t-elle.

Daisy obéit sans broncher.

— Tiens-toi bien !

Comme pour se faire pardonner, Daisy poussa un petit gémissement et posa la tête sur ses pattes avant.

Aussi impressionné qu'interloqué, Boone secoua la tête.

— Comment faites-vous ?

— La magie, dit-elle un peu sèchement.

Un léger sourire se dessina sur ses lèvres.

— On peut dire aussi que j'ai toujours su m'y prendre avec les animaux. Daisy est heureuse, elle n'a qu'une envie, c'est de jouer. Il faut lui faire comprendre que certaines activités sont impossibles.

Comme elle lui caressait la tête, Daisy lui adressa un long regard d'adoration.

— J'ai essayé la corruption, dit prudemment Boone.

— Ce n'est pas mal non plus, dit Ana.

A la recherche d'autres débris de poterie, elle passa la main sous un treillis de clématites écarlates. C'est à ce moment-là que Boone remarqua une grosse écorchure sur son bras.

— Mais vous saignez !

Elle baissa les yeux. Des gouttes de sang avaient coulé sur ses cuisses.

— Difficile à éviter, avec cette avalanche de pots.

En un clin d'œil, il se mit debout et aida Ana à se relever.

— Je vous ai demandé si vous n'aviez rien...

— A vrai dire, je...

— Il faut nettoyer cette blessure.

Voyant que le sang continuait à couler sur la jambe d'Ana, il paniqua, comme il l'aurait fait pour sa fille.

— Bon Dieu !

Malgré les protestations d'Ana, il la prit dans ses bras et se précipita vers la porte la plus proche.

— Franchement, c'est tout à fait inutile..., protesta Ana en se débattant.

— Tout ira bien, nous allons vous soigner.

Mi-amusée, mi-agacée, Ana soupira tandis qu'il l'emmenait dans la cuisine.

— Dans ce cas, je vais décommander l'ambulance. Si vous voulez bien me laisser, plaisanta-t-elle.

Les nerfs en pelote, il la déposa sur une chaise et se rua sur l'évier pour dénicher un torchon propre. Efficacité, vitesse, encouragements, voilà exactement ce qu'il fallait dans un cas comme celui-ci, pensa-t-il. Prenant une profonde inspiration pour se calmer, il humecta le tissu et l'enduisit de savon.

— Ce sera beaucoup moins vilain une fois nettoyé, vous allez voir, dit-il d'une voix qu'il voulait rassurante.

Il afficha un sourire et vint s'agenouiller devant elle.

— Je ne vais pas vous faire mal.

Doucement, il commença à tamponner le mince filet de sang qui avait taché son mollet.

— Nous allons soigner tout cela. Fermez les yeux, détendez-vous.

Prenant encore une profonde inspiration, il se mit à improviser une histoire, comme il le faisait toujours avec sa fille.

— J'ai connu un homme qui vivait dans un lieu nommé Briarwood, où se trouvait un château enchanté à l'abri d'un haut mur de pierre.

Ana voulait lui dire qu'elle pouvait se soigner elle-même, mais elle se ravisa et commença à se détendre.

— Les murs étaient recouverts d'une végétation dense munie d'épines tranchantes comme des lames de rasoir. Plus personne n'avait mis les pieds dans ce château depuis une centaine d'années, car il aurait fallu beaucoup de courage pour grimper à ce mur en risquant d'être déchiqueté. Mais cet homme, qui était pauvre et qui vivait seul, était très curieux, et, chaque jour, il se rendait près de ce mur et se hissait sur la pointe des pieds pour voir le soleil briller sur les pignons et les plus hautes tours du château.

Boone retourna le torchon et tamponna les écorchures.

— Il ne pouvait expliquer à personne ce qu'il éprouvait au fond de son cœur quand il se trouvait devant ce mur, qu'il mourait d'envie d'escalader. Parfois, la nuit, dans son lit, il imaginait qu'il réalisait ce rêve. Mais, dans la réalité, la peur de ces grosses épines tranchantes le retenait. Cependant, par un beau jour d'été, alors que l'odeur des fleurs était si forte qu'il était impossible de respirer sans en être enivré, il ne put se contenter du coup d'œil qu'il jetait sur les tours. Quelque chose dans son cœur lui disait que ce qu'il désirait le plus au monde se trouvait derrière ce mur couvert d'épines. Il commença donc à grimper, mais il tomba, et chaque fois qu'il essayait il tombait de nouveau, les mains et les bras ensanglantés. Malgré cela, rien ne put le décourager.

La voix de Boone était apaisante, mais c'était bien la seule chose en lui qui l'était. Il avait beau la soigner le plus doucement possible, elle commença à éprouver, montant du centre de son corps, une sensation lancinante et chaude, qui se répandit lentement en elle. Maintenant, il caressait ses cuisses, là où le bord aigu d'un débris avait entamé la peau. Ana serra les poings. Elle avait l'estomac noué.

Il fallait qu'il s'arrête. Mais, en même temps, elle aurait voulu qu'il ne s'arrête jamais. De sa voix profonde, il continua :

— Cela lui prit toute la journée. Sous l'effet de la chaleur, sa sueur se mélangeait à son sang, mais il persévéra. Il ne pouvait pas abandonner car il avait la certitude, comme il n'en avait jamais eu jusque-là, que le plus grand désir de son cœur, son avenir et sa destinée se trouvaient derrière ce mur. Aussi, de ses mains nues, pleines de sang, il se hissa par ces tiges épineuses et finit par arriver au sommet. Epuisé, souffrant le martyre, il se laissa tomber sur l'épais tapis de mousse qui s'étendait de l'autre côté du mur. La lune brillait quand il se réveilla, abasourdi et désorienté. Réunissant le peu de forces qui lui restaient, il traversa la pelouse en clopinant, franchit le pont-levis et pénétra dans la grande salle du château qui avait hanté ses rêves depuis son enfance. Quand il passa le seuil, une forêt de torches s'enflammèrent. Au même instant, toutes ses coupures et ses blessures s'effacèrent. Au milieu du cercle de flammes qui jetait des ombres et éclairait les murs de marbre blanc se tenait la femme la plus belle qu'il ait jamais vue ni osé imaginer. Ses cheveux étaient comme la lumière du soleil et ses yeux avaient les teintes changeantes des nuages. Avant qu'elle parle, et avant que sa bouche adorable se retrousse en un sourire de bienvenue, il sut que c'était pour elle qu'il avait risqué sa vie. Elle s'avança et lui tendit la main en disant :

— Je vous attendais.

Tout en prononçant ces derniers mots, Boone leva les yeux sur ceux d'Ana. Il était aussi abasourdi et désorienté que l'homme de l'histoire qu'il venait d'inventer. Quand son cœur avait-il commencé à battre si fort ? Comment pouvait-il encore penser alors que le sang lui fouettait sauvagement les tempes ? Sans quitter Ana des yeux, il fit un effort pour retrouver ses esprits.

Des cheveux comme la lumière du soleil. Des yeux semblables aux nuages.

Subitement, il se rendit compte qu'il était agenouillé entre ses jambes, une main posée de façon intime sur le haut de sa cuisse, l'autre prête à se lever pour caresser ses cheveux de flamme.

Il se leva si rapidement qu'il faillit renverser la table.

— Je vous demande pardon, dit-il à défaut de trouver mieux.

Tandis qu'elle continuait à le regarder, son cœur se déchaînant de façon visible au creux de sa gorge, il fit une autre tentative.

— Je me suis inquiété en vous voyant saigner. Je n'ai jamais pu affronter avec sérénité les bobos de Jessie.

Faisant une pause, il baissa le front. Il n'allait tout de même pas se mettre à bavarder à tort et à travers, c'était ridicule. Il lui tendit le tissu.

— Je suppose que vous aimeriez mieux vous soigner vous-même, dit-il d'une voix un peu rauque.

D'une main tremblante, elle prit le tissu. Elle aussi avait besoin de se ressaisir avant de parler. Comment un homme qui n'avait fait que s'occuper vaguement de ses égratignures en lui racontant une histoire pouvait-il la bouleverser ainsi ?

Poussant un léger soupir, elle se mit à frotter son bras avec plus d'énergie que nécessaire. C'était sa faute à elle. C'était le cadeau qui lui avait été fait à la naissance, et qui ressemblait parfois à une malédiction, qui la rendait si réceptive à ce qui l'entourait. Prenant une profonde inspiration, elle dit un peu fraîchement :

— Apparemment, vous avez besoin de vous asseoir.

Elle se leva et se dirigea vers le placard pour y prendre une de ses préparations médicinales.

— Voulez-vous boire quelque chose de frais ?

— Non… enfin, oui, je veux bien.

Mais il doutait qu'un tonneau d'eau glacé puisse éteindre le feu qui brûlait dans son ventre.

— Le sang m'a toujours fait paniquer, ajouta-t-il.

— Paniqué ou pas, vous avez été efficace.

Elle lui versa un verre de limonade glacée.

— Et votre histoire était très belle.

Elle souriait, maintenant, visiblement plus à l'aise.

— En général, je raconte toujours une histoire à Jessie quand je lui nettoie un bobo avec de la teinture d'iode et que je lui mets un pansement. Mais je dois avouer que c'est autant pour me calmer moi-même que pour l'empêcher d'avoir mal.

— La teinture d'iode sent très mauvais.

D'une main experte, elle versa un liquide de la couleur du tabac sur ses coupures.

— Je peux vous donner quelque chose qui n'a pas d'odeur, si vous voulez. Pour vos prochaines urgences.

— Qu'est-ce que c'est ?

Suspicieux, il renifla le flacon.

— Cela sent les fleurs, dit-il.

« Comme vous », eut-il envie d'ajouter. Ana hocha la tête.

— Cette lotion est en grande partie composée de fleurs. Et d'herbes.

Elle reboucha le flacon et le mit de côté.

— C'est ce qu'on peut appeler un antiseptique naturel. Je suis herboriste.

— Oh !

Elle se mit à rire. L'air sceptique de Boone Sawyer était franchement comique.

— La plupart des gens ne font confiance qu'aux médicaments qu'ils trouvent en pharmacie. Ils oublient qu'autrefois les malades se soignaient par les plantes, et que cela a duré pendant des siècles.

— Ils mouraient aussi de tétanos, après s'être piqués à un clou rouillé.

— C'est vrai, reconnut-elle. S'ils ne connaissaient pas un guérisseur confirmé.

N'ayant aucune intention de le convertir, elle changea de sujet.

— Jessie est-elle allée à sa première journée d'école ?

— Oui, elle l'attendait avec impatience. C'est moi qui avais mal au ventre, pas elle.

Il lui adressa un bref sourire.

— Je voulais vous remercier de faire preuve d'une telle patience avec elle. Je sais qu'elle a tendance à être envahissante. Il ne lui vient pas à l'idée que tout le monde n'a pas envie de la distraire.

— Oh, mais c'est elle qui me distrait.

Elle sortit un plat à dessert du placard et le remplit de cookies.

— Jessie est la bienvenue dans ma maison. Elle est adorable, elle est très naturelle, et intelligente, et elle n'oublie pas de se montrer bien élevée. Vous faites du très bon travail avec elle.

Il accepta de prendre un cookie et lui jeta un coup d'œil prudent.

— Jessie n'est pas une enfant difficile.

— Aussi charmante soit-elle, ce ne doit pas être simple d'élever un enfant en étant seul. Je doute déjà que ce soit facile pour deux parents, quand il s'agit d'éduquer une enfant aussi énergique que Jessie. Et aussi intelligente.

Les yeux de Boone s'étrécirent.

— Elle a hérité de votre imagination, continua-t-elle. Ce doit être merveilleux pour elle d'avoir un père qui écrit de si belles histoires.

Il lui jeta un regard aigu.

— Comment savez-vous que j'écris ?

Sa méfiance était assez surprenante, mais elle lui adressa malgré tout un sourire.

— Je suis une lectrice fanatique de Boone Sawyer.

— Je ne me rappelle pas vous avoir dit mon prénom.

— Non, moi non plus, dit Ana avec un sourire agréable. Mais êtes-vous toujours aussi méfiant quand on vous fait un compliment, monsieur Sawyer ?

— J'ai mes raisons pour m'être installé au calme ici.

Il posa un peu bruyamment son verre à moitié vide sur le comptoir.

— Je n'aime pas l'idée que ma voisine interroge ma fille et qu'elle met le nez dans mes affaires.

— Interroger votre fille ?

Ana faillit s'étrangler.

— Interroger Jessie ? Mais pourquoi le ferais-je ?

— Histoire d'en savoir un peu plus sur le riche veuf qui vit à côté de chez vous.

Pendant un court instant, elle resta sans voix.

— Quelle arrogance ! Croyez-moi, la compagnie

de Jessie m'est très agréable, et je n'éprouve jamais le besoin de vous mentionner dans la conversation.

Il eut un sourire dédaigneux. L'étonnement de sa voisine était bien simulé. Il n'avait jamais eu affaire à ce genre de femme avant, mais quelle déception pour Jessie.

— Alors, comment connaissez-vous mon prénom, mon travail, et comment savez-vous que j'élève seul ma fille ?

Elle se mettait rarement en colère. Ce n'était pas sa nature. Mais brusquement, elle lutta contre un violent accès de fureur.

— Voyez-vous, je doute fort que vous valiez la peine que je vous donne une explication et, pourtant, je vais vous en donner une, rien que pour vous montrer que vous feriez mieux de réfléchir avant de parler.

Elle se tourna.

— Venez avec moi.

— Je ne veux pas...

— Je vous ai dit de venir avec moi !

Sans le regarder, elle sortit à grands pas de la cuisine. Il allait la suivre, sans aucun doute.

Agacé, il lui emboîta le pas à contrecœur. Ils passèrent sous une arche et entrèrent dans une grande pièce inondée de soleil, dans laquelle les meubles en osier et les rideaux de chintz jetaient des notes vives. Elle était peuplée de charmantes statues d'elfes, de faunes et de fées, et des cristaux scintillaient dans des coupes en vermeil. Passant sous une autre arche, Ana l'introduisit dans une bibliothèque décorée de statues et réchauffée par un feu qui craquait dans la cheminée.

Il y avait un profond divan garni de coussins framboise, très accueillant pour une petite sieste après le déjeuner, et des rideaux en fine dentelle qui se gonflaient légèrement sous la brise soufflant par une fenêtre en berceau. La pièce embaumait l'odeur des livres et le parfum des fleurs.

Ana se dirigea vers une étagère et se hissa sur la pointe des pieds pour atteindre les volumes qu'elle voulait.

— *La Grenouille, la chouette et le renard. Un troisième vœu pour Miranda*, lut-elle à voix haute. Elle jeta un coup d'œil par-dessus son épaule, à défaut de pouvoir jeter un des livres, ce qui aurait été mille fois plus satisfaisant.

— C'est une honte que je sois obligée de vous prouver à quel point j'apprécie vos œuvres.

Mal à l'aise, il fourra ses mains dans ses poches. Il venait de prendre un mauvais tournant. Trouverait-il le moyen de faire marche arrière sans prendre de risque ?

— Il est rare que les femmes lisent des contes de fées pour leur propre plaisir, fit-il remarquer.

— Quel dommage ! Bien que vous ne le méritiez pas, je vais vous dire que vos livres sont lyriques, et qu'ils intéressent autant les adultes que les enfants.

Loin d'être apaisée, elle remit deux livres sur le rayon.

— Mais j'ai peut-être ces choses-là dans le sang. Je me suis souvent endormie en écoutant les histoires de ma tante.

Elle le regarda bien en face.

— Bryna Donovan, conclut-elle.

Elle refréna une envie de rire. C'était bon de voir les yeux de Boone Sawyer s'élargir de surprise.

— Je suppose que vous avez entendu parler d'elle.

Boone poussa une exclamation.

— Votre tante...

Il tourna les yeux vers les étagères. Près de ses livres

étaient classés plusieurs titres de Bryna sur la magie et les contrées enchantées.

— Nous avons entretenu une correspondance pendant quelque temps. J'admire son œuvre depuis plusieurs années.

— Moi aussi. Et quand Jessie a dit que son père écrivait des histoires de princesses et de dragons, j'en ai conclu que ce M. Sawyer qui habitait à côté de chez moi n'était autre que Boone Sawyer. Je n'avais pas besoin de faire parler une gamine de six ans pour le découvrir.

— Je suis désolé.

Non, en fait, il était beaucoup plus gêné que désolé, mais il fallait faire avec.

— J'ai eu un… une expérience pénible peu de temps avant de déménager, ce qui m'a rendu extrêmement susceptible.

Prenant une petite sculpture représentant une fée, il la tourna et la retourna dans ses mains tout en parlant.

— Le professeur de ma fille, au jardin d'enfants… elle arrivait toujours à soutirer des informations à Jessie. Ce qui, en soi, n'est pas difficile, vu que Jessie est toujours prête à raconter un tas de choses.

D'autant plus mal à l'aise qu'il se sentait obligé de s'expliquer, il remit la statue en place.

— Mais elle a utilisé les sentiments de Jessie, son besoin naturel d'avoir une représentation maternelle. Elle lui prodiguait toutes sortes d'attentions, elle m'a donné plusieurs rendez-vous pour discuter de ses capacités, supérieures à la moyenne. Elle est même allée jusqu'à organiser une soirée en tête à tête avec moi… Bref, elle était plus intéressée par le mâle sans attache, au portefeuille bien rempli, que par les sentiments de Jessie ou son bien-être. Jessie en a beaucoup souffert.

Ana tapota un livre avant de le remettre sur son rayon.

— Je comprends que cela a été une expérience difficile pour vous deux. Mais permettez-moi de vous rassurer, je ne suis pas à la chasse au mari. Si c'était le cas, je n'aurais pas recours à des manipulations et autres manœuvres, encore moins avec une enfant. J'ai bien peur d'avoir été élevée dans l'idée que le célibat était la meilleure situation possible.

— Désolé. Quand j'aurai cessé de faire des gaffes, j'espère trouver une meilleure excuse.

Ana releva un sourcil. Boone poussa un soupir imperceptible. Apparemment, il n'était pas encore sorti d'affaire.

— Le fait que nous nous soyons compris suffira. Maintenant, je pense que vous voulez retourner travailler. Et moi aussi.

Elle passa devant lui pour entrer dans un hall au sol carrelé, et ouvrit la porte d'entrée.

— Dites à Jessie de passer me voir pour qu'elle me raconte sa première journée d'école.

Boone sortit.

— Je n'y manquerai pas. Soignez bien vos coupures et…

Mais elle avait déjà refermé la porte.

3

Bravo, Sawyer !

Secouant la tête, Boone s'effondra devant son ordinateur. Non seulement cette idiote de Daisy avait fait tomber Ana dans son jardin, mais lui-même n'avait rien trouvé de mieux que de surgir chez elle sans y être invité, comme un gros balourd qu'il était. Pourquoi ? Finalement, pour lui tripoter les jambes. Et puis, pour couronner le tout, il s'était permis d'insinuer qu'elle avait utilisé sa fille pour essayer de le piéger.

Tout cela en un seul après-midi. Pour une réussite, c'était une réussite. Dégoûté, il pianota sur le clavier de son ordinateur. C'était une chance qu'Ana ne l'ait pas jeté dehors au lieu de lui claquer simplement la porte au nez.

Mais, bon sang, pourquoi avait-il agi avec une telle stupidité ? Bien sûr, il avait été échaudé, tout récemment. Mais cela n'avait rien à voir, il devait être assez honnête pour l'admettre.

Il rit sous cape. Que diable, il n'avait plus dix-huit ans ! D'ordinaire, c'étaient les adolescents qui s'y prenaient de cette manière dès qu'une fille leur plaisait.

Il avait levé les yeux sur le visage de sa voisine, dans la cuisine baignée de soleil. Il avait senti sous ses doigts sa peau douce, respiré son parfum enivrant. Et cela avait suffi pour qu'il ait envie d'elle. Une envie dévorante. Pendant un instant, il avait imaginé avec une clarté d'esprit ahurissante comment ce serait s'il l'emmenait dans ses bras pour la déposer sur le lit, et le bref sursaut qu'elle aurait s'il se mettait à embrasser sa bouche, qui devait être si douce, si veloutée.

Ce bref accès de désir avait été d'une telle acuité ! Le responsable était certainement une force supérieure à sa volonté, qui avait chamboulé son système nerveux.

Naturellement, il aurait pu repousser tout cela s'il n'avait pas lu au même instant dans les yeux d'Ana la même faim que la sienne. Et il avait ressenti le pouvoir, le mystère, la sensualité d'une femme sur le point de succomber.

Son imagination n'était jamais en reste, bien sûr, mais, là, ce qu'il avait vu et éprouvé était bel et bien réel.

Pendant un très bref instant, la tension et le désir avaient fait vibrer la pièce comme une corde de violon. Puis il s'était ressaisi. Un homme n'avait pas à séduire sa voisine dans sa cuisine, aussi captivante soit-elle.

Maintenant, il avait probablement ruiné toutes ses chances de la connaître un peu mieux. Juste au moment où il s'était rendu compte qu'il désirait très fort en savoir plus sur Anastasia Donovan.

Boone passa une main nerveuse dans ses cheveux. Prenant une cigarette, il la tripota avant de se décider à l'allumer. Comment pouvait-il se racheter ? Il ne voyait pas.

Il resta à ruminer jusqu'aux premières lueurs de l'aube.

Et, brusquement, tout s'éclaircit dans sa tête. C'était si simple qu'il ne put s'empêcher de rire tout haut. S'il avait voulu se glisser dans le cœur de sa belle voisine — ce qui n'était évidemment pas le cas — cela n'aurait pas pu être plus parfait.

Quelle idiote elle faisait ! Les yeux brillants, les joues rouges, Ana passait sa colère sur des graines qu'elle pilait rageusement dans un mortier. C'était extrêmement satisfaisant de pouvoir écraser quelque chose, même s'il ne s'agissait que d'innocents végétaux. D'un geste impatient, elle éloigna de ses yeux une mèche rebelle. Ce type avait un culot incroyable ! L'accuser de l'épier, et de soutirer des renseignements sur lui à la petite Jessie ! Comme si elle l'avait trouvé irrésistible. Comme si elle avait attendu derrière un mur de verre l'arrivée d'un prince charmant venu la délivrer.

Non, mais il ne doutait vraiment de rien !

Heureusement, elle avait eu la joie de le remettre à sa place. Elle n'avait pas l'habitude de claquer la porte au nez des gens mais, pour une fois, elle avait ressenti une véritable jouissance à le faire.

A tel point qu'elle n'hésiterait pas à recommencer.

Poussant un long soupir, elle continua à piler énergiquement ses graines.

C'était vraiment dommage que ce Boone Sawyer ait tant de talent. Elle ne pouvait pas nier non plus que c'était un père formidable. D'autres détails suscitaient l'admiration : il était attirant, et doté d'un magnétisme sexuel rare, avec une petite touche de timidité qui, mêlée à cette saveur spécifique aux mâles indomptés, lui donnait un charme indubitable.

Ana fronça les sourcils. Pourquoi penser à Boone Sawyer ? C'était un être plutôt antipathique, il l'avait prouvé par sa méfiance.

Oui, mais il avait des yeux extraordinaires ! A vous couper le souffle quand ils se posaient sur vous.

Ana sentit son cœur battre à grands coups. Agacée, elle prit une longue inspiration et serra plus fort le pilon. Décidément, elle perdait la tête ! Que pouvaient bien lui faire les yeux de Boone Sawyer ? Elle avait d'autres préoccupations, bien plus importantes.

Il est vrai qu'à un certain moment, quand ils s'étaient retrouvés tous les deux dans la cuisine et que Boone s'était occupé de ses coupures avec tant de gentillesse, elle avait été attirée par lui. Elle secoua la tête. Attirée ? Non, excitée était le mot plus juste. Mais, après tout, ce n'était pas un crime.

Et M. Sawyer avait vite éteint cette petite étincelle avec son sale caractère. Et elle lui en était reconnaissante !

Interrompant son travail, elle redressa résolument la tête. A partir de cet instant, elle ne penserait plus à lui qu'en tant que père de Jessie. Et elle ne se montrerait amicale que dans la mesure où cela faciliterait ses relations avec la fillette.

Ana sourit. C'était bon que Jessie soit entrée dans sa vie. Elle n'allait pas sacrifier cette joie à cause de l'antipathie très justifiée qu'elle éprouvait pour son père, et qui était certainement bien partagée.

— Bonjour !

Le petit minois apparut à la porte. Ana se sentit brusquement rassérénée. Comment rester en colère devant ces grands yeux malicieux et rieurs ?

Elle posa ses ustensiles de cuisine. Elle devait probablement être reconnaissante à Boone qu'il ait laissé sa fille venir la voir malgré leur altercation.

— Ma foi, tu m'as tout l'air d'avoir survécu à ton premier jour d'école.

— Mon professeur s'appelle Mme Farrell. Elle a les cheveux gris et de grands pieds, mais elle est gentille. J'ai rencontré Marcie et Tod et Lydia et Frankie, et un tas de petits enfants. Le matin, on a...

— Formidable !

En riant, Ana leva les deux mains.

— Entre donc et viens t'asseoir avant de me raconter les événements de la journée.

— Je ne peux pas ouvrir le portail, j'ai les mains pleines.

— Ah oui ?

Ana vint l'ouvrir en grand.

— Qu'est-ce que c'est ?

— Des cadeaux.

Un peu essoufflée, Jessie posa un paquet au bord de la table. Puis elle brandit un gros crayon de couleur.

— Aujourd'hui, on a dessiné. Moi, j'ai fait deux dessins, un pour papa et un pour vous.

— Pour moi ?

Touchée, Ana prit la feuille pleine de couleurs.

— C'est très beau, ma chérie.

— Regardez, là, c'est vous ! dit-elle en pointant le doigt sur un personnage aux cheveux dorés. Et là, c'est le chat. Et puis il y a des fleurs : des pâquerettes, des roses et des delphines…

— Des delphiniums, corrigea Ana avec un sourire attendri.

— Oui, et puis il y en a plein d'autres, mais je ne sais pas leur nom. Vous allez me les apprendre ?

— Bien sûr, Jessie, je te l'ai promis. Ton dessin est très joli.

— Sur celui de papa, j'ai dessiné notre nouvelle maison, avec lui sur le balcon, parce que c'est là qu'il préfère être. Il l'a posé sur le réfrigérateur.

— C'est une excellente idée.

Ana alla fixer la feuille sur la porte du sien à l'aide de petits aimants en forme d'animaux et de feuilles.

— J'aime bien dessiner. Mon papa, il dessine très bien, et il m'a dit que ma maman dessinait encore mieux que lui.

Faisant une pause, elle prit un air grave et glissa sa main dans celle d'Ana.

— Vous n'êtes pas fâchée contre moi ?

Etonnée, Ana releva les sourcils.

— Mais non, ma chérie. Pourquoi serais-je fâchée ?

— Parce que Daisy vous a fait tomber. Papa m'a dit que vous vous êtes fait mal et que tous vos pots sont cassés.

Les sourcils froncés, elle examina les coupures sur les bras d'Ana avant de les embrasser d'un air solennel.

— Je suis désolée.

— Ce n'est rien, je t'assure. Daisy ne l'a pas fait exprès.

— Elle ne voulait pas déchirer les chaussures de papa, non plus, et lui faire dire des gros mots.

Ana se mordit la lèvre pour ne pas rire.

— J'en suis bien convaincue.

— Papa a crié très fort, et Daisy a eu peur. Elle a fait pipi sur le tapis. Il lui a couru après pour l'attraper, mais elle ne s'est pas laissé faire. C'était très rigolo. Je ne pouvais plus m'arrêter de rire. Et papa s'est mis à rire lui aussi. Il a fait semblant d'être en colère, et il a dit qu'il allait construire une grande niche dans le jardin pour m'y mettre avec Daisy.

Ana ne put s'empêcher d'éclater de rire. Elle souleva Jessie dans ses bras.

— Je crois que tu t'amuserais bien dans la niche avec Daisy. Mais si tu veux sauver les chaussures de ton père, tu devrais me laisser ta petite chienne pour que je fasse son éducation.

— Vous savez comment il faut faire ?

— Mmm, je crois bien. Viens voir.

Elle installa Jessie sur sa hanche et appela Quigley, qui faisait la sieste sous la table de la cuisine. Visiblement à contrecœur, le chat se leva et s'étira voluptueusement.

— Assieds-toi, dit Ana d'une voix douce et ferme.

Clignant des paupières, le chat obéit.

— Debout !

Résigné, Quigley se dressa en faisant un petit bruit de gorge qui ressemblait à un reproche.

— Si tu fais un petit saut en arrière, j'ouvrirai une boîte de thon pour ton dîner.

Quigley parut réfléchir, mais pas longtemps. Il semblait avoir compris que la récompense était intéressante. Arquant le dos, il sauta et retomba sur ses pattes avec légèreté. Tandis que Jessie éclatait de rire en applaudissant, Quigley se mit modestement à lécher ses pattes.

— Je ne savais pas que les chats savaient faire des tours !

— C'est assez rare. Quigley est très spécial.

Elle posa Jessie par terre et caressa le félin, qui fit le dos rond et se mit à ronronner en frottant son nez contre ses jambes.

— Sa famille vit en Irlande, comme la plus grande partie de la mienne.

— Est-ce qu'il se sent seul ?

Souriant, Ana caressa Quigley sous le menton.

— Non, je ne crois pas. Nous nous tenons compagnie tous les deux.

Elle se redressa.

— Et maintenant, veux-tu un petit goûter ? Tu pourras me raconter ta première journée d'école.

Jessie hésita.

— Je ne crois pas. Il est bientôt l'heure de dîner et papa... oh, j'allais oublier !

Elle retourna vivement vers la table et montra le paquet, enveloppé dans un papier rose bonbon à rayures plus foncées.

— C'est mon papa qui vous le donne.

— Ton…

Inconsciemment, Ana croisa ses mains dans le dos.

— Qu'est-ce que c'est ?

— Moi je le sais mais je ne peux pas vous le dire, sinon vous n'aurez plus de surprise. Il faut l'ouvrir !

Les yeux luisant de plaisir, Jessie sourit de toutes ses petites dents.

Elle prit le paquet et le tendit à Ana. Voyant qu'elle gardait les mains dans son dos, elle interrogea :

— Vous n'aimez pas les cadeaux ? Moi, c'est ce que j'aime le mieux. Et ceux de papa sont toujours très beaux.

— Je n'en doute pas, mais…

— Vous n'aimez pas mon papa ?

Jessie fit une petite moue de déception.

— Vous êtes en colère contre lui parce que Daisy a cassé vos pots ?

— Non, non, pas du tout.

Ana poussa un soupir imperceptible. Elle n'était pas en colère à cause des pots cassés, en tout cas.

— Ce n'était pas sa faute. Et, oui, naturellement, j'aime bien ton papa. Enfin… je ne le connais pas beaucoup, et je…

Sentant qu'elle s'empêtrait, elle afficha un sourire joyeux.

— Je suis juste étonnée d'avoir un cadeau alors que ce n'est pas mon anniversaire.

Pour faire plaisir à Jessie, elle prit le présent et le secoua doucement.

— Cela ne fait pas de bruit, dit-elle.

Jessie se mit à rire en frappant dans ses mains.

— Devinez ! Devinez ce que c'est !

— Voyons… un trombone ?

— Non… un trombone, c'est trop gros.

Excitée comme une puce, elle se mit à sauter sur place.

— Ouvrez-le ! Ouvrez-le !

Tétanisée, Ana écoutait les battements désordonnés de son cœur. Elle secoua légèrement la tête. C'était l'attitude de la fillette qui lui provoquait cette réaction, rien d'autre. Pour lui faire plaisir, elle déchira le papier.

— Oh !

C'était un grand livre pour enfant. La couverture, sur un fond blanc immaculé, était illustrée d'un personnage féminin aux cheveux dorés qui portait une couronne scintillante et une robe en voile bleu azur.

— *La Reine des fées*, de Boone Sawyer, lut-elle à voix haute.

— Il est tout neuf. Vous ne pourriez même pas l'acheter, mais mon papa a déjà reçu des copies.

Elle passa une main douce sur la couverture.

— Je lui ai dit qu'elle vous ressemblait.

— C'est un très joli cadeau, dit Ana dans un souffle.

Et un cadeau sournois. Comment pourrait-elle être furieuse contre lui maintenant ?

— Il a écrit quelque chose pour vous sur la première page.

Trop impatiente pour attendre, Jessie ouvrit le livre elle-même.

— Regardez, c'est là !

« Pour Anastasia, avec l'espoir que cette histoire de magie sera aussi efficace qu'un drapeau blanc. Boone. »

Malgré elle, elle sourit. C omment faire autrement ? Qui pourrait refuser, même à son pire ennemi, une trêve aussi joliment demandée ?

Repoussant du pied un carton de déménagement, il jeta un coup d'œil par la fenêtre vers la maison d'à côté. Un bref coup d'œil, rien de plus.

Il faudrait sûrement compter quelques jours avant qu'Ana retrouve sa bonne humeur. Quoi qu'il en soit, il avait fait un pas de géant dans la bonne direction. Après tout, il ne voulait pas qu'il y ait le moindre antagonisme entre lui et la nouvelle amie de Jessie.

Retournant près de la cuisinière à gaz, il baissa le feu sous les blancs de poulet qu'il faisait griller et s'attaqua à la préparation d'une purée de pommes de terre.

C'était le plat préféré de Jessie. Il aurait pu faire de la purée tous les jours de l'année, elle ne se serait jamais plainte. Mais il fallait bien varier les menus, pour qu'elle ait une alimentation équilibrée.

Et ce n'était pas toujours facile.

Ajoutant du lait chaud, Boone fit la grimace. Le mauvais côté de la situation, c'était d'avoir à composer un menu chaque jour. Un vrai casse-tête, en réalité, dont il se serait volontiers passé. Ce n'était pas tant le fait de cuisiner que celui de décider de ce qu'il allait préparer. A court d'idées, il avait commencé à découper des recettes dans les magazines pour apporter un peu d'originalité sur la table.

A un moment donné, il avait sérieusement envisagé d'engager une gouvernante, ce à quoi sa mère et sa belle-mère l'avaient fortement encouragé. Comme toujours, elles avaient fait une compétition entre elles pour lui donner les meilleurs conseils sur l'art de dénicher la gouvernante idéale. Cependant, l'idée que quelqu'un s'installe chez lui et prenne peu à peu de l'ascendant sur sa fille l'en avait dissuadé.

Jessie était sa fille. Elle était à lui, à cent pour cent.

Et en dépit des sempiternelles corvées en tous genres, il préférait continuer ainsi.

Alors qu'il ajoutait une généreuse noix de beurre à la purée onctueuse, il entendit des pas approcher.

— Tu es à l'heure, petite grenouille. J'allais t'appeler.

Léchant la purée qui lui avait coulé sur un doigt, il se tourna vers elle. Et ressentit comme un coup de poing dans l'estomac. Ana était sur le seuil, une main posée sur son épaule. L'estomac chaviré, il refréna de justesse une grimace.

— Heu… bonsoir !

— Je ne veux pas vous déranger… Je suis juste venue vous remercier pour le livre. C'est très gentil à vous.

— Je suis heureux qu'il vous plaise.

Il baissa les yeux. Il avait toujours son tablier autour de sa taille. Il l'enleva d'une main preste.

— C'est tout ce que j'ai pu imaginer pour enterrer la hache de guerre, continua-t-il.

— C'est très efficace.

Elle sourit. C'était charmant de le voir s'affairer autour des casseroles.

— Merci d'avoir pensé à moi. Maintenant, je vais vous laisser préparer votre repas.

— Papa, Ana peut entrer ? dit Jessie en la tirant par la main. Papa, elle peut entrer ?

— Bien sûr. Entrez, Ana, je vous prie de m'excuser.

Il poussa un autre carton dans un coin de la pièce.

— Je n'ai pas tout à fait fini de déballer. C'est plus long que je ne pensais.

Autant par curiosité que par politesse, elle entra et regarda discrètement autour d'elle. La fenêtre n'avait pas encore de rideaux, et quelques caisses encombraient le sol carrelé. Sur le comptoir bleu étaient posés un plat à cookies en céramique, qui avait la forme du lapin d'*Alice au pays des merveilles*, et un pot à thé qui avait celle du chapelier fou.

Des cache-pots étaient accrochés au mur sur de petits crochets de cuivre. La porte du réfrigérateur, véritable galerie d'art, était recouverte de dessins de Jessie. Le chiot dormait dans un coin de la pièce.

Certes, tout n'était pas encore en place, mais on sentait que la maison était habitée.

— C'est une belle demeure, dit Ana. Je ne suis pas étonnée qu'elle se soit vendue rapidement.

— Vous voulez voir ma chambre ? demanda Jessie en la tirant encore par la main. J'ai un toit au-dessus de mon lit, et plein d'animaux en peluche.

— Tu montreras ta chambre à Ana plus tard, intervint Boone. Maintenant, il faut te laver les mains.

— D'accord.

Elle jeta un coup d'œil implorant à Ana.

— Restez avec nous !

— Puis-je vous offrir un verre de vin ? demanda Boone.

— Je veux bien.

Les feuilles bruissèrent quand il ouvrit la porte du réfrigérateur.

— Jessie est une véritable artiste. Elle est vraiment adorable de m'avoir donné ce dessin.

— Méfiez-vous, vous risquez d'en avoir bientôt assez pour tapisser tous vos murs.

La bouteille à la main, il hésita un instant. Où avait-il rangé les verres ? Mais les avait-il seulement déballés ? Une recherche rapide dans les placards lui donna la réponse : ils étaient encore dans les cartons.

— Pouvez-vous boire du chardonnay dans un verre Bugs Bunny ?

Elle se mit à rire.

— Absolument !

Quand il l'eut servie, elle porta un toast :

— Bienvenue à Monterey !

— Merci, dit-il d'une voix qu'il aurait souhaitée un peu plus ferme.

Quand elle porta le verre à ses lèvres et qu'elle lui sourit par-dessus le bord, il perdit le fil de ses pensées.

— Je... il y a longtemps que vous habitez ici ?

— En gros... j'y ai vécu toute ma vie...

L'odeur du poulet mijoté et le désordre joyeux de la cuisine étaient si accueillants qu'elle se détendit.

— Mes parents avaient une maison ici, et une en Irlande. Désormais, ils vivent là-bas la plupart du temps, mais mes cousins et moi nous sommes installés à Monterey. Morgana est née dans la maison qu'elle habite, sur la Seventeen Mile Drive. Sebastian et moi, sommes nés en Irlande, dans le château des Donovan.

— Le château des Donovan...

Elle eut un petit rire.

— Oui, je sais, cela paraît prétentieux. Mais c'est un vrai château, très vieux, merveilleux, et complètement coupé du monde. Il appartient à la famille depuis des siècles.

Boone hocha pensivement la tête.

— Vous êtes née dans un château irlandais... Ceci explique peut-être ma réaction, la première fois que je vous ai vue. J'ai pensé : tiens, la reine des fées vit à côté, dans les buissons de roses.

Son sourire s'évanouit et il se mit à parler sans réfléchir.

— Vous m'avez coupé le souffle.

Ana s'apprêtait à boire une autre gorgée de vin, mais elle suspendit son geste. Troublée, elle entrouvrit les lèvres.

— Je...

Elle sirota son vin. Mieux valait prendre le temps de réfléchir.

— Je suppose que c'est une déformation professionnelle. Vos talents de conteur vous font voir des fées au milieu des roses, des elfes dans le jardin et des magiciens à la cime des arbres.

— Sans doute.

Il prit une profonde inspiration. Ana avait la même odeur délicieuse que la brise, qui apportait par la fenêtre les senteurs du jardin et les effluves de la mer. La couvant des yeux, il s'approcha d'elle. C'était surprenant, et loin d'être désagréable, de voir que son regard s'alarmait subitement.

— Comment vont vos blessures, ma belle voisine ?

Doucement, il lui prit le bras et fit aller et venir son pouce, jusqu'à ce qu'il sente battre le sang.

— Vous avez mal ?

— Non.

Affolée, elle entendit sa propre voix réduite à un murmure. Essayant de la raffermir, elle continua :

— Non, pas du tout.

— Vous sentez encore les fleurs.

— Les sauges…

Il posa sa main libre sous son menton.

— Vous sentez toujours les fleurs. Les fleurs sauvages, et l'écume des vagues.

Comment s'était-elle retrouvée adossée au comptoir, le corps de Boone effleurant le sien, sa bouche si près d'elle, si tentante qu'elle ne pouvait que la goûter ?

Elle le désirait avec une telle force, brusquement, que sa tête se vida de toute pensée. Lentement, les yeux dans ceux de Boone, elle leva la main vers son torse et la passa sur son cœur. Il battait follement.

Et ce serait aussi un baiser fou. Fort, sauvage, dès le premier instant, pensa-t-elle.

Comme pour confirmer sa pensée, il prit ses cheveux à pleine main. Ils étaient chauds, comme il s'en doutait, aussi chauds que le soleil, auquel ils empruntaient leur couleur. Pendant une brève seconde, tout son être se tendit vers ce baiser qu'il allait lui donner et lui prendre, sur le plaisir téméraire qu'il allait en tirer. Sa bouche était à un souffle des lèvres d'Ana quand il entendit les petits pieds de sa fille claquer sur les marches d'escalier.

Il fit un bond en arrière comme si Ana l'avait brûlé. Sans voix, ils se regardèrent, sidérés par ce qui avait failli se passer.

Boone n'en revenait pas. Que lui arrivait-il ? Depuis quand attrapait-il les femmes par leur chevelure pour les embrasser dans sa cuisine pendant que la viande était en train de mijoter, que la purée refroidissait sur la table et que sa fille risquait à chaque seconde de faire irruption dans la pièce ?

— Je vais rentrer chez moi, dit Ana d'une voix haletante.

Elle posa son verre avant qu'il ne s'échappe de sa main tremblante.

— Je n'avais vraiment pas l'intention de rester plus d'une minute, ajouta-t-elle.

— Ana.

Il se déplaça vers la porte pour lui bloquer le passage.

— J'ai le sentiment que ce qui vient de se passer ne vous est pas plus coutumier qu'à moi. C'est intéressant, vous ne trouvez pas ?

Elle leva ses immenses yeux gris sur lui.

— Je ne vous connais pas assez pour pouvoir vous répondre.

— Eh bien, je n'ai pas l'habitude de séduire les femmes dans ma cuisine, de surcroît quand ma fille se trouve en haut de l'escalier. Mais, surtout, je n'ai jamais eu l'habitude de désirer une femme dès le premier instant où j'ai posé les yeux sur elle.

Ana retint son souffle. Elle n'aurait pas dû se séparer de son verre de vin, sa gorge était sèche comme du parchemin.

— Vous espérez sans doute que je vais vous croire, mais vous vous trompez, dit-elle en soutenant son regard.

Une lueur de défi mêlé de colère brilla dans les yeux de Boone.

— Je dois donc vous le prouver, c'est ce que vous attendez ?

— Non, vous…

— Papa, j'ai les mains propres !

Inconsciente de la tension qui montait, Jessie arriva en dansant dans la cuisine, les mains tendues pour l'inspection paternelle.

— Pourquoi faut-il qu'elles soient propres ? Je ne mange pas avec mes doigts ! fit-elle remarquer.

Faisant un violent effort, Boone s'écarta d'Ana et tapota le petit nez de sa fille.

— Parce que les germes aiment bien s'échapper des mains des petites filles et s'installer dans leur purée de pommes de terre.

— Berk…

Elle fit une grimace avant de sourire.

— C'est mon papa qui fait la meilleure purée dans le monde entier. Vous voulez la goûter ? Papa, Ana peut rester pour le dîner ?

— Vraiment, je…

— Bien sûr, ma chérie.

Ana se redressa. Boone affichait un sourire semblable à celui de sa fille, mais la lueur qu'elle voyait dans ses yeux était dangereuse. Il la dévorait littéralement du regard.

— Nous serions ravis que vous restiez. Il y a un tas de choses à manger. Et je crois que ce serait une bonne idée de nous connaître un peu mieux. Avant.

Elle hocha vaguement la tête. Inutile de lui demander « avant quoi » ?

C'était clair comme de l'eau de roche. Malgré ses efforts, elle ne put surmonter une excitation mêlée de panique.

— C'est très gentil, j'aimerais beaucoup pouvoir accepter mais...

Jessie poussa une exclamation de déception. Ana sourit.

— Mais je dois aller chez mon cousin m'occuper de ses chevaux.

— Vous m'emmènerez un jour pour que je les voie ?

— Bien sûr, si ton papa est d'accord.

Elle se baissa pour l'embrasser.

— Merci pour le dessin, ma chérie. Il est magnifique.

Elle s'approcha prudemment de la porte avant de regarder Boone.

— Merci pour le livre. Je sais qu'il va me plaire. Bonsoir.

Elle se retint de courir. Elle ne partait pas de chez son voisin, elle s'enfuyait. De retour chez elle, elle mit un certain temps à retrouver ses esprits. Après avoir servi une boîte de thon à Quigley, elle troqua ses vêtements contre un jean et une chemise en coton pour aller chez Sebastian.

Le front plissé, elle enfila des bottes. Elle allait devoir réfléchir sérieusement. Peser le pour et le contre, envisager les conséquences. Brusquement, elle pensa à Morgana. Si sa cousine savait, elle n'aurait pas fini de rire. Elle l'accuserait d'être une incorrigible Balance.

Ana soupira. Morgana n'aurait pas tort. Après tout, c'était peut-être son signe astrologique qui lui donnait cette capacité de voir les deux aspects d'une même question, ce qui compliquait les choses aussi souvent que cela les résolvait. Mais, dans ce cas précis, il lui suffirait d'avoir les idées claires et de réfléchir calmement.

Elle était probablement attirée par Boone d'une façon inhabituelle. A vrai dire, une telle attirance physique était sans précédent. Elle avait déjà éprouvé du désir pour un homme, mais jamais d'une façon aussi aiguë. Oui, il y avait certainement matière à réflexion.

Fronçant les sourcils, Ana attrapa une veste en jean et descendit l'escalier.

Evidemment, elle était adulte, sans attache, sans rien qui l'encombrait, et rien ne l'empêchait d'avoir une relation avec un homme qui était aussi libre qu'elle.

Cependant, une relation pouvait être catastrophique quand l'un des deux partenaires n'acceptait pas l'autre tel qu'il était.

Toujours plongée dans ses pensées, elle sortit de la maison. Après tout, elle ne devait aucune explication à Boone. Elle n'était pas obligée de lui parler des dons qu'elle avait hérités des Donovan. Elle avait eu la mauvaise idée de le faire avec Robert, des années plus tôt, et elle avait vu le résultat. Non, même si elle avait une relation amoureuse avec son voisin, rien ne l'obligerait à le lui dire.

Remuant ces idées dans son esprit, elle monta en voiture et sortit de l'allée.

Ce n'était pas mentir que de garder secrète une partie de soi. C'était une façon de se protéger. Une dure expérience le lui avait appris. Elle haussa les épaules. C'était idiot de voir les choses sous cet angle alors qu'elle n'avait même pas décidé si elle voulait vraiment avoir une relation avec Boone Sawyer.

Elle soupira. Il y avait un détail qu'elle ne devait pas

oublier. Un détail important : Boone était son voisin. Si leur relation tournait mal, la situation deviendrait très inconfortable en vivant si près de chez lui.

Et il fallait aussi penser à Jessie. Ana sourit. Cette gamine était adorable. Pour rien au monde elle ne voulait que l'affection et la belle amitié qu'il y avait entre elles soient gâchées par son besoin égoïste de satisfaire une envie purement physique.

Elle hocha la tête. Oui, c'était un désir purement physique, se répéta-t-elle en conduisant sur la petite route sinueuse qui suivait la côte.

Bien sûr, elle aurait du plaisir physique avec Boone, cela ne faisait aucun doute. Mais le coût affectif serait trop lourd.

Il vaudrait mieux, mille fois mieux pour eux trois, qu'elle reste l'amie de Jessie tout en se tenant à une sage distance du père de la fillette.

Le dîner était terminé, la vaisselle lavée, essuyée et rangée. Daisy venait d'avoir sa leçon de dressage, qui n'avait pas été une franche réussite. La petite chienne avait accepté de s'asseoir uniquement si on lui appuyait sur le bas du dos. Ensuite, Jessie avait pris un long bain, et Boone avait accepté de la faire chevaucher sur son dos. Maintenant, il allait lui raconter une histoire, et lui donner un verre d'eau avant qu'elle s'endorme.

Une demi-heure plus tard, quand la maison fut calme, Boone s'offrit un verre de cognac sur le balcon. Une pile de formulaires à remplir pour l'école de Jessie l'attendait sur son bureau mais, pour le moment, il voulait profiter de cette fin de soirée, jouir du clair de lune, du clapotis des vagues contre les rochers, du chant des insectes dans l'herbe et de l'odeur des fleurs nocturnes.

Posant son verre sur la petite table, il s'étira. Pas étonnant qu'il ait acheté cette maison sans hésiter. Il n'y avait aucun lieu où il se sentait détendu comme ici, où il avait le sentiment d'être en paix, et en harmonie avec ce qui l'entourait. De plus, cet endroit fortifiait son imagination, avec les cyprès aux formes mystiques, les plantes grasses qui étalaient généreusement leurs silhouettes mystérieuses et cette plage rocheuse qui prenait parfois des airs inquiétants.

Sans parler de la femme magnifique qui vivait dans la maison voisine.

Boone eut un petit sourire grimaçant. Cela faisait une éternité qu'il n'avait pas été attiré ainsi mais, cette fois, il se rattrapait largement.

Il soupira. Il lui avait fallu du temps pour se remettre de la mort d'Alice, mais il avait fini par accepter le fait que, désormais, il devrait vivre sans elle.

Il sirotait pensivement son cognac quand il entendit la voiture d'Ana. Il ne la guettait pas, du moins essaya-t-il de s'en convaincre. Dans un geste compulsif, il consulta sa montre et poussa un léger soupir de satisfaction. Si Ana avait passé la soirée avec un homme, elle ne serait pas rentrée si tôt.

Bien sûr, sa vie sociale ne le regardait pas...

De l'endroit où il se tenait, il ne voyait pas l'allée qui conduisait chez elle. Mais, dans la nuit silencieuse, il entendit la portière de sa voiture claquer quand elle la referma. Quelques secondes plus tard, il entendit la porte d'entrée s'ouvrir.

Posant ses pieds nus sur la balustrade, il imagina Ana chez elle. La lumière de la cuisine venait de s'allumer. Il vit sa silhouette passer devant la fenêtre.

Peu de temps après, la lumière s'éteignit. Il suivit Ana par la pensée. Maintenant, elle devait monter l'escalier. Il aperçut une autre lumière, vacillante, et assez faible, diffusée apparemment par une bougie plutôt que par une lampe. Ensuite quelques notes de musique parvinrent à ses oreilles. De la harpe. Une musique mystérieuse, romantique, plutôt triste.

Brièvement, furtivement, il vit son ombre se découper avec netteté près d'une fenêtre tandis qu'elle ôtait son chemisier.

Détournant les yeux, il vida son verre de cognac. Aussi tentant que cela puisse être, il n'allait pas s'abaisser à jouer les voyeurs. Cependant, une cigarette serait la bienvenue. Il formula mentalement des excuses pour Jessie, qui le désapprouverait, et en tira une de sa poche.

Les nerfs un peu calmés par le tabac, il put se contenter d'écouter le son de la harpe.

Il attendit encore très longtemps avant d'aller se coucher. Bercé par le bruit de la pluie qui tombait doucement sur le toit, il finit par s'endormir, avec le souvenir des notes de musique flottant dans la brise nocturne.

4

Cannery Row était emplie d'un tumulte de voix, de sonnettes de vélo, de cris de goélands. Partout, des gens discutaient, s'affairaient, entraient dans les boutiques, d'où ils ressortaient les bras chargés de paquets. Ana aimait la foule et les bruits de la rue autant que le calme et la sérénité de son jardin.

Elle était déjà passée deux fois devant la boutique de Morgana. Il fallait se rendre à l'évidence : ce week-end était si parfait que les gens du cru aussi bien que les touristes avaient décidé de sortir. Les places de parking dans cette rue allaient être aussi difficiles à trouver qu'une pièce d'or. Mieux valait se garer trois pâtés de maisons plus loin. Cinq minutes plus tard, elle descendit de voiture et ouvrit son coffre. Un enfant en bas âge se mit à pousser des hurlements stridents. Hors d'elle, sa mère claironna :

— Si tu ne te calmes pas tout de suite, tu n'auras rien du tout ! Je ne plaisante pas, Timothy. J'en ai assez, tu m'entends. Maintenant, tu viens avec moi !

L'enfant se laissa glisser mollement par terre pendant que sa mère, encombrée de paquets, le tirait par la main. Ana se mordit la lèvre pour ne pas rire. A l'évidence, les parents étaient très jeunes et ne voyaient pas le comique de la situation. Mais le petit Timothy était bien parti pour recevoir une raclée. Ce qui ne le rendrait probablement pas plus coopératif. Le père fourra ses paquets dans les bras de sa femme et se pencha vers lui.

Ana ne put s'empêcher de les observer du coin de l'œil. Ils paraissaient fatigués et malheureux. Etablissant mentalement un lien avec le père, elle sentit son amour pour l'enfant, mais aussi sa colère et sa gêne. Puis elle passa à Timothy. Il était fatigué, mais surtout profondément frustré, sans doute parce qu'il n'avait pas eu le jouet qu'il convoitait.

Ana ferma les yeux. La main du père se levait pour administrer une fessée. Le gamin retint son souffle, prêt à hurler devant l'indignité d'une telle punition.

Mais, tout à coup, le père poussa un soupir et laissa retomber sa main sur le côté. Timothy leva les yeux. Il avait le visage rouge et couvert de larmes.

Son père s'accroupit en tendant les bras.

— Tu es fatigué, mon trésor ?

Avec un hoquet, Timothy se jeta dans ses bras et posa la tête sur l'épaule paternelle.

— J'ai soif !

— D'accord, mon gros chat. On va chercher à boire.

D'une main apaisante, il lui tapota le derrière et adressa à sa femme horripilée un sourire encourageant.

— Si nous prenions une boisson fraîche ? Tim a besoin de faire une sieste.

Ils s'éloignèrent, épuisés mais soulagés.

Se souriant à elle-même, Ana se pencha dans le coffre de sa voiture. Les vacances en famille n'étaient pas toujours de tout repos. La prochaine fois qu'ils se laisseraient gagner par l'énervement, elle ne serait pas là pour les aider.

Après avoir jeté son sac sur son épaule, elle sortit la demi-douzaine de boîtes qu'elle allait livrer à Morgana : pots-pourris, flacons d'huiles et de crèmes, sachets enrubannés, petits coussins en satin, et quantité de parfums personnalisés.

Elle réfléchit un instant. Elle ferait peut-être mieux de s'y reprendre à deux fois. Evaluant la distance qu'elle devrait faire à pied, elle se ravisa. En équilibrant les paquets, elle pourrait tout porter d'un seul coup.

Une fois les objets répartis dans plusieurs sacs, elle réussit à fermer le coffre du bout du coude. Elle traversa le parking et longea un demi-pâté d'immeubles avant de commencer à se faire des reproches.

Pourquoi fallait-il toujours qu'elle fasse la même erreur ? Deux voyages confortables auraient été mille fois mieux qu'un seul accompli avec difficulté. Les boîtes n'étaient pas très lourdes, mais elles étaient encombrantes, et les trottoirs étaient bondés. Par-dessus le marché, le vent lui jetait ses cheveux dans les yeux. Elle évita de justesse un couple d'adolescents qui s'embrassaient.

— Voulez-vous un peu d'aide ?

Furieuse contre elle-même et contre certains conducteurs irresponsables qui rasaient les trottoirs à toute vitesse, elle se retourna. C'était Boone, plus séduisant que jamais dans un pantalon et une chemise en coton qui moulaient son corps d'adonis. Juchée sur ses épaules, Jessie riait en applaudissant.

— On a fait des tours de manège, on a mangé des glaces, et puis on vous a vue, raconta-t-elle.

— Vous êtes très chargée, constata Boone d'une voix mi-compatissante, mi-amusée.

— Ce n'est pas très lourd.

Il tapota les jambes de Jessie. Comprenant le signal, la fillette se laissa glisser le long de son dos.

— Nous allons vous donner un coup de main.

— Merci, mais tout va bien.

C'était idiot de refuser de l'aide, elle le savait, mais

elle s'était débrouillée pour éviter Boone pendant toute la semaine. Et avec un succès presque égal, elle avait évité de penser à lui, de se demander ce qu'il faisait.

— Je ne veux pas vous faire changer de programme.

— Nous n'avons pas de programme particulier, n'est-ce pas, Jessie ?

— Non. Nous nous promenons, aujourd'hui. C'est notre jour de sortie.

Ana ne put s'empêcher de sourire, pas plus qu'elle ne put empêcher l'inquiétude de se glisser dans ses yeux quand elle les posa sur Boone. Il la regardait avec cet air profondément déconcertant qu'elle lui avait déjà vu. Le sourire qui se dessinait sur sa bouche était moins empreint d'humour que de défi.

— Je ne vais pas loin, insista-t-elle désespérément en rattrapant de justesse un paquet prêt à tomber. Je peux très bien…

— O.K.

Sans se soucier de ses objections, Boone la soulagea de quelques sacs.

— A quoi serviraient les voisins ?

— Je veux en porter un ! dit Jessie en bondissant sur place.

— Merci.

Ana lui tendit le plus léger.

— Je vais à deux rues d'ici, dans la boutique de ma cousine.

— Elle a eu ses bébés ? demanda Jessie tandis qu'ils se mettaient à marcher.

— Non, pas encore.

— J'ai demandé à papa pourquoi elle en avait deux à la fois, il m'a dit que, parfois, il y a deux fois plus d'amour.

Ana eut un pâle sourire. Comment pouvait-on avoir

la moindre défense contre un homme tel que lui ? Elle posa un regard chaleureux sur Boone.

— Parfois, oui. Apparemment, vous connaissez toujours la bonne réponse, murmura-t-elle.

— Non, pas toujours, malheureusement.

Il ne savait pas s'il était soulagé ou agacé d'avoir les mains pleines de paquets. Si elles avaient été libres, il aurait été obligé de les poser sur elle.

— Où vous êtes-vous cachée toute la semaine, Anastasia ?

— Cachée ?

La chaleur de son regard disparut.

— Je ne vous ai pas vue une seule fois dans le jardin. Je ne vous croyais pas capable de vous effrayer aussi facilement.

Jessie étant juste devant eux, Ana ravala le commentaire acide qui lui brûlait la langue.

— Je ne vois pas ce que vous voulez dire. J'avais du travail. Beaucoup de travail, en fait.

Elle fit un petit signe de tête en direction des boîtes.

— Vous en transportez une partie.

— Dans ce cas, j'ai bien fait de ne pas venir frapper à votre porte en prétextant que j'avais besoin d'un morceau de sucre. J'ai failli le faire, mais l'excuse aurait été si grossière !

Elle lui coula un regard affolé.

— J'apprécie votre sagesse.

— Je n'en espérais pas moins.

Rejetant en arrière une mèche rebelle, elle appela Jessie.

— Nous allons passer par là, pour entrer par-derrière.

Elle se tourna vers Boone.

— Le samedi, il y a toujours un monde fou. Je n'aime pas entrer par la boutique et déranger les clients.

— Que vend votre cousine ?

Ana sourit.

— Un tas de choses. Je crois que vous allez trouver sa marchandise particulièrement intéressante. Nous y voici !

Elle fit un geste vers un petit escalier de trois marches bordé de pots de géraniums.

— Tu veux bien tenir la porte ouverte, Jessie ?

— D'accord.

Impatiente de voir ce qu'il y avait de l'autre côté, Jessie l'ouvrit en grand, puis elle poussa un cri surexcité.

— Oh, regarde, papa, regarde !

Elle posa son paquet sur le premier espace libre et se rua vers le gros chat blanc occupé à faire sa toilette sur la table.

— Jessica ! tonna Boone.

Sa fille s'arrêta pile.

— Que dois-tu faire quand tu vois un animal inconnu ?

— Mais papa, il est si joli !

— « Elle », corrigea Ana en posant ses boîtes sur le comptoir. Et ton père a raison. Tous les animaux n'aiment pas les petites filles.

Jessie fit la moue. Ses doigts la démangeaient de caresser l'épaisse fourrure blanche comme la neige.

— Elle n'aime pas les petites filles ? demanda-t-elle.

— Parfois, Luna n'aime personne.

En riant, Ana gratta la chatte entre les oreilles.

— Mais si tu te montres très polie, et si tu la caresses quand elle t'aura donné son consentement royal, vous vous entendrez plutôt bien.

Elle adressa à Boone un sourire rassurant.

— Luna ne va pas la griffer. Quand elle en aura assez, elle s'en ira.

Mais, apparemment, Luna était disposée à recevoir des attentions. Marchant à pattes de velours jusqu'au bout de la table, elle frotta sa tête contre la main que Jessie lui tendait.

— Elle m'aime ! cria la fillette avec un sourire radieux. Regarde, papa, elle m'aime !

— Oui, je vois.

— En général, Morgana a toujours quelques boissons fraîches ici, dit Ana en ouvrant un petit réfrigérateur. Voulez-vous quelque chose ?

— Avec plaisir.

Il n'avait pas soif, mais cette proposition lui permettait de s'attarder un peu. Il s'appuya au comptoir de la petite cuisine pendant qu'Ana sortait des verres d'un placard.

— La boutique est de l'autre côté ? demanda-t-il en montrant une porte.

Ana hocha la tête.

Il tendit une main par-dessus son épaule pour effleurer les feuilles d'un romarin en pot sur le bord de la fenêtre.

— Elle a le même genre d'activité que vous ?

Ana essaya d'ignorer que son corps effleurait le sien. Il sentait la mer. Il avait dû aller sur la plage avec Jessie, et donner à manger aux mouettes.

— Quel genre d'activité ?

— Les herbes, et tout le bazar.

— D'une certaine façon, oui.

Elle se retourna avec précaution. Elle était bien trop près de lui. Elle lui fourra un verre dans la main.

— C'est de la bière.

— Exactement ce qu'il me faut.

Il prit le verre sans bouger d'un centimètre. Ce n'était pas très sage, il en avait une conscience aiguë. Mais il se sentait incapable de s'éloigner d'elle.

Ana dut renverser la tête en arrière pour le regarder dans les yeux.

— Ce serait un loisir agréable pour Jessie et moi. Vous pourriez peut-être nous apprendre à les cultiver.

— Ce n'est pas différent de la culture de n'importe quels fleurs ou légumes.

Il fallait faire un gros effort pour garder une voix neutre quand le seul fait de respirer était si difficile.

— Il faut beaucoup de soin, d'attention et d'affection. Excusez-moi, Boone, je n'ai vraiment plus de place.

— Je l'espère bien.

Avec un regard très intense et concentré, il leva une main vers elle et la posa sur sa joue.

— Anastasia, je crois vraiment que nous devrions...

La porte s'ouvrit brusquement.

— C'était la condition, ma chérie. Un quart d'heure de repos toutes les deux heures !

— Tu es ridicule. On dirait que je suis la seule femme enceinte sur cette terre !

Poussant un lourd soupir, Morgana entra dans l'arrière-boutique. Elle releva les sourcils en voyant le trio. La façon dont ce bel inconnu coinçait sa cousine contre le comptoir était particulièrement intéressante.

— Pour moi, tu es la seule femme enceinte, rétorqua Nash. Eh, Ana, tu es exactement celle qu'il me faut pour convaincre Morgana de se reposer. Puisque tu es là, je peux...

Il jeta un coup d'œil à l'homme qui se tenait près d'elle.

— Boone ? Bon sang, Boone Sawyer, espèce de fils de...

Morgana lui enfonça un coude dans les côtes. Voyant la fillette près d'Ana, il comprit le message et ravala les mots colorés qu'il s'apprêtait à lancer. Les bras tendus, un sourire jusqu'aux oreilles, il se rua sur Boone.

— Qu'est-ce que tu fais là, mon vieux ?

Il lui donna une bourrade amicale sur les épaules. Boone lui secoua vigoureusement la main.

— Je livre du matériel, je crois. Et toi, qu'est-ce que tu deviens ?

— J'essaie de garder ma femme en un seul morceau. Bon sang, ça fait combien de temps ? Quatre ans ?

— A peu près.

Morgana croisa les mains sur son ventre.

— Si je comprends bien, vous vous connaissez déjà ?

— Et comment ! Nous nous sommes rencontrés à une conférence d'écrivains. Cela doit bien faire une dizaine d'années. Je ne t'ai pas vu depuis...

Nash fit une pause. En fait, ils ne s'étaient pas revus depuis les funérailles d'Alice. Il revit le désespoir et l'incrédulité dans les yeux de Boone tandis qu'il se penchait sur la tombe de sa femme. Ne voulant pas raviver de vieilles blessures, il demanda :

— Comment vas-tu ?

— Très bien.

Boone comprit son désarroi. Il sourit.

— Nous allons très bien.

Nash posa une main amicale sur son épaule avant de se tourner vers Jessie.

— Et toi, je parie que tu es Jessica.

Elle lui adressa un sourire rayonnant. Elle était toujours ravie de faire de nouvelles connaissances.

— Qui êtes-vous ?

— Je suis Nash.

S'approchant d'elle, il s'accroupit et la regarda. Excepté les yeux, qui étaient ceux de Boone, elle était l'image d'Alice. Vive, jolie, avec un air de petit lutin. Il lui tendit solennellement la main.

— Ravi de te connaître, Jessica.

— C'est vous qui avez mis les bébés dans le ventre de Morgana ?

Il resta sans voix pendant quelques secondes.

— J'ai l'impression que tu as tout compris.

Il la prit dans ses bras.

— Mais je laisse à Ana le soin de les faire sortir. Alors, que faites-vous à Monterey, tous les deux ?

— Nous habitons ici maintenant, répondit Jessie. Juste à côté de chez Ana.

— Sans blague ?

Nash adressa un sourire malicieux à Boone.

— Depuis quand ?

— Un peu plus d'une semaine, répondit Boone. J'avais appris que tu vivais dans le coin, et j'avais l'intention de te faire signe une fois les choses mises en ordre. Je ne savais pas que tu étais marié avec la cousine de ma voisine.

— Le monde est petit et fascinant, non ? commenta Morgana.

Elle inclina la tête et regarda sa cousine, qui n'avait pas soufflé mot depuis qu'ils étaient entrés dans la pièce.

— Puisque personne ne me présente, je vais le faire toute seule. Je suis Morgana !

— Excuse-moi, ma chérie, dit Nash. Mais je t'en prie, assieds-toi.

— Je suis en pleine forme et je...

— Assieds-toi, renchérit Ana en lui approchant une chaise.

— A deux contre une, je n'ai aucune chance, soupira Morgana.

Elle regarda Boone.

— Est-ce que vous vous plaisez à Monterey ?

— Beaucoup.

Boone tourna les yeux vers Ana.

— A vrai dire, plus que je ne l'espérais, ajouta-t-il.

Avec un petit rire, Morgana se tapota le ventre.

— Moi, je suis toujours heureuse d'avoir plus que

je n'espérais. Il faudra que nous nous voyions tous ensemble très bientôt. Vous pourrez me raconter des choses que Nash veut me cacher.

— J'en serai très heureux.

— Ma chérie, tu lis en moi comme dans un livre, dit Nash en embrassant Morgana sur les cheveux.

Il adressa un clin d'œil à Ana.

— C'est la marchandise que Morgana attendait ? s'enquit-il.

— Oui, tout est pour elle.

Impatiente de s'activer pour masquer sa nervosité, Ana examina les paquets.

— Je vais les ouvrir pour toi, Morgana. Tu pourras essayer la nouvelle lotion à la violette avant de la mettre en vente. Et je t'ai apporté un flacon de shampooing à la saponaire.

— Merci. Je n'en avais plus une goutte.

Elle prit le flacon des mains d'Ana et le déboucha.

— Quelle délicieuse odeur !

Elle s'en versa quelques gouttes sur le dos de la main et frotta légèrement.

— Très bonne texture.

— Il y a de la violette et de la mousse irlandaise que papa m'a envoyée.

Ana leva les yeux.

— Nash, pourquoi ne montrerais-tu pas la boutique à Boone et Jessie ?

— Excellente idée.

Avant de sortir de la pièce, Boone jeta un coup d'œil par-dessus son épaule.

— Anastasia…

Il attendit qu'elle le regarde.

— Ne vous enfuyez pas.

Dès qu'il eut le dos tourné, Morgana s'esclaffa.

— Petite cachottière ! Maintenant, tu vas tout me raconter !

Avec un peu plus d'énergie que nécessaire, Ana arracha le papier collant qui fermait une boîte.

— Que je te raconte quoi ?

— Ce qui se passe entre toi et ton superbe voisin, naturellement.

— Il n'y a rien à raconter. Il ne se passe absolument rien !

Morgana soupira.

— Ma chérie, je te connais. Quand je suis entrée dans cette pièce, tu étais tellement absorbée par sa présence que j'aurais pu provoquer une tornade, tu n'aurais pas sourcillé.

Ana se dépêcha d'ouvrir les derniers emballages.

— Tu dis n'importe quoi. Enfin je te pardonne, je suppose que c'est ta grossesse qui te fait perdre la tête.

— Ana, tu sais que je t'aime beaucoup.

— Oui, et moi aussi, je t'aime beaucoup, Morgana chérie.

— Je ne t'ai jamais vue nerveuse. Mais, aujourd'hui, c'est ahurissant. Je te reconnais à peine.

— Je ne suis pas nerveuse ! objecta Ana d'une voix chevrotante.

Faisant par inadvertance s'entrechoquer deux petites bouteilles, elle fronça les sourcils.

— Bon, d'accord, d'accord. Je dois réfléchir. Voilà tout.

Les yeux de Morgana s'arrondirent. Ana fit volte-face.

— Oui, c'est vrai, il me rend nerveuse, et ce serait ridicule de nier que je suis très attirée par lui. Il faut que je prenne le temps de réfléchir.

— Mais de réfléchir à quoi ?

— A la façon dont je dois affronter cela. Enfin, l'affronter lui. Je n'ai pas l'intention de recommencer la même erreur, d'autant plus que tout ce que je ferais qui puisse impliquer Boone impliquerait aussi Jessie.

— Oh, ma chérie, tu es en train de tomber amoureuse.

— C'est absurde, je...

Elle fit une pause. Sa dénégation était trop forcée, elle n'avait pas la moindre sincérité.

— Je suis juste un peu sur les nerfs, c'est tout. Aucun homme ne m'a remuée à ce point sur le plan physique depuis...

Elle fit une pause. Depuis quand, en réalité ? Depuis toujours. Jamais elle n'avait connu une attirance aussi forte. Cela n'arrivait sans doute qu'une fois dans la vie. Prenant une longue inspiration, elle continua, les sourcils froncés :

— Enfin, depuis longtemps. Il faut vraiment que je prenne le temps d'y penser.

Morgana tendit les mains vers elle.

— Ana ! Sebastian et Mel vont revenir dans quelques jours de leur lune de miel. Tu pourrais demander à Sebastian de faire une petite incursion dans son esprit. Cela te soulagerait.

Ana secoua résolument la tête.

— Non... J'y ai songé mais, quoi qu'il arrive, je veux que nous soyons sur un plan d'égalité. Le fait de savoir me donnerait un avantage sur Boone, ce serait injuste. J'ai le sentiment que ce plan d'égalité aurait beaucoup d'importance pour nous deux.

— Laisse-moi te dire quelque chose, de femme à femme, dit doucement Morgana.

Un sourire se forma sur ses lèvres.

— Et en tant que magicienne. Savoir ou ne pas savoir, cela ne change rien pour un homme, une fois qu'il a touché ton cœur.

Ana hocha la tête.

— Dans ce cas, je ferai en sorte qu'il ne touche pas le mien avant que je sois prête.

— C'est incroyable, s'exclama Boone en examinant la boutique de Morgana. Tout simplement incroyable !

— C'est ce que je me suis dit, moi aussi, la première fois que je suis venu, dit Nash.

Il prit une baguette en cristal ornée à une extrémité d'une pointe d'améthyste.

— Beaucoup de gens sont friands de ces objets.

— Surtout ceux qui aiment les contes de fées.

Boone prit la baguette que lui tendait son ami et passa un doigt léger sur un bronze représentant un loup qui montrait les crocs.

— Et ceux qui apprécient l'occultisme, continua Nash. A propos, ton dernier film m'a donné la chair de poule, même les passages qui me faisaient rire.

Nash sourit.

— L'humour dans l'horreur.

— Personne n'y arrive mieux que toi.

Il jeta un coup d'œil à sa fille. Les mains derrière le dos, les yeux brillant de convoitise, elle observait une maquette de château entouré d'un fossé de verre aux couleurs d'arc-en-ciel.

— Je ne sortirai jamais d'ici les mains vides.

— Jessie est très jolie, dit Nash.

Il sourit. Dans quelques jours maintenant, il allait être père lui aussi. Cette perspective le remplissait toujours d'une grande émotion.

— Elle ressemble à sa mère.

Faisant une pause, Boone se tourna vers son ami. Les yeux de Nash lui posaient une question silencieuse.

— Le chagrin s'en va, Nash, que tu le veuilles ou non. Alice a été la plus belle partie de ma vie, et elle m'a donné ce qu'il y avait de meilleur. Je suis reconnaissant à la vie pour chaque instant que j'ai passé avec elle.

Il posa la baguette de cristal à l'endroit où Nash l'avait prise.

— Mais, dis-moi un peu, comment se fait-il qu'un célibataire endurci comme toi ait pu se décider à se marier ?

— La recherche. C'est elle la responsable.

Nash sourit en se balançant sur les talons.

— Je suis parti de Los Angeles sans trop m'éloigner pour garder des contacts plus facilement. Je n'étais pas à Monterey depuis longtemps quand j'ai eu besoin de faire quelques recherches pour un scénario. Je suis entré dans la boutique de Morgana. Elle était là.

Il fit une pause. Ça n'avait pas été aussi simple, naturellement. Et il y avait quelque chose de particulièrement inhabituel dans la personnalité de Morgana. Mais ce n'était pas à lui de révéler à Boone l'histoire de l'héritage des Donovan. Même si son ami était susceptible de le croire.

— Dis donc, mon vieux, quand tu t'es décidé à faire le plongeon, tu ne l'as pas fait à moitié, dit Boone.

— Toi non plus. L'Indiana est très loin d'ici.

— Contrairement à toi, j'ai préféré partir le plus loin possible, dit Boone avec une petite grimace. Mes parents et ceux d'Alice considéraient que l'éducation de Jessie leur incombait. J'ai préféré un changement radical, aussi bien pour Jessie que pour moi.

— Et tu t'es pratiquement installé sur le paillasson d'Ana, plaisanta Nash.

Prenant un air plus sérieux, il continua :

— Ta maison, c'est celle qui est de bois de séquoia, avec tous ces balcons et ces fenêtres ?

Boone acquiesça d'un signe de tête.

— Tu as fait un bon choix.

Nash observa Jessie. Elle s'était faufilée dans la boutique et, maintenant, elle était plantée devant le petit château. Elle n'avait encore rien demandé, mais son regard était plus éloquent que des paroles.

— Si tu ne lui achètes rien, je vais m'en charger, dit Nash.

Une boîte sous le bras et une autre dans la main, Ana entra dans la boutique pour remplir quelques étagères. Elle aperçut du coin de l'œil le château, posé sur le comptoir. Mais il n'était pas seul. A côté de lui figuraient la baguette de cristal, une sculpture d'une soixantaine de centimètres représentant une fée ailée, qu'elle avait elle-même convoitée, un capteur de soleil en cristal qui avait la forme d'une licorne, un magicien en étain portant un globe, et une géode de la taille d'une balle de base-ball.

— Nous sommes des êtres faibles, complètement dépourvus de volonté, commenta Boone en adressant à Ana un sourire complice.

— Mais vous avez un goût très sûr.

Elle effleura du bout du doigt la fée ailée.

— Elle est magnifique.

— C'est une des plus belles que j'ai vues. Je crois que je vais la mettre dans mon bureau, elle m'inspirera.

— Bonne idée.

Elle se baissa vers un casier contenant des pierres.

— C'est de la malachite, pour avoir les idées claires.

Ses doigts experts coururent sur les pierres satinées, les testant, les rejetant, les sélectionnant.

— Le feldspath supprime la confusion mentale, et la pierre de lune agit sur la sensibilité. L'améthyste, naturellement, joue sur l'intuition.

— Naturellement, répéta-t-il, moqueur.

Elle l'ignora.

— Un cristal pour tout ce qui vous entoure.

Inclinant la tête, elle l'observa.

— Jessie m'a dit que vous essayiez d'arrêter de fumer.

Il haussa les épaules.

— J'ai arrêté.

Elle lui tendit le cristal.

— Gardez-le dans votre poche.

Quand elle se détourna pour ranger ses flacons aux multiples couleurs, il prit le cristal et le frotta entre ses doigts.

Après tout, cela ne pouvait pas faire de mal.

Il ne croyait pas au pouvoir magique des cristaux ou des pierres. Mais ils avaient certainement des capacités d'inspiration. Boone soupira. Il devait reconnaître aussi qu'ils formaient un très joli tableau, nichés dans le petit vase sur le coin de son bureau. Ils ajoutaient une touche sereine à l'ambiance générale de la pièce. Après tout, il se servait bien d'une minigéode comme presse-papiers.

Boone étira ses longues jambes avec satisfaction. L'un dans l'autre, l'après-midi avait été plutôt positif. Avec Jessie, il avait passé du bon temps à jouer à des jeux vidéo, à faire des tours de manège à l'Emporium et à flâner sur Cannery Row et le quai Fisherman. La rencontre avec Anastasia, inespérée, avait été un plus.

Il tripota rêveusement la pierre de lune. Elle avait une texture très douce. Quant au fait d'avoir découvert que Nash habitait tout près, c'était tout simplement formidable.

Il commençait à manquer de compagnie masculine. Curieusement, il avait fallu qu'il revoie Nash pour s'en rendre compte. Il avait été trop occupé au cours des derniers mois, avec les préparatifs du déménagement et sa réalisation. Bien que leur amitié n'ait été entretenue que par correspondance et appels téléphoniques pendant plusieurs années, Nash était exactement le genre de copain qu'il aimait. Loyal, imaginatif, et doté d'un caractère en or.

Quand ses jumelles seraient nées, il se ferait un plaisir de lui donner quelques conseils en matière de comportement paternel.

Boone leva la pierre, la faisant miroiter dans le rayon de lune qui se glissait par la fenêtre de son bureau.

Oui, décidément, la vie était fascinante. Penser qu'un de ses plus anciens amis était marié à la cousine de la femme qui vivait près de chez lui ! Secouant la tête, Boone se mit à rire doucement. Désormais, il serait difficile pour Anastasia de l'éviter.

Car, quoi qu'elle en dise, c'était exactement ce qu'elle avait fait pendant la semaine écoulée. Il avait le sentiment qu'il la rendait nerveuse, et il ne pouvait s'empêcher d'en ressentir une satisfaction certaine.

Il avait presque oublié ce que c'était que d'approcher une femme qui réagissait en piquant des fards, aussi discrets soient-ils, et en le regardant d'un air troublé, le cœur battant visiblement trop vite. La plupart de celles avec lesquelles il était sorti depuis deux ans étaient sophistiquées et plutôt placides… Et surtout, inoffensives. Il haussa légèrement les épaules. Il n'avait jamais perdu le plaisir basique qu'il avait toujours éprouvé en compagnie du genre féminin. Mais il n'y avait jamais eu aucun mystère, aucun déchirement, aucune illusion.

Sans doute était-il toujours attiré par les femmes différentes. Les romantiques, sensibles aux clairs de lune. Il eut encore un petit rire.

Brusquement, le rire se coinça dans sa gorge quand il aperçut Anastasia.

Elle marchait dans son jardin, ou plutôt elle semblait glisser à travers la lumière argentée. Son gros chat gris allait et venait autour d'elle. Ses cheveux défaits saupoudraient d'or son dos et ses épaules, recouverts d'un peignoir bleu pâle. Elle portait un panier, dans lequel elle déposait les fleurs au fur et à mesure qu'elle les coupait.

Fasciné, Boone retint son souffle. Il aurait juré qu'il l'entendait chanter.

Ana fredonnait une vieille chanson qui s'était transmise de génération en génération. Il était minuit largement passé. C'était bon d'être dans le jardin, seule et à l'abri des regards. La première nuit de pleine lune, à l'automne, signalait le moment de la moisson, comme la première nuit de pleine lune au printemps signalait le temps des semailles. Elle avait déjà tracé le cercle et purifié le sol.

Elle posa les fleurs et les herbes au fond du panier avec autant de douceur que s'il s'était agi de nouveau-nés.

« Sous la lune, dans l'ombre et la lumière, j'ai choisi ces fleurs par le toucher, par le regard. Sortilèges pour tisser le bien-être et la tranquillité d'esprit. Qu'il en soit ainsi. »

Elle cueillit de la bétoine et de l'héliotrope, arracha une racine de mandragore et sélectionna de la tanaisie et de la balsamine. Des roses pourpres pour la force, de la sauge pour la sagesse. Le panier s'alourdit, se gorgea de parfums.

« Ce soir pour cueillir, demain pour semer. Pour ne prendre que ce que j'ai fait pousser. Ne jamais oublier ce qui est commencé. Pour servir, pour aider, et ne jamais blesser personne. »

Alors qu'elle prononçait ce sortilège, elle baissa la tête vers les fleurs, attirée par la mélodie onctueuse des senteurs.

— Je me demandais si vous étiez bien réelle.

Sursautant, elle releva vivement la tête. La silhouette de Boone se découpait sous le clair de lune, presque fantomatique, de l'autre côté de la haie. Il entra dans le jardin, et reprit apparence humaine.

Ana prit une profonde inspiration. Son cœur, qui s'était mis à battre la chamade, eut du mal à retrouver un rythme plus normal.

— Vous m'avez surprise.

— Je suis désolé.

Il la dévorait des yeux. Ce devait être le clair de lune qui lui donnait cet air si... enchanteur.

— Je travaillais. J'ai fait une petite pause et, en regardant par la fenêtre, je vous ai vue. Mais dites-moi, ce n'est pas un peu tard pour cueillir des fleurs ?

— La nuit est très éclairée.

Elle sourit. Il n'avait rien vu de ce qui aurait pu le déranger.

— Je croyais que vous le saviez : tout ce qui est cueilli à la pleine lune est doté d'un charme.

Il lui rendit son sourire.

— Vous avez de la raiponce ?

— Bien sûr. Aucun jardin magique n'est complet sans cette plante. Je vous en ferai une bouture, si vous voulez.

— Je refuse rarement quand il s'agit de magie.

La brise souleva les cheveux d'Ana. Cédant au merveilleux de l'instant, il tendit la main et la referma sur quelques mèches. Le sourire qu'il avait lu dans ses yeux s'évanouit instantanément, remplacé par une expression qui lui fit bouillonner le sang.

— Vous devriez rentrer. Jessie est seule, dit-elle faiblement.

— Elle dort.

Il s'approcha encore, comme si les cheveux qu'il

avait enroulés autour de ses doigts formaient une corde qu'elle était en train de tirer. Maintenant, il était à l'intérieur du cercle, du sortilège qu'elle avait lancé.

— Les fenêtres sont ouvertes, je pourrai l'entendre si elle appelle.

— Il est tard, objecta-t-elle encore.

Elle empoigna son panier avec une telle fermeté que l'osier entra dans sa chair.

— Il faut que je...

Doucement, il prit le panier et le posa par terre.

— Moi aussi.

De l'autre main, il repoussa les cheveux qui lui tombaient sur le visage.

Tandis que les lèvres de Boone se rapprochaient des siennes, elle frissonna et essaya une dernière fois de dominer la situation. Faisant un violent effort pour garder une respiration calme, elle murmura :

— Boone, nous risquons de tout compliquer, pour vous comme pour moi.

— J'en ai peut-être assez que les choses soient trop simples.

Mais il tourna la tête, très légèrement, de sorte que ses lèvres lui effleurèrent la joue, puis la tempe.

— Je suis surpris que vous ne sachiez pas cette évidence : quand un homme trouve une femme en train de cueillir des fleurs au clair de lune, il n'a pas le choix, il doit l'embrasser.

Elle sentit ses jambes fondre sous elle. Son corps était en caoutchouc quand elle se laissa glisser dans ses bras.

— Et elle n'a pas d'autre choix que d'avoir envie de le laisser faire.

Rejetant la tête en arrière, elle lui offrit sa bouche. Il voulut la prendre avec douceur. C'était ce que la nuit semblait imposer, avec ses brises parfumées et la musique envoûtante de la mer contre les rochers. La femme qu'il tenait dans ses bras était d'une finesse d'elfe, et le mince tissu de soie de son peignoir était frais sur la chaleur de sa peau satinée.

Mais comme il buvait à sa bouche de velours et que son parfum lui murmurait des possibilités étourdissantes, il l'attira violemment contre lui et se mit à la butiner. Désespérément, avec une avidité qu'il s'ignorait. Aucune pensée rationnelle ne pouvait s'immiscer dans le flot de sensations dont elle le submergeait. Une flèche acérée le transperça, provoquant en lui un grognement qui n'était qu'une part du plaisir éprouvé.

Il avait mal. Des milliers d'aiguillons le transperçaient, lui faisant souffrir le martyre. Et cependant, il était incapable de s'écarter d'Ana et d'empêcher sa bouche de demander encore plus à la sienne. Il avait peur, peur qu'elle disparaisse comme de la fumée s'il la lâchait, et peur de ne plus jamais ressentir ce qu'il ressentait.

Elle ne pouvait pas l'apaiser. Une partie d'elle-même désirait le caresser et lui rendre la sérénité, lui promettre que tout irait bien, pour tous les deux. Mais elle ne pouvait pas. Il la foudroyait. Que ce soit ses propres désirs, ou l'écho de ceux de Boone se glissant en elle, ou un mélange des deux, le résultat était un anéantissement complet de sa volonté.

Elle le savait. Elle avait su que cette première rencontre serait sauvage, et puissante. Elle en avait rêvé autant qu'elle l'avait redoutée. Maintenant, elle se trouvait au-delà de la peur. Ce mélange de douleur et de plaisir était tout simplement irrésistible.

Ses mains tremblantes effleurèrent le visage de Boone, plongèrent dans ses cheveux et s'y attardèrent. Tout son être, suffoquant sous cet assaut, se pressait avec voracité contre son corps puissant. D'une voix haletante, elle murmura son nom.

Il entendit sa voix frémissante, malgré le bourdonnement du sang dans ses oreilles. Ana tremblait, à moins que ce soit lui ? Lequel des deux était le plus abasourdi ? Incertain quant à la réponse, il s'écarta lentement, prudemment d'Ana.

Il posa les mains sur ses épaules et plongea les yeux dans les siens. Sous le clair de lune, elle se vit, piégée dans la mer bleue de son regard.

— Boone…

— Attendez.

Il avait besoin d'un instant pour se ressaisir. Bon sang, il avait failli l'avaler toute crue.

— Pas encore.

Se tenant à quelques centimètres de distance, il posa sur sa bouche un long baiser qui fit faire naufrage à ses dernières défenses.

— Je ne voulais pas vous blesser, dit-il dans un souffle.

— Vous ne m'avez pas blessée.

Elle serra les lèvres et essaya de rendre un peu de fermeté à sa voix.

— Vous ne m'avez pas blessée. Vous m'avez bouleversée.

— Je croyais être prêt.

Il lui caressa les bras avant de la libérer.

— Mais je ne sais pas si c'est possible.

N'étant pas sûr de ce qui arriverait s'il la touchait de nouveau, il enfonça ses mains dans ses poches.

— C'est peut-être le clair de lune, mais c'est peut-être uniquement vous. Je veux être franc avec vous, Anastasia. Je ne sais pas très bien comment affronter cette situation.

— Eh bien…

Elle serra ses bras autour d'elle, les coudes dans la paume de ses mains.

— Eh bien, nous sommes deux à réagir ainsi.

— S'il n'y avait pas Jessie, vous ne rentreriez pas seule chez vous, cette nuit. Et je ne prends pas l'intimité à la légère.

Plus sûre d'elle, elle hocha la tête.

— S'il n'y avait pas Jessie, je pourrais bien vous demander de rester avec moi ce soir, dit-elle.

Elle prit une profonde inspiration. C'était important d'être honnête.

— Vous auriez été le premier pour moi.

— Vous…

Ebahi, il sortit les mains de ses poches. Ana était vierge. Maintenant, il éprouvait à la fois de la peur et une incroyable excitation à cette idée.

— Bon sang !

Elle releva le menton.

— Je n'en ai pas honte.

— Non, ce n'est pas ce que je voulais dire…

Sans voix, il se passa les doigts dans les cheveux. Elle était vierge. Une vierge aux cheveux dorés, vêtue d'un mince peignoir bleu, le sol jonché de fleurs à ses pieds. Tout homme responsable était censé résister et s'en aller, seul.

— J'imagine que vous n'avez pas la moindre idée de ce que cela peut provoquer en moi.

— Pas précisément, en effet, puisque je ne suis pas un homme.

Elle se baissa pour attraper son panier.

— Mais je sais ce que provoque chez une femme l'idée qu'elle va bientôt se donner pour la première fois. C'est pourquoi je pense que nous devrions commencer par réfléchir.

Elle sourit, ou du moins essaya.

— Or il est très difficile de réfléchir avec lucidité

après minuit, quand la lune est pleine et que les fleurs sont prêtes à être cueillies. Bonne nuit.

— Ana.

Il lui toucha le bras.

— Il ne se passera rien tant que vous ne serez pas prête.

Elle secoua la tête.

— Je sais. Et il n'arrivera rien si rien ne doit arriver.

Son peignoir se gonflant autour d'elle, elle courut vers l'entrée de sa maison.

5

Boone avait eu un mal fou à trouver le sommeil. Il était resté étendu sur le dos, les yeux fixés sur le plafond. Il avait vu la lune s'effacer pour laisser place à la profonde obscurité qui précédait l'aube.

Maintenant que le soleil dardait ses rayons sur le lit, il était couché à plat ventre et dormait profondément. Dans son rêve, il prenait Ana dans ses bras et montait un grand escalier en marbre blanc. Tout en haut, suspendu au-dessus de gros nuages cotonneux, se trouvait un immense lit, qui flottait dans une double cascade de satin blanc. Des centaines de fines bougies brûlaient, projetant une lumière vacillante. Il les sentait. Elles avaient un parfum de vanille et de jasmin, qui se mêlait à celui d'Ana, cette odeur sexy qui la suivait partout.

Elle souriait. Ses cheveux faisaient pâlir la lumière du soleil. Ses yeux avaient les nuances changeantes des nuages. Quand il la déposa sur le lit, ils s'y enfoncèrent profondément, comme s'ils se couchaient dans les nuées elles-mêmes. Des notes romantiques jouées à la harpe accompagnaient un murmure, qui n'était rien d'autre que la respiration des nuages.

Tandis qu'Ana levait les bras, les enroulait autour de lui, ils se mirent à flotter comme des fantômes, reliés l'un à l'autre par le désir et la douceur insupportable de ce premier baiser qui s'attardait si longuement. Les lèvres d'Ana remuèrent sous les siennes, vaincues, et elle murmura…

— Papa !

Boone se réveilla brutalement. Sa fille venait de lui sauter sur le dos. Il émit un long grognement, et Jessie éclata de rire. Se penchant vers lui, elle l'embrassa sur la joue.

— Papa, réveille-toi ! J'ai préparé ton petit déjeuner !

— Mmm… Mon petit déjeuner, marmonna-t-il dans l'oreiller.

Il fit un effort surhumain pour éclaircir sa voix lourde de sommeil, et pour chasser ce rêve qui mettait ses nerfs à rude épreuve.

— Quelle heure est-il ?

— La petite aiguille est sur le dix, et la grosse est sur le trois. J'ai fait des toasts à la cannelle et j'ai mis du jus d'orange dans des verres.

Il grogna encore et se retourna sur le dos pour regarder Jessie à travers ses paupières. Elle était rayonnante dans son petit short et son chemisier de coton rose. Elle l'avait boutonné de travers, mais elle s'était démêlé les cheveux.

— Depuis quelle heure es-tu levée ?

— Depuis des heures et des heures ! J'ai fait sortir Daisy et je lui ai donné son repas du matin. Et je me suis habillée toute seule, et j'ai brossé mes dents. J'ai regardé des dessins animés. Et puis j'ai eu faim, alors j'ai mangé mon petit déjeuner.

— Tu as été très active.

— Mmm. Et je n'ai pas fait de bruit, pour que tu ne te réveilles pas trop tôt. C'est ton jour de grasse matinée.

— Tu es un ange.

Il boutonna son chemisier correctement.

— Je crois que tu mérites une récompense.

Les yeux de Jessie s'allumèrent.

— Qu'est-ce que tu vas me donner ?

En guise de réponse, il roula sur le lit et se mit à lutter avec elle, la faisant hurler de joie. Il la laissa gagner, et fit semblant d'être épuisé et vaincu quand elle bondit sur son dos.

— Tu es trop forte pour moi.

— C'est parce que j'ai mangé mes légumes au dîner. Mais toi, tu n'en as pas mangé.

— Quelques-uns.

— Oh, presque pas !

— Quand tu auras trente-trois ans, tu ne seras plus obligée d'avaler des choux de Bruxelles, toi non plus.

— Mais je les aime.

Il sourit dans l'oreiller.

— C'est parce que je suis un cuisinier sensationnel. Je n'ai pas hérité ce don de ma mère.

— Pourquoi ne fait-elle jamais la cuisine ?

Du bout du doigt, Jessie traça le nom de sa grand-mère sur le dos nu de Boone.

— Papy et mamie Sawyer vont toujours manger au restaurant, continua-t-elle.

— Parce que ton grand-père n'a pas envie d'être empoisonné, dit-il en riant.

Elle avait un problème avec le S, remarqua-t-il. Il allait le lui faire travailler.

— Tu as dit qu'on pourrait leur téléphoner aujourd'hui, et aussi à Nana et Pop.

— Oui, dans une heure ou deux.

Il se retourna encore et l'examina.

— Est-ce qu'ils te manquent, ma puce ?

— Oui.

La langue entre les dents, elle commença à tracer « Sawyer » sur sa poitrine.

— C'est bizarre qu'ils ne soient pas là. Est-ce qu'ils viendront nous voir ?

— Bien sûr qu'ils viendront.

La culpabilité le saisit.

— Tu aurais préféré rester dans l'Indiana ?

— Ah non !

Ses yeux s'agrandirent.

— Il n'y avait pas la mer et les phoques et tout, ni le grand manège en ville. Et il n'y avait pas Ana à côté de chez nous. C'est l'endroit que je préfère.

— Moi aussi, j'aime vivre ici.

Il s'assit et l'embrassa sur le front.

— Maintenant, disparais, je vais m'habiller.

Elle se glissa hors du lit.

— Tu descends tout de suite pour le petit déjeuner ?

— Absolument. J'ai tellement faim que je pourrais dévorer une tonne de toasts à la cannelle.

Ravie, elle détala vers la porte.

— Je vais en préparer plein d'autres !

Il se mit à rire. Elle allait le prendre au mot et lui en servir un wagon ! Il se précipita sous la douche et décida de se raser plus tard. Enfilant à la hâte un jean et un T-shirt qui auraient été plus à leur place dans le placard à chiffons, il soupira.

Il ne voulait pas s'appesantir sur ce rêve. Après tout, il était facile à interpréter. Il désirait Ana, ce qui n'était pas une révélation. Et tout ce blanc — blanc sur blanc — était à l'évidence le symbole de sa pureté.

Ce qui lui faisait une peur bleue.

Il descendit au rez-de-chaussée et trouva Jessie dans la cuisine, appliquée à enduire une tartine de pain grillé d'une épaisse couche de beurre. Il y avait une assiette pleine de toasts, la plupart plus que grillés. L'air fleurait bon la cannelle.

Boone se servit du café avant de croquer une tranche

de pain. Elle était froide, dure et gorgée de sucre et de cannelle. Evidemment, Jessie avait hérité des talents culinaires de sa grand-mère...

— Fantastique ! dit-il en avalant courageusement. C'est ce que je préfère, le dimanche matin.

— Est-ce que je peux en donner à Daisy ?

Boone regarda l'amoncellement de toasts, puis la petite chienne, dont la langue pendait. Quelle chance ! Il allait pouvoir écouler la moitié de son petit déjeuner grâce à Daisy.

— Je crois bien que oui.

Il prit une tranche de pain et baissa la main pour que la chienne la renifle.

Suivant les instructions qu'il avait lues dans un livre censé apprendre à éduquer les chiens, il ordonna d'une voix ferme :

— Assise !

Mais Daisy continua à remuer la queue en bavant de plus belle.

— Daisy, assieds-toi !

Il appuya sur son arrière-train, que Daisy accepta à contrecœur de poser sur le carrelage. Mais à la seconde suivante, elle se mit à sauter comme sur des ressorts.

— Si c'est comme ça, il vaut mieux que tu oublies ce toast.

Tenant le pain hors de portée de la chienne, il réitéra son ordre. Il passa cinq minutes frustrantes, avant d'arriver à lui faire garder la position assise. Il soupira. Comment Ana avait-elle fait pour obtenir un résultat immédiat ?

— Elle a obéi, papa !

— Si l'on peut dire.

Il lui donna un morceau de pain et se leva pour verser encore un peu de café dans son bol.

— Nous allons lui donner une vraie leçon dans un petit moment, dit-il.

— D'accord.

Jessie mordit joyeusement dans sa tartine.

— Peut-être que la personne qui est venue voir Ana est déjà repartie et qu'Ana pourra nous aider.

— Quelqu'un est venu voir Ana ?

— Je l'ai vue dehors avec un monsieur. Elle l'a serré dans ses bras et elle l'a embrassé, et tout.

— Elle…

Son bol vint se poser brutalement sur la table.

— Tu es maladroit, fit remarquer Jessie en souriant.

— Oui…

Boone lui tourna le dos pour verser le café.

— Quel genre de… enfin, à quoi il ressemblait, cet homme ?

Il toussota. Sa voix était tout à fait décontractée, il en était sûr et certain. Du moins assez pour tromper une gamine de six ans.

— Un monsieur très grand avec des cheveux noirs. Ils riaient en se tenant par la main. C'est peut-être son petit ami.

— Son petit ami…, répéta Boone entre ses dents.

— Qu'est-ce que tu as, papa ?

— Rien. C'est le café, il est trop chaud.

Il le sirota lentement. Ils se tenaient par la main, ils s'embrassaient… Il allait jeter un coup d'œil à ce type.

— Si nous allions sur la terrasse, Jess ? Pour voir si Daisy veut bien s'asseoir de nouveau ?

— D'accord.

Chantant la nouvelle chanson qu'elle avait apprise à l'école, Jessie prit l'assiette de toasts.

— J'aime bien manger dehors.

— Moi aussi, mon cœur.

Au lieu de s'asseoir, il alla s'accouder à la balustrade

de la terrasse, sa tasse à la main. Il n'y avait personne dans le jardin voisin, ce qui était pire que tout. Que faisait Ana en ce moment précis avec son petit ami aux cheveux noirs ?

Elle était seule avec lui.

Les sourcils froncés, il mangea trois bouchées de pain qu'il fit descendre avec du café noir. Mlle Anastasia Donovan ne perdait rien pour attendre. Il savait ce qu'il allait lui dire, la prochaine fois qu'il la verrait. Si elle croyait pouvoir l'embrasser et l'amener à deux doigts de l'explosion pour badiner avec n'importe qui le lendemain, elle se trompait complètement.

Il allait remédier à tout cela. Dès qu'il la verrait, il…

Elle apparut sur le seuil de la cuisine. Elle parlait à quelqu'un d'invisible par-dessus son épaule.

— Ana ! cria Jessie en sautant du banc sur lequel elle était assise.

Elle agita les bras.

— Bonjour, Ana !

Les yeux plissés, Boone observa la scène tandis qu'Ana tournait la tête vers eux. Apparemment, elle hésita avant de répondre à Jessie, et son sourire sembla forcé.

Boone avala une gorgée de café brûlant. Evidemment, il se serait senti nerveux, lui aussi, s'il avait eu une étrangère chez lui.

— Est-ce que je peux aller lui dire ce que Daisy a fait ? Papa, tu me permets d'y aller ?

Il eut un sourire menaçant.

— Pourquoi n'irais-tu pas ?

Attrapant un autre toast, Jessie dégringola l'escalier. Elle cria à Daisy de la suivre et à Ana de les attendre.

Boone attendit aussi. Bientôt, l'homme sortit pour rejoindre Ana. Il était grand, en effet. Plein de ressentiment, Boone redressa les épaules. Les cheveux de l'inconnu étaient noirs comme le jais, et assez longs pour tomber en boucles sur son col et s'agiter dans le vent, ce qu'une femme comme Ana devait trouver fort romantique.

Il était hâlé, élégant et visiblement en pleine santé. Boone retint son souffle quand il le vit glisser un bras sur les épaules d'Ana, comme si elle lui appartenait.

Il se mit à tousser nerveusement. Allons voir cela de plus près, pensa-t-il.

Les mains fourrées dans ses poches, il descendit l'escalier.

Quand il atteignit la haie de roses, Jessie était déjà en pleine conversation au sujet de Daisy, et Ana riait, un bras passé intimement autour de la taille de son visiteur.

— Moi aussi, j'accepterais de m'asseoir si on me nourrissait de tartines à la cannelle, dit l'homme en adressant un clin d'œil complice à Ana.

— Toi, tu t'assiérais si quelqu'un te donnait n'importe quoi.

Ana lui pressa le bras avant de remarquer la présence de son voisin.

— Oh !

Il était inutile de maudire la légère rougeur qui lui montait aux joues.

— Bonjour, dit-elle.

— Comment allez-vous ? demanda Boone en faisant un bref signe de tête.

Son regard plein de suspicion se porta sur l'homme qui se tenait près d'elle.

— Nous ne voulions pas vous importuner pendant que vous aviez de… la compagnie.

— Cela n'a aucune importance.

Elle fit une pause. La tension qu'elle sentait brusquement autour d'elle était déconcertante.

— Sebastian, je te présente le père de Jessie, Boone Sawyer. Boone, voici Sebastian Donovan, mon cousin.

— Votre cousin ? répéta Boone.

Sebastian ne chercha pas à masquer le sourire qui se formait sur ses lèvres.

— Heureusement que tu nous as présentés tout de suite, Ana. Je tiens à mon nez, aussi imparfait soit-il.

Il tendit la main vers Boone.

— Heureux de vous rencontrer. Ana nous disait qu'elle avait de nouveaux voisins.

— Papa, c'est lui qui a des chevaux !

— Je m'en souviens, dit Boone.

La poigne de Sebastian était ferme. Il l'aurait appréciée s'il n'avait pas perçu la lueur amusée dans ses yeux.

— Vous êtes marié depuis peu ?

— Tout à fait. Ma…

Il se tourna en entendant la porte claquer derrière eux.

— La voici. La lumière de ma vie.

Une femme grande et mince sortit dans le jardin. Elle était en short, les cheveux en bataille, et chaussée de bottes poussiéreuses.

— Cela suffit, Donovan !

— Ma douce et timide épouse.

Visiblement, ils se taquinaient. Il prit la main de sa femme et l'embrassa.

— Ce sont les voisins d'Ana, Boone et Jessie Sawyer. Et voici mon véritable amour, Mary Ellen.

— Mel, corrigea-t-elle vivement. Donovan est le seul qui ait le culot de m'appeler Mary Ellen.

D'un signe de tête, elle indiqua la maison de Boone.

— Belle maison !

— Je crois que M. Sawyer écrit des contes de fées, des livres pour enfants, dans le style de tante Bryna.

— Vraiment ? C'est merveilleux, dit Mel en souriant à Jessie. Je suppose que tu adores cela ?

— Il écrit les plus belles histoires du monde. Et elle, c'est Daisy. Nous lui apprenons à s'asseoir. Est-ce que je peux aller voir vos chevaux ?

— Pas de problème.

Mel s'accroupit pour ébouriffer la fourrure de Daisy. Pendant qu'elle parlait de chevaux et de chiens avec Jessie, Sebastian se tourna vers Boone.

— Vous avez une maison charmante.

En fait, il avait eu envie de l'acheter. La lueur amusée réapparut dans ses yeux.

— Et l'emplacement est excellent.

— Nous nous y plaisons beaucoup.

Il n'allait pas faire semblant de ne pas comprendre le sens qui se cachait derrière ces paroles.

— Nous l'aimons vraiment, insista-t-il.

Délibérément, il effleura du bout du doigt la joue d'Ana.

— Vous êtes un peu pâle ce matin, Anastasia.

— Je vais très bien.

Elle n'avait aucun mal à garder une voix neutre, mais Sebastian ne s'y laissait pas prendre, elle le savait. C'était si simple pour lui de voir ce qu'elle pensait, ce qu'elle éprouvait. Elle sentait déjà qu'il la sondait doucement et, sans aucun doute, il devait aussi sonder le cerveau de Boone.

— Si vous voulez bien m'excuser, j'ai promis à Sebastian de lui cueillir de l'aubépine, dit-elle.

— Vous n'en avez pas cueilli, cette nuit ?

Elle rencontra son regard, et le soutint.

— Je l'utilise de différentes façons.

— Nous allons vous laisser tranquilles. Viens, Jessie.

Il prit sa fille par la main.

— Heureux de vous avoir rencontrés tous les deux. A bientôt, Ana.

Sebastian eut le tact d'attendre que Boone soit assez éloigné pour ne plus pouvoir l'entendre.

— Bien, bien... je pars deux ou trois semaines, et regarde un peu dans quel embarras tu te mets.

— Ne sois pas ridicule.

Ana lui tourna le dos et se dirigea vers un parterre de fleurs.

— Je ne suis pas dans le moindre embarras.

— Ana chérie, ton voisin et ami était prêt à me trancher la gorge avant d'apprendre que j'étais ton cousin.

— Je t'aurais protégé, affirma solennellement Mel.

— Mon héroïne !

— De plus, continua Mel, j'ai eu l'impression qu'il avait plus envie de tirer Ana par les cheveux que de s'en prendre à toi.

— Vous êtes aussi absurdes l'un que l'autre, coupa Ana sans les regarder. Boone est un homme très doux.

— Je n'en doute pas, murmura Sebastian. Mais vois-tu, les hommes ont un sens aigu de leur territoire, ce qui, bien sûr, est un concept obscur pour les femmes.

— Oh, arrête !

Mel lui donna un coup de coude dans les côtes.

— Les faits sont les faits, ma douce Mary Ellen. J'ai empiété sur son territoire. Ou du moins, c'est ce qu'il a cru. Naturellement, j'aurais eu une piètre idée de lui s'il n'avait pas eu envie de le défendre.

— Naturellement, reprit sèchement Mel.

— Dis-moi, Ana, jusqu'où t'es-tu engagée ?

— Cela ne te regarde pas.

Se redressant, elle enveloppa habilement les tiges d'aubépine.

— Et je te remercie de ne pas t'en mêler, mon cher cousin. Je sais très bien que tu as fait ton petit sondage.

— C'est pour cela que tu m'as bloqué. Mais heureusement, ton voisin ne se doutait de rien.

— C'est très mal élevé de fouiller ainsi dans la pensée des gens à la moindre occasion, marmonna-t-elle.

— Il aime faire son petit numéro, fit remarquer Mel d'un ton indulgent.

Sebastian secoua la tête.

— Je ne fouille pas à la moindre occasion. J'ai toujours une très bonne raison de le faire. Dans ce cas précis, comme je suis ton seul parent masculin sur le continent, je sens qu'il est de mon devoir de surveiller la situation, et les acteurs.

Mel roula les yeux, tandis qu'Ana se raidissait.

— Vraiment ?

Les yeux brillants, elle enfonça un doigt dans le torse de son cousin.

— Eh bien, laisse-moi te dire une chose. Ce n'est pas parce que je suis une femme que j'ai besoin d'être protégée ou guidée par un mâle, qu'il fasse partie de ma famille ou non. Cela fait vingt-six ans que je mène ma vie comme je l'entends.

— Vingt-sept le mois prochain, précisa Sebastian.

— Et je compte bien continuer sur cette voie. Ce qu'il y a entre Boone et moi...

— Ah, ah !

Sebastian leva un doigt triomphant.

— C'est bien ce que je disais ! Il y a quelque chose entre vous.

— Occupe-toi de tes affaires !

Il se tourna vers Mel et déclara d'un ton emphatique :

— Elle parle ainsi uniquement quand elle se trouve dans une impasse. D'habitude, elle est très douce et bien élevée.

— Attention ! Si tu continues, je vais donner à Mel une petite potion qu'elle versera dans ta soupe et qui te gèlera les cordes vocales pendant une bonne semaine !

— Ça existe, ça ?

Intriguée, Mel inclina la tête.

— Est-ce que tu peux m'en donner un peu ?

— Je ne risque pas grand-chose, puisque c'est toujours moi qui fais la cuisine, remarqua Sebastian.

Il prit Ana dans ses bras et la souleva.

— Allons, mon ange, ne te mets pas en colère. Il faut bien que je m'inquiète pour toi. C'est mon rôle.

— Tu n'as aucune raison de t'inquiéter, dit-elle, radoucie.

— Es-tu amoureuse de lui ?

Elle se raidit de nouveau.

— Franchement, Sebastian, je le connais depuis une semaine...

— Je ne vois pas ce que ça change.

Il coula un long regard à Mel par-dessus la tête d'Ana.

— Il m'a fallu moins d'une semaine pour comprendre que si Mel m'agaçait tant, c'était parce que j'étais fou d'elle. Naturellement, il lui a fallu plus longtemps pour comprendre, de son côté, qu'elle était follement amoureuse de moi. Mais ce n'est pas étonnant, elle est tellement têtue.

— Finalement, je vais l'utiliser, cette potion, décida Mel en riant.

Ignorant la menace, il recula pour observer Ana qu'il tenait à bout de bras.

— Si je te pose cette question, c'est parce que l'intérêt qu'il te porte n'est pas celui d'un voisin. C'est clair comme de l'eau de roche. En fait, il...

— Ça suffit ! Quelles que soient les informations

que tu es allé pêcher dans sa tête, tu les gardes pour toi. Je parle sérieusement, Sebastian, dit-elle avant qu'il puisse l'interrompre. Je préfère faire les choses à ma façon.

Il soupira.

— Si tu insistes.

— Oui, j'insiste. Maintenant, prends ton aubépine, rentre chez toi et comporte-toi en jeune marié.

Se levant, Mel agrippa fermement son mari par le bras.

— C'est la meilleure parole que j'ai entendue de toute la journée. Laisse Ana tranquille, Donovan. Elle est capable de s'occuper de ses affaires.

— Et si elle a une histoire avec quelqu'un, elle le sait certainement…

— Dehors !

Avec un rire étranglé, Ana le poussa par les épaules.

— Hors de ma vue ! J'ai du travail. Si j'ai besoin d'un télépathe, je t'appellerai.

Se laissant fléchir, il l'embrassa affectueusement et partit, Mel à son bras.

— Nous allons faire un petit détour pour voir Morgana et Nash, dit-il.

— Bonne idée, répliqua Mel en jetant un petit coup d'œil par-dessus son épaule. J'aimerais entendre de mes propres oreilles ce qu'ils pensent de ce type.

Sebastian se mit à rire et la serra contre lui.

— Nous sommes vraiment faits l'un pour l'autre, toi et moi.

Pendant les jours qui suivirent, Ana s'affaira chez elle. Elle n'évitait pas Boone, du moins pas à tout prix, mais elle était débordée de travail. Son stock médicinal avait considérablement diminué. Le matin, elle avait reçu un appel d'un client de Carmel qui n'avait plus d'élixir contre les rhumatismes. Ana avait eu à peine de quoi remplir un flacon pour le lui envoyer. Elle devait en composer aussi vite que possible. Elle avait déjà mis sur le feu un mélange de primevères séchées et de léonure, qui commençaient à bouillir.

Elle rangeait tout son matériel de distillation dans la pièce adjacente à la cuisine, qui ressemblait à un véritable petit laboratoire de chimie. Mais il y avait une différence considérable entre la chimie et l'alchimie. L'alchimie comportait des rituels, et un minutage astrologique très précis.

Toutes les fleurs, racines et herbes qu'elle avait cueillies l'autre nuit étaient lavées par la rosée. D'autres, cueillies lors de différentes phases lunaires, étaient déjà prêtes pour leur utilisation spécifique.

Il fallait distiller du sirop de pavot, et faire sécher de l'hysope pour préparer un sirop contre la toux. Elle avait besoin d'huile de sauge pour un parfum particulier, et elle allait combiner cela avec un peu de camomille pour la digestion. Il fallait achever des infusions et des décoctions, ainsi que des huiles et des encens.

Ana soupira. Elle n'avait jamais eu tant de travail. Mais elle aimait ces occupations autant que les odeurs qui emplissaient la cuisine et le petit laboratoire. La marjolaine en fleur, avec ses jolies feuilles roses, les digitales d'un rouge profond et la touche ensoleillée des soucis offraient à la vue une délicieuse palette.

Toutes ces fleurs étaient si belles, de la plus simple à la plus complexe. Elle ne pouvait jamais s'empêcher d'en garder quelques-unes dans des vases ou des bols, qu'elle disposait un peu partout dans la maison.

Elle goûtait une dilution de gentiane, dont l'amertume

lui fit faire une petite grimace, quand Boone frappa à la porte dotée d'une moustiquaire.

— Excusez-moi mais, cette fois, j'ai vraiment besoin de sucre.

Il lui adressa un sourire bref et charmant, qui accéléra les battements de son cœur.

— Jessie reçoit des amies demain. J'ai trois douzaines de cookies à préparer. Une tasse de sucre en poudre devrait suffire.

Penchant la tête sur le côté, elle l'observa.

— Vous pourriez les acheter tout prêts.

Elle sourit. L'idée qu'il faisait de la pâtisserie était plutôt amusante.

— Je crois pouvoir vous dépanner. Entrez. Laissez-moi d'abord finir cela, j'en ai pour une minute.

— Il y a une odeur extraordinaire ici.

Il se pencha par-dessus les préparations qui frémissaient sur le feu.

— Que faites-vous ?

Il tendit un doigt dans une grande casserole de verre qui refroidissait sur le comptoir.

— N'y touchez pas ! dit-elle. C'est de la belladone. Sous cette forme, elle ne peut pas être absorbée par voie interne.

— De la belladone ? répéta Boone.

Ses sourcils se rapprochèrent.

— Vous fabriquez du poison ?

— Je fabrique une lotion anodine contre les névralgies et les rhumatismes. Ce n'est pas un poison si elle est infusée et administrée convenablement. C'est un sédatif.

Le front plissé, il jeta un regard dans la pièce de derrière. Elle débordait de matériel et d'infusions dans de grands pots de terre.

— N'êtes-vous pas obligée d'avoir une licence, ou une autorisation quelconque ?

— J'ai un diplôme d'herboriste et un diplôme de pharmacie, si cela peut vous rassurer.

Elle lui donna une petite tape sur la main pour qu'il l'écarte d'une casserole.

— De toute façon, ce n'est pas pour les novices.

— Vous avez quelque chose pour combattre l'insomnie, à part la belladone ? Sans vouloir vous vexer.

Elle s'inquiéta aussitôt.

— Vous n'arrivez pas à dormir ? Avez-vous de la fièvre ?

Levant une main vers son front, elle se figea quand Boone lui saisit le poignet.

— Je réponds oui aux deux questions. On peut dire que vous êtes la cause et le remède.

Il approcha la main d'Ana de ses lèvres.

— Je confectionne peut-être des cookies, mais je suis quand même un homme, Ana. Je n'arrête pas de penser à vous.

Retournant sa main, il lui embrassa le poignet. Ana eut le souffle coupé. Son pouls commença à battre frénétiquement.

— Et j'ai toujours envie de vous, continua-t-il.

— Je suis désolée si je suis la cause de vos insomnies.

Il releva un sourcil.

— Vous êtes vraiment désolée ?

Elle ne put cacher son sourire.

— Du moins, j'essaie de l'être. C'est difficile de ne pas être flattée par l'idée que vous ne dormez pas parce que vous pensez à moi. Et c'est tout aussi difficile de savoir quoi faire.

Elle se retourna pour arrêter le gaz.

— Moi aussi, je suis un peu agitée.

Boone posa les mains sur ses épaules. Elle ferma les yeux.

— Faisons l'amour, murmura-t-il d'une voix un peu rauque.

Il lui effleura la nuque du bout des lèvres.

— Je ne vous ferai pas mal, Ana.

Elle prit une profonde inspiration. Non, il ne lui ferait pas mal, du moins pas volontairement. Il y avait tant de douceur en lui. Mais ne risquaient-ils pas de se blesser mutuellement si elle se laissait aller à ce qu'elle désirait, et si elle effaçait cette part d'elle-même qui la faisait ce qu'elle était ?

— C'est un grand pas à franchir pour moi, Boone.

— Pour moi aussi.

Doucement, il la fit pivoter pour la regarder en face.

— Aucune femme n'a compté dans ma vie depuis la disparition d'Alice. Au cours des deux dernières années, j'ai eu deux ou trois aventures, mais ce n'était rien de plus que l'assouvissement d'un désir charnel. Je n'ai jamais eu envie de passer un peu de temps ou de discuter avec aucune de ces femmes. Avec vous, c'est différent.

Lentement, il posa ses lèvres sur les siennes.

— Je ne sais pas comment j'en suis arrivé à m'intéresser si vite à vous, mais c'est ainsi. J'espère que vous me croyez.

Elle hocha la tête. Oui, elle le croyait mais, d'une certaine façon, cela rendait la situation encore plus compliquée.

— J'ai beaucoup réfléchi. J'en ai eu le loisir pendant mes longues insomnies. L'autre nuit, je vous ai bousculée, j'ai dû vous effrayer.

— Non.

Elle haussa les épaules et retourna filtrer une de ses mixtures dans une bouteille qui était déjà étiquetée.

— Pour être franche, oui, vous m'avez un peu effrayée.

— Si j'avais su que vous étiez... si j'avais compris que vous n'aviez jamais...

En soupirant, elle boucha un flacon.

— Si j'ai gardé ma virginité, c'est par choix, Boone. Je n'en ai pas honte.

— Je ne voulais pas dire...

Il poussa un profond soupir.

— Décidément, je suis très maladroit.

Choisissant un plus petit entonnoir, elle versa un liquide jaunâtre dans une autre bouteille.

— Vous me semblez nerveux.

Il ne la quittait pas des yeux. C'était contrariant mais elle avait les mains très sûres en bouchant la bouteille.

— Je crois que vous pouvez dire que vous étiez terrifiée. J'ai été brutal avec vous, je n'aurais pas dû. Pour un tas de raisons. Et le fait que vous n'ayez aucune expérience n'en est qu'une parmi tant d'autres.

— Vous n'avez pas été brutal.

Elle continua son travail. Elle n'allait pas le laisser voir qu'elle avait elle aussi les nerfs à fleur de peau. Tant qu'elle pouvait se concentrer sur ce qu'elle faisait, elle pouvait au moins faire semblant d'être calme et d'avoir confiance en elle.

— Vous êtes un homme passionné. Vous n'avez pas à vous excuser.

— Je m'excuse de vous avoir pressée ainsi. Et d'être venu chez vous aujourd'hui dans l'intention de tout éclaircir, et d'avoir finalement tout gâché.

Elle sourit en allant tremper ses casseroles dans l'évier.

— Est-ce ce que vous êtes en train de faire ?

— Je m'étais promis de ne pas vous demander de

coucher avec moi, bien que je vous désire comme un fou. Je voulais vous proposer de passer un moment avec moi. Nous pourrions dîner ensemble, ou faire ce que font les gens qui essaient de se connaître un peu mieux.

— Je serais heureuse de dîner avec vous.

— Parfait.

Il poussa un soupir imperceptible. Voilà déjà une étape de franchie. Cela n'avait pas été si compliqué.

— Ce week-end, peut-être. Vendredi soir ? Je pense pouvoir trouver une baby-sitter.

Son regard s'assombrit.

— Quelqu'un en qui je puisse avoir confiance.

— Je croyais que vous alliez faire la cuisine pour moi et pour Jessie.

Il sentit un poids s'envoler de ses épaules.

— Cela ne vous dérangerait pas ?

— Au contraire.

Il prit son visage entre ses mains.

— Alors d'accord, dit-il.

Il l'embrassa très tendrement. Il eut l'impression que quelque chose en lui allait se briser, mais il pouvait faire avec.

— Vendredi.

C'était si facile de sourire, brusquement. Elle avait pourtant le système nerveux ébranlé, comme s'il avait subi un petit tremblement de terre.

— J'apporterai du vin, dit-elle.

Il voulait l'embrasser encore, mais il craignit de l'effaroucher.

— Alors à vendredi.

— Boone...

Elle l'arrêta avant qu'il n'atteigne la porte.

— Vous ne voulez pas votre sucre ?

Il sourit.

— Je vous ai menti.

Elle fronça les sourcils.

— Quoi ? Vous n'allez pas préparer trois douzaines de cookies ?

— Si, ça c'est vrai. Mais le sucre, j'en ai à revendre. En tout cas, mon petit mensonge a porté ses fruits.

Il sortit en sifflotant.

6

— A quelle heure Ana va-t-elle arriver ?

— Bientôt, répondit Boone pour la dixième fois.

Il soupira. Elle allait arriver bien trop tôt, il en avait peur. Rien n'était prêt. La cuisine était un vrai capharnaüm. Comme d'habitude, il avait utilisé trop de casseroles. Mais comment faire la cuisine sans se servir de chaque ustensile prévu à cet effet ?

Le poulet à la sicilienne sentait merveilleusement bon, mais son goût ne serait-il pas décevant ?

Nerveux, il haussa les épaules. C'était de la folie d'expérimenter une nouvelle recette quand on invitait quelqu'un. Mais, en même temps, Ana méritait mieux que leur sempiternel friand à la viande du vendredi soir.

Et Jessie allait le rendre fou, ce qui n'était pas son genre. Surexcitée à l'idée qu'Ana venait dîner avec eux, elle ne lui avait pas laissé une minute de tranquillité depuis qu'il l'avait ramenée de l'école.

Cerise sur le gâteau, Daisy avait choisi ce jour-là entre tous pour déchiqueter son oreiller. Il avait passé une grande partie de son temps précieux à chasser les plumes, et la chienne. Sans oublier la machine à laver le linge, qui avait débordé et inondé la buanderie. Trop fier pour faire appel à un technicien, il avait démonté l'engin et l'avait réparé lui-même.

Enfin, en principe.

Son agent littéraire l'avait appelé pour lui annoncer qu'*Un troisième vœu pour Miranda* venait d'être sélectionné par un des plus grands studios de dessins animés. Cette nouvelle l'aurait fait sauter de joie à n'importe quel autre moment mais, maintenant, il était censé glisser un aller-retour à Los Angeles dans son emploi du temps.

Enfin, Jessie l'avait généreusement porté volontaire pour être le chef de sa joyeuse bande de jeannettes.

L'idée d'avoir devant lui un groupe de fillettes de six ou sept ans attendant qu'il leur explique comment réaliser des boîtes à bijoux à partir de cartons à œufs lui glaçait le sang.

Il soupira. Avec beaucoup d'ingénuité et une bonne dose de lâcheté, il pourrait peut-être échapper à cette galère.

— Tu es sûr qu'elle va venir, papa ? Tu es sûr ?

— Jessica...

Le ton agacé de sa voix produisit l'effet escompté. Jessie fit une petite moue boudeuse.

— Sais-tu ce qui arrive aux petites filles qui n'arrêtent pas de poser la même question ?

— Non...

— Continue, tu verras bien. Et va vérifier si Daisy n'est pas en train de dévorer les meubles.

— Tu es très fâché contre Daisy ?

— Oui. Maintenant, vas-y, si tu ne veux pas que je sois fâché aussi contre toi.

Il lui donna une petite tape sur les fesses pour adoucir cet ordre.

— Dépêche-toi, petit monstre, sinon je te mets dans la cocotte et je te sers au dîner.

Deux minutes plus tard, un beau grabuge se fit entendre. Apparemment, Jessie avait localisé la chienne, et elles jouaient ensemble. Daisy poussait des jappements aigus qui se mêlaient aux cris joyeux de la fillette. Boone se frotta les yeux. Il commençait à avoir mal à la tête, et ce tintamarre était aussi apaisant qu'un marteau-piqueur.

Qu'à cela ne tienne, il n'avait qu'à prendre un cachet d'aspirine, une ou deux heures de repos et des vacances aux Bahamas.

Il était sur le point de pousser un rugissement de bête sauvage quand Ana frappa à la porte.

— Bonjour ! Mmm, quelle odeur appétissante !

Il eut un sourire crispé. Heureusement que ça sentait bon, c'était toujours ça de gagné. Il leva des yeux un peu hagards sur Ana. Elle était tout simplement splendide. Sa robe, qui formait un tourbillon de soie pastel, était très seyante sur son corps mince. De fines bretelles laissaient voir ses épaules, et elle portait en sautoir une amulette dont une partie en or gravé arrivait au creux de ses seins. Des cristaux y étaient incrustés, et des petites boucles assorties ornaient ses oreilles.

Elle sourit.

— Vous m'aviez bien dit vendredi soir ?

— Oui, vendredi.

— Alors, je peux entrer ?

— Heu... bien sûr... pardonnez-moi.

Bon sang, il se sentait aussi maladroit qu'un adolescent boutonneux. Et encore... aucun adolescent n'aurait bafouillé à ce point.

— Je suis un peu dépassé, comme vous pouvez le constater.

Ana releva les sourcils. Un véritable chaos régnait dans la cuisine. Prise d'une folle envie de rire, elle proposa :

— Puis-je vous aider ?

— Merci, mais je crois que j'ai repris la situation en main.

Saisissant la bouteille de vin qu'elle lui tendait, il l'examina brièvement. Elle était entourée de symboles, et ne portait aucune étiquette.

— Vous l'avez fait vous-même ? demanda-t-il.

— Non, c'est mon père. Il a…

Ses yeux brillèrent.

— Ce vin a… une note magique.

— Mis en bouteille dans le donjon du château Donovan ?

— Tout à fait.

Elle en resta là et se dirigea vers la cuisinière tandis que Boone sortait deux verres à pied d'un placard.

— Pas de Bugs Bunny cette fois ? dit-elle, rieuse.

— J'ai bien peur qu'il ait eu un accident dans la machine à laver la vaisselle.

Il versa le liquide doré dans les verres en cristal.

— C'est très bien ainsi, il n'était pas beau, conclut-il.

En souriant, elle leva son verre.

— A la bonne entente entre voisins.

— A la bonne entente avec ma voisine, dit-il d'un air malicieux.

Ils trinquèrent.

— Si elles vous ressemblaient toutes, je serais un homme mort.

Il sirota son vin, puis il la regarda d'un air admiratif.

— La prochaine fois, nous porterons un toast à votre père. Ce vin est incroyable. Qu'y a-t-il dedans ?

— Des pommes et du chèvrefeuille cueillis à la lumière des étoiles. Vous pouvez lui faire part de votre enthousiasme, si vous voulez. Lui et le reste de ma famille seront chez moi pour la soirée de Halloween.

Il hocha la tête.

— Oui, c'est une fête que je connais bien. Jessie est toujours partagée entre l'envie de se déguiser en princesse de conte de fées ou en star de rock. Vos parents traversent l'océan rien que pour Halloween ?

— Oui, généralement. C'est une tradition familiale, en quelque sorte.

Incapable de résister, elle souleva le couvercle de la casserole et huma l'arôme qui s'en dégageait.

— Vous m'impressionnez, dit-elle d'un air gourmand.

— C'était bien le but recherché.

Tout aussi incapable qu'elle de résister, il prit une mèche de cheveux dans sa main.

— Vous vous rappelez cette histoire que je vous ai racontée le jour où Daisy vous a fait tomber ? J'ai envie de l'écrire. Et je suis tellement impatient de le faire que j'ai mis de côté le travail sur lequel je planchais.

— C'est une histoire adorable.

— Normalement, j'aurais pu la faire attendre. Mais j'ai besoin de savoir pourquoi cette femme était enfermée dans le château pendant toutes ces années. Etait-ce à cause d'un sortilège, qu'elle aurait fabriqué elle-même ? Et de quel charme l'homme a-t-il été frappé pour grimper au mur dans le but de la rejoindre ?

— C'est à vous de décider.

— Non, c'est à moi de trouver.

— Boone…

Levant une main vers la sienne, elle baissa rapidement les yeux.

— Et vous, que vous êtes-vous fait ?

— Trois fois rien… j'ai les doigts un peu écorchés.

Il haussa les épaules.

— C'est en réparant la machine à laver.

— Vous auriez dû venir pour que je vous soigne.

Elle passa un doigt léger sur sa peau irritée. Dommage qu'elle ne puisse pas se permettre de le guérir.

— C'est douloureux.

Il allait nier cette affirmation, mais il se ravisa.

— J'embrasse toujours les endroits où Jessie se fait mal pour qu'elle se sente mieux.

— Un baiser fait des merveilles, reconnut Ana.

Elle en posa un, très léger, sur ses blessures.

Brièvement, elle créa un lien avec lui pour s'assurer qu'il ne souffrait pas beaucoup et qu'il n'y avait pas de risque d'infection. Apparemment, ce n'était pas ses mains qui le faisaient le plus souffrir. Il avait une sérieuse migraine. Cela, au moins, elle pouvait le soulager.

Avec un sourire, elle leva une main vers le front de Boone et rejeta une mèche de ses cheveux en arrière.

— Vous avez trop travaillé pour mettre la maison en ordre, écrire votre histoire et vous vous inquiétez de savoir si vous avez eu raison de déménager pour Jessie.

— Je n'aurais jamais cru être aussi transparent.

— Ce n'est pas très difficile à voir.

Elle posa le bout des doigts sur ses tempes, qu'elle massa en formant des petits cercles.

— Et ce soir, vous vous êtes cassé la tête pour me préparer ce repas.

— Je voulais...

— Je sais. Ne dites rien.

Elle continua son massage et sentit bientôt la douleur battre derrière ses propres yeux. Pour le distraire, elle posa ses lèvres sur les siennes et absorba la douleur, qu'elle laissa s'évanouir lentement.

— Merci, murmura-t-elle.

— Je vous en prie. Vous êtes la bienvenue.

Il prolongea leur baiser.

Eloignant les doigts de ses tempes, elle posa une main sur son épaule. C'était mille fois plus difficile d'effacer cette douleur-là, qui se répandait insidieusement dans son corps, le faisant battre, palpiter sous la tentation.

— Boone.

Inquiète, elle se libéra de ses bras.

— Nous recommençons à nous précipiter.

— Je vous ai promis de ne pas vous brusquer. Mais cela ne m'empêchera pas de vous embrasser chaque fois que j'en aurai l'occasion.

Il prit son verre de vin et le lui tendit.

— Aussi dur que cela soit, je m'en tiendrai aux baisers jusqu'à ce que vous soyez décidée.

— Je ne sais pas si je dois vous remercier ou non.

— Non. Vous n'avez pas plus à me remercier pour cela que pour le fait que je vous désire. C'est ainsi, voilà tout. Il m'arrive de passer de mauvais quarts d'heure quand je pense que Jessie grandit. Elle sera vite une jeune fille, elle rencontrera un homme. S'il l'incite à lui céder sans qu'elle soit prête, je le tuerai.

Il sourit et but une gorgée de vin.

— Et, naturellement, si elle croit être prête avant d'avoir, disons... une trentaine d'années, je l'enfermerai dans sa chambre.

Eclatant de rire, Ana l'observa. Il avait le dos tourné à la cuisinière, et un torchon coincé dans son pantalon. Elle était à deux doigts de tomber amoureuse de lui.

Mais elle n'était pas encore prête. Quand elle le serait, rien ne pourrait l'en empêcher.

— Voilà des paroles de père paranoïaque.

— Paranoïa et paternité sont synonymes, croyez-moi. Attendez que Nash ait ses jumeaux. Je ne lui donne pas une semaine avant d'envisager de prendre une assurance santé. Dès que l'un ou l'autre éternuera au milieu de la nuit, il deviendra fou de panique.

— Morgana fera en sorte qu'il garde son calme. Un père paranoïaque a seulement besoin que la mère de ses enfants soit...

Se maudissant pour son manque de tact, elle fit une pause.

— Oh, je suis désolée !

— Ce n'est rien. C'est plus facile pour moi de parler d'Alice que de ne pas en parler. Cela fait quatre ans qu'elle est morte. Les blessures se referment, surtout quand vous avez de bons souvenirs.

Il y eut un coup provenant de la pièce adjacente, et le bruit de petits pieds courant sur le plancher.

— Et une fille de six ans qui vous oblige à penser à l'avenir, dit Ana.

Au même instant, Jessie entra et se jeta à son cou.

— Vous êtes venue !

— Bien sûr. Je ne refuse jamais une invitation à dîner chez mes voisins favoris.

Les mains dans les poches, Boone les observa. Il se sentait plus léger, comme si un poids était tombé de ses épaules. Il hocha la tête. En fait, sa migraine avait disparu. C'était curieux, il n'avait pas eu besoin de prendre d'aspirine.

Il éteignit le gaz sous la casserole et se prépara à servir le dîner.

Ils prirent le repas dans la petite alcôve de la salle à manger, devant la grande fenêtre en arc de cercle, au son de la musique des vagues et du chant des oiseaux.

Boone avait composé un gros bouquet des fleurs qu'il avait cueillies dans le jardin, et il avait allumé quelques bougies. Cependant, ce n'était pas précisément ce qu'il aurait appelé un dîner calme et romantique. Il n'y avait pas de secrets murmurés, ni de promesses chuchotées, mais des rires et la voix gazouillante de sa fille. Il ne parlait pas à Ana des reflets de la lumière sur sa peau, et il ne pouvait pas davantage lui dire que cette lumière rendait le gris de ses yeux encore plus profond. La conversation roulait au premier degré, sur les activités de Jessie à l'école, et sur le conte de fées qui était encore à l'état embryonnaire dans son esprit.

Après le dîner, quand Ana eut entendu tous les exploits de la petite fille ainsi que ceux de sa nouvelle et meilleure amie Lydia, elle proposa de ranger la cuisine.

— Non, je verrai cela plus tard, objecta Boone.

Il n'avait aucune envie de quitter cette alcôve baignée des rayons du soleil couchant. De plus, il y avait un fouillis inextricable dans la cuisine, il était hors de question qu'Ana s'en occupe.

— Les assiettes sales ne vont pas s'en aller, continua-t-il.

— Vous avez fait la cuisine.

Résolument, Ana se leva pour débarrasser la table.

— Quand mon père fait la cuisine, c'est ma mère qui fait la vaisselle, et vice versa. C'est le règlement des Donovan. De plus, la cuisine est un lieu idéal pour qu'une petite fille raconte ses histoires, n'est-ce pas, Jessie ?

— Je peux vous aider. Je ne casse presque jamais d'assiettes.

— Et les hommes n'ont pas le droit d'entrer dans la cuisine quand les filles y sont pour bavarder, ajouta Ana d'un air faussement sérieux.

Elle se baissa avec un air conspirateur vers la fillette.

— Sinon, ils se mettent dans nos pieds.

Elle envoya un regard complice à Boone.

— Vous pourriez faire une promenade sur la plage avec Daisy.

— Je n'ai...

Pourquoi pas ? Une promenade sur la plage. Seul.

— Vraiment ?

— Mais oui. Prenez votre temps.

Elle se tourna vers Jessie.

— L'autre jour, en ville, j'ai vu une robe adorable. Elle était bleue, exactement comme tes yeux, et elle avait un gros nœud en satin.

Une pile d'assiettes entre les mains, Ana fit une pause et jeta un coup d'œil à Boone.

— Vous êtes encore là ?

Près de la porte, Daisy remuait frénétiquement la queue. Boone lui flatta le dos et sortit dans le crépuscule, la chienne sur les talons. Par la fenêtre ouverte, il entendit le rire cristallin d'Ana et les babillements de sa fille.

— Papa m'a dit que vous êtes née dans un château, dit Jessie en aidant Ana à remplir le lave-vaisselle.

— C'est vrai. En Irlande.

— Un vrai château ?

— Un vrai château, près de la mer. Il a des tours et des tourelles, des passages secrets et un pont-levis.

— Comme dans les livres de papa.

— Exactement comme dans ses livres. C'est un château magique. Mon père est né là-bas, mon grand-père, mon arrière-grand-père aussi. Tous mes ancêtres y sont nés, depuis des siècles.

Prise d'une soudaine nostalgie, Ana sourit tendrement. Là-bas, l'immense cuisine résonnait toujours de discussions acharnées et de rires, et le feu crépitait dans la gigantesque cheminée. Il y avait toujours une odeur de pain frais, cuit au feu de bois.

— Moi, si j'étais née dans un château, j'y serais restée toute ma vie, dit Jessie très sérieusement.

Tandis qu'elles s'activaient, elle ne quitta pas Ana d'une semelle, se repaissant de son odeur, et du timbre léger de sa voix.

— Pourquoi êtes-vous partie de votre château ?

— Oh, c'est toujours ma maison mais, parfois, il faut s'éloigner pour trouver sa propre place. Sa propre magie.

— Comme papa et moi.

— Oui, ma chérie.

Elle referma le lave-vaisselle et remplit l'évier d'eau chaude pour les casseroles et les poêles.

— Tu es contente de vivre à Monterey ?

— Oh oui, j'aime beaucoup ça. Mais ma mamie m'a dit que j'aurais vite envie de retourner dans l'Indiana.

Ana secoua légèrement la tête. Ce n'était pas très malin de faire ce genre de réflexion à une petite fille.

— Si tu as le mal du pays, pense que le meilleur endroit où tu puisses être est précisément celui où tu te trouves.

Jessie prit quelques instants pour digérer cette information.

— Je veux être au même endroit que mon papa, même s'il m'emmène à Tombouctou !

— Pardon ?

— Grand-mère Sawyer a dit qu'il aurait aussi bien pu déménager pour Tombouctou.

Jessie prit le bocal propre qu'Ana lui tendait et commença à l'essuyer. Elle avait une expression de profonde concentration.

— Est-ce que cela existe ?

— Oui. Mais c'est aussi une façon de dire que tu pars très loin. Tes grands-parents doivent être tristes de ne plus te voir.

— Moi aussi, ils me manquent, mais je leur parle au téléphone, et papa m'a aidée à taper une lettre sur son ordinateur.

Elle fit une pause, les sourcils froncés.

— Et si tu te mariais avec papa, il n'aurait plus grand-mère Sawyer sur le dos ?

Ana faillit lâcher la casserole qu'elle lavait.

— Je ne crois pas.

— Mon papa a dit à ma grand-mère qu'elle était toujours sur son dos, qu'elle voulait qu'il se remarie. Comme ça, il ne serait plus seul et moi, j'aurais une autre maman. Il était très en colère ce jour-là, comme lorsque j'ai fait une grosse bêtise ou que Daisy a mangé ses oreillers. Et il a dit : « Bon Dieu, je ne vais pas me mettre un fil à la patte juste pour avoir la paix. »

— Je vois.

Ana serra les lèvres pour garder son sérieux.

— Je crois qu'il ne serait pas content de savoir que tu me l'as répété, Jessie, surtout de cette façon.

— Tu crois que papa est malheureux ?

— Non, non, je ne crois pas. Je crois qu'il est très heureux avec toi, et avec Daisy. S'il se décidait un jour à se remarier, ce serait parce qu'il aurait trouvé quelqu'un que tu aimerais beaucoup, toi aussi.

— Moi, je t'aime beaucoup.

— Oh, mon ange.

Les mains pleines de mousse, Ana se baissa pour lui donner un baiser sur le front.

— Moi aussi, je t'aime beaucoup.

— Est-ce que tu aimes mon papa ?

Ana se releva. Elle aurait aimé le savoir.

— Ce n'est pas pareil, dit-elle.

Le terrain devenait glissant.

— Quand tu seras grande, tu comprendras que ce n'est pas la même chose. Mais je suis très heureuse que vous vous soyez installés ici et que nous soyons devenus amis.

— Mon papa n'avait jamais invité une dame à dîner.

— Il n'y a pas longtemps que vous êtes arrivés...

— Je veux dire, même avant, dans l'Indiana. Alors

j'ai cru que c'était parce que tu allais te marier avec lui et vivre avec nous.

— Non.

Ana fit de son mieux pour garder un visage impassible.

— Cela veut dire que nous nous aimons bien et que nous avons envie de dîner ensemble.

Elle jeta un coup d'œil vers la fenêtre. Boone ne revenait pas.

— Est-ce qu'il s'y prend toujours ainsi pour faire la cuisine ?

— Il met toujours plein de désordre et, parfois, il dit des gros mots.

— Mmm, je vois.

— Il les dit quand il faut qu'il fasse le ménage. Et, aujourd'hui, il était de très mauvaise humeur parce que Daisy avait mangé son oreiller et qu'il y avait des plumes partout et que la machine à laver avait débordé et qu'il va peut-être faire un voyage pour son travail.

Elle s'arrêta, hors d'haleine.

— En effet, c'est beaucoup pour une seule journée. Et pour un seul homme.

Ana se mordit la lèvre inférieure. Sincèrement, elle n'avait pas envie de faire parler Jessie, mais elle était curieuse de savoir.

— Il va partir en voyage ?

— A l'endroit où ils font des films, parce qu'ils veulent en faire un avec son livre.

— Oh, Jessie, c'est merveilleux !

— Il faut qu'il réfléchisse. C'est ce qu'il dit toujours quand il ne veut pas dire oui, mais il va sûrement y aller.

Cette fois, Ana ne fit rien pour cacher son rire.

Quand la cuisine fut remise en ordre, Jessie se mit à bâiller.

— Vous voulez venir voir ma chambre ? J'ai tout bien rangé.

— J'ai très envie de voir ta chambre.

Elles passèrent par le vaste salon, dont la porte du balcon était ouverte. Ana examina les lieux. Les cartons de déménagement avaient disparu. Les meubles aux couleurs vives devaient être confortables, et ils paraissaient assez solides pour résister aux assauts d'une fillette de six ans.

Ana sourit. La pièce aurait bien eu besoin de quelques pots de fleurs aux fenêtres et sur le balcon. Et de quelques bougies parfumées dans les petits bougeoirs de cuivre posés sur le manteau de la cheminée. Et pourquoi pas, de trois ou quatre gros coussins bien rembourrés, dispersés ici et là. Cependant, il y avait une touche chaleureuse, accueillante, dans la grosse horloge, sans doute une antiquité familiale, et les photographies encadrées accrochées aux murs.

Et si la rampe d'escalier avait une petite couche de poussière, cela ajoutait à son charme.

— C'est moi qui ai choisi mon lit, déclara Jessie. Et quand tout sera en ordre, je pourrai choisir le papier peint si je veux.

Elle tendit la main vers la droite.

— C'est là que mon papa dort.

Tournant la tête dans la même direction, Ana aperçut un grand lit sous une couverture vert jade, et sans oreillers. Quelques plumes avaient atterri sur une élégante commode ancienne, à laquelle manquait une poignée.

— Il a une salle de bains rien que pour lui, ici, avec une grande baignoire qui a des jets partout et une douche entourée de verre, et l'eau coule des deux côtés. Moi, je me lave dans celle-ci. Ici, c'est ma chambre.

Visiblement, cette chambre avait été installée par

un homme qui avait compris que l'enfance était trop courte et trop précieuse. Le lit rose et blanc trônait au centre. Il était entouré d'étagères couvertes de poupées, de livres et de jouets aux couleurs vives. Il y avait aussi une petite coiffeuse au miroir ovale, et un bureau d'enfant jonché de papiers colorés et de crayons.

Aux murs étaient présentées de très jolies illustrations de contes de fées. Cendrillon dévalant l'escalier d'un château argenté, une seule chaussure de vair abandonnée derrière elle. Rapunzel, ses cheveux blonds jaillissant à la fenêtre d'une haute tour tandis qu'elle regarde d'un air langoureux son prince charmant. L'elfe timide et attachant issu d'un livre de Boone et…

Ana ouvrit de grands yeux. Surprise, elle s'approcha de l'illustration qui avait valu un prix à sa tante.

— Celle-ci est dans *Le Ballon doré*.

— La dame qui a écrit cette histoire me l'a envoyée quand j'étais petite. Ce sont ses histoires que j'aime le plus, après celles de papa.

— Je n'imaginais pas…, murmura Ana.

Du plus loin qu'elle s'en souvienne, sa tante ne s'était jamais séparée d'un dessin, sauf pour en offrir à sa famille.

— C'est papa qui a dessiné l'elfe, dit Jessie. Tout le reste, c'est ma maman.

— Ces dessins sont magnifiques, Jessie.

Elle hocha la tête. Ils n'étaient peut-être pas aussi habiles que ceux de Boone, ni aussi élégants que ceux de sa tante, mais adorables, et aussi proches de l'esprit d'un conte de fées que la magie elle-même.

— Elle les a dessinés rien que pour moi, quand j'étais un bébé. Mamie a dit que papa devrait les enlever pour que je ne sois pas triste. Mais ils ne me rendent pas triste. J'aime les regarder.

— Tu as beaucoup de chance d'avoir de si beaux souvenirs de ta maman.

Jessie frotta ses yeux, qui commençaient à se fermer, et lutta pour retenir un bâillement.

— J'ai des poupées, aussi, mais je ne joue pas souvent avec elle. Mes mamies aiment m'en donner, mais moi, j'aime mieux le morse empaillé que mon papa m'a offert. Est-ce que ma chambre vous plaît ?

— Elle est très jolie, Jessie.

— De ma fenêtre, je peux voir la mer et votre jardin. Elle tira les rideaux en voile qui se gonflaient sous la brise nocturne pour lui montrer la vue.

— Et là, c'est le lit de Daisy, mais elle préfère dormir avec moi.

Jessie montra du doigt le grand panier d'osier orné d'un coussin rose.

— Tu pourrais peut-être t'allonger en attendant que Daisy revienne, suggéra Ana.

— Peut-être.

Jessie lui adressa un regard dubitatif.

— Mais je ne suis pas très fatiguée. Est-ce que vous connaissez des histoires ?

Ana la souleva dans ses bras et la posa sur le lit.

— Quel genre d'histoire ?

— Une histoire de magie.

— Ce sont les plus belles.

Elle réfléchit un instant puis, en souriant, elle passa un bras autour des épaules de la fillette.

— L'Irlande est un très ancien pays, rempli de lieux secrets, de montagnes sombres et de vertes prairies. L'eau est si bleue qu'elle fait mal aux yeux si on la regarde trop longtemps. Il y a toujours eu de la magie là-bas, depuis des siècles. Et c'est toujours un endroit sûr pour les fées, les elfes et les sorcières.

— Les bonnes ou les méchantes sorcières ?

— Les deux, mais il y a toujours eu plus de bonnes sorcières que de méchantes. Comme dans tout le reste.

— Les gentilles sorcières sont jolies, dit Jessie en caressant le bras d'Ana. C'est comme cela qu'on le sait. Est-ce que vous allez me raconter l'histoire d'une gentille sorcière ?

— Oui, exactement. Une très gentille et très belle. Et très intelligente, aussi. Il était une fois, il n'y a pas très longtemps, une jeune sorcière très belle qui voyageait avec ses deux sœurs. Elles allaient rendre visite à leur grand-père. C'était un magicien très puissant mais, en vieillissant, il s'ennuyait, et il devenait grincheux. Pas très loin du manoir dans lequel il vivait se trouvait un château. Dans ce château habitaient trois frères, qui étaient des triplés, et des magiciens très puissants eux aussi. De mémoire d'homme, le vieux magicien et la famille des trois frères avaient toujours été ennemis. Personne ne savait plus pourquoi, mais c'était ainsi. Ils ne se parlaient plus depuis deux générations.

Faisant une pause, elle prit Jessie sur ses genoux et lui caressa les cheveux. Puis elle continua son histoire, avec l'accent de son pays natal, qu'elle avait retrouvé instantanément.

— Mais la jeune sorcière était aussi entêtée qu'elle était jolie. Et sa curiosité n'avait pas de limites. Par une belle journée d'été, elle se glissa hors du manoir et traversa les champs et les prairies, en direction du château où vivaient les ennemis de son grand-père. Sur le chemin, elle trouva une mare. Elle s'arrêta pour baigner ses pieds nus et examiner le château de loin. Alors qu'elle était assise, les pieds dans l'eau, ses cheveux flottant sur ses épaules, un crapaud sauta près d'elle et se mit à lui parler.

« Belle dame, que faites-vous sur mes terres ? »

La jeune sorcière ne fut pas surprise d'entendre parler

un crapaud. Après tout, elle connaissait suffisamment la magie, et elle sentit une ruse.

« Vos terres ? dit-elle. Les crapauds ne vivent que dans l'eau et dans les marécages. Moi, je marche où je veux. »

« Mais vous avez mis les pieds dans mon eau. Vous devez donc me donner un gage. »

Elle éclata de rire et lui dit qu'elle ne lui devait rien, qu'il n'était qu'un crapaud. L'animal fut stupéfait de sa réaction. Ce n'était pas tous les jours qu'il avait l'occasion de parler à une belle femme, et il avait espéré au moins qu'elle allait crier ou faire preuve d'un respect craintif. Il aimait beaucoup jouer des tours et il était très déçu que celui-ci n'ait pas le résultat attendu. Il lui expliqua qu'il n'était pas un crapaud ordinaire, et que si elle n'acceptait pas de lui donner le gage il serait obligé de la punir. Quel gage voulait-il ? Un baiser. Elle s'y attendait car, si elle était jeune, elle n'était pas idiote.

« Je doute beaucoup que vous vous transformiez en prince charmant si je vous embrasse. Je préfère garder mes baisers », répondit-elle.

De plus en plus malheureux, le crapaud essaya d'autres tours de magie. Il siffla pour que le vent se lève, secoua les feuilles des arbres, mais la princesse ne fit que bâiller. A bout de patience, le crapaud finit par sauter sur ses genoux et se mit à la réprimander. Afin de lui donner une leçon pour son audace, elle le saisit et le jeta dans l'eau. Quand il refit surface, il ne ressemblait plus du tout à un crapaud, mais à un jeune homme, très mouillé et furieux que sa plaisanterie se soit retournée contre lui. Il regagna la rive à la nage et ils se disputèrent, s'envoyant des malédictions et provoquant des éclairs dans le ciel. Le tonnerre gronda. Bien qu'elle le menace des pires tourments de l'enfer, il insista tant pour obtenir son gage disant qu'elle se trouvait sur sa terre, dans son eau, et qu'il était dans son bon droit, qu'elle finit par accepter son baiser. Alors il l'embrassa longuement.

Cela suffit pour que la fureur éprouvée par la princesse devienne de l'amour. Car même les sorcières peuvent être touchées par un sortilège, le plus puissant de tous. Ils échangèrent des promesses et se marièrent le mois suivant au bord de la mare. Ils furent heureux, et leur bonheur dura toute leur vie. Cependant, chaque année par un beau jour d'été, la princesse se rend au bord de la mare, trempe ses pieds dans l'eau et attend qu'un crapaud indigné saute sur ses genoux.

Voyant que Jessie s'était endormie, Ana la prit dans ses bras. Elle sourit. Elle n'avait raconté la fin de l'histoire que pour elle-même. Mais tandis qu'elle posait la fillette dans son lit, elle sentit la main de Boone se refermer sur la sienne.

— C'est une très belle histoire, pour un amateur. Est-elle irlandaise ?

— Elle vient de ma famille.

Boone dénoua les lacets de Jessie.

— Méfiez-vous, je risque de vous la voler, dit-il.

Tandis qu'il bordait sa fille, Daisy sauta sur le lit.

— Vous avez fait une bonne promenade ? demanda Ana.

— Excellente. Mais, pendant dix secondes, j'ai été pris d'un sentiment de culpabilité pour vous avoir laissée affronter seule la vaisselle.

Il posa un baiser léger sur le front de sa fille.

— Un des aspects les plus enviables de l'enfance est de pouvoir s'endormir profondément, d'une minute à l'autre, murmura-t-il.

— Vous avez encore des insomnies ?

— J'ai trop de choses en tête.

Lui prenant la main, il l'entraîna hors de la chambre, dont il laissa la porte entrouverte.

— La principale, c'est vous. Mais j'ai aussi quelques petites préoccupations.

— Voici une réponse franche mais peu flatteuse.

Elle fit une pause en haut de l'escalier.

— Sérieusement, Boone, je peux faire quelque chose…

Voyant la lueur qui venait de s'allumer dans ses yeux, elle devint rouge comme une pivoine.

— Je pourrais vous donner un remède très inoffensif à base de plantes.

— Cela ne vaut pas l'amour.

Elle secoua la tête et descendit l'escalier.

— Vous ne me prenez pas au sérieux.

— Au contraire.

— Je veux dire, en tant qu'herboriste.

— Je n'y connais rien, mais je ne critique pas, dit-il en souriant.

Il n'avait pas l'intention d'absorber quelque drogue que ce soit.

— Comment avez-vous décidé de faire ce métier ?

— C'est sans doute héréditaire. Il y a toujours eu des guérisseurs dans ma famille, depuis plusieurs générations.

— Des médecins ?

— Pas exactement.

Boone passa prendre la bouteille de vin et deux verres avant de la rejoindre sur la terrasse.

— Vous n'avez jamais eu envie d'être médecin ?

— Je ne me sentais pas douée pour ça.

Il lui tendit un verre.

— Il n'est pas possible de guérir tout le monde. Et je… j'ai des difficultés à supporter la souffrance. Ce que je fais est une façon de satisfaire mes besoins et de me protéger. Et j'aime travailler seule.

— Je connais ce sentiment. Mes parents ont cru que j'étais devenu fou quand ils ont vu que je m'enfermais dans mon bureau pour écrire. Ils espéraient que je deviendrais le plus grand romancier des Etats-Unis. Je crains qu'ils aient été déçus. Ils ont eu du mal à digérer le fait que j'écrive des contes de fées.

— Je suis sûre qu'ils sont fiers de vous.

— Mmm, à leur façon. Ils sont très gentils, dit-il lentement.

Il fit une pause. C'était la première fois qu'il parlait d'eux avec quelqu'un d'autre qu'Alice.

— Ils m'ont toujours donné beaucoup d'amour. Et ils adorent Jessie. Mais ils ont du mal à comprendre que je n'ai pas forcément les mêmes envies qu'eux. Ils me voyaient dans une maison de banlieue dotée d'un beau terrain de golf, avec une épouse qui se consacrerait à moi corps et âme.

— Il n'y a rien de mal à cela.

— Non, et je l'ai déjà eu. Sauf le terrain de golf. Mais je ne voulais pas passer le reste de mes jours à essayer de les convaincre que ma vie actuelle me convient.

Tendant la main vers les cheveux d'Ana, il entortilla une boucle autour de son index.

— Et vous ? Vos parents vous tiennent-ils les mêmes discours ? « Anastasia, quand vas-tu te décider à épouser un gentil jeune homme et à avoir des enfants ? »

— Non. Pas du tout.

Elle se mit à rire. La seule idée que son père ou sa mère puisse dire, ou même penser, une chose pareille était inimaginable.

— Je crois que vous allez trouver mes parents excentriques.

Confortablement assise, elle pencha la tête en arrière et contempla les étoiles.

— Je crois qu'ils seraient affolés autant l'un que l'autre si je me rangeais, comme on dit.

Elle but une gorgée de vin, puis elle tourna la tête vers lui.

— Vous ne m'aviez pas dit que vous aviez une illustration originale de tante Bryna.

— Quand vous m'avez parlé d'elle, vous étiez à deux doigts de me mettre en pièces. Je n'ai pas trouvé le moment très propice. Ensuite, cela m'est sorti de l'esprit.

— Apparemment, tante Bryna a une haute opinion de vous. Elle a attendu que Sebastian se marie pour lui donner une de ses illustrations originales. Pourtant, il en avait rêvé pendant des années.

— Vraiment ?

Le regard rêveur, il resta quelques instants silencieux.

— Cela fait longtemps que je n'ai pas passé une soirée sur la terrasse dans des vêtements présentables. Je me demande si je suis encore dans le coup.

Lui prenant le menton entre deux doigts, il plongea un regard pénétrant dans le sien. Défaillante, Ana essaya de tourner la tête, mais une force irrésistible l'en empêcha. Il embrassa ses lèvres, qui se mirent bientôt à trembler et s'entrouvrirent sous les siennes. Il lui ôta le verre des mains, le posa près du sien tandis qu'il acceptait son offrande.

Elle était si douce. Ses lèvres, au goût fruité, le réchauffèrent et l'apaisèrent avant d'enfoncer un aiguillon dans son système nerveux. C'était pire que le supplice de Tantale. Cependant, Ana le gardait aussi sous son charme. Quand elle poussa un léger soupir, il sentit une décharge électrique dans le dos.

Mais il était capable de contrôler ce volcan de désir

qui bouillonnait en lui. Si, ce soir, il n'avait pas le droit de lui offrir la plénitude de sa passion, il lui donnerait au moins le bénéfice de son expérience.

Abandonnée dans ses bras, elle respirait plus calmement. C'était si bon d'être blottie contre lui, de sentir une telle délicatesse mélangée à ce violent désir qu'elle ne pouvait pas ignorer. Dans tout ce qu'elle avait pu imaginer, elle n'était jamais allée jusque-là. Il la caressait d'une main aussi douce que persuasive. Quand sa bouche s'éloigna pour vagabonder sur sa joue et sa gorge, elle sentit son corps se tendre malgré elle.

Boone ferma les yeux. Dans ses bras, Ada commençait à succomber. Il le sentait aussi sûrement que la brise nocturne, qui n'arrivait pas à rafraîchir ses tempes brûlantes. Sans ignorer qu'il allait approcher encore plus près des limites qu'elle lui avait imposées, il se rendit à l'envie dévorante de la caresser.

Le cœur d'Ana battait frénétiquement sous sa main. Sa peau avait la texture de la soie. Il en imagina le goût sur ses lèvres, sur sa langue. C'était une torture de ne pas arracher sa robe pour en avoir un échantillon tout de suite.

Sentant durcir sous ses doigts la pointe de ses seins, il poussa un petit gémissement et reprit sa bouche avec une avidité décuplée.

Celle d'Ana était aussi exigeante, aussi désespérée. Ses mains se déplaçaient sur lui avec la même urgence que celles de Boone sur son corps. Prise de vertige, elle tenta de respirer. Elle voulait apprécier entièrement cet instant. Et elle savait qu'elle ne pourrait pas retourner en arrière. Mais ils ne feraient pas l'amour maintenant. C'était impossible sur cette terrasse éclairée par les étoiles, sous ces fenêtres derrière lesquelles une petite fille pouvait se réveiller et chercher son père dans la nuit.

Cependant, il y avait une évidence irréversible : elle aimait Boone. Elle ne pouvait pas changer ses sentiments, pas plus qu'elle n'aurait pu changer le sang qui coulait dans ses veines.

Et le jour viendrait, très vite, où elle lui donnerait ce qu'elle n'avait jamais donné à un autre homme.

Bouleversée, elle détourna la tête et enfouit son visage contre l'épaule de Boone.

— Vous n'avez aucune idée de ce que vous provoquez en moi.

— Alors dites-le-moi.

Il lui prit délicatement un lobe d'oreille entre les dents. Elle frissonna.

— Dites-le-moi, répéta-t-il.

— Vous me faites souffrir, et mourir d'envie.

Elle ferma les yeux.

— Personne n'a jamais provoqué en moi de telles sensations.

Avec un long soupir frémissant, elle s'écarta de lui.

— C'est bien ce qui nous effraie tous les deux.

— Je ne peux pas le nier.

Les yeux de Boone ressemblaient à deux perles de lapis-lazuli dans la pénombre.

— Je ne peux pas nier non plus que j'ai envie de vous emporter dans ma chambre maintenant, de vous mettre dans mon lit. Et que c'est quelque chose dont j'ai besoin autant que de respirer.

Elle sentit son cœur s'emballer encore plus.

— Croyez-vous à l'inévitable, Boone ?

— La vie m'a appris à y croire.

Elle hocha la tête.

— Moi aussi. Je crois à la fatalité, aux caprices du destin.

Se levant, elle posa une main sur son épaule pour l'empêcher de se lever aussi et le regarda dans les yeux.

— Pouvez-vous accepter que j'aie des secrets que je ne peux pas dévoiler, et des aspects de moi-même que je ne partagerai pas ?

Boone parut à la fois interloqué et incrédule. Elle secoua la tête avant qu'il puisse parler.

— Ne répondez pas tout de suite... Vous devez réfléchir. Comme je l'ai fait moi-même.

Elle se baissa pour l'embrasser et établit un lien aussi bref que ferme. Il eut un sursaut d'étonnement.

— Dormez bien, dit-elle.

Maintenant, il dormirait, elle n'en doutait pas.

Quant à elle, c'était beaucoup moins sûr.

7

Ana pouvait être aussi paresseuse qu'active.

Chaque année, pour son anniversaire, elle s'offrait un cadeau royal : une journée de complète liberté. En général, elle se levait à l'aube et se gavait de crème glacée au petit déjeuner, mais elle pouvait aussi bien rester au lit jusqu'à midi en regardant des films anciens sur le petit écran.

Le seul programme valable pour la seule journée de l'année qui lui appartenait complètement était précisément l'absence totale de programme.

Ce jour-là, elle se leva très tôt, bien décidée à se bichonner. Elle prépara une crème tonique à base de fleurs de sureau, de yaourt et d'argile blanche. Pendant ce temps, elle fit couler l'eau dans la baignoire. Après s'être enduit le visage du masque tout frais, elle versa dans l'eau quelques gouttes de ses huiles essentielles favorites, et y plongea un sac de tulle contenant des herbes sèches aux propriétés relaxantes. Elle fit tourner un enregistrement de harpe celtique et posa un jus de fruits frais à portée de main, puis elle s'immergea avec volupté. Fermant les yeux, elle attendit que la magie de ce bain odorant opère.

Une heure plus tard, elle en sortit et s'enduisit le corps de son huile personnelle avant de se glisser dans un peignoir de soie qui avait la couleur des rayons de lune.

En revenant dans sa chambre, elle hésita. C'était tentant de se glisser de nouveau dans le lit. Mais au centre de la pièce, où il n'y avait qu'un vieux tapis de prières quand elle était allée prendre son bain, trônait maintenant un grand coffre de bois.

Avec un cri de joie, elle caressa le meuble sculpté, dont la surface cirée et polie luisait comme un miroir, et d'où émanait une odeur de cire d'abeilles et de romarin.

C'était un coffre très ancien, qu'elle admirait déjà quand elle était enfant, dans le château familial. Un coffre de magicien, réputé pour avoir résidé à Camelot, il y avait très longtemps, et pour avoir été commandé par Merlin pour le jeune Arthur.

Avec un soupir ému, elle s'assit sur les talons. Décidément, les Donovan la surprendraient toujours. Ses parents, ses tantes, ses oncles… si éloignés, mais jamais loin de son cœur et de sa pensée.

Le pouvoir combiné de six magiciens avait fait voyager le meuble depuis d'Irlande.

Elle souleva lentement le couvercle, libérant une foule de souvenirs. Une odeur sèche s'éleva vers ses narines. Mixture de pétales redevenus poussière et de feu de bois.

S'agenouillant, elle tendit les bras. La soie de son peignoir coula jusqu'à ses coudes quand elle tourna ses paumes vers le ciel.

Elle prononça des mots en vieil irlandais, le langage des Anciens Sages. Le vent qu'elle invoqua vint fouetter les rideaux et fit voleter ses cheveux autour de son visage. L'air résonna d'un millier de harpes gémissant dans la brise, puis ce fut le silence.

Baissant les bras, Ana plongea une main dans le coffre.

Se rasseyant sur les talons, elle en retira une amulette d'héliotrope, dont les veines cramoisies ressemblaient à des traînées de sang au milieu du vert profond. Cette pierre, dotée de vertus guérisseuses, avait appartenu à sa famille pendant plusieurs générations. Ana prit une profonde inspiration tandis que les larmes lui montaient aux yeux. La transmission de cette amulette n'avait lieu qu'une fois tous les demi-siècles. Aujourd'hui, elle venait lui signifier qu'elle était reconnue comme une guérisseuse du plus haut niveau.

Elle fit courir ses doigts sur la surface lisse et onctueuse de la pierre. C'était son cadeau, son héritage.

Avec précaution, elle la remit dans le coffre, d'où elle sortit un autre cadeau. Un globe de calcédoine, dont la surface presque transparente pouvait lui permettre d'avoir un aperçu de ce qui se passait dans l'univers si elle en avait envie. Il venait des parents de Sebastian. Il y avait encore une peau de mouton, sur laquelle un texte était gravé en vieil irlandais. Elle le lut et sourit. C'était un conte de fées, vieux comme le monde, et toujours aussi charmant. Un cadeau de Bryna et d'oncle Matthew.

Il restait encore le cadeau de son père. Elle le trouva et se mit à rire. Un crapaud de jade, pas plus gros que l'ongle de son pouce.

— C'est bien de toi, papa, murmura-t-elle en riant de plus belle.

Elle le remit en place, referma le coffre et se leva. En Irlande, c'était l'après-midi. Et il y avait six personnes qui devaient attendre qu'elle les appelle pour leur dire si elle avait apprécié leurs présents.

Alors qu'elle allait prendre le téléphone, un coup fut frappé à la porte. Son cœur bondit. Redressant les épaules, elle attendit qu'il reprenne un rythme plus normal. Puis elle se dirigea vers l'entrée.

L'Irlande pouvait attendre.

Boone cachait le paquet derrière son dos. Il y en avait un autre chez lui. Il en avait choisi le contenu avec Jessie. Mais il voulait donner celui-ci à Ana de ses propres mains. Et seul.

Entendant son pas dans le hall, il prit une profonde inspiration. Pourvu qu'il ne se mette pas à bredouiller...

Elle était resplendissante avec ses cheveux formant une cascade dorée sur ses épaules revêtues de soie argentée. Ses yeux paraissaient plus sombres, plus profonds. Comment pouvaient-ils être aussi clairs que le lac le plus pur et sembler recéler en même temps des secrets à foison ?

Le merveilleux parfum qu'elle avait choisi faillit le faire tomber à genoux.

Quand le chat vint se frotter contre ses jambes pour lui souhaiter la bienvenue, il sursauta.

— Boone...

Un petit rire niché au fond de la gorge, Ana posa une main sur la moustiquaire de la porte.

— Vous allez bien ? demanda-t-elle.

— Oui, oui... Je... Est-ce que je vous ai réveillée ?

— Non.

Aussi calme qu'il était nerveux, elle ouvrit la porte.

— Je suis levée depuis longtemps.

Comme il restait sur le seuil, elle inclina la tête.

— Vous ne voulez pas entrer ?

— Si, bien sûr.

Il entra, mais resta à une distance respectable. Au cours des dernières semaines, il était arrivé à se dominer, à résister à la tentation de se trouver souvent seul avec elle. Mais, brusquement, il s'en rendait compte : s'il avait gardé le contrôle de lui-même, c'était autant par sécurité pour lui que pour Ana.

C'était difficile de résister en se trouvant devant elle, même quand ils étaient dehors, en plein soleil dans le jardin, ou avec Jessie.

Mais, en cet instant précis, ils étaient seuls. La maison était vide et silencieuse, et le parfum mystérieux né du don artistique d'Ana venait tourmenter ses sens comme jamais. C'était presque insupportable.

— Quelque chose ne va pas ? demanda-t-elle.

Cependant, elle souriait, comme si elle savait.

— Non, tout va bien… et vous, comment allez-vous ?

— Très bien, merci.

Son sourire s'élargit, s'adoucit.

— Vous aussi ?

— Absolument.

Il força un sourire sur ses lèvres. Si la tension en lui augmentait encore, il allait se transformer en pierre.

— J'allais préparer du thé. Voulez-vous vous joindre à moi ? Je suis désolée, mais je n'ai pas de café.

— Le thé sera parfait.

Il la regarda s'approcher de la cuisinière. Le chat la suivit et se mit à faire des circonvolutions autour de ses jambes longues et fines. Elle mit la bouilloire à chauffer et servit le repas de Quigley. S'accroupissant, elle le caressa pendant qu'il mangeait. Le peignoir glissa, révélant une jambe satinée.

— L'aspérule et l'hysope poussent bien ? demanda-t-elle.

— Euh…

Rejetant ses cheveux en arrière, elle leva la tête et sourit.

— Les herbes que je vous ai données pour que vous les plantiez dans votre jardin.

— Oh, oui. Elles sont en pleine forme.

— J'ai encore du basilic et du thym en pot dans la serre. Vous pourriez les emporter et les mettre sur le bord d'une fenêtre. Pour la cuisine.

La bouilloire se mit à siffler. Ana se releva.

— Je crois que vous les trouverez meilleures que celles qu'on achète dans le commerce.

— J'en suis sûr.

Il était presque détendu. Et plein d'espoir. C'était apaisant de la voir s'affairer pour la préparation du thé. Elle versa de l'eau bouillante dans la petite théière en porcelaine bleue avant d'y déposer des feuilles parfumées au jasmin. Avant, il n'aurait jamais imaginé qu'une présence féminine pouvait être à la fois aussi reposante et séduisante.

— Jessie regarde pousser les graines de soucis que vous lui avez données. Elle les couve des yeux.

— Dites-lui qu'il ne faut surtout pas trop les arroser.

Elle mit le thé à infuser avant de se tourner vers lui.

— Eh bien ?

Il cligna des paupières.

— Eh bien ? répéta-t-il.

— Boone, allez-vous vous décider à me montrer ce que vous tenez derrière votre dos, oui ou non ?

— Impossible de rien vous cacher, hein ?

Il lui tendit une boîte enveloppée de papier bleu métallisé.

— Joyeux anniversaire !

— Comment savez-vous que c'est mon anniversaire ?

— C'est Nash qui me l'a dit.

Il baissa les yeux sur le cadeau.

— Vous ne voulez pas l'ouvrir ?

— Bien sûr que si !

Elle déchira le papier, faisant apparaître une boîte qui portait sur son couvercle le logo de la boutique de Morgana.

— Excellent choix ! Vous n'aviez aucune chance de vous tromper en allant chez elle.

Elle souleva le couvercle et, avec mille précautions, sortit de son papier de soie une statue de magicienne sculptée dans l'ambre.

Elle avait la tête rejetée en arrière, et de ravissantes mèches de cheveux dorés retombaient sur ses épaules. Ses bras tendus étaient légèrement repliés, la paume des mains tournée vers le ciel. Ana poussa un léger soupir de ravissement. L'attitude ancestrale de cette statue reflétait exactement celle qu'elle venait elle-même d'adopter en découvrant le coffre au milieu de sa chambre. La statue tenait dans une main une perle très brillante, et dans l'autre une fine baguette d'argent.

— Elle est très belle, murmura Ana. Vraiment superbe.

— Je suis passé à la boutique la semaine passée. Elle m'a fait penser à vous.

— Merci.

Elle leva sa main libre pour lui effleurer la joue.

— Rien n'aurait pu me faire plus plaisir.

Se hissant sur la pointe des pieds, elle posa ses lèvres sur les siennes et ferma les yeux. Il lui rendit son baiser. Oui, elle savait très bien ce qu'elle faisait. Tendu comme une corde, Boone semblait avoir les pires difficultés à garder le contrôle de lui-même. Elle se sentit envahie d'un sentiment de puissance aussi rafraîchissant que l'eau de pluie.

C'était ce qu'elle avait tant attendu, c'était pour cela qu'elle avait passé la matinée à s'adonner à ce très vieux rituel féminin qui consistait à s'enduire de crèmes, d'huiles et de parfums.

C'était pour lui. Et pour elle-même. Pour leur première fois ensemble.

Boone prit une profonde inspiration. Il avait l'estomac

noué. Mille épines semblaient torturer sa chair, exciter son sang. Bien que leurs lèvres se frôlent à peine, il savourait le nectar de sa bouche, et brusquement, l'idée de contrôle et de retenue devint un concept très vague et sans importance. Il fit un violent effort pour se ressaisir et s'écarter d'elle, mais les bras d'Ana formèrent deux liens soyeux autour de lui.

— Ana…

— Chut… Ne dites rien. Embrassez-moi.

Comment refuser alors que ses lèvres s'entrouvraient sous les siennes ? Il prit le visage d'Ana entre ses mains, menant un farouche combat intérieur pour que son baiser n'aille pas trop loin.

Quand le téléphone sonna, il poussa un véritable grognement de frustration autant que de soulagement.

— Je vais m'en aller.

— Non.

Elle avait envie de rire, mais elle se contenta de sourire en se libérant de ses bras. Elle n'avait jamais expérimenté une sensation de puissance aussi délicieuse que celle-ci.

— Restez, je vous en prie. Vous voulez bien servir le thé pendant que je réponds au téléphone ? proposa-t-elle d'une voix rauque.

Il hocha la tête. Verser le thé, pourquoi pas ? Mais encore faudrait-il qu'il ait la force de soulever la théière. Il avait les membres en guimauve.

— Merci, merci à vous tous. Oui, je l'ai reçu ce matin. C'est une surprise extraordinaire.

Elle se mit à rire.

— Bien sûr. Oui, je vais très bien. Merveilleusement bien. Oui, je sais ce que le crapaud signifie. Je l'aime beaucoup. Et toi, je t'adore. Non, je préfère celui-ci à un vrai. Merci.

Elle sourit à Boone quand il lui offrit une tasse de thé.

— Tante Bryna ? C'est une très belle histoire. Oui, je vais bien. Morgana aussi, ainsi que les jumeaux. Oui, ils vont bientôt naître. Mais si, vous arriverez à temps.

Ne tenant plus en place, Boone se mit à arpenter la pièce tout en sirotant son thé, qui était étonnamment bon. Que diable Ana avait-elle bien pu y mettre ? Mais surtout, que diable avait-elle bien pu mettre en lui ? Le simple fait d'entendre sa voix le rendait hystérique.

Redressant les épaules, il se raisonna. Après tout, il était capable d'affronter la situation, c'était une chose à ne pas oublier. Ils allaient prendre une tasse de thé, comme deux êtres très civilisés, et il allait garder ses mains loin d'Ana. Puis il s'échapperait, il s'enterrerait dans son travail pour le restant de la journée afin de ne pas penser à elle.

Son conte était pratiquement terminé. Il allait bientôt s'attaquer aux illustrations. Il savait déjà ce qu'il allait dessiner.

Ana.

Il secoua vivement la tête et avala une longue gorgée de thé. Apparemment, Ana était disposée à avoir une longue conversation avec chaque membre de sa famille. C'était parfait. Cette parenthèse allait lui permettre de se calmer.

— Oui, tu me manques aussi. Vous me manquez tous. Nous allons nous voir dans quelques semaines. Portez-vous bien.

Elle raccrocha. Elle avait les yeux un peu humides, mais elle sourit.

— C'était ma famille, crut-elle bon d'expliquer.

— Je m'en doutais.

— Ils m'ont envoyé un coffre plein de cadeaux, ce

matin. Et je n'avais pas eu le temps de leur téléphoner pour les remercier.

— Je comprends. Ecoutez, je...

Il fit une pause. Puis, relevant un sourcil interrogateur, il remarqua :

— Ce matin ? Je n'ai vu aucun camion de livraison.

— Il est arrivé tôt.

Elle détourna les yeux pour poser sa tasse.

— Disons que c'était... une livraison spéciale... Toute ma famille attend avec impatience de venir me voir à la fin du mois.

— Vous devez être heureuse, j'imagine.

— Ils ont fait un bref séjour ici pendant l'été, mais avec le mariage de Sebastian et Mel je n'ai pas pu passer beaucoup de temps seule en leur compagnie.

Elle ouvrit la porte pour laisser sortir le chat.

— Voulez-vous encore un peu de thé ?

— Non, merci. Je dois y aller, j'ai du travail.

Il s'approcha de la porte.

— Joyeux anniversaire, Ana.

— Boone.

Posant une main sur son bras, elle sentit ses muscles frémir.

— Chaque année, pour mon anniversaire, je m'offre un cadeau très simple : une journée entière pour faire ce dont j'ai envie.

Sans avoir l'air de bouger, elle referma la porte.

— Cette année, j'ai envie de vous. Si vous me voulez toujours.

Il la dévorait du regard. Les paroles d'Ana semblaient lui arriver de très loin, comme dans un rêve. Elle paraissait si calme, si profondément sereine, elle aurait aussi bien pu parler du temps qu'il faisait.

— Vous savez que je vous désire, murmura-t-il.

Elle sourit. Elle se sentait étonnamment calme. Mais c'était le calme avant la tempête.

Elle fit un pas en avant. Il recula. Etait-elle en train de le séduire ? se demanda-t-elle en soutenant son regard brûlant.

— Je le sens quand vous me regardez, et chaque fois que vous me touchez. Vous avez été très patient. Vous m'aviez dit que rien n'arriverait entre nous tant que je ne serais pas prête, et vous avez tenu parole.

— J'ai fait de mon mieux...

Il recula encore.

— Mais ce n'est pas facile.

— Pour moi non plus.

Elle ne bougea pas. Son peignoir argenté scintillait sous les rayons du soleil.

— Vous n'avez qu'à accepter le fait que je veux vous donner tout ce que je peux. Prenez-le, et contentons-nous de cela.

— Qu'êtes-vous en train de me demander ?

— D'être le premier pour moi, et de me montrer à quoi ressemble l'amour.

Il tendit une main incertaine vers ses cheveux.

— En êtes-vous bien sûre ?

— Tout à fait.

Voyant qu'il ne bougeait pas, elle dit :

— Allez-vous vous décider ?

Comment aurait-il pu répondre ? Aucun mot ne pouvait traduire ce qu'il éprouvait en ce moment précis. Sans rien dire, il la souleva dans ses bras.

Il la transporta comme si elle était aussi fragile que la magicienne d'ambre qu'il venait de lui offrir. En fait, il la voyait ainsi. Brusquement, il eut un accès de panique. Serait-il assez patient, assez doux pour ne pas lui faire de mal ?

Quand il atteignit le bas de l'escalier et qu'il

commença à grimper, son pouls battait de peur et d'attente anxieuse.

Pour elle, il aurait préféré qu'il fasse nuit, une nuit éclairée par des bougies, avec une musique douce et un rayon de lune argenté. Cependant, cela semblait normal qu'il l'aime pour la première fois dans la lumière éclatante du soleil matinal. Le chant des oiseaux se mêlait à la musique des petites clochettes que le vent agitait aux fenêtres.

— Où voulez-vous que nous allions ? demanda-t-il.

Elle indiqua du regard la porte de sa chambre. Une odeur de parfums féminins et de poudres odorantes s'en dégageait, ajoutée à une senteur indéfinissable, comme un mélange de fumée et de fleurs. A travers le fin rideau de mousseline gonflé par la brise, le soleil inondait joyeusement le grand lit ancien et ses quatre colonnes sculptées.

Boone contourna le coffre, sur lequel se répandait un arc-en-ciel envoyé par les cristaux suspendus à une fine chaîne devant chaque fenêtre. Il sourit. Des arcs-en-ciel à la place des rayons de lune, ce n'était pas si mal.

Il déposa Ana sur le lit.

Elle resta silencieuse. Sa respiration se fit subitement plus rapide. C'était idiot d'être tendue maintenant, pensa-t-elle. Mais ses mains tremblèrent légèrement quand elle les tendit pour l'enlacer. Elle le désirait et, cependant, la certitude paisible qu'elle ressentait quelques instants plus tôt s'était évanouie, faisant place à une vague d'anxiété et de désirs mêlés.

Boone plongea son regard flamboyant dans ses yeux. Il pouvait y lire ses désirs, sa nervosité. Se doutait-elle que ces sensations reflétaient les siennes ? Elle était si fragile et adorable. C'était vital pour elle comme pour lui qu'il fasse avant tout preuve de tendresse.

— Anastasia.

Etouffant ses propres peurs, il prit sa main et l'embrassa dans le creux de la paume.

— Je ne vous ferai pas mal, je vous le promets.

— Je le sais.

Elle noua ses doigts aux siens et prit une profonde inspiration. Qu'est-ce qui la faisait trembler ? Etait-ce la crainte de cet instant, que toute femme n'expérimentait qu'une seule fois dans sa vie, ou la crainte de la profondeur insondable de son amour pour lui ?

— Montrez-moi.

Au milieu d'une farandole d'arcs-en-ciel, il baissa lentement la tête pour l'embrasser. Elle le couvait des yeux. Et, brusquement, le temps s'arrêta. Il n'y avait pourtant que la bouche de Boone sur la sienne.

Il lui caressa les cheveux, ses doigts entortillant des mèches luxuriantes. Pour se faire plaisir, il les étala sur l'oreiller, qu'elles recouvrirent d'une pluie d'or.

Promenant lentement les lèvres sur le visage d'Ana, il sentit bientôt sa nervosité se transformer en impatience. Mais, bien qu'il la sente moins anxieuse, il continua à l'embrasser lentement.

Elle l'entendit murmurer des paroles rassurantes, des promesses. Sa voix grave la faisait flotter. Elle sourit, tandis que sa bouche se tendait vers la sienne.

Elle aurait dû savoir que ce serait ainsi avec lui. Très beau, d'une beauté qui faisait presque mal. Grâce à lui, elle se sentait aimée et en sécurité. Avec des gestes très doux, il fit glisser son peignoir de ses épaules. Elle se délecta de la sensation de ses lèvres sur sa peau nue. Prise d'une soudaine impatience, elle essaya de lui ôter sa chemise. Il n'hésita qu'un bref instant avant de l'aider.

Il se mit à gémir quand les mains d'Ana se posèrent

sur son dos nu. Domptant non sans mal sa frénésie, il ouvrit son peignoir.

Sa peau crémeuse était d'une douceur incomparable. Elle l'attirait comme un nectar attire les abeilles, l'invitant à s'y désaltérer. Tandis qu'il refermait les lèvres sur son sein, le son étranglé qui sortit de la bouche d'Ana résonna comme le tonnerre dans sa tête.

Doucement, il se servit de sa langue et de ses lèvres pour l'amener au degré suivant du plaisir, sentant ses propres passions le mordre, exigeant qu'il se hâte.

Ana avait le vertige. Ses paupières lourdes ne voulaient pas s'ouvrir. Comment Boone pouvait-il connaître l'endroit précis où la toucher pour lui faire perdre le souffle ?

L'air était lourd du parfum des roses et de la lavande. Les draps se froissaient, leur peau devenait humide sous les assauts de la passion. Sur leurs paupières jouait un arc-en-ciel de lumières cristallines.

Soulevée par la magie de leur acte, Ana flottait, et son souffle s'accélérait à chaque étape où il la faisait monter.

Puis une chaleur torride fit irruption au plus profond d'elle, avec une telle rapidité et une telle violence qu'elle poussa un cri et se débattit contre lui.

— Non, non, Boone, je…

Ensuite un éclair, une déchirure lumineuse de plaisir la laissa sans forces, éblouie et tremblante.

— Ana.

Il enfonça ses poings dans le matelas pour s'empêcher de plonger en elle. Il fallait attendre encore, ne pas la brusquer, ne pas l'effrayer.

— Tu es si douce.

Il l'embrassa, s'enivrant de son souffle haletant.

— Tu es si douce… n'aie pas peur.

— Je n'ai pas peur.

Elle le tint serré contre elle. Le cœur de Boone battait le tambour contre le sien, et son corps était tendu comme une corde de violon.

— Montre-moi, encore plus, chuchota-t-elle.

Il lui ôta complètement son peignoir et admira son corps. C'était une vision capable de rendre fou n'importe quel homme. Elle ouvrit ses grands yeux sombres et les riva sur lui.

Sous la passion qui avait pris possession d'elle, il sentit une confiance qui le rendit humble.

En un instant, toutes les craintes d'Ana s'enfuirent. Elle vibrait de dizaines de sensations plus aiguës les unes que les autres. Quand il l'entraîna de nouveau au sommet, elle surmonta la tempête, célébrant l'éclair de chaleur et attendant désespérément le suivant.

Abasourdi par la façon dont elle réagissait au moindre effleurement, à chaque baiser, il se retint, savourant les plaisirs qu'elle connaissait. L'innocence d'Ana était aussi la sienne. Respirant à peine, le sang battant à ses tempes, il la pénétra. Elle allait se raidir et crier. Il faudrait qu'il s'arrête, quel que soit son désir de continuer, si elle le lui demandait.

Mais elle ne le fit pas. Sans un souffle, elle murmura son nom alors que ses bras le serraient encore plus fort. Le bref accès de douleur fut immédiatement adouci par un plaisir plus grand, plus complet que ce qu'elle avait jamais rêvé.

Elle était à lui. A lui. Et elle bougeait contre lui avec un instinct vieux comme le monde.

Il glissa plus profondément, l'emplissant et la conduisant tout en haut de cet ultime sommet. Quand elle poussa un cri et que son corps frémissant se tendit de toute son énergie, il enfouit son visage dans ses cheveux et se laissa aller.

Observant le ballet de la lumière contre le mur, Boone écouta le cœur d'Ana qui battait lentement, calmement. Allongée sous lui, elle l'enlaçait et lui caressait les cheveux.

Il n'avait pas pensé un seul instant que ce serait ainsi. C'était ahurissant. Il avait déjà eu des femmes. Il avait même aimé aussi profondément qu'un être humain en était capable. Et cependant, cette union était plus que ce qu'il avait jamais imaginé ou expérimenté. Il soupira. Il n'avait aucun moyen de l'expliquer à Ana puisqu'il était lui-même loin de comprendre ce phénomène.

Après lui avoir embrassé l'épaule, il leva la tête pour la regarder. Elle fermait les yeux, et son visage était rouge et complètement détendu. Se doutait-elle de ce que ce matin avait changé pour eux deux ?

— Tu vas bien ?

Comme elle secouait la tête, il eut un coup au cœur. Sans la quitter des yeux, il se déplaça pour la laisser respirer. Ses paupières s'entrouvrirent, laissant voir ses yeux gris perle.

— Je ne vais pas bien.

Sa voix était basse et rauque.

— Je vais *merveilleusement* bien. Tu es merveilleux.

Elle lui adressa un sourire éclatant.

— Tout cela est merveilleux.

— Tu m'as fait peur.

Tendant une main vers elle, il repoussa les cheveux collés à ses joues.

— Je n'ai jamais été aussi nerveux. Tu ne regrettes pas ?

Elle releva un sourcil.

— Est-ce que j'ai l'air de regretter ?

— Je dois bien reconnaître que non.

Prenant son temps, il étudia son visage, en suivit le contour du bout du doigt.

— Tu as l'air plutôt satisfaite.

— Je me sens comblée. Et très paresseuse.

Elle s'étira, et il se poussa un peu pour qu'elle puisse poser la tête sur son épaule.

— Joyeux anniversaire, Ana.

Elle se mit à rire contre sa gorge.

— C'est le cadeau le plus extraordinaire que j'ai jamais eu.

— Ce qui est intéressant, c'est que tu peux l'utiliser autant que tu veux...

En riant, elle fit glisser la paume de sa main sur son torse. Que ne pouvaient-ils rester éternellement ainsi, blottis l'un contre l'autre sous le soleil ?

— Cela change beaucoup de choses, dit-il.

Se raidissant, elle suspendit son geste.

— Seulement si tu en as envie.

Il s'assit en l'entraînant avec lui pour qu'ils soient face à face.

— Je le veux. Je veux que tu entres dans ma vie. Je veux être près de toi aussi souvent que possible, pas uniquement comme cela.

Elle resta un instant silencieuse. Une peur étrange, qu'elle connaissait depuis peu, s'empara d'elle. Elle ne pouvait pas le rejeter maintenant, cela l'anéantirait.

— Mais je fais déjà partie de ta vie. Et maintenant, j'en ferai toujours partie.

Boone se rembrunit. L'air était soudain devenu plus lourd. Et quelque chose dans le regard d'Ana trahissait une tension intérieure.

— Mais... ? interrogea-t-il d'une voix sourde.

— Il n'y a pas de mais..., répondit-elle vivement en se jetant à son cou. Ne pensons à rien d'autre pour le moment. Rien qu'à ce que nous sommes en train de vivre.

Elle l'embrassa, faisant passer tout ce qu'elle pouvait dans ce baiser.

— Je serai là tant que tu le désireras, je te le promets.

Il se réprimanda intérieurement. Voilà qu'il la bousculait de nouveau. Comment pouvait-il espérer qu'elle l'aime pour la simple raison qu'ils avaient fait l'amour ? Il n'était même pas sûr de ses propres sentiments. Tout était arrivé si vite, il était encore sous l'émotion du moment présent. La serrant dans ses bras, il se promit une chose : il allait prendre en considération les désirs d'Ana, et pas seulement les siens.

Et il y avait Jessie.

Ce qui s'était passé avec Ana aurait forcément une incidence sur sa fille. Il ne fallait donc pas qu'il se trompe, qu'il agisse par impulsion, ni qu'il s'engage à quoi que ce soit avant d'avoir tout pesé et soupesé.

— Nous allons prendre notre temps, dit-il.

Il ne put s'empêcher de lui en vouloir quand il sentit qu'elle se détendait.

— Mais si quelqu'un d'autre vient frapper à ta porte pour te faire des cadeaux ou t'emprunter une tasse de sucre…

— Je le jetterai dehors !

Elle le serra fort dans ses bras.

— Il n'y a que toi.

Détournant légèrement la tête, elle posa les lèvres sur sa gorge.

— Tu m'as rendue heureuse.

— Je peux te rendre encore plus heureuse.

— Vraiment ?

— Pas de cette façon.

Amusé et flatté, il lui mordilla la lèvre inférieure.

— Je pensais plutôt descendre te préparer un déjeuner pendant que tu paresseras au lit en m'attendant. Ensuite, nous ferons encore l'amour.

— Mmm.

C'était tentant, mais il y avait un problème. La cuisine risquait d'en prendre un coup s'il lui préparait un repas. Elle avait trop de pots et de bouteilles qu'il pourrait utiliser à mauvais escient.

— Pourquoi ne pas faire les choses dans l'autre sens ? C'est toi qui m'attends pendant que je prépare le déjeuner.

— C'est ton anniversaire.

Elle l'embrassa avant de sortir du lit.

— Justement. Aujourd'hui, je fais tout ce qui me plaît. Ce ne sera pas long.

Avec un soupir faussement exaspéré, Boone se renversa sur les oreillers, les mains derrière la tête. Après tout, il faudrait qu'il soit vraiment stupide pour ne pas accepter. Il entendit l'eau couler dans la salle de bains. Puis il laissa son imagination vagabonder. Quel bonheur ce serait de passer l'après-midi au lit avec Ana.

Descendant l'escalier, Ana noua la ceinture de son peignoir. L'amour avait vraiment une influence merveilleuse sur l'esprit. C'était mille fois mieux que n'importe quelle potion qu'elle aurait pu préparer. Dans quelque temps peut-être, elle serait capable de donner encore plus à Boone.

Il ne ressemblait en rien à Robert. C'était honteux qu'elle l'ait comparé à lui, même un bref instant. Mais le risque était si grand, et cette journée si magnifique.

Fredonnant, elle s'affaira dans la cuisine. Des sandwichs, voilà ce qu'il fallait. Ce n'était pas ce qu'il y avait de plus raffiné, mais pour manger au lit c'était bien plus pratique. Avec un petit vin préparé par son père. D'un pas léger, elle s'approcha du réfrigérateur, dont la porte était recouverte des dessins que Jessie lui avait offerts.

— Quoi ! Tu n'es même pas habillée !

Une assiette à la main, Ana fit volte-face. Morgana se tenait derrière la porte à moustiquaire.

— Je n'en attendais pas moins..., ajouta-t-elle avec un sourire malicieux.

Ana n'en croyait pas ses yeux. Non seulement Morgana était sur le seuil de sa porte, mais elle était accompagnée de Nash, Sebastian et Mel.

Les joues empourprées, elle poussa une exclamation de surprise.

— Je n'ai pas entendu la voiture.

— Tu étais trop occupée, ma chérie, avec ton anniversaire, et tout..., commenta Sebastian.

Ils entrèrent et, bientôt, Ana se retrouva les bras envahis de cadeaux. Nash ouvrit une bouteille de champagne.

— Trouve des verres, Mel. Nous allons boire à la santé d'Ana.

Il adressa un clin d'œil à sa femme tandis qu'elle s'affalait sur une chaise.

— Pour toi, ce sera du jus de pomme, mon ange.

Elle soupira.

— Je suis trop grosse pour discuter !

Essayant d'ajuster ses rondeurs à la chaise, elle se tourna vers Ana.

— As-tu des nouvelles d'Irlande ?

— Oui, j'ai reçu un coffre pas plus tard que ce matin. Il est splendide. Mel, tu trouveras des verres dans l'autre placard. Le coffre est plein de cadeaux. J'ai eu mes parents au téléphone...

Elle fit une pause. Oui, elle leur avait parlé, juste avant de faire l'amour avec Boone. Elle rougit de nouveau.

— Je dois... il faut que je...

Mel lui fourra dans la main un verre de champagne qui menaçait de déborder.

— Buvons d'abord, dit Sebastian.

Il inclina la tête.

— Anastasia, mon trésor, tu es absolument radieuse. Le fait d'aborder ta vingt-septième année te réussit !

— Reste hors de ma tête, marmonna-t-elle, posant sur lui un regard flamboyant.

Prenant le temps de réfléchir, elle but lentement une gorgée de champagne. Comment allait-elle faire pour s'échapper quelques minutes ?

— Vous êtes tous vraiment adorables de m'avoir fait la surprise de votre visite. Si vous voulez bien m'excuser une minute.

— Tu n'as pas besoin de t'habiller pour nous.

Nash remplit les autres verres.

— Sebastian a raison, tu es très belle dans ce peignoir, renchérit Mel.

— Peut-être, mais il faut vraiment que je...

— Ana, j'ai une meilleure idée.

Boone était au pied de l'escalier. Tout le monde sursauta. Il y eut un grand silence.

Torse nu, les cheveux en bataille, il entra dans la pièce et s'arrêta pile.

— Oups, fit Mel en souriant dans son verre.

Ses yeux ne formant plus que deux fentes, son mari observa Boone.

— Nous ne faisions que passer pour souhaiter un bon anniversaire à Ana.

— Tais-toi, Sebastian ! dit Morgana.

Elle posa les mains sur son ventre en souriant.

— Je crains que nous vous ayons dérangés.

Nash se pencha vers l'oreille de Mel.

— Mmm. Nous les aurions dérangés en arrivant plus tôt.

Elle faillit pouffer de rire.

Ana leur adressa un regard noir avant de se tourner vers Boone.

— Ma famille a organisé une petite fête, et semble amusée à l'idée que je puisse avoir une vic privée, expliqua-t-elle d'un ton un peu acide.

Elle jeta un coup d'œil éloquent par-dessus son épaule.

— Elle a toujours été de mauvaise humeur au lever, fit remarquer Sebastian d'un air résigné.

Après tout, il ne pouvait faire autrement que d'accepter Boone, du moins en cet instant précis.

— Mel, il faut sortir un autre verre, dit-il.

— C'est déjà fait.

Avec un sourire radieux, elle s'approcha de Boone et le lui tendit.

— Merci.

II but une longue gorgée et soupira. A l'évidence, son beau programme pour l'après-midi était à l'eau.

— Personne n'a apporté un gâteau ?

Avec un rire ravi, Morgana montra une grande boîte en carton.

— Donne un couteau à Ana, Nash, pour qu'elle coupe la première part. Nous nous passerons de bougies. Apparemment, son vœu est déjà exaucé.

8

Au fil des jours, ils continuèrent lentement, prudemment, à cimenter leur relation.

Si Ana lui faisait maintenant confiance avec son cœur et son corps, elle ne pouvait en dire autant quand elle pensait à tous les secrets qu'elle lui cachait.

Boone restait lui aussi sur ses gardes. Ses sentiments pour Ana s'étaient approfondis. Il l'aimait comme il n'aurait jamais cru pouvoir recommencer à aimer. Cependant, il était aussi prudent qu'elle quand il s'agissait de franchir l'ultime étape qui lierait leur vie l'une à l'autre.

Jessie comptait plus que tout, et il ne voulait pour rien au monde faire passer ses propres intérêts avant ceux de sa fille.

S'ils profitaient de quelques heures d'un bel après-midi ou d'une matinée pluvieuse, c'est qu'elles leur appartenaient. Mais la nuit, Ana se couchait seule. Combien de temps cet interlude magique allait-il durer ? se demandait-elle.

A l'approche de Halloween, Boone fut très occupé.

De son côté, Ana avait aussi une foule de préparatifs à faire. Elle essayait de ne pas penser à lui. La seule idée qu'il allait rencontrer toute sa famille pendant ces jours de vacances faisait bondir son cœur dans sa poitrine. Puis elle se moquait d'elle-même. Décidément, elle réagissait comme une adolescente qui attendait son premier rendez-vous.

Le 31 octobre à midi, elle vint aider Morgana pour la fête. La grossesse de sa cousine arrivait bientôt à terme.

— J'aurais pu demander à Nash de le faire, dit Morgana.

Elle massa le point qu'elle avait au creux des reins avant de s'asseoir à la table de la cuisine pour préparer une pâte à beignets.

— Je sais. Nash est toujours prêt à aider, dit Ana.

Elle coupa la viande d'agneau en petits cubes pour le traditionnel ragoût irlandais.

— Mais il est si content d'installer ce qu'il appelle « ses effets spéciaux ».

— C'est bien de lui de penser qu'il peut faire cela sans l'aide d'un professionnel, dit Morgana en riant.

Brusquement, elle tressaillit en poussant un gémissement.

— Ma chérie, que se passe-t-il ? s'enquit Ana.

— Non, ce n'est rien. Je préférerais pourtant que ce soit les premières contractions. Je me sens toujours tellement encombrée maintenant.

Percevant une note d'irascibilité dans sa voix, elle fit la grimace.

— Et je déteste les lamentations, continua-t-elle.

— Tu peux te lamenter tant que tu veux, nous ne sommes que toutes les deux.

Elle versa une boisson ambrée dans un verre.

— Tiens, avale ça.

Morgana obtempéra sans rechigner.

Satisfaite, Ana reprit le verre vide sans la quitter des yeux. Morgana avait maintenant le visage plus détendu. Ana sourit. Il lui fallait un dérivatif, elles allaient parler d'autre chose.

— Sais-tu que Sebastian et Mel travaillent sur un autre cas ? demanda-t-elle.

— Non, je l'ignorais.

— Il s'agit d'un gamin de douze ans qui a fait une fugue. Ses parents sont affolés. Quand nous en avons parlé, l'autre soir, elle m'a dit qu'ils avaient une idée de l'endroit où il était allé. Elle était désolée de ne pouvoir se libérer cet après-midi pour te donner un coup de main.

— Quand Mel est aux fourneaux, j'ai plutôt l'impression de recevoir un coup de pied, plaisanta Morgana d'un ton affectueux. Elle est merveilleuse avec Sebastian, tu ne trouves pas ?

Ana sourit.

— Si, tout à fait.

Ana déposa les cubes d'agneau dans une cocotte avec des pommes de terre et des oignons.

— Elle a la tête dure et le cœur doux, c'était exactement ce qu'il fallait à notre cousin.

— Et toi, as-tu trouvé ce qu'il te faut ?

Ana ajouta du sel et des herbes à son plat. Elle se doutait bien que Morgana trouverait le moyen de l'interroger avant la fin de la journée.

— Je suis très heureuse, répondit-elle.

— J'aime beaucoup Boone, dit Morgana. Dès la première fois que je l'ai vu, il m'a fait une très bonne impression.

— Tu m'en vois ravie.

— Et Sebastian a réagi de la même façon que moi. Bien qu'il ait quelques réserves.

Fronçant les sourcils, elle continua d'une voix légère :

— Surtout depuis qu'il a fait une petite incursion dans les pensées de Boone.

Ana serra les lèvres.

— Je ne le lui pardonnerai jamais.

Morgana haussa les épaules.

— Boone ne le savait pas, et Sebastian était rassuré. Il n'était pas très content le jour de ton anniversaire de te voir sortir du lit...

— Mais cela ne le regarde pas !

— Que veux-tu, il t'aime.

Elle lui pressa doucement le bras.

— Tu sais bien qu'il s'est toujours fait plus de souci pour toi parce que tu es la plus jeune. Et aussi parce que tes dons te rendent très vulnérable.

— Je ne suis pas sans défense, Morgana. Et j'ai du bon sens.

— Je sais, ma chérie, je...

Elle ravala les larmes qui lui montaient aux yeux.

— Mais c'était la première fois pour toi. Bon sang, je n'ai jamais été aussi sentimentale !

— Si, mais tu arrivais mieux à cacher tes sentiments.

Abandonnant sa préparation culinaire, Ana prit sa cousine dans ses bras.

— Tu sais, c'était magnifique. Boone est si doux. Je sentais que j'avais une bonne raison d'attendre, sans savoir laquelle, et cette raison, c'était lui.

Elle s'écarta de Morgana.

— Boone m'a donné mille fois plus que je n'aurais jamais imaginé.

En soupirant, Morgana leva ses deux mains vers elle.

— Ou je me trompe fort, ou tu es amoureuse, ma chérie.

— Oui, je suis très amoureuse.

— Et lui ?

Ana détourna les yeux.

— Je ne sais pas.

— Oh, Ana. Tu as tous les moyens pour le savoir.

— Je ne veux pas l'attacher à moi de cette façon.

Elle posa de nouveau son regard sur celui de Morgana.

— Ce serait malhonnête, je ne lui ai toujours pas dit qui je suis. Et je n'ai pas le courage de lui dire ce que j'éprouve. Je sais qu'il se soucie de moi. Je n'ai pas besoin qu'il me fasse des cadeaux pour le savoir. Et cela me suffit. Quand ce sera plus fort, si cela arrive un jour, il me le dira.

— Je suis toujours étonnée de te voir aussi têtue !

— Je suis une Donovan digne de ce nom ! répliqua Ana. Et cette question est importante.

— Je suis bien d'accord avec toi. C'est pourquoi tu devrais lui parler.

Avant qu'Ana ait le temps de s'éloigner, elle la saisit par le bras.

— Je suis comme toi, je déteste que l'on me donne des conseils que je n'ai pas envie d'entendre. Mais tu dois oublier le passé et penser à l'avenir, conseilla Morgana.

— Je ne fais que ça. J'aimerais que Boone fasse partie de mon avenir. Mais j'ai besoin d'un peu plus de temps pour me préparer à lui parler.

Sa voix se brisa. Ana fit une pause, attendant qu'elle se raffermisse.

— Morgana, je le connais. C'est un homme bien. Il a de la compassion et de l'imagination, et il est capable de générosité à un point dont il n'a même pas conscience. Mais n'oublie pas qu'il a aussi une petite fille.

Quand Ana se détourna, Morgana prit son courage à deux mains.

— C'est ce qui te fait peur ? De te prendre d'affection pour Jessie ?

— Oh non, je l'aime déjà beaucoup. Je l'ai aimée tout de suite, avant même d'aimer Boone. Elle est le centre de sa vie, ce qui est normal. Il n'y a rien que je ne ferais pas pour eux deux.

— Alors explique-toi.

Ana passa les œufs durs sous l'eau fraîche.

— As-tu encore de l'aneth ? Oncle Douglas adore les œufs à la diable parfumés à l'aneth.

Poussant un petit soupir impatient, Morgana posa bruyamment un pot à épices sur la table.

— Anastasia, tu n'y échapperas pas. Explique-moi.

Ana sursauta.

— Oh, tu ne connais pas ton bonheur avec Nash. Le bonheur d'avoir quelqu'un qui t'aime comme il t'aime, en te connaissant à fond.

— J'en suis parfaitement consciente, dit doucement Morgana. Mais que vient faire Nash là-dedans ?

— Combien d'hommes accepteraient l'une de nous comme il le fait ? Combien y en a-t-il qui voudraient se marier avec une sorcière ?

— Au nom du ciel, Anastasia ! Tu parles comme si nous étions deux vieilles biques chevauchant des balais et caquetant tout en faisant tourner le lait dans le sein des nouvelles accouchées.

Ana ne sourit pas.

— Est-ce que la plupart des hommes ne nous voient pas ainsi ? Robert…

— Qu'il aille au diable !

— D'accord, n'en parlons plus, dit Ana avec un petit geste de la main. Mais combien de fois, pendant des siècles, avons-nous été persécutées, pourchassées, craintes, simplement parce que nous étions différentes dès la naissance ? Je n'ai pas honte de mon sang. Je ne regrette pas le don qui m'a été donné en héritage. Pourtant, je ne supporterais pas de lui en parler et qu'il me regarde comme si…

Faisant une pause, elle eut un petit rire amer.

— … comme si j'avais dans la cave un chaudron bouillonnant rempli de bave de crapaud et d'aconit.

— Mais s'il t'aime...

— Si..., répéta Ana. Nous verrons bien.

Elle lui adressa un sourire affectueux.

— Maintenant, j'aimerais que tu t'allonges une heure pour te reposer.

— N'essaie pas de changer de sujet, objecta Morgana.

Elle leva les yeux sur Nash, qui venait d'entrer. Il avait des toiles d'araignées dans les cheveux, fausses, heureusement, et une lueur diabolique dans l'œil.

— Venez voir mon installation. C'est fantastique, je me fais peur à moi-même.

Attrapant une branche de céleri sur le comptoir, il la croqua.

— Allez, venez, vous ne vous déplacerez pas pour rien, je vous le garantis.

Morgana se leva en soupirant. Quelques secondes plus tard, elles étaient dans le salon et admiraient les hologrammes réalisés par Nash, quand Ana entendit un moteur de voiture.

— Les voici ! dit-elle en bondissant vers la porte.

Elle était folle de joie. Elle n'avait pas vu sa famille depuis une éternité. Mais elle se figea. Morgana venait de s'affaisser contre Nash.

Il devint aussi pâle que ses fantômes.

— Trésor ? Est-ce que tu... bon sang !

— Tout va bien, je...

Elle poussa un profond soupir tandis qu'Ana la prenait par l'autre bras.

— Ce n'est rien. Juste un élancement.

S'appuyant à Nash, elle adressa un pâle sourire à Ana.

— Ce serait très pertinent d'avoir des jumeaux pendant la nuit de Halloween.

— Vous n'avez aucun souci à vous faire, déclara Douglas Donovan d'une voix rassurante.

Comme son fils, il était grand et sa crinière de cheveux noir corbeau avait seulement quelques fils d'argent. Il portait un costume et une cravate noirs pour l'occasion, et il avait choisi des baskets orange fluorescent, qui brillaient dans l'obscurité.

— Une double naissance. Quoi de plus naturel ? Et je dois reconnaître que le moment est bien choisi.

Hochant la tête, Nash avala la grosse boule qui lui obstruait la gorge et força un sourire sur ses lèvres. Sa maison était pleine de monde et sa femme était assise sur le canapé. Elle ne paraissait pas le moins du monde inquiète par le fait qu'elle avait des contractions depuis plus de trois heures.

— C'était peut-être une fausse alerte ? murmura-t-il.

Vêtue d'une robe de bal rose à paillettes, Camilla arriva d'un pas léger et lui donna une petite tape sur l'épaule du bout de son éventail en plumes.

— Laisse donc faire Ana, mon cher enfant. Elle saura prendre soin de ta femme. Quand j'ai eu Sebastian, j'ai eu des contractions pendant treize heures. Nous en plaisantions, tu te souviens, Douglas ?

— Oui, ma chérie, quand tu as eu fini de me lancer des malédictions.

— Naturellement.

Un sourire radieux aux lèvres, elle s'éloigna vers la cuisine. Elle allait vérifier l'assaisonnement du ragoût. En général, Ana ne mettait jamais assez de sauge.

Douglas tourna un regard rieur vers son fils pour lui confier :

— Elle m'aurait transformé en hérisson si elle n'avait pas été occupée par ailleurs.

Nash prit une profonde inspiration.

— Ouf, tu me rassures, je me sens mieux !

Ravi de l'avoir aidé, Douglas lui donna une bourrade sur l'épaule.

— Nous sommes là pour ça, mon grand.

— Maman !

Morgana pressa la main de sa mère.

— Tu veux bien libérer Nash d'oncle Douglas ? Il a l'air un peu retourné.

Bryna posa aussitôt son bloc à dessin et son crayon.

— Veux-tu que ton père l'emmène faire une promenade ?

— Bonne idée !

Elle poussa un soupir de gratitude tandis qu'Ana continuait à lui masser le dos.

— De toute façon, il n'a plus rien à faire ici pour l'instant, ajouta Morgana.

Dès que Bryna eut libéré sa chaise, Patrick s'y laissa tomber.

— Comment va ma nièce chérie ?

— Je vais très bien. Pour le moment, les jumelles sont tranquilles. Mais je suis sûre qu'elles vont recommencer d'ici peu.

Elle se pencha pour poser un baiser sur la joue rebondie de son oncle.

— Je suis heureuse que vous soyez tous là.

— Où voudrais-tu que nous soyons ?

Il posa une main grassouillette sur son ventre et adressa à sa fille son petit sourire d'elfe.

— Et ma petite chérie à moi, comment va-t-elle ? Tu es belle comme un astre. Tu es le portrait craché de ton père, sais-tu ?

— Naturellement.

Sentant une contraction monter dans le ventre de sa cousine, Ana posa deux mains fermes sur ses épaules.

— Respire longuement. Détends-toi, ma chérie, dit doucement Ana.

— Veux-tu lui donner un peu d'épine-vinette ? demanda-t-il.

Ana réfléchit, puis elle secoua la tête.

— Pas encore. Elle n'en a pas besoin pour l'instant. Mais je veux bien que tu ailles me chercher mon sac. Il contient quelques cristaux que je vais utiliser.

— C'est comme si c'était fait.

Se levant, il ouvrit la main et se tourna vers Morgana. Sur sa paume apparut un brin de bruyère en fleur.

— Sais-tu d'où il vient ? dit-il comme s'il s'adressait à un enfant en bas âge. Tiens, c'est pour toi. Prends-en bien soin. Moi, je dois y aller.

Morgana prit le brin de bruyère et s'en caressa la joue.

— C'est l'homme le plus adorable au monde, murmura-t-elle après son départ.

— Il sera un grand-père gâteau. Il va trop gâter tes enfants, si tu le laisses faire.

Ana fit une pause, sentant que sa cousine était plus mal qu'elle ne le laissait paraître.

— Il va falloir que tu ailles t'allonger, Morgana.

— Pas tout de suite.

Elle passa une main par-dessus son épaule pour prendre celle d'Ana.

— C'est si bon d'être ici au milieu de vous tous.

Un bruit de chaîne et des gémissements se firent entendre.

— Il y a quelqu'un derrière la porte.

— Pauvre Nash, il n'a même pas le temps de se détendre pour apprécier le beau travail qu'il a fait. Est-ce que c'est Sebastian ?

Ana tendit le cou.

— On dirait. Il est en train de critiquer les hologrammes avec Mel. Hé, voici la machine à fumée et les chauves-souris.

Sebastian entra dans la pièce.

— Qui a dit que c'était un travail d'amateur ?

— Et Lydia poussait des hurlements de terreur, dit Jessie, relatant les frissons qu'elle avait connus dans la maison hantée de son école. Ensuite, Frankie a mangé plein de bonbons, et après il a été malade.

— C'est une journée que tu n'oublieras pas, je crois ? dit Boone en riant.

Ayant les mêmes craintes, il avait caché la moitié des friandises qu'elle avait réunies dans son sac.

— J'adore mon costume !

Comme ils sortaient de la voiture devant chez Morgana, Jessie tourna sur elle-même et le tissu rose brodé d'étoiles se gonfla. En souriant, Boone s'accroupit pour ajuster ses ailes en papier d'aluminium. Il était content de lui. Il avait passé presque deux jours à réaliser ce costume, mais cela en valait la peine.

Elle donna un léger coup sur l'épaule de son père avec sa baguette en carton.

— Maintenant, tu es le prince charmant.

— Qu'est-ce que j'étais avant ?

— Le vilain crapaud.

Elle hurla de rire quand il lui retroussa le nez.

— Tu crois qu'Ana sera surprise ? Est-ce qu'elle va me reconnaître ?

— Aucune chance. Je ne suis même pas sûr de te reconnaître moi-même.

Ils avaient décidé qu'elle ne porterait pas de masque. Il l'avait maquillée, avec du rouge aux joues et sur les lèvres, et des paillettes dorées sur les paupières.

— Tu vas rencontrer toute sa famille.

Il hocha la tête. Il n'avait pas besoin qu'elle le lui

rappelle. Cette perspective l'avait bien assez inquiété toute la semaine.

— Et moi, je vais revoir le chat, et le chien de Morgana.

Se hissant sur la pointe des pieds, elle enfonça le bouton de la sonnette. Des plaintes et des grincements de chaîne se firent entendre derrière la porte. Jessie resta bouche bée.

Un homme costaud aux cheveux clairsemés et aux yeux globuleux ouvrit la porte. Voyant Jessie, il prit sa voix la plus fantomatique.

— Bienvenue au château hanté. Entrez à vos risques et périls.

Ses yeux étaient de grandes soucoupes bleues.

— Est-ce que c'est vraiment hanté ?

— Entre donc, si tu n'as pas peur.

S'asseyant sur les talons pour être à sa hauteur, il tira de sa manche un lapin en peluche.

— Oh !

Ravie, Jessie le serra contre sa joue.

— Vous êtes magicien ?

— Naturellement. Comme tout le monde.

— Moi, je ne suis pas une magicienne, je suis une princesse.

— Cela me paraît très bien. Je vois que tu as une escorte pour la soirée, dit-il en jetant un coup d'œil à Boone.

Jessie se mit à rire.

— Non, c'est mon papa, et moi, je suis Jessie.

— Et moi, je suis Patrick.

Il se releva et posa les yeux sur Boone. Son regard resta rieur, mais Boone se sentit jaugé.

— A qui ai-je l'honneur ? interrogea Patrick.

— Sawyer.

Il lui tendit la main.

— Boone Sawyer. Nous sommes les voisins d'Anastasia.

— Ses voisins, dites-vous ? Mmm... Mais entrez donc.

Lâchant la main de Boone, il prit celle de Jessie.

— Voyons ce que nous avons en stock pour toi.

— Papa, papa ! Il y a des fantômes ! s'écria Jessie.

— Ce n'est pas trop mal pour une tentative d'amateur, dit gentiment Patrick. Ana vient juste d'emmener Nash et Morgana dans leur chambre. Nous allons avoir des jumelles ce soir. Maureen, ma petite fleur, viens faire la connaissance des voisins d'Ana.

Une amazone flamboyante, en turban écarlate, traversa le hall d'entrée. Patrick se tourna vers Boone.

— Vous prendrez bien un verre ?

Boone reprit son souffle.

— Oui, monsieur. Je crois que j'en prendrai un.

Hésitante et mal à l'aise, Mel frappa à la porte de la chambre de Morgana avant de passer la tête par l'entrebâillement. Tout cela était si déroutant. Peut-être aurait-il mieux valu que Morgana accouche dans une clinique ? Quoique ce joyeux capharnaüm soit tout de même plus chaleureux. Mais, au fond, elle-même se serait bien passée de tout cela.

Assise dans un grand lit, et entourée de fleurs et de bougies, Morgana écoutait une mélodie pour harpe et flûte. Elle était un peu rouge, et Nash un peu trop pâle mais, dans l'ensemble, tout semblait aller pour le mieux. Mel se décida à entrer.

— Viens, Mel, dit Ana. Tu devrais être une spécialiste maintenant. Après tout, c'est toi qui nous as aidés, Sebastian et moi, à mettre bas un de ses poulains, il y a quelques mois.

— J'ai l'impression d'être une jument, marmonna Morgana, mais cela ne veut pas dire que j'apprécie la comparaison.

— Ne parle pas et respire, conseilla Ana.

Elle posa des cristaux sur le ventre de sa cousine. Luisant d'une lumière surnaturelle, ils restèrent suspendus en l'air. Mel prit une profonde inspiration. Après tout, n'était-elle pas mariée avec un médium depuis deux mois ? Il allait falloir qu'elle s'habitue à toutes ces bizarreries.

— Tout va bien, ma chérie, dit Nash en posant les lèvres sur la main de sa femme.

L'œil rivé sur la trotteuse de sa montre, il soupira. Bon sang, cette satanée douleur n'allait-elle pas laisser un peu de répit à Morgana ?

— Tout va bien, c'est bientôt fini, dit-il.

— Reste avec moi.

Elle se raidit et serra sa main très fort.

— Je ne bouge pas d'ici. Tu es merveilleuse.

Comme Ana le lui avait appris, il rafraîchit le visage de Morgana à l'aide d'un gant mouillé.

— Je t'aime, ma beauté.

— Tu as intérêt.

Se forçant à sourire, elle poussa un profond soupir. Ce n'était qu'un début, elle le savait. Combien d'heures allait-elle souffrir ainsi ?

Elle ferma les yeux.

— Ana… combien de temps encore, à ton avis ?

— Une heure ou deux tout au plus.

— Une heure ou…

Nash ravala ses jurons et afficha un sourire crispé.

— Formidable, termina-t-il.

Mel s'éclaircit la gorge et Ana leva les yeux.

— Boone est ici… avec Jessie, dit Mel.

— Oh !

Ana s'épongea le front du revers de sa manche.

— Je descends tout de suite. Veux-tu dire à tante Bryna de monter ?

— Bien sûr. Courage, Morgana, je pense très fort à toi.

Le sourire de Morgana ne fut qu'une grimace.

— Heureuse de l'entendre. Tu ne veux pas prendre ma place ?

— Mmm, pas cette fois, merci, dit Mel en s'approchant de la porte. Bon, je débarrasse le plancher.

Frottant le dos de Morgana, Nash posa un regard implorant sur Ana.

— Tu ne pars pas longtemps, au moins ? interrogea-t-il, complètement paniqué.

— Une seconde. Et Tante Bryna va arriver. Elle est très douée. De plus, je vais chercher du cognac.

— Du cognac ? s'écria Nash. Mais Morgana n'a pas le droit de boire de l'alcool !

— Pour toi, précisa Ana sur un ton malicieux. Tu m'as tout l'air d'en avoir un besoin urgent !

Elle se glissa hors de la chambre.

Quand elle arriva dans le salon, elle remarqua tout de suite une chose : Jessie s'amusait beaucoup. Elle racontait à sa mère l'escapade de sa classe à la fête de Halloween, et Maureen riait à gorge déployée. Jessie avait deux animaux en peluche dans les bras. « Un cadeau de papa », pensa-t-elle. « Pourvu qu'il soit resté discret ! »

— Tout va bien là-haut ? s'enquit Bryna.

— Pas de problème. Tu seras grand-mère avant minuit.

— Que Dieu te bénisse, Anastasia.

Bryna l'embrassa sur la joue.

— Et ton ami me plaît beaucoup.

— Il n'est pas mon...

Mais sa tante se précipitait déjà dans l'escalier.

Boone se tenait debout près de la cheminée où craquait joyeusement un feu de bois. Un verre à la main, une expression médusée sur le visage, il écoutait l'histoire que Douglas racontait.

— Naturellement, nous avons accueilli cette pauvre âme pour la nuit. L'orage était terrifiant. Et qu'a-t-elle trouvé à faire le matin ? Elle s'est mise à crier au sujet des fées et des fantômes. C'est certainement les hurlements des chats de Maureen qui l'ont effrayée.

— Mes chats ne hurlent pas, ils sont bien élevés !

— Ce n'est pas plutôt ton armure qui lui a fait peur ? dit Matthew.

— Moi, j'ai un chien, mais j'aime bien les chats ! claironna Jessie.

— Vraiment ?

Patrick fit apparaître un chat en peluche jaune à rayures entre les ailes de la fillette et le prit dans ses mains.

— Que penses-tu de celui-ci ?

— Oh !

Jessie enfouit son visage dans la fourrure, puis elle sauta sur les genoux de Patrick et l'embrassa sur la joue.

— Papa ! dit Ana en se penchant pour poser un baiser sur son crâne chauve. Tu ne changeras jamais !

— Ana !

Jessie bondit sur ses pieds en essayant de garder dans ses bras toute sa ménagerie.

— Votre papa est le plus rigolo de la terre !

— Moi aussi, je l'aime beaucoup, dit Ana en riant.

Prenant un air étonné, elle inclina la tête.

— Mais qui es-tu ?

— Je suis Jessie.

Folle de joie, elle se mit à tourner en cercles.

— Tu es Jessie ? répéta Ana, faussement étonnée.

— Oui, c'est vrai. Mon papa m'a fait une robe de princesse pour Halloween.

— Tu as bien la voix de Jessie, mais...

Elle fit une pause et s'accroupit devant elle.

— Embrasse-moi et voyons cela.

Rougissant de plaisir devant le succès de son costume, Jessie posa ses lèvres peintes sur sa joue.

— Vous ne m'aviez pas reconnue ? C'est vrai ?

— C'est vrai. Je croyais que tu étais une vraie princesse de conte de fées.

— Votre papa a dit que vous, vous êtes sa princesse parce que votre maman est une reine.

Maureen éclata encore de rire en faisant un clin d'œil à son mari.

— Mon petit crapaud !

— Je suis désolée, mais je ne peux pas rester, dit Ana à Jessie.

— Je sais. Vous aidez Morgana à faire sortir ses bébés. Est-ce qu'ils sortent tous les deux en même temps ou l'un après l'autre ?

— L'un après l'autre, j'espère !

Ana lui ébouriffa les cheveux et leva les yeux vers Boone.

— Vous êtes les bienvenus et vous pouvez rester tant que vous voulez. Il y a un tas de choses à manger.

— Ne vous inquiétez pas pour nous. Comment va Morgana ?

— Très bien. A vrai dire, je suis descendue prendre un peu de cognac pour Nash. Ses nerfs menacent de lâcher.

Avec un hochement de tête compréhensif, Matthew prit un flacon et un petit verre, qu'il lui passa.

— Il a toute ma sympathie, dit-il.

Ana hocha la tête.

— Ne te fais pas de souci, je prends soin d'elle, oncle Matthew.

— Je sais qu'elle ne pourrait être entre de meilleures mains, Anastasia.

Gardant les yeux rivés dans les siens, il passa un doigt sur la calcédoine qu'elle portait autour du cou. Puis il sourit.

— Boone, vous voulez peut-être accompagner Anastasia ?

— J'en serais heureux.

Il prit le flacon des mains d'Ana et ils se dirigèrent vers l'escalier. Boone secoua la tête.

— Ta famille ! dit-il.

Elle se raidit aussitôt.

— Oui ? Qu'est-ce qu'elle a ?

— Elle est incroyable, absolument incroyable. Ce n'est pas tous les jours que je me retrouve au milieu d'un groupe de gens inconnus, avec une femme sur le point d'accoucher de jumelles, et un loup — car je jure que ce chien n'est pas un chien — en train de ronger un os de la taille d'un tibia de mastodonte sous la table de la cuisine pendant que des chauves-souris mécaniques volent au-dessus de ma tête. Oh, j'allais oublier les fantômes dans le salon.

— C'est Halloween.

— Je ne crois pas que cela ait grand-chose à voir.

Il s'arrêta en haut de l'escalier.

— Je ne me souviens pas avoir jamais rencontré des gens comme eux. Ils sont fabuleux, Ana. Ton père fait des tours de magie fantastiques. Je serais bien incapable de dire comment il s'y prend.

— Non, je m'en doute. Il est... disons qu'il est très doué.

— Il pourrait gagner sa vie en faisant tous ces

tours. Je voulais te dire que je n'aurais voulu rater cette petite fête pour rien au monde.

Il posa sa main libre sur son cou.

— Il ne me manquait que toi.

— Je craignais que tu te sentes gêné.

— Non, pas du tout. Le revers de la médaille, c'est que mes beaux projets sont à l'eau. J'avais l'intention de te raconter une histoire bien sanglante. J'espérais te faire tellement peur que tu serais venue te réfugier dans mes bras.

— Je ne m'effraie pas facilement, dit-elle en riant.

Elle l'enlaça.

— J'ai grandi en écoutant des histoires à glacer le sang.

— Et entourée d'oncles en armure, murmura-t-il en lui effleurant le front de ses lèvres.

— Oh, cela n'était rien…

Elle s'appuya contre lui pour changer l'angle de leur baiser.

— Nous jouions dans les donjons. Et j'ai passé une nuit entière toute seule dans la tour hantée. C'était un défi de Sebastian.

— Courageuse.

— Non, entêtée. Et stupide. Je n'ai jamais été aussi mal de ma vie.

Elle se laissa aller contre lui, oubliant tout le reste.

— Du moins jusqu'à ce que Morgana invoque une couverture et un oreiller.

— Invoque ? répéta-t-il, amusé par le terme.

— Qu'elle me les envoie, corrigea-t-elle.

Elle se plongea dans leur étreinte pour qu'il ne pense à rien d'autre qu'à elle.

Quand la porte s'ouvrit, ils levèrent les yeux comme des enfants pris en faute.

Bryna sourit.

— Je suis désolée de vous déranger, mais je crois que Boone est l'homme de la situation.

Il s'accrocha à la bouteille de cognac.

— Là, dans la chambre ? demanda-t-il d'une voix incertaine.

Elle éclata de rire.

— Non, restez ici. Je vous envoie Nash. Il a besoin de parler un instant avec un homme.

— Juste une minute, renchérit Ana. Morgana a besoin de lui.

Avant que Boone puisse accepter ou refuser, Bryna s'éloigna. Résigné, il se servit une rasade et la but d'un trait, puis il remplit de nouveau le verre quand Nash vint le rejoindre.

Il lui fourra le verre dans les mains.

— Tiens, bois un coup.

— Je ne croyais pas que ce serait si long.

Nash prit une profonde inspiration et but d'un seul trait.

— Ni que cela lui ferait si mal. Quand ce sera fini, je jure de ne plus jamais la toucher.

— Oui, tu as raison.

— Je le pense.

Il se mit à arpenter nerveusement le palier.

— Nash, je ne voudrais pas me mêler de ce qui ne me regarde pas, mais tu te sentirais mieux, plus en sécurité, si Morgana était à l'hôpital, avec un docteur et tout ce qu'il faut sur le plan médical.

— A l'hôpital ? Jamais de la vie.

Nash se passa une main sur le visage.

— Morgana est née dans ce lit. Elle ne voulait pas que les jumelles naissent ailleurs. Et moi non plus, je crois.

— Appelle au moins un docteur.

— Ana est le meilleur docteur qui soit.

Il sourit. Cette idée le détendait.

— Crois-moi, Morgana ne pourrait pas être entre de meilleures mains.

— En principe, les sages-femmes sont recommandées dans cette situation.

Il haussa les épaules. Après tout, si Nash préférait qu'il en soit ainsi, il n'allait pas l'inquiéter.

— Je suppose qu'Ana a l'habitude.

— Bien sûr. Elle sait ce qu'elle fait. En fait, je crois que je deviendrais fou si elle n'était pas là. Mais...

Il but une autre rasade et se mit à marcher plus vite.

— Mais Morgana a mal depuis des heures. Je ne comprends pas comment elle peut le supporter. Je ne comprends pas pourquoi les femmes supportent cela. Il me semble qu'elle pourrait faire quelque chose, je ne sais pas, moi. Bon sang, c'est une sorcière, non ?

Retenant une envie de rire, Boone donna une petite bourrade encourageante à son ami.

— Nash, ce n'est pas le moment de la traiter de tous les noms. Les femmes deviennent un peu méchantes quand elles accouchent. C'est bien leur droit.

— Non, je veux dire...

Il fit une pause. Bon sang, il était allé un peu trop loin !

— Il faut que je me ressaisisse.

— Là, je suis bien d'accord.

— Je sais que tout va bien se passer. Avec Ana, il ne peut pas y avoir de problème. Mais c'est si dur de voir souffrir Morgana.

— Quand tu aimes quelqu'un, c'est la chose la plus pénible au monde, reconnut Boone. Mais tu verras, après, tu seras heureux comme un roi.

— Je n'aurais jamais cru avoir un jour des sentiments comme ceux que j'ai pour Morgana. Elle est tout pour moi.

— Je sais ce que tu veux dire.

Rasséréné, Nash rendit le flacon de cognac à son ami.

— Tu ressens la même chose avec Ana ?

— C'est possible. Je crois qu'elle est très spéciale.

— Oui, elle l'est.

Nash hésita. Quand il se remit à parler, il choisit ses mots avec précaution.

— Tu dois être capable de la comprendre, Boone, avec ton imagination, ta façon de voir les choses au-delà de ce que l'on considère comme la normalité. C'est une femme très particulière, elle a des qualités qui la rendent différente de toutes les femmes que tu as pu connaître. Si tu l'aimes, et si tu veux qu'elle fasse partie de ta vie et de celle de Jessie, ne te laisse pas bloquer par ces qualités.

Boone fronça les sourcils.

— Je ne te suis pas.

— Souviens-toi seulement de ce que je viens de te dire. Merci pour le cognac.

Prenant une profonde inspiration, il retourna dans la chambre, auprès de sa femme.

9

— Respire ! Respire à fond ! Allons, ma chérie, vas-y !

— Je respire ! murmura Morgana dans un souffle.

Haletante, elle n'avait même plus le courage de foudroyer son mari du regard.

— Comment appelles-tu cela si ce n'est pas respirer ?

Nash n'en pouvait plus. Morgana l'avait appelé de tous les noms de la création et en avait encore inventé quelques autres. Ana n'arrêtait pas de dire que les bébés arrivaient, et il s'accrochait à ses paroles avec le même désespoir que Morgana, qui s'accrochait à sa main.

Souriant à sa femme inondée de sueur, il lui épongea le front avec une serviette humide.

Il se pencha sur ses lèvres, qu'il effleura de sa bouche, et il releva la tête. Tout allait bien, elle ne l'avait pas mordu.

— Tu grondes, tu grognes, tu craches… tu ne vas pas me métamorphoser en limace ou en triton à deux têtes ?

Malgré la douleur, elle ne put s'empêcher de rire. Puis elle gémit et laissa s'échapper l'air qu'elle avait bloqué dans ses poumons.

— Non, je trouverai quelque chose de plus inventif. Ana, peux-tu remonter mes oreillers ?

— Nash, mets-toi derrière elle, soutiens-lui le dos. Cela va aller vite maintenant.

Ana vérifia une dernière fois que tout était prêt. Les couvertures chauffaient près du feu, les cruches étaient pleines d'eau bouillante. Les ciseaux stérilisés brillaient sous la lueur des cristaux éclairés par les bougies.

Debout près du lit de sa fille, Bryna avait les yeux luisant d'inquiétude. Les heures qu'elle avait elle-même passées dans ce lit à se battre pour mettre une nouvelle vie au monde défilaient dans sa tête. Elle cligna des paupières pour retenir ses larmes. C'était le même lit dans lequel sa fille souffrait maintenant.

— Ne pousse pas avant que je te le dise. Respire, respire ! répétait inlassablement Ana.

Elle avait l'impression de ressentir dans son ventre les contractions de sa cousine. L'une d'elles, plus violente, fit suinter la sueur sur son front.

Luttant contre l'envie de se raidir, Morgana fit de son mieux pour suivre les conseils d'Ana.

— Bien, très bien, continue, ma chérie ! Nous y sommes presque, ce n'est plus que l'affaire de quelques minutes, je t'assure. Est-ce que vous avez choisi leurs noms ?

— Si nous avons deux filles, dit Nash avec un petit air désespéré, nous les appellerons Lucy et Ethel.

Il appuya sa joue contre celle de Morgana.

— Si ce sont deux garçons, ils s'appelleront Boris et Bela, dit Morgana avec un rire nerveux.

Elle tendit les bras vers lui et les noua autour de son cou.

— Ana, il faut que je...

— Tais-toi et pousse, coupa Ana.

Partagée entre le rire et les larmes, Morgana

renversa la tête en arrière et continua courageusement à se battre.

Dehors, un éclair traversa le ciel sans nuage et le tonnerre claqua comme un coup de fouet céleste. Nash tourna la tête vers la fenêtre et quand il revint poser son regard sur le lit, il blêmit.

— Bon sang, regardez un peu ! s'écria-t-il.

Ana tenait entre ses mains une minuscule tête brune.

— Tiens bon, ma chérie. Je sais que c'est dur, mais tiens bon encore une minute. Souffle. C'est ça, continue !

— Il a des cheveux ! dit faiblement Nash.

Comme celui de Morgana, son visage ruisselait de larmes et de sueur.

— C'est une fille ou un garçon ? interrogea-t-il.

— Excuse-moi, mais je n'ai pas encore eu l'occasion de le voir.

Ana adressa un sourire scintillant à son cousin.

— Voyons maintenant qui va arriver, dit Ana.

En riant, Morgana poussa son bébé dans les mains d'Ana. Tandis qu'un premier cri indigné résonnait dans la chambre, Nash enfouit le visage dans les cheveux emmêlés de sa femme.

— Morgana, mon amour. Ils sont à nous.

— A nous.

Morgana avait déjà oublié la douleur. Les yeux brillants, elle tendit les bras pour qu'Ana y dépose le minuscule paquet qui se débattait en criant.

Dans le langage de sa lignée, elle lui murmura des paroles douces tandis que ses mains le caressaient pour lui souhaiter la bienvenue.

— C'est une fille ou un garçon ? interrogea Morgana.

D'une main tremblante, Nash baissa le bras vers la petite tête.

— Vous avez un fils, dit Ana.

Dès le premier hurlement du bébé, la conversation s'arrêta dans le salon. Tous les regards se tournèrent vers l'escalier. Emu, Boone regarda sa fille, qui dormait paisiblement sur le canapé, la tête confortablement posée sur les genoux de Patrick.

Il sentit un tressaillement sous ses pieds, et le vin fit de minuscules vagues dans son verre. Avant qu'il puisse parler, Douglas ôta son chapeau et donna une bourrade à Matthew.

— Un nouveau Donovan, dit-il.

Il attrapa un verre pour porter un toast.

Les yeux un peu humides, Camilla alla embrasser son beau-frère sur la joue.

Boone allait ajouter ses félicitations quand Sebastian traversa la pièce. Il alluma une bougie blanche, puis une dorée. Prenant une bouteille de vin non ouverte, il déchira le cachet avant de verser le liquide jaune pâle dans un calice en argent gravé.

— Une étoile naît dans la nuit. La vie vient de la vie, le sang passe dans le sang pour faire briller sa lumière. Par l'amour, il a eu le cadeau de la vie et, de la naissance à la mort il marchera sur la terre. L'autre don vient par le sang et les os, et il doit le prendre et le posséder. Charme de la lune, pouvoir du soleil. Ne jamais oublier, et que personne jamais ne souffre.

Sebastian donna la coupe à Matthew, qui but le premier. Fasciné, Boone vit les membres de la famille Donovan se passer de l'un à l'autre le calice rempli de vin. Etait-ce une tradition irlandaise ? Quoi qu'il en soit, c'était mille fois plus émouvant et charmant que de se mettre à fumer des cigares.

Bientôt, ce fut à son tour de recevoir la coupe. A la fois honoré et déconcerté, il se mit à boire lentement. Un autre cri résonna, annonçant une seconde nouvelle vie.

— Deux étoiles, dit Matthew d'une voix lourde d'émotion. Deux cadeaux...

Bientôt, cette humeur solennelle fut rompue quand Patrick proposa de faire une farandole et de lancer des confettis. L'horloge se mit à sonner les douze coups de minuit.

— C'est la plus belle soirée Halloween que j'ai vécue depuis que Patrick a fait voler les cochons ! s'écria Camilla.

Elle adressa un sourire malicieux à Boone.

— C'est un tel farceur.

— Des cochons, répéta lentement Boone, ahuri.

Mais tout le monde se tourna vers la porte du salon qui venait de s'ouvrir. Bryna entra et se dirigea tout droit vers son mari, qui la prit dans ses bras et la serra très fort contre lui.

— Tout le monde va bien.

Elle essuya des larmes de joie.

— Ils vont tous bien et ils sont magnifiques. Nous avons une petite-fille et un petit-fils, mon chéri. Et notre fille nous invite tous à monter dans sa chambre pour leur souhaiter la bienvenue.

Ne voulant pas être indiscret, Boone s'écarta de la porte. Sebastian tourna la tête vers lui et leva un sourcil.

— Vous ne montez pas ?

— Vous êtes en famille...

— Une famille qui vous a accepté, dit Sebastian un peu plus sèchement qu'il n'aurait voulu.

Il n'était pas très sûr d'être d'accord avec les autres Donovan. Sa cousine avait déjà beaucoup souffert à cause d'un homme, il n'était pas près de l'oublier.

— Drôle de façon de dire les choses, dit Boone d'une voix douce pour contrer un accès de mauvaise humeur. Surtout dans la mesure où vous n'êtes pas d'accord.

— Peu importe.

Sebastian hocha légèrement la tête. Boone fronça les sourcils. Lui lançait-il un défi ou un avertissement ? Mais, quand Sebastian regarda le canapé, il s'adoucit.

— Je crois que Jessie serait déçue si vous ne la réveilliez pas pour l'emmener voir les nouveau-nés.

— Mais vous préféreriez que je ne le fasse pas.

— Ana préférerait que vous le fassiez. C'est le plus important.

Il s'approcha de la porte et s'arrêta.

— Vous n'avez pas intérêt à lui faire du mal. Anastasia ne pleure jamais. Si elle le fait, ce sera à cause de vous. Et comme je l'aime, il faudra que j'essaie de vous pardonner.

— Je ne comprends pas…

— Non.

Sebastian lui adressa un bref signe de tête.

— Mais moi, je sais de quoi je parle. Allez chercher votre fille, Sawyer, et rejoignez-nous. C'est une nuit pour la gentillesse, et les petits miracles.

Boone resta les yeux fixés sur la porte ouverte. Tous les autres étaient montés à l'étage. Bon Dieu, il n'avait pas à se justifier auprès d'un cousin surprotecteur et arrogant ! Prenant une profonde inspiration, il ravala une réplique cinglante et se tourna vers le canapé. Jessie entrouvrit les yeux et se mit à cligner des paupières, lui faisant oublier Sebastian.

— Papa ?

— Je suis là, petite grenouille.

Se baissant, il la prit dans ses bras.

— Devine où nous allons ?

Elle se frotta les yeux.

— J'ai sommeil.

— Nous allons bientôt rentrer à la maison mais, avant, il y a quelque chose que tu seras contente de voir, j'en suis sûr.

Elle bâilla et laissa retomber sa tête sur son épaule. Il l'emmena au premier étage.

Toute la famille de Morgana entourait son lit. C'était à qui parlerait et rirait le plus fort. Souriant aux anges, Nash était assis au bord du lit, tenant dans ses bras un petit paquet bien emmitouflé.

— Il me ressemble, vous ne trouvez pas ? demanda-t-il à la cantonade. C'est le nez. Il a le même nez que moi.

Morgana posa une joue sur la tête duveteuse de son fils.

— C'est ta fille, rectifia-t-elle.

— Bon, disons qu'elle a le même nez que moi.

Il jeta un coup d'œil à son fils.

— Et lui, il a mon menton.

— Non, il a le menton des Donovan, corrigea Douglas. Cela se voit comme le nez au milieu de la figure !

Tandis qu'ils discutaient ferme, Jessie s'arracha à son sommeil et tendit le cou.

— Les bébés sont arrivés ? Est-ce que je peux les voir ?

— Entrez, tous les deux ! les invita Patrick en donnant un petit coup de coude à son frère pour qu'il les laisse passer.

— Faites-lui voir les nouveau-nés, Sawyer.

Tenant son père par un bras passé autour de son cou, Jessie se pencha en avant, le plus loin possible.

— Oh !

Toute trace de sommeil disparut de ses yeux, qui se mirent à briller quand elle vit Ana portant les deux bébés dans ses bras.

— On dirait des petites fées, dit-elle.

Très délicatement, elle posa le bout d'un doigt sur une joue, puis sur une autre.

— C'est exactement ce qu'ils sont, dit Patrick en l'embrassant. Un prince et une princesse de conte de fées flambant neufs.

— Mais ils n'ont pas d'ailes, dit Jessie en riant.

— Certaines fées n'ont pas besoin d'ailes.

Patrick adressa un clin d'œil à sa fille.

— Parce qu'elles ont déjà des ailes dans le cœur, continua-t-il.

Ana se tourna vers Morgana pour poser les bébés dans ses bras.

— Ces petites fées ont besoin d'un peu de calme et de repos. Et leur maman aussi, déclara-t-elle.

— Ne t'inquiète pas, je me sens merveilleusement bien, dit Morgana.

— Peu importe…

Ana jeta à sa famille un coup d'œil expressif. A contrecœur, tout le monde sortit de la chambre à la file indienne.

— Boone ! appela Morgana. Voulez-vous reconduire Ana chez elle ? Elle est épuisée.

— Mais je vais très bien, je t'assure. Il devrait…

— Naturellement, je vais la raccompagner.

Installant Jessie sur son épaule, il dit à Ana :

— On t'attend au bas de l'escalier.

Ana resta encore un quart d'heure afin de donner toutes les instructions nécessaires à Nash. Quand elle referma la porte derrière elle, Morgana commençait à s'assoupir.

Seule sur le palier, Ana s'étira. Elle était épuisée, Morgana avait raison. Et les cristaux qu'elle avait dans sa poche n'avaient presque plus aucun pouvoir. Pendant près de douze heures, elle s'était consacrée à sa cousine, en s'impliquant autant qu'il était possible de le faire. Son corps était lourd de fatigue et elle avait la tête vide. Elle poussa un soupir de satisfaction. Après tout, c'était assez courant de se sentir vide après avoir eu un tel lien d'empathie.

Elle s'approcha de l'escalier en chancelant et se redressa. Puis elle agrippa l'amulette rouge pour y puiser ce qui lui restait de force.

Quand elle atteignit le salon, elle se sentait un peu plus solide sur ses jambes. Boone était là, à moitié endormi dans un fauteuil près du feu, Jessie blottie contre lui. Il ouvrit les yeux et sourit.

— Bravo. J'avoue que je trouvais tout cela un peu fantasque, mais tu as fait un sacré travail là-haut.

— C'est toujours étonnant de mettre une vie au monde. Mais tu n'aurais pas dû m'attendre.

— Je préférais.

Il embrassa Jessie sur la tête.

— Et elle aussi. Elle va faire un tabac à l'école, lundi, quand elle racontera cette histoire.

— Cette nuit a été longue pour elle, et elle ne l'oubliera pas.

Ana se frotta les yeux presque aussi fort que Jessie l'avait fait avant de s'endormir.

— Où sont-ils tous ? interrogea-t-elle.

— Dans la cuisine, en train de piller le réfrigérateur et de s'enivrer. J'ai décidé de ne pas les suivre, vu que j'ai déjà eu ma dose de vin.

Il lui adressa un sourire un peu penaud.

— Il y a quelques minutes, j'aurais juré que les murs tremblaient. J'ai décidé alors de me rabattre sur le café.

Ana rit doucement.

— Si tu veux mettre Jessie dans la voiture, je vais leur dire que nous partons, suggéra-t-elle.

Une fois dehors, Boone respira longuement la

fraîcheur de la nuit. Cet air revigorant, dont l'effet se mêlait à celui du café, finit de le réveiller. Il secoua légèrement la tête. Naturellement, vu que c'était déjà le milieu de la nuit, il allait le payer, demain matin. Mais, après tout, cela en valait la peine.

Il fit glisser les ailes en carton de Jessie sur les épaules de sa fille et l'étendit sur la banquette arrière.

— Quelle belle nuit, murmura Ana derrière lui. J'ai l'impression que toutes les étoiles sont visibles.

— N'oublie pas qu'il y en a deux nouvelles, dit Boone.

Il ouvrit la portière pour Ana.

— C'est ce que Matthew a dit, en tout cas, continua-t-il. C'était vraiment adorable. Sebastian a porté un toast à la vie, aux dons et aux étoiles, et ils ont tous bu du vin dans une coupe. S'agit-il d'une coutume irlandaise ?

— D'une certaine façon, oui.

Elle s'appuya contre le dossier. La voiture avait à peine démarré qu'Ana tomba dans un profond sommeil.

En se garant dans son allée, Boone fronça les sourcils. Comment allait-il se débrouiller pour les porter toutes les deux au lit ? Il ouvrit sa portière et se tourna, mais Ana était déjà réveillée.

— Laisse-moi la transporter dans sa chambre et je reviendrai te donner un coup de main, proposa-t-il.

— Non, tout ira bien.

Les yeux à moitié fermés, elle descendit de voiture.

— C'est moi qui vais t'aider.

En riant, elle prit dans ses bras les animaux en peluche.

— Mon père en fait toujours un peu trop. J'espère que tu ne lui en veux pas ?

— Tu plaisantes ? Il a été fantastique avec Jessie. Allons, viens, ma puce.

Il prit Jessie dans ses bras.

— Elle a été séduite par ta mère aussi, et par tous les autres. Mais, à mon avis, ton père a vraiment été le héros de la soirée pour elle.

Il soupira.

— Je parie que, maintenant, elle va rêver d'aller en Irlande pour lui rendre visite dans son château.

— Il serait ravi qu'elle vienne.

Elle prit les ailes argentées et le suivit dans la maison.

— Une petite tasse de thé ne serait pas pour me déplaire. Je peux en préparer pendant que tu couches Jessie.

— Excellente idée. Je ne serai pas long.

Un grondement s'éleva de sous le lit de la fillette quand Boone la coucha.

— Quel chien de garde ! Ce n'est que nous, ma grande.

Daisy ne fit qu'un bond. Elle attendit que Boone ait ôté à Jessie ses vêtements et ses chaussures avant de sauter sur le lit.

Boone lui jeta un regard en coin.

— Tu n'as pas intérêt à me réveiller à 6 heures du matin !

Daisy remua la queue et ferma les yeux.

— Je me demande pourquoi nous n'avons pas pris un chien intelligent, tant qu'à faire, dit-il en entrant dans la cuisine. Ce n'aurait pas été…

Il fit une pause.

La bouilloire sifflait comme une locomotive, les tasses étaient posées sur la table et la théière attendait. La tête sur ses avant-bras, Ana dormait sur le bord de la table.

Sous la lumière vive, ses cils projetaient leur ombre sur ses joues. Boone la contempla. Ce devait être la dureté de l'éclairage qui la faisait paraître d'une blancheur de porcelaine. Ses cheveux avaient glissé sur ses épaules, et ses lèvres étaient légèrement entrouvertes.

Il la dévora des yeux.

— Anastasia, tu es si belle.

Ne pouvant se retenir, il lui caressa les cheveux. Il ne l'avait jamais vue dormir et, brusquement, il éprouva une envie folle de l'avoir dans son lit, pour l'avoir sous les yeux dès son réveil, le matin.

— Qu'est-ce que je vais faire ? murmura-t-il.

Soupirant, il laissa retomber sa main et alla éteindre le feu sous la bouilloire. Aussi doucement qu'avec Jessie, il la souleva dans ses bras. Comme Jessie, elle ne réagit pas. Serrant les dents pour chasser le nœud qu'il avait dans l'estomac, il l'emporta à l'étage et la déposa sur son lit.

— Tu n'imagines pas à quel point j'ai rêvé que tu sois ici, dit-il dans un souffle.

Il lui ôta ses chaussures.

— Dans mon lit, la nuit entière.

Il étendit la couverture sur elle. Elle poussa un petit soupir et remua dans son sommeil, puis elle se blottit contre son oreiller.

Boone se pencha pour embrasser ses lèvres. Le nœud dans son estomac s'était relâché.

— Bonne nuit, princesse.

En culotte et T-shirt, Jessie trottina dans la chambre avant l'aube. Elle avait fait un mauvais rêve, qui se passait dans la maison hantée, à l'école. Elle voulait se réconforter auprès de son père.

Avec lui, les monstres s'enfuyaient toujours.

Elle courut vers le lit et y grimpa pour se serrer contre lui. Ce n'est qu'à ce moment-là qu'elle vit que ce n'était pas son père, mais Ana.

Fascinée, elle se mit en boule et ne bougea plus. Ses petits doigts se mirent à jouer avec les cheveux d'Ana. Dans son sommeil, Ana murmura et la prit dans ses bras. Des sensations bizarres traversèrent Jessie. C'étaient des odeurs différentes, et des textures plus douces, mais elle se sentait autant aimée et en sécurité qu'avec son père. Posant avec confiance sa tête sur le sein d'Ana, elle s'endormit.

Quand Ana se réveilla, elle sentit des petits bras autour d'elle. Désorientée, elle tourna les yeux vers Jessie puis elle examina la pièce.

Ce n'était pas sa chambre. Ni celle de Jessie. Ce ne pouvait donc être que celle de Boone.

Sans bouger pour ne pas réveiller la fillette, elle essaya de se remémorer les événements de la veille.

La dernière chose dont elle se souvenait était de s'être assise après avoir mis l'eau à chauffer pour le thé. Elle était épuisée. Elle avait posé sa tête pour un instant, et… et apparemment, elle s'était endormie.

Mais où était Boone ?

Lentement, elle tourna la tête. Etait-ce rassurant ou décevant qu'il ne soit pas près d'elle, elle n'aurait su le dire. Evidemment, étant donné les circonstances… mais cela aurait été si bon de se blottir contre lui.

Quand elle posa de nouveau le regard sur Jessie, la fillette avait les yeux grands ouverts et fixés sur elle.

— J'ai fait un cauchemar, dit-elle d'une voix encore un peu ensommeillée. J'ai rêvé du cavalier sans tête. Il me poursuivait en criant.

Ana lui embrassa le front.

— Je parie qu'il ne t'a pas rattrapée.

— Heureusement, je me suis réveillée et je suis

venue voir papa. Il fait toujours fuir les monstres. Ceux qui sont dans le placard et sous le lit et partout.

— Les papas sont très forts pour cela.

Ana sourit. Tous les soirs, quand elle avait six ans, son père faisait semblant de chasser les monstres à coups de baguette magique.

— Mais tu étais là et je n'ai pas peur avec toi non plus. Tu vas toujours dormir dans le lit de papa, maintenant ?

— Non.

Elle lui passa une main douce dans les cheveux.

— Toi et moi, nous nous sommes endormies et ton papa a dû nous mettre au lit.

— Moi, je dors avec Daisy mais papa dort tout seul. Est-ce que Quigley dort avec toi ?

— Parfois, répondit Ana.

Elle poussa un petit soupir de soulagement. Heureusement, Jessie avait changé de sujet.

— Il doit se demander où je suis, continua la fillette.

Boone apparut à la porte.

— Je crois qu'il le sait ! dit-il.

Il ne portait qu'un jean, qu'il n'avait pas boutonné à la taille. Il avait le regard vague et paraissait éreinté. Quigley fit irruption et se frotta contre ses jambes.

— Il a miaulé et il a gratté la porte de derrière jusqu'à ce que j'ouvre.

Ana rejeta ses cheveux en arrière.

— Oh, je suis désolée, il t'a réveillé ?

Hochant la tête, Boone glissa ses pouces dans ses poches. Le chat sauta sur le lit et vint se plaindre à sa maîtresse.

Boone la couvait des yeux. Le nœud s'était reformé dans son estomac. Comment aurait-il pu expliquer ce qu'il ressentait en voyant Ana et sa fille blotties l'une contre l'autre dans ce grand lit ?

— Jessie, qu'est-ce que tu fais là ?

— J'ai fait un cauchemar.

Elle posa sa tête sur le bras d'Ana et caressa la fourrure du chat.

— Je suis venue te voir, mais Ana était là. Elle a fait partir les monstres, comme toi !

Quigley poussa un miaulement plaintif, qui la fit rire.

— Il a faim. Je vais lui donner à manger. Est-ce que je peux ?

— Bien sûr, si tu en as envie, dit Ana.

Jessie ne fit qu'un bond. Elle sortit de la chambre en appelant Quigley.

— Désolé qu'elle t'ait réveillée, dit Boone.

Il hésita avant de s'asseoir sur le bord du lit.

— Elle ne m'a pas réveillée. Apparemment, elle s'est endormie aussitôt. Et je veux te présenter des excuses pour tout le mal que je t'ai donné. Tu aurais pu me réveiller et me renvoyer chez moi.

— Tu étais éreintée.

Il tendit la main pour toucher ses cheveux.

— Tu étais incroyablement belle, et complètement épuisée.

— C'est fatigant de mettre des bébés au monde.

Elle sourit.

— Où as-tu dormi ?

— Dans la chambre d'amis.

Il fit une petite grimace. Le lit lui avait laissé un point dans le dos.

— Ce qui m'a appris que je devais remplacer le lit de toute urgence.

Ana posa les mains sur ses reins pour le masser.

— Tu aurais pu me mettre dans ce méchant lit, dit-elle. Je n'aurais pas fait la différence entre un matelas et une pile de planches.

— Je voulais que tu sois dans le mien.

Il posa un regard brûlant dans les yeux de la jeune femme. Elle le soutint.

— J'en avais une envie folle, continua-t-il d'une voix rauque.

Il prit une mèche de cheveux dans sa main.

— Et j'en ai toujours envie.

Il posa ses lèvres sur les siennes. Il était plus impatient maintenant, moins doux. Ana frémit. Un frisson d'excitation mêlée d'inquiétude la traversa tandis qu'il la renversait sur les oreillers.

— Boone.

— Juste une minute.

Il y avait une note de désespoir dans sa voix.

— J'ai besoin de passer une minute avec toi.

Il prit les seins de la jeune femme dans ses paumes, faisant frémir sa chair sous la soie fine de la chemise froissée. Alors que ses mains glissaient sur elle, il but ses gémissements étouffés. Son corps brûlait de se poser sur celui d'Ana, de se presser contre elle, de prendre vite, même sauvagement, ce qu'elle pouvait lui donner.

— Ana.

Il lui mordilla le cou avant de la serrer plus fort. Une partie de lui voulait s'arrêter. Ce qu'il faisait n'était pas juste, ni pour l'un ni pour l'autre.

— Combien de temps lui faut-il pour nourrir ce chat ?

— Pas assez longtemps, répondit Ana.

Avec un rire tremblant, elle laissa retomber sa tête sur son épaule et murmura encore :

— Vraiment pas assez longtemps.

— J'en ai bien peur.

Il s'écarta d'elle et prit ses mains dans les siennes.

— Jessie aimerait passer la soirée et la nuit chez son amie Lydia. Si cela se fait, resteras-tu avec moi ? Ici ?

— Oui.

Elle lui prit une main et la porta à ses lèvres avant de l'appuyer contre sa joue.

— Quand tu voudras.

— Ce soir.

Il se força à la libérer, à s'éloigner.

— Ce soir, répéta-t-il. Je vais appeler la mère de Lydia.

Lentement, il se ressaisit.

— J'ai promis à Jessie que nous irions manger des glaces. Et que nous déjeunerions peut-être sur le quai. Viendras-tu avec nous ? Si tout s'enchaîne bien, nous la laisserons ensuite chez Lydia et nous irons dîner quelque part.

Ana se leva et passa une main sur son pantalon et son chemisier fripés.

— Cela me paraît très tentant.

— Parfait. Je suis désolé pour tes vêtements. Je n'étais pas assez courageux pour te déshabiller.

L'image de Boone déboutonnant son chemisier la fit frissonner d'excitation. Il aurait fait cela lentement, très lentement, les mains un peu tremblantes, les yeux fermés. Elle s'éclaircit la gorge.

— Je vais me changer. Il faut que je passe voir Morgana et les jumeaux.

— Je peux t'emmener.

— Non. Mon père va venir me chercher. Je récupérerai ma voiture chez Morgana. A quelle heure veux-tu déjeuner ?

— Vers midi. Dans deux heures environ.

— D'accord. Je te retrouverai ici.

Il l'arrêta avant qu'elle n'atteigne la porte et l'embrassa avidement. Ana eut encore un coup au cœur.

— Nous pourrions acheter de quoi déjeuner et le manger ici.

— C'est tentant aussi, murmura-t-elle en changeant l'angle de leur baiser. Nous pourrions aussi commander une pizza quand nous aurons faim.

— Mmm. Voilà une idée de génie.

A 4 heures de l'après-midi, ils déposèrent Jessie chez Lydia. Debout sur le seuil, la fillette les regarda partir en leur adressant de grands signes. Son sac à dos rose débordait d'un assortiment ahurissant d'objets indispensables à une fillette de six ans pour dormir chez une amie. Et Daisy était de la partie.

— Dis-moi de ne pas me sentir coupable, dit Boone en jetant un long coup d'œil dans le rétroviseur.

— A quel sujet ?

— Au sujet de ma fille. Du fait que je veuille qu'elle dorme ailleurs que chez moi.

— Boone.

Elle le regarda avec adoration avant de l'embrasser sur la joue.

— Tu sais très bien que Jessie en mourait d'envie.

— Oui, mais… ce n'est pas tant le fait de l'envoyer chez Lydia que de l'avoir fait avec une arrière-pensée…

Ana ressentit une petite onde de chaleur au creux de l'estomac.

— Ce ne sont pas tes arrière-pensées qui vont l'empêcher de s'amuser. D'autant que tu lui as promis d'inviter ses amies à passer un week-end chez toi dans quelques semaines. Si tu te sens encore coupable, pense à ce fameux week-end, où tu auras cinq ou six fillettes à surveiller toute la soirée.

Il lui coula un regard en biais.

— Hum… je me suis imaginé que tu viendrais m'aider. Dans la mesure où, toi aussi, tu as une arrière-pensée.

— Ah oui ?

Elle lui adressa un sourire ravi.

— Je viendrai peut-être.

Elle posa une main sur la sienne.

— Pour un père paranoïaque rongé de culpabilité, tu fais du très bon travail.

— Continue à me dire cela, je me sens déjà mieux.

— Non, la flatterie n'est pas indiquée pour toi.

— Puisque c'est ainsi, je ne te dirai pas combien de types te regardaient pendant que nous marchions sur le quai. Il fallait les voir tendre le cou ! Ils doivent tous avoir un torticolis à l'heure qu'il est.

— Vraiment ?

Le vent avait rabattu des mèches de cheveux sur ses yeux. Elle les rejeta en arrière.

— Ils étaient nombreux ?

— Tout dépend de ce que tu entends par « nombreux ». De toute façon, la flatterie n'est pas bonne pour toi non plus. Mais je peux te dire quand même une chose : comment fais-tu pour être si fraîche après la nuit que tu as passée ?

— J'ai dormi comme une souche, ensuite.

Elle s'étira voluptueusement. Un bracelet d'agates scintilla à son poignet.

— Moi, c'est Morgana qui me stupéfie, dit-elle. Quand je suis allée la voir ce matin, elle était en train de bercer ses jumeaux. On aurait dit qu'elle rentrait de vacances.

— Les bébés vont bien ?

— En pleine forme. C'est Nash qui change les couches. On dirait qu'il a fait cela toute sa vie. Il prétend que son fils et sa fille lui ont déjà souri.

Boone hocha la tête. Il connaissait ce sentiment, lui aussi. Et cela lui manquait.

— C'est vraiment un chic type.

— Il est très spécial.

— Je dois reconnaître que j'étais époustouflé quand j'ai appris qu'il était marié. Il était plutôt du genre célibataire endurci.

— L'amour change beaucoup de choses, murmura Ana d'une voix aussi neutre que possible. Tante Bryna appelle cela de la magie dans sa forme la plus pure.

— C'est une bonne description. Quand l'amour te touche, tu commences à penser que plus rien n'est impossible. As-tu été amoureuse ?

— Une fois.

Elle détourna les yeux et les posa sur les fleurs qui frémissaient dans le vent près de l'eau.

— Il y a longtemps, continua-t-elle. Mais il semble que la magie n'ait pas été assez forte. Ensuite, j'ai compris que ma vie n'était pas terminée pour autant et que je pouvais être parfaitement heureuse en vivant seule. C'est ainsi que j'ai acheté cette maison près de la mer.

Elle sourit.

— Et j'ai planté mon jardin. C'était un nouveau départ.

— Apparemment, cela a été la même chose pour moi.

Pensif, il fit une pause. Il tourna dans la dernière rue avant la leur.

— Est-ce que le fait d'être heureuse seule signifie que tu ne penses pas pouvoir l'être avec quelqu'un ?

La gêne se combina à l'espoir.

— Je suppose que je peux être heureuse dans l'état actuel des choses, jusqu'à ce que je trouve quelqu'un qui non seulement m'apporte de la magie mais qui soit capable de la comprendre.

Boone s'engagea dans l'allée et coupa le moteur.

— Il y a quelque chose entre nous, Ana.

— Je le sais.

— Je ne croyais pas pouvoir de nouveau éprouver un sentiment aussi fort. C'est très différent de ce que j'ai déjà vécu, et je ne suis pas sûr d'en connaître la signification. Je ne sais pas non plus si je veux le savoir.

— Cela n'a pas d'importance.

Elle prit sa main.

— Parfois, il faut savoir se contenter du moment présent.

Il se tourna vers elle et plongea dans ses yeux un regard sombre et intense.

— Non. Cela ne me suffit pas. Pas avec toi.

— Boone... je ne suis pas celle que tu crois. Je ne suis pas non plus comme tu aimerais que je sois...

— Tu es exactement ce que je veux.

Ses mains étaient rudes quand il l'attira contre lui. Elle poussa un petit cri, qu'il étouffa aussitôt par un baiser de feu.

10

Un accès de panique s'empara d'elle quand Boone décrocha leurs ceintures de sécurité et l'attira sans ménagement sur ses genoux. Il la couvrit de baisers enfiévrés tandis que ses mains lui pratiquaient des caresses qui n'en avaient plus que le nom. Ce n'était plus l'homme qui lui avait fait l'amour avec tant de tendresse, qui l'avait amenée à la plénitude avec une infinie patience. Maintenant, il n'avait plus aucune retenue. Son amant des matinées calmes et des après-midi paresseux était devenu un être imprévisible, dangereux, auquel elle n'avait aucune chance de résister.

Elle sentit le sang bouillir sous sa peau quand il posa ses mains sur elle. C'était la même sauvagerie que la nuit de pleine lune où il l'avait embrassée dans le jardin, dans la senteur enivrante des roses. Les autres jours, cette brusque explosion de désirs urgents n'avait fait que couver sous sa patience et son contrôle apparents.

Aussi avide et exigeante que lui, elle tendit son corps, acceptant sans réfléchir qu'il la conduise sur les chemins qu'il choisirait. Etourdie, haletante, elle enfonça désespérément ses ongles dans ses épaules.

Boone la sentit frissonner violemment tandis qu'il l'entraînait toujours plus loin.

Il entendit son cri. S'il voulait, il pouvait l'avoir ici

même, dans la voiture, avant que la raison ne leur revienne à tous les deux.

Il arracha plus qu'il ne déboutonna son chemisier. Il avait trop envie de goûter sa peau. Il y eut une légère déchirure du tissu tandis qu'il dévorait sa gorge satinée. Sous sa bouche affamée, il sentit son pouls battre frénétiquement. Ana avait déjà le goût chaud et sucré de la passion.

Poussant un petit juron, il ouvrit sa portière et l'attira dehors. Sans se préoccuper de refermer son véhicule, il entraîna Ana à travers la pelouse.

— Boone.

Chancelante, elle essaya de retrouver son équilibre, mais elle perdit ses chaussures.

— Boone, la voiture… tu as laissé tes clés.

Lui empoignant les cheveux, il lui renversa la tête en arrière. Ana frémit de tout son être. Le regard de Boone était une lance incandescente qui la transperça jusqu'à l'âme. Elle se mit à trembler, non de peur, mais de quelque chose de beaucoup plus profond.

— Je me moque pas mal de ma voiture !

Il fit courir ses lèvres sur son cou, entre ses seins. Prise de vertige, elle lutta pour retrouver son souffle.

— Sais-tu quel effet tu as sur moi ? demanda-t-il entre deux inspirations haletantes. Chaque fois que je te vois ?

Il la tira jusqu'en haut de l'escalier sans cesser de la caresser et de l'embrasser.

— Tu es douce et sereine, mais juste derrière tes yeux, tu caches une braise incandescente…

Il la poussa contre la porte et festoya sans réserve sur ses lèvres pulpeuses. Maintenant, il lisait un sentiment différent dans son regard. Elle semblait effrayée. Et excitée. Et aussi consciente que lui du fait que, pendant des semaines, il avait impitoyablement gardé en laisse l'animal qui rugissait au fond de lui et qu'il venait enfin de libérer.

Une respiration sifflante entre les lèvres, il prit son visage entre ses mains et plongea un regard pénétrant dans le sien.

— Dis-moi, Ana, dis-moi que tu veux faire l'amour. Maintenant. Comme je veux.

Soutenant son regard, elle prit une longue inspiration. Allait-elle seulement arriver à prononcer un mot ? Elle avait la gorge sèche, et ce besoin qui la tiraillait était si nouveau, et si énorme.

— Je te veux, dit-elle d'une voix rauque qui attisa le feu brûlant dans son ventre.

— Faisons l'amour maintenant. De n'importe quelle façon.

Il glissa deux doigts dans l'échancrure de son chemisier. D'un coup de pied, il ouvrit la porte et rattrapa Ana avant qu'elle ne tombe à la renverse. Il la serra contre lui.

Il ne se contrôlait plus, elle le sentait. Ses mains la serrant à la taille, il la souleva pour prendre le bout de son sein entre ses dents. Aussi déchaînée que lui, elle se renversa en arrière, les poings crispés dans ses cheveux.

— Boone, s'il te plaît !

Elle fit une pause. Elle n'avait aucune idée de ce qu'elle voulait lui demander, mais elle désirait qu'il aille beaucoup plus loin.

Il la posa sur ses pieds et captura de nouveau ses lèvres. Tandis que sa langue plongeait dans la chaleur de sa bouche veloutée, Ana commença à lui arracher frénétiquement ses vêtements.

Il partit en titubant vers l'escalier tout en enlevant sa chemise. Il arracha les boutons, qui se répandirent sur le sol. Mais ses mains avides s'emparèrent de nouveau d'elle et baissèrent son fin chemisier sur sa taille tandis qu'ils atteignaient le palier.

— Ici, dit-il en l'attirant sur le sol.

Il fit courir ses lèvres sur sa peau frémissante, découvrant chaque secret de son corps, l'emmenant impitoyablement là où il avait si désespérément besoin qu'elle aille. Il ne voulait plus user de patience, ni de contrôle de soi au nom de sa fragilité. En réalité, la femme qui se pâmait dans ses bras était tout sauf fragile. Les mains qui s'agrippaient à lui étaient fortes, et la bouche qui le goûtait si avidement trahissait une passion aussi brûlante que la sienne. Et le corps qui se tendait contre le sien avait une agilité de sirène.

Ana oubliait tout. Elle se sentait invincible, immortelle, incroyablement libre. Elle n'avait jamais été aussi vivante. La chaleur se répandait follement dans son sang. Le monde tournoyait autour d'elle, c'était un mélange de couleurs et de lumières aveuglantes qui tourbillonnaient de plus en plus vite. Elle fut bientôt obligée de s'accrocher au sommet de la balustrade pour ne pas culbuter par-dessus la limite de la terre.

Elle tomba à genoux sur le bois du plancher quand Boone lui arracha son pantalon puis le mince morceau de dentelle qui se trouvait en dessous. Sentant sur son ventre sa bouche gourmande, enfiévrée, elle ravala un cri de plaisir intense.

Elle murmurait dans un langage qu'il ne pouvait comprendre, mais il l'avait emmenée au-delà des frontières de la raison. Il le savait. C'était là qu'il la voulait, catapultée avec lui dans la folie d'une passion sans égale.

Il avait attendu si longtemps. Maintenant, le corps fin et blanc d'Ana s'exaltait. C'était un pur-sang prêt à se lancer dans les chevauchées les plus folles. Impatient comme un étalon, il la couvrit de son propre corps.

En gémissant, elle s'arc-bouta contre lui et ses hanches remuèrent à un rythme effréné.

Ses mains glissèrent, sans force, sur le dos trempé de sueur de Boone. Elle était trop engourdie pour sentir le choc provoqué par le contact de son corps avec le bois quand ils tombèrent contre l'escalier. Elle voulait serrer Boone dans ses bras, mais elle n'en avait plus la force. Et elle ne pouvait pas se concentrer sur ce qui venait d'arriver. Tout ce qui surgissait dans sa tête, c'était des flashes de sensations, des explosions d'émotions.

Et Boone avait gardé en lui ce besoin terrible pendant de longues semaines. Comment avait-il pu tenir si longtemps ?

Il avait résisté pour elle. Elle tourna son visage humide vers lui. Il avait fait tout cela pour elle.

Sous le corps toujours frissonnant de Boone, elle était aussi dépourvue d'énergie qu'une mare d'eau douce.

Boone fit un violent effort pour renouer avec la réalité. Il fallait qu'il bouge. Après tout ce qu'il avait fait à Ana, il devait être en train de l'écraser. Mais dès qu'il remua légèrement, elle poussa un cri qui égratigna sa conscience.

— Attends, mon ange, laisse-moi t'aider.

Il s'écarta et tâtonna autour d'elle pour trouver un vêtement. Il fallait la couvrir. Il ne trouva que la manche déchiquetée de son chemisier. Ravalant un juron, il la laissa tomber. Ana s'était légèrement tournée sur le côté, cherchant visiblement un peu de confort. Bon sang ! Il s'était conduit comme la dernière des brutes. Il l'avait prise sur l'escalier… sur l'escalier ! Dégoûté de lui-même, il fit la grimace.

— Ana !

Il trouva ce qui restait de sa propre chemise et essaya de lui en envelopper les épaules.

— Anastasia, je ne sais pas comment t'expliquer.

— Expliquer ? dit-elle d'une voix à peine audible.

Elle avait la gorge sèche comme du parchemin.

— Je n'ai aucune excuse... laisse-moi t'aider.

Le corps d'Ana glissa comme de la cire entre ses bras.

— Je vais te chercher des vêtements... oh, malheur !

— Je ne crois pas pouvoir me lever.

Elle s'humecta les lèvres.

— Pendant un jour ou deux. Mais c'est très bien ainsi. Je vais rester chez toi.

Les sourcils froncés, il essaya d'interpréter le ton de sa voix. Ce n'était pas de la colère. Ni de la détresse. Cela ressemblait plutôt à... oui, complètement même, à de la satisfaction. Une profonde satisfaction.

— Tu ne m'en veux pas ?

— Mmm. Est-ce que je devrais ?

— Eh bien... Je t'ai pratiquement attaquée. Bon sang, oui, on peut le dire. Je t'ai sauté dessus. Je t'ai presque violée dans la voiture, je t'ai arraché tes vêtements, je t'ai traînée jusqu'ici et j'ai dévoré ce qui restait de toi en haut de l'escalier.

Gardant les yeux fermés, Ana prit une profonde inspiration. Puis elle souffla en poussant un soupir entre ses lèvres souriantes.

— C'est exactement ce que tu as fait. Et c'est la première fois de ma vie que j'ai été dévorée. Je crois que je ne pourrai plus jamais monter et descendre un escalier de la même façon.

Doucement, il posa un doigt sous son menton et attendit qu'elle ouvre les yeux.

— J'avais pourtant bien l'intention d'arriver jusqu'à la chambre, dit-il d'un ton faussement coupable.

— Je suppose que nous allons finir par y arriver.

Voyant qu'il s'en voulait, elle posa une main légère sur son poignet.

— Boone, crois-tu vraiment que je pourrais être fâchée contre toi parce que tu me désirais si fort ?

— J'ai eu peur que tu m'en veuilles. Après tout, tu n'es pas spécialement habituée à ce genre de traitement.

Elle s'assit en faisant une petite grimace : elle avait mal partout et elle n'allait certainement pas tarder à avoir des bleus.

— Je ne suis pas en porcelaine. Il n'y a aucune façon dont nous pourrions faire l'amour qui soit répréhensible. Mais...

Nouant ses bras autour de son cou, elle lui adressa un petit sourire malicieux.

— Etant donné les circonstances, je suis heureuse que nous ayons réussi à atteindre la maison.

Il fit glisser ses mains jusqu'à ses hanches pour le plaisir de l'attirer contre lui.

— Je vois que ma voisine est très large d'esprit.

Elle lui mordilla la lèvre inférieure. Boone lui avait procuré un plaisir inouï en la caressant de ses lèvres sur toute la surface de son corps. Maintenant, c'était à lui de recevoir ce plaisir.

— Heureusement, mon voisin comprend très bien ce que signifie la passion. Je doute fort qu'il puisse être choqué par quoi que ce soit. Même si je lui dis que je fantasme souvent à son sujet la nuit, quand je suis seule dans mon lit.

Cela paraissait impossible et, pourtant, il sentit de nouveau le désir monter en lui.

— C'est vrai ? Quel genre de fantasme ?

— J'imagine que mon beau voisin vient vers moi.

Sa respiration commença à s'accélérer tandis que les lèvres de Boone rôdaient sur ses épaules.

— Il vient dans mon lit comme un esprit incube

dans la nuit, quand un orage fait trembler la terre. Je vois ses yeux, bleu cobalt, à la faveur d'un éclair, et je sais qu'il me désire comme personne ne m'a jamais désirée et ne me désirera jamais.

Les yeux de Boone s'étrécirent jusqu'à former deux fentes lumineuses. S'il ne réagissait pas, ils risquaient de passer les prochaines vingt-quatre heures sur ce palier. Il la prit dans ses bras et l'emporta dans la chambre.

Plusieurs heures plus tard, ils s'agenouillèrent sur le lit en désordre et se régalèrent de pizzas à la lueur des chandelles. Ana soupira de bien-être. Elle avait complètement perdu la notion du temps. Mais peu importait qu'il soit minuit ou que l'aube approche. Cela lui était parfaitement égal. Ils avaient fait l'amour, puis ils avaient discuté et ri, et ils avaient recommencé à s'aimer. Elle n'avait jamais connu une nuit plus parfaite.

— Guenièvre n'était pas une héroïne, dit-elle en léchant la sauce qui avait glissé sur ses doigts.

Ils avaient parlé de poésie épique, de littérature moderne, de légendes, de folklore et d'histoires d'horreur. Comment étaient-ils revenus à Arthur et Camelot, elle ne savait pas très bien mais, au sujet de la reine, elle restait ferme.

— Et elle n'était absolument pas un personnage de tragédie.

— J'aurais cru qu'une femme comme toi, avec la compassion dont tu sais faire preuve, aurait éprouvé plus de sympathie pour elle dans sa situation.

Boone lorgna les deux parts de pizza rescapées qui gisaient au milieu du carton posé à même le sol. Ana en prit une et lui en donna quelques bouchées.

— Pourquoi ? demanda-t-elle. Cette femme a trahi

son mari, et soutenu le complot qui a mis fin au royaume. Elle était faible et égoïste.

— Elle était amoureuse.

— L'amour n'excuse pas tout.

Elle inclina la tête pour mieux se repaître de sa vue. Boone était d'une virilité à couper le souffle dans son caleçon, l'unique vêtement qu'il portait. Ses cheveux étaient en bataille et une barbe de vingt-quatre heures ombrait ses joues.

— C'est bien d'un homme, finit-elle par s'exclamer. Trouver des excuses à l'infidélité d'une femme…

Il grimaça légèrement.

— Je pense simplement qu'elle ne contrôlait plus la situation.

— Bien sûr que si. Elle avait le choix, et elle a fait le mauvais, tout comme Lancelot. Ce charabia autour de la galanterie, de la chevalerie, de l'héroïsme et de la loyauté… et ces deux-là qui se justifient d'avoir trahi un homme qui les aimait tous les deux, parce qu'ils ne pouvaient plus se contrôler ?

Elle rejeta ses cheveux en arrière.

— C'est grotesque.

Il se mit à rire et sirota son vin.

— Tu me sidères. Je croyais que tu étais romantique. Une femme qui cueille des fleurs au clair de lune, qui collectionne des statues de fées et de magiciens, et qui est capable de condamner cette pauvre Guenièvre parce qu'elle n'a pas aimé avec sagesse.

Ana s'enflamma.

— Cette pauvre Guenièvre…

— Attends !

Il rit à gorge déployée. Cette discussion était un vrai régal. Voir Ana se mettre dans un tel état pour des personnages de fiction.

— N'oublions pas les autres personnages. Merlin

était censé surveiller toute l'affaire. Pourquoi n'a-t-il rien fait ?

Lentement, elle essuya les miettes tombées sur ses jambes nues.

— Ce n'est pas le rôle d'un magicien d'intervenir sur la destinée.

— Attends, on parle d'un type qui avait des pouvoirs extraordinaires. Un petit sortilège, et il aurait tout remis dans l'ordre.

— Et changé le cours d'un nombre considérable de vies, fit-elle remarquer en gesticulant avec son verre. Il aurait transformé l'histoire. Non, il ne pouvait pas intervenir, même pas pour Arthur. Les gens, qu'ils soient magiciens, rois ou simples mortels, sont responsables de leur destin.

Boone avala son dernier morceau de pizza.

— C'est vraiment couper les cheveux en quatre. Un sortilège est bon, mais un autre ne l'est pas.

— Quand tu as la chance d'avoir un don, c'est ta responsabilité de savoir quand et comment t'en servir. Peux-tu imaginer sa souffrance en voyant quelqu'un qu'il aimait être détruit ? En sachant, dès qu'Arthur fut conçu, comment cela se terminerait ? La magie ne prive pas de la souffrance. Elle protège rarement celui qui la possède.

— J'imagine.

Il avait certainement fait souffrir des sorcières et des magiciens dans les histoires qu'il avait écrites. Cela leur donnait un aspect plus humain.

— Quand j'étais gamin, je rêvais de vivre à une époque où l'on croyait aux sorcières.

— Et tu te voyais voler au secours des jeunes filles enlevées par de terribles dragons ?

— Absolument. Et je partais en guerre contre le Chevalier Noir, que je battais à plate couture.

Ana éclata de rire.

— Naturellement !

— En grandissant, j'ai compris que je pouvais obtenir le meilleur de ces deux univers. L'un vivait ici...

Il se tapa le front.

— Et, en le couchant sur le papier, je pouvais vivre dans le confort du vingtième siècle.

— Et manger des pizzas.

Il hocha la tête.

— Au lieu d'écrire avec une plume, je n'avais qu'à me servir d'un ordinateur. Et porter des dessous en coton. Avoir l'eau chaude sur l'évier et dans la baignoire.

Tripotant l'ourlet du T-shirt qu'il lui avait prêté, il s'écria :

— A propos d'eau chaude !

Impulsivement, il la prit dans ses bras et la posa sur son épaule pour sortir du lit. Ana se mit à hurler de rire.

— Qu'est-ce que tu fais ?

— De l'eau chaude dans la baignoire. Cela ne te dit rien ? Il est temps que je te montre ce que je peux faire sous la douche.

— Tu vas te mettre à chanter ?

— Après, peut-être.

Dans la salle de bains, il fit glisser les portes de verre de la douche et ouvrit les robinets.

— J'espère que tu l'aimes chaude.

Elle était encore en travers de son épaule quand il entra dans le bac. Les jets entrecroisés la trempèrent aussitôt.

— Boone, bredouilla-t-elle, tu vas me noyer !

— Désolé.

Il se tourna, cherchant la savonnette.

— Tu sais, c'est cette douche qui m'a décidé à acheter la maison, dit-il en riant. Elle est très spacieuse.

Il lui passa voluptueusement la savonnette humide le long de la cuisse.

— C'est formidable d'avoir tous ces jets, tu ne trouves pas ?

L'eau était brûlante, ce qui n'empêcha pas Ana de frissonner quand il traça lentement des cercles au creux de son genou.

— Excuse-moi, mais j'ai un peu de mal à apprécier ta salle de bains dans cette position.

Elle rejeta ses cheveux dégoulinants de ses yeux. Remarquant le sol recouvert de miroirs, elle s'exclama :

— C'est incroyable !

Il sourit et fit doucement remonter sa main jusqu'en haut de sa cuisse.

— Regarde en haut.

Inclinant la tête, elle observa leur reflet dans les miroirs du plafond.

— Ils doivent se couvrir de buée ?

— Non, ils sont traités. Bon d'accord, si tu restes un peu trop longtemps, ils finissent par se recouvrir d'une fine pellicule brumeuse, rien de plus.

Et elle allait le voir de ses propres yeux, il en avait bien l'intention. Il commença à la faire glisser le long de son corps, centimètre par centimètre.

— Mais cela ne fait qu'ajouter au charme ambiant, conclut-il.

Doucement, il l'appuya contre le mur et prit ses seins dans ses mains en coupe.

Lui effleurant la bouche de ses lèvres, il lui taquina le bout des seins, s'arrêta, recommença. La respiration d'Ana devint plus rapide.

— Tu veux que je te montre quelque chose ?

Jouant avec sa bouche, il lui savonna les épaules.

— Et je ne m'arrête pas avant d'arriver à tes orteils.

Haletante et sans force, Ana se laissa faire. Une

chose lui paraissait évidente : la douche allait rejoindre l'escalier dans les profondeurs les plus érotiques de son imagination.

S'accrochant aux hanches de Boone pour garder l'équilibre, elle arqua les reins pendant qu'il passait ses mains savonneuses sur ses seins.

La vapeur l'enveloppait, s'insinuait en elle. C'était difficile de respirer cet air humide et lourd. Une vraie tempête tropicale, avec l'eau qui fouettait, la chaleur qui montait. La savonnette crémeuse fit glisser leurs corps l'un contre l'autre quand ils remuèrent ensemble. A son tour, elle sculpta le corps de Boone de ses mains humides et savonneuses, faisant frémir ses muscles puissants.

Si elle brûlait, il en faisait autant. C'était la puissance s'affrontant à la puissance. Il n'y avait maintenant plus le moindre doute. Elle pouvait lui donner autant de plaisir qu'elle en avait reçu de lui. Mais un plaisir tellement plus doux, tellement plus riche, qui venait de l'amour autant que de la passion.

Elle voulait lui montrer. Elle allait lui montrer.

Elle fit descendre ses mains le long de son cou, de ses épaules, de son torse d'athlète. Lentement, elle traça un trajet sinueux du bout des doigts sur sa poitrine, jusqu'au creux de son ventre.

Boone secoua la tête. Il avait les idées embrumées. Il avait eu l'intention de la séduire ici, et voilà que c'était elle qui le séduisait. Ses mains délicates voltigeaient sur sa peau humide, envoyant dans chaque fibre de son être des flèches acérées qui créaient un besoin insupportable.

— Attends.

Il lui prit les mains et les maintint serrées. Si elle le touchait maintenant, il ne pourrait plus se retenir.

— Laisse-moi..., dit-il dans un souffle.

— Non.

Forte de sa nouvelle science, sa bouche brûlante se posa sur ses lèvres.

— Laisse-moi faire.

Ses doigts se refermèrent autour de lui, glissant, caressant, pressant doucement. Un éclair de triomphe explosa en elle quand elle le sentit frissonner brièvement. Puis le désir de l'avoir en elle.

— Ana.

Il vit les dernières lueurs de réalité s'évanouir.

— Prends-moi, maintenant.

Elle ressemblait à une déesse émergeant de la mer. Des mèches humides glissèrent comme des fils d'or sur ses épaules. De fines gouttes d'eau faisaient scintiller sa peau. Fasciné, il plongea les yeux dans les siens. Les yeux d'Ana abritaient des secrets, de sombres mystères qu'aucun homme ne pourrait jamais élucider.

Elle apparaissait dans toute sa gloire. Elle était magnifique. Et elle était à lui.

— Tiens-toi à moi.

L'appuyant contre le mur, il la souleva.

— Accroche-toi.

Sans le quitter des yeux, elle lui enlaça le cou. Il plongea en elle sous l'eau qui continuait à couler sur eux. Elle cria son nom. A travers la brume qui s'épaississait, elle vit leurs reflets — un superbe enchevêtrement de membres dans lequel il était impossible de deviner où il finissait et où elle commençait.

Avec un gémissement de plaisir inexprimable, elle laissa sa tête s'incliner sur son épaule.

— Je t'aime.

Elle recommença à prononcer ces mots jusqu'à ce que son corps se convulse.

Il se vida en elle. Sentant ses forces le quitter, il

s'appuya faiblement au mur. Le sang battait à ses oreilles tandis qu'il refermait ses mains sur les épaules d'Ana.

— Dis-le-moi maintenant.

Elle souriait, mais elle tangua légèrement et le regarda avec des yeux alanguis.

— Que je te dise quoi ?

Ses doigts la serrèrent plus fort.

— Que tu m'aimes. Dis-le-moi maintenant.

— Je... ne crois-tu pas que nous devrions nous sécher ? Cela fait longtemps que nous sommes dans l'eau.

D'un mouvement impatient, il ferma les robinets.

— Je veux te regarder quand tu le diras, et avoir les idées claires. Nous allons rester ici jusqu'à ce que je t'entende prononcer ces deux mots.

Elle hésita. Il ne s'en rendait peut-être pas compte, mais il mettait leur destin entre ses mains. Le destin, et les choix. Il était temps qu'elle fasse le sien.

— Je t'aime. Je ne serais pas ici si je ne t'aimais pas.

Les yeux de Boone étaient très sombres, très intenses. Lentement, ses doigts se détendirent.

— J'ai l'impression d'avoir attendu cela pendant des années.

Elle rejeta en arrière les mèches mouillées qui lui tombaient sur les yeux.

— Il suffisait de demander, murmura-t-elle.

— Toi, tu n'as pas à le demander.

Il prit ses mains dans les siennes et l'attira hors du bac de douche. Voyant Ana frissonner, il l'enveloppa dans une serviette de bain avant de l'entourer de ses bras pour la réchauffer.

— Anastasia.

Un élan de tendresse lui gonfla la poitrine tandis qu'il l'embrassait doucement sur les cheveux, l'oreille, la bouche.

— Tu n'as pas besoin de le demander. Je t'aime. Tu as ramené dans ma vie quelque chose que je croyais ne plus jamais avoir, ne plus jamais vouloir.

En soupirant, elle enfouit son visage contre son torse. Tout cela était réel, bien réel. C'était à elle, et il faudrait qu'elle trouve le moyen de le garder.

— Tu es tout ce que j'ai toujours désiré. Aime-moi toujours, Boone, toujours.

— Ne pleure pas.

— Je ne pleure pas.

Les larmes scintillaient au bord de ses paupières mais ne débordaient pas.

— Je ne pleure pas.

Anastasia ne pleure jamais, mais pour toi, elle versera des larmes.

Les paroles de Sebastian résonnèrent d'une façon dérangeante dans sa tête. Résolument, il leur ferma la porte. C'était ridicule. Il n'avait fait aucun mal à Ana. Il ouvrit la bouche pour parler, mais il se ravisa. Une salle de bains embrumée n'était pas le bon endroit pour faire la proposition qu'il voulait lui faire. Et, avant, il avait d'autres choses à lui dire.

— Allons te chercher une chemise. Il faut que nous parlions.

Elle se mit à rire quand il l'emporta dans la chambre et qu'il lui passa une de ses chemises. Rêveuse, elle remplit deux verres de vin pendant qu'il enfilait un jean.

— Veux-tu venir avec moi ? demanda-t-il en lui tendant une main.

Elle la prit aussitôt.

— Où allons-nous ?

— Je veux te montrer quelque chose.

Ils traversèrent le hall plongé dans la pénombre et entrèrent dans son bureau. Ravie, Ana en fit le tour.

Il y avait de grandes fenêtres sans rideaux, encadrées

de bois de cerisier. Deux tapis usés recouvraient en partie le plancher. Les étoiles brillaient à travers les deux lucarnes. Un ordinateur, des rames de papier et des étagères remplies de livres annonçaient qu'il s'agissait d'un lieu de travail. Mais Boone en avait fait aussi un lieu charmant en ajoutant des illustrations encadrées et une collection de dragons et de chevaliers. Intriguée, Ana les examina de près. La fée ailée que Boone avait achetée dans la boutique de Morgana trônait sur un haut tabouret sculpté.

— Il manque quelques plantes, décida-t-elle avec un coup d'œil connaisseur.

Les narcisses et les jonquilles qu'elle cultivait dans la serre trouveraient parfaitement leur place ici.

— Je suppose que tu passes plusieurs heures par jour dans cette pièce.

Elle baissa les yeux sur le cendrier vide près de l'ordinateur.

Suivant son regard, Boone sourit. Bizarre, il n'avait pas grillé une seule cigarette depuis plusieurs jours. En fait, il les avait complètement oubliées. Hochant imperceptiblement la tête, il se félicita silencieusement.

— Parfois, je regarde par la fenêtre quand tu es dans ton jardin. Cela rend la concentration difficile.

En riant, elle s'assit sur le coin de son bureau.

— Nous allons installer des persiennes.

— Certainement pas !

Il sourit mais ses mains s'enfoncèrent nerveusement dans ses poches.

— Ana, j'ai besoin de te parler d'Alice.

— Boone.

Envahie de compassion, elle se leva et s'approcha de lui.

— Je comprends. Je sais que c'est douloureux. Tu n'es pas obligé de me raconter quoi que ce soit.

Il secoua la tête.

— C'est pour moi.

Tenant la main d'Ana dans la sienne, il se tourna et pointa du doigt un dessin sur le mur. Une adorable jeune fille était agenouillée près d'un fleuve et plongeait une pelle dorée dans l'eau argentée.

— Alice l'a dessiné avant la naissance de Jessie. Elle me l'a offert pour notre premier anniversaire de mariage.

— Il est très beau. Elle avait beaucoup de talent.

— Oui. Beaucoup de talent. Elle était très particulière.

Il sirota son vin, portant inconsciemment un toast à un amour mort.

— Je la connaissais depuis toujours. La jolie Alice Reeder.

Ana hocha la tête. Boone avait besoin de parler, c'était évident. Elle l'écouterait jusqu'au bout.

— Vous sortiez ensemble au lycée ?

— Non !

Il se mit à rire.

— Nous n'étions pas si proches. Alice était présidente de l'association des étudiants. Elle était plus jeune que moi. J'étais en pleine période de rébellion et je traînais dans l'école en prenant des airs de dur.

En souriant, elle porta la main à sa joue, là où sa barbe formait une ombre un peu rugueuse.

— J'aurais aimé voir cela !

— Je fumais dans les toilettes, et Alice peignait des décors pour le théâtre de l'école. Nous nous connaissions, mais plutôt de loin. Ensuite, je suis entré à l'université à New York. Puisque j'avais l'intention d'écrire, il paraissait indispensable que je me trouve un loft et que je passe quelques années à mourir de faim.

Elle glissa un bras autour de lui pour lui offrir instinctivement du réconfort et attendit qu'il continue.

— Un matin, j'étais dans une boulangerie au coin de ma rue. J'ai levé les yeux et Alice était là. Elle achetait du café et des croissants. Nous avons discuté. De choses banales… « Qu'est-ce que tu fais là ? où sont passés tes copains ? etc. » C'était réconfortant et excitant à la fois. Nous étions là, deux adolescents venus d'une petite ville dans le grand méchant New York.

Sans rien dire, Ana hocha la tête. Et le destin les avait remis sur le même chemin, dans une ville de plusieurs millions d'habitants.

— Alice étudiait les beaux-arts, continua Boone. Et elle partageait un appartement avec d'autres étudiantes, à quelques rues de chez moi. Je l'ai raccompagnée au métro. Mais nous nous sommes attardés. Nous sommes allés nous asseoir dans un parc et elle m'a montré ses dessins, nous avons parlé pendant des heures. Alice était pleine de vie, d'idées, d'énergie. Nous sommes tombés amoureux sans nous en rendre compte.

Son regard se posa de nouveau sur le dessin mural.

— Doucement, très lentement. Nous nous sommes mariés juste avant que mon premier livre soit publié. Elle n'avait pas encore terminé ses études.

Il fit une pause. Les souvenirs revenaient en force. Il referma sa main sur celle d'Ana. Ana s'ouvrit aussitôt, lui insufflant toute la force et le soutien dont elle était capable.

— Tout paraissait tellement parfait. Nous étions jeunes, amoureux, heureux. Elle avait déjà reçu des commandes de tableaux. Et, un beau jour, nous avons découvert qu'elle était enceinte. Nous avons donc décidé de rentrer chez nous et d'élever notre enfant dans l'atmosphère d'une petite ville, avec la famille toute proche. Jessie est née, et nous avions l'impression que tout irait toujours bien. Mais Alice n'arrivait pas à retrouver son énergie après l'accouchement. Tout le monde disait que c'était normal, qu'elle devait fatalement être fatiguée après avoir eu un bébé et repris son travail. Elle a commencé à maigrir. Je disais toujours en plaisantant que, si elle continuait, elle allait s'évaporer.

Il ferma un instant les yeux.

— Et c'est exactement ce qu'elle a fait. Elle a disparu. Comme nous devenions de plus en plus inquiets, elle a fait des examens, mais le laboratoire a commis quelques erreurs et sa maladie n'a pas été détectée assez tôt. Quand nous avons compris qu'elle avait un cancer, c'était trop tard.

— Oh, Boone, je suis désolée.

Plongé dans ses souvenirs, il resta un instant silencieux.

— Elle a souffert. C'est cela le pire. Elle souffrait et je ne pouvais rien y faire. Je la regardais s'éteindre. Et je pensais que je mourrais en même temps qu'elle. Mais il y avait Jessie. Alice n'avait que vingt-cinq ans quand je l'ai enterrée. Et Jessie venait d'avoir deux ans.

Prenant une longue inspiration, il se tourna vers elle.

— J'aimais Alice. Je l'aimerai toujours.

— Je le sais. Quand quelqu'un entre dans ta vie de cette façon, tu ne peux pas l'oublier ni cesser de l'aimer.

— Quand je l'ai perdue, j'ai cessé de croire que le bonheur puisse exister ailleurs que dans les livres. Je ne voulais plus aimer une femme, pour ne pas risquer de souffrir de nouveau. Et pour Jessie aussi. Mais, contre toute attente, je suis tombé amoureux. Ce que j'éprouve pour toi est si fort que je recommence à croire au bonheur.

Elle lui effleura la joue du bout des doigts. Oui, elle comprenait.

— Boone, crois-tu que je t'aurais demandé d'oublier Alice ? Que je pourrais t'en vouloir ou être jalouse de ce que vous avez vécu tous les deux ? Non, au contraire, je t'aime encore plus. Elle t'a rendu heureux. Elle t'a donné Jessie. Je regrette seulement de ne l'avoir jamais connue.

Emu jusqu'aux larmes, il demanda d'une voix rauque :

— Ana, veux-tu m'épouser ?

11

Elle se figea. Ses mains, qu'elle tendait pour l'attirer contre elle, s'arrêtèrent à mi-chemin. L'air se bloqua dans ses poumons. Bien que l'espoir fasse battre son cœur trop vite, son esprit lui commanda de rester prudente.

— Boone, je crois que…

— Ne me dis pas que je brûle les étapes.

Maintenant qu'il avait fait le grand saut, il était d'un calme olympien. Ce saut, il l'avait déjà fait bien plus tôt dans sa tête.

— Tant pis si je vais trop vite. J'ai besoin de toi, je veux que tu fasses partie de ma vie, Ana.

— J'en fais partie.

Essayant de garder un ton léger, elle sourit.

— Je te l'ai déjà dit.

Il secoua la tête.

— C'était très dur déjà quand je te désirais seulement. Encore plus dur quand tu as commencé à compter pour moi. Mais, maintenant, c'est carrément invivable. Je t'aime. Je ne veux pas rester un simple voisin.

Il lui empoigna les épaules.

— Je ne veux pas être obligé d'envoyer ma fille chez une amie chaque fois que nous passerons une nuit ensemble. Tu m'as dit que tu m'aimais.

— C'est la vérité.

S'abandonnant à un besoin désespéré, elle se pressa contre lui.

— Tu sais que c'est vrai. Je t'aime beaucoup plus que je n'aurais cru. Et surtout, beaucoup plus que je n'aurais voulu. Mais le mariage est...

— Ce qu'il nous faut, coupa-t-il en caressant ses cheveux humides. Exactement ce qu'il nous faut, Ana. Un jour, je t'ai dit que je respectais la vie privée, et je ne parlais pas que de sexualité.

Il la tint à bout de bras pour voir son visage et pour qu'elle voie le sien.

— Je te parle de ce qui se passe en moi chaque fois que je te regarde. Avant de te rencontrer, je me contentais de la vie que je menais. Mais maintenant, cela ne veut plus rien dire. Je ne veux pas me cacher pour être avec toi. Je veux que nous vivions ensemble.

— Si cela pouvait être si simple.

Cherchant des paroles convaincantes, elle se détourna.

— Je ne vois pas ce qu'il y a de compliqué.

Boone chassa un bref accès de panique.

— Quand je me suis réveillé ce matin et que je t'ai vue dans mon lit, tes bras autour de Jessie... tu ne peux pas imaginer ce que j'ai éprouvé. J'ai compris que c'était ce que je désirais plus que tout au monde. Je sais que je pourrais partager Jessie avec toi car tu l'aimes sincèrement. Et nous pourrions avoir d'autres enfants. Et un avenir pour eux.

Elle ferma les yeux. Ce qu'il évoquait était si doux, si parfait. Mais quand il saurait vraiment ce qu'elle était, aurait-il encore ce genre de rêve avec elle ?

— Si je te disais oui maintenant, avant que tu me connaisses vraiment et que tu me comprennes, ce ne serait pas bien.

— Je te connais, Ana.

Il vint l'entourer tendrement de ses bras.

— Tu es une femme passionnée, et tu as de la compassion. Tu es loyale et généreuse, et tu as un cœur d'or. Je sais aussi que la famille compte beaucoup pour toi, que tu aimes la musique romantique. Je connais la musique de ton rire, et ton parfum. Et, surtout, je sais que je peux te rendre heureuse, si tu veux bien me laisser faire.

— Tu me rends heureuse. C'est parce que je ne veux pas en faire moins pour toi que je ne sais quelle décision prendre.

Elle s'écarta de lui.

— Je ne savais pas que cela allait arriver si vite. Je te jure que si j'avais su que tu pensais au mariage...

Elle fit une pause. Il lui avait demandé sa main. Ils seraient liés par un serment. Rien n'était plus précieux. Mais il fallait qu'elle lui parle pour qu'il ait le choix de l'accepter telle qu'elle était ou de renoncer à elle.

— Tu as été bien plus franc avec moi que je ne l'ai été avec toi.

— A quel sujet ?

— Au sujet de ce que tu es.

Elle ferma les yeux en soupirant.

— Je suis lâche. Je me laisse si facilement anéantir... C'est pathétique, mais j'ai peur de la douleur physique et morale. Je me sens si horriblement vulnérable par rapport à des choses auxquelles les autres sont indifférents.

— Je ne comprends pas de quoi tu parles, Ana.

— C'est normal.

Elle serra ses lèvres.

— Peux-tu comprendre que certaines personnes sont beaucoup plus sensibles que d'autres ? Qu'elles doivent développer des défenses pour ne pas se laisser trop imprégner du tourbillon d'émotions qui les entourent ? Et que c'est pour elles une question de vie ou de mort ?

Refoulant son impatience, il força un sourire sur ses lèvres.

— Est-ce que tu deviens mystique ?

Elle se mit à rire et posa une main sur ses yeux.

— Tu n'imagines pas le centième de ce que cela signifie. Il faut que je t'explique, mais je ne sais pas comment. Si je pouvais...

Résolue à tout lui dire, elle se tourna vers lui et heurta le bloc de feuilles à dessin qui dépassait de son bureau. Il tomba par terre. Elle se baissa pour le ramasser.

Une sorcière vêtue d'une cape noire, campée avec des traits aigus, la transperçait de son regard méchant. Ce dessin était parfait.

— Ne t'inquiète pas pour cela, dit-il en voulant reprendre le bloc de papier.

Secouant la tête, elle le garda à la main.

— C'est pour ta prochaine histoire ?

— Oui, *Le Château d'argent*. Mais ne changeons pas de sujet.

— On en change beaucoup moins que tu ne crois, murmura-t-elle.

Elle afficha un sourire prudent.

— Donne-moi une minute. Parle-moi de ce dessin.

— Bon sang, Ana !

— Je t'en prie !

Frustré, il se passa une main nerveuse dans les cheveux.

— Ce n'est qu'un dessin. Une sorcière qui jette un mauvais sort à la princesse. Il fallait bien qu'il y ait un sort pour que personne n'entre ni ne sorte du château.

— Et tu as choisi une sorcière.

— Evidemment, ce n'est pas très original. Mais elle

m'a semblé incontournable pour cette histoire. Une sorcière vindicative, et jalouse de la beauté et de la bonté de la princesse. Elle lui jette un sort pour la rendre prisonnière du château, coupée de l'amour, de la vie et du bonheur. Ensuite, quand le grand amour est vainqueur, le sort est brisé et la sorcière anéantie. Et ils vivent heureux.

— Je suppose que, pour toi, les sorcières sont forcément mauvaises et manipulatrices.

Manipulatrices... C'était le mot que Robert lui avait jeté à la figure. Ce mot-là, et d'autres encore, mille fois pires.

— C'est à cause du pouvoir, qui corrompt, tu ne crois pas ?

Elle posa le bloc à dessin.

— Il y a des gens qui croient cela.

Elle fit une pause. Après tout, ce n'était qu'un dessin. Une partie de l'histoire que Boone avait imaginée. Cependant, ce dessin, aussi anodin soit-il, lui rappelait qu'il y avait un grand fossé à franchir.

— Boone, je te demanderai quelque chose ce soir.

Un peu détendu, il sourit.

— Tu pourras me demander tout ce que tu voudras.

— Du temps. Et de la confiance. Je t'aime, Boone, tu es celui avec lequel je veux passer le reste de ma vie. Mais tu dois me laisser un peu de temps. Et en prendre aussi. Disons une semaine, ajouta-t-elle avant qu'il ait le loisir de protester. Une seule semaine. Jusqu'à la pleine lune. A ce moment-là, je te révélerai certaines choses. Ensuite, j'espère que tu voudras encore que je devienne ta femme. Si c'est le cas, je te dirai oui.

— Dis oui maintenant.

La serrant contre lui, il la bâillonna de ses lèvres en feu. Peut-être la persuaderait-il avec sa seule volonté ?

— Qu'est-ce qu'une semaine peut changer ? murmura-t-il.

— Tout, répondit-elle en s'accrochant désespérément à lui. Ou rien.

Boone n'en pouvait plus d'attendre. Les jours se traînaient lamentablement, augmentant sa nervosité et son impatience. Trois seulement s'étaient écoulés. Il poussa un profond soupir. Puisque Ana lui avait posé cette condition… Comment aurait-il pu refuser ? Mais, une fois cette interminable semaine finie, sa vie prendrait un tournant inespéré.

Il ne passerait plus une nuit seul. Bientôt, quand il se retournerait dans son lit, elle sera là. La maison serait transformée par sa présence, son parfum, l'odeur de ses herbes et de ses huiles. Ils passeraient de longues soirées tranquilles côte à côte sur la terrasse en parlant de la journée et des lendemains.

Mais peut-être Ana préférerait-elle qu'ils s'installent dans sa maison. Cela n'aurait aucune importance. Ils se promèneraient dans son jardin, et elle lui apprendrait le nom de ses fleurs.

Ils feraient un voyage en Irlande. Elle lui montrerait tous les lieux qui avaient été importants pour elle pendant son enfance. Elle lui raconterait un tas d'histoires, comme celle de la sorcière et du crapaud, et ils pourraient en faire des livres.

Un jour, ils auraient des enfants, et il la verrait porter son bébé comme elle avait porté ceux de Morgana et Nash.

D'autres enfants. Il regarda la photo de Jessie qui lui souriait depuis le haut de son bureau.

C'était son bébé. Elle était à lui seul depuis si longtemps. Il voulait vraiment avoir d'autres enfants.

C'était la première fois qu'il en prenait conscience. Il aimait la paternité.

Maintenant que son esprit flirtait avec cette idée, il se revoyait apaiser un bébé pendant la nuit, comme il avait apaisé Jessie. Il tendait les bras vers lui tandis qu'il essayait de faire ses premiers pas. Il jouait avec lui dans le jardin, ou encore, il lui apprenait à faire du vélo.

Un fils. Est-ce que ce ne serait pas incroyable d'avoir un fils ? Mais une autre fille serait aussi la bienvenue. Des frères et sœurs pour Jessie. Elle serait folle de joie.

Boone se secoua. Il était en train de sourire aux anges comme un demeuré. Mais c'était si bon d'imaginer tout cela.

Cependant, il n'avait pas demandé son avis à Ana. Il faudrait certainement qu'ils en parlent. Peut-être pas tout de suite. Elle aurait encore l'impression qu'il brûlait les étapes.

Mais la façon dont elle tenait Jessie dans ses bras en dormant et son expression quand elle portait les jumeaux ne trompaient pas. Elle était rayonnante.

Oui, il la connaissait bien. Elle aurait autant envie que lui de voir leur amour porter des fruits.

Dès la fin de la semaine, ils commenceraient à faire des projets ensemble.

Pour Ana, les jours passaient beaucoup trop vite. Pendant des heures, elle chercha la meilleure façon de parler à Boone. Bien sûr, il y avait la manière directe.

Elle pourrait l'inviter à prendre le thé chez elle.

— Boone, je suis une sorcière, dirait-elle sans préambule. Si cela t'est égal, nous pouvons choisir la date de notre mariage.

Il y avait aussi la manière subtile.

Confortablement assis dans le patio, sous la charmille, ils siroteraient un verre de vin en contemplant le coucher du soleil. Ils parleraient de leur enfance.

— Je suppose que ce n'est pas tout à fait la même chose de grandir en Irlande et de grandir dans l'Indiana, dirait-elle. En général, les Irlandais considèrent qu'il est normal d'avoir des sorcières dans leur voisinage.

Puis elle sourirait à Boone.

— Un peu de vin, mon amour ?

Elle pouvait aussi choisir l'approche intellectuelle.

— Je suis sûr que tu es d'accord avec moi sur le fait que la plupart des légendes ont une base réelle.

Cette conversation aurait lieu sur la plage, au son du ressac et des cris des goélands.

— Tes livres témoignent d'un grand respect pour ce que la plupart des gens considèrent comme de simples légendes ou du folklore. Etant moi-même une sorcière, j'apprécie ton point de vue positif au sujet des fées et de la magie. J'aime particulièrement la façon dont tu présentes la magicienne dans *Un troisième vœu pour Miranda*.

Ana poussa un soupir. Pourvu qu'il lui reste assez d'humour pour rire, quel que soit le scénario qu'elle choisirait. Il fallait vraiment qu'elle se décide. Il ne lui restait plus que vingt-quatre heures.

Boone avait fait preuve d'une plus grande patience qu'elle n'avait le droit d'exiger. Elle n'aurait aucune excuse pour le faire attendre plus longtemps.

Au moins, elle aurait un soutien moral, ce soir. Morgana, Nash, Sebastian et Mel étaient en route pour venir passer la soirée avec elle. Un vendredi par mois, ils se réunissaient chez elle et faisaient un barbecue dans son jardin. Si cela ne lui donnait pas du courage pour sa confrontation avec Boone le lendemain, rien ne lui en donnerait.

Entrant dans le patio, elle joua avec le zircon, clair comme un diamant, qu'elle portait autour du cou.

Naturellement, Jessie n'avait pas oublié. Elle s'était glissée à travers la haie, Daisy jappant sur ses talons. Pour montrer son indifférence envers le chiot, Quigley s'assit sur son arrière-train et commença à faire nonchalamment sa toilette.

— Nous venons chez toi pour faire un barbecue, annonça triomphalement la fillette. Les bébés vont venir aussi. Est-ce que je pourrai les porter dans mes bras ? Je ferai très attention.

— On devrait pouvoir arranger cela, répondit Ana en riant.

Elle parcourut des yeux le jardin voisin. Boone était invisible.

— Comment s'est passée ta journée d'école, trésor ?

— Drôlement bien. Je sais écrire mon nom, celui de papa et le tien. Le tien est le plus facile. Et je sais aussi écrire Daisy. Mais je n'ai pas pu pour Quigley, alors j'ai juste écrit « le chat ». Comme ça, j'avais toute ma famille. C'est ce que le professeur nous avait demandé.

Elle fit une pause et baissa les yeux sur ses chaussures. Pour la première fois depuis qu'Ana la connaissait, elle parut intimidée.

— Est-ce que cela vous ennuie que je vous aie mise dans ma famille ?

— Pas du tout, ma chérie, au contraire !

S'accroupissant, elle la serra dans ses bras et ferma les yeux. Oui, c'était ce qu'elle désirait par-dessus tout. Et ce dont elle avait besoin. Elle voulait être une épouse pour Boone, une mère pour Jessie. Mais encore fallait-il qu'elle trouve le moyen de garder Boone.

— Je t'aime, Jessie.

— Tu ne vas pas partir ?

Comme elles étaient proches l'une de l'autre, elle sonda le cœur de la fillette. Jessie pensait à sa mère.

— Non, ma chérie.

Elle choisit ses mots avec soin.

— Je n'aurai jamais envie de partir. Mais, si je ne pouvais faire autrement, je serais toujours près de toi.

— Comment pourrais-tu partir et rester près de moi ?

— Je te garderais au fond de mon cœur.

Prenant la fine chaîne d'or à laquelle était suspendu le zircon, elle la glissa autour du cou de la fillette.

— Oh, ça brille !

— C'est un bijou très particulier. S'il t'arrive de te sentir seule ou triste, prends-le dans ta main et pense à moi. Je le saurai, et je te rendrai joyeuse.

Epoustouflée, la fillette tourna le cristal dans sa main.

— Il est magique ?

— Oui.

Jessie accepta cette réponse avec la confiance propre aux enfants.

— Je vais le montrer à papa.

Elle faillit repartir en courant mais elle se rappela quelque chose.

— Merci, Ana !

— Ce n'est rien. Est-ce que… est-ce que ton papa est à la maison ?

— Non, il est sur le toit.

— Sur le toit ?

— Il commence à installer les guirlandes de Noël. Toute la maison sera illuminée. Papa m'a dit que cette année Noël serait très spécial.

— Je l'espère bien.

En se protégeant les yeux de la main, Ana regarda le toit de la maison voisine. Boone était assis sur le faîte. Il lui fit signe. Elle sentit son cœur bondir dans sa poitrine, comme chaque fois qu'elle le voyait. Malgré sa nervosité, elle sourit et agita sa main libre.

Elle soupira. Tout allait bien se passer, il le fallait.

Oubliant l'enchevêtrement de guirlandes électriques, Boone les regarda jusqu'à ce que Jessie parte en courant dans son jardin et qu'Ana rentre chez elle.

Il sourit. Tout irait bien, il le fallait.

Sebastian prit une grosse olive noire sur le plateau et la mit dans sa bouche.

— Quand allons-nous manger ?

— Tu as déjà commencé, fit remarquer Mel.

— Je parle de vraie nourriture.

Il adressa un clin d'œil à Jessie.

— Des hot dogs par exemple.

Jessie se mit à rire.

— Du poulet aux herbes, corrigea Ana en retournant des cuisses de volaille sur le gril.

Ils étaient installés dans le patio. Jessie trônait sur une chaise en fer forgé. Boone et Nash étaient plongés dans une discussion très sérieuse au sujet de l'éducation des enfants. Morgana donnait le sein à ses jumeaux en écoutant Mel. Qui racontait comment, avec Sebastian, ils avaient ramené à la raison un gamin fugueur.

Quand le fils de Morgana fut rassasié, elle proposa :

— Veux-tu que j'aille le coucher ?

— Merci.

Morgana observa Mel tandis qu'elle prenait le bébé dans ses bras.

— Quand vas-tu te décider à en mettre un en route ? Ou deux ? demanda-t-elle en souriant.

Mel jeta un rapide coup d'œil par-dessus son épaule.

— Eh bien… je n'en suis pas encore sûre mais il est bien possible que ce soit déjà fait.

— Oh, Mel, c'est…

— Chut…

Un sourire espiègle aux lèvres, elle se pencha vers Morgana.

— Je veux attendre d'en avoir la certitude avant d'en parler à Sebastian. J'ai hâte de voir la tête qu'il va faire !

Avec des gestes très tendres, elle déposa le bébé dans son couffin.

— Allysia dort aussi, annonça Jessie en passant le doigt sur la joue rebondie du bébé.

— Tu veux la mettre à côté de son frère ?

Sebastian se pencha pour aider la fillette à prendre Allysia.

— Voilà, tu dois la porter de cette façon.

Il garda ses mains sous les siennes pendant qu'elle déposait le nourrisson.

— Moi aussi, je veux avoir des jumeaux, dit Jessie.

Daisy se mit à aboyer.

— Chut ! Tu vas les réveiller.

Mais Daisy s'en donnait à cœur joie en pourchassant Quigley.

— Je vais la chercher, papa.

Faisant autant de bruit que les animaux, Jessie s'élança derrière eux en criant.

Boone but une gorgée de bière.

— Tout compte fait, je crois que je vais ouvrir un asile psychiatrique plutôt qu'une école de dressage de chiens, plaisanta-t-il.

Hors d'haleine, Jessie suivit les aboiements et les cris félins à travers le jardin, sur la terrasse et sur les côtés de la maison. Quand elle rattrapa Daisy, elle posa ses poings sur les hanches et la réprimanda.

— Tu dois être gentille avec Quigley. Ana ne t'aimera plus si tu n'arrêtes pas d'embêter son chat.

Daisy remua la queue et se remit à aboyer. Assis au milieu de l'échelle qui donnait accès au toit, Quigley ne la quittait pas des yeux.

— Il n'aime pas du tout cela, Daisy.

En soupirant, elle s'assit près de la chienne pour la caresser.

— Il ne sait pas que tu t'amuses et que tu ne veux pas lui faire de mal. Tu lui as fait peur.

Elle regarda Quigley.

— Viens, petit chat. Tout va bien. Tu peux descendre maintenant.

Avec un petit grognement de reproche, Quigley ferma les yeux. Puis il les rouvrit et bondit en haut de l'échelle tandis que Daisy poussait une autre série d'aboiements.

— Oh, Daisy, regarde ce que tu as fait !

Jessie hésita. Son père avait été très ferme : elle ne devait pas s'approcher de l'échelle. Mais si Quigley tombait du toit ? Il risquait de se tuer. Elle recula. Il valait mieux qu'elle aille chercher son père. Mais elle entendit Quigley miauler.

Daisy était sous sa responsabilité, se rappela-t-elle. Elle était censée la nourrir et la surveiller pour qu'elle ne fasse pas de bêtise. Si elle faisait du mal à Quigley, ce serait sa faute.

Elle regarda le chat.

— J'arrive, n'aie pas peur !

Se mordant la lèvre inférieure, elle commença à grimper. Elle avait vu son père aller tout en haut, c'était facile. Comme si elle grimpait à l'espalier de l'école.

— Quigley ! cria-t-elle.

Le chat tendit le cou pour la regarder monter. Elle se mit à rire.

— Daisy voulait juste s'amuser ! Je vais te redescendre !

Elle allait arriver en haut quand son pied glissa.

— Quelle odeur délicieuse ! murmura Boone.

Il respirait le parfum d'Ana, non le poulet servi dans un grand plat.

Nash lui donna une bourrade avant de tendre la main vers la volaille.

— Si tu veux l'embrasser, allez ailleurs. Nous, nous avons faim.

— Parfait.

Glissant les bras autour de la taille d'Ana, il referma sa bouche sur la sienne en un long baiser.

— La semaine arrive à sa fin, murmura-t-il. Tu pourrais...

Le cri de Jessie lui glaça le sang. Le cœur sur les lèvres, il se rua dans le jardin en appelant.

— Jessie !

La fillette était étendue par terre, le visage livide.

Il se laissa tomber près d'elle. Elle était trop immobile. Quand il voulut la soulever, du sang coula sur ses mains.

— Ne la bouge pas ! cria Ana en surgissant près de lui.

Elle était essoufflée et ses yeux trahissaient la terreur qu'elle éprouvait, mais elle lui saisit fermement les mains pour les écarter de la fillette.

— Il ne faut pas la bouger. Tu risques d'aggraver les choses.

— Mais elle saigne ! Jessie, mon trésor, réponds ! Jessie !

D'une main tremblante, il chercha son pouls.

— Il faut appeler une ambulance, dit Ana.

— J'y vais, dit Mel.

Ana secoua la tête.

— Boone.

Le calme s'installa brusquement en elle. Elle savait ce qui lui restait à faire.

— Boone, écoute-moi.

Elle le prit par les épaules.

— Il faut que tu t'écartes d'elle. Laisse-moi m'en occuper. Laisse-moi l'aider.

— Elle ne respire plus.

Défiguré, il ne pouvait détourner les yeux de sa fille.

— Je crois qu'elle ne respire plus. Son bras… elle s'est cassé le bras, dit-il.

C'était pire, elle le savait. Et ils n'avaient pas le temps d'attendre une ambulance.

— Je peux l'aider, mais il faut que tu t'éloignes.

— Elle a besoin d'un docteur. Bon sang, est-ce que quelqu'un a demandé une ambulance ?

— Sebastian ! appela calmement Ana.

Son cousin s'approcha et prit Boone par les épaules.

— Foutez-moi la paix ! hurla Boone en se débattant. Qu'est-ce qui vous prend ? Il faut l'emmener à l'hôpital.

— Laisse Ana faire ce qu'elle peut faire, dit Nash en essayant de canaliser l'angoisse de son ami et sa propre panique. Il faut que tu lui fasses confiance, pour l'amour de Jessie.

— Ana.

Pâle, bouleversée, Morgana mit un de ses bébés dans les bras de Mel.

— C'est peut-être trop tard. Tu sais ce qui peut t'arriver si tu…

— Je dois essayer.

Avec une infinie douceur, elle posa ses mains de chaque côté du visage de la fillette. Elle attendit que sa propre respiration prenne un rythme profond et régulier. C'était très difficile de bloquer les émotions violentes de Boone, mais elle se concentra sur l'enfant, uniquement sur l'enfant. Et elle s'ouvrit à elle.

Quelle douleur ! Des pointes d'acier brûlantes lui transperçaient la tête. C'était trop de souffrances pour un si petit être. Ana laissa son propre corps les absorber. Quand la douleur se fit presque insupportable et menaça d'étouffer la sérénité indispensable à un travail aussi délicat, elle attendit qu'elle s'éloigne. Puis elle continua.

Tant de dégâts, pensa-t-elle tandis que ses mains descendaient lentement. Une image se fit dans son esprit, reproduisant la chute, la peur et le choc brutal de l'impact.

Ses doigts effleurèrent une entaille profonde dans l'épaule de Jessie. L'image de la chute se glissa dans son propre sang.

— Seigneur !

Boone cessa de se débattre. Maintenant, il était épuisé, abruti par l'angoisse.

— Mais qu'est-ce qu'elle fait ? demanda-t-il comme dans un rêve.

— Elle a besoin de calme, murmura Sebastian.

S'écartant de Boone, il prit la main de Morgana. Ils ne pouvaient rien faire de plus qu'attendre.

Les blessures internes étaient graves. La sueur commença à perler au front d'Ana tandis qu'elle examinait, absorbait, réparait. A voix basse, elle entama un chant rituel pour approfondir la transe dans laquelle la fillette était maintenant plongée.

Mais quelle douleur ! Elle ricochait dans sa chair comme des boules de feu, la faisant frissonner. Elle referma une main sur le zircon qu'elle avait donné à Jessie et posa l'autre sur le cœur de l'enfant.

Quand elle rejeta la tête en arrière, ses yeux avaient

la couleur des nuages avant la tempête et son regard était vide.

La lumière était devenue aveuglante. Elle voyait à peine la fillette devant elle. Elle cria, avec le désir d'aller plus vite. Mais, si elle faisait la moindre faute, c'en serait fini de Jessie et d'elle-même.

Regardant la lumière, elle sentit que Jessie s'en allait.

— Ce don est le mien, à utiliser ou à rejeter.

La douleur et la puissance vibrèrent dans sa voix.

— Ce choix est le mien, je l'ai fait dès le jour de ma naissance. Que la douleur de l'enfant vienne en moi.

Elle sentit ses propres forces décliner, chanceler sous la lumière brûlante tandis que le cœur de Jessie se remettait à battre timidement sous ses doigts.

Elle réunit toutes les forces qui lui restaient pour préserver ce retour à la vie.

Boone vit sa fille bouger légèrement. Elle ouvrit les paupières. Ana recula.

— Jess... Jessie ?

Il bondit pour la prendre dans ses bras.

— Mon ange, comment te sens-tu ?

— Papa ?

Son regard vide commença à se focaliser.

— Est-ce que je suis tombée ?

— Oui.

Il enfouit son visage contre sa gorge.

— Oui, ma chérie, tu es tombée, dit-il d'une voix blanche.

— Ne pleure pas, papa.

Elle lui caressa le dos.

— Je vais bien.

— Voyons cela.

Il prit une respiration haletante avant de la tâter. Il n'y avait plus de sang, et pas la moindre ecchymose. Même pas une égratignure. Il la garda dans ses bras.

— As-tu mal quelque part, Jessie ?

— Mmm.

Elle bâilla et posa la tête sur son épaule.

— J'allais voir maman. Elle était si jolie dans la lumière. Mais elle avait l'air triste, comme si elle allait pleurer quand elle a vu que j'arrivais. Après, Ana est venue et elle a pris ma main. Maman avait l'air heureuse en nous disant au revoir. J'ai sommeil.

Le cœur battant dans sa gorge, il dit d'une voix faible :

— D'accord, ma chérie.

— Laissez-moi la porter.

Boone hésita. Nash reprit à voix basse.

— Elle va bien. Mais pas Ana.

Il prit la fillette endormie dans ses bras.

— Ne laisse pas le rationalisme entraver votre route, mon vieux, ajouta Nash avant d'emmener Jessie dans la maison.

— Je veux savoir ce qui s'est passé.

Il se força à parler lentement.

— Je veux savoir exactement ce qui s'est passé.

— Très bien.

Ana jeta un coup d'œil sur sa famille.

— Laissez-nous seuls une minute. J'aimerais...

Sa voix se brisa. Elle ferma les yeux. Sortant tout son répertoire de jurons, Boone la rattrapa juste avant qu'elle ne tombe et la souleva dans ses bras.

— Bon sang, est-ce que quelqu'un va me dire ce qui se passe ? Qu'a-t-elle fait à Jessie ?

Il regarda Ana. Ses joues étaient translucides. Affolé, il demanda encore :

— Que s'est-elle fait à elle-même ?

— Elle a sauvé la vie de ta fille, répondit Sebastian. En risquant la sienne.

— Tais-toi, Sebastian, murmura Morgana. Il en a assez vu pour aujourd'hui.

Elle tourna les yeux vers Boone.

— Ana a besoin d'un repos absolu et d'un grand calme. Si vous préférez, vous pouvez l'emmener chez vous. L'un d'entre nous restera près d'elle.

— Elle restera ici.

Il fit demi-tour et l'emporta dans la chambre.

Elle dérivait dans un monde incolore. Cependant, elle ne souffrait plus. En fait, elle n'éprouvait absolument rien. Elle était aussi impalpable que le brouillard. Elle entendit une fois ou deux Sebastian et Morgana s'insinuer dans sa profonde torpeur pour la rassurer. Ils furent bientôt rejoints par ses parents, ses tantes et ses oncles.

Après un très long voyage, elle se sentit revenir. Des nuances, des couleurs douces s'infiltrèrent dans son univers terne. Elle commença à ressentir des picotements sur la peau. Et, au bout de vingt-quatre heures de silence et d'immobilité, elle soupira avant d'ouvrir les yeux.

La voyant refaire surface, Boone bondit de son fauteuil pour lui donner le médicament que Morgana lui avait laissé.

— Prends ça, dit-il doucement.

Il la soutint d'une main et de l'autre porta la tasse à ses lèvres.

Elle ne rechigna pas. Elle avait reconnu l'odeur et le goût de sa préparation.

— Jessie ?

— Elle va bien. Nash et Morgana sont allés la chercher à l'école cet après-midi. Elle va dormir chez eux.

Elle hocha la tête et but une autre gorgée.

— Combien de temps ai-je dormi ?

— Dormi ?

Il eut un rire amer. C'était un terme bien faible pour désigner l'état comateux dans lequel elle était.

— Tu es restée dans le cirage pendant vingt-six heures.

Il consulta sa montre.

— Et trente minutes.

Le plus long repos qu'elle ait jamais pris. Elle soupira.

— Je veux appeler ma famille et lui dire que je vais bien.

— Je m'en charge. As-tu faim ?

— Non.

Boone parlait du même ton poli et distant que le jour de leur première rencontre. Elle respira pour calmer les battements désordonnés de son cœur. Il n'était pas question qu'elle se laisse atteindre par sa froideur.

— La seule chose dont j'ai besoin pour l'instant, c'est de prévenir ma famille, répéta-t-elle.

— J'y vais. Je reviens tout de suite.

Quand il fut parti, elle se couvrit le visage des deux mains. C'était sa faute à elle. Elle n'avait pas préparé Boone, elle avait attendu et maintenant le destin avait pris une longueur d'avance.

Se ressaisissant, elle sortit du lit et commença à s'habiller.

— Qu'est-ce que tu fais ? demanda Boone en revenant. Tu es censée te reposer.

— Je me suis assez reposée, rétorqua-t-elle sans le regarder.

Lentement, elle boutonna son chemisier.

— Et je préfère être debout quand nous allons parler de ce qui est arrivé.

Boone hocha la tête. Il avait les nerfs à vif.

— Comme tu voudras.

— Pouvons-nous sortir ? J'aimerais respirer un peu d'air frais.

— Pas de problème.

La prenant par le bras, il l'accompagna jusqu'à la terrasse. Quand elle fut assise, il sortit une cigarette et l'alluma. Il n'avait pas fermé l'œil depuis qu'il l'avait portée dans sa chambre. Le tabac et le café l'aidaient à tenir le coup.

— Si tu te sens bien, j'apprécierais une explication.

— C'est bien mon intention. Je suis désolée de ne pas t'en avoir parlé plus tôt.

Ana serra ses mains sur ses genoux.

— Je voulais le faire, mais je ne savais jamais comment m'y prendre.

— Il n'y a pas trente-six solutions, raconte tout sans détour, dit-il en tirant sur sa cigarette.

Elle prit une profonde inspiration avant de se jeter à l'eau.

— Je descends d'une lignée très ancienne. Des deux côtés. J'ai une culture différente, si tu préfères. Dans laquelle il est beaucoup question de sorcellerie.

Boone frissonna et haussa les épaules. Ce n'était qu'un courant d'air. Comme il ne disait rien, elle continua :

— La sorcellerie dans ce qu'elle a de plus respectable. Il vaudrait presque mieux parler de sagesse.

Levant ses grands yeux gris clair sur ceux de Boone, elle prit une profonde inspiration et se jeta à l'eau.

— Je suis née avec de forts pouvoirs d'empathie qui me permettent de me lier aux autres sur le plan des émotions et des souffrances physiques. Et j'ai un don héréditaire de guérison.

Boone tira longuement sur sa cigarette.

— Tu es en train de me faire croire que tu es une sorcière ? dit-il, incrédule.

— C'est la vérité.

Furieux, il jeta son mégot.

— A quel jeu joues-tu, Ana ? Tu ne crois pas qu'après ce qui est arrivé hier j'ai droit à une explication raisonnable ?

— Je crois que tu mérites la vérité. Même si elle ne te paraît pas raisonnable.

Elle leva la main avant qu'il se remette à parler.

— Si tu n'y crois pas, dis-moi comment tu expliques ce qui s'est passé avec Jessie.

Il ouvrit la bouche et la referma aussitôt. Cela faisait plus de vingt-quatre heures qu'il essayait de résoudre ce problème. Il n'avait trouvé aucune solution satisfaisante.

— Je ne peux pas. Mais cela ne veut pas dire que je vais croire n'importe quoi.

— Très bien.

Elle se leva et posa une main sur son torse.

— Tu es fatigué. Tu n'as pas assez dormi. Tu as mal à la tête et l'estomac noué.

Il leva un sourcil en signe de dérision.

— Je ne crois pas qu'il faille avoir des dons surnaturels pour deviner ça.

— Bien sûr.

Elle posa le bout des doigts sur son front et appuya l'autre sur son estomac.

— Tu vas mieux ? demanda-t-elle après quelques secondes.

Il voulait s'asseoir, mais il craignait de ne pouvoir se relever. Elle n'avait fait que l'effleurer et il n'avait déjà plus mal.

— Qu'est-ce que c'est ? De l'hypnose ?

— Non, Boone, regarde-moi.

Il obtempéra. Sous ses yeux parut une étrangère aux cheveux blonds emmêlés par le vent. La magicienne d'ambre, se dit-il, l'esprit engourdi. Ce n'était pas étonnant qu'il n'ait pas cessé de penser à elle.

Ana vit le choc qu'il éprouvait. L'expression de Boone perdit son incrédulité.

— Quand tu m'as demandé de t'épouser, j'ai voulu que tu me laisses du temps pour que je puisse trouver la meilleure façon de te l'annoncer. J'avais peur.

Elle laissa retomber ses mains.

— J'avais peur que tu me regardes exactement comme tu es en train de le faire. Comme si tu ne me connaissais pas.

— C'est absurde. Ecoute, j'écris des histoires comme celle-ci pour gagner ma vie. Mais je fais encore la différence entre la fiction et la réalité.

— Mes dons pour la magie sont très limités.

Elle mit la main dans sa poche, où elle gardait toujours quelques cristaux. Les yeux rivés à ceux de Boone, elle les lui montra. Quelques secondes plus tard, les cristaux se mirent lentement à luire et le violet de l'améthyste devint plus profond, tandis que le quartz rose commençait à foncer et la malachite verte à scintiller. Puis ils s'élevèrent de quelques centimètres avant de tournoyer dans l'air, envoyant des rayons lumineux.

— Morgana a plus de talents que moi pour ce genre de chose.

Interloqué, Boone fronça les sourcils. Ce phénomène devait pouvoir s'expliquer selon les lois de la physique.

— Morgana est une sorcière, elle aussi ?

— Elle est ma cousine, répondit simplement Ana.

— Ce qui fait que Sebastian…

— Sebastian est doué de seconde vue.

Il ne voulait pas y croire, mais c'était impossible de nier ce qu'il voyait de ses propres yeux.

— Ta famille…, commença-t-il. Ces tours de magie que ton père faisait…

— De la magie dans sa forme la plus pure.

Elle rattrapa les cristaux dans l'air et les remit dans sa poche.

— Il est très doué. Comme tous les autres, chacun à sa manière. Nous sommes des sorciers, ou plutôt des magiciens. Toute la famille.

Elle tendit une main vers lui, mais il recula.

— Je suis désolée.

— Tu es désolée ?

Complètement désorienté, il se passa une main dans les cheveux. Ce devait être un rêve, un cauchemar plutôt. Mais non, il était bel et bien sur sa terrasse, il sentait le vent sur sa peau et l'odeur de la mer.

— C'est formidable. Tu es désolée. Désolée de quoi, Ana ? D'être ce que tu es, ou d'avoir trouvé que ce n'était pas assez important pour m'en parler ?

Piquée au vif, elle se redressa.

— Je ne suis pas désolée d'être ce que je suis, mais d'avoir reculé pour te le dire. Mais je suis surtout désolée par le fait que tu ne me regardes plus comme tu me regardais il y a deux jours.

— A quoi t'attendais-tu ? Est-ce que je suis censé balayer cette nouvelle d'un haussement d'épaule et tout reprendre où nous en étions avant de l'apprendre ? Et accepter le fait que la femme que j'aime est un personnage de contes et qu'elle n'en a cure ?

— Je suis exactement la même qu'hier et que demain.

— Une sorcière.

— Oui.

Elle croisa les bras.

— Oui, mais je n'empoisonne pas les pommes, et

je n'attire pas les enfants dans des maisons en pain d'épice.

— Cette information est censée me rassurer ?

— Je n'en ai pas le pouvoir. Comme je te disais, nous sommes tous responsables de notre destin.

Elle baissa les yeux. Elle n'allait pas s'abaisser à lui dire qu'il tenait sa destinée à elle entre ses mains.

— Tu as un choix à faire, conclut-elle.

Il resta un instant silencieux, luttant pour ne pas perdre pied.

— Tu voulais avoir du temps avant de m'en parler. Eh bien, moi, j'en ai besoin pour réfléchir, rétorqua-t-il d'un ton sec.

Il marcha vers la porte mais il s'arrêta pile au bout de quelques pas.

— Bon sang ! Jessie. Elle est chez Morgana !

Ana sentit la crevasse qu'il avait creusée dans son cœur s'élargir.

— Ah oui, elle est chez ma cousine la sorcière.

Une seule larme lui échappa et roula sur sa joue.

— Que crois-tu que Morgana va lui faire ? Lui jeter un sort ? L'enfermer dans une tour ?

— Je ne sais plus quoi penser. Je viens de me retrouver en plein conte de fées. Comment suis-je censé réagir à la fin ?

— Comme tu veux, répondit-elle d'un ton las. Je ne peux pas me changer et, si j'en avais le pouvoir, je ne le voudrais pas. Même pas pour toi. Et je ne vais pas rester une minute de plus ici. Tu me regardes comme si j'étais un monstre.

— Mais je ne...

— Veux-tu que je te dise ce que tu ressens ? demanda-t-elle tandis qu'une autre larme tombait de ses yeux. Tu as l'impression d'être trahi, blessé. Et tu te méfies de ce que je suis, de ce que je pourrais faire.

— Laisse mes sentiments tranquilles, répliqua-t-il, ébranlé. Je t'interdis de me sonder de cette façon.

— Je sais. Et si je voulais te toucher comme n'importe quelle femme le ferait, tu reculerais. Il est inutile de continuer à perdre notre temps. Bonne nuit, Boone.

Quand elle quitta la terrasse pour entrer dans la pénombre, il n'eut pas le courage de la rappeler.

12

— Je suppose que tu es encore un peu abasourdi, dit Nash avec un petit rire.

Il s'appuya à la balustrade. Il buvait une bière avec Boone dans l'agréable fraîcheur du soir.

— Je ne le suis pas qu'un peu. Je veux bien croire que j'ai l'esprit étroit, Nash, mais que ferais-tu, toi, si tu apprenais que ta voisine est une sorcière ? Tu ne serais pas déboussolé ?

— Surtout si j'étais amoureux d'elle.

— Oui... Je n'aurais jamais cru une chose pareille. Qui pourrait l'imaginer ? Mais j'ai vu ce qu'elle a fait à Jessie. Après, j'ai commencé à réunir quelques pièces du puzzle.

Il eut un sourire amer.

— Quand je me réveille au milieu de la nuit, j'ai l'impression d'avoir rêvé toute cette histoire.

Il alla s'accouder à la balustrade.

— Ce ne devrait pas être réel. Elle ne devrait pas être réelle.

— Et pourquoi pas ? Allons, mon vieux, c'est à nous de nous adapter un peu.

— Tu appelles cela s'adapter ? Parle plutôt de métamorphose ! Dans les livres, je veux bien l'imaginaire le plus fou, mais là, nous parlons de la vie, Nash.

— Oui, et c'est la mienne, maintenant.

Boone souffla la fumée qu'il avait inhalée.

— Mmm… Il ne t'arrive jamais de te poser des questions, ou de t'inquiéter ?

— Si, parfois. Surtout que Morgana n'est pas du genre subtil dans sa spécialité. Quand j'ai pris conscience de ce qu'elle était, j'ai cru devenir fou.

— Fou, c'est le mot juste.

— J'ai passé la plus grande partie de ma vie à inventer des histoires de sorcières et de magie et voilà que je me retrouve marié à une sorcière pure et dure, qui a du sang d'elfe…

Boone sursauta.

— Du sang d'elfe… cela ne te dérange pas ?

— Pourquoi ? C'est grâce à cela qu'elle est ce qu'elle est. Et que je l'aime. Je dois admettre qu'en ce qui concerne les enfants, j'ai quelques inquiétudes… Je veux dire, quand ils commenceront à faire leurs petits tours. Je serai seul contre tous.

— Tu veux dire que ces bébés sont… seront…

— Il y a de fortes chances. Rassure-toi, Boone, ils ne vont pas se couvrir de verrues et se mettre à caqueter. Ils auront juste quelque chose de plus que les autres. Mel est enceinte, elle aussi. Elle vient d'en avoir la confirmation. C'est pourtant la femme la plus terre à terre que je connaisse mais, avec Sebastian, elle est très décontractée, on dirait qu'elle a vécu toute sa vie près d'un médium.

— Si je comprends bien, tu es en train de me dire : « Où est le problème, Boone ? Détends-toi ! »

Nash s'assit sur le banc.

— Je sais que ce n'est pas si facile.

— Laisse-moi te poser une question. Où en étais-tu avec Morgana quand elle t'a parlé de son… comment dit-elle ? Son héritage ?

— Je l'ai su presque tout de suite. Je faisais des

recherches pour un scénario. J'avais entendu parler d'elle. Je ne croyais pas que c'était une sorcière, mais je pensais que ce serait intéressant de l'interviewer. Et…

— Et Mel, par rapport à Sebastian ?

— Je ne suis pas sûr, mais elle l'a rencontré quand une de ses clientes lui a dit qu'elle voulait voir un médium.

Boone fronça les sourcils.

— Je vois où tu veux en venir, continua Nash, et tu as marqué un point. Ana aurait pu t'avertir plus tôt.

Boone eut un rire étranglé.

— Aurait pu ?

— D'accord, elle aurait dû. Mais tu ne connais pas toute l'histoire. Morgana m'a dit qu'il y a quelques années Ana était amoureuse d'un type, dont j'ai oublié le nom. Elle n'avait que vingt ans, je crois, et elle était folle de lui. Il était interne dans un hôpital et elle s'était mis dans la tête qu'ils pourraient travailler ensemble, qu'elle pourrait l'aider. C'est ainsi qu'elle lui a parlé de ses dons. Résultat : il l'a plaquée. Apparemment, il était devenu plutôt malveillant par rapport à elle. Avec ses dons d'empathie, elle est déjà très vulnérable… Disons qu'elle ressent toutes les vibrations, bonnes ou mauvaises. Après cette histoire ratée, elle était très mal. Elle avait décidé de vivre seule.

Boone resta silencieux. Nash l'observa un instant avant de renchérir.

— Ce n'est pas à moi de te dire ce que tu dois éprouver ou faire. La seule chose que je peux affirmer, c'est qu'Ana est incapable de faire du mal à quelqu'un.

Boone jeta un coup d'œil à la maison voisine. Aucune lumière ne brillait aux fenêtres depuis plus d'une semaine.

— Où est-elle ?

— Elle a préféré partir quelque temps.

— Je ne l'ai pas revue depuis le soir où elle m'a parlé. Les premiers jours qui ont suivi, j'ai pensé qu'il valait mieux ne pas la rencontrer.

Il éprouva un bref sentiment de culpabilité.

— J'ai gardé Jessie éloignée d'elle aussi. Et la semaine dernière, Ana est partie.

— Oui, pour l'Irlande. Elle nous a promis de revenir avant Noël.

Boone se contenta de hocher la tête.

— J'ai envie d'emmener Jessie dans l'Indiana avant les vacances. Juste deux ou trois jours. Je pourrai peut-être mettre de l'ordre dans mes idées.

— Quelle plus belle nuit que la nuit de Noël ?

Patrick goûta la bière épicée, fit claquer sa langue. Puis il remplit un petit bol qu'il tendit à sa fille.

— Voilà qui va faire revenir les couleurs à tes joues, ma chérie.

— Et le feu à mon sang, si j'en juge par la façon dont tu l'as préparée.

Elle sourit et porta le bol à ses lèvres.

— Les jumeaux ont poussé à une vitesse ! C'est incroyable, dit-elle après avoir bu une gorgée.

Hochant la tête, Patrick observa longuement sa fille. Elle avait essayé de prendre un ton enjoué, mais il ne s'y trompait pas.

— Je ne supporte pas de voir ma princesse si triste.

— Je ne suis pas triste.

Elle lui pressa tendrement la main.

— Je vais très bien, papa, je t'assure.

— Tu n'as qu'un mot à dire et je transforme cet imbécile en baudet. Avec le plus grand plaisir.

— Non, papa !

Elle l'embrassa sur le front. Il ne plaisantait qu'à moitié, elle n'en doutait pas.

— Et tu m'as promis que nous n'en parlerions pas tant que tout le monde ne serait pas arrivé.

— Oui, mais...

— Une promesse est une promesse, coupa-t-elle.

En souriant, elle s'éloigna pour aller aider sa mère dans la cuisine. C'était bon d'être entourée de tous ceux qu'elle aimait. Et elle ne se lassait pas de ces odeurs, qu'elle avait toujours associées aux vacances de Noël. La cannelle, la noix de muscade, le pin et le sureau. Quand elle était rentrée chez elle, quelques jours plus tôt, elle s'était jetée à corps perdu dans une montagne de préparatifs : élagage des arbres, emballage des cadeaux, préparation des pâtisseries. Tout était bon pour oublier que Boone ne lui avait pas parlé depuis plus d'un mois. Et qu'il était parti.

Mais elle s'en remettrait. Elle avait déjà décidé de sa ligne de conduite, et elle ne voulait surtout pas que son désespoir gâche la fête de famille.

— Nous serons heureux de t'avoir chez nous en Irlande, Ana.

Maureen embrassa sa fille sur la tête.

— Si c'est vraiment ce que tu désires.

— L'Irlande me manque beaucoup.

Elle ouvrit la porte du four.

— A mon avis, la dinde est presque cuite.

Elle la piqua avec une longue fourchette.

— Encore dix minutes. Pendant ce temps, je vais voir s'il ne manque rien sur la table.

Dès qu'elle fut sortie de la cuisine, Maureen dit tristement à son mari :

— Elle ne veut même pas en parler.

— Dis-lui ce que tu aimerais qu'elle fasse, ma colombe. Pour ma part, je rêve d'envoyer ce jeune homme sur une île déserte, à l'autre bout du monde. Seulement un jour ou deux, note bien.

— Si Ana n'était pas aussi sensible sur ce genre de sujet, je lui mijoterais une bonne petite potion pour le faire revenir.

Patrick caressa le dos de sa femme.

— Tu as une touche si délicate, Reenie. Ce pauvre garçon serait ligoté avant même de pouvoir dire ouf.

Il soupira.

— C'est la meilleure chose qui pourrait leur arriver, à lui et à son adorable petite fille. Mais Ana ne nous pardonnerait jamais. Nous sommes condamnés à la laisser se débrouiller seule.

Frustré par une journée de vols annulés ou retardés, Boone claqua la portière de la voiture. Il avait besoin de se plonger dans un bain chaud.

— Descends, Jess.

Il poussa un profond soupir. Ils avaient voyagé plus de douze heures, en comptant les six heures passées à l'aéroport à attendre vainement qu'un avion veuille bien décoller.

Jessie leva les yeux sur la maison d'Ana.

— Ana est chez elle ! s'écria-t-elle en tirant son père par la manche. Regarde, papa, il y a la voiture de Morgana et celle de Sebastian. Et il y a une grosse voiture noire. Tout le monde est chez Ana.

— Je le vois bien.

Son cœur se mit à battre un peu trop vite. Et, quelques secondes plus tard, il faillit s'arrêter de battre. Levant les yeux, Boone vit la pancarte accrochée à un volet :

« A vendre ».

— Est-ce qu'on peut aller la voir pour lui souhaiter

un joyeux Noël ? Papa, s'il te plaît ! Ana me manque beaucoup.

Elle referma sa petite main sur le zircon qu'Ana lui avait offert.

— Oui, ma chérie.

Il la prit par la main.

— Allons-y tout de suite. Les bagages peuvent attendre.

Ils traversèrent l'allée.

Ainsi, Ana avait décidé de vendre la maison et de partir pendant son absence. Eh bien, elle allait voir !

— Papa, tu marches trop vite !

Jessie se mit à trotter à côté de lui.

— Et tu serres ma main trop fort !

— Pardonne-moi, trésor, je ne l'ai pas fait exprès.

Il prit une profonde inspiration et souleva sa fille dans ses bras pour monter l'escalier quatre à quatre. Il tapa frénétiquement à la porte d'Ana.

Patrick vint ouvrir. Son visage rond disparaissait sous une fausse barbe blanche et sa tête était couverte d'un capuchon rouge. Dès qu'il vit Boone, la lueur amusée de son regard s'évanouit.

— Tiens, tiens... Assez courageux pour nous affronter tous en même temps, hein, mon garçon ? Mais nous ne sommes pas tous aussi polis que mon Ana.

— J'aimerais la voir.

— Maintenant ? Je crois qu'il faudra attendre un peu.

Il adressa son charmant sourire à Jessie et la prit des bras de Boone.

— On dirait que j'ai un vrai petit elfe dans ma maison. Tu sais quoi, ma petite, tu vas aller voir ce qui se trouve sous le sapin. Regarde s'il n'y a pas un paquet qui porte ton nom.

— Oh, c'est vrai ?

Elle noua ses bras autour de son cou avant de tourner la tête vers son père.

— Papa, je peux ?

— Bien sûr.

Le sourire de Boone s'effaça dès que Jessie eut disparu dans le salon.

— Je viens voir Ana, monsieur Donovan.

— Eh bien, c'est moi que vous voyez. Que penseriez-vous si quelqu'un avait pris le cœur de votre petite Jessie pour le briser ?

Bien qu'il soit plus petit que Boone d'une bonne tête, il avança vers lui, les poings serrés.

— Il y a longtemps qu'ils n'ont pas servi, ces deux-là. Je vais les utiliser ce soir… Maintenant, défendez-vous.

Boone hésita. Fallait-il prendre ce vieux fou au sérieux ?

— Monsieur Donovan…

— Frappez le premier, ordonna Patrick en levant le menton. J'ai entendu ma fille pleurer toute la nuit à cause de vous, et mon sang n'a fait qu'un tour. Je me suis dit : Donovan, si tu te trouves nez à nez avec ce salaud, tu n'auras plus qu'à le démolir. C'est une question d'amour-propre.

Lançant un poing en avant, il manqua Boone d'un cheveu et faillit tomber.

— Elle n'a pas voulu que je casse la figure à cette ordure qui l'avait plaquée, mais, vous, je ne vais pas vous louper.

— Monsieur Donovan…

Esquivant les coups, Boone continua :

— Je ne veux pas vous faire de mal.

— Allez-y ! Frappez, nom de Dieu ! s'écria Patrick, hors de lui.

Sa capuche de Père Noël glissa sur ses épaules.

— Attendez que je vous fasse une tête au carré. Je vais vous...

— Papa !

D'un mot, Ana mit fin aux menaces de son père.

— Laisse-nous, c'est une affaire d'hommes, princesse.

— Vous n'allez certainement pas vous bagarrer chez moi le soir de Noël. Arrêtez tout de suite !

— Laisse-moi l'envoyer au diable. Juste une heure ou deux.

— Tu ne feras rien de tel !

S'avançant vers lui, elle posa une main sur son épaule.

— Maintenant, tu vas rentrer et te conduire en homme civilisé.

Elle l'embrassa sur la joue.

— S'il te plaît, papa, fais-le pour moi.

— Je n'ai jamais pu te refuser quoi que ce soit, marmonna-t-il.

Lançant un regard flamboyant de colère à Boone, il tendit un index accusateur.

— Sachez, jeune homme, que lorsque vous portez préjudice à un Donovan, vous portez préjudice à toute sa famille.

Sur ce, il fit demi-tour et s'éloigna dignement.

— Je suis désolée, dit Ana en accrochant un sourire à ses lèvres. Il est trop protecteur.

— Il m'en a tout l'air.

Comme il n'avait plus à se servir de ses mains pour se défendre, il les enfonça dans ses poches.

— Je voulais... je voulais te souhaiter un joyeux Noël.

— Jessie vient de le faire.

Ils restèrent quelques secondes silencieux et mal à l'aise.

— Si vous voulez entrer et boire un peu de cidre.

— Pourquoi me vouvoies-tu ? Je ne veux pas te déranger. Ta famille…

Il lui offrit un sourire crispé.

— Je n'ai pas non plus envie de risquer ma vie.

— Il ne voulait pas vraiment vous faire du mal. Ce n'est pas notre méthode.

— Je ne voulais pas dire…

Bon sang, qu'était-il censé lui dire ?

— Je ne lui en veux pas d'être contrarié, et je ne veux pas te déranger, toi et ta famille. Si tu veux, je pourrais juste…

Il se tourna légèrement et ses yeux furent attirés par une autre pancarte sur la pelouse.

— Qu'est-ce que c'est ?

— Est-ce que ce n'est pas évident ? Je vends la maison. J'ai décidé de rentrer en Irlande.

— En Irlande ? Tu crois que tu peux faire tes bagages et partir du jour au lendemain à six mille kilomètres d'ici ?

— Oui, Boone. Je suis désolée, mais je dois retourner m'occuper du dîner. Naturellement, si vous voulez vous joindre à nous, vous serez le bienvenu.

— Ana, si tu ne quittes pas ce ton cérémonieux, je vais te…

Il fit une pause.

— Je ne veux pas dîner, je veux te parler, dit-il entre ses dents.

— Ce n'est pas le moment.

Surgissant dans le hall, Sebastian vint poser une main protectrice sur l'épaule d'Ana et le regarda droit dans les yeux.

— Tu as un problème, Anastasia ? interrogea-t-il.

— Non. J'invitais Boone et Jessie à dîner, mais il ne peut pas se joindre à nous.

— Quel dommage, commenta Sebastian avec un rire sardonique. Eh bien, excusez-nous, Sawyer.

Boone fit un pas en avant et claqua la porte derrière lui. Comme par magie, le joyeux chahut qui régnait dans la maison s'évanouit. Plusieurs paires d'yeux se tournèrent vers eux. Ceux de Sebastian avaient une lueur amusée.

Boone était furibond. Essayant de garder son calme, il dit d'une voix tendue :

— Vous, fichez-moi la paix !

Prêt à combattre une armée de dragons, il saisit Ana par le poignet.

— Et toi, tu viens avec moi.

— Mais ma famille...

— Elle attendra !

Il l'entraîna dehors.

Assise près de l'arbre de Noël, Jessie suivait la scène, les yeux agrandis de stupeur.

— Est-ce que papa est en colère contre Ana ?

— Non, ma chérie, ne t'en fais pas.

Maureen serra la fillette dans ses bras.

— Je crois qu'ils vont chercher un autre cadeau de Noël pour toi. Et, à mon avis, c'est le cadeau que tu vas préférer.

Une fois dehors, Ana lutta pour ne pas tomber.

— Arrête de me traîner comme cela, Boone.

— Je ne te traîne pas, dit-il en la traînant à travers la pelouse.

— Je ne veux pas te suivre.

Elle luttait pour ne pas pleurer. Elle croyait pourtant en avoir fini avec les larmes pour les dix prochaines années.

— Je ne veux pas que tout recommence.

— Tu crois peut-être que tu vas tout résoudre en mettant une annonce idiote dans ton jardin ?

Guidé par le clair de lune, il l'entraîna au bas des escaliers qui conduisaient à la plage.

— Tu crois que tu vas chambouler ma vie et partir tranquillement en Irlande ? continua-t-il, de plus en plus furieux.

— Je fais exactement ce que j'ai envie de faire.

— Sorcière ou pas, tu ferais bien de réfléchir une minute de plus.

— Tu ne veux même plus me parler.

— Je te parle, en ce moment.

— Eh bien, c'est moi qui n'en ai plus envie.

Elle se libéra et grimpa les marches.

— Tu vas m'écouter ! hurla-t-il en serrant les poings.

L'attrapant par la taille, il la jeta en travers de son épaule.

— Et nous allons nous éloigner d'ici pour ne pas nous retrouver avec ta famille sur le dos.

Quand il atteignit la plage, il la remit sur ses pieds.

— Tu peux toujours essayer de retourner chez toi, je te ramènerai ici, dit-il, menaçant.

— Je ne voudrais pas te donner cette satisfaction.

Elle ravala ses larmes. C'était mille fois préférable de se mettre en colère que de pleurer.

— Tu veux me parler ? Très bien. Laisse-moi d'abord te dire ce que je pense. J'accepte ton point de vue sur notre relation. Mais je regrette profondément que tu aies cru nécessaire d'éloigner Jessie de moi.

— Je n'ai jamais…

— Ne nie pas. Pendant des jours, avant mon départ pour l'Irlande, tu lui as interdit de venir me voir.

Elle ramassa une poignée de galets qu'elle jeta dans la mer.

— Tu avais peur que ta fille s'approche d'une sorcière.

Elle fit volte-face pour l'affronter.

— Pour l'amour du ciel, Boone, que craignais-tu de moi ? M'as-tu vue me frotter les mains en proférant des malédictions ou des menaces du genre : « Je t'aurai, ma jolie, toi et ton petit chien ! »

Il ne put s'empêcher de sourire. Il tendit la main vers elle mais elle s'écarta.

— Fais-moi un peu confiance, Ana.

— Je l'ai fait. Un peu plus tard que je n'aurais dû, mais je ne t'ai rien caché. Et tu m'as tourné le dos, comme je m'y attendais.

— Comme tu t'y attendais ?

Il commençait à être fatigué de toute cette histoire, mais il la saisit par le poignet et l'attira vers lui.

— Comment pouvais-tu connaître ma réaction à l'avance ? As-tu consulté ta boule de cristal, ou as-tu prié ton cher cousin de venir faire un petit tour dans ma tête ?

— Ni l'un ni l'autre, répondit-elle sèchement. J'ai empêché Sebastian. Et moi, je ne l'ai pas fait car cela me paraissait injuste. Non, je savais que tu partirais parce que...

— Parce que cela t'est déjà arrivé.

— Ce qui est important, c'est que, toi, tu m'aies tourné le dos.

— Il me fallait le temps de digérer la nouvelle.

— J'ai bien vu la façon dont tu me regardais, ce soir-là.

Elle ferma les yeux.

— J'avais déjà vu ce regard. Oh, tu n'as pas été cruel comme Robert. Tu ne m'as pas traitée de tous les noms, tu ne m'as pas accusée, mais le résultat a été identique : « Ne t'approche plus de moi ni de ma fille. Je n'accepte pas ce que tu es. »

Elle serra ses bras autour d'elle pour se réconforter.

— Je ne vais pas te présenter des excuses pour avoir réagi d'une façon qui me paraît très normale, dit Boone, radouci. De plus, j'étais à moitié fou d'angoisse. Je t'ai veillée pendant toutes ces heures. Tu étais si pâle, si immobile. J'ai eu peur que tu ne reviennes pas à toi. Et quand tu t'es réveillée, je ne savais plus comment m'y prendre avec toi. Et tu m'as tout raconté.

Ana prit une profonde inspiration. Elle devait rester calme, quoi qu'il arrive.

— J'avais mal choisi le moment. Je n'étais pas assez forte pour affronter tes réactions.

— Si tu me l'avais dit avant…

— Tu aurais réagi différemment ?

Elle le regarda dans les yeux.

— Non, je ne crois pas. Mais tu as raison, j'aurais dû. J'ai fait preuve de faiblesse en ne te disant pas qui j'étais et en laissant notre relation prendre une telle importance.

— Ton manque de confiance en moi m'a fait mal.

Hochant la tête, elle essuya une larme sur sa joue.

— Je sais. Crois-moi, je suis désolée.

— Tu avais peur ?

— Je t'avais déjà dit que j'étais lâche.

Les sourcils froncés, il l'observa. Le vent faisait voltiger ses cheveux autour de son visage tandis qu'elle regardait la mer éclairée par un rayon de lune.

— Oui, tu me l'avais dit. Le jour où tu as trouvé mon dessin de sorcière. Tu voulais me parler, mais ce dessin t'a effrayée.

— Ce moment m'a paru propice pour te parler.

— Parce que tu manquais de courage, dit-il doucement en l'observant avec attention. Ana, réponds-moi : qu'as-tu fait exactement à Jessie, ce jour-là ?

— J'ai établi un lien avec elle. Je t'ai dit que j'avais un don d'empathie.

— Et cela t'a fait du mal. Je l'ai vu.

Il la prit par le bras et la fit pivoter.

— Tu as crié, comme si tu éprouvais quelque chose d'insupportable. Ensuite, tu as dormi comme un loir pendant plus d'une journée.

— C'est normal.

Elle essaya de se libérer de sa main.

— Quand les blessures à soigner sont si graves, il y a un prix à payer.

— Oui, je comprends. J'ai demandé à Morgana. Elle m'a dit que tu aurais pu mourir. Et que le risque était énorme parce que Jessie...

Sa voix se brisa.

— Elle était presque morte. Et tu ne lui as pas remis en place quelques os déboîtés, mais tu l'as ramenée de très loin. Elle m'a expliqué que la frontière est très mince, et que la guérisseuse risque facilement de devenir la victime.

— Qu'aurais-tu voulu que je fasse ? Que je la laisse mourir ?

— C'est ce qu'une personne lâche aurait fait. Je crois que nous n'avons pas la même définition de ce mot. D'autres auraient d'abord pensé à elles.

— J'aime Jessie.

— Tu me l'as ramenée, et je ne t'en ai même pas remerciée.

— Crois-tu que j'attende de la gratitude ?

Elle baissa les yeux. C'en était trop ! Il allait bientôt lui offrir sa pitié.

Elle se redressa de toute sa hauteur.

— Je n'en veux pas, de ta gratitude. Ce que j'ai fait, je l'ai fait en toute liberté, parce que je n'aurais pas pu supporter de perdre Jessie. Pour moi comme pour toi.

— Pour moi ? dit-il doucement.

— Je n'aurais pas supporté que tu perdes un autre être cher. Je ne veux pas être remerciée.

— Avais-tu déjà sauvé quelqu'un comme tu as sauvé Jessie ?

— Je suis guérisseuse. Je guéris. Elle était…

Elle fit une pause. C'était encore douloureux d'y penser.

— Elle était en train de partir. J'ai utilisé mes moyens pour la ramener parmi nous.

— Ce n'est pas si simple.

Il posa les mains sur ses bras et les caressa lentement.

— Morgana m'a expliqué que, quand tu ne te protèges plus, tu deviens encore plus vulnérable en sentant les émotions, les douleurs des autres. C'est pour cela que tu ne pleures pas. Mais, maintenant, tu es en train de pleurer.

Du bout des doigts, il essuya une larme sur sa pommette. Elle tourna la tête.

— Tu sais tout ce qu'il y a à savoir. Que veux-tu de plus ?

— J'aimerais que nous retournions en pensée au soir où tu m'as tout dit. J'aimerais que tu prennes un autre risque et que tu établisses un lien avec moi.

— Tu m'en demandes trop.

Sanglotant, elle enfouit son visage dans ses mains.

— Laisse-moi tranquille. Ne vois-tu pas le mal que tu me fais ?

— Si, je le vois.

Il l'enveloppa de ses bras. Elle se débattit.

— Tu as maigri, tu es pâle. Quand je t'ai regardée dans les yeux, j'ai vu tout le chagrin que je t'ai causé. Je ne sais pas comment me racheter. Je me demande comment ton père ne m'a pas maudit avec tous les moyens dont il dispose.

— Nous n'utilisons pas nos pouvoirs pour faire du

mal. Ça irait à l'encontre de tout ce que nous sommes. Maintenant, je t'en prie, laisse-moi partir.

— Je ne peux pas. J'ai failli croire que je pouvais. Je me suis dit que tu m'avais menti, que tu avais trahi ma confiance. Et que tu n'étais pas réelle.

Comme elle voulait se libérer, il la maintint fermement.

— Mais cela n'a aucune importance, continua-t-il d'une voix douce. Je ne veux pas te perdre. Je t'aime, Ana. Telle que tu es. Je t'en prie !

Il posa ses lèvres sur les siennes et goûta ses larmes.

— Je t'en prie, reviens vers moi.

Elle resta un instant silencieuse. Cette vague d'espoir était presque écrasante.

— Je veux y croire, finit-elle par murmurer.

— Moi aussi.

Il prit son visage entre ses mains et le couvrit de baisers tendres.

— Je crois en toi, en nous.

Encore incrédule, elle le dévisagea.

— Tu es sûr de pouvoir tout accepter ? Et d'accepter ma famille ?

— Je crois que je suis bien équipé pour. Naturellement, je vais avoir du mal à convaincre ton père de ne pas faire subir un traitement irréversible à mon anatomie.

Elle ne put s'empêcher de rire. Il dessina le contour de ses lèvres du bout des doigts.

— J'avais peur de ne plus jamais te voir sourire. Dis-moi que tu m'aimes toujours. Dis-le-moi.

— Oui, je t'aime.

Ses lèvres frémirent sous les siennes.

— Je t'aimerai toujours, chuchota-t-elle.

Il effaça ses dernières larmes.

— Je veux réparer tout le mal que je t'ai fait. Et je te jure de ne jamais plus recommencer, promit-il.

— C'est déjà réparé.

Elle prit ses mains.

— Ne pleure plus.

Elle sourit.

— Non. Je ne pleure jamais.

Il prit ses mains humides de larmes et les couvrit de baisers.

— J'espère que tu n'as pas oublié la réponse que tu voulais me faire si je te redemande de m'épouser.

— Je n'ai pas oublié.

— Pose ta main ici.

Il serra sa main contre son cœur.

— Je veux que tu éprouves ce que j'éprouve.

Il entrelaça sa main libre à la sienne.

— La lune est bientôt pleine. La première fois que je t'ai embrassée, c'était sous le clair de lune. J'étais sous le charme. J'étais enchanté, ensorcelé. Je le serai toujours. J'ai besoin de toi, Ana.

Elle sentit la force de son amour la submerger.

— Je suis avec toi.

— Je veux que tu m'épouses. Que nous vivions ensemble avec Jessie, que tu as arrachée aux griffes de la mort. Elle est autant à toi qu'à moi désormais. Je veux que nous ayons d'autres enfants, Anastasia. Je promets de te chérir aussi longtemps que je vivrai.

Elle leva les bras vers lui. Ses cheveux ressemblaient au soleil. Ses yeux avaient la couleur des nuages. Des rayons de lune scintillaient autour d'elle.

— Je t'ai attendu si longtemps, dit-elle.

Épilogue

Perché sur un rocher face à la mer déchaînée se dressait le château des Donovan. La nuit noire d'encre était déchirée par les éclairs, et le vent furieux faisait trembler les vitres.

Dans le château, un feu de bois crépitait dans chaque cheminée. Tout le monde attendait le cri indigné qui signalerait l'arrivée du nouveau-né.

— Tu triches, grand-père ! dit Jessie tandis qu'il scrutait ses cartes.

— Tricher ! Moi, tricher !

Poussant un joyeux éclat de rire, il agita ses sourcils.

— Bien sûr que je triche ! Allez, prends une carte.

Elle se mit à rire et tira une carte.

— Grand-mère Maureen dit que tu triches toujours.

Elle inclina la tête.

— Est-ce que tu étais vraiment un crapaud quand tu l'as rencontrée ?

Il rit de plus belle.

— Et comment, ma chérie. Un beau crapaud tout vert !

Jessie resta songeuse. Tout cela était si déroutant. Mais, après tout, pourquoi ne pas l'accepter comme elle acceptait les autres merveilles de sa vie chez les Donovan ? Elle caressa Daisy, qui somnolait, sa grosse tête dorée posée sur ses genoux.

— Est-ce que tu pourrais redevenir un crapaud de temps en temps, pour que je puisse te voir ?

— Tu serais bien étonnée.

Lui adressant un clin d'œil, il transforma ses cartes en un bouquet de sucettes aux couleurs d'arc-en-ciel.

— Oh, grand-père !

Mel fit irruption dans le salon, où son mari sirotait du cognac en assistant à la partie de cartes.

— Sebastian ! appela-t-elle. Shawn et Keely sont réveillés. Ils pleurent. Je ne peux pas m'en occuper, j'aide Ana.

— J'arrive !

Il s'empressa de poser son verre et se précipita à l'étage pour changer les couches de ses bébés de trois mois.

Nash faisait sauter Allysia sur ses genoux. Elle venait d'avoir un an. Donovan était assis sur les genoux de Matthew et jouait avec sa montre gousset.

— Fais attention qu'il ne la mange pas, recommanda Nash. Ou qu'il ne la fasse pas disparaître.

Allysia s'appuya contre son père et sourit. Aussitôt, Daisy se réveilla et se dirigea vers elle. En quelques secondes, tous les chiens et les chats de la maison furent réunis dans la pièce.

— Ally ! dit Nash en soupirant. Souviens-toi, je t'avais dit un seul à la fois !

— Chiens...

Avec un petit cri de plaisir, Allysia tira doucement les oreilles du gros chien-loup argenté de Matthew.

— Chatons...

— La prochaine fois, un seul à la fois, d'accord ?

Nash ôta un chaton de son épaule et en délogea un autre du bras d'un fauteuil.

— Il y a quelques semaines, elle a fait venir tous

les chiens de chasse du voisinage dans le jardin. Allez, venez, petits monstres.

Il se leva et prit Allysia sous un bras, Donovan sous l'autre, comme des ballons de football. Ils s'agitèrent en riant.

— Je crois qu'il est grand temps d'aller dormir, décréta Nash.

— Une histoire ! cria Donovan.

— Non, il est occupé. Il faudra que tu te contentes d'une histoire de ton papa.

Boone était fasciné par le miracle qui se déroulait sous ses yeux. La chambre avait une odeur d'herbes fraîches et de bougies parfumées, et un feu brûlait dans la cheminée. Il serra très fort la main d'Ana tandis qu'elle mettait leur fils au monde.

Puis leur fille. Puis leur second fils.

— Trois !

Il répéta plusieurs fois ce chiffre, même quand Bryna lui mit un bébé dans les bras.

— Trois !

On l'avait prévenu qu'ils auraient des triplés, mais il n'y avait pas vraiment cru.

Epuisée mais ravie, Ana prit un autre petit paquet des bras de Morgana. Elle appuya ses lèvres sur la joue soyeuse du bébé.

Emu jusqu'aux larmes, Boone sourit à sa femme pendant que Mel installait le troisième dans le creux de son bras.

— Nous allons déménager pour une maison plus grande, dit-il.

— Veux-tu que je fasse monter les autres ? interrogea Bryna. Ou préfères-tu te reposer ?

— Non, dis-leur de venir.

Elle se déplaça légèrement pour poser la tête sur le bras de son mari.

Les Donovan au grand complet vinrent s'entasser dans la chambre. Ana se poussa pour que Jessie puisse s'asseoir à côté d'elle, puis elle lui posa un bébé dans les bras.

— C'est ton petit frère, Trevor. Et voici ta petite sœur, Mauve. Et ton autre petit frère, Kyle.

— Regarde, grand-père, nous avons une grande famille maintenant !

— Oui, mon agneau.

Il se moucha bruyamment et épongea ses yeux larmoyants. Puis il regarda Boone.

— Heureusement que je ne vous ai pas aplati comme une galette quand j'en ai eu l'occasion.

En riant, Boone lui tendit le bébé qu'il portait.

— Prenez votre petit-fils.

— Ah, Maureen, mon petit pain d'épice, regarde un peu ! Il a mes yeux.

— Non, mon prince crapaud. Il a les miens.

Pendant qu'ils se chamaillaient, Boone glissa un bras autour des épaules d'Ana.

Dehors, le tonnerre et les éclairs faisaient rage. Le vent hurlait et les flammes s'élevaient très haut dans l'âtre.

Quelque part dans la forêt profonde, ou dans les collines, les fées dansaient.

Et ils étaient heureux...

LA FORÊT DES SECRETS

Prologue

Son pelage était plus noir que la nuit, son pas aussi léger que silencieux et ses yeux reflétaient l'éclat de la pleine lune. Il courait par plaisir, s'abandonnant à cette euphorie familière que lui procurait le simple fait de parcourir les bois. Il connaissait chaque arbre, chaque buisson, chaque nouvelle pousse. Il ne faisait qu'un avec la magie millénaire de la forêt.

Puissant et redoutable, il progressait en direction de l'ouest, vers l'océan dont il pouvait déjà sentir l'odeur familière. Le vent du large lui murmurait les nouvelles des terres lointaines et inconnues. En son sein, il percevait la complainte des marins dont la mer était l'ultime sépulture.

A son approche, les autres animaux de la forêt se terraient dans leurs gîtes, redoutant ce prédateur fantastique qui semblait sortir tout droit d'une ancienne légende. Comment auraient-ils pu deviner qu'il ne chassait rien d'autre que ses propres idées noires ?

Il n'avait ni meute ni compagne et sa course n'était qu'une façon de conjurer la solitude qui pesait sur son âme. Hélas, ni les grands espaces qu'il parcourait sans relâche, ni la brise marine qu'il humait ne parvenaient à lui apporter la paix qu'il était venu chercher en ces lieux.

Le sentier qu'il suivait à présent remonta légèrement et les arbres commencèrent à s'espacer les uns des autres. Bientôt, il sortit de la forêt et atteignit les falaises qui dominaient le Pacifique. En quelques foulées, il se retrouva face à l'océan. En contrebas, on devinait le moutonnement argenté des vagues qui venaient s'écraser contre les parois abruptes.

Levant la tête en direction du ciel étoilé, il contempla l'œil unique de la pleine lune qui semblait lui rendre son regard. Il se mit à hurler, en appelant aux pouvoirs de la nuit, de la mer et du ciel. Son cri se répercuta, emplissant l'air d'une plainte déchirante qui faisait écho à toutes les questions sans réponse qui l'habitaient. Il mêlait un profond désespoir et une impatience, une attente dont lui-même ignorait l'objet.

La roue impitoyable de la fatalité était sur le point de tourner de nouveau. Mais il ne parvenait pas encore à distinguer l'avenir qui se dissimulait derrière un voile de fumée. Il ne savait qu'une chose : il devrait bientôt faire face à son destin.

Une fois de plus le loup au pelage noir et aux yeux dorés hurla à la lune. Les arbres frémirent, les vagues se firent plus sauvages, l'air plus vif et les bêtes de la forêt se terrèrent plus profondément encore au fond de leurs refuges. Au loin, un éclair zébra le ciel pour s'abattre quelque part en mer.

L'atmosphère était saturée de magie. Il la sentait vibrer autour de lui, force brute émanant des éléments, traversant chaque être vivant, les reliant les uns aux autres en une chaîne subtile et complexe.

Au sein même de la brise, il crut percevoir l'écho lointain d'un rire familier. A la surface des flots, couraient à présent de petites étincelles qui évoquaient autant de feux follets dansant sous la lune.

Penchant la tête de côté, le loup écouta ce qu'ils avaient à lui dire.

L'amour attend...

Se détournant brusquement, il s'enfonça de nouveau

dans la forêt. Il aurait voulu fuir cette révélation mais elle le poursuivait impitoyablement dans le murmure des branches et le bruit du ressac.

L'amour attend…

Accélérant l'allure comme pour échapper au verdict fatidique, il fila, plus rapide que le vent, s'enfonçant au cœur des bois. Son sang s'échauffait, battant contre ses tempes au rythme effréné de sa course. Obliquant sur la gauche, il emprunta l'un des chemins les plus secrets qui le conduisit à une maison dont les fenêtres brillaient doucement, défiant les ténèbres. D'un bond, il sauta sous le porche.

Et le loup se fit homme.

1

Lorsque Rowan Murray posa les yeux sur la petite maison qui se dressait au fond des bois, elle sentit un mélange de soulagement et d'anxiété l'envahir. Elle était heureuse d'être enfin arrivée, après cet interminable trajet en voiture qui l'avait conduite de San Francisco à l'Oregon.

A présent, elle était arrivée et sa nouvelle existence allait véritablement pouvoir commencer. Mais cette idée avait quelque chose de légèrement angoissant. C'était exactement comme se retrouver devant une page blanche sans vraiment savoir ce qu'on désirait y écrire.

Qu'allait-elle faire de tout ce temps ?

Le plus raisonnable, songea-t-elle, c'était de prendre les choses au fur et à mesure. Descendre de son 4x4, aller ouvrir la porte et faire le tour de la maison où elle passerait ces trois prochains mois, puis prendre une douche et se préparer une tasse de thé bien chaud…

Mais Rowan se contentait de rester assise au volant de sa voiture, les yeux fixés sur sa nouvelle demeure, une sourde angoisse lui nouant le ventre et la gorge. Elle se sentait soudain terriblement seule.

Bien sûr, c'était exactement ce qu'elle avait voulu. Pendant des mois, elle avait cherché un endroit tranquille où elle pourrait se retrouver, se ressourcer et, lorsqu'elle avait demandé à Belinda d'occuper sa maison, celle-ci n'avait pas hésité un seul instant à lui prêter.

Mais, à présent qu'elle se trouvait sur le seuil, elle n'avait même pas le courage de sortir de sa voiture.

— Tu n'es qu'une imbécile, Rowan, se dit-elle en serrant le volant. Une vraie trouillarde…

Se forçant à réagir, elle ouvrit la portière et descendit de son véhicule. L'espace de quelques instants, elle se sentit terriblement exposée. Que se passerait-il si un cambrioleur ou un simple vagabond s'attaquait à elle en cet endroit perdu et loin de tout ?

Elle ne serait pas de taille à se défendre seule, c'était évident. Rowan était une femme mince, presque frêle. Sa peau avait gardé une blancheur crémeuse même au soleil de la Californie et cette pâleur était renforcée par ses longs cheveux brun foncé.

Son père lui avait toujours dit qu'elle avait les traits d'un elfe : un nez très droit, un visage en triangle, une bouche très rouge et de grands yeux d'un bleu profond, légèrement fendus en amande.

En songeant à ses parents, la jeune femme sentit son cœur se serrer. Elle les avait déçus, tous les deux, et elle s'en sentait terriblement coupable. Si seulement elle avait pu leur expliquer clairement pourquoi elle s'était sentie incapable de poursuivre sur la voie royale qu'ils avaient tracée pour elle…

Mais comment aurait-elle pu leur avouer que chaque pas parcouru lui coûtait terriblement, que chaque fois qu'elle se rapprochait de ce qu'ils auraient voulu la voir devenir, elle avait l'impression de s'éloigner de ce qu'elle était vraiment.

Ou plutôt, songea-t-elle avec une pointe d'amertume, de ce qu'elle aurait aimé devenir…

En fin de compte, elle s'était sentie incapable de se mentir plus longtemps. Et elle avait fui…

Bien sûr, elle n'était pas partie sur un simple coup de tête. Elle n'avait pas abandonné brusquement cette existence maussade pour se forger un nouveau destin. Peut-être aurait-elle dû agir ainsi, d'ailleurs. Sa décision aurait sans doute alors paru plus claire à ses parents et à ses amis.

Mais elle avait soigneusement préparé cette transformation. Elle s'était arrangée pour se faire licencier et s'assurer ainsi un revenu au cours des mois à venir et elle avait longuement cherché un endroit où elle pourrait trouver un second souffle.

Cette démarche sage et réfléchie n'avait sans doute rien de très héroïque mais Rowan n'avait jamais appris à se montrer instinctive et déraisonnable. C'était d'ailleurs l'une des multiples causes de son départ : elle ne pouvait plus supporter le caractère routinier et faussement rassurant de sa vie.

Un jour, elle avait réalisé qu'elle risquait de passer toute son existence à attendre le lendemain, à sacrifier au train-train ronronnant jusqu'au jour où la mort l'emporterait, mettant fin à une existence totalement dénuée de sens et de profondeur. Cette pensée l'avait terrifiée et c'est à ce moment précis qu'elle avait décidé de partir.

Malheureusement, elle ignorait ce qu'elle comptait faire exactement de la liberté qui s'offrait à présent à elle. Car elle ne s'était jamais vraiment posé ce genre de questions, se contentant la plupart du temps de suivre les recommandations sensées de ses parents.

Elle avait donc décidé de louer cette maison au fond des bois pour se retrouver seule face à elle-même, afin de déterminer une fois pour toutes ce qu'elle attendait de la vie. Ensuite, il ne resterait plus qu'à mettre au point un projet concret.

Qui sait ? Elle finirait peut-être par découvrir que ses parents avaient raison et qu'elle était vraiment faite pour le chemin qu'ils lui avaient tracé. Mais, au moins, lorsqu'elle s'y engagerait de nouveau, elle serait convaincue de ne pas faire fausse route.

Rowan écarta ces pensées de son esprit et contempla le paysage qui l'entourait. C'était vraiment un endroit charmant, décida-t-elle. Les arbres qui entouraient la maison étaient magnifiques. Immenses, ils tendaient vers le ciel d'azur leurs branches qui bruissaient doucement sous l'effet de la brise.

Un peu plus loin sur la droite, coulait un petit ruisseau qui ajoutait son glouglou rassurant aux chuchotements des branches. La maison elle-même était exactement comme la jeune femme l'avait imaginée.

Haute de deux étages, elle était entièrement de bois, ce qui lui permettait de se fondre harmonieusement dans le décor. Elle possédait un large porche qui invitait aux longues rêveries solitaires et avait un aspect accueillant et chaleureux qui rappelait à Rowan les cabanes que l'on voyait sur les illustrations des contes de fées de son enfance.

L'air était doux mais pas autant qu'à San Francisco et les soirées seraient probablement fraîches. Belinda lui avait d'ailleurs conseillé d'acheter des vêtements chauds. Elle avait également précisé que la maison était équipée d'une cheminée, ce qui avait ravi la jeune femme.

Elle avait toujours aimé les soirées au coin du feu. Cela lui rappelait celles qu'elle passait dans la maison de campagne de ses grands-parents, lorsqu'elle était enfant et elle s'était juré que, lorsqu'elle aurait sa propre maison, la première chose qu'elle y ferait construire serait une cheminée.

Rowan avança lentement en direction de la maison, comme si elle voulait se laisser le temps de l'apprivoiser. Sous ses chaussures de marche toutes neuves, des branches de bois mort émettaient des craquements secs qui se répercutaient dans le silence environnant.

Un peu oppressée, elle joua avec le lourd trousseau qui se trouvait dans la poche de sa veste, produisant un cliquetis qui avait quelque chose de rassurant. Lorsqu'elle parvint devant la porte, elle le sortit et repéra la clé qui semblait correspondre à la serrure.

Elle prit une profonde inspiration, la déverrouilla et poussa le battant.

— C'est magnifique ! murmura-t-elle en découvrant l'intérieur avec ravissement.

Un large sourire éclairait son visage tandis qu'elle parcourait les lieux du regard. Les murs de bois avaient une belle teinte brun clair qui contrastait avec les solives beaucoup plus foncées. Plusieurs tableaux peints par Belinda y étaient accrochés.

De beaux tapis aux couleurs chamarrées recouvraient le plancher soigneusement poli. Les meubles étaient simples mais renforçaient l'impression de confort et de dépouillement qui se dégageait de l'endroit. Mais ce qui fascina le plus la jeune femme, c'était les statues qui étaient disposées un peu partout.

Elles représentaient toutes sortes de créatures fantastiques : dragons, magiciens, chevaliers en armure... En d'autres lieux, elles auraient pu sembler déplacées et terriblement kitsch mais ici, elles paraissaient parfaitement à leur place.

Sous le charme, Rowan passa dans la pièce attenante. Il s'agissait de l'atelier de son amie, une pièce très claire et encombrée de matériel de peintre. Des toiles étaient posées un peu partout, certaines encore vierges, d'autres inachevées.

Il y avait une table sur laquelle étaient disposés toute une série de pinceaux, de brosses, de crayons et de fusains ainsi que du papier à aquarelle. Le chevalet qui se dressait au centre de la pièce était placé de façon à être éclairé simultanément par les deux larges fenêtres.

Ici aussi, on retrouvait divers bibelots révélant les penchants de Belinda pour le merveilleux : une boule de cristal, un chandelier aux formes torturées et plusieurs masques africains qui semblaient contempler Rowan de leurs yeux aveugles et mystérieux.

A l'étage, la jeune femme découvrit une chambre à coucher munie d'un grand lit à baldaquin, d'une armoire en palissandre sculptée de motifs médiévaux et d'une petite cheminée en pierre.

Des autres pièces émanait la même sensation de confort et de sérénité et Rowan réalisa que c'était probablement l'endroit idéal pour se retirer du monde et réfléchir en paix. En fait, elle se sentait déjà presque chez elle.

Redescendant l'escalier, la jeune femme alla chercher ses affaires dans le coffre de sa voiture. Tandis qu'elle déchargeait le premier carton, elle entendit une branche craquer brusquement derrière elle.

Le cœur battant, elle se retourna et ne put retenir un cri de stupeur mêlé d'angoisse. Car à quelques mètres d'elle, se tenait un loup au pelage noir et aux yeux dorés. Il était parfaitement immobile, comme une statue taillée dans l'onyx et la contemplait attentivement.

Rowan était incapable de bouger, tétanisée par cette apparition inattendue. La terreur avait déclenché chez elle un tremblement convulsif qui se communiquait à chacun de ses membres.

Elle ne chercha pas à fuir. Au contraire, elle resta figée sur place, observant l'animal qui lui paraissait étrangement familier. Elle se demanda si elle n'avait pas déjà rêvé de lui puis songea que c'était très improbable. Il devait simplement lui rappeler l'un de ses congénères qu'elle avait aperçu enfant à l'occasion d'une promenade au zoo.

Mais le plus étonnant, c'était le regard du loup. Il trahissait une curiosité presque humaine, comme s'il se demandait qui pouvait bien être cette étrangère.

— Salut, lui dit-elle avec une bonne humeur un peu forcée.

A peine eut-elle prononcé ce mot que l'animal se détourna et disparut dans la pénombre du sous-bois. Pendant quelques instants, Rowan resta immobile, cherchant à deviner un mouvement ou une ombre mais l'animal paraissait s'être volatilisé.

— Voilà que j'imagine encore des choses, murmura-t-elle, perplexe. Et s'il y avait bien un animal, ce ne pouvait être qu'un chien…

Après tout, songea-t-elle, les loups étaient des créatures essentiellement nocturnes qui ne se déplaçaient qu'en bande. De plus, il était peu probable qu'il en reste encore dans cette partie de l'Oregon.

Pourtant, Belinda n'avait pas mentionné l'existence d'un voisin dans les environs. Peut-être s'agissait-il du chien d'un promeneur. Peut-être s'était-il égaré. Au fond, cela n'avait pas grande importance…

Dissimulé dans l'ombre, le loup contemplait la silhouette de la jeune femme qui déchargeait le coffre de sa voiture. Qui était-elle ? se demandait-il. Et que faisait-elle ici ?

Il remarqua qu'elle paraissait nerveuse. De temps à autre, elle jetait un coup d'œil en direction des bois. Mais il était certain qu'elle ne pouvait l'apercevoir de l'endroit où elle se trouvait.

Il avait repéré son odeur à plus d'un kilomètre. Il avait deviné les sentiments contradictoires qui l'habitaient : sa peur, son exaltation, ses doutes et ses espoirs encore informulés. C'était cela qui l'avait attiré jusqu'ici.

A présent, il se sentait agacé par sa présence, par la

curiosité qu'elle éveillait en lui. Pourquoi se soucierait-il de ses états d'âme ? Tous deux vivaient dans des mondes différents que rien ne pourrait jamais rapprocher.

Malgré cela, il ne parvenait pas complètement à faire abstraction de sa présence. Les contradictions qu'il percevait en elle le fascinaient malgré lui. Mais il savait pertinemment ce qui adviendrait s'il cédait à cet intérêt.

Aussi prit-il la décision qui s'imposait à lui : tournant les talons, il s'éloigna d'elle à vive allure.

Rowan alluma un feu qu'elle contempla longuement, sentant croître la sérénité qu'elle avait éprouvée en pénétrant dans la maison de Belinda. Puis elle défit ses bagages. Elle avait emporté quelques vêtements et des provisions pour plusieurs jours mais la majeure partie de ses cartons étaient emplis de livres.

Parmi eux, il y avait une sélection de ses ouvrages préférés et beaucoup d'autres qu'elle s'était promis de lire sans jamais trouver le temps de le faire. Certains étaient destinés à la distraire, d'autres à enrichir ses réflexions. Mais elle savait que la plupart lui offriraient des heures de plaisir.

Depuis qu'elle était enfant, elle adorait lire. Plus qu'un simple passe-temps, il s'agissait chez elle d'une véritable passion. C'était d'ailleurs pour cela qu'encouragée par ses parents, elle avait suivi une formation pour devenir professeur de littérature.

Elle avait adoré ces études, découvrant avec émerveillement mille auteurs qui lui étaient encore inconnus. Son enthousiasme avait d'ailleurs porté ses fruits puisqu'elle avait été l'une des plus jeunes diplômées de sa promotion. Elle avait alors enseigné pendant six ans, non sans un certain succès. Car elle avait le don de provoquer la curiosité de ses élèves, d'éveiller leur intérêt et de deviner leurs goûts.

Mais, curieusement, cela ne lui avait pas permis de s'épanouir. Il avait suffi de quelques années pour que son enthousiasme initial se fane et laisse place à une sourde insatisfaction. La routine et les formalités administratives de la vie universitaire lui pesaient et elle prenait de moins en moins de plaisir à répéter chaque année les mêmes cours.

Lorsqu'elle en avait parlé à ses amis, ils avaient été stupéfaits. Ses étudiants l'adoraient et le doyen de la faculté la tenait en haute estime. En quelques années, elle deviendrait certainement l'une des enseignantes les plus respectées dans sa spécialité. Et elle devait épouser Alan...

Alors pourquoi se compliquait-elle ainsi la vie ? Pourquoi ne suivait-elle pas le chemin bien tracé qui s'ouvrait devant elle ?

Rowan n'avait su que répondre à ces questions. Tout ce qu'elle pouvait dire, c'est qu'une partie d'elle-même aspirait à autre chose.

A présent, il était grand temps de déterminer ce que cela pouvait être...

La jeune femme repoussa ces interrogations et décida d'aller se promener. Elle avait très envie de découvrir les falaises dont Belinda lui avait parlé. Quittant la maison, elle prit donc le sentier qui se dirigeait vers l'ouest. Son amie avait dessiné pour elle une carte des environs, indiquant la maison, les limites des bois et ces fameuses falaises.

D'un bon pas, Rowan se dirigea vers elles. Elle avait passé toute sa vie à San Francisco et n'était pas habituée à la forêt. Plus elle s'y enfonçait et plus elle était frappée par la multitude de sons et d'odeurs qui l'entouraient.

En fait, elle découvrait pour la première fois le sens

réel des descriptions qu'elle avait lues si souvent dans les livres : le vent qui soufflait dans les branches, les arbres qui paraissaient toucher le ciel, l'odeur subtile et omniprésente des fougères, les trouées de lumières qui traversaient par endroits les épaisses frondaisons pour éclairer la mousse d'un vert intense à la texture légèrement spongieuse…

Toutes ces sensations éveillaient en elle une impression contradictoire. Il y avait dans ce paysage quelque chose d'unique et d'étrangement familier à la fois. C'était un peu comme si elle retrouvait un endroit qu'elle avait aperçu souvent au détour d'une page, au hasard d'un songe.

Elle n'avait aucun mal à imaginer que se cachaient au cœur de ces bois des elfes qui sortaient le soir pour chanter sous la lune ou des lutins vagabonds et farceurs qui prenaient plaisir à jouer de mauvais tours aux voyageurs égarés.

L'imagination de la jeune femme peuplait l'ombre de mille créatures fantastiques issues de ses lectures : licornes, harpies, centaures et vouivres.

Le chemin qu'elle suivait longeait à présent le ruisseau qu'elle avait entendu en descendant de voiture. L'eau claire et limpide cascadait, bouillonnant par endroits, gargouillant joyeusement sur son lit de pierres polies par ses caresses.

Puis le sentier se détourna légèrement et le silence revint. Rowan traversa une clairière recouverte d'un lit de digitales. C'était l'endroit idéal pour venir s'asseoir, réfléchir et se laisser gagner par la sérénité des lieux.

Comme elle s'enfonçait de nouveau dans la forêt, la jeune femme dépassa un arbre plusieurs fois centenaire dont l'écorce ridée évoquait le visage d'un très vieil homme. S'arrêtant brusquement, elle le contempla en fronçant les sourcils.

Pourquoi lui paraissait-il si familier ? Elle n'était pourtant jamais venue ici et était certaine que Belinda n'avait pas indiqué cet arbre sur la carte qu'elle avait dessinée pour elle. Une légère angoisse gagna la jeune femme.

— C'est ridicule, se dit-elle. Elle a dû m'en parler un jour ou l'autre et cela m'est sorti de l'esprit...

Rassurée par cette explication parfaitement rationnelle, elle reprit sa marche. Mais le malaise qu'elle avait éprouvé ne se dissipa pas entièrement. Plus elle avançait et plus il lui semblait que, d'une certaine façon, ces bois étaient vivants. Elle avait presque l'impression qu'ils l'observaient, épiaient le moindre de ses faits et gestes.

Ecartant cette idée ridicule, elle se répéta qu'elle avait beaucoup trop d'imagination. Il n'y avait rien à craindre en ces lieux à part les chimères qui hantaient son propre esprit. Elle se rappela ce que lui avait dit un jour un prestidigitateur : la seule véritable magie était dans l'esprit des spectateurs et il ne faisait qu'éveiller leur aptitude à rêver...

Comme lui, les bois constituaient un catalyseur. Ils attisaient l'imaginaire collectif des hommes qui s'étaient nourris durant des millénaires de ses mystères. Si Rowan devait un jour raconter une histoire à un enfant, elle lui parlerait certainement d'une forêt magique et d'un prince qui s'y promenait, cherchant l'ombre de sa bien-aimée à jamais disparue.

Elle lui parlerait aussi de la jeune femme qui le délivrerait du sort qu'avait jeté sur lui une redoutable sorcière qu'il avait repoussée...

A mesure que la jeune femme progressait, l'histoire prenait forme dans son esprit. Puis, comme souvent, elle perdit le fil, incapable de tisser une intrigue.

Etait-ce pour cette raison qu'elle passait son temps à lire ? Parce qu'elle-même se sentait incapable d'écrire ? Etait-ce cela qu'elle était venue découvrir en ces lieux ?

Un murmure lointain interrompit le cours de ses

pensées. Il s'amplifia jusqu'à devenir un bruissement soyeux et régulier et Rowan reconnut le son du ressac sur la grève. Lorsque le chemin se sépara en deux, elle prit sur la gauche, accélérant le pas.

Bientôt, elle émergea de la forêt et aperçut enfin la mer. La falaise imposante au sommet de laquelle elle se trouvait dominait l'océan et elle sentit souffler dans ses cheveux un vent à la senteur iodée qui lui procura une impression de liberté et de pure exaltation.

Levant les bras vers le ciel, elle inspira profondément, laissant cette émotion grandir en elle. Enfin, elle s'approcha précautionneusement du bord de la falaise. La vue qui s'offrait à elle était à couper le souffle. Des vagues tumultueuses venaient s'écraser en contrebas, soulevant des gerbes d'écume que l'éclat du soleil faisait briller comme le plus pur des diamants.

A l'horizon, elle aperçut plusieurs bateaux qui progressaient paresseusement sur l'immense étendue bleutée. Sur la gauche se dressait une île recouverte d'arbres. S'agenouillant, la jeune femme observa la paroi de la falaise. La roche était irrégulière, percée de multiples cavités dans lesquelles venaient nicher les oiseaux de mer.

Rowan s'assit en tailleur et observa les bateaux jusqu'à ce que leurs voiles blanches aient disparu. La couleur du ciel changeait lentement alors que la nuit approchait. Les rayons du soleil prenaient une teinte mordorée et la blancheur immaculée des nuages se paraît d'ors et de roses.

— Cela faisait si longtemps que je n'avais pas passé un après-midi entier à ne rien faire, murmura-t-elle. J'avais oublié combien cela pouvait être ressourçant...

Elle se redressa pour reprendre le chemin de la maison de Belinda. Comme elle se retournait, elle sursauta et manqua basculer dans le vide. Mais l'inconnu face auquel elle venait de se retrouver semblait doué de réflexes hors du commun ; il bondit aussitôt en avant et l'agrippa par le bras, la tirant en arrière avant qu'elle ne bascule.

Le cœur battant à tout rompre, Rowan avait presque du mal à réaliser ce qui venait de se passer. Comme elle recouvrait progressivement son calme, elle prit conscience de la physionomie de l'homme qui venait de lui sauver la vie.

Il aurait aisément pu jouer le rôle du prince dans le conte qu'elle avait improvisé sur le chemin. Très grand, il était parfaitement bâti, avec de larges épaules, un ventre plat et de longues jambes.

Les traits de son visage étaient magnifiques, mêlant une impression de force et de délicatesse. Ses pommettes hautes, son nez aquilin et son menton volontaire contrastaient avec sa bouche sensuelle et son front sur lequel retombaient quelques mèches de cheveux noirs.

Mais ce qui la frappa le plus chez lui, ce furent ses yeux d'un brun si clair qu'il ressemblait à de l'or liquide. Légèrement fendus en amande, ils paraissaient sans âge, révélant une improbable alliance d'assurance et de sagesse. Rowan eut brusquement l'impression que ce regard la transperçait de part en part, mettant à nu les recoins les plus secrets de son âme.

Elle crut également discerner dans son expression un mélange d'impatience et de curiosité mais peut-être se trompait-elle car l'inconnu restait parfaitement silencieux, se contentant de l'observer attentivement. Il la tenait toujours par le bras et elle sentait la force de ses doigts contre son biceps.

— Vous m'avez fait peur, lui dit-elle enfin. Je ne vous avais pas entendu approcher…

— C'est parce que vous étiez en train de rêver tout éveillée, lui dit-il.

Sa voix était basse et profonde et la jeune femme ne put retenir un léger frisson en l'entendant. Il lui semblait que chacun de ses mots s'inscrivait au plus profond d'elle-même, y éveillant un écho aussi familier qu'impossible à identifier.

— C'est une de mes mauvaises habitudes, répondit-elle, vaguement mal à l'aise. Je rêve et je me parle à moi-même...

— Pourquoi êtes-vous si nerveuse ?

Le regard de l'homme était toujours fixé sur elle et elle comprit instinctivement qu'il ne servirait à rien de nier l'agitation qui l'habitait. Il y avait quelque chose chez lui qui la troublait bien plus qu'elle ne l'aurait voulu. C'était un étrange mélange d'admiration et d'angoisse. Jamais personne ne lui avait inspiré une telle réaction.

— Je vous l'ai dit, vous m'avez fait peur, répéta-t-elle en détournant les yeux. Et j'ai bien failli basculer dans le vide...

L'homme recula de quelques pas, l'entraînant avec lui.

— Là, fit-il, vous vous sentez mieux, à présent ?

— Euh... Oui, mentit-elle. Mais nous ne nous sommes pas présentés. Je m'appelle Rowan Murray. Belinda Malone m'a prêté sa maison pour quelque temps.

— Je suis Liam Donovan, répondit-il.

Elle sentait toujours la pression de sa main sur son bras mais celle-ci s'était faite plus légère. Il émanait de ses doigts une étrange chaleur qui paraissait pénétrer la peau de la jeune femme et se répandre en elle. Bizarrement, cette sensation avait quelque chose d'apaisant.

— Vous n'êtes pas d'ici, n'est-ce pas ?

— Qu'est-ce qui vous fait dire cela ?

— Votre accent... Il est irlandais, non ?

Liam sourit et elle se sentit fondre intérieurement.

— Je suis effectivement né en Irlande. Mais j'habite dans cette région depuis des années. En fait, ma maison est située à moins d'un kilomètre de celle de Belinda.

— Vous la connaissez, alors ?

— Assez bien, oui. C'est même l'une de mes parentes éloignées... Mais je ne la vois pas très souvent. Nous sommes tous deux très jaloux de notre intimité, je suppose. En tout cas, elle ne m'avait pas dit que j'aurais une nouvelle voisine.

— Elle n'a pas dû y penser. D'ailleurs, elle ne m'avait pas non plus parlé de vous. Que faites-vous dans le coin ?

— Cela dépend des jours. En fait, vous découvrirez vite que par ici, il vaut mieux suivre son instinct. Ce sera sans doute un changement très positif pour vous.

— Qu'est-ce que vous voulez dire ? demanda la jeune femme en fronçant les sourcils.

— Que vous n'avez pas vraiment l'habitude d'écouter vos propres envies, Rowan. Est-ce que je me trompe ?

La jeune femme frémit de nouveau et plongea ses mains dans les poches de sa veste. C'est alors qu'elle réalisa que Liam avait libéré son bras. Mais il lui semblait toujours sentir le contact de ses doigts, là où ils s'étaient posés.

— Je crois que je ferais bien de surveiller ce que je dis lorsque je rêve les yeux ouverts.

— N'en faites rien ! De toute façon, nous ne nous croiserons probablement pas très souvent. J'aime la solitude.

En prononçant ces derniers mots, il regardait en direction de la forêt et Rowan eut l'impression que ce n'était pas vraiment à elle qu'il s'adressait. Pourtant, il se tourna de nouveau vers elle et la fixa droit dans les yeux.

— Je n'empiéterai pas sur la vôtre, ajouta-t-il gravement.

— Ne vous en faites pas pour moi. J'ai toujours vécu en ville et je suis habituée à avoir des voisins.

— Mais cela ne vous convient pas.

— Quoi donc ?

— Le fait de vivre en ville. Sinon, vous ne seriez pas ici, n'est-ce pas ?

Rowan hésita, ne sachant si elle pouvait vraiment se

confier à cet homme étrange qui paraissait capable de déchiffrer ses pensées les plus intimes.

— J'ai juste décidé de m'offrir un peu de temps libre, répondit-elle prudemment.

— Vous n'en manquerez pas, par ici. Dites-moi, connaissez-vous le chemin du retour ?

— Oui. Il suffit que je prenne le sentier de droite puis que je longe le ruisseau.

— Exact. Mais ne vous attardez pas trop. La nuit tombe très vite à cette époque de l'année et il est facile de se perdre dans le noir lorsqu'on n'a pas l'habitude...

— Merci du conseil. De toute façon, je comptais rentrer bientôt. Mais, dites-moi, est-ce que vous avez un chien ?

Il eut un sourire légèrement amusé.

— Non, répondit-il.

— Et y a-t-il d'autres maisons aux alentours ?

— Pas à moins de cinq kilomètres. Nous sommes les seuls habitants, Rowan. Nous et les créatures de la forêt, bien sûr.

La jeune femme ne put s'empêcher de jeter un regard nerveux à la lisière des arbres.

— Ne vous en faites pas, la rassura Liam. Rien de ce qui vit ici ne cherchera à vous faire du mal. Profitez de votre promenade et de votre temps libre.

Avant qu'elle n'ait eu le temps de lui répondre, il se détourna et s'enfonça dans la forêt. L'ombre parut l'avaler et ce n'est qu'alors que Rowan réalisa que les sous-bois étaient déjà plongés dans une semi-obscurité. L'air s'était également rafraîchi et il était évident que la nuit ne tarderait pas à tomber complètement.

— Liam ! appela-t-elle en pénétrant à son tour sous la futaie. Attendez une minute ! Nous pourrions faire un bout de chemin ensemble...

Nul ne répondit à cet appel et elle pressa le pas, bien décidée à le rattraper. Mais il avait déjà disparu.

— Il n'est pas seulement silencieux, remarqua-t-elle à mi-voix. Il est aussi rapide... Ce n'est pas une raison pour paniquer : il m'a dit que je n'avais rien à craindre. Si seulement il y avait un peu plus de lumière... Heureusement, on distingue encore le tracé du sentier.

Rowan poursuivit son chemin, sentant croître l'inquiétude qui l'étreignait à mesure que les ténèbres se faisaient plus opaques. De petites langues de brouillard commençaient déjà à s'élever de chaque côté du chemin qu'elle suivait, conférant aux lieux une atmosphère plus fantastique encore.

Lorsqu'elle traversa la clairière de digitales, elle entendit au loin un écho étouffé. Prêtant l'oreille, elle crut reconnaître des notes de musique cristallines qui paraissaient se mêler au chant du ruisseau qu'elle venait de rejoindre et au vent qui soufflait dans les branches.

Réprimant un frisson, elle se souvint que les sons portaient plus facilement dans ces régions désertes et silencieuses. Liam avait probablement rejoint sa maison et il devait écouter un disque ou regarder la télévision. Et si ce son semblait provenir de partout à la fois, c'était certainement à cause du vent. Il n'y avait pas de quoi s'inquiéter...

Malgré tout, Rowan se sentait de plus en plus mal à l'aise. Plus que jamais, elle avait l'impression de se promener dans un songe, dans le décor onirique de quelque vieille légende. Elle se souvint des recommandations faites aux voyageurs des temps jadis. Lorsqu'on s'aventurait dans les bois à la nuit tombée, il ne fallait jamais suivre la musique sous peine d'être attiré au plus profond de la forêt, là où se réunissaient les fées et les lutins qui voyaient généralement d'un très mauvais œil ce genre d'intrusion.

Plus elle y pensait et plus l'angoisse la gagnait. Sans même s'en rendre compte, elle se mit à courir en direction de la maison de Belinda. Et lorsqu'elle la vit enfin surgir au détour d'un bosquet, elle sentit un profond soulagement l'envahir.

Ralentissant l'allure, elle commença à se moquer d'elle-même, se reprochant son caractère impressionnable et superstitieux. S'il y avait eu des créatures féeriques sur cette terre, elles l'avaient probablement quittée depuis longtemps, chassées par la raison des hommes et leurs machines d'acier.

Mais comme elle se faisait cette réflexion, elle crut distinguer deux prunelles dorées qui brillaient dans les ténèbres, à quelques mètres d'elle. Le cœur battant, elle plissa les yeux, essayant de distinguer la silhouette du chien qu'elle avait aperçu précédemment. Mais les deux petites lueurs jaunes disparurent brusquement et elle entendit un léger bruissement de feuilles qui s'atténua rapidement.

Le silence retomba. Il faisait nuit, à présent, et Rowan gagna rapidement la maison. Ce ne fut que lorsque la porte se referma enfin qu'elle sentit refluer la peur qui s'était emparée d'elle. Elle alluma pourtant toutes les lumières du salon.

Elle alla ensuite se servir un verre de vin et porta un toast en direction de la fenêtre.

— Aux étranges commencements, aux mystérieux voisins et aux chiens invisibles !

Elle avala une gorgée qui chassa les derniers lambeaux d'angoisse qui s'accrochaient à son esprit.

Rowan se prépara alors un bol de soupe qu'elle avala avec appétit, assise sur le canapé qui faisait face à la cheminée. Le feu n'était pas mort et elle avait ravivé les braises et ajouté quelques bûches qui flambaient en pétillant joyeusement. Les yeux rivés sur les flammes, elle se laissa aller à rêver.

Elle revit les falaises majestueuses et l'océan marbré de lumière. Elle revit les arbres couverts de mousse et de lichens dont les branches frémissantes paraissaient dialoguer au gré du vent. Elle revit Liam, l'inconnu aux yeux dorés qui lui avait sauvé la vie.

Elle se souvint de la distance polie qu'il avait maintenue entre eux tout au long de leur conversation. Il avait paru légèrement méfiant, comme s'il craignait qu'elle n'empiète sur sa précieuse solitude. Pourtant, c'était lui qui l'avait abordée. Mais il ne fallait probablement pas y voir plus qu'une simple marque de civilité, songea-t-elle sans pouvoir se départir d'une pointe de déception.

Lorsqu'elle eut fini sa soupe et son verre de vin, Rowan lava son bol, éteignit les lumières et monta à l'étage où elle s'accorda un long bain qui acheva de la délasser. Lorsqu'elle gagna sa chambre, elle se sentait plus détendue qu'elle ne l'avait jamais été.

Après avoir enfilé le pyjama de flanelle dont elle avait récemment fait l'acquisition, elle fit du feu dans la cheminée de la chambre et se glissa sous l'épaisse couette qui recouvrait le lit à baldaquin. Elle parvint à lire quelques paragraphes de l'ouvrage qu'elle avait choisi de commencer ce soir-là avant de sombrer dans un profond sommeil.

Et elle rêva.

Dans son rêve, le loup noir pénétrait silencieusement dans sa chambre et s'asseyait à quelques pas d'elle pour la regarder dormir. Puis il lui parla, projetant ses pensées directement dans celles de la jeune femme.

Je ne t'attendais pas, Rowan Murray. Et je ne veux pas de ce que tu m'apportes. Retourne vers ton monde. Le mien n'est pas fait pour toi.

J'ai juste besoin d'un peu de temps, s'entendit-elle répondre.

Le loup s'approcha un peu plus, jusqu'à ce que sa tête ne soit plus qu'à quelques centimètres de la main ballante de la jeune femme.

Si tu restes ici, nous serons tous deux pris au piège. Est-ce vraiment un risque que tu te sens prête à courir ?

Toujours endormie, Rowan laissa ses doigts courir sur le pelage de l'animal. Il était délicieusement tiède et soyeux et cette sensation la fit frissonner.

Il est temps que je prenne un risque, répondit-elle, *j'ai passé ma vie à l'éviter…*

Sous sa main, le loup devint homme. Les flammes projetaient d'étranges ombres sur son visage magnifique. Se redressant, il se pencha vers la jeune femme jusqu'à ce qu'elle sente son souffle brûlant effleurer sa joue.

— Sais-tu seulement ce qui se passerait si je t'embrassais, Rowan ?

Elle poussa un petit gémissement, sentant naître en elle un désir impérieux. Mais Liam se contenta de poser doucement ses doigts sur sa bouche.

— Dors, murmura-t-il. Rêve…

Avec des gestes très tendres, il lui ôta ses lunettes et les posa sur la table de nuit. Il rajusta la couette qui avait glissé sur son épaule et éteignit la lumière. Elle ne pouvait plus voir que ses yeux, à présent. Mais ses prunelles dorées qui reflétaient la lueur du feu étaient les mêmes que celles du loup.

— Je ne veux pas, murmura-t-il pour lui-même. Je ne peux pas…

Et, brusquement, il disparut.

Rowan s'éveilla en sursaut, le cœur battant à tout rompre. Evidemment, elle était seule dans la chambre que n'éclairait plus que faiblement le feu mourant. Elle se rallongea, sentant refluer la tension qui l'habitait. Mais comme elle sombrait de nouveau dans le sommeil, il lui sembla entendre au loin un loup qui hurlait à la lune.

2

Durant les jours qui suivirent, Rowan se surprit à guetter le retour du loup noir. Elle l'apercevait parfois tôt le matin ou au coucher du soleil, rôdant à la lisière des arbres qui entouraient la maison. Il paraissait la surveiller attentivement mais ne faisait jamais mine de s'approcher.

Elle finit par se familiariser à cette présence silencieuse et discrète. Parfois, elle avait même l'impression que l'animal veillait sur elle et la protégeait contre les esprits de la forêt. Elle était même si habituée à lui qu'un matin, ne le voyant pas, elle se sentit un peu déçue.

Tellement déçue, en fait, qu'elle commença à disposer régulièrement des morceaux de viande crue dans l'espoir de l'attirer un peu plus près et de faire de lui un visiteur plus assidu.

Elle pensait souvent à lui et le rêve qu'elle avait fait, le soir de son arrivée, avait été suivi de nombreux autres. Dans ces songes, il se contentait le plus souvent de rester assis à côté de son lit et, parfois, il se laissait caresser. Plus rarement, sa présence se mêlait à celle de Liam, son mystérieux voisin.

Lorsque c'était le cas, Rowan s'éveillait généralement le matin avec une sensation de désir frustré qui l'embarrassait autant qu'elle la stupéfiait. Jamais un homme n'avait exercé sur elle un tel ascendant.

C'était peut-être parce qu'il lui était apparu comme un personnage de conte de fées, au sommet de ces falaises magnifiques, alors qu'elle-même était plongée dans une demi-rêverie. Et puis, force était de reconnaître que Liam était incontestablement l'une des personnes les plus charismatiques et les plus séduisantes qu'il lui ait jamais été donné de rencontrer.

Durant la journée, elle s'efforçait d'ailleurs de ne pas trop penser au fait qu'un kilomètre seulement les séparait l'un de l'autre.

Elle passait le plus clair de son temps à lire, à dessiner et à faire d'interminables promenades dans la forêt qui lui paraissait chaque jour un peu moins inquiétante, un peu plus familière. Elle avait parfois l'impression que les esprits des lieux s'étaient habitués à sa présence et qu'ils avaient décidé qu'elle ne présentait pas une menace.

A plusieurs reprises, elle entendit de la musique : de la harpe, du tympanon, du violon et, parfois, la lamentation poignante d'une voix de femme qui lui serrait le cœur. Plus d'une fois, elle s'arrêta au milieu des bois, fermant les yeux et se laissant gagner par la puissante mélancolie qu'évoquait ce chant obsédant.

Il semblait la renvoyer à sa propre solitude. Le plus souvent, celle-ci ne lui pesait pas. Bien au contraire, elle lui insufflait une sérénité nouvelle. Pourtant, de temps en temps, le contact avec d'autres êtres humains lui manquait et elle aurait aimé pouvoir discuter avec quelqu'un.

Mais l'unique personne vivant aux environs était Liam et elle n'osait pas le déranger. Après tout, il lui avait clairement laissé entendre qu'il aimait être seul.

— Je me demande ce qu'il fait, toute la journée... Peut-être a-t-il suffisamment d'argent pour ne pas avoir à travailler. A moins que ce ne soit un artiste. C'est l'impression qu'il donne...

Le vent se leva brusquement, tirant la jeune femme

de ses réflexions. Au loin, elle perçut un grondement sourd qui annonçait l'orage. Elle jeta un coup d'œil en direction de la mer et constata que le ciel s'était obscurci. Bientôt, les nuages atteindraient la maison et la pluie commencerait à tomber.

Rowan se réjouit à cette idée : elle adorait les journées d'orage et pouvait passer des heures à lire ou à écouter de la musique pendant que les éléments se déchaînaient au-dehors. Détournant les yeux du ciel qui s'assombrissait à chaque instant, la jeune femme sursauta.

Le loup noir était de retour. Cette fois, il n'était pas resté en lisière de la forêt mais s'était avancé sur la pelouse à mi-chemin entre les bois et le porche sous lequel se tenait Rowan.

Le cœur battant, elle s'avança et s'agenouilla.

— Salut, lui dit-elle en souriant.

Il pencha la tête de côté sans la quitter des yeux.

— Tu es vraiment très beau, tu sais... Je t'attends tous les jours mais tu ne manges jamais la viande que je laisse pour toi. Et tu refuses toujours d'approcher. Je ne vais pas te faire de mal... En fait, j'ai découvert que j'avais apporté un livre sur les loups. Je ne me souvenais même plus l'avoir emmené. Et j'ai lu que, normalement, tes congénères ne se déplaçaient qu'en meute. Est-ce que tu as perdu tes amis et ta compagne ?

Elle sourit tristement.

— Il paraît que les loups s'accouplent pour la vie. Est-ce que c'est vrai ?

Un éclair zébra alors le ciel, suivi par le claquement sec du tonnerre. Le loup noir leva la tête et se détourna brusquement pour regagner le couvert des arbres tandis que la pluie se mettait à tomber.

Rowan contempla longuement la pelouse déserte puis alla s'asseoir sur la balancelle du porche tandis que l'orage éclatait.

Il pensait beaucoup trop à elle, ces derniers temps, et cela le troublait plus qu'il ne l'aurait voulu. Liam avait toujours fait preuve d'une parfaite maîtrise de soi. Sans contrôle, le pouvoir menait à la corruption puis à la destruction. C'était une leçon qu'il avait durement apprise.

Depuis sa naissance, il savait que les avantages que lui procurait ce pouvoir devaient être tempérés par les responsabilités immenses qui en découlaient. Son don était aussi une malédiction. C'était pour y échapper qu'il s'était réfugié dans la solitude et la contemplation.

Mais il n'était pas dupe : tôt ou tard, son destin le rattraperait. Et il se demandait de plus en plus s'il n'aurait pas le visage de Rowan.

Fermant les yeux, il se rappela la façon dont elle s'était avancée vers lui tandis qu'il se trouvait dans la clairière. La fascination qu'elle éprouvait en cet instant l'avait emporté sur la peur et la méfiance.

Il y avait tant de douceur en elle, tant de pureté qu'il se sentait chaque jour un peu plus irrémédiablement lié à elle. Il luttait contre lui-même, s'efforçait de garder ses distances mais en vain. Comme un papillon attiré par la flamme qui finirait par le détruire, ses pensées revenaient sans cesse vers elle.

Rowan paraissait également bien déterminée à le voir venir à elle. Elle lui laissait chaque jour à manger et lui parlait d'une voix tendre qui cachait mal sa propre angoisse. Combien de femmes isolées au beau milieu des bois auraient-elles trouvé le courage de s'adresser ainsi à un loup ?

Pourtant la jeune femme pensait être lâche. Il l'avait lu dans ses pensées. Il aurait aimé pouvoir la rassurer, lui dire qu'elle se trompait mais c'était impossible, bien sûr. Il fallait qu'elle trouve son propre chemin, qu'elle apprivoise sa propre nature qu'elle méconnaissait encore entièrement.

Cela prendrait du temps, réalisa-t-il. Car la personnalité de Rowan était emprisonnée par un sens du devoir démesuré, un amour filial excessif et un sérieux déficit d'estime de soi.

Comme beaucoup d'autres avant elle, la jeune femme était victime de cette autoflagellation que les hommes avaient érigée en religion…

Mais qu'y pouvait-il ?

S'il prenait le risque de s'en mêler, de l'aider à découvrir qui elle était réellement et quels pouvoirs sommeillaient en elle, il lierait leurs destins de façon irrémédiable. Et il avait très peur de ce qui en résulterait. Car il perdrait la liberté qu'il avait payée du prix de la solitude.

Et Rowan ne posséderait jamais le don. Le grand art lui resterait à jamais interdit. Que partageraient-ils, alors ?

Liam ne put retenir un sourire ironique. Sa prescience lui soufflait qu'il était sans doute déjà trop tard. Les fils de la destinée se tissaient chaque jour, les liant un peu plus l'un à l'autre.

Il s'était cru protégé par son isolement mais elle était venue jusqu'à lui. Belle, vulnérable et perdue. Si désirable… Que pouvait un homme contre la magie d'une telle femme ? Quel sort opposer au plus ancien et au plus sacré de tous les charmes ?

Bien sûr, il aurait pu s'éloigner une fois encore. Mais il n'en avait plus la force. Combien de fois pourrait-il continuer à échapper à son propre destin ? Il était prince parmi ses semblables et ne pouvait passer son existence à fuir.

Au moins, il avait été assez sage pour conserver ses distances. Il n'était venu à elle que sous sa forme animale, du moins tant qu'elle était éveillée et consciente. Mais il retournait sans cesse vers elle. Et, lorsqu'il était chez lui, il se surprenait à l'observer dans les flammes de la cheminée tandis qu'elle vaquait à ses occupations ou qu'elle se promenait dans les bois.

L'amour attend, souffla une voix familière.

Liam reposa sa tasse de thé et fixa la fenêtre battue par la pluie.

— Crois-tu que je ne le sache pas ? soupira-t-il. Mais je ferai les choses en mon temps et à ma façon. Laisse-moi tranquille.

Une forme se dessina dans la buée qui recouvrait la vitre, et le visage de sa mère ne tarda pas à apparaître. Ses longs cheveux blonds formaient une rivière d'or liquide encadrant son visage à la beauté immuable. Comme souvent, elle arborait un sourire légèrement ironique.

— Liam, mon enfant… Têtu, tu étais et têtu tu es encore aujourd'hui.

— Je suppose que j'ai été à bonne école, répliqua-t-il en riant.

— C'est vrai. Mais il n'en reste pas moins qu'elle est seule sous l'orage. La laisseras-tu ainsi ?

— Je pense que c'est mieux pour elle comme pour moi. Elle n'est pas des nôtres.

Sa mère fronça les sourcils d'un air réprobateur.

— Est-ce là le langage que je t'ai enseigné, mon prince ? Regarde au plus profond de son cœur lorsque tu seras prêt. Et fais confiance à ta propre vision.

Elle soupira, comprenant que ses conseils étaient vains et que Liam n'en ferait qu'à sa tête, comme lorsqu'il était enfant.

— Je saluerai ton père de ta part, dit-elle.

— N'y manque pas. Je t'aime.

— Je sais. Reviens nous voir bientôt, Liam Donovan. Tu nous manques beaucoup.

L'image se résorba lentement jusqu'à disparaître complètement. Un nouvel éclair transperça le velours de la nuit, faisant éclater sur la pelouse une boule de feu qui parut danser quelques instants au-dessus du sol avant de disparaître.

Le père de Liam avait toujours préféré ce genre de message direct et spectaculaire aux tours raffinés de son épouse.

— Par l'œil de Balor ! s'exclama-t-il avec humeur. C'est bon, j'ai compris ! Je vais aller m'assurer qu'elle va bien !

Se levant du fauteuil sur lequel il était assis, il ralluma le feu d'un geste et murmura quelques mots dans la langue des Tuatha De Danann qui était plus vieille encore que celle des premiers hommes.

Aussitôt, les flammes se mirent à frémir tandis que la vision prenait cœur en leur centre. Liam vit Rowan dont le pâle visage n'était éclairé que par la lueur tremblotante d'une bougie. Elle se tenait dans sa cuisine et fouillait les tiroirs en se parlant à elle-même comme elle le faisait si souvent.

Un nouveau coup de tonnerre retentit et elle ne put s'empêcher de sursauter. L'orage avait dû faire sauter le transformateur qui alimentait la maison, réalisa Liam, et elle s'était brusquement retrouvée plongée dans les ténèbres alors que les éléments se déchaînaient au-dehors.

Visiblement, Belinda ne lui avait pas parlé du petit générateur de secours qui se trouvait derrière la maison, ni de l'endroit où elle rangeait les lampes à huile.

Il n'avait pas le cœur à la laisser se débattre ainsi dans l'obscurité, aussi décida-t-il de lui venir en aide. Mais dès qu'il aurait rétabli la lumière, il repartirait pour ne pas succomber au besoin impérieux qu'il avait en cet instant de la serrer dans ses bras pour la réconforter.

— Ce n'est qu'un orage, se répétait Rowan en allumant les bougies qu'elle venait de trouver dans le tiroir de la cuisine.

D'ordinaire, elle n'avait peur ni de l'obscurité, ni des orages mais, cette fois, elle avait été surprise par la fureur du ciel. Plusieurs éclairs étaient tombés dans la forêt, à peu de distance de la maison et le tonnerre faisait vibrer toutes les fenêtres de façon inquiétante.

Le pire, c'est qu'elle avait laissé le feu de la cheminée s'éteindre et n'était pas parvenue à le ranimer. A présent, il n'y avait plus ni électricité ni téléphone et le déluge redoublait à l'extérieur, comme si les forces de la nature avaient décidé de s'acharner précisément sur les environs de la petite maison.

Heureusement, Belinda avait acheté assez de bougies pour s'éclairer durant des mois. Il y en avait de toutes les tailles, de toutes les formes et de toutes les couleurs. Certaines étaient purement décoratives mais d'autres étaient couvertes d'étranges symboles que la jeune femme n'avait pu s'empêcher de trouver vaguement inquiétants.

L'une d'elles, en particulier, arborait la figure d'un crâne grimaçant et dégageait une odeur de suif vaguement écœurante.

Rowan l'avait laissée de côté et en avait disposé une vingtaine d'autres dans le salon, dissipant ainsi partiellement l'obscurité menaçante qui l'habitait.

— Très bien, murmura-t-elle. Maintenant, je vais pouvoir allumer un bon feu. Ensuite, je m'installerai tranquillement sur le canapé et j'attendrai que l'orage passe. Tout ira bien...

Mais comme elle s'agenouillait devant le foyer, un brusque coup de vent se fit entendre et la porte s'ouvrit à la volée. Un violent courant d'air souffla la plupart des bougies que la jeune femme venait d'allumer.

Celle-ci se releva et se tourna vers l'entrée. Un cri de stupeur lui échappa : Liam se tenait sur le seuil, ses cheveux noirs volant au vent et ses yeux dorés reflétant la lueur des rares chandelles qui brûlaient encore.

— On dirait que je vous ai surprise une fois de plus, remarqua-t-il de sa voix calme et profonde. J'en suis désolé...

— Je... Mon Dieu, la porte...

— Etait ouverte, compléta-t-il. C'est pour cela que je me suis permis d'entrer.

Se détournant, il referma le battant. Rowan le regarda faire, interdite. Elle était pourtant certaine d'avoir fermé à clé lorsqu'elle était rentrée. Mais elle devait se tromper...

— J'ai pensé que l'orage vous poserait peut-être quelques problèmes, poursuivit Liam en s'approchant d'elle.

Sa démarche était aussi légère et aérienne que celle d'un danseur. Ou plutôt, que celle d'un loup, songeat-elle, car il y avait dans son assurance quelque chose de vaguement inquiétant.

— Apparemment, poursuivit-il en jetant un coup d'œil aux bougies, je ne me suis pas trompé.

— L'électricité est coupée.

— C'est bien ce qu'il semble. Et vous êtes gelée.

Il ramassa la couverture qui se trouvait sur le canapé et la posa sur les épaules de la jeune femme avant de s'agenouiller devant la cheminée.

Renonçant à utiliser ses pouvoirs, il constitua une petite pyramide de brindilles au centre de laquelle il plaça une boule de papier froissé. Quelques instants plus tard, le feu brûlait joyeusement et il posa une bûche sur les flammes.

— Merci, dit Rowan qui paraissait être quelque peu revenue de sa stupeur mais se sentait toujours vaguement mal à l'aise. Heureusement, Belinda a toute une réserve de bougies.

— Elle a aussi un générateur de secours derrière la maison mais, apparemment, elle a omis de vous en parler. Je peux l'allumer pour vous, même si je doute que l'orage se prolonge très longtemps.

Rowan contempla Liam avec attention. La lueur du feu l'éclairait, et des ombres mystérieuses jouaient sur son visage, soulignant ainsi sa beauté naturelle. Brusquement, elle n'eut plus peur de l'obscurité ni de l'orage. En fait, elle se demandait ce qu'elle ressentirait en laissant glisser ses doigts dans ses épais cheveux noirs.

— Voilà que vous rêvez tout éveillée, une fois de plus, remarqua-t-il en riant doucement.

Ce rire ne fit qu'accroître le trouble de la jeune femme. Il était légèrement rauque, terriblement sensuel et évoquait le bruit d'un torrent roulant sur un lit de galets. Rougissant, elle détourna les yeux et s'efforça de retrouver un semblant de contenance.

— Je suis désolée mais vous m'avez encore prise par surprise… Vous voulez du vin ? suggéra-t-elle en se dirigeant vers la cuisine. J'ai ouvert une bouteille de chianti blanc, la nuit dernière. Je vais nous remplir deux verres… Cela ne prendra pas longtemps.

Réalisant qu'elle était en train de babiller sans rime ni raison, elle se força à se taire et gagna la cuisine qu'éclairaient toujours une douzaine de bougies. Pourquoi se sentait-elle toujours aussi nerveuse en présence de Liam ? Ce n'était pourtant pas la première fois qu'elle rencontrait un homme attirant.

Le fait qu'il soit certainement le plus séduisant de tous ceux qu'elle avait croisés jusqu'alors ne changeait rien à la question : elle avait passé l'âge de se conduire comme une adolescente et de perdre ses moyens chaque fois qu'il lui adressait la parole.

Rowan sortit la bouteille de vin du réfrigérateur et remplit deux verres. Lorsqu'elle se retourna pour regagner le salon, elle constata que Liam se trouvait juste derrière elle et elle sursauta une fois de plus. Un peu de vin déborda de l'un des verres pour se répandre sur sa main.

— Est-ce que vous êtes vraiment obligé de faire ça ? s'exclama-t-elle.

Il sourit et elle se sentit fondre au plus profond d'elle-même.

— Je suppose que non, répondit-il. Et, encore une fois, je suis désolé.

Prenant le verre qui avait débordé de sa main, il porta celle-ci à ses lèvres et y cueillit les gouttes de vin qui constellaient sa peau. A ce contact, Rowan fut parcourue d'un délicieux frisson.

— Vous avez raison, remarqua-t-il en libérant son poignet. C'est un excellent cru.

Après avoir levé son verre en un toast muet, il en avala une gorgée. La jeune femme l'imita, prise de court par la tournure que prenaient les événements.

— Vous savez que vous avez un visage magnifique, reprit Liam. Je n'arrête pas d'y penser depuis que nous nous sommes croisés…

— Vraiment ? murmura-t-elle, submergée par un mélange de stupeur et de désir.

— Pensiez-vous que tel ne serait pas le cas ?

La réponse que Liam lut dans ses yeux ne laissait aucune place à l'ambiguïté. Il aurait aisément pu presser son avantage mais s'y refusa. Car il savait précisément que le moindre geste, la moindre parole, pouvait anéantir le contrôle qu'il exerçait sur lui-même. Un baiser, une caresse suffirait à les faire basculer dans un tout autre univers. Et Liam ne se sentait pas prêt à affronter sa destinée. Pas encore.

— Venez, lui dit-il, presque à contrecœur. Vous serez mieux près de la cheminée.

Rowan sentit une immense frustration l'envahir. L'espace d'un instant, elle avait cru voir briller dans le regard de Liam le feu jumeau de celui qui brûlait à présent au creux de son ventre. Le désir qu'elle avait de lui était aussi impérieux qu'incontrôlable.

C'était une sensation qu'elle n'avait encore jamais éprouvée. Elle n'avait pas l'habitude qu'un parfait étranger exerce une telle emprise sur elle. Après tout, ils se connaissaient à peine et elle ignorait quasiment tout de lui...

Renonçant à comprendre ce phénomène, la jeune femme suivit Liam dans le salon, se sentant plus nerveuse encore que lorsqu'il était entré par surprise.

— Pour quelqu'un qui est venu se détendre, vous me semblez bien nerveuse, remarqua son hôte. Asseyez-vous et cessez de vous agiter. Ne vous ai-je pas dit que l'orage ne durerait pas ?

— C'est juste que je n'ai plus l'habitude d'avoir de la compagnie, répondit la jeune femme.

Elle s'assit et s'efforça de chasser la tension qui l'habitait. Liam, quant à lui, s'accouda au manteau de la cheminée et la contempla attentivement.

— N'est-ce pas pour cela que vous êtes là ? demanda-t-il. Pour fuir la compagnie de vos semblables ?

— Si... Et je dois dire que cela me fait beaucoup de bien. Mais cette compagnie me manque aussi, parfois. J'étais professeur à l'université et je passais la majeure partie de mon temps au contact d'autres personnes.

— Vous les appréciez ?

— Qui ? Mes étudiants ?

— Non, les gens en général.

— Eh bien... Oui, je suppose.

Elle rit, un peu étonnée par la façon dont il avait formulé sa question. Sans même s'en rendre compte, elle avait déjà commencé à se détendre.

— Pas vous ? demanda-t-elle.

— Pas particulièrement, répondit-il. Je les trouve généralement égoïstes, irresponsables et belliqueux. Ils passent leur temps à se faire du mal les uns aux autres, comme s'ils n'avaient pas déjà suffisamment de problèmes. Et ils saccagent la nature sans raison alors que c'est d'elle qu'ils dépendent pour vivre...

— Mais la plupart n'agissent pas ainsi de façon consciente, objecta la jeune femme, stupéfaite par la misanthropie de son compagnon. Je suppose que vous êtes un cynique. Et je n'arrive pas à comprendre les cyniques...

— C'est parce que vous êtes romantique. Et naïve... Mais j'avoue que, curieusement, je trouve cela charmant, chez vous.

— Je ne sais pas si je dois me sentir flattée ou insultée, remarqua Rowan qui était surtout amusée par l'attitude de son visiteur.

— Je ne cherchais ni à vous flatter, ni à vous insulter, répondit ce dernier en haussant les épaules. C'était un simple constat... Mais, dites-moi, qu'enseigniez-vous, exactement ?

— La littérature.

— C'est pour cela que vous avez tant de livres, acquiesça-t-il en désignant les étagères surchargées d'ouvrages.

— J'adore lire. J'aime pouvoir tout oublier pour pénétrer dans l'univers d'un écrivain...

Liam s'approcha de la table basse et prit le livre qui y était posé.

— *Histoire des loups, de leurs mœurs et de leurs usages*, lut-il. Il ne s'agit pas de fiction, apparemment.

— Non. En fait, j'ai acheté cet essai sur un coup de tête. Je ne l'avais encore jamais lu et j'ignorais même que je l'avais emporté. Mais je suis heureuse de l'avoir fait. Vous vous souvenez de ce chien dont je vous ai parlé ?

Liam hocha la tête sans la quitter des yeux.

— Je suis maintenant convaincue qu'il s'agit en réalité

d'un loup. Je suis même étonnée que vous ne l'ayez pas vu. Il ne semble guère farouche...

— Ce n'est pas très commun chez ce type d'animaux.

— C'est vrai. Pourtant, il vient me rendre visite presque chaque jour depuis que je suis arrivée. Il a le pelage très noir et de beaux yeux dorés. Il est vraiment magnifique... Il m'arrive même de l'entendre hurler la nuit. Pas vous ?

— Non. Mais ma maison est située beaucoup plus près de la mer et le bruit des vagues couvre peut-être ses cris. En tout cas, je ne saurais trop vous inciter à la prudence, Rowan. Les loups sont des animaux sauvages. Et ceux qui vivent à l'écart de leur meute le sont plus encore...

— Ne vous en faites pas, je n'ai pas l'intention de l'apprivoiser. En fait, je crois que nous sommes tous les deux curieux l'un de l'autre.

Elle jeta un coup d'œil par la fenêtre, se demandant si le loup avait trouvé un refuge où il pourrait passer la nuit au sec ou s'il errait sous la pluie battante.

— Vous savez, j'ai découvert dans ce livre que ces animaux n'étaient pas aussi mauvais qu'on le prétend souvent. Ils n'attaquent jamais par cruauté mais juste pour se nourrir ou pour défendre leurs petits. Et la plupart d'entre eux auraient des leçons à donner aux hommes en matière de monogamie, ajouta-t-elle en souriant.

— La nature peut se montrer aussi généreuse que cruelle, répondit Liam. Seuls les hommes l'ont oublié. Comme ils ont oublié qu'elle ne fait que les tolérer en son sein.

Il se tut et contempla longuement les flammes qui crépitaient dans la cheminée.

— Je vais aller allumer le générateur. Vous vous sentirez mieux lorsque la lumière sera revenue.

— Vous avez sans doute raison, reconnut-elle en se levant.

Il s'approcha d'elle et, une fois de plus, elle fut surprise par la fascination qu'il exerçait sur elle. En réalité, la nervosité qu'il avait perçue en elle n'avait plus aucun rapport avec l'orage.

— Merci pour votre aide, ajouta-t-elle en lui tendant la main.

— Il n'y a pas de quoi, répondit-il en la prenant dans la sienne.

La soulevant, il l'effleura d'un baiser. Ce geste délicat et singulièrement démodé suffit à faire courir le long du bras de la jeune femme de délicieux frissons de bien-être.

— Cela ne prendra qu'un moment. Merci pour le vin. Il était délicieux.

Liam reposa son verre sur la table et se dirigea vers la porte. La jeune femme se retrouva seule et il lui fallut quelques instants pour retrouver un rythme cardiaque normal et maîtriser sa respiration oppressée.

Brusquement, les lumières se rallumèrent, la faisant sursauter. Une fois de plus, elle se demanda comment Liam faisait pour se déplacer aussi vite. Il avait à peine quitté le salon…

Gagnant la porte, elle sortit sous le porche et scruta les ténèbres dans l'espoir de l'apercevoir.

— Liam ! appela-t-elle.

Mais aucune réponse ne lui parvint. Une fois de plus, il avait mystérieusement disparu, la laissant seule avec un sentiment d'inachèvement terriblement frustrant. Un nouvel éclair zébra le ciel et elle réalisa avec stupeur que le loup noir se tenait au pied des marches, à quelques mètres d'elle sous la pluie battante.

— Mon Dieu, murmura-t-elle en cherchant à tâtons le commutateur.

Elle finit par le trouver et alluma la lampe du porche, révélant le loup qui se tenait immobile et la contemplait attentivement. Sa fourrure était trempée mais il ne faisait pas mine de chercher refuge sous le porche, paraissant attendre d'y être invité.

— Viens, lui dit-elle. Ne reste pas sous la pluie…

Il parut comprendre ce qu'elle disait et, d'un bond, gravit les marches pour la rejoindre. Le cœur battant la chamade, elle le vit approcher et la dépasser, effleurant l'une de ses jambes avant d'entrer dans la maison.

Passablement interdite, elle le suivit à l'intérieur.

— Eh bien, qui croirait cela ? Il y a un loup chez moi…

Malgré l'angoisse que lui inspirait toujours l'animal, elle referma la porte derrière eux.

— Tu vois, il fait meilleur ici, lui dit-elle.

Le loup paraissait être de son avis. S'approchant de la cheminée, il s'ébroua et s'assit près du feu, avant de se tourner vers elle comme s'il attendait qu'elle le rejoigne.

— Voilà un bien curieux invité, murmura-t-elle en se rapprochant prudemment. Et malin, en plus…

Elle s'assit sur le canapé sans le quitter des yeux. Lentement, elle tendit la main vers lui, lui laissant tout le temps de la repousser d'un grognement mais il n'en fit rien. Stupéfaite par sa propre audace, elle posa sa paume sur la grosse tête de l'animal.

— On dirait que tu as l'habitude des humains, remarqua-t-elle en le gratouillant derrière les oreilles. Pourtant, je suis sûre que tu es un loup. Je n'ai jamais vu de chien aussi gros…

L'animal pencha la tête de côté pour mieux s'offrir à ses caresses. Le grondement qui s'échappait à présent de sa gorge n'avait rien de menaçant. On aurait dit le ronronnement d'un énorme chat, songea-t-elle en souriant.

— Tu aimes ça ? lui demanda-t-elle. Moi aussi. Tu es très doux, tu sais. Et chaud… Si seulement tu pouvais parler ! Je suis sûre que tu aurais des choses fascinantes à me raconter. Ce n'est pas comme moi ! Ma vie est terriblement ennuyeuse, tu sais. C'est pour cela que je suis venue ici.

L'odeur de l'animal évoquait la forêt et la pluie mais elle paraissait étrangement familière à la jeune femme. Ce genre de sensation ne la surprenait d'ailleurs plus du tout. Depuis qu'elle s'était installée ici, l'impression de déjà-vu était devenue une habitude.

Elle avait fini par admettre qu'il existait entre elle et ce lieu d'étranges correspondances qu'elle ne parvenait pas à comprendre mais qui n'en étaient pas moins réelles.

Lentement, elle laissa ses doigts glisser sur les flancs du loup et le long de son dos. Brusquement, elle s'arrêta et fronça les sourcils.

— Ses cheveux ! s'exclama-t-elle. Lui aussi a dû marcher sous la pluie et ses cheveux n'étaient pas mouillés !

Elle essaya de se rappeler l'apparence de Liam lorsqu'il était entré. Ses vêtements étaient secs, eux aussi, elle en était presque certaine.

— Comment est-ce possible ? murmura-t-elle, légèrement effrayée. S'il était venu jusqu'ici en voiture, j'aurais probablement entendu le moteur ou le claquement de la portière. A moins qu'ils n'aient été couverts par le bruit du tonnerre... Oui, ce doit être cela...

Rassurée par cette explication, elle reprit ses caresses, à la satisfaction évidente du loup qui frotta sa tête contre sa cuisse.

— Toi aussi, tu dois te sentir seul, lui dit-elle. C'est pour cela que tu viens si souvent me voir.

Tous deux restèrent assis, échangeant des caresses, tandis que les éclairs se faisaient moins réguliers et que le bruit du tonnerre se réduisait à un roulement lointain et sourd. La pluie ne tarda pas à diminuer jusqu'à se réduire à une faible bruine.

Finalement, Rowan souffla les bougies du salon et celle de la cuisine avant d'éteindre les lumières. Le loup la suivit et, lorsqu'elle monta l'escalier, il lui emboîta le pas. Curieusement, sa présence avait cessé de l'inquiéter et lui paraissait parfaitement naturelle.

Elle alluma le feu qu'elle avait préparé dans la cheminée de la chambre.

— J'adore cet endroit, dit-elle à son compagnon silencieux. Même lorsque je me sens seule comme ce soir, je sais que j'ai fait le bon choix en décidant de venir ici. Je crois que, d'une certaine façon, cette forêt m'attendait...

Le loup s'approcha. La jeune femme était toujours accroupie devant l'âtre et ils se trouvaient à présent à peu près au même niveau. Les yeux dorés plongèrent dans les siens et elle caressa doucement sa gorge, sentant le pouls puissant et régulier qui battait sous ses doigts.

— Personne ne me croirait, remarqua-t-elle. Si je disais que je passe la soirée avec un beau loup noir dans une maison perdue au fin fond de l'Oregon, personne ne me croirait... Peut-être n'est-ce qu'un rêve, d'ailleurs. Mais, même si c'est le cas, c'est un bon rêve.

Elle se releva et traversa la pièce pour aller chercher son pyjama dans l'armoire.

— Tu sais, je passe la majeure partie de ma vie à rêver. Mais je veux que ça change. Je veux que mes songes deviennent réalité. Oh, je n'ai pas envie de faire quelque chose de fou comme sauter en parachute ou escalader l'Everest...

Mais il ne l'écoutait plus vraiment, se contentant de l'observer avec fascination tandis qu'elle se débarrassait du pull-over qu'elle portait. Elle s'offrait à présent à ses regards, uniquement vêtue d'un jean et d'un soutien-gorge.

Elle était plus mince et plus fine encore qu'il ne l'avait imaginé. Son pantalon bâillait légèrement à la taille et il aurait tout donné pour reprendre forme humaine et achever de la déshabiller. Mais il n'eut pas longtemps à résister à cette tentation : bientôt, Rowan se débarrassa de son jean et de ses chaussettes.

Lorsqu'elle se retrouva en sous-vêtements, il ne put retenir le grondement rauque que lui inspirait son désir d'homme. Elle était si belle et si fragile à la fois qu'il avait envie de la serrer contre lui, de la caresser doucement jusqu'à sentir s'éveiller en elle une envie semblable à celle qui l'habitait.

D'un geste parfaitement innocent, Rowan dégrafa son soutien-gorge, laissant apparaître deux seins aussi menus que ravissants et une gorge blanche sur laquelle s'étalait une fine pluie de taches de rousseur. Il sentit vaciller le contrôle qu'il exerçait sur lui-même, brûlant de poser sa bouche sur les tétons rose pâle qu'elle venait de dévoiler.

Un roulement de tonnerre se fit alors entendre et la jeune femme sursauta, étouffant un cri paniqué.

— Bon sang, on dirait que l'orage revient. Liam avait pourtant dit…

Elle s'interrompit soudain, avisant le regard presque humain que le loup noir posait sur elle. Saisie d'un accès de pudeur aussi incontrôlable qu'irrationnel, elle croisa les bras sur sa poitrine dénudée.

— Pourquoi est-ce que j'ai l'impression d'être le petit chaperon rouge, tout d'un coup ? s'exclama-t-elle avec un rire un peu forcé.

Elle prit une profonde inspiration, tentant de remettre de l'ordre dans ses idées.

— Je me conduis comme une imbécile, reprit-elle. Après tout, tu n'es jamais qu'un gros chien…

Sa voix n'était plus aussi assurée qu'elle l'aurait voulu. Elle prit son haut de pyjama et s'apprêta à l'enfiler. Mais le loup saisit l'une des manches entre ses crocs et le lui arracha des mains. Malgré elle, elle éclata de rire.

S'avançant vers lui, elle s'empara du vêtement qu'il refusait toujours de lâcher.

— Tu trouves ça drôle ? demanda-t-elle alors qu'il tirait de nouveau dessus.

Elle aurait pu jurer qu'un éclair de malice brillait dans ces beaux yeux dorés.

— Je viens juste de l'acheter ! protesta-t-elle. Il n'est peut-être pas très sexy mais il est chaud et je commence vraiment à avoir froid. Alors rends-le-moi.

Le loup s'exécuta et elle faillit perdre l'équilibre et basculer en arrière.

— Tu es un petit plaisantin, toi, remarqua-t-elle en fronçant les sourcils.

Observant le pyjama, elle constata avec surprise qu'il ne présentait pas la moindre trace de morsure.

— Au moins, tu ne l'as pas mangé…

Il la contempla attentivement pendant qu'elle enfilait le vêtement. Malgré l'aspect purement fonctionnel du pyjama, cette scène lui paraissait chargée de sensualité. Pénétrer ainsi l'intimité de Rowan lui semblait relever de la magie. C'est alors qu'elle se pencha vers lui pour lui gratter gentiment la tête. Il en profita pour lécher son mollet et le goût de sa peau lui parut plus enivrant encore qu'il ne l'avait imaginé.

— Moi aussi, je t'aime bien, lui dit-elle.

Elle gagna ensuite sa coiffeuse et commença à brosser ses longs cheveux. Il en profita pour bondir sur le lit où il s'installa confortablement.

— Oh, cette fois je ne suis pas d'accord ! protesta-t-elle. Descends de là.

Il se contenta de la regarder sans ciller et elle aurait juré qu'il souriait. Reposant sa brosse, elle s'approcha de lui et, de sa voix la plus autoritaire, lui commanda de descendre en désignant le sol d'un geste assuré. Il ne bougea toujours pas et, cette fois, elle fut certaine qu'il souriait.

— Pas question que tu dormes dans mon lit ! s'exclama-t-elle en faisant mine de le pousser.

Il dévoila une impressionnante rangée de crocs et gronda. Légèrement effrayée, elle recula.

— Très bien, soupira-t-elle, vaincue. Mais alors juste pour cette nuit... Je suppose que cela ne peut pas faire de mal.

Précautionneusement, elle se glissa dans le lit. Le loup reposa sa tête entre ses pattes de devant, l'observant du coin de l'œil avec une expression malicieuse. Après un instant d'hésitation, elle prit ses lunettes et ouvrit le livre qui se trouvait sur sa table de nuit.

Elle commença à lire et, au bout de quelques minutes, le loup se déplaça pour s'allonger à ses côtés, posant doucement sa tête sur l'une de ses cuisses. Sans même s'en rendre compte, Rowan se mit à le caresser affectueusement tout en poursuivant sa lecture à voix haute.

Elle continua jusqu'à ce que ses paupières se fassent lourdes. Puis, brusquement, elle s'endormit.

L'air environnant frémit, tandis que le loup retrouvait sa forme véritable.

Liam caressa doucement le front de la jeune femme.

— Rêve, Rowan, murmura-t-il.

Il lui ôta son livre et ses lunettes et les déposa sur la table de nuit. Puis il l'étendit plus confortablement sur les oreillers.

— Tu dois te sentir aussi raide qu'une planche de bois si tu t'endors tous les jours dans cette position, souffla-t-il avec une tendresse qui l'étonna lui-même.

Il effleura sa joue du bout des doigts et soupira. Son odeur délicieusement subtile menaçait de le rendre fou et ses lèvres entrouvertes étaient un véritable appel aux baisers les plus passionnés.

— Bon sang, Rowan, comment veux-tu que je te résiste si tu m'acceptes dans ton lit et que tu me lis des poèmes de Yeats de cette voix enchanteresse ? Tôt ou tard, l'inévitable finira par se produire. Mais je pense que, pour toi comme pour moi, le plus tard sera le mieux...

Prenant les mains de la jeune femme dans les siennes, il entrelaça leurs doigts et ferma les yeux.

— Suis-moi. Je me donnerai à toi et tu te donneras à moi et nous ne ferons plus qu'un dans le monde des rêves.

Rowan gémit doucement et se retourna dans son sommeil. Ses lèvres bougèrent et Liam frémit alors que le désir montait en lui, impérieux. Il projeta son esprit dans celui de la jeune femme. Dans son rêve, elle marchait le long d'une falaise qui ressemblait beaucoup à celle sur laquelle ils s'étaient rencontrés.

Mais la mer était aussi rouge que le sang. Le ciel était vert et le feuillage des arbres d'un bleu profond. Le vent qui soufflait était fait de mille voix qui murmuraient dans des langues inconnues. Liam les fit taire d'un geste et s'avança vers la jeune femme.

Elle le regarda attentivement et, dans ses yeux, elle lut une passion dont l'intensité le surprit. Sans un mot, il lui prit la main et la fit asseoir sur l'herbe turquoise. Se penchant vers elle, il l'embrassa et elle répondit avec feu à son baiser.

Il lui ôta la robe de velours qu'elle portait et ils firent l'amour tandis que la mer chantait en contrebas.

A travers la brume du sommeil, Rowan sentit un flot de sensations l'envahir. Sa vision n'était pas aussi claire que celle de Liam et le rêve lui apparaissait comme un maelström d'impressions aussi fugaces que délicieuses. Le désir sourdait de ces images chargées d'un érotisme presque insoutenable et lui arrachait des gémissements éperdus.

A plusieurs reprises, elle murmura son nom, s'offrant à lui corps et âme. Tremblante, elle se laissait guider vers des sommets de plaisir qu'elle n'avait jamais entrevus.

Des vagues de jouissance déferlaient sur elle, écartelaient son corps et son esprit, la libéraient de toute inhibition, de toute retenue.

Il aurait pu lui faire l'amour et elle l'aurait accepté avec reconnaissance. Mais il raffermit le contrôle implacable qu'il exerçait sur lui-même, la guidant plus loin encore, jusqu'à ce qu'elle défaille, brisée, rompue et haletante. Il la laissa alors glisser dans un sommeil plus profond et le rêve s'estompa.

En le quittant, il vit s'effacer la forêt et les falaises, disparaître la mer rugissante. Lorsqu'il rouvrit les yeux, il tremblait de tout son être, incapable d'assimiler l'intensité de ce qu'il venait de vivre.

A contrecœur, il lâcha les mains de la jeune femme et rajusta le drap qui avait glissé tandis qu'elle était parcourue de spasmes. L'odeur de son désir était si riche, si entêtante qu'il se sentit pris d'un brusque vertige.

Détournant les yeux, il se leva et alla se poster devant la fenêtre pour regarder la pluie qui tombait toujours au-dehors. Puis, écartant les bras, il prononça un mot de pouvoir et disparut brusquement.

3

Rowan se réveilla de bonne heure, se sentant merveilleusement reposée. Son corps était détendu et son esprit parfaitement clair, calme et serein. C'était comme si l'orage de la veille avait dissipé toutes les tensions qui l'habitaient. A moins qu'elle ne doive cette bonne fortune aux rêves merveilleux qu'elle avait faits et dont elle ne conservait qu'un souvenir très vague.

Sautant du lit, elle alla prendre une douche brûlante et s'essuya vigoureusement. Ce n'est qu'alors qu'elle se rappela précisément ce qui s'était passé la veille. Nouant sa serviette autour de sa poitrine, elle regagna la chambre et chercha des yeux le loup noir.

Mais il avait disparu. Sans même prendre la peine de s'habiller, elle descendit au rez-de-chaussée et passa en revue toutes les pièces sans trouver trace de son compagnon nocturne. Finalement, elle parvint dans la cuisine et trouva la porte entrouverte. S'avançant jusqu'au seuil, elle observa la lisière de la forêt mais n'aperçut pas l'animal.

Où était-il passé ? se demanda-t-elle. Et, surtout, comment diable était-il sorti ? Les loups n'étaient pourtant pas censés être capables d'ouvrir les portes…

Se pouvait-elle qu'elle ait rêvé ? Non… C'était impossible. Elle conservait un souvenir très précis des sensations qu'elle avait éprouvées, des choses qu'elle lui avait racontées. D'ailleurs, la porte de la cuisine était close, lorsqu'elle était montée se coucher. Elle en était certaine...

Le loup était bien entré dans la maison. Contre toute logique et toute raison, elle l'avait bien caressé et l'avait laissé dormir sur son lit. Cette attitude la stupéfiait rétrospectivement.

Mais toute cette soirée avait été si étrange. Il y avait eu la tempête, tout d'abord, puis l'arrivée inattendue de Liam, le violent désir qu'il avait fait naître en elle, la discussion étrange qu'ils avaient eue, sa brusque disparition et l'apparition du loup...

Tout ceci commençait à ressembler à un conte de fées, songea-t-elle avec amusement. Mais quelle petite fille n'avait pas rêvé de vivre une telle aventure ?

Elle regretta de n'avoir pas pensé à prendre quelques photos du loup, la veille. Puis elle se dit que cela n'avait pas grande importance. A qui les aurait-elle montrées, de toute façon ? A Liam ? Quelque chose lui soufflait que ce n'était pas nécessaire : il était peut-être la seule personne au monde qui accepterait de croire à son histoire sans avoir besoin de preuves.

N'avait-il pas admis la réalité du loup noir, la veille ? Ne l'avait-il pas mise en garde ?

Rowan finit par regagner sa chambre pour enfiler quelques vêtements. Elle se demanda quand le loup déciderait de revenir vers elle.

Une chose, au moins, était certaine : ce séjour dépassait de très loin ses attentes ! Jamais elle ne s'était sentie aussi bien, aussi épanouie. Et c'était exactement dans ce but qu'elle était venue jusque-là. Simplement, elle n'avait pas imaginé qu'elle devrait pour cela passer la nuit avec un loup...

— Les voies du Seigneur sont impénétrables, déclara-t-elle en riant.

De retour dans la salle de bains, elle s'empara de sa brosse à cheveux et s'apprêta à se coiffer. Mais le reflet qu'elle aperçut dans le miroir la surprit. Elle se contempla attentivement, cherchant ce qui avait bien pu attirer ainsi son attention.

Elle finit par réaliser qu'il émanait d'elle une sorte de radiance, une qualité presque diaphane qui se retrouvait sur le brillant de sa peau, dans les reflets de ses cheveux et dans la lumière qui brillait au fond de ses yeux.

Comment était-ce possible ? se demanda-t-elle avec émerveillement. Etait-ce seulement à cause du grand air ? A cause de cette forêt étrange à laquelle elle se sentait appartenir chaque jour un peu plus ? Ou bien à cause des rêves étranges qui hantaient ses nuits ?

Fermant les yeux, elle laissa les images affluer. Des couleurs et des formes diffuses, tout d'abord. Une impression de bien-être si profond qu'il en devenait presque... érotique. Des mains qui couraient sur ses flancs pour se poser sur sa poitrine, plus légères que les plumes d'un oiseau.

Sur sa langue, le goût de sa peau. Sur sa peau, la caresse de ses lèvres. Un frisson la parcourut alors qu'elle revivait cette scène. Elle avait senti un corps se presser contre le sien, puissant, terriblement masculin.

L'intensité du désir que l'ombre de ce songe éveillait en elle la suffoquait presque. Elle s'y noya sans rémission, s'abandonnant aux sensations qui n'avaient jamais existé que dans son propre esprit.

Des larmes se formèrent au coin de ses paupières avant de rouler doucement le long de ses joues. Rien de ce qu'elle avait connu dans le monde de l'éveil ne se rapprochait de cela. Elle avait été possédée corps et âme.

Comment était-ce possible ? se demanda-t-elle avec une pointe d'angoisse.

Mais, en réalité, elle ne le savait que trop : l'emprise

que Liam exerçait sur elle suffisait à expliquer cette expérience qui dépassait l'entendement. C'était comme s'il s'était glissé au cœur même de ses rêves, pour lui offrir ce dont elle avait tellement envie.

Rouvrant les yeux, elle se contempla dans le miroir.

— Comment est-ce possible ? répéta-t-elle à voix haute.

— Tout est possible, si tu le veux vraiment, lui répondit son reflet. Et tu désires Liam plus que tu n'as jamais désiré qui ou quoi que ce soit de toute ta vie. Mais tu n'as pas le courage de réaliser tes rêves, Rowan. Et c'est pour cela qu'ils ne sont que cela… Des rêves…

Se détournant de cette image dont la perspicacité éveillait en elle une cruelle mélancolie, la jeune femme quitta la salle de bains. Puis elle ouvrit la fenêtre de sa chambre et inspira une profonde goulée d'air pur et frais qui l'aida à chasser les derniers lambeaux de désir qui s'accrochaient encore à elle.

D'un pas plus décidé, elle gagna la cuisine. Mais, alors qu'elle sortait une boîte de céréales de l'un des placards, une envie irrésistible s'imposa à elle : ce qu'elle voulait vraiment, c'était des cookies au chocolat.

C'était une idée absurde, bien sûr. Mais le monde dans lequel elle évoluait désormais se situait bien au-delà de la raison. C'était un monde où les loups se laissaient caresser, où les amants se glissaient dans vos songes.

Envoyant au diable son propre conformisme, elle commença à réunir les ingrédients dont elle aurait besoin. Sur son visage se dessinait un sourire espiègle, presque enfantin. Elle commença à préparer la pâte, renversant du sucre et de la farine sans y accorder la moindre importance.

Ici, il n'y avait personne pour la regarder se lécher les doigts, personne pour lui rappeler de tout remettre en ordre. Et elle s'activa dans un joyeux chaos, brusquement ivre de liberté.

Lorsqu'elle mit enfin la première fournée de petits gâteaux au four, elle dansa d'impatience en attendant qu'ils cuisent. A l'instant même où le minuteur retentit, elle se précipita pour récupérer les cookies et entreprit de les dévorer sans même leur laisser le temps de refroidir.

Evidemment, elle se brûla la langue et se barbouilla de chocolat.

— Succulent ! s'exclama-t-elle en riant. C'est vraiment du bon travail. Nous sommes fiers de toi...

Elle lança une nouvelle fournée, se sentant délicieusement décadente et immature.

Le téléphone sonna alors et elle alla décrocher sans même prendre la peine de s'essuyer les mains.

— Allô ? fit-elle joyeusement.

— Bonjour, Rowan.

Pendant quelques instants, elle fut incapable de mettre un nom sur cette voix puis, brusquement, elle réalisa qu'il s'agissait d'Alan.

— Oh, salut, répondit-elle, se sentant vaguement coupable.

— J'espère que je ne te réveille pas.

— Non, cela fait un moment que je suis levée. J'étais en train de prendre mon petit déjeuner.

— Je suis ravi de l'entendre. Tu as tendance à sauter beaucoup trop de repas.

— Pas cette fois, répondit-elle en riant. Je t'assure que j'ai mangé comme quatre ! Ce doit être l'air marin, je suppose.

— Tu as une voix bizarre...

— Vraiment ? dit-elle.

Elle aurait voulu lui dire qu'elle n'était plus elle-même, qu'elle était en train de changer à vue d'œil. Mais elle n'était pas sûre qu'Alan l'aurait compris et elle ne tenait pas à s'expliquer en détail.

— Tu as l'air un peu surexcitée... Est-ce que tout va bien ?

— Très bien. Merveilleusement bien, même.

Comment aurait-elle pu expliquer à quelqu'un d'aussi sérieux et mesuré qu'il l'avait surprise en train de danser dans sa cuisine ? Qu'elle avait décidé sur un coup de tête de préparer des cookies ? Qu'elle avait passé la nuit avec un loup ? Qu'elle rêvait d'un homme qu'elle connaissait à peine ? Et que tout ceci la rendait plus heureuse qu'elle ne l'avait jamais été ?

— Je lis beaucoup, reprit-elle. Je me promène pendant des heures. Et je dessine aussi. J'avais oublié à quel point j'aimais ça... En plus, il fait un temps merveilleux : ce matin, le ciel est d'un bleu d'azur.

— J'ai vu aux informations que vous aviez eu des orages, hier. J'ai essayé de t'appeler pour savoir si tout allait bien mais les lignes étaient coupées.

— C'est vrai, il y a eu une sacrée tempête. Mais tout est dégagé, à présent.

— Je me suis inquiété, Rowan. Si je n'avais pas réussi à te contacter ce matin, je serais venu m'assurer que tu n'avais rien.

L'idée de voir Alan la rejoindre dans l'univers magique qui était devenu le sien fit naître en elle un brusque accès de panique.

— Voyons, Alan, il n'y a vraiment pas de quoi t'inquiéter ! lui assura-t-elle. Je vais bien. L'orage était plus excitant qu'effrayant et, de toute façon, j'ai un générateur de secours...

— Tout de même, je n'aime pas te savoir seule dans cette cabane au beau milieu de nulle part. Que se passerait-il si tu tombais malade, si tu te blessais ou si tu crevais un pneu ?

La belle humeur de la jeune femme commençait à s'assombrir progressivement. Combien de fois Alan lui avait-il dit ce genre de choses ? Combien de fois les avait-elle entendues dans la bouche de ses parents avec ce même ton à la fois inquiet et réprobateur ?

— Alan, ce n'est pas une cabane mais une maison spacieuse, très bien équipée et parfaitement confortable. Je ne suis qu'à dix kilomètres d'une petite ville. Si je me blesse ou si je tombe malade, je peux très bien m'y rendre pour consulter un médecin. Je peux même l'appeler pour lui demander de venir, en cas d'urgence. Et si je crève un pneu, je crois que je réussirai à le changer.

— Mais tu es toute seule, Rowan. Et la nuit dernière, tu étais coupée de tout.

— Le téléphone est déjà rétabli. J'ai aussi mon portable que j'ai laissé dans la voiture mais que je peux rallumer à tout moment. De plus, je suis en parfaite santé, je ne suis pas complètement stupide et j'ai vingt-sept ans. Enfin, je te rappelle que je suis venue ici justement pour être seule.

Le silence qui suivit indiqua à la jeune femme qu'elle avait froissé Alan. Malgré elle, elle ne put étouffer un nouvel accès de culpabilité.

— Alan..., reprit-elle d'une voix plus conciliante.

— J'espérais que tu serais prête à rentrer à la maison, l'interrompit-il. Mais, apparemment, tel n'est pas le cas. Tu me manques, Rowan. Tu manques à tes parents. Je voulais juste que tu le saches.

— Je suis désolée, s'excusa-t-elle.

Combien de fois dans sa vie avait-elle prononcé ces mots ? Combien de fois s'était-elle excusée alors même que c'était les autres qui tentaient de faire pression sur elle ?

— Je ne voulais pas me montrer désagréable, soupira-t-elle. Mais je ne suis pas encore prête à revenir. Si tu vois mes parents, dis-leur que tout va bien et que je les appellerai ce soir.

— Je dois justement voir ton père, répondit Alan d'une voix un peu sèche.

Rowan le connaissait assez pour savoir que c'était sa façon de lui faire comprendre qu'elle l'avait blessé.

— Je le lui dirai, reprit-il. Tâche de m'appeler de temps à autre.

— Bien sûr, répondit-elle, réalisant qu'elle ne l'avait pas fait depuis qu'elle était arrivée. Je t'écrirai même une lettre !

— J'en serai ravi. Au revoir, Rowan.

Lorsqu'elle raccrocha, la jeune femme se sentait passablement déprimée. Regagnant la cuisine, elle contempla d'un œil morne le chaos qui y régnait. Résignée, elle entreprit de tout nettoyer et de faire la vaisselle. Elle rangea ensuite les cookies dans une boîte et poussa un long soupir.

— Non, déclara-t-elle brusquement. Pas question que je me laisse abattre aussi facilement !

Elle mit la boîte sous son bras, alla enfiler sa veste et quitta la maison. Elle ignorait complètement où pouvait se trouver la demeure de Liam. Il lui avait juste dit qu'il habitait plus près de la mer. Elle prit donc le sentier qui menait jusqu'à la côte et s'enfonça dans la forêt.

Comme d'habitude, la température qui y régnait était plus fraîche. Fermant les yeux, elle prêta l'oreille aux sons qui lui paraissaient déjà si familiers : le pépiement des oiseaux, le murmure du vent dans les branches, le craquement des arbres… Elle inspira, retrouvant l'odeur des pins, celle de la mousse et des fougères et la senteur subtile et omniprésente de l'humus.

Ces sensations l'aidèrent à chasser la contrariété qui l'habitait depuis sa discussion avec Alan. Elle se mit alors en marche, suivant le ruisseau qui scintillait sous les rayons du soleil. Plus elle avançait et plus elle sentait la paix succéder en elle à la colère et à la frustration.

Elle s'abandonna à la caresse du vent. Comment aurait-elle pu expliquer l'extraordinaire richesse d'une émotion aussi simple, aussi naturelle à un homme comme Alan ? Si elle lui avait parlé de la mystique évidente qui se dégageait de ses bois, il aurait certainement pensé qu'elle avait perdu la raison. Il était trop raisonnable, trop logique, trop sûr de lui pour discerner la magie qui hantait ces lieux.

Comment lui aurait-elle communiqué l'émerveillement de chaque instant que pouvait procurer l'impression de se sentir brusquement en harmonie avec le monde, de la plus petite racine au plus vénérable des chênes centenaires ? Comment aurait-elle pu parler à ses parents des messages que le vent lui murmurait à l'oreille par-delà l'immensité salée de l'océan ?

Elle s'était engagée sur un chemin initiatique et commençait seulement à comprendre qu'il n'y avait plus de retour possible.

— Je ne reviendrai pas, murmura-t-elle.

Le ton de sa propre voix la surprit elle-même. Elle paraissait brusquement si sûre d'elle... Elle se sentait si sûre d'elle. Il s'agissait pourtant de l'une des décisions les plus radicales de toute son existence. Monumentale, même, songea-t-elle avec un petit rire teinté de triomphe. Mais il n'y avait plus de place pour le doute.

— Je ne reviendrai pas, répéta-t-elle à voix haute. Je ne sais pas où la vie me mènera mais je ne retournerai pas en arrière !

Elle rit de nouveau, emplie d'une immense allégresse qui semblait surgir du plus profond d'elle-même pour se communiquer à chacun de ses membres. D'un pas léger, elle avançait en direction de la mer, lorsqu'un brusque mouvement sur sa droite attira son attention.

Tournant la tête, elle resta saisie. A quelques mètres d'elle seulement, se tenait une biche blanche. Son pelage immaculé paraissait briller doucement au soleil et elle la regardait de ses beaux yeux dorés qui trahissaient un mélange de douceur et de complicité.

Rowan était ébahie. Sans même s'en rendre compte, elle fit un pas en direction de l'animal. La biche resta parfaitement immobile, puis elle se détourna et s'enfonça dans les bois.

Sans hésiter, la jeune femme sauta le ruisseau et s'élança à sa suite. La biche s'était engagée sur un sentier que Rowan découvrait pour la première fois. Elle paraissait l'attendre et, lorsqu'elle se rapprocha, elle reprit sa progression, l'entraînant plus loin encore au cœur de la forêt.

Rowan la suivit et, chaque fois qu'elle était sur le point de la perdre de vue, l'animal s'arrêtait pour lui laisser le temps de la rejoindre. Au bout de plusieurs minutes de cet étrange manège, la biche tourna sur la droite, disparaissant derrière un bosquet. Rowan l'imita mais, cette fois, la bête féerique avait bel et bien disparu.

Par contre, le spectacle qui s'offrait à elle lui fit oublier presque instantanément sa déception. Car elle se tenait à présent au bord d'une clairière parfaitement circulaire, au centre de laquelle se dressait un cercle de pierres levées.

Stupéfaite, Rowan s'en approcha et posa la main sur celle qui se trouvait le plus près d'elle. Sous ses doigts, elle crut percevoir une légère vibration. La roche paraissait plus chaude qu'elle ne l'aurait dû, étant donné la température encore fraîche de ce début de matinée.

La jeune femme fronça les sourcils, incrédule. Que faisait ce cercle de pierre au beau milieu de l'Oregon ? Ce genre de monument était très rare en Amérique du Nord et ne se trouvait généralement que dans certains pays d'Europe : la France, l'Angleterre et l'Irlande, principalement.

Elle avait lu quelques guides concernant la région et elle ne se rappelait pas y avoir lu quoi que ce soit concernant un tel site. D'ailleurs, il n'y avait aux alentours ni panneau explicatif, ni sentier clairement balisé.

Peut-être ce cercle n'était-il pas ancien. Peut-être avait-il été construit par un amateur de vieilles légendes et de folklore celtique. Pourtant, les pierres elles-mêmes semblaient antiques. Elles étaient recouvertes de lichen et avaient visiblement subi les assauts du temps et des intempéries.

Rowan s'avança sous l'arche que formaient les deux pierres les plus proches. Aussitôt, elle perçut un étrange fourmillement sur sa peau, accompagné d'une étrange impression de chaleur. Immédiatement, elle recula, saisie d'une crainte superstitieuse.

Elle ne croyait pourtant pas vraiment à ce genre de choses... A la limite, elle pouvait admettre que les anciens avaient su autrefois utiliser de tels alignements pour capter l'énergie tellurique ou cosmique. Mais, même si tel avait été le cas, les bâtisseurs étaient morts depuis des millénaires et avaient emporté leurs secrets avec eux dans la tombe.

Alors pourquoi craignait-elle de pénétrer dans le cercle ?

Observant attentivement l'intérieur, elle crut percevoir une nuance subtile. La lumière y paraissait plus riche, plus vibrante. On aurait dit deux images superposées, comme si l'on avait pris deux clichés différents sur une même photographie.

Rowan tenta de se raisonner, se répétant que ce phénomène avait probablement une explication physique parfaitement logique et naturelle. Mais elle ne parvint pas à s'en convaincre réellement. Aussi contourna-t-elle le cercle au lieu de le traverser.

De l'autre côté, à sa grande surprise, elle vit la biche blanche qui paraissait de nouveau l'attendre. Elle contemplait la jeune femme avec une expression presque humaine dans laquelle celle-ci crut discerner un mélange de compréhension et d'amusement. Puis elle reprit sa course sur le chemin de terre qui s'ouvrait devant elle.

Rowan songea que toute cette scène commençait à prendre une tournure particulièrement surréaliste. Mais sa curiosité l'emporta sur la peur et elle suivit le bel animal.

Le sentier tourna à plusieurs reprises, lui faisant perdre tout sens de l'orientation. Elle entendait le bruit de la mer, parfois sur sa droite, parfois sur sa gauche.

Les arbres étaient à présent si rapprochés qu'elle devait se frayer un chemin en écartant les branches les plus basses qui lui giflaient le visage. Elle dut escalader une vieille souche qui lui barrait la route et traverser un hallier d'épineux qui lui griffa la joue.

Elle réalisa alors qu'elle avait quitté le sentier depuis plusieurs minutes et continuait à s'enfoncer au cœur des bois. Renonçant à cette attitude parfaitement irrationnelle, elle décida de revenir sur ses pas. Mais lorsqu'elle rejoignit enfin le chemin, elle fut incapable de se rappeler quelle direction elle avait empruntée pour parvenir jusque-là.

Comme elle s'apprêtait à en prendre une au hasard, elle aperçut une tache blanche sur sa droite. Sans autre repère, Rowan se résigna à laisser l'animal la guider et lui emboîta le pas. Au bout de quelques minutes, elle perdit de nouveau la biche de vue mais comprit qu'elle approchait des falaises. Le bruit des vagues se faisait plus puissant et l'air se chargeait d'une odeur d'iode.

Bientôt, les arbres s'espacèrent et elle parvint en vue d'une petite maison perchée au sommet de la falaise. Un panache de fumée s'élevait de la cheminée dans le ciel d'azur. Contrairement à la demeure de Belinda, celle-ci était bâtie en pierre.

Haute de deux étages, elle était munie d'un large porche découvert et d'un petit balcon qui dominait l'océan. Les murs incrustés de mica noir paraissaient scintiller au soleil, conférant à ces lieux une atmosphère vaguement féerique.

Liam se tenait près de la porte d'entrée et la regardait approcher. Ce jour-là, il portait un jean et un pull-over noir dont les manches étaient remontées au-dessus du coude, révélant ses avant-bras musclés et bronzés.

De l'intérieur de la maison, provenait une musique douce et nostalgique qui mêlait délicatement les accords des violons, le chant des flûtes et les savants arpèges d'une harpe celtique.

— Approchez, Rowan, l'encouragea Liam.

La jeune femme s'exécuta, se sentant brusquement un peu gênée à l'idée d'empiéter sur l'intimité de Liam.

— J'espère que je ne vous dérange pas, murmura-t-elle.

— Pas du tout. Entrez, le thé est prêt.

A sa suite, elle pénétra dans la maison. Le salon était plus grand qu'elle ne s'y était attendue. Peut-être était-ce parce qu'il n'était meublé que d'un long canapé de velours rouge et d'un fauteuil assorti qui encadraient la cheminée où brûlait un bon feu. Sur le manteau de celle-ci étaient posées une pierre verte de la taille d'un poing et une statue en albâtre représentant une femme nue qui se tenait debout, la tête rejetée en arrière et les bras tendus vers le ciel.

Rowan fut tentée de s'approcher pour l'observer de plus près mais elle s'en abstint, ne voulant pas paraître mal élevée. Elle emboîta donc le pas à Liam qui avait gagné la cuisine attenante. Une bouilloire sifflait déjà sur la cuisinière et deux tasses jaunes étaient posées sur la table de bois qui trônait au centre de la pièce.

On aurait dit que Liam avait prévu son arrivée.

— Je n'étais pas certaine de parvenir à trouver votre maison, remarqua la jeune femme.

Liam la regarda attentivement et, une fois de plus, elle

fut frappée par l'intensité de son regard qui semblait la transpercer de part en part.

— Vraiment ? fit-il simplement.

— Oui, j'espérais y parvenir mais... Je ne savais pas...

Elle s'interrompit, embarrassée.

— J'ai préparé des petits gâteaux, reprit-elle en s'efforçant de maîtriser sa propre nervosité. Je vous en ai apporté pour vous remercier de votre aide, la nuit dernière.

Liam sourit et versa l'eau bouillante dans la théière avant de remplir leurs tasses.

— Quel genre de petits gâteaux ? demanda-t-il.

En réalité, il connaissait déjà la réponse à cette question. Il pouvait les sentir à travers la boîte dans laquelle Rowan les avait emballés.

— Des cookies au chocolat, précisa-t-elle en l'ouvrant. Ils sont plutôt réussis. J'en ai déjà mangé une dizaine...

— Vous avez bien fait. Rien ne vaut un solide petit déjeuner pour affronter une randonnée à travers bois par une matinée aussi fraîche. Asseyez-vous et buvez. Cela vous réchauffera.

La jeune femme hocha la tête et prit place à la table.

— Vous avez raison, acquiesça-t-elle. Il ne faisait pas chaud dans la forêt. Et je ne sais pas combien de temps j'ai marché avant de parvenir jusqu'ici. En fait, j'ai été distraite par...

Rowan s'interrompit lorsque Liam se pencha vers elle pour effleurer sa joue du bout de son pouce.

— Vous saignez, remarqua-t-il en lui montrant la petite perle vermillon qu'il y avait cueillie.

— Je me suis égratignée en traversant un buisson d'épineux, expliqua-t-elle, sentant naître sur sa peau une douce chaleur à l'endroit où son doigt s'était posé.

Il la contemplait toujours attentivement et elle crut se perdre dans ses yeux magnifiques. En réalité, c'est probablement ce qui se serait passé s'il n'avait parlé de nouveau.

— Vous avez été distraite, disiez-vous...

— Oui... Par une biche blanche.

Liam leva un sourcil étonné.

— Vraiment ?

— Je reconnais que cela semble invraisemblable, concéda-t-elle en souriant. Mais c'est pourtant la vérité. Cet animal était aussi réel que vous et moi.

— Je n'en doute pas.

De fait, il connaissait bien le goût immodéré de sa mère pour ce genre de symboles. Et cette apparition improbable ne pouvait être que son œuvre.

— Vous l'avez déjà vue ?

— Oui, parfois...

— Elle est magnifique, n'est-ce pas ?

— C'est vrai. Mais vous tremblez, Rowan. Buvez, cela vous réchauffera.

— Ne vous en faites pas pour moi. J'ai grandi à San Francisco et il y fait parfois très frais.

Pourtant, la jeune femme porta sa tasse à ses lèvres et avala une gorgée de thé. Le goût en était délicat et complexe et il devait avoir été fabriqué à partir d'une savante alliance de plantes aromatiques.

— C'est délicieux, déclara-t-elle, stupéfaite.

— Il s'agit d'une vieille recette de ma famille. Mais parlez-moi plutôt de cette biche.

— Eh bien, elle m'est apparue alors que je venais de dépasser la clairière située à l'ouest de la maison de Belinda. Je l'ai suivie et elle m'a entraînée jusqu'à un étrange cercle de pierres...

— Vraiment ? s'exclama Liam, visiblement surpris.

— Oui. J'étais aussi stupéfaite que vous. Je ne savais pas que ce genre d'endroit existait dans l'Oregon...

— Peut-être ne vous trouviez-vous plus dans l'Oregon, murmura Liam, comme pour lui-même.

— Que voulez-vous dire ?

— Que ce genre d'endroit n'obéit pas forcément aux mêmes lois que le reste du monde…

— Vous croyez donc à la magie ?

Liam lui jeta un regard amusé.

— Si vous viviez au fond des bois, comme moi, vous sauriez que tout ne peut s'expliquer de façon purement logique et rationnelle.

Rowan réfléchit à cette remarque et hocha la tête.

— Je ne pense pas que je vous aurais cru, il y a encore quelques jours, mais force est de constater qu'il se produit parfois des choses très bizarres dans cette forêt.

— Avez-vous pénétré au cœur du cercle de pierre ?

— Non. Justement, il émanait de cet endroit une étrange atmosphère et j'avoue que j'ai eu peur. J'ai décidé de faire le tour et continué à suivre la biche. Et je me suis perdue.

Liam hocha la tête. Malgré lui, il ne pouvait s'empêcher de se sentir déçu que la jeune femme n'ait pas franchi le cercle sacré.

— Vous ne vous êtes pas vraiment perdue puisque vous êtes arrivée précisément là où vous désiriez vous rendre, remarqua-t-il.

— Cela n'a pas été aussi facile. A un moment, j'ai perdu de vue le sentier et je me suis retrouvée en train de vagabonder dans la forêt sans avoir la moindre idée de l'endroit où je me trouvais. Je suppose que je n'ai pas un très grand sens de l'orientation… J'ai fini par faire demi-tour et par retrouver le sentier qui m'a conduit jusqu'ici.

Liam prit l'un des petits gâteaux que la jeune femme avait apportés et en croqua un morceau avant de hocher la tête d'un air appréciatif.

— Ils sont délicieux, déclara-t-il. J'ignorais que j'avais affaire à un véritable cordon-bleu.

Rowan rougit, flattée par ce compliment immérité.

— Disons que j'aime faire la cuisine mais que les résultats sont très irréguliers. Ce matin, j'ai eu de la chance. En tout cas, ajouta-t-elle en observant la pièce dans laquelle ils se trouvaient, j'aime beaucoup votre maison. On la croirait surgie d'un conte de fées.

— Merci. Je dois dire que je m'y suis attaché...

— En plus, vous avez une vue extraordinaire, reprit Rowan en désignant la fenêtre qui s'ouvrait sur l'océan. Le paysage devait être impressionnant, hier soir, durant l'orage.

Liam hocha la tête, songeant que son père n'avait effectivement pas lésiné sur les éclairs.

— Avez-vous réussi à trouver le sommeil ? demanda-t-il.

Rowan détourna les yeux, embarrassée. Elle ne pouvait tout de même pas lui dire qu'elle avait rêvé de lui.

— Je n'ai jamais aussi bien dormi de ma vie, déclara-t-elle enfin.

— Je suis flatté, répondit son hôte en riant.

Rowan lui jeta un coup d'œil interdit, craignant brusquement qu'il n'ait lu dans ses pensées.

— Je ne pensais pas que ma compagnie pouvait avoir un effet si apaisant, ajouta-t-il.

La jeune femme marmonna une réponse indistincte. Elle ne pouvait s'empêcher de penser que Liam l'avait percée à jour. Cherchant un sujet de conversation moins embarrassant, elle désigna une porte entrouverte que l'on distinguait de l'endroit où elle était assise. Au-delà, on apercevait un grand bureau sur lequel trônait un ordinateur dernier cri muni d'un impressionnant écran plat.

— J'espère que je n'ai pas interrompu votre travail, dit-elle à Liam.

— Ne vous en faites pas, il n'y a rien d'urgent.

Un ange passa et Liam observa la jeune femme en souriant.

— Pourquoi ne me posez-vous pas la question ?

— Quelle question ? demanda-t-elle, surprise.

— Vous voudriez savoir sur quoi j'étais en train de travailler, n'est-ce pas ?

— Oui, avoua-t-elle, désarçonnée par la façon dont il paraissait lire en elle. Mais je ne voulais pas sembler indiscrète…

— Venez.

Liam se leva et elle le suivit jusqu'au bureau. C'était une petite pièce qui offrait une vue splendide sur les falaises. Rowan se demanda comment il pouvait travailler sans être distrait par un tel paysage. Puis elle vit ce qui était affiché sur l'écran de l'ordinateur et ne put s'empêcher de rire.

— Alors vous jouiez à un jeu vidéo ! s'exclama-t-elle. Celui-là, je le connais. C'est « Le secret de Myor ». Mes étudiants en étaient fous.

— Est-ce que vous l'avez essayé ?

— Oui. Mais je suis vraiment très mauvaise. Plus le jeu me passionne et plus je suis nerveuse et je finis par commettre des tas d'erreurs. Je ne suis jamais allée au-delà du niveau trois, lorsque Brinda, la reine sorcière, promet d'ouvrir la porte des enchantements si vous lui apportez trois pierres magiques. J'en ai trouvé une mais, chaque fois, je tombe dans le puits de l'éternité…

— Il n'y a pas d'enchantement sans piège, répondit Liam en souriant. D'ailleurs, où serait le plaisir si c'était trop facile ? Mais vous voulez peut-être tenter votre chance une fois de plus…

— Non, merci. Rien que d'y penser, j'ai les mains moites. Je ne tiens pas à m'humilier devant vous.

— Eh bien ! On peut dire que vous prenez vraiment les jeux au sérieux…

— Hélas ! C'est une vraie maladie.

La jeune femme jeta un coup d'œil à la pochette qui était posée sur le bureau et un détail attira brusquement son attention.

— Le copyright est enregistré au nom de la société Donovan, remarqua-t-elle. Ne me dites pas que c'est vous qui avez inventé le jeu !

— Si.

— Vous créez des jeux vidéo ! s'exclama la jeune femme, admirative. C'est génial !

— C'est surtout très distrayant, répondit Liam, amusé par son enthousiasme.

— En tout cas, pour quelqu'un d'aussi incompétent que moi en informatique, cela relève du prodige. D'autant que Myor est une histoire extraordinaire. C'est presque un film avec tout ce qu'il faut de magie, d'épreuves et d'enjeux cosmiques...

Liam observait les yeux de la jeune femme. En leur sein, il remarqua de petits éclats argentés qui y brillaient chaque fois qu'elle était de bonne humeur.

— Tous les contes de fées doivent répondre à ces critères, répondit-il.

Tendant la main vers elle, il effleura ses cheveux, la faisant frissonner.

— J'aime bien quand ils sont emmêlés de cette façon, remarqua-t-il.

— J'ai oublié de me coiffer, répondit la jeune femme, le cœur battant.

— Le vent s'en est chargé pour vous.

Liam approcha une mèche de son visage et inspira profondément.

— Je sens l'odeur des pins et celle de l'iode, murmura-t-il. Je suis sûr que votre peau a le même goût...

Rowan sentit ses genoux faiblir tandis que le sang battait fiévreusement contre ses tempes. Elle était incapable de bouger, de détacher son regard de celui de Liam et avait presque du mal à respirer. Se pouvait-il que son rêve insensé de la nuit prenne forme à la lueur du jour ?

— Rowan Murray aux yeux de fée, reprit-il. J'ai très envie de vous toucher.

Lentement, comme s'il voulait lui laisser la possibilité de le repousser, il tendit la main et la posa doucement sur sa poitrine pour sentir les battements précipités de son cœur. Ecartant les doigts, il entoura son sein frémissant.

Rowan sentit son être tout entier se dissoudre sous l'effet du désir qui montait en elle comme une vague, transformant son sang en lave. Un soupir de bien-être lui échappa sans même qu'elle s'en aperçoive.

— Il vous suffit d'un mot et je m'arrêterai, murmura Liam.

Il fit alors un pas en avant sans la quitter des yeux. Comme hypnotisée par son regard, elle resta parfaitement immobile. Du bout des lèvres, il effleura alors sa joue.

— Vous avez le goût du vent et de la mer. Et celui de l'innocence… Me l'offrirez-vous, elle aussi ? Ne ferez-vous rien pour m'empêcher de m'en emparer ?

Il recula et l'observa attentivement.

— Que se passerait-il, Rowan, si je vous embrassais maintenant ?

La jeune femme resta silencieuse, incapable d'articuler une réponse qu'elle n'était même pas certaine de connaître. Puis Liam se pencha de nouveau vers elle et leurs lèvres se rencontrèrent. Alors, toute pensée consciente disparut.

Fermant les yeux, elle s'abandonna sans rémission à la passion brûlante qu'il faisait naître en elle. Des flammes dansaient dans son esprit et elles ne tardèrent pas à embraser tout son corps. Cette fois, le gémissement qu'elle émit contre sa bouche trahissait un plaisir aussi impérieux que terrifiant.

Elle s'était attendue à un baiser sauvage et conquérant mais Liam faisait preuve d'une douceur infinie, prenant tout son temps, lui laissant celui d'apprécier chaque sensation qui se propageait en elle et semblait se réverbérer à l'infini.

Jamais elle n'avait désiré quelqu'un à ce point. Son envie était si profonde, si animale, qu'elle lui faisait presque peur.

Pourtant, elle était incapable de mettre fin à cette étreinte. Au contraire, elle voulait plus, bien plus encore. Lorsque les mains de Liam se posèrent sur sa nuque, elle se nicha contre lui, sentant son torse puissant se presser contre sa poitrine. Elle agrippa ses épaules puis laissa ses doigts glisser dans ses longs cheveux.

Cette sensation lui rappela celle qu'elle avait éprouvée en caressant le loup noir. Mais elle se doublait cette fois d'une sensualité accrue par le souvenir des rêves torrides que Liam lui avait inspirés.

Brusquement, elle perdit le contrôle d'elle-même. Sa bouche se fit plus audacieuse, plus exigeante, faisant vaciller le contrôle que Liam exerçait sur lui-même. Leur étreinte avait perdu toute douceur, prenant soudain un caractère sauvage, presque désespéré.

Mais loin de s'en satisfaire, Rowan demandait plus. Il sentait déjà ses mains courir sur lui et comprit que, s'il ne mettait pas fin à ce baiser, il était perdu. Au prix d'un effort de volonté presque surhumain, il s'arracha à ses lèvres, haletant.

— Non, murmura-t-il d'une voix rauque. Vous n'êtes pas prête pour cela. Et je ne le suis pas non plus ! Un temps viendra peut-être où cela n'aura plus d'importance et où nous prendrons le risque malgré tout… Mais pas aujourd'hui ! Rentrez chez vous, Rowan.

La jeune femme le regarda sans comprendre.

— Personne ne m'avait jamais fait me sentir comme cela, murmura-t-elle comme si elle s'éveillait d'un rêve. Je ne savais même pas que c'était possible...

Elle crut percevoir un éclair de désir dans les yeux de Liam mais il détourna la tête et jura dans une langue qu'elle ne connaissait pas.

— Une telle honnêteté peut se révéler dangereuse, la prévint-il. Je ne suis pas toujours très civilisé, Rowan, mais je m'efforce d'être juste. Alors je vous préviens : faites attention à ce que vous offrez car je pourrais bien vous prendre plus que cela.

— Je suis prête à courir le risque, déclara-t-elle en le défiant du regard.

— Vous n'êtes qu'une enfant ! Vous ne savez pas ce que vous dites. Rentrez chez vous, à présent. Mais pas par le chemin que vous avez pris pour venir. Suivez le sentier qui part du porche. Vous serez vite à la maison.

— Mais, Liam...

— Je sais ce que vous voulez, l'interrompit-il en la prenant par le bras pour l'escorter jusqu'à la porte d'entrée. Si c'était aussi simple que cela, s'il nous suffisait de monter à l'étage et de faire quelques galipettes sur un lit, nous y serions déjà. Mais la vie est parfois plus compliquée que ce que l'on a toujours essayé de vous faire croire, Rowan ! Alors rentrez chez vous...

Il la poussa presque dehors et cela suffit à dissiper les derniers vestiges de désir qui habitaient encore la jeune femme. Cédant à l'un de ses rares accès de colère, elle le fusilla du regard.

— Très bien ! s'exclama-t-elle. Puisque c'est ainsi que vous voyez les choses, je vous interdis de poser de nouveau les mains sur moi !

Sur ce, elle tourna les talons et s'éloigna à grands pas, ne tardant pas à s'enfoncer dans la forêt. Liam ferma les yeux et la suivit en esprit jusqu'à ce qu'elle soit parvenue à la maison de Belinda et ait claqué la porte derrière elle. Rouvrant les paupières, il sourit.

— Bien parlé, Rowan Murray, murmura-t-il.

4

Rowan était furieuse. Comment Liam avait-il pu se conduire de cette façon à son égard ? Il l'avait embrassée avec passion, la serrant contre lui et éveillant en elle un désir incoercible puis, brusquement, il l'avait mise à la porte sans même lui faire l'aumône d'une explication !

C'était mortifiant.

Bouillant de colère, la jeune femme se mit à faire les cent pas dans son salon, insultant mentalement le goujat qui l'avait traitée de façon si cavalière. Comment avait-il osé poser les mains sur elle pour la repousser ensuite comme s'il s'était totalement désintéressé d'elle ?

Après tout, ce n'était pas elle qui avait fait le premier pas…

A cette pensée, la jeune femme sentit une pointe d'embarras tempérer sa vertueuse colère. Elle n'avait peut-être pas initié cette étreinte mais elle n'avait certainement rien fait pour la repousser. En fait, elle s'était même abandonnée sans la moindre retenue.

S'il avait décidé de lui faire l'amour, elle ne s'y serait probablement pas opposée. Ce genre d'attitude ne lui ressemblait pourtant pas. Après tout, Liam était pour elle un quasi-inconnu. Comment avait-elle pu le laisser la toucher et l'embrasser de cette façon ?

— Tu n'es qu'une imbécile, Rowan, se dit-elle en s'asseyant à la table de la cuisine. Une pauvre fille trop naïve incapable de faire preuve d'un minimum de bon sens…

Après tout, c'était elle qui était allée trouver Liam. Et si elle se montrait parfaitement honnête avec elle-même, elle ne l'avait pas fait simplement pour le remercier de son aide lors de l'orage. En vérité, elle avait eu envie de le revoir à cause du rêve qu'il lui avait inspiré et parce qu'elle se demandait s'il fallait y voir un signe.

Elle avait voulu découvrir si la magie de leur étreinte imaginaire survivrait à l'épreuve de la réalité, et avait été récompensée au-delà de ses attentes les plus folles. Pendant quelques instants, Liam avait éveillé en elle un désir plus fort que tout ce qui lui avait jamais été donné de ressentir.

Pour la première fois de sa vie, elle avait compris pourquoi tant de livres et de chansons avaient été écrits sur cet instant étrange où deux êtres ne faisaient plus qu'un, communiant au sein d'un même besoin aussi primaire que poignant.

Hélas, la frustration qu'elle avait ressentie ensuite n'en avait été que plus brutale. C'était comme si Liam avait entrouvert une porte donnant sur un pays merveilleux pour la refermer brusquement devant elle, ne lui laissant qu'un goût amer dans la bouche.

Comment pouvait-elle désirer à ce point quelqu'un qu'elle n'avait rencontré qu'à trois reprises et dont elle ne savait quasiment rien ? se demanda Rowan, désarçonnée. Etait-ce simplement parce qu'il était beau ? Ou parce qu'elle s'était laissé envoûter par la magie de ces lieux étranges auxquels Liam était intimement associé ?

Etait-elle en train de changer ?

Après tout, c'était pour cela qu'elle était venue jusqu'ici. Pour découvrir qui elle était réellement. Se pouvait-il qu'elle se soit menti si longtemps ? Qu'elle se soit caché la passion qui couvait en elle et ne demandait qu'à s'exprimer ?

Car c'était bien de cela qu'il s'agissait. Liam était un personnage romantique par excellence. Il était mystérieux, envoûtant, charismatique et paraissait capable de lire au plus profond d'elle-même, de deviner certaines de ses pensées qu'elle-même n'avait pas encore formulées.

Et il avait suffi qu'il la touche pour que se brisent les barrières dont elle s'était entourée. D'un geste, il l'avait privée de toute défense, la laissant offerte et consentante. Puis il l'avait durement éconduite. Etait-ce par pure perfidie ? Pour se prouver l'ascendant qu'il exerçait sur elle et satisfaire une forme de narcissisme ?

Une chose, au moins, était certaine : il l'avait humiliée et elle était bien décidée à ne pas le lui pardonner.

— Tu n'es pas prête…, murmura-t-elle rageusement. Comment saurait-il si je suis prête alors que je ne le sais pas moi-même ?

Si seulement elle avait trouvé les mots pour le remettre à sa place… Mais elle en avait été incapable, bien trop bouleversée par ce qu'elle venait d'éprouver, et s'était contentée de se retirer sans parvenir à préserver le plus petit soupçon de dignité.

— Et puis zut ! s'exclama-t-elle avec humeur. Il ne veut pas de moi. Très bien ! Cela n'a rien de surprenant, après tout. Il doit avoir l'habitude que des femmes bien plus séduisantes se jettent à ses pieds et je ne peux pas lui reprocher de se montrer exigent. Mais il n'aurait pas dû m'embrasser. A partir d'aujourd'hui, je m'arrangerai pour l'éviter. Cela ne devrait pas être trop difficile dans un tel endroit. De toute façon, je ne suis pas venue ici pour nouer une liaison mais pour me retrouver face à moi-même.

Forte de cette décision, la jeune femme alla chercher son sac à main, bien décidée à se rendre en ville pour trouver une librairie. Mais, cette fois, elle éviterait les romans et les poèmes et se concentrerait sur les ouvrages pratiques.

De cette façon, elle n'aurait plus besoin de recourir à l'aide de Liam pour faire face aux divers désagréments de la vie courante. Et s'il se présentait à sa porte en cas d'orage ou de tout autre incident, elle pourrait lui répondre qu'elle était parfaitement capable de faire face à ces difficultés.

Quelques minutes plus tard, Rowan remontait à vive allure le sentier qui menait de la maison de Belinda à la route principale. Comme elle approchait de celle-ci, elle vit un étrange oiseau au plumage argenté qui était posé sur la branche d'un vieil arbre noueux. Ralentissant, elle l'observa avec admiration.

Il était presque aussi grand qu'un aigle mais elle ne parvenait pas à déterminer à quelle espèce il pouvait bien appartenir. Peut-être aurait-elle dû étudier avec plus d'attention les livres qu'elle avait achetés concernant la faune sauvage de l'Oregon.

Mais son instinct lui soufflait qu'elle n'y aurait probablement trouvé aucune allusion à des biches blanches, des loups noirs ou des oiseaux d'argent. Pas plus qu'elle n'aurait découvert la moindre allusion à un cercle de pierre dans les guides touristiques dont elle s'était munie avant de partir.

Il y avait quelque chose de terriblement troublant dans cette accumulation de phénomènes étranges et la jeune femme se demanda si elle n'était pas en train de perdre la raison. Se pouvait-il que son imagination déjà fertile ait fini par se muer en folie ? Que toutes ces rencontres ne soient en réalité que des hallucinations ?

Pourtant, l'oiseau paraissait bien réel. Juché sur sa branche, il paraissait la contempler de ses magnifiques yeux verts. Elle crut même discerner un reflet doré au sein des plumes qui couvraient son torse. Ce n'était peut-être qu'un effet de la lumière mais elle aurait juré qu'il s'agissait du scintillement d'un bijou.

Si cet improbable rapace existait vraiment, si elle avait bien passé la nuit avec un loup, et croisé une biche blanche au fond des bois, cela signifiait-il que les certitudes qu'elle avait tenues pour acquises jusqu'à ces dernières semaines n'étaient en réalité qu'illusions ?

Se pouvait-il qu'il y ait un fond de vérité dans les légendes qui avaient bercé sa jeunesse ? C'était une pensée aussi troublante qu'excitante et Rowan eut brusquement l'impression qu'elle se trouvait sur le seuil d'un grand mystère dont elle était encore incapable de percevoir toute la richesse.

Frustrée, la jeune femme redémarra et s'éloigna.

Lorsque son véhicule fut hors de vue, l'oiseau s'envola majestueusement, s'élevant au-dessus de la cime des arbres. Il poussa un cri qui sembla se répercuter à l'infini, roulant jusqu'aux falaises distantes et glissant sur les vagues. Puis, brusquement, il plongea vers le sol.

Alors qu'il était sur le point de se poser dans une clairière, la transformation s'opéra et le rapace se mua en homme. Ses longs cheveux avaient des reflets d'argent et ses yeux étaient verts et transparents comme la plus précieuse des émeraudes. Son visage paraissait sans âge.

— Cette fille est une incorrigible rêveuse, déclara-t-il.

— Elle est jeune, Finn…

Se retournant, ce dernier fit face à la femme qui venait de s'avancer dans la clairière. Elle était d'une beauté à couper le souffle, avec de splendides cheveux dorés flottant jusqu'à ses hanches, de superbes yeux bruns et une peau d'albâtre.

— Elle ne sait pas ce qui se cache en elle-même et elle ignore qui est vraiment Liam, poursuivit-elle.

— Ce qu'il lui faut, répliqua Finn d'un ton sans appel, c'est un peu plus d'aplomb et de force de caractère. Comme lorsqu'elle a remis Liam en place... Au moins, toi tu n'as jamais manqué de courage et de volonté, Arianna.

Son épouse éclata d'un rire cristallin et posa doucement ses mains de chaque côté du visage de Finn. A son annulaire gauche brillait leur alliance et au droit une bague en or sertie d'un rubis.

— J'en avais bien besoin pour faire face à quelqu'un d'aussi entêté que toi, mon amour. Ne sois pas trop dur avec eux. Ils ne sont qu'au début du chemin qui les mènera l'un vers l'autre et ce n'est pas à nous de les forcer à avancer.

— Vraiment ? Est-ce pour cela que tu as conduit cette enfant au cercle de pierre ? demanda Finn, moqueur.

— C'est elle qui était partie trouver Liam de son propre chef, objecta Arianna. Je n'ai fait que l'y aider. Et elle en aura bien besoin, si tu veux mon avis. Car ton fils est aussi têtu que toi.

— Je pense plutôt que c'est de toi qu'il tient ce trait de caractère, répliqua Finn avant d'effleurer ses lèvres d'un baiser. En tout cas, il leur reste encore beaucoup de chemin à parcourir avant de se trouver. Il faudra que Liam apprenne l'humilité pour accéder à la fierté et que Rowan souffre pour gagner en force.

— Je ne saurais nier la justesse de ta prédiction. Mais sans épreuve, il n'est pas de victoire. Si le destin le veut, ils les surmonteront. Et je sais que tu seras le premier à t'en réjouir. Tu aimes bien cette fille, n'est-ce pas ?

Finn émit un grognement qui n'engageait à rien mais Arianna le connaissait trop pour ne pas y lire une confirmation de ce que lui avait soufflé son instinct.

— Tu as raison, déclara-t-il. Laissons-les se débrouiller

et rentrons à la maison. Ce pays est trop jeune à mon goût et la terre d'Irlande me manque…

Après être revenue de la librairie, Rowan dévora un livre traitant de plomberie. Alors que la nuit commençait à tomber, elle se fit réchauffer un bol de soupe qu'elle avala sans cesser de lire. Lorsqu'elle eut enfin terminé, elle souhaita presque qu'un tuyau se mette à fuir pour mettre en pratique ses nouvelles connaissances.

Avant d'entamer un autre ouvrage qui concernait les problèmes électriques, elle décida de passer le coup de téléphone qu'elle avait si longuement repoussé. Elle fut tentée de se servir un verre de vin pour se donner un peu de courage puis jugea cela comme une preuve de faiblesse.

Otant ses lunettes, elle contempla longuement le combiné sans se résoudre à le décrocher. Comment pouvait-il être si difficile d'appeler les personnes que l'on était censé aimer le plus au monde ?

Pour gagner un peu de temps, elle rangea dans sa bibliothèque les livres dont elle avait fait l'acquisition. La plupart traitaient de bricolage mais, cédant à une brusque impulsion, elle avait également acheté plusieurs recueils traitant de légendes et de mythologie.

Qui sait ? Cela lui permettrait peut être de comprendre un peu mieux ce qui se passait dans cette forêt…

Elle lava ensuite son bol de soupe et alla chercher du bois qu'elle empila près de la cheminée. Puis, réalisant qu'elle se trouvait à cours d'excuses, elle se résigna à décrocher le téléphone.

Une demi-heure plus tard, lorsqu'elle reposa enfin le combiné, elle était en larmes. La discussion avec sa mère avait été encore plus ardue qu'elle ne l'avait escompté. Celle-ci ne lui avait fait aucun reproche, aucune critique, se contentant d'employer ce ton que la jeune femme connaissait si bien et qui trahissait un mélange d'incompréhension et de peine.

Elle lui avait demandé pourquoi elle refusait à tout prix d'être heureuse alors que le chemin était tout tracé. Il lui aurait suffi de poursuivre ses études, de reprendre l'enseignement, d'épouser Alan, de fonder une famille, de s'installer dans une jolie maison située dans un quartier agréable…

En écoutant ce plaidoyer, Rowan avait réalisé que sa mère ne la comprendrait jamais. Et cela lui avait fendu le cœur. Elle aurait tant aimé pouvoir partager avec elle ses rêves et ses ambitions ainsi que l'angoisse que lui inspirait la vie conformiste et routinière qui s'offrait à elle.

Elle aurait voulu pouvoir lui parler du loup et du cercle de pierre, de ce Liam qui exerçait sur elle une telle fascination, de l'étrange oiseau d'argent et de cette forêt insondable et riche en mystères. Mais sa mère l'aurait probablement prise pour une folle. Elle se serait inquiétée et l'aurait suppliée de revenir au plus vite.

La jeune femme eut brusquement l'impression désolante qu'elle avait franchi un cap, qu'un gouffre s'était creusé entre elle et ses parents qu'elle ne pourrait plus jamais franchir. D'une certaine façon, elle venait de perdre les illusions rassurantes de sa jeunesse et savait à présent que personne d'autre ne pourrait l'aider à trouver sa voie.

Le poids de cette solitude l'accablait tant qu'elle ne vit pas le loup noir entrer dans la maison. Lorsqu'il vint se nicher contre elle, elle sursauta.

— C'est gentil d'être venu, murmura-t-elle. J'ai vraiment besoin d'un ami, ce soir… Je déteste décevoir les gens, tu sais. Mais cette fois, je n'ai pas le choix. Je ne peux pas continuer à mentir indéfiniment pour leur faire plaisir… Si seulement ils pouvaient comprendre !

Elle eut un petit rire sans joie et caressa la tête massive de l'animal.

— Remarque, je ne sais pas comment ils le pourraient puisque moi-même, je ne comprends rien...

Sentant la détresse de la jeune femme, Liam la laissa le serrer contre elle et lécha doucement les larmes qui coulaient le long de ses joues. Délicatement, il fit naître dans l'esprit de Rowan une pensée réconfortante.

« Si tu te trahis pour faire plaisir à ceux que tu aimes, tu te rendras malheureuse et, à terme, ils en souffriront aussi. Mieux vaut accepter qui tu es vraiment et tu trouveras la paix. Alors, ils devront bien admettre que tu avais raison... »

La jeune femme se redressa brusquement, se sentant investie d'une conviction nouvelle.

— Je ne peux pas revenir en arrière, murmura-t-elle. Une partie de moi le désire peut-être mais c'est impossible. Si je le faisais, je renoncerais à tous mes rêves et je serais plus malheureuse encore. Car je ne veux pas perdre ce que j'ai déjà trouvé ici. Je t'ai rencontré. J'ai croisé la biche blanche et l'oiseau argenté. J'ai fait la connaissance de cet homme étrange. J'ai appris qu'il était souvent plus important de suivre ses propres impulsions que d'obéir à ce que les autres attendaient de moi... J'aimerais simplement que mes parents puissent l'accepter.

Rowan continuait à caresser distraitement le loup noir qui restait parfaitement immobile, écoutant attentivement.

— Il va falloir que je cesse de me montrer si peureuse, que j'assume mes choix. Je ne peux pas continuer à craindre de devenir celle que je suis vraiment... Si seulement je n'étais pas si lâche !

Au moment où elle prononça ces mots, le loup émit un grognement sourd et menaçant et elle sursauta malgré elle. D'un œil anxieux, elle observa sa mâchoire impressionnante.

— Du calme, murmura-t-elle. Qu'est-ce qui t'arrive ?

Est-ce que tu as faim ? J'ai toujours des cookies, si tu veux...

La jeune femme se dirigea vers la cuisine, suivie par l'animal. Elle se demanda si elle n'était pas en train de commettre une folie. Après tout, les loups étaient des animaux sauvages et imprévisibles. Que ferait-elle si celui-ci lui sautait à la gorge ? Elle n'était pas de taille à affronter un tel opposant.

Peut-être ferait-elle mieux de l'entraîner subrepticement jusqu'à la porte et de l'enfermer dehors. Mais elle aurait eu alors l'impression de trahir sa confiance. Car, d'une certaine façon, ce loup était devenu pour elle un ami. Il savait la réconforter sans avoir besoin de mots.

Elle se contenta d'aller chercher un petit gâteau qu'elle lui tendit.

— C'est probablement mauvais pour ta santé mais je suppose que c'est le cas de tout ce qui est bon, déclara-t-elle.

Avec une délicatesse étonnante, le loup saisit le cookie du bout des dents et n'en fit qu'une bouchée.

— Bien, conclut-elle en constatant qu'il paraissait s'être calmé. Nous savons à présent que le sucre, comme la bonne musique, a des vertus relaxantes sur les animaux sauvages. Je veux t'en donner un de plus, au cas où...

Le loup avala le nouveau gâteau tandis que Rowan se redressait. Avant même qu'elle ait compris ce qu'il s'apprêtait à faire, il sauta et posa ses pattes antérieures sur les épaules de la jeune femme et lui lécha la joue. Revenant de la brusque frayeur qu'il venait de lui causer, elle éclata de rire.

— Nous faisons vraiment la paire, tous les deux, s'exclama-t-elle en lui gratouillant le cou. J'ai bien l'impression que nous sommes aussi peu adaptés l'un que l'autre à notre état naturel...

Le loup se dégagea doucement et retomba sur ses pattes, chipant au passage un nouveau cookie.

— Je vois ! Monsieur est un petit malin, commenta-t-elle, amusée.

Elle referma la boîte et la plaça au sommet du réfrigérateur, hors de portée de l'animal.

— Bien, reprit-elle. Je crois que je vais me servir un verre de vin, me faire couler un bain et oublier une bonne fois pour toutes ce que les autres attendent de moi.

Joignant le geste à la parole, elle remplit un verre de vin blanc et se dirigea vers l'escalier.

— Tu n'as qu'à venir me tenir compagnie, si tu n'as rien de mieux à faire, lui dit-elle.

Le loup parut hésiter quelques instants puis lui emboîta le pas.

Cette femme le fascinait de plus en plus, c'était indéniable. Il avait presque l'impression d'avoir été envoûté, ce qui aurait dû lui paraître fort désagréable. Pourtant, il n'arrivait pas à se détacher d'elle. Il avait beau savoir qu'elle n'était qu'une femme ordinaire, qu'ils n'étaient probablement pas faits l'un pour l'autre, cela ne changeait rien à l'emprise qu'elle exerçait sur lui.

Lorsqu'il l'avait mise à la porte, il avait espéré que cela suffirait à le purger de l'envie qu'il avait d'elle. Mais sa réaction avait réduit à néant cette illusion. La colère qui l'avait envahie l'avait rendue plus séduisante encore, comme si elle éveillait en elle une force dormante, un pouvoir face auquel il était impuissant.

Et lorsqu'il avait perçu sa détresse, il n'avait pu résister à l'envie qu'il avait de la réconforter. Pendant quelques minutes, il avait lutté, se forçant à se concentrer sur son travail. Mais en vain…

Le mélange de tristesse et de culpabilité qu'il sentait

monter en elle avait eu raison de sa résistance et il était accouru pour la consoler.

C'est alors qu'il l'avait entendu déplorer sa supposée lâcheté. Cela l'avait mis en colère parce qu'il savait que Rowan le pensait vraiment. Et lorsqu'il avait marqué sa désapprobation par un grognement, la jeune femme lui avait offert un cookie.

Ne se rendait-elle donc pas compte qu'en agissant de la sorte, elle faisait justement preuve d'un courage peu commun ? Probablement pas…

Il l'avait ensuite suivie jusqu'à la salle de bains et l'avait observée tandis qu'elle se déshabillait, admirant ce corps vif et élancé qui faisait naître en lui un désir quasiment insoutenable.

Résistant de toutes ses forces à l'envie qu'il avait de se transformer pour la prendre dans ses bras, il s'était contraint à rester parfaitement immobile. Rowan avait allumé plusieurs bougies et mis de la musique avant de se glisser dans l'eau brûlante de la baignoire.

Elle s'était alors mise à discuter avec lui comme si elle était convaincue qu'il pouvait la comprendre. Il s'était un peu rapproché et elle lui avait affectueusement caressé la tête avant de s'emparer de son livre.

A sa profonde stupeur, il ne s'agissait cette fois ni d'un roman, ni d'un recueil de poésie mais d'un manuel de bricolage. Il n'avait pu retenir un éclat de rire qui s'était transformé en jappement. Elle lui avait alors décoché un sourire angélique.

— Il est marqué ici que l'on devrait toujours disposer de quelques outils de base, lui expliqua-t-elle gravement. Je crois que Belinda en possède quelques-uns à la cave mais je ferais bien de faire une liste et de m'assurer qu'il n'en manque pas. La prochaine fois qu'un orage éclatera ou qu'un fusible sautera, je ne tiens pas à dépendre de qui que ce soit. Et moins encore de Liam Donovan !

Rowan vit alors le loup s'approcher de son verre et laper une gorgée de vin.

— Dis donc ! Ce n'est pas pour toi, espèce de malappris !

Elle écarta son verre et se replongea dans son livre.

— Ils expliquent comment réparer un fil dénudé, reprit-elle. Cela n'a pas l'air très compliqué... En plus, il y a des schémas très bien faits. Il ne devrait pas être difficile de suivre ces instructions...

Elle sourit tristement.

— En fait, je suppose qu'il n'est jamais difficile de suivre des instructions, soupira-t-elle. Le problème, tu vois, c'est que jusqu'ici, je n'ai jamais fait autre chose. Ma première initiative vraiment personnelle a été de venir ici.

La jeune femme reposa son livre et étendit une de ses jambes hors de l'eau pour la savonner. Liam la regarda faire, se demandant combien de temps il pourrait demeurer sain d'esprit s'il restait là à la contempler sans rien faire.

— Le plus étrange, c'est que je n'aurais jamais pensé que je m'y plairais autant. Je ne croyais pas être faite pour ce genre d'aventures, tu sais...

Elle se leva et commença à se savonner des pieds à la tête sous le regard de Liam qui sentait sa raison vaciller sous le coup du désir. Son odeur qu'il devinait par-delà celle de la mousse le rendait fou. Et lorsqu'elle finit enfin par se rincer et s'essuyer et qu'elle enfila son pyjama de flanelle, il sentit un profond soulagement l'envahir. Jamais il n'aurait cru qu'une vision aussi délicieuse puisse être source de tant de tourments.

Elle regagna alors la chambre où elle entreprit de faire du feu. Il vint se frotter contre elle et la mordilla doucement, la faisant rire. Quelques instants plus tard, ils se retrouvèrent en train de lutter affectueusement sur le tapis et il la laissa le faire basculer en arrière.

Elle lui caressa le ventre tandis qu'il lui léchait la joue

puis elle le serra dans ses bras et couvrit sa fourrure de petits baisers.

— Je suis si contente de t'avoir trouvé, s'exclama-t-elle joyeusement. A moins que ce ne soit toi qui m'aies trouvée. Peu importe, en fait… Je suis heureuse d'avoir un ami qui n'attende de moi rien d'autre que cette amitié.

Serrés l'un contre l'autre, ils restèrent longuement allongés devant la cheminée qui flambait joyeusement.

— Tu sais, lui dit-elle, lorsque j'étais petite, j'étais sûre de voir des choses dans le feu. Des visions magiques… Il y avait des nuages, des châteaux et des falaises. De beaux princes et des collines enchantées… J'étais même certaine que si je connaissais la formule secrète, je pourrais traverser le feu et aller voir toutes ces choses merveilleuses.

Elle soupira avec résignation.

— Aujourd'hui, je ne vois plus que des flammes et de la fumée. C'est triste, tu ne trouves pas ?

Rowan resta longuement silencieuse, méditant sur ces visions perdues et elle ne tarda pas à s'endormir, nichée contre lui.

Le loup reprit alors forme humaine et Liam caressa doucement ses cheveux tout en observant la cheminée. Lui savait qu'il existait un chemin à travers le feu. Mais avait-il le droit de le lui dire ? Avait-il le droit de l'emmener là où les rêves prenaient corps ?

— Il te faudrait redevenir l'enfant que tu étais, Rowan, murmura-t-il. Si tu n'y parviens pas, je ne pourrai rester à tes côtés. Cela me déchirera le cœur mais je devrai te quitter…

Rowan soupira et, sans se réveiller, passa un bras autour de sa taille comme pour l'empêcher de mettre cette menace à exécution. Liam ferma les yeux.

— Dépêche-toi de trouver qui tu veux être, souffla-t-il. Et ce que tu veux faire de ta vie. Car bientôt, je devrai choisir.

A contrecœur, il se redressa et la souleva pour la porter jusqu'à son lit.

— Si tu décides de venir vers moi, Rowan, je te montrerai la voie qui s'ouvre au-delà des flammes. Je te montrerai ce qu'est la véritable magie.

Il la borda et se pencha vers elle pour déposer sur ses lèvres un baiser aussi léger que l'aile d'un papillon.

— Dors, à présent. Et rêve tes propres rêves.

Il l'embrassa de nouveau et quitta la maison. Une fois parvenu sous le porche, l'homme se fit loup et s'élança dans la nuit.

En réalité, plus les jours passaient et plus Liam sentait grandir la frustration qui l'habitait. Il aurait voulu pouvoir blâmer Rowan pour cela mais savait qu'il était le seul responsable de cet état de fait.

Après tout, elle lui avait implicitement offert ce qu'il désirait tant. Et c'était lui qui l'avait repoussée. Si elle n'avait pas été aussi innocente, aussi pure, il aurait peut-être satisfait l'envie qu'il avait d'elle sans se soucier de ce qui adviendrait ensuite. Qui sait ? Cela aurait peut-être suffi à calmer ses ardeurs.

Liam étouffa un grognement. Qui cherchait-il donc à duper ? L'attirance qu'exerçait sur lui la jeune femme dépassait de loin le simple désir physique. Plus il apprenait à la connaître, plus elle le fascinait et plus il devait lutter contre lui-même.

Et il était bien trop versé dans les arts occultes pour croire que l'on pouvait remporter un tel combat. Chaque jour, il avait un peu plus de mal à contrôler son pouvoir. Il ne parvenait plus à se concentrer suffisamment pour accéder à cette paix intérieure qui était la condition impérative de tout acte magique.

Il n'arrivait même pas à écrire le scénario des « Enfants de Myor », la suite du jeu vidéo qu'il avait créé. Bien sûr, il avait toujours prétendu qu'il ne s'agissait que d'un passe-temps auquel il accordait peu d'importance. Mais c'était faux. En réalité, il était très fier de l'enthousiasme qu'avait soulevé le premier volet de l'histoire.

Ce jour-là, Liam s'était assis au sommet des falaises, face à la mer. Dans son poing serré, il tenait un cristal de fluorite qui aurait dû l'aider à se détendre, à faire le vide. Mais ses pensées étaient aussi impétueuses et incontrôlables que les vagues qui roulaient en contrebas.

Une irrépressible impatience l'habitait. Il savait qu'elle était l'ennemie de tout magicien, que ce genre d'emportement ne conduisait qu'à l'échec et aux désillusions. Mais c'était plus fort que lui.

— Bon sang ! s'exclama-t-il rageusement. Je suis maître de ma destinée. Je ne peux pas laisser une femme, si belle et si adorable soit-elle, me détourner du but que je me suis fixé. Je suis Liam, fils de Finn, et je suis un homme libre…

Presque sans surprise, il avisa une mouette au plumage immaculé qui volait gracieusement dans sa direction. Il suivit des yeux son approche, jusqu'à ce qu'elle le rejoigne et étende les ailes pour se poser auprès de lui. Ses yeux étaient dorés et ressemblaient beaucoup à ceux de Liam.

— La bénédiction de la Déesse soit avec toi, mère, dit-il.

L'oiseau se métamorphosa et Arianna s'approcha de lui pour le serrer dans ses bras.

— Et qu'elle t'accompagne toujours, mon chéri.

Liam inspira profondément l'odeur familière de ses cheveux et son cœur se serra dans sa poitrine.

— Tu sens l'Irlande, murmura-t-il.

Arianna déposa un léger baiser sur son front.

— Tu m'as manqué, ajouta-t-il.

— Toi aussi, tu nous as manqué, lui dit-elle.

S'écartant, elle le contempla gravement.

— Tu sembles fatigué, remarqua-t-elle. Aurais-tu du mal à trouver le sommeil, ces temps-ci ?

— Pourquoi poser la question puisque tu connais déjà la réponse ?

— Excellente remarque, fit sa mère en riant doucement. Cet endroit est magnifique, Liam. Tu as toujours su choisir avec sagesse les lieux et les personnes que tu fréquentais.

— Je n'en suis plus si sûr...

Arianna fronça les sourcils d'un air de reproche.

— Elle est très belle et son cœur est pur.

— Je sais... Est-ce toi qui l'as envoyée vers moi ?

— Non... Il y a certains pouvoirs qui dépassent ma vision ou la tienne, Liam. Et le destin use parfois de voies détournées, tu le sais bien.

— Que veux-tu dire ?

— Qu'elle ne ressemble pas aux femmes vers lesquelles tu es attiré d'habitude.

— Je ne sais pas si j'ai vraiment envie de discuter avec ma mère de mes préférences en matière de sexualité, objecta Liam en riant.

— Pourquoi pas ? Je vous ai toujours enseigné que c'était une part importante de l'existence. Et je ne tiens pas à ce que mon fils réprime ses pulsions... Mais ce n'est pas vraiment la question, n'est-ce pas ? Il y a bien plus que du désir en toi. Je le sens.

— Qu'est-ce que cela change ? répliqua Liam avec une pointe d'agacement.

Parfois, il aurait préféré que ses parents n'aient pas le don de prophétie et ne soient pas capables de discerner ainsi le moindre de ses états d'âme.

— Je ne veux pas lui faire de mal, soupira-t-il.

— Qu'est-ce qui te fait croire que tel serait le cas ?

— Comment pourrait-il en être autrement ?

— L'amour est un risque, Liam. Ce que tu es et ce qu'elle est ne change rien à cette réalité qui s'impose aux dieux comme aux mortels. Crois-tu que ton père et moi nous soyons aimés sans jamais souffrir pendant plus de trente ans ?

— Ce n'est pas ce dont je parle, protesta Liam. Elle n'est pas comme nous. Et si je me laisse séduire, il faudra un jour que je choisisse entre elle et mes obligations envers la famille. Je sais que père veut me voir prendre sa place.

— Ne t'en fais pas pour cela, tu as encore le temps. Mais il est juste que, lorsque le moment sera venu, ce sera à toi, Liam Donovan, de te substituer à lui à la tête du clan.

— Je ne suis pourtant pas obligé d'accepter cette responsabilité. J'ai le droit de la céder à un autre, n'est-ce pas ?

— Telle est la loi, en effet. Tu peux choisir de renoncer à cette charge et laisser quelqu'un l'assumer à ta place. Est-ce vraiment ce que tu veux ?

— Je ne sais pas, soupira Liam. Ce dont je suis certain, par contre, c'est que je ne ressemble pas à père. Je n'ai ni son impartialité, ni sa patience, ni sa compassion.

— Chaque chef suit la voie qui est la sienne. Et si ton père veut que tu lui succèdes, c'est qu'il estime que tu as les qualités requises pour cela.

— J'y ai beaucoup réfléchi. Et jusqu'à ce que ma route croise celle de Rowan, je pensais m'en être convaincu. Mais tu sais comme moi que si je choisis une femme qui n'est pas de notre sang, je n'aurai plus le droit de guider le clan.

— C'est juste. Mais l'amour est une autre forme de pouvoir, tu sais. C'est même le plus sacré et le plus précieux de tous.

— Tu as toujours été une incorrigible romantique, mère, répondit Liam avec une pointe d'ironie.

Arianna le fusilla du regard et il ne put s'empêcher de tiquer, sentant la puissance immense qui l'habitait. Il lui aurait suffi d'un geste pour anéantir toutes les protections dont il était entouré.

— Tu n'es qu'un imbécile, Liam Donovan, lui dit-elle posément. Que crois-tu que t'apportent tes fameux pouvoirs ? Tu es l'un des plus grands magiciens de ta génération. Avec le temps, tu parviendras même à dépasser ton père. Mais qu'est-ce que cela change, au juste ? Tu passes ton temps à errer dans les bois comme une âme en peine, à hurler à la lune et à inventer des jeux vidéo. Tu te complais dans de sombres méditations. Mais lorsque l'amour appelle, tu te terres chez toi sans rien faire, préférant laisser celle qui t'est chère seule sous l'orage plutôt que de courir le moindre risque…

— Tu sais comme moi que c'est père qui a déclenché cet orage.

— Et alors ? répliqua-t-elle. Cela ne change rien au fait que tu te conduis comme un pleutre ! Tu vis en reclus dans une tour d'ivoire parce que tu as peur d'accepter la vérité de ce que tu ressens.

— Qu'est-ce que ça peut bien te faire ? protesta-t-il vertement.

— Ne me parle pas sur ce ton !

Liam étouffa un juron en gaélique.

— Je n'ai plus douze ans, je te signale.

— Que tu aies douze ans ou trois cents ans ne change rien ! Je suis ta mère et tu dois faire preuve de respect à mon égard.

Liam baissa la tête, vaincu.

— Je suis désolé, soupira-t-il.

— Voilà qui est mieux. A présent, arrête de te torturer

inutilement au sujet de ce qui pourrait être et affronte ce qui est. On ne ruse pas avec l'amour.

La colère d'Arianna disparut aussi subitement qu'elle était apparue et elle lui sourit tendrement.

— Maintenant, dis-moi au revoir. Elle ne va pas tarder à arriver…

Comme Liam boudait toujours, elle déposa un doux baiser sur sa joue.

— Quoi que tu en dises, tu ressembles parfois beaucoup à ton père, lui dit-elle en riant. Mais tâche de sourire, sinon tu risques d'effrayer cette pauvre petite. Adieu, mon enfant.

Sur ce, Arianna s'élança du haut de la falaise, se retransformant en mouette. Quelques instants plus tard, elle avait disparu à l'horizon.

5

Liam poussa un nouveau juron. La colère qui l'habitait l'avait empêché de percevoir l'approche de Rowan et c'était une erreur impardonnable pour un magicien tel que lui. Se détournant, il se concentra sur cette aura désormais familière et reconnut le mélange irrésistible de féminité, d'innocence et de douceur qui émanait d'elle.

Quelques instants plus tard, elle émergea de la forêt sans le voir et commença à monter la pente qui conduisait au bord de la falaise. Ses cheveux étaient tirés en arrière et attachés par un élastique et sa queue-de-cheval se balançait au rythme de sa marche. Elle portait un pantalon gris, un chemisier jaune clair et un sac à dos qui devait contenir son pique-nique.

Liam la suivit des yeux tandis qu'elle s'approchait. Sa présence avait sur lui un effet paradoxal et il se sentait aussi heureux qu'agacé de la voir surgir ainsi à l'improviste. Mais ces sentiments refluèrent brusquement pour céder place à l'amusement lorsqu'elle l'aperçut enfin.

Il la vit sursauter et sentit le trouble qui s'insinuait en elle et qu'elle s'efforça aussitôt de dissimuler sous un masque glacial.

— Bonjour à vous, Rowan, lui dit-il en s'inclinant légèrement.

Elle hocha brièvement la tête et agrippa les courroies de son sac sans cesser d'avancer. Finalement, elle le dépassa sans ralentir et continua sa progression d'un pas décidé. Liam la suivit en souriant.

— Je ne vous savais pas si rancunière, remarqua-t-il.

— C'est que vous ne me connaissez pas, répliqua la jeune femme sans s'arrêter.

— Au contraire, je vous connais très bien. Et je sais que ce n'est pas dans votre nature.

Rowan ne releva pas, se contentant de hausser les épaules. Ce matin-là, elle avait décidé de se rendre en bord de mer pour dessiner mais sa belle humeur s'était brusquement envolée lorsqu'elle s'était avisée de la présence de Liam.

Elle n'avait aucune envie de le voir ni de se souvenir de la scène terriblement embarrassante qui s'était produite chez lui. Mais elle ne tenait pas non plus à se laisser intimider par sa présence. Elle continua donc à avancer en silence pendant quelques minutes, jusqu'à ce qu'elle l'entende s'arrêter.

Elle poursuivit sa route sur une centaine de mètres et posa son sac sur le sol. Elle en sortit la bouteille d'eau qu'elle avait apportée, son carnet et un crayon. Se forçant à ne pas tourner les yeux vers lui, elle s'absorba dans la contemplation de l'océan.

S'asseyant en tailleur, elle commença alors à dessiner. Mais elle percevait la présence de Liam non loin d'elle. C'était une sensation oppressante qui rendait ses mains moites et éveillait en elle une incoercible tension. Elle s'efforça de l'ignorer et continua son croquis.

Mais, bien sûr, la tentation fut trop forte et elle finit par jeter un coup d'œil sur sa gauche. Liam se tenait immobile à quelques mètres d'elle, les mains plongées dans les poches de son jean. Il était splendide, songea-t-elle avec accablement. On aurait dit Byron, Heathcliff ou l'un de ces héros romantiques au physique irréprochable et à l'âme torturée.

Un chevalier avant la bataille ou un prince inspectant son royaume...

— Je ne veux pas me battre contre vous, Rowan, murmura-t-il.

La jeune femme fronça les sourcils. Elle était certaine qu'il venait de prononcer ces mots mais il se trouvait beaucoup trop loin pour qu'elle ait pu les entendre. Etait-ce un effet du vent ? Ecartant cette question, elle se replongea dans son dessin et, sans même s'en rendre compte, commença à croquer Liam tel qu'il venait de lui apparaître.

Lorsqu'elle s'en aperçut, elle tourna nerveusement la page et commença un nouveau dessin.

— Il ne sert à rien de vous mettre en colère contre moi ou contre vous-même.

Rowan sursauta, réalisant qu'une fois de plus, il s'était approché sans qu'elle s'en aperçoive. Il se trouvait à présent juste au-dessus de son épaule. Se tournant vers lui, elle plissa les yeux pour observer sa silhouette qui se découpait à contre-jour.

— Je n'ai pas envie d'en discuter, articula-t-elle froidement.

Nullement désarçonné par l'agressivité dont elle venait de faire preuve, il s'assit à son côté. Pendant quelques instants, il resta parfaitement silencieux et elle comprit qu'il ne renoncerait pas facilement.

— La côte est suffisamment longue, observa-t-elle. Vous devriez en explorer une autre partie.

— Mais je préfère rester près de vous, répondit-il sans se démonter.

Rowan soupira et fit mine de se relever mais il la retint par la manche.

— Ne soyez pas ridicule...

— Ne me dites pas ça ! s'exclama la jeune femme avec agacement. J'en ai plus qu'assez d'entendre les gens me répéter que je suis ridicule ou insensée ! D'ailleurs, je vous l'ai dit : vous ne me connaissez même pas.

Liam se tourna légèrement pour lui faire face.

— Je ne demande pas mieux que d'apprendre à vous connaître. Dites-moi, que dessinez-vous ?

— Rien du tout, déclara-t-elle en rangeant son carnet dans son sac.

Une fois de plus, elle tenta de se relever et il l'en empêcha.

— Très bien, s'exclama-t-elle sèchement. Si vous tenez tant à discuter, discutons ! Je reconnais que j'ai traversé les bois parce que je voulais vous voir... Parce que je me sentais attirée par vous... Je suis certaine que vous avez l'habitude d'exercer un tel effet sur les femmes qui vous entourent. Je désirais aussi vous remercier pour l'aide que vous m'aviez apportée. J'ai peut-être empiété sur votre intimité mais c'est vous qui m'avez embrassée !

— C'est vrai, reconnut Liam.

En fait, il avait terriblement envie de recommencer, ne serait-ce que pour chasser la petite moue maussade qui se dessinait sur les lèvres de la jeune femme en cet instant.

— J'ai peut-être réagi un peu trop passionnément, reconnut-elle d'un air sombre. Et vous aviez certainement le droit de me demander de partir. Mais vous auriez tout de même pu le faire avec un peu plus de tact et de gentillesse ! Rien ne justifiait la méchanceté dont vous avez fait preuve à mon égard. En tout cas, ne vous inquiétez pas : je comprends que vous préfériez garder vos distances. Ce qui m'échappe, par contre, c'est pourquoi vous restez là.

— Je vais essayer de répondre à vos remarques dans l'ordre. Tout d'abord, c'est vrai, je suis habitué à ce que les femmes réagissent favorablement à ma présence. Et comme je les apprécie beaucoup, moi aussi, cela ne me déplaît pas.

Rowan émit un petit son méprisant et il lui sourit malicieusement.

— Je sais que vous auriez une plus haute opinion de moi si je vous mentais à ce sujet mais j'ai toujours pensé que l'honnêteté était préférable à la fausse modestie. En ce qui concerne mon goût pour la solitude, vous avez raison. Mais votre visite m'a vraiment fait plaisir. Et je vous ai embrassée parce que j'avais très envie de le faire et parce que vous avez une très jolie bouche.

Rowan ne put dissimuler la stupeur qui se lut sur son visage. Il comprit que personne ne lui avait jamais dit une telle chose et secoua tristement la tête, affligé par la bêtise des hommes qui avaient croisé la route de cette femme magnifique.

— Vos yeux me rappellent ceux des elfes qui dansent dans les collines de mon pays, reprit-il doucement. Et vos cheveux ont la couleur chaleureuse d'un chêne poli par le temps. Votre peau est si douce qu'elle ressemble au plus pur des satins...

— Arrêtez! protesta Rowan en nouant ses bras autour d'elle comme pour se protéger contre ce qu'il lui disait. Ce n'est pas juste...

Elle avait sans doute raison, songea Liam. Il n'était pas très équitable d'employer ces mots qu'elle avait visiblement si peu souvent l'occasion d'entendre.

— Ce qui serait injuste serait de ne pas dire la vérité, répondit-il néanmoins. Vous êtes très belle, Rowan... Bien plus belle que vous ne pouvez l'imaginer. Et ma réaction à ce baiser a également été plus ardente que je ne l'avais prévu. J'ai pris peur et je me suis montré discourtois. Je vous présente mes excuses pour cela.

Rowan le regarda fixement, sentant fondre malgré elle la rancœur qu'elle lui vouait.

— Etes-vous désolé d'avoir été désagréable ou bien d'avoir réagi à ce baiser? demanda-t-elle gravement.

Liam fut légèrement désarçonné par cette question. Visiblement, Rowan savait se montrer très perspicace.

— Les deux, je suppose, reconnut-il en toute honnêteté. Je vous ai dit que je n'étais pas prêt, Rowan, et c'est la vérité.

Dans ses yeux et dans sa voix, la jeune femme perçut une indéniable franchise et cela suffit à dissiper les dernières traces de ressentiment qui subsistaient en elle. Elle n'arrivait cependant pas à comprendre ce que Liam voulait dire lorsqu'il affirmait qu'il n'était pas prêt pour elle.

Mais son instinct lui soufflait qu'il ne pouvait pas encore s'expliquer sur ce point. Et elle n'était pas non plus très sûre d'avoir envie de le savoir. Car, sans réellement comprendre pourquoi, elle était convaincue que ce qu'il lui révélerait risquerait de remettre en cause nombre de ses certitudes.

— D'accord, acquiesça-t-elle enfin. Je crois deviner ce que vous voulez dire… Je suis moi-même à un carrefour de ma vie. Et je sais que l'on est plus fragile lorsqu'une étape de son existence s'achève et qu'une autre est sur le point de commencer. Je ne vous connais pas, Liam, mais je sens que vous en êtes là, vous aussi. Et je ne sais que vous dire…

Il la contempla pensivement, étonné une fois encore par sa perspicacité.

— Vous pouvez toujours m'inviter à boire le thé, suggéra-t-il.

— Pardon ?

Il lui prit la main.

— Il ne va pas tarder à pleuvoir, expliqua-t-il. Nous ferions mieux de rentrer.

— Mais le soleil brille et…

Rowan s'interrompit : au moment même où elle s'apprêtait à protester, la lumière changea. De lourds nuages dérivaient rapidement dans leur direction et les premières gouttes commençaient déjà à tomber. Liam sourit : son père n'était pas le seul à savoir utiliser le climat à son avantage.

— Ils avaient pourtant affirmé qu'il ferait beau toute la journée, soupira la jeune femme.

Elle rangea ses affaires et s'empara de son sac à dos. Liam l'aida alors à se relever.

— C'est juste une petite ondée, répondit-il sans lâcher sa main.

Il commença à l'entraîner en direction de la forêt.

— En Irlande, nous n'y prêterions même pas attention… Est-ce que vous aimez la pluie ?

— Oui mais je vous préviens : elle me rend encore plus rêveuse que d'habitude.

Levant les yeux, elle offrit son visage à la douce caresse de la bruine.

— Le soleil brille toujours, remarqua-t-elle.

— Vous aurez droit à un arc-en-ciel, promit Liam. Est-ce que j'aurais droit à un thé ?

Ils venaient de pénétrer sous le feuillage des premiers arbres et se retrouvèrent plongés dans la pénombre rassurante de la forêt.

— Je suppose, répondit Rowan en le regardant d'un air amusé.

— Vous voyez ! Je vous avais bien dit que vous n'étiez pas rancunière.

— J'ai juste besoin d'un peu d'entraînement, répliqua-t-elle en riant.

— J'ai bien peur qu'avec moi, vous n'ayez maintes occasions de développer ce talent.

— Est-il donc dans vos habitudes d'agacer les femmes ?

— Oh, oui ! Mais pas seulement les femmes… Ma mère dit que je suis boudeur et mon père que j'ai la tête aussi dure que le roc. Je suppose qu'ils sont bien placés pour savoir de quoi ils parlent...

Rowan et lui remontaient à présent le long du petit ruisseau que la pluie faisait gargouiller de plus belle.

— Est-ce qu'ils vivent toujours en Irlande ? demanda la jeune femme, curieuse.

— Oui, répondit Liam.

En réalité, ils auraient tout aussi bien pu se trouver embusqués derrière l'un des arbres en train de les observer mais, dans ce cas, il n'avait aucune envie de le savoir.

— Est-ce qu'ils vous manquent ?

— Oui, beaucoup. Mais nous restons en contact... Et vous ? Est-ce que votre famille vous manque ?

— Eh bien, je suppose que ce devrait être le cas mais, en réalité, pas tant que ça... Du coup, je ne peux pas m'empêcher de me sentir un peu coupable. Mais je n'ai jamais été seule aussi longtemps et j'avoue...

— Que vous adorez ça ?

— Oui, répondit-elle en riant.

— Il n'y a pas de quoi avoir honte, observa Liam tandis qu'ils approchaient de la maison de Belinda.

Rowan sortit la clé qu'elle gardait dans sa poche et s'apprêta à ouvrir la porte.

— Pourquoi est-ce que vous fermez ? demanda Liam, étonné.

— Par habitude, je suppose...

Ils pénétrèrent dans le salon et la jeune femme se dirigea vers la cuisine.

— Je vais faire chauffer l'eau pour le thé. J'ai préparé des rouleaux à la cannelle, ce matin, mais ils ont en partie brûlé.

— J'en goûterais volontiers un, répondit Liam en lui emboîtant le pas.

En pénétrant dans la cuisine, il remarqua que Rowan avait apporté quelques touches personnelles. C'était une réaction typiquement féminine, songea-t-il. Comme les oiseaux, elle avait fait son nid. Il reconnut les racines noueuses qui trônaient dans un pot coloré au centre de la table.

Elle les avait ramassées alors qu'elle se promenait avec le loup dans la forêt. Elle avait même essayé de lui apprendre à les rapporter lorsqu'elle les lançait mais il avait dignement ignoré ces tentatives.

Liam s'assit confortablement sur l'une des chaises. La pluie tombait au-dehors et, pour la première fois depuis plusieurs jours, il se sentait détendu et joyeux. Sa mère avait raison, songea-t-il : il était probablement inutile de lutter contre l'attirance que Rowan exerçait sur lui.

Observant la jeune femme, il réalisa qu'elle était plongée dans ses pensées. L'espace d'un instant, il fut tenté de les lire mais s'en abstint. Cela n'aurait pas été très fair-play. Après tout, il était suffisamment attaché à son intimité pour ne pas empiéter sur celle des autres.

Mais cela ne l'empêcherait pas de poser des questions.

— Votre famille vit à San Francisco, n'est-ce pas ?

— Oui, répondit Rowan en choisissant une théière parmi l'impressionnante collection de Belinda. Ils sont tous les deux professeurs à l'université. Mon père est le directeur du département d'anglais.

— Et votre mère ? demanda Liam en sortant le carnet à croquis qui dépassait du sac à dos que la jeune femme avait déposé sur la table.

— Elle enseigne l'histoire.

Rowan finit par opter pour une théière qui représentait une fée dont les ailes constituaient la poignée.

— Tous deux sont brillants, poursuivit-elle en versant le thé dans le petit sachet de tissu destiné à cet effet. Ce sont de très bons pédagogues…

La jeune femme s'interrompit brusquement en constatant

que Liam étudiait attentivement le dessin qu'elle avait fait du loup noir.

— C'est magnifique ! s'exclama-t-il en tournant la page.

Le croquis suivant représentait plusieurs arbres aux racines noueuses. A travers les branches, on devinait de petites fées qui voletaient et semblaient l'observer d'un air moqueur.

— Ce ne sont que des esquisses, répondit Rowan mal à l'aise.

Elle dut résister à la tentation de lui arracher le carnet.

— Ce n'est qu'un passe-temps...

Liam releva les yeux d'un air désapprobateur.

— Pourquoi dites-vous cela ? Vous avez de toute évidence beaucoup de talent et un goût réel pour le dessin...

— C'est juste pour m'occuper, protesta-t-elle modestement.

Liam secoua la tête et tourna la page pour découvrir le cottage de Belinda. Rowan l'avait volontairement vieilli, le faisant ressembler à une maison de conte de fées. Il reconnut le petit cercle d'arbres qui poussaient sur la gauche de la pelouse.

— Au risque de vous vexer une fois de plus, ce que vous dites est parfaitement ridicule ! s'exclama-t-il. Vous êtes très douée, Rowan, c'est évident. Et il n'est jamais bon de renier les talents que la nature nous a donnés.

— Je ne renie rien, objecta-t-elle, de plus en plus embarrassée. Je vous l'ai dit : c'est un simple passe-temps. Je ne vais tout de même pas prétendre être dessinatrice professionnelle...

— Vous avez un don. La plupart des gens passent leur vie à chercher le leur mais vous l'avez trouvé. Cela n'a pas de prix.

Rowan sourit et secoua la tête d'un air dubitatif.

— Même si ce que vous dites est vrai, je ne vois pas très bien ce que cela change. Je ne peux pas vivre de dessins !

— Je ne vois pas le rapport.

— C'est pourtant simple : ce que je suis venue chercher ici, entre autres, c'est le métier que j'aimerais exercer. Un métier qui me rapporte de quoi me loger, me nourrir et m'habiller.

Elle déposa une tasse devant Liam et la remplit de thé avant de se servir.

— Dans ce cas, vous n'avez qu'à vendre vos dessins, répondit-il.

— Personne n'achètera des esquisses au crayon à un professeur oisif, objecta-t-elle.

— Moi, je vous achèterai celui-ci, déclara-t-il en se levant pour lui désigner le dessin du loup. Vous n'avez qu'à me donner votre prix.

Rowan sourit, réalisant que l'expression de défi qu'arborait Liam en cet instant ressemblait beaucoup à celle du loup, sur le croquis.

— Je ne veux pas le vendre. Et il ne sert à rien de l'acheter juste pour prouver que vous avez raison. Maintenant, asseyez-vous et buvez tranquillement votre thé.

— Puisque vous ne voulez pas le vendre, donnez-moi ce dessin. Je l'aime vraiment beaucoup. Et celui-là, ajouta-t-il en montrant les arbres aux fées. Je pourrais utiliser quelque chose de ce genre pour le jeu sur lequel je travaille. Je n'ai aucun talent pour le dessin...

— Vraiment ? Alors qui a réalisé ceux de Myor ? demanda Rowan en sortant les rouleaux à la cannelle.

— Différentes personnes, selon l'ambiance que je recherchais...

Sans quitter le carnet des yeux, Liam prit l'une des pâtisseries. Elle était dure et partiellement brûlée, comme le lui avait annoncé la jeune femme, mais l'intérieur était crémeux et délicieux.

— Est-ce que vos parents dessinent aussi ? demanda-t-il.

Rowan ne put s'empêcher de rire à cette idée. Si Liam

les avait connus, il n'aurait probablement jamais posé une telle question. Tous deux étaient bien trop occupés par des choses sérieuses pour s'adonner à un passe-temps si futile.

— Non, répondit-elle enfin. Mais ils ont accepté que je prenne des cours lorsque j'étais plus jeune et ils m'ont toujours soutenue. Ma mère a même fait encadrer un dessin que j'avais fait de la baie. Elle l'a affiché dans son bureau, à l'université.

— Alors, c'est qu'elle apprécie votre talent, elle aussi.

— Disons plutôt qu'elle aime sa fille, répondit Rowan avant d'avaler une gorgée de thé.

— Si tel est le cas, elle sera certainement ravie que vous développiez ce don. Vous le tenez probablement de l'un de vos grands-parents...

— Je ne crois pas. Mon grand-père paternel était professeur, lui aussi. Il semble bien que ce soit héréditaire dans notre famille. Son épouse était la parfaite femme au foyer.

Sous le regard affligé de Liam, Rowan rajouta trois cuillères à café de sucre dans sa tasse.

— Et vos grands-parents maternels ?

— Ils vivent à San Diego. Ma grand-mère était très douée pour la broderie et je suppose que cela s'apparente à de l'art. Sa mère peignait, elle aussi. J'ai même vu quelques-uns de ses tableaux. Elle avait la réputation d'être un peu excentrique.

— De quelle façon ?

— Eh bien, je ne l'ai jamais connue, évidemment. Mais lorsque j'étais petite, j'entendais souvent mes parents et mes grands-parents parler d'elle. Apparemment, elle lisait les lignes de la main et parlait aux animaux malgré les perpétuelles remontrances de son mari qui n'appréciait guère ce genre de fantaisies. Il était anglais et très terre à terre. Elle était irlandaise et rêveuse. Je suppose que cela explique beaucoup de choses...

— En effet, acquiesça Liam en riant. Vous souvenez-vous de son nom de famille ?

— O'Meara, répondit Rowan. Et je porte le même prénom qu'elle.

Liam se figea, n'arrivant pas à croire ce qu'il était en train d'entendre.

— Je crois qu'elle m'aimait beaucoup, même si j'étais trop petite pour m'en rendre compte. Elle m'a même légué un pendentif qui lui appartenait, une pierre de lune sertie dans un médaillon d'argent.

Liam reposa sa tasse, le cœur battant à tout rompre.

— Votre arrière-grand-mère était Rowan O'Meara, articula-t-il.

— Oui, répondit la jeune femme, étonnée par la tension qu'elle percevait brusquement en lui. Mon arrière-grand-père l'avait rencontrée à Clare, sur les falaises, alors qu'il se trouvait en vacances en Irlande. Elle était en train de peindre...

Rowan fronça les sourcils et secoua la tête.

— Je ne sais même pas comment je me souviens de cette histoire. Cela fait si longtemps que je l'ai entendue... En tout cas, ils sont tombés amoureux et elle a décidé de le suivre en Angleterre où ils se sont mariés. Plus tard, ils ont émigré en Amérique et ont fini par s'installer à San Francisco.

Liam s'efforça de calmer le bouillonnement de sentiments contradictoires qui l'habitait. En jetant Rowan sur son chemin, le destin s'était montré plus retors encore qu'il ne l'avait pensé.

— Le nom de famille de ma mère est O'Meara, déclara-t-il enfin. Votre arrière-grand-mère devait être une de mes cousines éloignées.

— Vous plaisantez ! s'exclama Rowan, interdite.

— Jamais lorsqu'il s'agit de ma famille.

— C'est incroyable ! Complètement fou, même... Eh bien, ravie de faire votre connaissance, cousin Liam, fit la jeune femme en levant sa tasse de thé.

Comprenant que la destinée venait de refermer ses mâchoires sur lui, Liam trinqua avec fatalisme. La femme qui se trouvait devant lui était du même sang que lui et ne le savait même pas. Mais, pour lui, cela changeait tout...

— Voilà votre arc-en-ciel, lui dit-il sans même prendre la peine de se tourner vers la fenêtre qui se trouvait derrière lui.

Ce n'était pas lui qui l'avait invoqué mais il sentait la magie à l'œuvre et soupçonnait fortement son père d'en être responsable.

Rowan jeta un coup d'œil au-dehors et ouvrit de grands yeux. Brusquement, elle se leva et se dirigea vers la porte de la cuisine.

— Venez voir ! s'exclama-t-elle avec un enthousiasme presque enfantin. Il est magnifique.

Elle dévala les quelques marches qui conduisaient au jardin et leva les yeux au ciel. Jamais elle n'avait vu plus bel arc-en-ciel. Il se dessinait contre le ciel d'azur et chaque strate de couleur était parfaitement dessinée. Immense, il paraissait enjamber la forêt.

Liam la rejoignit et se sentit aussi déconcerté que touché lorsqu'elle prit sa main et la serra dans la sienne. Jetant un coup d'œil au spectacle magnifique que leur offrait son père, il ne put s'empêcher de sourire, songeant que ce dernier ne reculait devant aucune forme de manipulation lorsqu'il s'était mis quelque chose en tête.

Comment, dès lors, aurait-il pu lutter contre son propre désir ?

— Je vous préviens, cela ne signifiera ni plus ni moins que la dernière fois, dit-il gravement à Rowan.

— Quoi donc ? lui demanda-t-elle, surprise.

— Ceci…

Se penchant vers elle, il prit doucement son visage entre ses mains et l'embrassa. Son baiser était aussi doux que la pluie qui continuait à tomber. Il brida volontairement la passion qui l'habitait parce que, cette fois, il ne voulait courir aucun risque.

Il comptait juste goûter aux promesses de ces lèvres adorables, de ce cœur qui ne savait ni mentir ni dissimuler. Il était si fragile, si facile à briser que Liam entendait le traiter avec d'infinies précautions.

Mais Rowan ne lui facilita pas la tâche. Posant sa main sur son épaule pour conserver son équilibre, elle lui rendit son baiser avec ferveur et enthousiasme, s'abandonnant sans retenue au plaisir qu'il lui offrait.

Il profita de cet instant suspendu jusqu'à ce que le désir menace de l'emporter sur la raison. Alors, très doucement, il se dégagea et plongea ses yeux dans ceux de la jeune femme.

— Je suppose que c'est de l'alchimie, murmura-t-elle, le souffle court.

— Un art dangereux, commenta-t-il en souriant malicieusement.

— Mais on ne fait pas de découvertes sans courir de risque, objecta Rowan.

Jamais elle ne se serait imaginé prononcer une telle phrase, faire preuve d'une telle audace. Ce n'était ni plus ni moins qu'une invitation à explorer plus avant la passion qui couvait entre eux. Mais, pour la première fois de sa vie, elle était sûre de ce qu'elle voulait.

— Avant de tenter ce genre d'expérience, il vaut mieux connaître les ingrédients que l'on mélange, remarqua sagement Liam. D'ailleurs, je me demande jusqu'où vous seriez vraiment prête à aller…

— Je suis venue ici pour découvrir certaines choses. Mais j'avoue que je ne m'attendais pas à vous y trouver.

— C'est juste. Tâchez de vous rappeler que ce que vous cherchez avant tout, c'est à savoir qui vous êtes.

— Exact, acquiesça-t-elle pensivement. De toute façon, je crois que je préfère attendre.

— Pourquoi cela ? demanda Liam, étonné.

— Parce que ce serait trop simple de m'offrir à vous en cet instant. Et je n'ai pas envie de choses simples...

Il éclata de rire et elle ne tarda pas à l'imiter.

— Je dois pourtant vous prévenir, reprit-il en recouvrant son sérieux. Je pourrais bien vous embrasser de nouveau si j'en ai envie...

— Et je pourrais bien vous laisser m'embrasser si j'en ai envie, répliqua-t-elle du tac au tac.

— Eh bien ! Je suis maintenant convaincu que vous avez du sang irlandais, Rowan O'Meara.

— Sans doute... C'est un autre aspect de ma personnalité que j'ai trop longtemps ignoré et que je devrais apprendre à découvrir.

— Voilà une excellente idée. Et lorsque vous l'aurez exploré, j'espère que vous saurez quoi en faire. En tout cas, passez me voir la semaine prochaine. Et apportez votre carnet de croquis.

— Pour quoi faire ?

— Je voudrais juste tester une petite idée que j'ai eue. Cela pourrait se révéler profitable autant pour vous que pour moi.

Rowan hocha la tête. Peut-être ne s'agissait-il que d'une excuse pour la revoir, songea-t-elle. Mais, même si tel était le cas, elle serait ravie de lui donner satisfaction.

— D'accord, fit-elle. Quel jour vous conviendrait ? Moi, je n'ai aucune préférence...

— Vous le saurez quand le moment sera venu, lui promit Liam en souriant.

Tendant la main, il effleura ses cheveux.

— Et moi aussi, ajouta-t-il.

— Je suppose que c'est une forme de mysticisme irlandais, remarqua-t-elle avec une pointe d'ironie.

— Exactement... Et ce n'est qu'un début ! Bonne journée à vous, cousine Rowan.

— Et à vous, cousin Liam, répondit-elle en souriant.

Il hocha la tête et s'éloigna à grands pas. Levant les yeux vers l'arc-en-ciel, la jeune femme songea que, finalement, cette journée n'avait pas aussi mal fini qu'elle avait commencé.

6

Rowan assista avec ravissement à l'arrivée du printemps. Les jonquilles et les anémones envahirent les pelouses et le poirier du jardin se couvrit de petites fleurs blanches. Au cœur des bois, les azalées sauvages faisaient éclater des taches roses et blanches sur la mousse tandis que les digitales grandissaient à vue d'œil.

La jeune femme découvrait tant de plantes nouvelles qu'elle finit par acheter un livre qui détaillait la flore de la région afin de connaître les noms et les caractéristiques de chacune. Elle en profita pour s'initier au langage des fleurs, goûtant le charme et l'ironie de leurs significations cachées.

Elle-même se sentait changer. Lorsqu'elle se regardait dans une glace, elle avait l'impression que son visage prenait des couleurs, que ses yeux se faisaient plus lumineux. Elle souriait aussi beaucoup plus souvent, parfois sans raison.

Elle lisait énormément et passait le reste de son temps à se promener et à dessiner. La nuit, le loup lui rendait régulièrement visite et elle lui parlait de ce qui lui passait par la tête. Lorsqu'il n'était pas là, elle appréciait la solitude à laquelle elle s'était à présent totalement accoutumée.

Son intuition lui soufflait que la métamorphose qu'elle était venue chercher en ces lieux avait commencé et que de nouvelles transformations plus profondes l'attendaient encore.

Elle disposait de suffisamment d'économies en banque pour que le manque d'argent ne constitue pas un problème. En effet, elle n'était pas de nature dépensière et avait longtemps épargné sans même s'en rendre compte. A ce petit pécule s'ajoutait un héritage qui lui venait de la famille de sa mère et qui avait fructifié au cours des dernières années.

En fait, elle aurait parfaitement eu les moyens de s'offrir une petite maison quelque part dans la région et c'était une idée qu'elle caressait de plus en plus. Elle était effectivement convaincue qu'elle ne pourrait plus jamais vivre en ville, confinée dans un appartement et entourée de bruit et de béton.

Elle était tombée amoureuse de la forêt et de la mer qui étaient ses compagnes de chaque jour. Parfois, elle avait l'impression que le vent dans les arbres et le bruissement des vagues lui murmuraient des secrets qu'elle n'était pas capable de déchiffrer. Qui sait ? En vivant dans un tel endroit, elle y parviendrait peut-être un jour...

Evidemment, un tel déménagement constituerait un tournant majeur de son existence. Il lui faudrait choisir l'endroit idéal, acheter la maison, la meubler et la décorer. Elle devrait aussi renoncer définitivement à son poste à l'université et trouver un travail dans les environs.

Avec ses qualifications, elle parviendrait probablement à décrocher un emploi de professeur au lycée ou au collège. Bien sûr, elle gagnerait moins et ne jouirait pas de la même reconnaissance. Mais cela lui semblait à présent très secondaire.

D'ailleurs, sa nouvelle profession lui laisserait peut-être le temps de se consacrer au dessin comme Liam le lui avait suggéré. Et, si elle demeurait dans la région, elle pourrait continuer à fréquenter ce dernier et à accueillir le loup noir…

Comme elle formulait cette pensée, elle se reprit mentalement. Elle ne devait pas tenir compte de ces deux-là. Ils tenaient trop à leur liberté et à leur indépendance et étaient susceptibles de disparaître du jour au lendemain. Après tout, s'ils avaient fait irruption dans sa vie et, dans une certaine mesure, l'avaient aidée à changer, ils ne lui devaient rien.

C'était à elle et à elle seule de prendre ses décisions et ses responsabilités. Et après trois semaines passées dans la forêt, elle commençait enfin à se sentir à la hauteur de la tâche. Plus les jours passaient et plus sa conviction se renforçait. Ses doutes refluaient progressivement pour laisser place à de nouvelles certitudes et elle sentait qu'il serait bientôt temps d'agir en accord avec elles.

Comme Rowan se faisait cette réflexion, elle crut percevoir un appel dans le murmure du vent. Quelques semaines auparavant, elle ne s'en serait certainement pas rendu compte ou n'y aurait pas prêté attention mais il lui semblait aujourd'hui que ses sens s'étaient aiguisés et que son instinct s'était développé.

Liam lui avait dit qu'elle saurait quand le moment serait venu de venir à lui et elle eut brusquement la conviction que tel était le cas. Sans hésiter, elle quitta donc la maison de Belinda et se mit en marche à travers la forêt.

Et en revenant de chez Liam, elle se rendrait directement chez le promoteur immobilier pour commencer sa prospection…

Liam sentait Rowan approcher. Au cours des jours précédents, il s'était efforcé de l'éviter autant qu'il le pouvait. Bien sûr, il avait été incapable de se tenir complètement à l'écart. Mais, chaque fois qu'il lui avait rendu visite, il était venu sous sa forme animale.

Elle l'avait toujours accueilli avec affection et il s'était laissé caresser et cajoler avec plaisir, toujours aussi surpris de constater qu'elle se méfiait beaucoup moins du loup sauvage que de son voisin humain.

Mais aujourd'hui, c'était à lui qu'elle aurait affaire. Il réfléchit une fois de plus à la proposition dont il comptait lui faire part et estima que l'idée était excellente. Cela permettrait à la jeune femme d'exploiter ses dons et leur donnerait une raison de se fréquenter plus régulièrement et de faire mieux connaissance.

Il se promit qu'il se garderait de la toucher et de l'embrasser tant qu'ils ne se seraient pas familiarisés l'un à l'autre. Car ces brèves étreintes ne constituaient qu'un avant-goût bien trop frustrant de ce que désirait réellement Liam. Il voulait plus mais savait que Rowan n'était pas encore prête à le recevoir.

Il devait la préparer à cette union magique qu'ils consommeraient un jour, il en avait à présent la certitude. Cette simple perspective éveillait en lui un frisson d'impatience. Il sentait sa gorge se serrer et son ventre se nouer à l'idée de ce qui arriverait alors.

Evidemment, ce genre de réaction n'était pas digne d'un magicien. Elle dissipait le calme intérieur qu'il devait s'efforcer de préserver en toutes circonstances et faisait bouillonner dans son esprit toutes sortes d'images plus délicieuses les unes que les autres.

Mais c'était plus fort que lui. Sa mère l'avait prévenu : le pouvoir de l'amour était plus grand encore que celui de la magie.

— Je ne suis pas encore prêt, murmura-t-il. Lorsque le moment viendra, je devrai être capable de m'offrir à elle pleinement et sans rémission.

Comme il se faisait cette réflexion, il entendit frapper

à sa porte et quitta le siège sur lequel il était installé, les yeux fixés sur le feu enchanté qui brûlait dans la cheminée. Gagnant l'entrée, il ouvrit et se retrouva face à Rowan. La jeune femme arborait un sourire qui le fit fondre malgré lui et tenait à la main une poignée de violettes qu'elle avait dû ramasser en chemin.

— Bonjour, lui dit-elle en lui tendant le bouquet.

Liam le prit, se sentant complètement désarmé par l'innocence qu'il lisait dans ses yeux magnifiques. Un éclair de désir d'une violence inouïe le fit tressaillir des pieds à la tête et il dut se répéter qu'il n'était pas encore temps, qu'il leur restait encore un long chemin à parcourir.

Mais il lui fallut faire appel à toute la force de sa volonté pour ne pas la prendre dans ses bras et l'embrasser avec passion.

— Je vous dérange, peut-être ? demanda la jeune femme, embarrassée par son silence.

— Euh, non, pas du tout… Désolé, je rêvais…

Il s'effaça pour la laisser passer.

— Entrez, Rowan, soyez la bienvenue. Et merci pour ces fleurs.

— J'espère vraiment que je ne vous dérange pas, répéta-t-elle, hésitante. Je me suis dit que je passerais vous voir avant de me rendre en ville…

— Pour acheter de nouveaux livres, je suppose, remarqua-t-il avec un brin d'ironie.

— Entre autres… Mais je voulais surtout me renseigner sur le marché immobilier dans la région. J'envisage de plus en plus sérieusement d'acheter une maison dans les environs.

— Vraiment ? Auriez-vous donc trouvé l'endroit qui vous convient ?

— Je crois, oui…

— Et savez-vous comment vous gagnerez votre vie ?

— Pas encore. Mais je trouverai bien quelque chose…

Il perçut l'incertitude qui l'habitait et lui sourit.

— Justement, à ce sujet, j'ai peut-être une idée. Mais avant de vous en parler, je ferais bien de mettre ces fleurs dans un vase.

Il se dirigea vers la cuisine, suivi par la jeune femme.

— Etes-vous allé vous promener, ces derniers temps ? lui demanda-t-elle. Toutes les fleurs ont commencé à éclore et la forêt est magnifique. Malheureusement, je suis incapable de reconnaître toutes les plantes qui poussent dans les environs. Je ne pensais même pas qu'il pouvait y en avoir autant de différentes…

— Voilà bien une réflexion de citadine, commenta Liam en riant. Vous apprendrez vite à les connaître. La plupart de celles qui poussent autour de chez moi ont une utilité. Si cela vous intéresse, je pourrai vous en parler, à l'occasion.

— Avec plaisir ! s'exclama-t-elle. Ce sont donc des plantes médicinales ?

— Pour la plupart. D'autres servent à cuisiner. D'autres encore ont des usages plus méconnus…

— C'est étrange, soupira Rowan. Je passais mon temps dans une université mais il a fallu que je vienne jusqu'ici pour réaliser l'ampleur de mon ignorance.

— C'était le but de votre retraite, non ?

— C'est vrai…

Liam prit un vase dans l'un des placards de la cuisine et le remplit d'eau avant d'y placer les fleurs dont il avait coupé la queue.

— Et qu'avez-vous découvert à votre propre sujet, Rowan ? reprit-il, curieux.

— Que je ne suis pas aussi incapable que je voulais bien le penser.

— Savez-vous pourquoi vous en étiez si convaincue ?

— Eh bien… Je savais que j'avais certaines qualités. J'apprends vite et je sais mettre en application ce savoir.

Je suis organisée et dotée d'un certain esprit pratique. Mais mon principal défaut, c'était de ne pas prêter une attention suffisante aux choses de la vie. J'ai acquis une connaissance encyclopédique de la littérature et une bonne culture générale mais je ne m'étais jamais demandé ce que je voulais vraiment faire de mon existence, ni quelles valeurs étaient réellement importantes à mes yeux. Pour cela, je m'en remettais aux avis des autres...

— Si vous me le permettez, j'aimerais vous faire une suggestion. Libre à vous d'en faire ce que vous voudrez, bien sûr...

— Je vous écoute.

— Tout d'abord, il faut que vous lisiez quelque chose. Suivez-moi.

Un peu étonnée, Rowan l'accompagna jusqu'à son bureau. Là, Liam lui désigna l'écran de l'ordinateur.

— Asseyez-vous et dites-moi ce que vous en pensez.

La jeune femme s'exécuta et ne tarda pas à réaliser qu'elle était en train de lire la suite de Myor. Enchantée, elle se tourna vers Liam.

— Est-ce que vous l'avez fini ? demanda-t-elle.

— Lisez et vous verrez...

Elle hocha la tête et se replongea dans le script, commentant à haute voix les péripéties de l'histoire.

— Elle a été kidnappée par un sorcier qui l'a dépouillée de ses pouvoirs et les a enfermés dans une boîte magique. Est-ce parce qu'il est amoureux d'elle ?

— Pardon ?

— Eh bien... Brinda est belle et incarne les forces de la lumière. Elle est si différente de lui qu'elle doit le fasciner. Il la désire et, en subtilisant ses pouvoirs, il la force à lui appartenir.

Liam réfléchit à ce qu'elle venait de dire et hocha la tête. Il n'avait pas envisagé les choses sous cet angle mais cette interprétation conférait à l'histoire une force accrue, une dimension tragique qu'il trouvait réellement fascinante.

— Ah ! Voilà Rilan, notre héros, commenta Rowan qui avait repris sa lecture. Le pauvre… Quand je pense à tous les pièges qu'il va lui falloir affronter pour parvenir jusqu'à elle… Et, lorsqu'il la délivrera, elle n'aura aucun pouvoir pour l'aider à affronter les périls qui se dresseront sur leur chemin. Elle ne pourra plus compter que sur son intelligence. Mais ils devront traverser la vallée de l'orage… Voilà un nom inquiétant… C'est génial, Liam ! Ce nouveau scénario possède exactement ce qui manquait au précédent…

— C'est-à-dire ? demanda Liam, un peu vexé.

— Eh bien… Il y avait des aventures extraordinaires, de la magie, des obstacles terrifiants mais pas d'histoire d'amour. Je suis heureux que vous en ayez ajouté une, cette fois ! Je suis sûre que c'est la clé de voûte du récit. L'amour qui leur permet d'ouvrir la boîte et de rendre à Brinda ses pouvoirs… N'est-ce pas ?

— Oui, répondit Liam, bien décidé à modifier l'histoire pour tenir compte de ces judicieuses remarques. Que pensez-vous des dragons des Terres du Miroir ?

— Où ça ?

— Là, fit-il en désignant un paragraphe.

Rowan le lut attentivement et sourit, ravie.

— C'est fabuleux ! s'exclama-t-elle. Je peux presque les voir chevaucher le dragon au-dessus de la Mer de sang.

— Vraiment ? Montrez-moi ce que vous voyez. Dessinez-moi la scène. Je n'arrive pas encore très bien à me la représenter.

— Vraiment ? Elle est pourtant admirablement décrite.

Elle prit un crayon et une feuille de papier qui se trouvaient sur le bureau et entreprit une ébauche.

— Le dragon doit être très beau. Beau et redoutable,

avec des ailes dorées et des yeux couleur de rubis. Je l'imagine long, agile et puissant... Sauvage et dangereux...

Tandis qu'elle parlait, la silhouette de l'animal fabuleux prenait corps sur le papier. Liam la regardait faire, admiratif. Le rendu était meilleur encore que ce qu'il avait imaginé et le dessin suggérait à merveille l'impression de force et de rapidité qui devait émaner du dragon.

— Magnifique ! déclara-t-il lorsqu'elle eut terminé. Maintenant montrez-moi les collines et la mer.

— D'accord, acquiesça la jeune femme.

Fermant les yeux, elle se força à préciser l'image fugace qui lui avait traversé l'esprit lorsqu'elle avait lu la description de ce paysage. Elle commença alors à dessiner les rochers menaçants, les vagues déchaînées couvertes d'écume et les montagnes qui s'élevaient dans le lointain et à travers lesquelles brillait un soleil voilé de nuages.

Lorsqu'elle eut terminé, Liam hocha la tête et lui demanda un nouveau croquis représentant Yilard, le magicien maléfique.

Elle hésita quelques instants avant de s'y attaquer. Bientôt apparut sur la feuille blanche un homme aux longs cheveux bruns dont les traits reflétaient un mélange troublant de beauté et de méchanceté. Grand et élancé, il portait une robe brodée qui lui conférait une apparence majestueuse.

— Pourquoi l'avoir fait si beau ? demanda Liam, curieux.

— C'est logique... Si vous étiez un grand magicien borgne, affublé d'un goitre, d'un nez tordu ou d'une vilaine cicatrice, que feriez-vous ?

A cette question, Liam ne put s'empêcher de sourire.

— Je modifierais mon apparence, bien sûr.

— Exactement ! Mais il y a une autre raison, plus psychologique, celle-là.

— Laquelle ?

— Eh bien, je ne voudrais pas que l'on pense que Brinda a rejeté l'amour du sorcier parce qu'il était laid. C'est son âme qu'elle trouve repoussante, pas son apparence. D'ailleurs, c'est bien connu : Lucifer était le plus beau des anges.

— Bien vu ! Est-ce que cela signifie que le héros sera moins beau que Yilard ?

— Ce serait tentant mais il faut tenir compte des attentes du public. Simplement, j'éviterais d'en faire un de ces personnages androgynes que l'on voit partout. Rilan est un guerrier. Il a affronté de terribles dangers et s'est souvent battu. Il doit être fort et agile. Il a probablement gagné quelques cicatrices au cours de ses batailles. Et il est sombre parce qu'il est parfaitement conscient du poids de ses responsabilités...

Rowan leva les yeux vers Liam qui l'observait attentivement.

— En fait, reprit-elle en riant, je l'imagine un peu comme vous. Pourquoi pas, d'ailleurs ? C'est votre histoire et vous méritez d'en être le héros. Car ce que j'ai lu jusqu'à présent est excellent. Puis-je continuer ?

— Pas encore, répondit Liam, bien décidé à intégrer d'abord tous les changements qu'elle lui avait suggérés.

L'expression désolée de la jeune femme lui confirma l'intérêt qu'elle portait à l'histoire, ce qui lui fit immensément plaisir.

— Je voudrais bien savoir ce qui leur arrive après les Terres du Miroir, soupira-t-elle.

— Vous l'apprendrez si vous acceptez la proposition que je m'apprête à vous faire.

— Je vous écoute.

— Il s'agit d'une offre d'embauche, déclara posément Liam. J'aimerais que vous réalisiez tous les dessins qui serviront à établir les graphismes du jeu. Je vous préviens, c'est un travail titanesque. Il y a de très nombreux niveaux et la plupart doivent être illustrés dans les moindres détails. Et je ne suis pas facile à satisfaire.

Rowan le regarda avec stupeur, incapable d'articuler le moindre mot.

— Vous n'êtes pas sérieux ? souffla-t-elle enfin.

— Au contraire.

— Mais je n'ai aucune expérience...

Liam étala devant elle les croquis qu'elle venait de réaliser.

— Cela n'a aucune importance. Ces dessins sont plus convaincants que le plus interminable des C.V.

— Ce ne sont que des esquisses, protesta-t-elle. Je n'ai même pas pris le temps de réfléchir avant de les faire...

— Si c'est ainsi que vous travaillez, cela me convient à merveille. Ne pensez pas, dessinez.

— Mais pourquoi moi ? objecta-t-elle. Il y a des centaines de dessinateurs plus qualifiés !

— Tous n'habitent pas à côté de chez moi et je perds un temps fou en allers et retours inutiles. Ce sera beaucoup plus simple avec vous...

— Mais..., commença la jeune femme.

— N'avez-vous pas envie de faire un métier qui vous plaise vraiment ? l'interrompit-il.

— Si, bien sûr...

— Je sais que vous adorez dessiner. Pourquoi ne pas transformer ce passe-temps en travail ? Je vous assure que vous serez bien payée. Mon entreprise ne lésine pas sur les salaires lorsqu'ils sont mérités.

— Attendez un instant, s'exclama Rowan.

Elle prit une profonde inspiration et se tourna vers la fenêtre, tentant désespérément de réaliser ce qui était en train de lui arriver. Brusquement, elle réalisa que sa vie était sur le point de basculer.

Etait-ce vraiment possible ? se demanda-t-elle, légèrement paniquée. Pouvait-elle vraiment vivre de ce talent ? Pouvait-elle être payée pour faire quelque chose qu'elle adorait ? Pour travailler sur un projet qui la passionnait déjà tellement ?

— Vous croyez vraiment que mes dessins conviendraient à votre histoire ?

— Croyez-moi, je ne vous ferais pas une telle offre dans le cas contraire. A présent, c'est à vous de choisir.

— Rien ne me ferait plus plaisir ! s'écria-t-elle vivement.

Liam sourit en avisant la joie débordante, presque sauvage, qui brillait dans ses beaux yeux bleus.

— J'adorerais travailler avec vous, reprit-elle. Quand commençons-nous ?

— Nous venons juste de le faire, répondit-il en lui tendant la main.

Ce soir-là, Rowan se servit un verre de vin pour célébrer la journée merveilleuse qu'elle venait de passer. De toute sa vie, elle ne s'était jamais sentie plus heureuse qu'en cet instant et elle avait beaucoup de mal à se retenir de sauter de joie à tout instant.

Finalement, elle n'était pas passée à la librairie et ne s'était pas rendue à l'agence immobilière. Au lieu de cela, elle s'était lancée à corps perdu dans son nouveau travail. Et elle avait plongé droit dans l'univers fantastique de Liam, s'émerveillant de l'inlassable imagination qu'il déployait et de la passion qu'il transmettait avec tant d'aisance. Il n'était pas étonnant que Myor soit devenu un jeu culte aux yeux de la plupart de ses élèves.

Mais Liam était également un professionnel exigeant et perfectionniste. Contrairement à ce qu'il avait tout d'abord essayé de lui faire croire, il avait une idée très précise de ce qu'il voulait. Ne lui avait-il pas fait recommencer près de dix fois le dessin des gnomes de Firth avant d'en approuver un ?

Et cet acquiescement avait plutôt tenu du grognement que du panégyrique enthousiaste. Mais cela ne la dérangeait pas, bien au contraire. Elle préférait ce pointillisme sourcilleux aux louanges imméritées. Cela prouvait que Liam avait réellement une haute idée de ses talents et qu'il entendait la pousser à faire toujours mieux.

En fait, tous deux formaient une bonne équipe. C'était une sensation nouvelle pour elle. Jamais encore elle n'avait eu l'occasion de collaborer si intimement avec quelqu'un. Mais Liam lui avait offert une chance de faire ce dont elle avait toujours rêvé : raconter des histoires.

A la fin de leur session de travail préliminaire, ils avaient discuté plus concrètement des conditions de son embauche. Et elle avait été stupéfaite d'apprendre combien il était prêt à la payer. Ce salaire dépassait de très loin celui qu'elle touchait à l'université.

Il lui permettrait sans aucun problème d'acheter la maison dont elle rêvait et cette certitude contribuait à accroître encore la bonne humeur de la jeune femme. Elle se promit d'y installer une salle entièrement destinée à la pratique du dessin.

Sur la lancée, elle commença à imaginer comment elle meublerait sa nouvelle demeure. Il lui faudrait des étagères, bien sûr, pour accueillir sa bibliothèque en perpétuelle extension, une cheminée et un canapé confortable pour passer les longues soirées d'hiver. Quelques plantes vertes. Et qui sait ? Peut-être aussi un lit à baldaquin comme celui qui ornait la chambre de Belinda…

Un lit où elle dormirait seule, réalisa-t-elle brusquement. Elle essaya de ravaler la déception qui monta aussitôt en elle. Après tout, elle commençait à s'habituer à la solitude. Mieux, même, elle en venait à l'apprécier. Bien sûr, elle se sentait toujours attirée par Liam. Mais elle comprenait que, maintenant qu'ils travaillaient ensemble, il n'était plus question d'espérer sortir avec lui.

D'ailleurs, il s'était bien gardé de montrer le moindre signe d'intérêt autre que professionnel, cet après-midi. Sur le coup, elle n'avait pu s'empêcher d'être déçue mais, au fond, c'était une sensation qui lui était familière.

Son premier grand amour avait été pour le capitaine de l'équipe de base-ball, lorsqu'elle se trouvait au lycée. Elle se rappelait encore les tressaillements qu'il lui inspirait chaque fois qu'elle posait les yeux sur lui et la façon dont elle rougissait quand par hasard il lui adressait la parole.

Mais elle n'avait même pas osé lui proposer de sortir avec elle. Elle ne se sentait pas assez belle, pas assez sûre d'elle, pas assez brillante. Et le fait qu'il ait finalement choisi une autre fille n'avait fait que renforcer cette conviction.

En entrant à l'université, elle s'était éprise d'un étudiant de troisième année, un poète avec des yeux mélancoliques et une vision très sombre de l'existence. Elle s'était convaincue qu'elle serait capable de l'inspirer et de le rendre heureux mais, une fois de plus, elle n'avait pas osé l'aborder.

Finalement, c'était lui qui avait fait le premier pas et elle lui était tombée dans les bras, éperdue de reconnaissance. Elle ne le regrettait pas, d'ailleurs. Même si, deux semaines après qu'ils avaient commencé à sortir ensemble, il l'avait soudain laissée tomber pour une autre fille.

Car, si son premier amant n'avait pas le sens de la monogamie chevillée au corps, c'était un garçon doué d'une indéniable sensibilité. Par contre, elle avait rapidement compris qu'elle ne l'avait jamais vraiment aimé. Ce qu'elle avait admiré, en fait, c'était plus l'idée qu'elle se faisait de lui, ce qu'il représentait.

Les rares relations qu'elle avait nouées ensuite avaient toutes été des variations sur le thème de ces deux premières expériences. Les hommes qui l'attiraient ne la trouvaient ni mystérieuse ni sexy. C'était aussi simple que cela.

Et puis, il y avait eu Alan…

Alan ne correspondait pas vraiment à l'idée qu'elle se faisait de l'homme idéal. Mais il était gentil, stable et raisonnable. Elle l'appréciait beaucoup mais, dès le jour où ils avaient fait l'amour, elle avait compris que quelque chose manquait à leur relation.

L'expérience n'avait pas réellement été déplaisante. Mais il n'y avait eu ni passion, ni besoin brûlant, ni envolées éperdues de désir… Elle s'était convaincue que les choses s'amélioreraient à mesure qu'ils apprendraient à mieux se connaître.

Et puis, ses parents adoraient Alan. Il présentait à leurs yeux toutes les qualités du gendre idéal. Rowan avait plus ou moins fini par se laisser convaincre et en était venue à accepter l'idée qu'Alan et elle se marieraient et vivraient une existence paisible et confortable.

Jusqu'au jour où elle avait brusquement pris peur et décidé de reprendre sa vie en main…

Aujourd'hui, plus que jamais, elle était convaincue d'avoir pris la bonne décision. Elle n'aurait jamais pu trouver le bonheur si elle n'avait pas cherché à savoir ce qui comptait vraiment à ses propres yeux.

Bien sûr, ses parents ne devaient pas être prêts à le comprendre. Mais elle était certaine qu'elle finirait par les convaincre. Lorsqu'elle aurait un nouveau métier et une nouvelle maison, ils réaliseraient qu'elle avait bien fait. Et, qui sait ? Peut-être même seraient-ils fiers d'elle…

Enthousiasmée par cette idée, elle fut tentée de les appeler pour leur annoncer qu'elle avait trouvé un emploi. Mais elle y renonça presque aussitôt. Aujourd'hui, elle tenait à profiter de sa joie et ne se sentait pas d'humeur à faire face à leurs reproches, à leurs inquiétudes et à leurs conseils.

Comme elle se faisait cette réflexion, elle entendit frapper à la porte d'entrée. Immédiatement, elle songea qu'il devait s'agir de Liam. Peut-être avait-il eu une nouvelle idée dont il voulait discuter avec elle. Cela tombait bien, d'ailleurs, parce qu'elle avait une suggestion à lui faire au sujet des Terres du Miroir et des reflets de la Mer de sang.

Un sourire joyeux aux lèvres, elle ouvrit la porte… et se figea brusquement.

— Rowan, tu ne devrais pas ouvrir la porte sans demander d'abord de qui il s'agit. Tu es beaucoup trop confiante, tu sais.

L'espace de quelques instants, Rowan resta silencieuse, incapable de détacher les yeux d'Alan qui se tenait sous le porche.

7

— Alan ? articula Rowan avec difficulté. Mais qu'est-ce que tu fais là ?

A peine eut-elle prononcé ces mots qu'elle les regretta. Ce n'était sans doute pas une façon d'accueillir l'homme qui se considérait toujours comme son fiancé. Le mélange de surprise et de reproche qu'elle lut dans son regard le lui confirma d'ailleurs de façon éloquente.

— Cela fait trois semaines que tu as disparu, Rowan, répondit-il. Je pensais que tu serais heureuse de me voir. Et puis, tes parents s'inquiètent beaucoup pour toi, depuis que tu les as appelés.

— Je ne vois pas pourquoi, répondit-elle en s'efforçant d'adopter un ton plus chaleureux. Je leur ai dit que je me portais comme un charme et que j'adorais cet endroit.

— C'est peut-être cela qui les inquiète, justement, observa judicieusement Alan.

Rowan perçut l'inquiétude qui l'habitait, lui aussi, et elle se sentit légèrement coupable. S'effaçant, elle laissa entrer Alan qui jeta un coup d'œil dubitatif au salon dans lequel il venait de pénétrer. A ses yeux, cette maison devait sembler bien rustique et beaucoup trop isolée.

Il n'y avait aucun théâtre, aucune librairie, aucun musée à des lieues à la ronde et Alan se demandait certainement comment elle pouvait se passer de toutes ces commodités qui étaient devenues si indispensables à ses propres yeux.

— Assieds-toi, lui dit-elle en désignant le canapé. Est-ce que tu veux du thé ? Du café ?

— Rien, merci, répondit-il en s'installant sur le sofa.

Il paraissait complètement déplacé dans cette pièce avec son pantalon gris parfaitement repassé, sa chemise d'un blanc immaculé et sa cravate qu'il n'avait même pas pris la peine de desserrer. L'espace d'un instant, Rowan lui en voulut pour la façon dont il empiétait sur son intimité.

Puis elle songea qu'il ne voulait sans doute que son bien. Le seul problème, c'est qu'il n'avait aucune idée de ce qu'elle désirait vraiment. Comment aurait-elle pu le lui reprocher alors qu'elle-même commençait tout juste à le découvrir ?

Il devait penser que cette retraite n'était qu'un caprice, une lubie qui finirait par lui passer. Et il risquait fort d'être surpris par ce qu'elle s'apprêtait à lui dire...

— Je me demande bien ce que tu fais de tes journées, dans un endroit aussi perdu, remarqua-t-il avec ce sourire désarmant qu'elle avait autrefois trouvé si séduisant.

— Je te l'ai expliqué dans ma lettre, Alan, répondit-elle en prenant place dans le fauteuil qui lui faisait face. Je réfléchis beaucoup, je fais le point sur ma vie et sur ce que j'en attends. Je me promène dans les bois, j'écoute de la musique et je dessine beaucoup. En fait...

— Rowan, l'interrompit-il doucement, tout ceci est sans doute captivant mais cela ne durera qu'un temps. J'ai lu attentivement la lettre dont tu parles et j'en ai conclu que tu avais développé une sorte d'attachement romantique à la solitude et à cette maison. Je ne sais pas si c'est très sain...

— L'essentiel, c'est que je sois heureuse, n'est-ce pas ?

— Bien sûr. Et je ne doute pas que tu le sois... Pour le moment, en tout cas. Mais que se passera-t-il dans quelques semaines, lorsque tu réaliseras que tout ceci n'était qu'un interlude ? Il sera trop tard alors pour reprendre ton poste à l'université.

Rowan s'efforça de lutter contre la frustration que lui inspirait l'attitude paternaliste d'Alan. Prenant une profonde inspiration, elle se força à parler d'une voix très calme.

— Justement, déclara-t-elle, plus le temps passe et plus je suis persuadée que ce changement de vie n'a rien d'un simple interlude, comme tu dis.

— Mais enfin, Rowan ! Ta vie est à San Francisco, c'est évident ! Nous savons tous les deux que tu as besoin d'être stimulée intellectuellement. Pour le moment, cet endroit est sans doute très plaisant mais imagine à quoi il ressemblera en hiver ! Crois-moi, tu ne tarderas pas à regretter tes étudiants, ton cercle littéraire et les cours que tu suivais. Et qu'en est-il de cet article que tu étais censée rédiger ?

— Je ne compte plus l'écrire, répondit-elle, sentant son calme l'abandonner pour céder place à la colère.

Elle se leva brusquement et le fusilla du regard.

— Toutes ces choses dont tu parles, ce n'est pas moi qui ai décidé de les faire ! Les gens qui m'entourent ont toujours tracé la voie sur laquelle je marchais et je me contentais de la suivre sans réfléchir. Ce n'est plus le cas ! Je ne veux plus étudier ni enseigner et je n'ai pas besoin d'être stimulée intellectuellement. C'est exactement ce que j'ai expliqué à mes parents et ce que je t'ai expliqué à toi mais vous refusez toujours de l'admettre !

Alan tiqua, visiblement surpris par la véhémence dont elle venait de faire preuve.

— Mais c'est parce que nous tenons à toi, Rowan, protesta-t-il.

Il se leva à son tour, adoptant un ton apaisant. Il savait pertinemment que, lorsque Rowan se mettait en colère, aucun raisonnement rationnel, si implacable soit-il, ne pouvait suffire à la convaincre. Le mieux était généralement de gagner du temps en attendant qu'elle recouvre son calme.

— Je sais que vous tenez à moi ! s'exclama-t-elle rageusement. Et c'est bien pour cela que j'aimerais que vous entendiez ce que j'ai à vous dire ! J'aimerais que vous me compreniez ou, au moins, que vous respectiez mes décisions au lieu d'essayer de m'imposer vos opinions !

Elle s'interrompit brusquement et le regarda droit dans les yeux.

— Je ne reviendrai pas, Alan.

— J'avais espéré que tu rentrerais en avion avec moi dès ce soir mais si tu tiens à rester encore un peu, je peux très bien m'installer dans un hôtel de la région et t'attendre, objecta-t-il.

— Tu ne m'as pas comprise, protesta Rowan, agacée. Je ne compte pas rentrer à San Francisco. Ni ce soir, ni dans quelques jours, ni jamais.

La jeune femme eut l'impression qu'un gigantesque poids venait d'être ôté de ses épaules. Elle avait enfin trouvé la force de dire ce qu'elle avait sur le cœur.

— C'est absurde, Rowan ! protesta Alan. San Francisco, c'est chez toi. Tu finiras bien par revenir…

— Ce n'est pas chez moi. C'est chez toi et chez mes parents. Essaie de me comprendre. J'adore cet endroit. Je me sens bien ici. J'ai même trouvé un emploi… Je dessine un nouveau jeu vidéo et c'est beaucoup plus captivant que d'enseigner. Je compte acheter une maison dans les environs, pas trop loin de la mer. J'aurai un jardin et…

— Tu as perdu la raison ! l'interrompit Alan en l'agrippant par l'épaule. Des jeux vidéo ? Un jardin ? Une maison au bord de la mer ? Est-ce que tu entends seulement ce que tu dis ?

— Oui, justement ! répliqua-t-elle. Pour la première

fois, j'écoute mes propres envies. Lâche-moi, Alan, tu me fais mal...

— Je te fais mal ? s'exclama-t-il en resserrant son étreinte. Et que crois-tu que je ressente, en ce moment, Rowan ? Bon sang, te rends-tu compte que tu es en train de m'annoncer que tout est fini entre nous ? Que tu préfères emménager dans ce trou perdu plutôt que de vivre avec moi à San Francisco ? Lorsque tu es partie, nous étions quasiment fiancés et aujourd'hui, j'apprends que tu as tourné la page sans le moindre état d'âme ! Je n'aurais jamais dû te laisser venir ici !

Rowan comprit soudain qu'elle venait effectivement de rompre avec lui sans même s'en rendre compte. Car elle savait pertinemment qu'il n'accepterait pas de s'installer ici. D'ailleurs, elle n'avait aucune envie qu'il le fasse. Elle avait cherché ce qui la rendrait heureuse et découvrait seulement aujourd'hui que sa nouvelle vie s'écrirait sans Alan.

— Je suis désolée, soupira-t-elle. Et tu n'as pas à regretter quoi que ce soit...

— Comment peux-tu dire une chose pareille ? s'écria-t-il, furieux. En arrivant ici, je te considérais encore comme ma future femme ! Et voilà que tu préfères dessiner des jeux vidéo et vivre au fond des bois !

— Alan, tu me fais mal, protesta Rowan d'une voix tremblante.

Elle était au bord des larmes à présent et sentait que la situation lui échappait complètement. Comment aurait-elle pu expliquer la révolution intérieure qui s'était produite en elle depuis qu'elle était arrivée ici ? Comment Alan aurait-il pu la comprendre alors que tous deux vivaient désormais dans des univers aussi opposés ?

En fait, elle n'eut pas à le faire. Car soudain, bondissant à travers la fenêtre ouverte, le loup noir atterrit dans le salon, montrant les dents et grognant d'un air menaçant.

Il se jeta sur Alan qui lâcha Rowan et bascula en arrière, tombant à la renverse sur la table basse qui se brisa sous son poids et celui de l'animal.

— Non ! hurla la jeune femme, terrifiée par cet assaut aussi brutal qu'inattendu. Arrête !

Elle bondit et entoura le cou du loup de ses bras, le forçant à reculer.

— Ne lui fais pas de mal ! ordonna-t-elle.

Elle sentait ses muscles aussi durs que des cordes et la tension nerveuse qui faisait trembler son corps tout entier. Les grognements sourds qu'il poussait résonnaient comme des roulements de tonnerre. S'agenouillant devant lui, elle le regarda dans les yeux et y lut une furie sauvage qui la fit frissonner.

— Il ne voulait pas me faire de mal, reprit-elle d'une voix très douce. C'est un ami. Il est en colère mais il ne lèverait jamais la main sur moi. Alors laisse-le se relever, d'accord ?

Le loup parut hésiter et son expression eut quelque chose de terriblement humain en cet instant.

— Tout va bien, maintenant, lui dit-elle en posant sa joue contre son cou. Là, du calme...

Lorsqu'elle le relâcha, il recula. Par précaution, elle garda pourtant la main sur sa nuque.

— Je suis désolée, Alan, s'excusa-t-elle. Tu n'es pas blessé ?

— Nom de Dieu, murmura ce dernier d'une voix tremblante.

Il était blafard et observait l'animal avec un mélange de terreur et de répulsion. Les jambes tremblantes, il parvint à se relever avec peine, tâtant sa poitrine endolorie par le choc.

— Va-t'en, Rowan ! s'exclama-t-il en s'emparant d'une lampe qui se trouvait à portée de main. Va te mettre à l'abri.

— Pose cette lampe, Alan ! Il cherchait juste à me protéger. Il pensait que tu étais en train de m'attaquer...

— Te protéger ? balbutia Alan. Mais bon sang, Rowan, c'est un loup !

— Pas du tout ! s'exclama-t-elle, mentant pour la première fois de sa vie. Ne sois pas ridicule, enfin ! C'est un chien.

Elle sentit le loup tressaillir sous ses doigts comme s'il avait compris ce qu'elle venait de dire. Du coin de l'œil, elle le vit lever la tête vers elle et lui jeter un regard noir.

— C'est mon chien, insista-t-elle. Et il a fait exactement ce que j'attendais de lui : il m'a protégée de ce qu'il croyait être une menace.

Alan observa l'animal d'un air dubitatif.

— Un chien ? répéta-t-il. Depuis quand as-tu un chien ?

— Depuis quelques semaines. Je me suis dit que je serais plus en sécurité avec lui. Apparemment, j'avais raison.

— Mais quel genre de chien est-ce donc ?

— Je ne sais pas exactement... En tout cas, c'est un compagnon adorable.

— Ça m'a surtout l'air d'être une véritable bête féroce.

— Voyons, Alan ! protesta-t-elle en s'efforçant de rire. La plupart du temps, il est aussi doux qu'un labrador...

Elle tapota la tête du loup qui lui jeta un nouveau regard assassin avant de se détourner pour aller s'installer auprès du feu.

— Tu vois ? insista la jeune femme.

— Tu ne m'avais jamais dit que tu aimais les chiens, remarqua Alan, rassuré par la distance que l'animal avait mise entre eux.

— Il y a beaucoup de choses que je ne t'ai jamais dites, soupira Rowan. Et je suis vraiment désolée de ne pas l'avoir fait. A vrai dire, je ne savais probablement pas moi-même qu'elles étaient si importantes à mes yeux...

— Tu ne pourrais pas mettre ton chien dehors ? suggéra nerveusement Alan que le loup ne quittait pas des yeux.

— Je te promets qu'il ne te fera plus aucun mal. Assieds-toi. Tu es encore sous le choc...

— Sans blague...

Ils s'installèrent de nouveau l'un en face de l'autre et Rowan lui prit doucement la main.

— Je suis navrée de ne pas avoir compris plus tôt ce que je voulais vraiment, Alan. Je suis navrée de ne pas être celle que tu croyais. Mais je ne peux rien y changer, à présent. Je ne peux plus revenir en arrière et faire comme si rien ne s'était passé.

— Rowan, je t'en prie, sois raisonnable...

— Mais je suis raisonnable. Je tiens beaucoup à toi, Alan. Et si tu tiens aussi à moi, tu dois comprendre que j'ai pris la bonne décision, même si elle n'est pas facile à accepter. Peux-tu faire ça en tant qu'ami ?

— Mais je ne suis pas ton ami, Rowan. Je t'aime.

La jeune femme sourit tristement et secoua la tête.

— Crois-moi, tu n'es pas amoureux de moi, lui dit-elle gravement. Nous avons toujours été de très bons amis, Alan, mais il n'y a jamais eu de passion entre nous. Ni d'urgence. Ni de désespoir.

— Mais pourquoi devrait-il y en avoir ?

— C'est ainsi, répondit-elle avec fatalisme. Tu es le fils dont mes parents ont toujours rêvé. Tu es généreux, intelligent et équilibré. Ils nous aiment beaucoup et, naturellement, tout cela s'est mélangé à notre amitié et nous en avons conclu que nous étions faits l'un pour l'autre... Nous nous sommes convaincus que nous avions les mêmes attentes, que nous désirions les mêmes choses. Mais je ne crois pas que ce soit vraiment le cas.

Alan hésita et elle comprit qu'elle venait de marquer un point. D'un air préoccupé, il observa ses mains.

— Mais je n'arrive pas à imaginer ma vie sans toi, objecta-t-il.

— J'en ferai toujours partie, lui assura-t-elle.

Se levant à demi, elle posa ses lèvres sur celles d'Alan. Le loup grogna d'un air menaçant mais elle lui intima le silence d'un geste autoritaire.

— Est-ce que tu as senti ton cœur battre plus vite ? demanda-t-elle à Alan. Est-ce que tu as senti ton sang se changer en lave ?

Son silence fut la plus éloquente des réponses.

— Tu ne me désires pas vraiment, Alan. Pas comme un homme qui serait follement amoureux. La passion échappe à tout contrôle, à toute logique…

— Je pourrais essayer de changer si tu revenais, suggéra-t-il. Je ne veux pas te perdre, Rowan. Tu comptes beaucoup pour moi…

— Si c'est vraiment le cas, laisse-moi être heureuse. Montre-moi qu'il y a au moins une personne qui compte à mes yeux et aux yeux de qui je compte qui est capable d'accepter le destin que j'ai choisi.

— Je ne peux t'empêcher de faire ce dont tu as envie, soupira Alan. Je vois bien que tu as changé… Il a suffi de trois malheureuses semaines pour que tu deviennes méconnaissable. Peut-être es-tu vraiment heureuse. Peut-être es-tu en train de te mentir. Une chose est sûre : si tu changes d'avis, je serai là pour toi.

— Je sais.

— Bien… Je crois que je vais y aller. La route est longue jusqu'à l'aéroport.

— Je peux te préparer quelque chose à manger, si tu veux. Tu pourrais même passer la nuit ici et ne repartir que demain…

— Je crois qu'il vaut mieux que je m'en aille tout de suite.

II se leva et secoua la tête.

— Je ne suis pas certain de te comprendre, Rowan. Et je ne sais pas ce que je pourrai bien dire à tes parents. Ils étaient certains que tu reviendrais avec moi.

— Dis-leur que je les aime et que je suis heureuse.

— Je le leur dirai. Et j'essaierai de les convaincre. Mais je ne suis pas sûr d'y croire moi-même...

Il jeta un coup d'œil nerveux au loup qui était toujours allongé auprès de la cheminée et les observait attentivement.

— Tu devrais tout de même attacher cet animal, suggéra-t-il. Et tâche de t'assurer qu'il a bien été vacciné...

Sur ce, Alan se détourna et gagna la porte. Rowan le suivit en silence.

— Je t'appellerai, promit-il avant de se diriger vers sa voiture de location, la tête basse et les épaules voûtées.

Il s'y installa et Rowan le regarda s'éloigner avant de revenir dans le salon où le loup l'attendait, impassible.

— Je l'ai blessé, soupira-t-elle en s'asseyant à côté de lui.

Elle posa sa joue contre celle de l'animal, cherchant un peu de réconfort contre sa fourrure tiède.

— Il n'y avait pas d'autre solution, je suppose... Je ne l'aime plus, c'est aussi simple que cela. Je crois même que je ne l'ai jamais aimé...

Elle sourit tristement.

— En tout cas, tu lui as fait une peur bleue... A moi aussi, d'ailleurs. Tu paraissais si sauvage, si terrifiant, lorsque tu as bondi par cette fenêtre. Je ne t'avais jamais vu comme cela. Mais je suppose que c'est dans ta nature. Tu es un loup, après tout...

Elle le caressa tendrement.

— Si seulement les relations avec les êtres humains étaient aussi simples que les nôtres, murmura-t-elle. Il n'y a jamais rien de compliqué entre nous...

Longuement, la jeune femme et l'animal restèrent enlacés dans le silence et le temps lui-même sembla retenir son souffle.

Au cours des trois semaines qui suivirent, Liam passa beaucoup de temps avec Rowan. Le travail qu'elle effectuait pour le jeu lui fournissait une excellente excuse. Pourtant, elle aurait pu, et probablement dû, dessiner seule et ne lui soumettre les épreuves que dans un second temps. Mais il insistait pour qu'elle vienne chez lui et elle ne protesta pas une seule fois.

En réalité, il avait besoin de la voir, de déterminer si elle était prête à franchir une nouvelle étape dans leurs relations et si lui-même le voulait vraiment. Evidemment, le simple fait de la retrouver aussi régulièrement constituait déjà une réponse à cette dernière question.

Qu'il le veuille ou non, il attendait avec impatience chacune de ses visites. Il aimait son parfum, la façon dont elle babillait sans cesse sans vraiment se soucier de savoir s'il l'écoutait vraiment, les petits gâteaux qu'elle apportait et qui étaient une fois sur deux trop cuits ou pas assez...

Il aimait l'entendre rire, s'enthousiasmer à chaque étape de leur travail, faire preuve d'une patience à toute épreuve même quand il se montrait grincheux ou excessivement exigent.

Bien sûr, il essayait parfois de se convaincre que cela ne signifiait pas grand-chose, qu'il aurait tout aussi bien pu se passer de sa présence. Mais il était bien trop honnête envers lui-même pour y croire très longtemps.

Souvent, lorsqu'elle rentrait chez elle, il allait la trouver sous sa forme animale. Elle le caressait, lui faisait la lecture et s'endormait à son côté. Il la contemplait alors longuement, fasciné par l'impression de beauté et de fragilité qui se dégageait d'elle dans ces moments de total abandon. Elle l'intriguait, le fascinait chaque jour un peu plus et il se sentait glisser dans une relation de plus en plus compliquée.

Il savait que le moment approchait, qu'il devrait bientôt

lui révéler ce qu'il était vraiment et lui laisser choisir son destin. Mais, avant cela, il voulait être certain qu'elle aurait la force d'assumer une telle décision.

Bien sûr, il aurait pu la prendre pour maîtresse sans lui dire qui il était vraiment. Il l'avait déjà fait auparavant et rien ne l'empêchait de recommencer. Après tout, il s'agissait de sa vie et de son héritage et il ne concernait pas les femmes avec qui il sortait.

Mais, dans le cas de Rowan, les choses n'étaient pas si simples. Tout d'abord, elle-même était dépositaire d'un héritage semblable au sien dont elle ne savait rien. Il ne pouvait tout de même pas la laisser dans cette ignorance et il devrait lui apprendre un jour à contrôler le pouvoir qui l'habitait.

Et puis, il ne voulait pas mentir à la jeune femme. Elle était bien trop pure pour qu'il puisse agir ainsi sans passer à ses propres yeux pour un lâche...

Lorsque le solstice d'été arriva enfin, Liam se rendit au plus profond des bois, là où cohabitaient des temps et des espaces différents, au cœur de la forêt primaire qui était toutes les forêts du monde à la fois. Au centre du cercle de pierre, il traça le pentacle et s'y assit en tailleur pour méditer.

Autour de lui, dans l'air vibrant d'énergie, il entendait murmurer les voix des anciens, celles de tous ceux qui l'avaient précédé et avaient accompli la même cérémonie. Car en ce jour, tous participaient d'un même rite et toutes les époques se confondaient.

Vêtu de la robe blanche et des attributs de son rang, Liam psalmodia une incantation aussi vieille que le monde lui-même. Sous lui, il sentait la terre s'éveiller, et ses lentes pulsations remontèrent le long de ses membres, faisant résonner en lui un rythme aussi familier que celui de son propre cœur.

Lorsqu'il eut fini de rendre hommage à la Déesse selon la tradition, il lui adressa sa propre prière.

— Ce que je fais ici, je le fais de mon plein gré. Mais je ne prononce aucun vœu me liant à cette femme ou la liant à mon clan. Aucun devoir entre nous. Aucune promesse. Entendez ma voix au jour le plus long de l'année. Je l'appellerai et elle viendra à moi. Mais ce qu'elle verra et ce qu'elle choisira de croire n'appartiendra qu'à elle.

Un hibou couleur d'argent vint alors se poser gracieusement sur la pierre.

— Père, lui dit-il. Je connais tes sentiments. Mais si j'obéis à tes vœux, pourrais-je vraiment commander aux autres en toute sagesse ?

Un éclair de colère passa dans les yeux de l'oiseau et Liam se détourna, poursuivant sa prière.

— J'en appelle à la Terre, dit-il en serrant la poignée d'humus qu'il tenait à la main. J'en appelle au Vent.

Celui-ci se leva et tournoya autour de lui, faisant voler ses longs cheveux noirs.

— J'en appelle au Feu !

Deux colonnes de flammes se dressèrent devant lui.

— Soyez mes témoins ! Prenez acte de ce que sera la sentence de la destinée et la volonté de la Déesse. Je m'en remets à elle. Par le sang qui coule dans mes veines et le pouvoir qui est mien !

Utilisant la dague cérémonielle qui se trouvait à sa ceinture, Liam entailla sa main et laissa quelques gouttes de son sang tomber sur le sol à ses pieds.

— Pour honorer l'un et l'autre, je suis venu en cette terre lointaine. Si cette femme est mienne, qu'il en soit ainsi.

Le soleil se couchait lentement à l'horizon et le vent

qui rugissait autour du cercle de pierre se fit plus sauvage encore, hurlant comme une meute de loups déchaînés. Liam sentit la nuit draper la terre de son manteau et goutta sa puissance.

— Lune, je t'implore, reprit-il. Guide celle que j'attends jusqu'à moi. Eclaire son chemin jusqu'à ce cercle où le destin attend. Si cette femme est mienne, qu'il en soit ainsi !

Fermant les yeux, il vit Rowan qui se retournait dans son lit, sentant par-delà les brumes du sommeil cet appel qu'elle ne pouvait comprendre.

— Rowan, appela-t-il dans un murmure. L'heure est venue. Viens vers moi et ne crains nul mal car nul mal ne te sera fait. Cela je te le promets. Suis la voie que t'indique ton rêve et rejoins-moi.

Par-delà les brumes du sommeil, Rowan perçut son appel. Se retournant dans son lit, elle chercha la réponse qui convenait mais elle semblait lui échapper.

Elle se redressa, s'étira, sentit la chemise de nuit de soie qu'elle venait d'acheter caresser son corps brûlant. Puis elle réalisa que la voix de Liam continuait à retentir en elle, impérieuse. Frissonnant d'impatience, elle se leva sans savoir vraiment si elle rêvait ou si elle était éveillée.

Cela n'avait d'ailleurs aucune importance. La seule chose qui comptait, c'était cette voix dans sa tête. Lentement, elle descendit l'escalier et se mit en marche vers son amant.

C'est ainsi qu'elle le voyait. Comme l'amant de ses songes, celui qui la rejoignait lorsque son esprit vagabondait sur les terres oniriques. Combien de fois avaient-ils fait l'amour dans les lieux les plus improbables, tout droits sortis de son imagination ?

Combien de fois s'était-elle donnée à lui sans arrière-pensée, sans hésitation ? A présent, il l'appelait et elle marchait vers lui avec confiance.

Un épais brouillard tourbillonnait sous la cime des arbres et elle crut y voir des visages qui se formaient au sein de la brume avant de se dissoudre dans un souffle. Plus que jamais, l'air était chargé de magie. Elle pouvait presque la sentir sur sa peau nue, y éveillant de délicieux et inquiétants picotements.

La lune était pleine et d'une blancheur immaculée, presque aveuglante. Elle paraissait s'être rapprochée de la terre, projetant de pâles rayons à travers le feuillage bruissant. Celui-ci ressemblait à un toit soutenu par des centaines de piliers aux formes noueuses et torturées.

La forêt était un temple gigantesque, réalisa brusquement la jeune femme. Un temple dédié aux dieux sylvestres et à cette déesse dont Liam parlait parfois.

Dans le lointain, retentit l'appel d'un hibou et, sans hésiter, Rowan quitta le sentier pour se diriger vers lui. Elle ne tarda pas à l'apercevoir, posé sur une branche. Son plumage était argenté, comme celui de l'aigle qu'elle avait vu au bord de la route et ses yeux étaient verts.

Rowan avait l'impression d'évoluer dans un conte de fées. Une partie d'elle-même l'acceptait sans discuter, comprenant instinctivement les règles de cet univers magique. L'autre Rowan, incapable d'assimiler ce qui était en train de se produire, avait trouvé refuge dans le sommeil.

Entre rêve et réalité, elle continua sa marche d'un pas léger, paraissant effleurer le sol. Du coin de l'œil, elle crut discerner des formes mouvantes. Mais chaque fois qu'elle se tournait vers elles, elles disparaissaient. Quelques éclats de rire cristallins se faisaient parfois entendre, confirmant son intuition première.

Elle avançait au milieu des fées. Le petit peuple se pressait autour d'elle pour observer cette étrange créature qui arpentait les bois en chemise de nuit. Rowan sourit à l'idée de l'étrange tableau qu'elle devait leur offrir.

Devant elle, le brouillard s'écarta, lui indiquant le chemin à suivre. Au loin, elle percevait le bruissement des vagues et comprit qu'elle se rapprochait de la mer.

Elle ne tarda pas à distinguer de petites lumières, quelque part devant elle. Elle se demanda s'il s'agissait de feux follets puis reconnut une odeur de cire caractéristique. Elle pénétra dans la clairière, découvrant le cercle de pierre éclairé par la lueur des bougies.

Liam se tenait au milieu, vêtu d'une robe immaculée qui paraissait luire doucement sous l'éclat lunaire. A son cou brillait une amulette sertie d'une pierre aussi rouge que le sang. Il était plus beau que jamais, songea-t-elle, émerveillée. Et un étrange pouvoir paraissait irradier de lui.

— Me rejoindras-tu, Rowan ? demanda-t-il en lui tendant la main. Pénétreras-tu au cœur du cercle ?

Rowan hésita, déchirée. Une partie d'elle aspirait à franchir l'invisible frontière qui les séparait encore. Une autre tremblait devant le mystère qui s'offrait à elle. Finalement, elle s'avança entre les pierres.

Un frisson parcourut alors sa peau tandis qu'elle déchirait un voile invisible. Elle perçut des voix qui murmuraient autour d'elle par centaines. La flamme des bougies vacilla un instant puis se redressa lorsqu'elle saisit la main de Liam.

— Je rêve de toi chaque nuit, murmura-t-elle en le regardant droit dans les yeux. Chaque matin, je me réveille éplorée de t'avoir perdu. Et chaque jour j'espère que tu reviendras vers moi.

— Tu dois connaître les conséquences de ton désir, Rowan.

— Peu m'importent les conséquences ! J'ai envie de toi. J'ai besoin de toi…

S'approchant de lui, elle posa ses mains sur ses joues et le contempla avec une tendresse infinie.

— As-tu besoin de moi, Liam ? demanda-t-elle.

— J'ai envie de toi, articula-t-il, sentant vaciller sa volonté.

— Je suis ici, à présent. Je suis auprès de toi. Embrasse-moi…

— Je vais le faire. Puisses-tu t'en souvenir lorsque le jour se lèvera, murmura-t-il en se penchant vers elle.

Leurs lèvres se rejoignirent enfin et Rowan frissonna. S'abandonnant à ce baiser, elle sentit une étrange chaleur se répandre en elle. Ce n'était pas seulement le désir, cette fois, réalisa-t-elle. Liam lui transmettait quelque chose d'autre. Quelque chose de plus important encore.

Un réseau de flammes bleutées les entoura soudain et elle se serra un peu plus contre lui.

— Prends-moi dans tes bras, Liam, le supplia-t-elle. Cela fait si longtemps que je t'attends.

Il l'entoura, l'attirant plus près encore et elle sentit croître la chaleur qui l'avait envahie.

Liam étreignait Rowan avec passion. Il aurait pu la prendre là, au milieu du cercle de pierre, et la faire sienne à jamais. Mais il savait qu'elle n'était pas encore prête, pas encore complètement éveillée. Elle ne connaissait ni leurs rites, ni leurs traditions et aurait consenti sans savoir à quoi elle s'engageait vraiment.

L'honneur et le devoir étaient trop solidement enracinés en lui pour qu'il cède au désir, si puissant soit-il.

— Fais-moi l'amour, lui demanda-t-elle. J'ai besoin de toi…

Rowan n'était plus que désir. Le pouvoir qu'il avait insufflé en elle décuplait l'envie irrépressible qu'elle avait de lui, prenant possession de chacun de ses membres, de chacune de ses synapses. Elle voulait le sentir entrer en elle, plonger au plus profond de sa chair. Elle voulait qu'il s'abîme en elle et qu'ils ne fassent plus qu'un à la clarté des étoiles.

Mais Liam la repoussa brusquement et la regarda droit dans les yeux, luttant de toutes ses forces contre son propre instinct.

— Sais-tu qui je suis ? lui demanda-t-il.

— Tu es Liam.

— Sais-tu ce que je suis ?

Rowan hésita.

— Tu es différent, articula-t-elle enfin.

C'était la seule chose dont elle était certaine, la seule vérité à laquelle elle parvenait à se rattacher.

— Tu as peur de me voir comme je suis vraiment, répondit-il gravement. Tant que cette peur t'étreindra, notre union sera impossible. Tu dois franchir la rivière qui nous sépare, Rowan. Tu dois pénétrer dans mon univers.

Des larmes perlèrent au coin des yeux de la jeune femme. La frustration et la déception qui l'habitaient étaient quasiment insoutenables.

— Pourquoi ? demanda-t-elle enfin.

— Parce que je ne suis pas de ce monde. Si tu m'y aimais, tu n'aimerais qu'une illusion, le masque de ce que je suis réellement...

Se penchant vers elle, il embrassa tendrement son front.

— Va, Rowan. Profite de cette nuit. Elle est courte mais ce soir, la magie est puissante. Elle emplit l'air, chante à travers les bois et les collines, elle régénère tous ceux qui croient encore en elle. C'est une nuit de fête et de célébration. Et lorsqu'elle s'achèvera, lorsque tu ouvriras les yeux, tu te rappelleras ce que tu désireras. Le choix sera tien.

Lâchant les épaules de la jeune femme, il recula d'un pas.

— Si tu es celle qui m'est destinée, viens vers moi. Si le sang appelle le sang, nous ne ferons qu'un.

Se penchant, il ramassa une branche de gui et la lui tendit.

— Dors bien, Rowan, dit-il. Que tes rêves soient doux.

Et d'un geste, il la renvoya chez elle.

8

Rowan fut tirée de son sommeil par un rayon de soleil qui filtrait par les persiennes. En grommelant, elle se détourna et enfouit son visage au creux de son oreiller. Elle avait envie de dormir et de retrouver les rêves merveilleux qu'elle avait faits cette nuit-là et dont quelques images diffuses s'accrochaient encore à sa conscience.

Il y avait eu du brouillard et des fleurs. Du gui et des bougies. Un hibou argenté et le bruissement des vagues. Et Liam couvert de bijoux qui officiait au centre d'un cercle de pierre.

Elle pouvait encore sentir le goût de son baiser sur ses lèvres, la force de ses bras autour d'elle et le battement de son cœur contre le sien. Si seulement elle avait pu se rendormir et retrouver ces impressions…

Hélas, plus elle cherchait le sommeil et plus celui-ci paraissait la fuir. Et, alors qu'elle reprenait lentement conscience, elle ne pouvait s'empêcher de s'étonner du réalisme des images qui lui revenaient à présent par vagues.

Les yeux mi-clos, elle s'émerveillait de la précision de chaque détail, du sentiment de vécu qu'elle éprouvait. Cela lui rappelait les rêves qu'elle faisait, étant enfant. S'ils étaient moins réalistes, ils avaient cette même texture, cette même apparence de souvenir plus que de songe.

Sa mère lui avait toujours dit qu'elle avait une imagination fertile mais qu'elle devait apprendre à distinguer ce qui était vrai de ce qui n'était qu'illusion. Rowan s'était pliée à cette règle élémentaire tout en songeant que, le plus souvent, l'illusion se révélait bien plus intéressante que le réel.

C'était d'ailleurs pour cette raison qu'elle s'était mise à lire autant et avait finalement choisi d'enseigner la littérature. Peut-être était-ce parce qu'elle échappait désormais à l'influence de ses parents et de la routine quotidienne qu'elle retrouvait aujourd'hui cette étonnante faculté onirique.

Quant à savoir pourquoi ses rêves concernaient le plus souvent Liam, ce n'était pas bien difficile à deviner, songea-t-elle avec un sourire malicieux. Il était beau, romantique, inaccessible et constituait donc un fantasme de choix pour une recluse comme elle.

Le plus sain était probablement de profiter de ces songes sans se poser de questions et sans culpabiliser. Si elle ne pouvait espérer le posséder dans le monde réel, elle le ferait sien dans celui du sommeil. Au moins, là, elle n'avait pas besoin de son accord…

Cette idée lui arracha un éclat de rire qui acheva de la réveiller complètement. S'étirant langoureusement sur son lit, elle laissa affluer les souvenirs, se surprenant même à les romancer quelque peu.

Dans son imagination, Liam devenait le héros de son propre jeu vidéo et elle était la princesse dont il était éperdument amoureux. Ensemble, ils franchissaient les épreuves les plus terribles pour parvenir à un cercle de pierre caché au cœur de la forêt.

Des bougies éclairaient la scène tandis que l'air vibrait autour d'eux des voix de mille fantômes. Au centre du cercle se dressait une colonne de feu bleuté entouré de volutes de brouillard qui reflétaient l'éclat de la lune.

Fermant de nouveau les yeux, elle essaya de se rappeler ce qu'il lui avait dit dans le rêve. Mais elle se souvenait beaucoup mieux du baiser qu'ils avaient échangé. Voilà qui n'était guère surprenant, songea-t-elle avec une pointe d'ironie.

Un baiser… tendre. Puis de plus en plus passionné à mesure que grandissait le désir qu'ils avaient l'un de l'autre. Mais que lui avait-il dit, au juste ? Quelque chose au sujet du savoir, d'un choix et de responsabilités…

Si seulement elle avait pu remettre de l'ordre dans ces souvenirs, elle aurait pu trouver la solution du jeu. Ou peut-être le scénario d'un nouveau jeu. Mais elle revoyait surtout ses mains qui s'étaient posées sur elle et la réaction qu'elles avaient fait naître en elle.

Tout ceci n'était guère raisonnable, se dit-elle. Ils travaillaient ensemble, désormais. Et entretenir à son sujet ce genre de fantaisies risquait de compliquer singulièrement leurs relations déjà légèrement teintées d'ambiguïté.

Une chose, au moins, était certaine : Liam se trouvait totalement hors de portée pour une femme comme elle. Jamais il ne pourrait s'éprendre d'elle, c'était évident. Elle, par contre, aurait très bien pu succomber à son charme.

Mieux valait donc se concentrer sur leur travail. Elle devait aussi penser à la maison qu'elle voulait acheter dans la région. Il était peut-être temps de commencer à rendre visite à quelques promoteurs immobiliers…

En attendant, ce dont elle avait vraiment besoin, c'était d'un bon café et d'une promenade matinale. Repoussant ses draps, elle se redressa et s'assit au bord du lit, se massant le visage pour chasser les dernières images de son rêve.

Et comme ses yeux se posaient par hasard sur la table de nuit, elle se figea brusquement, sentant un frisson glacé la parcourir de la tête aux pieds. Car, négligemment posée dessus, se trouvait une branche de gui.

Le cœur battant à tout rompre, elle la fixa avec

autant de stupeur et de fascination que si elle venait de trouver une fée confortablement accoudée à son livre de chevet. Le temps parut s'arrêter tandis que son esprit luttait désespérément pour expliquer la présence de cette branche à cet endroit.

Mais il n'y avait aucune explication rationnelle.

Fermant les yeux, elle compta jusqu'à trois, convaincue que, lorsqu'elle les rouvrirait, le gui aurait disparu. Mais il était toujours là, flagrant défi au bon sens et à la logique. Peut-être l'avait-elle ramassé dans les bois et posé là par hasard, lui souffla sa raison paniquée.

Sauf que cela n'était jamais arrivé.

Sauf qu'elle avait rêvé de cette branche précise. Elle en reconnaissait la forme avec une exactitude terrifiante.

Ce n'était pas possible. On ne ramassait pas des objets dans ses rêves pour les poser négligemment sur sa table de nuit. La vraie vie ne fonctionnait pas du tout de cette façon...

Alors ?

Alors il n'y avait qu'une explication, si surréaliste soit-elle. Il ne s'était pas agi d'un rêve. Elle avait effectivement traversé la forêt jusqu'au cercle de pierre et rencontré Liam déguisé en druide qui lui avait offert une branche de gui en souvenir.

Evidemment...

Etait-elle en train de devenir folle ? Etait-elle somnambule ?

Saisie d'angoisse, elle observa la plante de ses pieds et frémit. Elles étaient effectivement maculées de terre séchée.

— Ce n'est pas possible, murmura-t-elle, à présent terrifiée.

Mais la branche de gui continuait à la défier.

En moins d'une minute, elle s'habilla et quitta la maison. Au pas de course, elle traversa la forêt, bien décidée à obtenir des explications.

Et plus elle courait, plus la peur laissait place à la colère. Liam lui avait fait quelque chose et elle entendait bien découvrir ce dont il s'agissait. Peut-être avait-il versé un produit hallucinogène dans sa tasse de thé, la veille. Après tout, n'avait-il pas reconnu lui-même qu'il faisait pousser toutes sortes d'herbes pour préparer diverses décoctions ?

Le souffle court, elle escalada les marches qui conduisaient à la porte d'entrée de Liam et commença à tambouriner de toutes ses forces.

— Qu'est-ce que vous m'avez fait ? s'exclama-t-elle lorsqu'il lui ouvrit enfin.

Il la regarda calmement et s'effaça pour la laisser passer.

— Entrez, Rowan...

— Je veux savoir ce que vous m'avez fait ! s'exclama-t-elle. Je veux savoir ce que ceci veut dire, ajouta-t-elle en lui jetant la branche de gui qu'elle avait apportée avec elle.

— C'est la deuxième fois que vous m'offrez des fleurs, observa-t-il avec un sourire qu'elle jugea parfaitement déplacé.

— Est-ce que vous avez versé quelque chose dans mon thé ?

Il leva les sourcils, apparemment stupéfait.

— Je vous demande pardon ?

— C'est la seule explication, déclara-t-elle en faisant les cent pas dans le salon. Vous avez versé une potion dans mon thé qui m'a procuré des visions et fait faire certaines choses... Je ne serais jamais sortie dans la forêt en pleine nuit si j'avais été dans mon état normal !

— Je ne prépare pas ce genre de philtres, répondit-il gravement.

— Vraiment ? s'écria-t-elle en le fusillant du regard. Quelle est votre spécialité, alors ?

— Des antidotes et des médicaments, principalement. Mais ce n'est pas ma spécialité, comme vous dites.

— Quelle est-elle, dans ce cas ?

— Si vous acceptiez d'ouvrir votre esprit, vous comprendriez que vous connaissez déjà la réponse à cette question.

Interdite, Rowan le regarda dans les yeux. Une fois de plus, elle remarqua qu'ils étaient exactement de la même couleur que ceux du loup noir. Une image de ce dernier lui traversa l'esprit et elle recula brusquement.

— Qui êtes-vous, exactement ? demanda-t-elle.

— Vous savez qui je suis. Ce que vous n'acceptez pas encore c'est ce que je suis. Je vous ai pourtant donné le temps de vous faire à cette idée.

— Mais à quelle idée ? demanda-t-elle d'un ton hystérique. Je ne comprends rien à ce que vous dites. Vous semblez croire que je sais quelque chose à votre sujet mais c'est faux. Alors je veux des réponses, Liam, pas des devinettes ! Et je le veux maintenant ou bien nous ne nous verrons plus. Je refuse que l'on joue avec moi de cette façon ou que l'on me prenne pour une imbécile comme vous êtes apparemment en train de le faire ! Alors dites-moi ce que tout cela signifie ou alors je m'en vais définitivement !

— Vous voulez des réponses, répéta Liam d'une voix vaguement menaçante. Très bien. Puisque c'est ainsi, en voilà une.

Reculant d'un pas, il étendit les bras et, sans vraiment comprendre ce à quoi elle était en train d'assister, Rowan le vit se changer en loup devant ses yeux. Incapable de supporter la contradiction entre ce qu'elle voyait et ce qu'elle était prête à admettre, elle fut prise d'un brusque vertige.

Le sang battait follement contre ses tempes tandis que sa vue se brouillait. La pièce lui paraissait brusquement envahie par une brume épaisse tandis que devant ses yeux dansaient des lueurs incertaines. Elle entendait un cri désincarné sans même savoir si c'était elle qui était en train de le pousser.

Reculant d'un pas, elle vacilla et manqua tomber à la renverse. Heureusement, Liam la rattrapa au vol avant qu'elle ne s'effondre.

— Ne vous évanouissez pas ! s'exclama-t-il. Vous me donnez l'impression d'être un monstre...

Il la soutint et la guida jusqu'à une chaise sur laquelle il l'aida à prendre place.

— Respirez profondément, lui conseilla-t-il. Et la prochaine fois, réfléchissez à deux fois avant d'émettre un vœu de ce genre.

Rowan avait l'impression que des milliers d'abeilles bourdonnaient dans son crâne. Des frissons glacés la parcouraient et elle ne parvenait pas à les maîtriser. Très doucement, Liam prit son visage entre ses mains et la força à le regarder. Elle tenta vaguement de le repousser mais n'en eut pas la force.

— Du calme, lui dit-il. Regardez-moi et détendez-vous...

Stupéfaite, elle sentit son esprit pénétrer le sien. Par réflexe, elle tenta de bloquer cette intrusion mais il était beaucoup plus fort qu'elle.

— Ne me combattez pas, je ne vous ferai aucun mal.

— Non..., balbutia-t-elle. Je ne veux pas... Ne faites pas ça. Apportez-moi un verre d'eau.

Liam cessa ses tentatives pour entrer en contact psychique avec elle et un verre d'eau apparut dans sa main. La jeune femme parut hésiter à le prendre.

— Ce n'est que de l'eau, lui dit-il avec une pointe d'agacement. Vous avez ma parole.

— Votre parole, répéta-t-elle.

Elle but une gorgée avant de prendre une profonde inspiration.

— Vous êtes...

Elle hésita, prise de court par l'absurdité flagrante de ce qu'elle s'apprêtait à dire.

— Vous êtes vraiment un loup-garou ?

Liam ouvrit des yeux ronds puis, à sa grande surprise, il éclata de rire.

— Un loup-garou ? répéta-t-il. Pour l'amour de la Déesse, où êtes-vous allée chercher une idée pareille ? Un loup-garou ! Qui se transforme en plein jour ! Ce n'est pas la pleine lune, au cas où vous ne l'auriez pas remarqué. Et puis, je n'ai jamais essayé de vous mordre...

Il soupira et secoua la tête.

— Je suis Liam Donovan, déclara-t-il d'une voix empreinte de fierté. Et je suis un sorcier.

— Ah bon ? railla Rowan, au bord de l'hystérie. Dans ce cas, je suis rassurée...

Elle éclata d'un rire fêlé.

— Bon sang, s'emporta Liam qui commençait à perdre patience. Je vous ai pourtant laissé beaucoup de temps pour vous faire à cette idée ! Je vous en aurais même laissé plus si vous n'aviez pas insisté aussi lourdement...

— Me faire à cette idée ? répéta la jeune femme qui recouvrait lentement un semblant de maîtrise de soi. Mais comment voulez-vous que je me fasse à *ça* ?

Elle passa nerveusement la main dans ses cheveux.

— Qui le pourrait ? marmonna-t-elle. Je suis sûrement encore en train de rêver.

Elle se figea brusquement, songeant à tous les rêves qu'elle avait faits de lui.

— Mon Dieu ! murmura-t-elle avec effroi.

— Je n'ai rien pris que vous ne soyez prête à donner, intervint Liam sur la défensive.

— Vous êtes venu dans mon lit et vous avez fait l'amour avec moi pendant mon sommeil ! s'exclama-t-elle.

— Seulement avec mon esprit. Je ne vous ai pas touchée physiquement.

Le visage de Rowan avait viré à l'écarlate.

— Ce n'était pas des rêves, protesta-t-elle.

— Bien sûr que si ! Mais vous m'auriez donné plus que de simples songes si je l'avais voulu. Nous le savons tous les deux. Alors ne comptez pas sur moi pour m'excuser d'avoir rêvé avec vous…

— Rêvé avec moi, répéta-t-elle, interdite.

Brusquement, un éclair de colère passa dans ses beaux yeux bleus et elle se releva, l'affrontant du regard.

— Suis-je vraiment censée croire une chose pareille ? s'emporta-t-elle.

— Oui, répondit-il avec un sourire.

— Je devrais accepter que vous êtes un sorcier, que vous pouvez vous changer en loup et que vous pouvez visiter mes rêves quand vous en avez envie ?

— Je n'étais pas le seul à en avoir envie, objecta-t-il. Vous soupiriez lorsque je vous parlais, vous m'appeliez. Et quand je vous quittais, vous aviez toujours un sourire de bien-être sur les lèvres.

— Mais c'est de la folie ! Tout cela n'existe que dans les livres ou les jeux que vous inventez.

— Dans le monde réel aussi. Vous le savez. Je vous l'ai montré cette nuit. Vous avez vu la magie à l'œuvre. Je le perçois dans vos souvenirs.

— Arrêtez de… lire dans mes pensées, articula-t-elle, ne sachant plus si elle devait le croire ou non. Elles n'appartiennent qu'à moi.

— Ne vous en faites pas : il me suffit la plupart du temps de regarder votre visage pour les deviner. Mais si cela vous ennuie, je promets que je n'utiliserai plus mes pouvoirs de cette façon.

— Bonne idée ! fit-elle avec humeur. Quel genre d'autres tours connaissez-vous ?

— Ce ne sont pas des tours, Rowan, mais des

incantations. Je peux voir à distance, commander aux éléments et changer de forme à volonté.

La jeune femme secoua la tête. Depuis qu'elle l'avait vu se métamorphoser en loup, elle avait perdu tous ses repères. Bien sûr, elle avait lu nombre de contes de fées et de livres fantastiques. Mais ces choses-là n'étaient pas supposées se produire dans le monde réel.

Eventuellement, elle voulait bien admettre qu'en des temps très anciens, certains mythes avaient pu s'appuyer sur un fond de vérité. Mais pas au XXIe siècle ! Pas dans l'Oregon !

Et pourtant, elle ne pouvait nier ce qu'elle avait vu de ses propres yeux...

— Alors vous êtes venu à moi sous la forme d'un loup ? demanda-t-elle.

Quitte à nager en pleine folie, mieux valait essayer d'obtenir quelques réponses, si surréalistes soient-elles. Elle parviendrait peut-être alors à reconstituer ce qui s'était vraiment passé.

— C'est exact, répondit Liam. Et vous n'aviez pas peur de moi, alors. La plupart des gens auraient été terrifiés mais pas vous. Vous m'avez laissé entrer chez vous, vous m'avez caressé et serré contre vous.

— Je ne savais pas que c'était vous sinon...

Une fois de plus, elle s'interrompit et poussa une exclamation scandalisée.

— Vous m'avez regardée me déshabiller ! s'écria-t-elle. Et pendant que j'étais dans mon bain !

— Et alors ? Vous avez un corps magnifique. Il n'y a pas de quoi en avoir honte. D'ailleurs, je vous rappelle qu'il y a quelques heures, vous m'avez demandé de vous faire l'amour.

— Les circonstances étaient complètement différentes ! protesta-t-elle.

— Si vous me demandez de vous toucher à présent,

elles seront encore différentes, la prévint-il d'une voix lourde de sens.

— C'est pour cela que vous ne vouliez pas faire l'amour avec moi ? articula-t-elle. Que vous disiez que nous n'étions pas prêts ?

— Exact. Vous aviez besoin de temps pour me connaître vraiment et pour mieux vous connaître, vous. Il n'est pas très honorable de voler l'innocence, même lorsqu'elle s'offre à vous.

— Je ne suis pas innocente, objecta Rowan, le cœur battant. J'ai déjà connu d'autres hommes...

Dans les yeux dorés de Liam, elle lut une expression qu'elle ne parvint pas entièrement à déchiffrer. Il y avait de la fierté sauvage, du défi, une certaine gravité et du désir aussi.

— Ils n'ont pas entamé votre innocence, lui dit-il d'une voix très douce sous laquelle perçait une tension qui fit accélérer les battements de son cœur et lui noua la gorge. Moi, je le ferai. Si vous faites l'amour avec moi, ce sera exactement comme si c'était la toute première fois. Je vous ferai découvrir des plaisirs dont vous n'avez pas même idée.

Chez n'importe quel autre homme, cette déclaration lui aurait semblé une preuve d'arrogance absurde, mais ce qu'elle lisait dans son regard la convainquit qu'il ne cherchait nullement à se vanter. En fait, on aurait plutôt dit qu'il s'agissait d'un avertissement.

Et lorsqu'il effleura sa gorge du bout des doigts, elle frissonna des pieds à la tête. Quoi qu'il puisse être, il éveillait en elle un écho sombre et sensuel qui se propageait dans son corps à la vitesse d'un incendie.

— Et vous ? demanda-t-elle. Que ressentirez-vous ?

— De la joie. De l'envie. Du désir. Je goûterai à cette passion que vous portez en vous et que vous n'avez pas pu offrir aux autres. Quand je vous regarde, je ressens une urgence, une attente que vous seule pourrez apaiser. Vous exercez sur moi un pouvoir contre lequel je suis sans défense et je n'aspire qu'à me perdre en vous pour mieux me retrouver. Est-ce que cela vous suffit ?

— Je... Je ne sais pas, articula-t-elle. Je ne crois pas avoir inspiré une telle chose à qui que ce soit...

— C'est le cas aujourd'hui, dit-il en dégrafant le premier bouton de son chemisier. Laissez-moi vous voir, Rowan. Ici, à la lumière du jour.

— Liam..., murmura-t-elle.

Elle n'était pas sûre de comprendre ce qui était en train de lui arriver. Tout ceci paraissait trop irréel. Et pourtant, l'intensité du désir qui brûlait en elle était incontestable, incoercible. Jamais elle n'avait ressenti un tel besoin, aussi pur, aussi absolu, aussi total.

— Je te crois, lui dit-elle. Je te veux.

Il la regarda droit dans les yeux et y lut un mélange de peur et d'acceptation.

— Moi aussi, répondit-il. Plus que tout...

Il acheva de déboutonner son chemisier puis le laissa glisser le long de ses épaules. Lorsqu'il sourit, elle sentit son cœur s'emballer.

— On dirait que tu étais pressée, ce matin, remarqua-t-il en constatant qu'elle ne portait pas de soutien-gorge.

Du bout des doigts, il caressa le creux de son épaule et il vit ses yeux bleus devenir troubles.

— Tu n'as qu'un mot à dire pour m'arrêter, lui dit-il. Même si ne pas pouvoir te faire l'amour à présent me rendra fou. Je ne veux rien prendre que tu ne me donnes librement.

Rowan sentait sa peau s'échauffer sous sa caresse aussi légère que celle d'une plume. Déjà, la pointe de ses seins s'était durcie, appelant le contact de ses mains, de sa bouche.

— Veux-tu que je te touche, Rowan ? demanda-t-il d'une voix rauque.

— Oui, murmura-t-elle. Je t'en supplie.

Il déboutonna le jean que portait la jeune femme et le fit glisser le long de ses longues jambes, laissant ses doigts suivre le chemin qu'empruntait le tissu.

— Pourquoi ? parvint à lui demander Rowan. Pourquoi moi ?

— Parce que tu hantes mon esprit. Parce que chaque fois que je pose les yeux sur toi, mon corps brûle.

Se redressant, il suivit de ses lèvres la courbe de sa mâchoire avant d'embrasser sa gorge frémissante.

— Et parce que tu ressens exactement la même chose, souffla-t-il au creux de son cou.

Comment aurait-elle pu le nier alors qu'une chaleur incandescente rayonnait dans son ventre, se répandait en elle, la submergeait comme une vague ? Elle le voulait plus qu'elle n'avait jamais voulu quiconque avant lui.

Quel que soit le prix à payer pour ce qu'elle était en train de vivre, elle l'acquitterait sans état d'âme. De ses mains tremblantes, elle l'aida à se défaire de sa chemise. Puis ses doigts se posèrent sur son torse parfaitement sculpté.

Elle sentait ses muscles qui saillaient juste sous la peau, elle sentait sa force sauvage qui se pliait à une volonté d'acier. De ses doigts, elle dessina le contour de ses épaules, et de ses bras.

— J'ai déjà fait cela, souffla-t-elle. En rêve…

— Es-tu prête à passer au-delà des rêves, Rowan ?

En guise de réponse, elle se serra contre lui, pressant sa poitrine contre la sienne et l'embrassa avec ferveur. Il l'entoura de ses bras.

— Accroche-toi à moi, lui dit-il.

Rowan lui obéit sans hésiter.

Brusquement, elle se sentit entraînée vers le haut. Il

lui semblait que le vent la cernait de toute part, hurlant autour d'elle comme si elle se déplaçait à toute vitesse. Cette sensation ne dura qu'un instant et, lorsqu'elle prit fin, la jeune femme se rendit compte avec stupeur que tous deux étaient à présent allongés sur un grand lit.

— Mais comment… ? parvint-elle à articuler, le cœur battant à tout rompre.

— Chut, c'est de la magie, répondit-il avant de se pencher sur elle pour l'embrasser au creux de l'épaule.

Rowan essayait désespérément d'assimiler ce qui venait de se produire. D'une façon ou d'une autre, Liam les avait transportés en un instant du salon à sa chambre. En d'autres circonstances, cela aurait suffi à provoquer en elle une nouvelle crise de panique. Mais la bouche de Liam s'était déjà posée sur l'un de ses seins, la faisant frissonner de plaisir.

— Ouvre-moi ton esprit, Rowan, murmura-t-il. Pour que je puisse t'apporter ce que tu veux vraiment.

La jeune femme s'en remit à lui et elle sentit son esprit effleurer le sien, aussi léger qu'une pensée vagabonde. Il commença à la caresser, se laissant guider par l'intensité du plaisir qu'il sentait en elle mais prenant grand soin de maintenir une stricte séparation entre eux.

Rowan sentit ses mains se poser sur ses seins qu'il commença à caresser très doucement, lui procurant une délicieuse sensation de bien-être. Elle ne tarda pas à oublier toutes ses craintes pour se laisser aller à cette sensation. Et, au moment précis où elle désirait plus, elle sentit la bouche de Liam se poser sur l'un de ses tétons, lui arrachant un petit gémissement de plaisir.

Il continua à la caresser de cette façon, se laissant conduire, répondant à chacune de ses attentes, prenant soin de ne pas la brusquer, de ne pas aller trop vite et d'éveiller lentement son corps. Lorsqu'il la sentit prête, il descendit lentement le long de son ventre frémissant.

Lorsque la bouche de Liam se posa entre ses cuisses, Rowan ne put retenir un cri rauque et son corps tout entier se tendit pour se porter à la rencontre de ses lèvres et de sa langue. Il commença à explorer son intimité, se faisant de plus en plus audacieux à mesure qu'elle sentait refluer toutes ses inhibitions.

Lorsque ses doigts glissèrent en elle, elle s'arqua, succombant à une vague de plaisir qui la submergea tout entière. Alors qu'elle commençait à recouvrer ses esprits, une seconde vague déferla, plus puissante encore que la première. Elles se succédèrent encore et encore et Rowan s'y abandonnait sans pudeur, tressaillant de bonheur et s'ouvrant toujours plus pour l'accueillir en elle.

Plus Rowan s'offrait à lui et plus Liam redoublait de délicatesse. Une partie de lui aurait voulu posséder ce corps magnifique, plonger en elle pour satisfaire le besoin qu'il avait d'elle et s'en délivrer. Mais plus il sentait monter en lui ce désir, plus il se concentrait sur ceux de sa compagne.

Il prenait plaisir à anticiper la moindre de ses attentes, à devancer ses souhaits, à en faire naître de nouveaux pour mieux les satisfaire. Sa plus belle récompense était la jouissance qu'il sentait monter dans l'esprit de la jeune femme à chaque nouvelle audace. Jamais il n'avait vu quelqu'un faire don de soi avec autant de générosité, sans fausse pudeur, sans désir de contrôler ou de dominer. Rowan était le violon et il était l'archet et, ensemble, ils composaient la plus belle des symphonies.

Rowan avait perdu tout sens du temps et de l'espace. Son univers tout entier n'était plus régulé que par les extases qui se succédaient en elle, l'emportant toujours plus loin vers des degrés de la passion dont elle n'avait jamais soupçonné l'existence.

Puis, brusquement, tout s'arrêta tandis que Liam remontait le long de son corps, le constellant d'une pluie de petits baisers. Lorsque ses lèvres se posèrent sur les siennes, elle lui rendit son baiser avec fougue. Jamais elle n'avait éprouvé un tel bonheur. Liam lui avait fait découvrir des secrets de son corps qu'elle-même ignorait.

Il attendit que le rythme de sa respiration se calme et qu'elle recouvre un semblant de maîtrise de soi puis, juste avant qu'elle n'émerge de la transe dans laquelle elle se trouvait, il pénétra lentement en elle.

Rowan cria son nom et noua ses jambes autour de sa taille, le laissant plonger au plus profond d'elle-même. Lorsqu'il commença à bouger en elle, elle se creusa pour répondre à chacune de ses impulsions et ils ne tardèrent pas à trouver leur rythme, s'accordant l'un à l'autre comme s'ils étaient amants depuis de longues années.

Ensemble, ils s'élevèrent vers les sommets les plus inexplorés de la passion, se fondant l'un en l'autre et ne faisant plus qu'un. Ensemble, ils basculèrent dans un maelström de sensations indicibles qui les balayèrent comme des fétus de paille. Ensemble, ils retombèrent haletants, brisés, riches d'un bonheur que ni l'un ni l'autre n'avaient jamais approché.

Liam était étendu sur elle, sa tête reposant sur sa poitrine, son corps magnifique entièrement détendu, parfaitement relaxé. Rowan ferma les yeux pour faire durer autant qu'elle le pouvait le souvenir des sensations sublimes qu'il venait de lui offrir. Jamais encore elle ne s'était sentie aussi consciente de ses propres besoins et de ceux de l'homme avec lequel elle se trouvait.

Et jamais elle ne s'y était abandonnée de façon aussi totale.

Un petit sourire se dessina sur ses lèvres tandis qu'elle caressait doucement les longs cheveux noirs de Liam qui s'étalaient sur elle comme la plus soyeuse des couvertures.

Dans son esprit, elle s'imaginait l'aspect qu'ils devaient offrir, étendus ainsi en plein milieu de la matinée dans une attitude de satiété totale.

Elle se demanda combien de temps s'écoulerait avant qu'il ne la touche de nouveau.

— Je suis déjà en train de le faire, murmura Liam d'une voix rauque.

De fait, il commença à caresser l'un de ses seins du bout de sa langue, lui arrachant de petits frissons de bien-être.

— Mes pensées sont privées, protesta-t-elle faiblement. Tu n'as pas le droit de les espionner de cette façon...

Se redressant légèrement, il posa sa paume sur le sein qu'il avait commencé à agacer et entreprit d'en mordiller doucement le téton, la faisant haleter malgré elle.

— J'ai été dans ton esprit, lui dit-il, sentant le désir de la jeune femme renaître rapidement. J'ai été au plus profond de toi. Nous n'avons plus de secrets l'un pour l'autre, désormais.

— Peu importe. Je veux être libre de penser ce que je veux en ta présence Liam, souffla-t-elle.

Son prénom se perdit dans un gémissement.

— Comme tu voudras, lui dit-il pourtant en remontant le long de son corps pour entrer de nouveau en elle.

Rowan se réveilla brusquement sans avoir le souvenir de s'être endormie. Lorsqu'elle avait repris ses esprits après leur deuxième étreinte, elle s'était nichée contre Liam. Ensuite, elle avait dû sombrer dans le sommeil. Mais, à présent, elle était seule dans le grand lit aux draps froissés.

La matinée ensoleillée s'était transformée en après-midi pluvieux et elle fut presque tentée de se rendormir aussitôt. Mais la curiosité fut plus forte. Se redressant sur le lit, elle observa la chambre dans laquelle elle se trouvait.

Comme chez Belinda, il y avait une cheminée juste en face du lit à baldaquin. Mais le manteau de celle-ci était taillé dans une pierre verte qu'elle ne reconnut pas. Dessus étaient posés plusieurs cristaux de couleurs différentes et deux chandeliers.

Il y avait une chaise au dossier gravé de symboles étranges. Les mêmes que ceux qui figuraient sur les montants du lit, remarqua-t-elle. S'agissait-il d'une simple décoration ou d'une inscription magique ? se demanda-t-elle, presque stupéfaite de se poser une telle question.

Elle se détourna et observa les deux tables de chevet de bois brut dont les pieds figuraient des sirènes. C'était les seuls meubles qui se trouvaient dans la pièce et tous paraissaient très anciens.

Quittant enfin le lit, Rowan secoua ses cheveux pour les démêler. La pluie qui battait contre les carreaux faisait naître en elle une délicieuse paresse. Elle gagna le placard qu'elle avait remarqué et l'ouvrit pour chercher une robe de chambre.

Elle trouva effectivement une robe mais celle-ci n'avait rien d'un peignoir. Elle était munie de larges manches et d'un capuchon et Rowan la reconnut aussitôt : c'était celle que portait Liam la nuit précédente tandis qu'il officiait au centre du cercle de pierre.

A sa vue, la jeune femme sentit un doute effrayant l'étreindre brusquement. Si ce qui s'était passé la veille n'avait pas été un rêve, qu'est-ce qui lui prouvait qu'il n'en avait pas été autant les autres fois ? Que Liam ne s'était pas introduit chez elle pour lui faire l'amour à plusieurs reprises ?

Cette idée la glaça et elle referma le placard, cherchant ses habits du regard. Puis elle se rappela qu'il l'avait déshabillée dans le salon et qu'ils devaient toujours se trouver en bas. Faute de mieux, elle alla chercher la couverture qui gisait sur le sol et s'en drapa avant de se diriger vers la porte.

Mais, au moment même où elle s'en approchait, celle-ci s'ouvrit et elle poussa un petit cri d'effroi. Liam entra et la contempla avec admiration, sentant renaître le désir qu'elle lui inspirait. C'est alors qu'il perçut la suspicion qui se lisait dans son regard.

Il traversa la pièce, alla déposer le plateau qu'il tenait à la main sur l'une des tables de chevet puis se tourna vers elle, résigné.

— Qu'est-ce qui ne va pas, Rowan ? demanda-t-il simplement.

— Rien ne va ! s'exclama-t-elle. Tout ce qui s'est passé aujourd'hui est impossible...

— Cela s'est pourtant produit, répondit-il en haussant les épaules. Et je ne t'ai pas menti. Je suis sorcier. C'est un don qui se transmet dans notre famille depuis des générations et qui remonte au temps où les êtres féeriques se mêlaient librement aux hommes, leur transmettant certains pouvoirs dont nous avons hérité.

— Est-ce que tu as usé de ces pouvoirs sur moi, Liam ? demanda-t-elle, défiante.

— Pas depuis que tu m'as demandé de ne plus lire tes pensées. J'ai respecté ton souhait.

— Ce n'est pas normal, murmura la jeune femme. J'ai été attirée par toi dès l'instant où je t'ai vu. Je me suis conduite avec toi comme je ne l'avais fait avec aucun autre homme auparavant...

Elle s'interrompit, hésitant à poser la question qui lui brûlait les lèvres. Mais il fallait qu'elle sache.

— Est-ce que tu as utilisé ta magie pour m'attirer dans ton lit, Liam ?

L'expression de ce dernier se modifia brusquement et, dans ses yeux, elle lut une colère glacée. Dans le lointain, il lui sembla entendre un roulement de tonnerre et l'air parut se charger brusquement d'électricité statique.

Lentement, il s'approcha d'elle comme un loup avançant vers sa proie.

— Comment crois-tu que je m'y sois pris ? demanda-t-il d'une voix où couvait une rage sourde. En te lançant un enchantement ? En te faisant avaler un philtre d'amour ? Je suis un magicien, Rowan, pas un vulgaire charlatan. Crois-tu que j'userais de mes pouvoirs de façon aussi méprisable ? Que je salirais mon nom et celui de ma famille pour une simple nuit d'amour ?

Il détourna les yeux, luttant pour conserver son calme face à ces accusations aussi injustes qu'insultantes.

— Je n'ai pas demandé à te désirer, reprit-il. Quel que soit le rôle qu'ait joué la destinée dans notre rencontre, elle n'est pas de mon fait. Tu es venue ici de ton propre gré et c'est de ton propre gré que tu t'es offerte à moi. Et si tu veux partir, à présent, tu es libre de le faire.

Comprenant qu'elle l'avait blessé, Rowan sentit monter en elle un brusque accès de culpabilité.

— Comment veux-tu que je ne me pose pas ce genre de question ? protesta-t-elle pourtant. Suis-je censée accepter tout ceci comme si c'était parfaitement naturel ? Tiens, Liam est un magicien. Il peut se transformer en loup, lire mes pensées et nous transporter instantanément d'une pièce à l'autre. N'est-ce pas amusant ?

Elle soupira et secoua la tête.

— Je suis une femme rationnelle et éduquée qui se retrouve plongée la tête la première dans un conte de fées. Alors j'estime avoir le droit de poser toutes les questions que je veux !

— Tu sais que tu es terriblement attirante lorsque tu es en colère, remarqua Liam.

— Eh bien, justement ! Ça non plus, ce n'est pas normal. Je n'ai pas l'habitude de me mettre en colère de cette façon. Je n'ai pas l'habitude de crier comme je le fais en ce moment ! Ni de coucher avec un homme que je connais à peine. Ni de me disputer avec quelqu'un, vêtue seulement d'une couverture ! Alors je ne trouve pas anormal de me poser des questions, Liam. Que ferais-tu à ma place ?

— Sans doute la même chose, soupira-t-il. C'est terriblement insultant mais parfaitement logique, je suppose. Eh bien, ma réponse est toujours la même : non, je n'utilise pas mes pouvoirs pour faire du mal aux gens ou les forcer à faire des choses qu'ils ne veulent pas faire. C'est ce qu'on appelle de la magie noire et c'est une source de souillure et de corruption. Et si cet argument ne te convainc pas, j'en ai un autre : je suis bien trop fier pour influencer la façon dont tu réponds à mes avances. Ce que tu ressens, c'est toi et toi seule qui le ressens.

Constatant qu'elle ne répondait rien, il haussa les épaules.

— Je suppose que tu veux tes habits, lui dit-il.

Comme il prononçait ces mots, ceux-ci apparurent juste devant la jeune femme et tombèrent sur le sol à ses pieds. Elle sourit et secoua la tête, incrédule.

— Mais comment veux-tu que ce genre de choses ne me perturbe pas, Liam ? Tu ne crois pas que tu en attends un peu beaucoup de moi ?

Il la regarda attentivement, pensant qu'un jour, il lui faudrait bien l'accepter si elle voulait assumer sa propre nature. Mais il était encore beaucoup trop tôt pour cela, c'était évident.

— J'attends beaucoup de toi, c'est vrai, admit-il. Et je crois que tu serais capable de dépasser ces attentes si seulement tu avais un peu plus confiance en toi.

Elle l'observa avec un mélange d'étonnement et de reconnaissance.

— Je crois que personne n'a jamais cru en moi à ce point, constata-t-elle gravement.

Elle s'approcha de lui et le regarda droit dans les yeux.

— Ce genre de magie est bien plus important à mes yeux que toutes les transformations et téléportations du monde, Liam. Et si je ne suis pas certaine de ce que je peux croire de ce monde dans lequel tu viens de me faire pénétrer, je peux au moins croire à ce que je ressens pour toi. Est-ce que cela suffira ?

Empli d'une brusque tendresse envers cette femme d'une probité si absolue, il lui caressa doucement la joue.

— C'est assez pour commencer, Rowan. Assieds-toi et prends une tasse de thé.

— Je ne veux pas de thé, déclara-t-elle en laissant tomber la couverture qui masquait sa nudité. Je ne veux pas mes vêtements. Je te veux juste toi.

9

Rowan était sous l'effet d'un charme qui n'avait requis ni incantations, ni passes mystiques, ni recours aux forces surnaturelles. Elle était amoureuse et c'était probablement la plus ancienne et la plus naturelle de toutes les magies.

Jamais elle ne s'était sentie à la fois aussi bien et aussi mal à l'aise avec un homme. Jamais elle n'avait été aussi timide et aussi audacieuse. Avec le recul, elle s'était rendu compte qu'elle s'était éprise de Liam le jour même où elle l'avait rencontré sur la falaise.

Elle se rappelait parfaitement le vent qui faisait voler ses cheveux, l'agacement qu'elle avait lu dans ses yeux, l'accent irlandais qui rendait sa voix irrésistible et ce corps athlétique qui paraissait habité par une extraordinaire énergie.

Comme dans les livres, elle était tombée amoureuse au premier regard.

Puis était venu le temps de l'amitié. Ils avaient appris à se connaître et à s'apprécier, à partager des moments privilégiés comme cet après-midi sous l'arc-en-ciel ou leurs interminables séances de dessin.

Elle aimait discuter avec lui, travailler avec lui ou simplement s'asseoir au soleil en sa compagnie pour admirer le flux perpétuel de l'océan ou la danse éternelle des nuages dans le ciel.

Elle aimait la façon dont il lui souriait, celle dont il la regardait parfois en silence, celle dont il ramenait sans même s'en rendre compte une mèche qui lui tombait dans les yeux.

Elle aimait ce mélange de puissance sauvage et de maîtrise absolue qui lui rappelait les soirées qu'elle avait passées auprès de lui, sous sa forme animale.

Elle savait que, d'une certaine façon, elle lui avait apporté un peu de cette paix qu'il était venu chercher à l'autre bout du monde. Il lui paraissait pourtant étrange d'avoir su lui faire un tel présent alors que sa propre vie venait de connaître un si profond bouleversement.

Mais c'était peut-être aussi cela, la magie de l'amour, songea-t-elle en contemplant pensivement la clairière de digitales. Et, pour la première fois de sa vie, elle avait l'impression d'y participer vraiment.

Sortant son carnet à croquis, elle commença à dessiner le petit ruisseau qui cascadait joyeusement non loin de là. Elle tenta de capturer la façon dont les rayons du soleil filtraient à travers le feuillage, formant par endroits des taches plus claires sur le sol recouvert de mousse.

Elle se sentait en paix, en parfaite communion avec cette forêt qu'elle avait lentement appris à connaître et à apprivoiser. Plus encore qu'auparavant, elle jouissait de ces moments de solitude car elle savait que, bientôt, elle retrouverait l'homme qu'elle aimait.

Cette sensation de liberté continuait à la surprendre. Elle avait parfois du mal à croire que les fondements mêmes de son existence aient pu être modifiés à ce point.

Elle n'avait plus besoin de se lever chaque jour à la même heure, d'enfiler un tailleur trop strict, d'affronter le flot bruyant des voitures pour gagner l'université où chaque cours ressemblait au précédent, où les années se confondaient en une routine aussi rassurante qu'étouffante.

Plus jamais elle n'aurait à affronter une classe en sachant

qu'elle n'était pas assez passionnée pour transmettre ce savoir qu'elle chérissait tant. Plus jamais elle ne rentrerait chez elle, le soir venu, pour retrouver un appartement morne et solitaire, se plonger dans les essais poussifs de ses étudiants et sombrer dans un sommeil sans rêve jusqu'au lendemain.

Elle n'aurait plus à affronter les traditionnels déjeuners familiaux lors desquels elle n'avait rien d'autre à raconter que ce qu'elle avait fait durant la semaine, rien d'autre à écouter que les conseils sages et avisés de ses parents.

Jour après jour, mois après mois, année après année, telle aurait été sa vie.

Elle commençait à présent à comprendre pourquoi Alan et sa famille avaient été si profondément choqués lorsqu'elle avait décidé de partir. En agissant ainsi, ce n'était pas seulement sa propre existence qu'elle remettait en cause : c'était ce qu'ils considéraient au plus profond d'eux-mêmes comme l'ordre établi.

Que penseraient-ils aujourd'hui, si elle leur racontait qu'elle vivait au côté d'un magicien qu'elle aimait passionnément ? Que cet homme était capable de prendre l'apparence d'un loup, de lire dans ses pensées et de commander aux éléments ?

Cette simple idée la fit rire. La réponse était simple : ils penseraient qu'elle avait définitivement perdu la raison. Mieux valait donc garder pour elle cette nouvelle vie que ses parents ne pourraient sans doute jamais accepter.

Elle-même n'était pas certaine de la comprendre, d'ailleurs. Elle savait que le pouvoir de Liam était réel. Mais elle ne parvenait pas à se l'expliquer de façon satisfaisante. Quelle était la nature de cette mystérieuse puissance ? Comment parvenait-il à la canaliser, à s'en servir avec une facilité si déconcertante ?

A plusieurs reprises, elle avait assisté aux manifestations de cet art étrange. Elle l'avait vu allumer des bougies d'un seul geste, faire apparaître des roses pour les lui offrir et même faire disparaître ses vêtements avec ce petit sourire malicieux qu'elle connaissait si bien.

Tout ceci la fascinait, l'enchantait. Mais elle ne pouvait se départir d'une certaine angoisse. Qui sait ce qu'il pourrait lui faire s'il décidait de retourner ses pouvoirs contre elle ?

« Il ne vous fera jamais de mal. »

Rowan sursauta. La voix avait résonné dans son esprit aussi clairement que si quelqu'un venait de lui parler à l'oreille. Le cœur battant à tout rompre, elle regarda autour d'elle et aperçut un hibou aux plumes argentées qui se tenait en équilibre sur la branche d'un arbre, à quelques mètres d'elle.

Ses yeux étaient verts et il portait autour du cou un médaillon doré qui brillait légèrement au soleil. La jeune femme se demanda si elle parviendrait un jour à se familiariser vraiment avec ce genre de manifestations.

— Bonjour, articula-t-elle, se sentant vaguement embarrassée d'adresser la parole à un hibou. Je suis Rowan.

Ecartant les ailes, l'oiseau se laissa tomber vers le sol. Et comme il était sur le point de le toucher, il se transforma. Fascinée, Rowan se retrouva face à un homme aux longs cheveux argentés dont les yeux verts trahissaient un mélange de douceur et de malice.

— Je sais parfaitement qui vous êtes, jeune fille, déclara-t-il avec un accent irlandais bien plus marqué que celui de Liam.

— Et vous, vous devez être le père de Liam.

— Effectivement, acquiesça-t-il avec un sourire.

S'approchant d'elle, il lui prit doucement la main et la baisa galamment.

— C'est un grand plaisir pour moi de faire enfin votre

connaissance, jeune Rowan. Mais pourquoi êtes-vous assise ici seule à vous ronger les sangs ?

— J'aime être seule, parfois. Et me ronger les sangs est chez moi une vraie spécialité.

Finn claqua des doigts et le carnet à croquis vola jusqu'à lui.

— Je constate avec soulagement que vous avez d'autres talents plus constructifs, observa-t-il avec humour.

Il s'installa confortablement contre le vieil arbre sous lequel était assise Rowan et observa son dessin.

— Vous avez un don, déclara-t-il. C'est incontestable.

Levant les yeux, il remarqua que la jeune femme le contemplait avec un mélange d'admiration et de crainte.

— Je ne vais pas vous manger, vous savez…

— Je sais, opina-t-elle. Mais tout ceci est encore si stupéfiant pour moi…

— Pourquoi donc ? demanda Finn, étonné.

Rowan ne put s'empêcher d'éclater de rire.

— Vous êtes peut-être habitué à ce genre de manifestations mais je vous assure que pour une simple mortelle comme moi, elles paraissent toujours quelque peu déroutantes…

Finn fronça les sourcils. Ainsi, songea-t-il, Liam ne lui avait pas encore parlé de son héritage. Qu'attendait-il donc pour le faire ? Lui-même se serait bien substitué à son fils pour cela, mais il savait que cette responsabilité ne lui incombait pas. Et si Liam devait prendre la tête du clan un jour, il fallait qu'il assume les siennes.

— Tout de même, vous avez bien dû lire des légendes et des contes de fées, remarqua-t-il. Nombreux sont ceux qui parlent de nous, les Halfelins…

— Qu'est-ce qu'un Halfelin ? demanda Rowan, curieuse.

Finn leva les yeux au ciel avec une pointe de désespoir.

— Les humains ont la mémoire courte, soupira-t-il. Un Halfelin est un sang-mêlé, le descendant d'une union entre un mortel et un membre du petit peuple. Il hérite généralement d'une fraction plus ou moins grande du pouvoir magique de son ancêtre féerique.

— Alors les fées existent vraiment ?

— Bien sûr ! s'exclama Finn, visiblement choqué qu'elle ait pu croire le contraire. Pas seulement les fées, d'ailleurs, il reste bon nombre de lutins, de gobelins et de gnomes de par le monde.

— Alors pourquoi ne les rencontre-t-on pas plus souvent ?

— C'est une question compliquée... Disons que le petit peuple vit à cheval entre notre monde et un autre. Ce qui fait que vous pourriez être entourée de fées sans même vous en rendre compte. De plus, elles sont moins nombreuses qu'autrefois parce qu'elles n'apprécient guère ce que l'Homme a fait de la Terre. Ce sont des êtres de magie et ils craignent la technologie. Rares sont ceux qui s'aventurent dans les villes... Et la réciproque est vraie : moins les hommes croient à la magie et moins ils sont capables de discerner ses effets. C'est pour cette raison que les enfants sont plus sensibles que les adultes. Leur esprit n'est pas aussi structuré, aussi rigide. Souvenez-vous des formes que vous voyiez autrefois dans les flammes...

Rowan tressaillit. Elle avait encore du mal à accepter le fait que les magiciens comme Finn puissent lire en elle aussi facilement.

— C'est incroyable, murmura-t-elle.

— Et pourtant vrai... Croyez-vous qu'il existerait tant de légendes à notre sujet de par le monde si elles ne contenaient pas un fond de vérité ? Evidemment, la plupart ne sont que de grossières déformations de la réalité...

La jeune femme hocha la tête, se sentant vaguement dépassée par cette avalanche de révélations qui contredisaient de façon flagrante tout ce qu'on lui avait toujours appris.

— Ne vous tourmentez pas, la rassura Finn avec un sourire. Vous vous y ferez...

Il observa de nouveau le dessin qu'il tenait entre ses mains.

— Pourquoi n'utilisez-vous pas de couleurs ? demanda-t-il avec curiosité.

— Je ne suis pas très douée pour la peinture. Mais je vais peut-être me remettre au fusain…

Finn hocha la tête et parcourut les pages de son carnet, émettant de petits commentaires appréciatifs. Il s'arrêta finalement sur un portrait de Liam qui se tenait debout au sommet d'une falaise surplombant la mer, un sourire malicieux aux lèvres.

— C'est tout à fait lui, déclara-t-il d'une voix où perçait une fierté toute paternelle. Vous avez vraiment su le capturer…

— Je n'en suis pas si sûre, murmura pensivement Rowan.

Finn releva les yeux, comprenant ce qu'elle voulait dire.

— Comment pouvez-vous en douter ? s'exclama-t-il. Je n'ai jamais vu ce garçon aussi mordu de toute sa vie… Vous détenez sur lui un pouvoir immense, Rowan. Usez-en à bon escient.

— Pour quoi faire ?

— Ce qu'il vous plaira. C'est le privilège des femmes, n'est-ce pas ? Puis-je prendre votre dessin pour sa mère ?

— Bien sûr !

— Il lui manque beaucoup, soupira Finn. Bonne journée à vous, Rowan.

Avant même qu'elle ait pu lui répondre, il avait disparu.

Tout en faisant les cent pas dans la maison comme un fauve en cage, Liam essayait vainement de se convaincre qu'il n'était pas en train d'attendre Rowan. Après tout, il avait suffisamment de choses à faire pour s'occuper en son absence…

Ne lui avait-il pas dit qu'il comptait travailler durant la majeure partie de la journée ? N'avait-il pas insisté pour qu'elle prenne un peu de temps pour elle ? N'avait-il pas dit que tous deux avaient besoin de se retrouver seuls, de temps à autre ?

Alors pourquoi se sentait-il brusquement abandonné ?

Bien sûr, il aurait pu utiliser ses pouvoirs pour la localiser et découvrir ce qu'elle était en train de faire. Mais cela serait revenu à admettre qu'il avait vraiment besoin d'elle. Et c'était un risque qu'il ne pouvait courir. Car s'ils étaient devenus amants, il ignorait encore s'il pourrait s'unir à elle pour l'éternité. Etait-elle prête à partager son monde ? A assumer son propre héritage ?

Si tel n'était pas le cas, serait-il prêt à renoncer au pouvoir ? A abdiquer son rôle de chef de clan ?

Une fois de plus, il fut tenté de projeter son esprit vers elle. Mais elle avait été très claire à ce sujet : elle ne voulait pas qu'il empiète sur son intimité, qu'il lise dans ses pensées. Pouvait-il vraiment aller à l'encontre de ce souhait, lui qui était si attaché à sa propre liberté ?

Peut-être pouvait-il se contenter de l'appeler. Un simple murmure qu'elle serait libre d'entendre ou non. Qu'elle pourrait choisir d'ignorer si tel était son désir. Cela ne prêtait pas à conséquence...

Liam pesta contre sa propre mauvaise foi. Ne savait-il pas qu'elle répondrait ? Elle était beaucoup trop généreuse pour agir autrement. Elle viendrait à lui aussi sûrement que s'il avait proféré un ordre. Et cela prouverait une fois de plus qu'il avait besoin d'elle...

Si seulement il avait pu se persuader que ce besoin était d'ordre purement physique, qu'il ne désirait que son odeur, le goût de sa peau et les formes envoûtantes de son corps... Mais il y avait plus, bien plus que cela, évidemment.

Chaque fois qu'il pensait à elle, il sentait monter du

plus profond de lui-même un besoin de la protéger. Lorsqu'ils avaient fait l'amour, il avait toujours pris soin de sacrifier sa propre passion à cet impératif, de ne lui donner que ce qu'elle était prête à prendre.

Et plus il se maîtrisait plus son désir croissait.

Mais elle était fragile et tendre et il était de son devoir de se contrôler, de museler la sauvagerie qui sommeillait en lui, prête à resurgir à tout instant.

Pourtant, s'ils devaient vraiment ne faire qu'un, il faudrait bien qu'elle accepte cet aspect de lui-même. Mais était-elle prête ? se demanda-t-il encore une fois. Le serait-elle jamais ?

Incapable d'attendre plus longtemps, il décida que puisqu'elle ne revenait pas vers lui, ce serait lui qui irait jusqu'à elle. D'un geste, il se transporta sous le porche de la maison de Belinda.

Aussitôt, il sut qu'elle ne se trouvait pas à l'intérieur. Et cela ne fit qu'accroître sa propre frustration. Non seulement il venait de faire preuve d'une coupable faiblesse mais, en plus, cela n'avait fait qu'attiser le désir qu'il avait d'elle.

Rowan déboucha de la forêt en souriant. Elle avait hâte d'annoncer à Liam qu'elle venait officiellement de faire la connaissance de son père. Qui sait ? Il pourrait peut-être lui en dire plus à son sujet et lui parler du reste de sa famille. Elle adorait l'entendre raconter des histoires. C'était un conteur merveilleux et elle pouvait l'écouter durant des heures sans se lasser le moins du monde.

Il avait déjà fait allusion à plusieurs reprises à certains de ses cousins et elle se demanda si elle finirait par les rencontrer. Alors qu'elle formulait cette question, elle s'arrêta brusquement sur place.

Le jour où ils s'étaient rencontrés, il lui avait déclaré

que Belinda et lui étaient des parents éloignés. Cela signifiait-il qu'elle était une Halfelin, elle aussi ? Repensant aux étranges objets qu'elle avait aperçus chez elle, Rowan songea que cela n'aurait rien eu d'impossible.

— Ça alors, murmura-t-elle. L'une de mes meilleures amies est magicienne et je ne le savais même pas…

Elle éclata de rire. Mais, au même instant, l'air se mit à vibrer d'étrange façon et son carnet à dessin lui échappa des mains. Effrayée, elle se demanda s'il pouvait s'agir d'un tremblement de terre.

Puis elle réalisa que le vent s'était brusquement mis à souffler par rafales, faisant voler ses cheveux et agitant furieusement les branches des arbres environnants. Pourtant, ceux qui se trouvaient plus loin restaient parfaitement immobiles.

Une fois de plus, la magie était à l'œuvre. Alors qu'elle allait appeler Liam, il apparut soudain devant elle et la prit dans ses bras. Il la serra presque sauvagement contre sa poitrine et l'embrassa avec passion.

Incapable de recouvrer son souffle, elle s'abandonna à ce baiser, sentant monter en elle un désir enivrant qui précipitait les battements de son cœur et faisait rugir son sang dans ses veines. Elle ne cherchait même pas à lutter contre la sensation de vertige qui se saisissait d'elle, se noyant avec délices dans cette étreinte.

Puis elle sentit Liam la soulever de terre et tous deux s'élevèrent dans les airs, toujours enlacés. Son esprit pénétra alors le sien et elle sentit le besoin absolu qu'il avait d'elle. Elle n'essaya même pas de le repousser, ouvrant au contraire ses pensées pour se gorger de ce désir qui décuplait le sien.

Liam plongea sa main dans ses cheveux, les tirant en arrière pour l'embrasser plus à son aise. Sa bouche quitta alors la sienne et elle sentit ses dents s'enfoncer dans sa chair, la faisant frissonner d'extase mêlée de terreur.

Jamais encore il ne s'était montré si impatient, si affamé. Il la dévorait de baisers qui la brûlaient comme un fer porté au rouge. Et plus il redoublait d'audaces plus elle sentait croître l'envie qu'il avait d'elle et qui se propageait dans tout son corps.

Elle réalisa soudain qu'ils étaient allongés sur un lit et qu'il la déshabillait, arrachant presque ses vêtements tant son impatience était grande. Sa bouche et ses mains coururent sur son corps, allumant autant d'incendies que lui seul saurait éteindre.

Ses pensées n'étaient plus celles d'un homme. Il était redevenu loup et elle était sa proie, offerte et consentante à ses morsures comme à ses caresses. Elle entendait monter de sa gorge un grognement impatient qui se fondait à ses propres gémissements de plaisir.

Ecartelée sur le lit, elle s'ouvrit à lui lorsqu'il descendit plus bas encore entre ses cuisses pour explorer le cœur même de sa féminité. Parcourue de spasmes, elle escaladait les degrés de la passion et il se laissait guider par les sensations fulgurantes qui la transperçaient de part en part et se communiquaient à son propre esprit.

Rowan avait l'impression que chacun de ses nerfs réagissait à l'unisson à cette exploration impitoyable qui la terrassait. Ses mains se crispèrent sur les draps tandis qu'elle croyait mourir encore et encore sous ses doigts.

Elle dut perdre connaissance car lorsqu'elle recouvra ses esprits quelques instants plus tard, Liam était remonté le long de son corps et l'embrassait de nouveau. Elle sentait son désir pointer contre ses hanches, dur et puissant.

Puis il entra en elle sans rompre un seul instant le contact entre leurs pensées. Soudain, elle fut à la fois homme pénétrant dans un fourreau de chair et femme écartelée jusqu'au plus profond d'elle-même. Et lorsqu'il commença à bouger en elle, les deux impressions se confondirent brusquement, démultipliant à l'infini son extase.

Ils roulaient sur le lit, se mordant et se griffant comme deux animaux. Ils s'arquaient et se creusaient dans un parfait accord parce que ne faisant plus qu'un, ils se mouvaient au même instant.

Ce n'était plus une communion, c'était une fusion totale, absolue, intolérablement délicieuse. Tour à tour, ils prenaient le contrôle de cette étreinte devenue folle qui aurait pu continuer durant des heures si leurs corps brisés par l'effort ne s'étaient pas effondrés, incapables de poursuivre cet assaut de plaisir primaire qui dépassait le seuil de la simple résistance humaine.

Alors, d'un commun accord, ils s'envolèrent une dernière fois vers les sommets, atteignant au même instant l'apogée de leur plaisir avant de retomber sans vie sur le matelas trempé de sueur.

Liam était trop écœuré contre lui-même pour pouvoir articuler le moindre mot, trop révolté pour pouvoir esquisser le moindre geste. Il percevait la respiration haletante de Rowan et les tressaillements spasmodiques qui agitaient son corps. La honte l'assaillit et il ferma les yeux.

Il avait usé d'elle sans contrôle et sans discernement. Il s'était servi d'elle délibérément, faisant preuve d'un égoïsme haïssable. Sans lui laisser la moindre chance, il avait fondu sur elle comme une bête sauvage, la possédant avec une fièvre animale.

Il avait laissé la passion l'emporter sur la compassion et sacrifié la douceur sur l'autel du désir bestial.

A présent, il allait lui falloir faire face aux conséquences de ses actes et assumer ses responsabilités. Se redressant, il prit soin de ne pas la regarder, ne pouvant affronter la peur et l'horreur qui se liraient certainement dans ses yeux.

— Rowan, murmura-t-il avant de s'interrompre brusquement.

Les excuses qu'il aurait dû lui présenter lui échappaient. Comment se faire pardonner de tels actes ? se demanda-t-il avec une pointe d'angoisse. Il ne pouvait imaginer ce que serait sa vie sans elle...

— Liam, murmura-t-elle en se rapprochant de lui.

Incapable de supporter sa douceur, il se leva soudain et gagna la fenêtre, lui tournant le dos.

— Est-ce que tu veux boire quelque chose ? lui demanda-t-il.

— Non, merci.

Rowan se redressa sur le lit sans prendre la peine de dissimuler son corps sous les draps comme elle le faisait habituellement. Elle étudia attentivement son compagnon, sentant la tension qui l'habitait en cet instant et les doutes commencèrent à l'assaillir.

— Qu'est-ce que j'ai fait de mal ? demanda-t-elle d'une voix mal assurée.

— Pardon ? s'exclama Liam en se tournant enfin vers elle.

Il ne put s'empêcher d'admirer sa silhouette délicate offerte à ses regards et ses longs cheveux bruns qui s'étalaient sur ses épaules d'albâtre. A plusieurs endroits, il aperçut les marques laissées par leur étreinte. Il reconnut la trace accusatrice de ses dents et de ses ongles sur sa peau si sensible.

— Je pensais, commença-t-elle. Enfin... Je n'avais jamais connu quoi que ce soit qui approche de près ou de loin ce que nous venons de faire... Mais si j'ai fait quelque chose de mal ou quelque chose que tu aurais préféré que je ne fasse pas, le moins que tu puisses faire, c'est me le dire.

Liam la regarda avec stupeur.

— Est-ce que tu as perdu la tête ? articula-t-il enfin.

— Au contraire, je suis très raisonnable, répondit-elle aussi posément qu'elle le put.

En réalité, elle avait une envie irrésistible de hurler de frustration ou d'enfouir sa tête sous les coussins pour se mettre à sangloter.

— Je ne connais peut-être pas grand-chose au sexe, reprit-elle. Mais je sais au moins qu'une relation qui n'est pas nourrie par l'honnêteté et la communication n'a aucune chance de durer.

— Je n'arrive pas à y croire, soupira Liam, incrédule. En un moment pareil, voilà qu'elle me fait la morale...

— Très bien ! s'exclama Rowan, vexée, en quittant le lit. Ne m'écoute pas. Reste à bouder près de la fenêtre. Moi, je rentre chez moi !

— Mais tu es chez toi, lui fit-il observer. C'est ta chambre et ton lit, au cas où tu ne l'aurais pas remarqué.

La jeune femme observa la pièce dans laquelle ils se trouvaient et constata avec stupeur qu'il disait vrai. Ils se trouvaient bien dans la maison de Belinda sans qu'elle puisse vraiment déterminer comment ils étaient arrivés là.

— Eh bien, dans ce cas, c'est toi qui n'as qu'à rentrer chez toi, répondit-elle enfin d'un ton très digne.

— Tu as parfaitement le droit d'être en colère...

— Bien sûr que j'ai le droit ! dit-elle en passant sa robe de chambre.

— Je suis désolé, Rowan. Je sais que mes excuses paraîtront bien insignifiantes après la façon dont je me suis conduit à ton égard. Mais je t'assure que je ne voulais pas te faire de mal...

Passablement stupéfaite, elle le regarda fixement.

— Mais qu'est-ce que tu racontes ? demanda-t-elle enfin.

— Je te désirais et je n'ai pas réfléchi plus loin que cela. J'ai pris ce que je voulais et je t'ai fait du mal.

Elle réalisa alors que l'expression qu'elle lisait dans ses yeux n'était pas de l'agacement comme elle l'avait tout d'abord imaginé mais bien de la culpabilité.

— Tu ne m'as fait aucun mal, Liam.

— Regarde les marques que j'ai laissées sur ton corps, Rowan. Je peux les faire disparaître mais cela ne changera pas le fait que c'est moi qui les ai causées.

— Attends une minute ! protesta-t-elle en levant la main pour l'empêcher d'approcher.

Il s'immobilisa et une expression douloureuse passa sur son visage.

— Je voulais juste effacer les marques, plaida-t-il.

— Laisse-les où elles sont. Es-tu en train de me dire que tu es désolé parce que tu me désirais ?

— Parce que je te désirais au point de perdre tout contrôle sur moi-même, oui.

La jeune femme ne put retenir un sourire radieux et Liam l'observa avec stupeur.

— C'est le plus beau compliment qu'on m'ait jamais fait, imbécile ! s'exclama-t-elle joyeusement. Personne ne m'a jamais désirée à ce point. Toute ma vie, j'ai rêvé que quelqu'un le ferait et puis j'ai fini par me dire que cela n'arrivait que dans les livres, que je ne connaîtrais jamais cette sensation qu'en imagination…

Elle fit un pas dans sa direction.

— A présent, je sais exactement ce que l'on éprouve dans un tel moment !

— Mais j'ai lu dans tes pensées alors que tu m'avais explicitement interdit de le faire, remarqua Liam.

— Mais tu m'as laissé voir les tiennes. Dans ces circonstances, j'aurais mauvais jeu de me plaindre. Ce qui vient de se passer entre nous était merveilleux. Grâce à toi, je me suis sentie désirée plus que tout au monde.

Et la seule chose qui me ferait vraiment du mal, ce serait que tu le regrettes à présent.

— Dans ce cas, répondit Liam en souriant, je ne suis pas désolé du tout. Mais j'aimerais quand même faire disparaître ces marques, si tu le veux bien.

Délicatement, il prit la main de la jeune femme dans la sienne et la porta à ses lèvres, la faisant délicieusement frissonner. Puis il embrassa sa bouche et elle sentit s'estomper le léger picotement sur sa peau, là où il l'avait griffée et mordue.

— Crois-tu que je finirai par m'y habituer ? demanda-t-elle pensivement.

— A quoi ?

— A la magie.

— Je ne sais pas, avoua Liam.

C'était la réponse la plus honnête qu'il puisse lui faire.

— En tout cas, cette journée a été riche en sortilèges. J'ai rencontré ton père. C'est d'ailleurs ce que je venais te dire avant que tu ne décides brusquement de changer de programme…

— Mon père ? répéta Liam avec une pointe d'inquiétude. Que t'a-t-il dit ?

— Eh bien, je dessinais dans la forêt lorsque j'ai vu apparaître un hibou argenté. Je sais à présent que je l'avais déjà vu sous la forme d'un aigle portant un pendentif en or.

— C'est une forme qu'il affectionne en effet.

— Il s'est transformé et nous avons discuté.

— De quoi ?

— De mes dessins. Il en a pris un de toi pour l'offrir à ta mère. J'espère qu'elle l'appréciera.

— J'en suis certain, répondit Liam d'un ton affectueux.

— Il a dit que tu manquais beaucoup à ta mère mais je pense qu'il voulait aussi parler de lui. En fait, je croyais qu'il viendrait te voir.

Elle jeta un coup d'œil amusé au lit défait.

— Etant donné les circonstances, il vaut sans doute mieux qu'il ne l'ait pas fait.

— Il ne serait pas entré dans ta chambre à coucher. C'est un privilège qui m'est réservé.

— Tout de même, je suis étonnée qu'il ne soit pas allé te trouver.

— Nous restons en contact, lui et moi.

— Il est très fier de toi, tu sais. Et je crois qu'il m'aime bien. Il a même dit... Mais je ferais peut-être mieux de ne pas en parler...

— Allons donc, Rowan Murray, nous savons tous les deux que tu finiras par le faire.

— D'accord... Il a dit que je pourrais te demander quelque chose et que tu serais forcé de me l'accorder.

— Vraiment ? fit Liam en riant. Et que désires-tu ? Un saphir pour aller avec tes beaux yeux ? Des diamants resplendissants ? Tu n'as qu'à me le dire.

Rowan parut hésiter puis elle secoua la tête.

— Je ne veux pas de bijoux ou de pierres précieuses, lui répondit-elle. Ce que j'aimerais, en fait, c'est rencontrer ta famille...

— Pardon ? s'exclama Liam, pris de court.

— Eh bien, oui... J'ai déjà rencontré ton père et je connais Belinda. Au fait, est-ce qu'elle est unc Halfclin, elle aussi ?

— Oui, répondit Liam. Qui t'a parlé de cela ?

— C'est ton père. Il m'a expliqué d'où provenaient vos pouvoirs.

— Je vois... Et tu préférerais vraiment rencontrer ma famille qu'obtenir un diamant ?

— Que ferais-je d'un diamant ? Si je voyais comment vit ta famille, peut-être me serait-il plus facile de réaliser comment on peut vivre avec la magie. Mais je comprendrais très bien que tu n'en aies pas envie.

— Pourquoi pas ? répondit Liam, pensif. C'est peut-être une excellente façon de te familiariser avec notre mode de vie. J'ai des cousins auxquels je n'ai pas rendu visite depuis très longtemps et que j'aimerais bien voir...

— Ils vivent en Irlande ? demanda Rowan qui rêvait de visiter l'endroit dont il était originaire et dont il parlait souvent avec tant de passion.

— Non, en Californie, répondit Liam sans remarquer sa déception. Donne-moi la main.

— Tu veux que nous y allions maintenant ? demanda-t-elle, surprise.

— Pourquoi pas ? Ne dit-on pas qu'il ne faut jamais remettre à plus tard ce que l'on peut faire le jour même ?

— Si mais...

La jeune femme jeta un coup d'œil à la robe de chambre qu'elle portait.

— Je ferais peut-être bien de me changer avant. Je ne suis pas très décente...

— Ne t'en fais pas, je m'occupe de tout, répondit Liam en riant.

Lui prenant la main, il l'attira contre elle et la serra doucement dans ses bras. Un instant plus tard, ils avaient disparu.

10

Lorsque Rowan rouvrit les yeux, elle se trouvait toujours dans les bras de Liam, le visage pressé contre sa poitrine. Son cœur battait la chamade, ses jambes étaient cotonneuses et elle croyait encore entendre le bruit du vent vrombissant dans ses cheveux.

— Où sommes-nous ? demanda-t-elle.

— Dans le jardin de ma cousine Morgana. Elle habite l'une des vieilles maisons que possède notre famille avec son époux et leurs enfants.

Rowan réalisa alors que sa robe de chambre avait été remplacée par un pantalon brun et un chemisier couleur pêche. Passant une main dans ses cheveux, elle remarqua qu'ils étaient encore emmêlés.

— Je peux avoir une brosse ? demanda-t-elle.

— Pas question ! J'adore quand tu es décoiffée. Ça me donne une excuse pour plonger ma main dans tes cheveux.

— Si tu le dis…

Elle observa les environs avec un brin de stupeur. Une délicieuse odeur flottait dans l'air et, forte de ses récentes lectures sur le sujet, Rowan reconnut les fleurs savamment arrangées qui les entouraient : des roses sauvages, des héliotropes et des lys.

Plusieurs arbustes complétaient ce tableau idyllique,

offrant un refuge bienvenu contre les ardeurs du soleil. De petits sentiers de gravier couraient sur les pelouses.

— C'est un endroit magnifique, déclara la jeune femme, admirative. J'aimerais savoir jardiner aussi bien, ajouta-t-elle en voyant les massifs savamment taillés.

Elle vit alors un beau loup gris qui s'avançait dans leur direction.

— Est-ce quelqu'un de ta famille ? demanda-t-elle, curieuse.

— Non pas du tout. C'est un vrai loup. Il appartient à Morgana.

Un petit garçon aux cheveux noirs et aux yeux bleus émergea brusquement de derrière un buisson et les contempla attentivement.

— Salut à toi, cousin, lui dit Liam.

Avec surprise, il sentit la pression qui s'exerçait sur son esprit. Elle était bien plus forte qu'il ne s'y serait attendu de la part d'un enfant de cinq ans.

— Il n'est pas très poli de chercher à lire les pensées des gens sans leur en demander l'autorisation, remarqua-t-il.

— Vous êtes dans mon jardin, objecta le petit garçon avec aplomb. Tu es mon cousin Liam, n'est-ce pas ?

— Oui. Et toi, tu es Donovan. La bénédiction de la Déesse sur toi, cousin. J'ai amené une amie. Elle s'appelle Rowan et elle aussi préfère garder ses pensées pour elle-même.

Donovan Kirkland pencha la tête et observa la jeune femme sans chercher cette fois à faire intrusion dans son esprit.

— Elle a de très beaux yeux, décréta-t-il enfin. Vous pouvez entrer. Maman est dans la cuisine.

Sur ce, il s'éloigna en courant et se dirigea vers la maison, suivi par le loup gris.

— J'en déduis que Donovan est aussi un magicien ?

— Oui, bien sûr. Ce n'est pas le cas de son père mais le pouvoir est puissant dans notre famille.

— Je veux bien te croire...

En réalité, Rowan était stupéfaite par cette rencontre avec Donovan. Comment un enfant de cinq ans parvenait-il à dominer une telle puissance ? Comment ne se laissait-il pas corrompre par l'immense avantage qu'il lui donnait sur les simples mortels ?

Si Liam et elle avaient un jour des enfants et qu'ils héritaient des capacités de leur père, comment ferait-elle pour les éduquer ? Bien sûr, ce n'était pas une question d'actualité mais, un jour ou l'autre, elle devrait bien se la poser. Serait-elle prête alors à assumer une telle responsabilité ?

Voyant que Liam l'observait attentivement, elle espéra qu'il respectait sa promesse et n'essayait pas de lire en elle. Car quelque chose lui disait qu'il n'apprécierait guère la tournure que prenaient ses réflexions.

— Nous aurions peut-être dû contacter ta cousine au lieu de passer à l'improviste, remarqua-t-elle pour chasser ces pensées qui la mettaient mal à l'aise.

— Je t'assure qu'elle nous accueillera avec joie.

— C'est bien une attitude d'homme que de supposer...

Rowan s'interrompit brusquement. Ils venaient de contourner une haie méticuleusement taillée et se retrouvèrent devant l'une des plus charmantes demeures qu'il lui ait jamais été donné de voir.

Immense, elle était ornée de tourelles et de balcons et son toit était un enchevêtrement de flèches et de clochetons qui s'élançaient vers le ciel d'azur.

— On dirait un château de conte de fées, murmura-t-elle, admirative.

La porte s'ouvrit alors toute grande et Rowan vit sortir une femme si splendide qu'elle sentit un mélange d'admiration et d'envie s'emparer d'elle. Elle n'avait plus aucun mal à présent à imaginer de qui Donovan tenait sa remarquable beauté.

De magnifiques cheveux noirs encadraient un visage d'une perfection qui n'était pas de ce monde. Ses traits d'une finesse troublante mettaient en valeur des yeux de cobalt légèrement fendus en amande et rehaussés de longs cils ainsi qu'une bouche délicate et sensuelle qui se fendait du plus joli des sourires. Sa peau crémeuse paraissait plus douce que le satin.

Elle se tenait sur le seuil, une main posée sur l'épaule de son fils, son loup gris et son chat postés à ses pieds.

— La bénédiction de la Déesse sur vous ! s'exclama-t-elle joyeusement. Soyez les bienvenus dans notre maison.

S'avançant vers eux, elle embrassa Liam sur les deux joues avant de se tourner vers sa compagne.

— Vous devez être Rowan.

— Oui, acquiesça celle-ci, un peu embarrassée. J'espère que nous ne vous dérangeons pas...

— Les membres de la famille sont toujours les bienvenus. Entrez, je vais vous servir quelque chose à boire. Donovan, va chercher ton père et dis-lui que nous avons de la compagnie. Et pas de communication à distance ! Va le prévenir en personne.

Le petit garçon haussa les épaules et rentra dans la maison en appelant son père à tue-tête.

— Ce n'est pas tout à fait ce que j'espérais, remarqua Morgana en souriant.

— Le don de seconde vue de ton fils est impressionnant, observa Liam.

— Oui. Et j'espère qu'il apprendra à s'en servir avec plus de discernement, répondit-elle avec une pointe d'exaspération typiquement maternelle. Venez...

Ils lui emboîtèrent le pas et elle les conduisit jusqu'à une immense cuisine située sur l'arrière de la maison.

— Pan, assis ! ordonna-t-elle au loup qui les avait suivis.

Rowan s'agenouilla devant l'animal pour le caresser affectueusement.

— Il est magnifique.

Morgana ne put retenir un petit sourire malicieux.

— Je suppose que vous êtes habituée à fréquenter de beaux loups, remarqua-t-elle en remplissant trois verres de thé glacé. C'est toujours ta forme de prédilection, je suppose, Liam ?

— Je trouve qu'elle me va bien.

— C'est incontestable...

Donovan revint alors en compagnie de sa sœur jumelle, Allysia.

— Papa arrive tout de suite. Il doit d'abord finir de tuer quelqu'un.

— Avec un couteau, précisa sa sœur d'un air ravi.

Morgana avisa l'expression horrifiée de Rowan et éclata de rire.

— Nash est scénariste, précisa-t-elle. Il raffole des meurtres les plus vicieux mais seulement sur le papier, je vous rassure.

Rowan hocha la tête et accepta le verre que lui tendait son hôtesse.

— Est-ce qu'on peut avoir des cookies ? demandèrent les jumeaux à l'unisson.

— Seulement si vous vous tenez tranquilles, répondit leur mère.

Sous le regard médusé de Rowan, le pot empli de petits gâteaux s'envola du réfrigérateur sur lequel il était posé et atterrit sur la table de la cuisine, juste devant Allysia.

— Attends que nos invités se soient servis, intervint Morgana.

— Si cela ne vous dérange pas, je crois que je vais m'asseoir, articula Rowan. Je ne suis pas encore habituée à ce genre de choses...

Morgana la contempla avec stupéfaction et parut sur

le point de dire quelque chose mais elle se ravisa. Tandis qu'elle sortait des assiettes, elle projeta ses pensées vers son cousin.

« Tu ne lui as encore rien dit, espèce d'idiot ? »

« C'est mon problème, répliqua-t-il mentalement. Elle n'est pas encore prête » ;

« As-tu déjà entendu le terme : mensonge par omission ? »

« Je sais ce que je fais. Sers le thé et les cookies, Morgana, et laisse-moi régler mes affaires ! »

« Tu n'es qu'une tête de mule ».

Liam ne put s'empêcher de sourire, se rappelant distinctement le jour où sa cousine l'avait menacé de le changer en un tel animal. Ils étaient encore enfants, à l'époque, mais elle aurait probablement pu y parvenir. Morgana avait toujours été doué pour la transmutation.

— Bonjour, fit alors Allysia en tendant la main à Rowan. Je suis Ally. Et vous ?

— Je m'appelle Rowan. Je suis une amie de ton cousin Liam.

— Je sais qu'il est mon cousin, remarqua la fillette, mais je ne me souviens pas de lui.

— C'est normal, répondit Liam en s'asseyant à son tour. Tu étais trop jeune lorsque je suis passé te voir, la dernière fois. Mais je me souviens parfaitement de toi. Ton frère et toi êtes nés pendant une nuit d'orage dans la chambre même où ta maman était née, pendant un orage, elle aussi. Il y a eu une grande fête dans la maison pour célébrer l'événement.

— Papy et Mamy étaient là ? demanda Allysia.

— Oui, répondit Liam.

— Nous allons souvent leur rendre visite en Irlande, précisa Donovan. Ils ont un château là-bas. Quand je serai grand, j'en aurai un, moi aussi. Juste au bord des falaises, près de la mer...

— Avant de t'occuper de tout un château, tu ferais

mieux d'apprendre à ranger ta propre chambre, observa un homme qui venait d'entrer, une petite fille sous chaque bras.

— Je vous présente Nash, mon époux, déclara Morgana. Et nos deux filles, Eryn et Moira. Nash, tu te souviens peut-être de Liam. Et voici son amie, Rowan.

— Enchanté de faire votre connaissance. Je crois que les filles ont été réveillées par une bonne odeur de cookies.

Nash se pencha pour déposer les fillettes à terre. L'une d'elle marcha d'un pas encore mal assuré jusqu'au loup qu'elle prit affectueusement dans ses bras.

Sa sœur, quant à elle, se dirigea aussitôt vers Rowan et se hissa sur ses genoux. Une fois qu'elle y fut confortablement juchée, elle déposa deux baisers sonores sur les joues de la jeune femme. Enchantée, celle-ci caressa doucement ses cheveux dorés.

Liam réalisa que Moira avait instantanément reconnu en Rowan l'une des leurs, se montrant ainsi beaucoup plus perspicace que lui-même.

— Vos enfants sont adorables, déclara la jeune femme.

— C'est vrai, reconnut Nash. Nous avons décidé de les garder en attendant de trouver mieux…

— Papa ! protesta Allysia en lui jetant un regard ou le reproche et l'adoration se mêlaient.

Il lui sourit et prit un petit gâteau qu'elle lui vola au passage.

— Tu es rapide, constata-t-il en la chatouillant affectueusement.

Elle éclata de rire et il en profita pour récupérer son cookie.

— Mais je suis plus malin, conclut-il.

— Ou plus gourmand, commenta Morgana. Faites attention, Rowan. On ne peut pas faire confiance à Nash quant il s'agit de sucreries.

— Il n'est pas le seul, répliqua Liam en subtilisant

le gâteau de la jeune femme sous le regard approbateur de Donovan. Mais, dis-moi, comment vont Anastasia, Sebastian et leurs familles ?

— La meilleure façon de le savoir, c'est encore de les inviter à dîner avec nous, répondit sa cousine.

Rowan ne tarda pas à découvrir que, si la magie se révélait un peu déstabilisante au premier abord, elle pouvait aussi être la chose la plus pratique du monde. Quelques instants après qu'elle eut contacté ses cousins, ceux-ci arrivèrent chez elle en famille.

Tous s'installèrent au jardin et Rowan se retrouva bientôt entourée de magiciens de tous âges. En les voyant discuter les uns avec les autres, échanger des nouvelles et plaisanter, elle réalisa qu'au fond, ils formaient une famille presque ordinaire.

Nash, Sebastian et Boone, le mari d'Anastasia, s'activaient autour du barbecue, discutant de la meilleure façon de l'allumer. Anastasia était installée sur une chaise longue et berçait son bébé pendant que ses trois autres enfants poursuivaient le loup sur la pelouse.

Morgana grappillait des petits canapés tout en s'entretenant avec Mary Ellen, la femme de Sebastian que tous surnommaient Mel. Elles parlaient de leurs enfants, des hommes et de leurs désastreuses habitudes ainsi que de leurs activités respectives.

Liam jouait avec la belle-fille d'Anastasia et Rowan l'observa pensivement, admirant la facilité avec laquelle il savait s'adapter aux enfants. Visiblement, il les aimait tous énormément, ce qui ne la surprenait pas vraiment. Après tout, elle savait déjà qu'il avait un sens très développé de la famille.

La jeune femme sourit. Malgré la magie qui se manifestait de temps à autre, il régnait tout compte fait sur cette petite assemblée une impression de normalité rassurante. Comme elle se faisait cette réflexion, elle vit Sebastian s'approcher.

— Mesdames, déclara-t-il, si vous voulez que les hommes allument le feu, il va vous falloir les ravitailler en bière.

— Dis donc, protesta Mel, puisque vous êtes si forts et si virils, vous n'avez qu'à aller les chercher vous-mêmes dans le réfrigérateur !

— Nous le pourrions mais il est beaucoup plus agréable de se faire servir, dit-il en posant la main sur le ventre rebondi de sa femme. Elle n'arrête pas de bouger, constata-t-il. On dirait qu'elle a hâte de sortir pour se joindre à la fête. Tu es sûre que tu ne veux pas t'allonger un moment ?

— Ne t'en fais pas, répondit Mel. Nous allons parfaitement bien toutes les deux. Arrête de nous couver comme ça...

Il se pencha à son oreille et murmura quelque chose qui arracha un sourire radieux à sa femme.

— Va chercher ta bière, Sebastian, lui dit-elle en feignant une exaspération qu'elle était loin de ressentir. Et va jouer avec tes amis...

— Tu sais que j'adore quand tu m'insultes, répliqua-t-il en lui mordillant l'oreille.

Elle éclata de rire et il s'éloigna en direction de la maison.

— Il ne peut pas s'empêcher de devenir gaga dès qu'il y a un bébé en vue, commenta Mel. Lorsque Aiden est né, Sebastian se pavanait aussi fièrement que si c'était lui qui l'avait mis au monde tout seul !

Rowan avisa leur fils qui s'était précipité sur son père et s'accrochait à sa jambe. Ce dernier feignit de boiter en rejoignant les hommes qui attendaient près du barbecue qu'il revienne avec la bière.

— C'est un père merveilleux, commenta Anastasia sans cesser de bercer son bébé.

— Est-ce que je peux le tenir, moi aussi ? demanda alors Jessie, sa belle-fille qui s'était rapprochée d'elle. Je le bercerai jusqu'à ce qu'il s'endorme et je le mettrai dans son couffin à l'ombre. S'il te plaît, maman...

— D'accord, acquiesça Anastasia en lui confiant l'enfant.

Rowan étudia attentivement Jessie. Ni Boone ni elle n'avaient de sang d'Halfelin mais ils ne paraissaient pas du tout en souffrir. La fillette ne se laissait d'ailleurs pas intimider le moins du monde par les tours de ses cousins et elle avait même réprimandé vertement Donovan lorsque ce dernier l'avait attaquée avec sa balle en caoutchouc.

— Voulez-vous du vin, Rowan ? proposa alors Morgana, la tirant de ses pensées.

La jeune femme hocha la tête et son hôtesse la servit généreusement.

— C'est vraiment gentil de nous recevoir de cette façon, dit-elle. Surtout que ce n'était pas prévu...

— Tout le plaisir est pour nous. D'autant que Liam ne nous rend que rarement visite. Je me demande bien comment vous avez réussi à le convaincre de venir...

— Je lui ai dit que j'aimerais beaucoup rencontrer sa famille.

— Vraiment ? Et il a accepté sans rechigner ? demanda Morgana en jetant un regard entendu à Anastasia. C'est intéressant...

— J'espère que vous pourrez rester quelques jours, remarqua sa cousine. J'ai gardé ma maison qui se trouve juste à côté d'ici pour pouvoir accueillir la famille et les amis quand ils nous rendent visite. Vous y serez les bienvenus si vous voulez.

— C'est très gentil mais je n'ai même pas amené de quoi me changer, répondit Rowan.

Elle s'interrompit et sourit d'un air un peu penaud.

— Mais je suppose que cela n'a pas vraiment d'importance, n'est-ce pas ?

Mel éclata de rire et lui décocha un clin d'œil complice.

— Vous verrez, vous finirez par vous y faire. Enfin, la plupart du temps…

Rowan était loin d'en être certaine mais, au moins, elle se sentait bien avec ces gens. Tout en sirotant son verre de vin, elle jeta un regard empli de reconnaissance à Liam qui discutait avec Sebastian. Elle était vraiment très heureuse qu'il ait accepté de l'amener ici.

— Tu n'es qu'un imbécile, déclara posément Sebastian.

— Et alors ? Cela ne regarde que moi, répliqua Liam avec agacement.

— C'est ce que tu dis toujours. Je crois que tu ne changeras jamais, mon vieux…

— Pourquoi le devrais-je ?

Sebastian lui décocha un sourire moqueur et Liam détourna les yeux. Il savait pertinemment que c'était une réponse idiote mais il n'avait pas vraiment envie d'exposer à son cousin les dilemmes auxquels il devait faire face.

— Je me demande ce que tu veux te prouver, remarqua ce dernier. Il est absolument évident que cette fille est faite pour toi.

Liam fronça les sourcils, agacé par cette assurance tranquille qu'il était loin de partager.

— Ce n'est pas aussi simple, protesta-t-il.

Son cousin secoua la tête d'un air apitoyé.

— Je ne comprends pas pourquoi tu ne lui as pas au moins parlé de son héritage. Elle a quand même le droit de savoir…

— Je lui ai expliqué ce que j'étais, soupira Liam. Je lui ai montré ce que je pouvais faire. Et elle a bien failli s'évanouir ! Elle n'est pas encore prête, Sebastian. Toute sa vie, on l'a conditionnée pour ne pas croire à la magie.

— Et pourtant, aujourd'hui, elle y croit. Et ce n'est pas à toi de décider pour elle si elle fera usage de ses dons ou pas. Tu dois lui laisser le choix.

Liam foudroya son cousin du regard. Il était facile pour lui de tenir un tel discours. Après tout, il n'aurait pas à vivre avec les conséquences de cette révélation. Car en parlant à Rowan de ses origines, il s'engagerait à double titre.

D'une part, il devrait lui enseigner à maîtriser son pouvoir. D'autre part, le moment se rapprocherait pour lui de choisir s'il voulait vraiment faire d'elle sa compagne pour la vie.

Sebastian n'ignorait rien de son dilemme et, en le pressant de la sorte, il le mettait au défi de prendre ses responsabilités. Et Liam lui en voulait d'autant plus qu'il savait au fond de lui que son cousin avait raison.

— Lorsqu'elle sera prête, je lui laisserai le choix, déclara-t-il. Et elle le fera en son âme et conscience.

— Tu veux dire quand *tu* seras prêt, Liam. Est-ce par arrogance ou par peur que tu retardes l'inévitable ?

— Juste par bon sens ! Elle n'a eu que peu de temps pour absorber ce que je lui ai déjà appris sur notre compte. Et elle est loin d'en avoir compris la portée ! Son propre héritage est si profondément enfoui en elle que le simple fait de le révéler risque d'ébranler le peu de certitudes qui lui restent. D'autant qu'elle est toujours en train de construire sa propre identité…

Sebastian hocha la tête. Il comprit que Liam était amoureux de Rowan mais qu'il n'osait pas encore l'admettre. Car, s'il devait briguer la fonction de chef de leur clan, il lui faudrait épouser la jeune femme selon leurs traditions. Et, pour cela, il devait être sûr de lui.

Tôt ou tard, il finirait par admettre la nature de ses

sentiments. Et ceux-ci l'emporteraient sur son entêtement et son attachement farouche à la liberté. Il avait juste besoin de temps...

— En tout cas, dit-il gravement, c'est une femme extraordinaire. Je suis certain que, quand le moment sera venu, elle saura faire face à ses responsabilités.

— Peut-être, soupira Liam. Mais elle se considère comme ordinaire et dénuée d'originalité et d'intérêt. La surprise sera donc de taille. Je ne veux pas qu'elle souffre, Sebastian...

Son cousin hocha la tête avec sympathie. Lui aussi avait connu les affres de l'amour lorsqu'il avait rencontré Mel. Il avait failli la perdre à cause de cela. Et il ne voulait pas que Liam commette les mêmes erreurs.

— A mon avis, le plus insupportable pour elle, ce sera de devoir supporter la tête de mule que tu es lorsque vous serez mariés, déclara-t-il en souriant.

— Je suppose que tu parles d'expérience, cousin.

— Non. Mel est folle de moi...

— Bizarre. Je l'aurais cru plus maligne que cela.

— Oh, elle l'est !

— Dans ce cas, je suis forcé d'en déduire que tu la retiens auprès de toi au moyen d'un charme.

— Je crois que tu es jaloux. Tu as toujours eu du mal à admettre que j'embrassais mieux que toi.

— J'aimerais bien voir ça ! s'exclama Liam en riant.

Se penchant vers lui, Sebastian déposa malicieusement un baiser sur ses lèvres.

Liam et Rowan s'étaient retirés dans une chambre de la maison d'Anastasia et la jeune femme n'avait pas tardé à s'endormir. Mais lui n'arrivait pas à trouver le sommeil. Pendant ce qui lui parut une éternité, il se retourna dans leur lit, craignant chaque fois de la réveiller.

Finalement, il se leva et sortit. Il fut tenté de se transformer en loup pour courir jusqu'à ce que l'épuisement chasse de son esprit les doutes qui l'assaillaient depuis sa conversation avec Sebastian.

Mais la Californie n'était pas l'Oregon et il n'y avait pas de bois dans lesquels se dissimuler aux yeux des mortels. Finalement, il descendit dans le jardin d'Anastasia. Là, il trouva celle-ci installée sur un banc de pierre, contemplant pensivement les roses qu'elle avait plantées au cours de la saison précédente.

— Tu devrais être au lit avec ton époux, remarqua-t-il.

— Et toi avec Rowan. Mais j'ai senti que tu avais besoin de parler.

Il s'assit auprès d'elle et resta longuement silencieux. C'était une chose qu'il aimait par-dessus tout, chez sa cousine : elle était douée d'une patience infinie et ne le forcerait pas à se confier à elle tant qu'il ne serait pas prêt à le faire.

Au-dessus d'eux, la lune brillait par intermittence à travers les nuages. L'air était tiède et calme et Liam sentit un peu de cette sérénité le gagner.

— Je n'avais pas réalisé à quel point vous me manquiez jusqu'à aujourd'hui, avoua-t-il.

— Tu avais besoin de temps pour être seul et pour réfléchir. C'est parfois nécessaire...

— C'est vrai. Mais ce n'est pas la seule raison pour laquelle je me suis tenu à l'écart.

— Je sais, soupira-t-elle en caressant doucement sa joue. Ton esprit est troublé par le poids de la responsabilité qui pèse sur toi. Le choix que tu t'apprêtes à faire conditionnera toute ta vie. Mais je crois que tu réfléchis trop. Tu connais déjà la réponse à tes questions. Pour l'entendre, il te suffit d'écouter ton cœur.

— Tu as sans doute raison, reconnut-il. Mais je n'ai jamais été très doué pour cela... Alors, je pense. Je soupèse chaque terme de l'équation jusqu'à ce qu'elle se brouille et que je me perde dans mes propres incertitudes. Je n'y peux rien...

Au contact des doigts d'Anastasia, il sentait ses muscles se dénouer et ses angoisses refluer lentement. C'était le don qu'elle avait reçu de ses ancêtres féeriques.

— Tu as une famille merveilleuse, Ana. Et une maison magnifique. Tu as trouvé ton compagnon et je vois bien combien cela te rend heureuse.

— Il ne tient qu'à toi de trouver un bonheur semblable, Liam. Au fond, c'est ce que tu veux, toi aussi : une compagne, un foyer, des enfants...

— Oui, reconnut-il sans hésiter, sachant qu'il pouvait tout lui dire. Mais je ne suis pas certain d'être à la hauteur de telles responsabilités.

Ana sourit. Elle savait depuis très longtemps que Liam était infiniment plus exigent envers lui-même qu'envers ceux qui l'entouraient. C'était d'ailleurs ce qui ferait de lui un bon chef de clan, lorsque le moment serait venu.

— Qu'est-ce qui te fait dire une telle chose ? demanda-t-elle doucement.

— Je suis habitué à ne penser qu'à moi, à ne prendre mes décisions qu'en fonction de moi. Et j'aime cette liberté. Je crois que, fondamentalement, je suis égoïste. Et le destin a voulu que j'assume la responsabilité d'autres personnes. Peut-être en suis-je capable. Mais s'il faut ajouter celle d'un foyer...

— Je crois que tu te sous-estimes et que tu sous-estimes Rowan, protesta Anastasia. Tu es têtu et fier, c'est certain, mais tu n'as rien d'un égoïste. Tu es juste beaucoup trop sérieux pour ton propre bien. Et tu ne vois pas que certaines choses sont simples et naturelles... Quant à Rowan, elle est bien plus forte que tu ne veux le croire. Elle assumera ce qu'elle est et elle te soutiendra dans la tâche qui est la tienne comme Arianna soutient

Finn. Crois-moi, sans elle, il ne serait jamais devenu le chef qu'il est aujourd'hui.

— Nous ne nous ressemblons pas, lui et moi. J'aime faire les choses à ma façon.

— Lui aussi, je t'assure. En fait, il est aussi têtu que toi. Mais ne comprends-tu pas que tu as déjà fait le choix que tu redoutes tant ? Tu as révélé à Rowan ta nature alors que tu savais qu'elle était de sang d'Halfelin. Tu en as fait ta maîtresse. Tu lui as présenté ta famille. Que te faut-il de plus ?

— Ce n'est pas aussi facile que tu sembles le croire, objecta-t-il.

— Vraiment ? Il me semble au contraire que tu as tracé ton propre destin. Tu sais ce que j'ai toujours admiré chez toi ? Ta capacité à disséquer les choses, à les analyser, à les étudier... Mais ce trait de caractère peut devenir une entrave si tu n'y prends pas garde.

— Que ferais-tu donc, si tu étais à ma place, Ana ? Suivrais-tu ton instinct sans te poser la moindre question ?

— En dernier ressort, oui. Parce que l'on ne peut jamais connaître exactement les conséquences de nos moindres actions. Alors j'écouterais mon cœur. Et je suis certaine que tu feras de même lorsque le moment sera venu.

— Malheureusement, mon cœur ne parle peut-être pas aussi clairement que le tien, ironisa Liam.

— C'est parce que tu ne sais pas l'écouter, répondit sa cousine avec une tranquille assurance.

Liam resta longuement silencieux, réfléchissant à tout ce qu'elle venait de lui dire.

— Très bien, soupira-t-il enfin. Demain, lorsqu'elle se réveillera, je la ramènerai chez elle. Je lui révélerai son héritage et elle sera libre de choisir si elle veut l'assumer ou non. Si elle le rejette, je saurai que notre union est impossible. Si elle l'accepte... Eh bien, je suppose que j'essaierai de suivre mon cœur...

Il avait prononcé ces derniers mots avec une pointe d'ironie, mais Anastasia comprit qu'il s'efforcerait vraiment de le faire et elle sourit, rassurée.

— Un conseil, Liam. Lorsque tu lui montreras qui elle est vraiment, ne lui enseigne pas que les devoirs qui lui incombent. Apprends-lui surtout la joie que procure le fait de ne faire qu'un avec le pouvoir.

Anastasia se leva.

— J'ai senti mon bébé se réveiller, expliqua-t-elle. Bientôt, il aura faim. Je viendrai vous dire au revoir demain matin, avant que vous ne repartiez.

— Avec plaisir. La bénédiction de la Déesse soit sur toi, cousine.

— Et sur toi, Liam. Qu'elle te guide aujourd'hui et à jamais. Mais promets-moi de revenir nous voir de temps en temps. Tu nous as manqué, toi aussi.

— Je te le promets.

Ana l'embrassa affectueusement et se dirigea vers la porte de la maison. Se retournant une dernière fois, elle vit Liam assis sous la lune, seul.

— Ne reste pas là comme une âme en peine, cousin, lui dit-elle. L'amour attend…

11

Le lendemain matin, Rowan et Liam se réveillèrent de bonne heure. Il insista pour qu'ils repartent aussitôt pour l'Oregon. La plupart des membres de la famille dormaient encore et ils prirent congé d'Anastasia, la remerciant pour son hospitalité.

Une fois de plus, Liam la prit dans ses bras et les transporta sous le porche de la maison de Belinda.

— Nous aurions tout de même dû attendre que les autres se lèvent, remarqua la jeune femme en recouvrant son équilibre.

— Nous pourrons retourner les voir quand tu voudras, lui promit-il.

— Avec plaisir ! J'aimerais beaucoup voir le magasin de Morgana. D'après ce qu'elle m'en a dit, ce doit être un endroit merveilleux. Mel m'a également promis de me montrer ses chevaux. Tes cousins sont adorables, tu sais. Tu as vraiment de la chance d'avoir une si grande famille. Moi, je n'ai que quelques cousins du côté de mon père et ils vivent tous dans l'Est. Du coup, nous ne nous sommes pas vus très souvent et nous ne sommes pas aussi proches que vous.

Liam ne put retenir un sourire ironique. N'était-ce pas l'ouverture idéale pour lui parler de son autre famille ? se demanda-t-il.

— Rentrons et préparons du café, Rowan, lui dit-il. Il y a quelque chose dont il faut que je te parle.

La jeune femme se figea et l'observa d'un air étonné. La froideur de son ton ne lui avait pas échappé et elle percevait en lui une dureté qui ne lui était pas familière.

Elle le suivit à l'intérieur et leur servit deux cafés tout en s'interrogeant avec angoisse sur les raisons de son attitude. Avait-elle donc fait quelque chose de mal ? Avait-elle dit quelque chose qui lui avait déplu ? Ou bien n'avait-elle pas dit quelque chose qu'elle aurait dû ?

Brusquement, elle ferma les yeux, dégoûtée par sa propre réaction. Pourquoi fallait-il toujours qu'elle se sente responsable de ce qui n'allait pas ? Ne s'était-elle pas promis de ne plus jamais agir de la sorte, lorsqu'elle avait décidé de venir ici ?

Si elle refusait de culpabiliser vis-à-vis de ses parents, ce n'était pas pour le faire face à Liam. Ni avec qui que ce soit d'autre, d'ailleurs... Fronçant les sourcils, elle tendit une tasse à son compagnon qui gardait obstinément le silence.

— De quoi veux-tu que nous parlions ? lui demanda-t-elle en s'efforçant d'adopter un ton impassible.

— Assieds-toi, répondit-il seulement.

— Je suis très bien debout, protesta-t-elle.

Elle avala une gorgée de café qui lui brûla la langue.

— Si tu es en colère contre moi, dis-moi au moins pourquoi. Je n'ai aucun goût pour ce genre de devinettes.

— Je ne suis pas en colère. Pourquoi le serais-je ?

— Je n'en ai aucune idée, répliqua-t-elle en commençant à couper du pain pour se préparer des toasts. Mais pour quelle autre raison me fusillerais-tu du regard de cette façon ?

— Je ne te fusille pas du regard.

Elle émit un petit reniflement dédaigneux.

— C'est exactement ce que tu fais et cela ne me plaît pas du tout.

Liam la contempla avec étonnement. Il ne la savait pas sujette à de telles sautes d'humeur. Comment avait-elle pu passer en quelques instants d'un enthousiasme presque enfantin à cette froideur distante ?

— Dans ce cas, je te demande pardon.

D'un geste un peu sec, il tira une chaise.

— Je t'ai présenté ma famille et c'est de famille que je veux te parler. Alors assieds-toi au lieu de tourner en rond dans cette cuisine.

Rowan ne tint aucun compte de cet ordre, se contentant de lui adresser un regard glacial.

— Tu ne vois pas que je suis en train de me préparer un petit déjeuner ?

Liam marmonna un juron puis fit un geste vers la table sur laquelle apparut brusquement une assiette de tartines grillées.

— Voilà qui est fait. Maintenant, assieds-toi et finissons-en une fois pour toutes !

— Je suis tout à fait capable de faire griller mes propres toasts, répliqua-t-elle.

Sur ce, elle alla ouvrir le réfrigérateur et prit tout son temps pour choisir la confiture dont elle avait envie.

— Rowan, tu mets ma patience à bout. Tout ce que je te demande, c'est de t'asseoir et de m'écouter.

— Tu ne l'as pas demandé mais exigé, le reprit-elle. Mais puisque tu te décides enfin à le faire, j'y consens.

Satisfaite de la victoire toute symbolique qu'elle venait de remporter, elle s'installa à table, posant devant elle le beurre et la confiture qu'elle venait de sortir.

— Est-ce que tu veux un toast ? demanda-t-elle malicieusement.

— Non, répondit-il.

Réalisant la sécheresse avec laquelle il venait de s'exprimer, il se reprit.

— Non merci.

Elle lui sourit avec une douceur inattendue et il se sentit fondre.

— J'ai rarement l'avantage dans les disputes, remarqua-t-elle en beurrant l'une de ses tartines. Surtout quand j'ignore ce qui les a provoquées...

— Eh bien, on dirait que tu as gagné, cette fois-ci.

— C'est vrai. Et je dois dire que c'est une sensation plutôt agréable.

Liam ne put s'empêcher de rire.

— Au fait, j'ai une question à te poser. Comment se fait-il que tu mettes toujours trois sucres dans ton café lorsque nous sommes ici et aucun lorsque nous sommes chez moi ?

— C'est évident ! Ton café est délicieux alors que le mien est insipide. J'essaie juste de lui donner un peu de goût. Mais tu t'apprêtais à me parler de ta famille...

— Au sens large, oui... Tu comprends ce qui la rend si particulière, n'est-ce pas ?

— Evidemment, répondit-elle.

Avisant le regard de Liam, elle commençait à s'inquiéter. Il paraissait brusquement si sérieux...

— C'est ce que vous appelez votre héritage, reprit-elle. Le sang d'Halfelin.

— Pas seulement... C'est aussi la responsabilité qui découle de ce pouvoir. Je ne veux pas dire par là qu'il faille le redouter, bien sûr.

— Je n'ai pas peur de toi ni des tiens, Liam, si c'est ce qui t'inquiète.

— Peut-être en partie, concéda-t-il.

— Eh bien, dans ce cas, tu n'as aucune crainte à avoir.

Percevant la détresse qui l'habitait, elle fut tentée de se lever pour le prendre dans ses bras. Mais il commença à arpenter la pièce comme il lui avait demandé de ne pas le faire. Et cela ne lui ressemblait pas du tout.

— Je sais que tu considères ce pouvoir comme une sorte de conte de fées, reprit-il. Malheureusement, ce n'en est pas un. Il n'y a pas forcément de fin heureuse. C'est la vie avec son lot d'incertitudes, d'erreurs, de besoins et d'exigences. Exactement comme celle des gens normaux...

— Tu n'as que partiellement raison, remarqua la jeune femme. Il est vrai que cette magie me paraît être quelque chose de merveilleux mais je perçois aussi ses dangers. Je m'en faisais la remarque en discutant avec tes cousins. Je me demandais comment élever un enfant doté d'une telle puissance. Comment lui transmettre un sens des valeurs alors qu'il pouvait le violer sans courir le risque d'être inquiété le moins du monde. Puis j'ai observé ta famille et j'ai compris que vous étiez des gens comme les autres, au fond. Ni les personnages d'un conte de fées, ni des héros torturés. Juste des gens comme nous qui essayiez de faire de votre mieux pour vivre en harmonie.

— Et tu n'as pas été déçue ? demanda Liam, curieux.

— Au contraire. Ils me sont soudain apparus plus humains, plus touchants...

Elle réalisa qu'il buvait littéralement ses paroles. Etait-ce parce qu'il tenait à ce qu'elle se sente à sa place dans cette famille ? Parce que lui aussi l'aimait et voulait qu'elle partage sa vie ? A cette idée, une joie immense envahit son cœur.

Il s'approcha alors et s'assit en face d'elle, prenant ses mains dans les siennes.

— Rowan, commença-t-il. Mes cousins sont très nombreux. Il y en a en Irlande, en Ecosse, au pays de Galles, en Bretagne, en Galice... Certains ont émigré aux Etats-Unis, en Australie ou en Nouvelle-Zélande...

Il y a des Donovan, bien sûr. Et des Malone, des Riley, des McDougal... Et aussi des O'Meara.

Rowan fronça les sourcils, se demandant où il voulait en venir.

— C'est vrai. Tu m'as dit que ta mère était une O'Meara, remarqua-t-elle. C'est tout de même un hasard prodigieux que je sois apparentée à ta famille...

Liam étouffa un soupir, comprenant qu'il restait encore beaucoup de chemin à parcourir pour la convaincre de ce qu'il s'apprêtait à lui révéler.

— Rowan, ce que je veux dire, ce n'est pas seulement que nous sommes cousins éloignés. Nous partageons le même sang. Le même héritage.

Stupéfaite par cette affirmation, la jeune femme resta quelques instants silencieuse, incapable de réfléchir clairement.

— Quand tu parles d'héritage, articula-t-elle enfin, tu ne veux pas dire...

— Si. Ton arrière-grand-mère Rowan O'Meara était une Halfelin. Comme moi. Comme toi.

— Mais c'est absurde, protesta-t-elle.

Elle essaya de dégager ses mains pour se lever mais il la retint.

— Comment peux-tu en être si sûr, Liam ? Moi-même, je ne l'ai pas connue...

— Mais moi, j'ai entendu parler d'elle. Rowan O'Meara de Clare qui tomba amoureuse, se maria, quitta l'Irlande et renonça à ses dons. Elle le fit parce que l'homme qu'elle aimait le lui avait demandé. Elle a accepté comme elle avait le droit de le faire. Et, lorsque ses enfants sont nés, elle ne leur a rien dit jusqu'à ce qu'ils atteignent l'âge de raison.

— Ce n'est pas possible, protesta Rowan. Il doit s'agir de quelqu'un d'autre...

— Ses enfants pensèrent qu'elle était excentrique,

poursuivit Liam. Mais ils ne crurent pas ce qu'elle leur disait. Lorsque leurs propres enfants furent grands, ils leur dirent que Rowan était un peu dérangée. Gentille, adorable mais un peu dérangée. Et les enfants de ces enfants ignorèrent tout de cette arrière-grand-mère ou de leur héritage légitime.

— Mais nous nous serions bien rendu compte de quelque chose, objecta Rowan. Un don comme le tien ne passe pas précisément inaperçu !

— Peut-être l'as-tu senti sans même savoir ce dont il s'agissait. C'était peut-être une sensation de brûlure venue de l'intérieur, l'impression d'entendre des voix...

Rowan hésita.

— Non... Je ne sais pas... En tout cas, je ne suis pas ce que tu dis, Liam. Je suis ordinaire, parfaitement, désespérément normale...

— Des rêves étranges, des figures qui s'agitaient au creux des flammes, des murmures dans le vent, reprit Liam. Ce sont autant de signes.

— Tous les enfants se font ce genre d'idées, protesta la jeune femme. C'est leur imagination qui parle, rien de plus.

Elle sentit alors un fourmillement dans ses doigts, là où Liam la tenait toujours. Et cette sensation familière la ramena des années en arrière. Terrifiée, elle retira ses mains.

— Je croyais que tu n'avais pas peur de moi, remarqua-t-il d'une voix très douce. Pourquoi alors aurais-tu peur de ce que tu es ?

— Je n'ai pas peur. Ce n'est pas vrai. C'est juste l'un de tes tours...

— Vraiment ? N'as-tu jamais ressenti cette impression, Rowan ?

— Non...

Il l'observa sans ciller et elle détourna les yeux,

incapable de résister à la pression qu'exerçait sur elle son regard doré.

— Si tu en es si sûre, reprit-il, tu ne verras aucun inconvénient à passer le test, je suppose.

— Quel test ? dit-elle d'un ton apeuré.

— Le premier acte magique qu'apprennent les enfants et le dernier qu'oublient ceux qui renoncent à leurs pouvoirs, c'est l'art de faire du feu. La pyromancie... Au fond de toi, tu sais déjà comment activer ce don. Je me contenterai de te le rappeler.

De plus en plus effrayée, Rowan se leva et s'éloigna de quelques pas.

— Tu as ma parole que je ne lancerai pas le sort moi-même, continua Liam. Mais je veux que tu me promettes que tu ne chercheras pas volontairement à faire échouer l'expérience.

La jeune femme tremblait à présent de la tête aux pieds.

— Je n'aurai pas besoin de la faire échouer, répondit-elle. De toute façon, il ne se passera rien...

— Alors suis-moi.

— Où ça ? demanda-t-elle lorsqu'il lui prit la main pour l'entraîner au-dehors.

Mais, au fond d'elle-même, elle le savait déjà.

— Au cercle de pierre, répondit-il. Tu ne contrôles pas encore ton pouvoir et, de cette façon, nous serons protégés.

— Liam, c'est ridicule. Je ne suis qu'une femme comme les autres. La seule façon pour moi d'allumer un feu est d'utiliser des allumettes ou un briquet.

Il s'arrêta brusquement et lui fit face.

— Crois-tu que je sois en train de te mentir ? demanda-t-il posément.

— Non. Mais je pense que tu te trompes.

Il se remit en marche et ils pénétrèrent dans la forêt. Rowan avait presque du mal à suivre ses longues foulées.

— Je ne doute pas qu'il ait existé une Rowan O'Meara qui ait eu le Don. Mais ce n'était pas mon arrière-grand-mère. Mon arrière-grand-mère était une charmante vieille dame un peu gâteuse qui racontait de belles histoires et peignait de merveilleux tableaux...

— Gâteuse? répéta Liam, choqué. Qui t'a raconté une chose pareille?

— Ma mère...

— Ainsi donc, cette femme a renoncé à ce qu'elle avait de plus précieux pour celui qu'elle aimait et, en fin de compte, on l'a accusée de gâtisme... Peut-être était-elle gâteuse, en effet. Peut-être aurait-elle mieux fait de rester en Irlande auprès des siens et de choisir un époux Halfelin!

Evidemment, songea-t-il, si elle l'avait fait, il ne serait pas en train de remorquer son arrière-petite-fille à travers une forêt de l'Oregon. Il se demanda s'il devait s'en réjouir ou le regretter.

Ils ne tardèrent pas à parvenir dans la clairière où se dressait le cercle et Liam entraîna la jeune femme au milieu des pierres. Elle était hors d'haleine, autant à cause de la marche accélérée qu'ils venaient de faire que de la tension presque palpable qu'elle sentait dans l'air, tout autour d'eux.

— J'en appelle à la Déesse et aux quatre éléments! s'exclama Liam en relâchant enfin son étreinte. Par le cercle qui nous entoure et par ceux qui l'ont consacré, étendez sur nous votre protection. Cette femme est venue pour découvrir ce qu'elle était. Qu'elle voie!

A peine eut-il prononcé ces mots que le vent se leva et se mit à tourbillonner autour d'eux, faisant voler leurs cheveux et leurs vêtements. Impressionnée par cette manifestation de pouvoir, Rowan croisa les bras sur sa poitrine comme pour s'en protéger.

— Liam..., articula-t-elle.

— Du calme, Rowan, lui dit-il d'une voix douce et assurée. Je sais que cela va être difficile pour toi mais sache qu'il ne peut rien t'arriver de mal tant que tu ne sors pas du cercle. Je te le promets.

Prenant ses mains dans les siennes, il l'embrassa tendrement, l'aidant ainsi à se détendre quelque peu.

— Si tu ne te fais pas confiance, aie au moins confiance en moi.

Il caressa doucement ses cheveux. Ce qu'il allait faire avec elle ressemblait beaucoup à l'initiation d'une jeune vierge aux plaisirs de l'amour. Il fallait faire preuve de douceur, de patience et se concentrer exclusivement sur ce qu'elle ressentait.

— Pense à tout ceci comme à un jeu, lui dit-il en souriant. Je t'assure que c'est beaucoup plus simple que tu ne dois l'imaginer.

Il s'agenouilla et l'invita à faire de même. Lorsqu'elle se fut exécutée, il la regarda droit dans les yeux.

— Respire lentement et profondément, lui dit-il. Concentre-toi sur le rythme de ton propre cœur. Si cela t'aide à te détendre, tu peux fermer les yeux.

— Tu m'annonces que je suis capable de créer du feu à partir de rien et tu me demandes de me détendre ? railla-t-elle.

Pourtant, elle ferma les yeux et fit ce qu'il lui avait demandé.

— D'accord, murmura-t-elle. C'est seulement un jeu. Et dès que nous aurons fini de jouer, je pourrai rentrer et finir mon petit déjeuner.

Elle se concentra sur les battements de son cœur. Comme elle commençait à se familiariser avec leur rythme presque hypnotique, elle entendit Liam murmurer au creux de son esprit.

« Souviens-toi de ce que tu as toujours su sans qu'on ne te l'ait jamais dit. Sens ce que tu as toujours ressenti sans jamais le comprendre. Ecoute avec ton cœur. Et fais confiance à ton sang. »

— Ouvre les yeux, Rowan, souffla-t-il.

La jeune femme obéit, se demandant si Liam ne l'avait pas hypnotisée. Elle avait l'impression de se trouver dans un état second, à mi-chemin du rêve et de la réalité. Les battements de son cœur continuaient à retentir en elle comme des coups de gong, lents et monotones.

— Je ne sais pas quoi faire, murmura-t-elle, désorientée.

— Vraiment ? fit Liam avec une pointe d'amusement. Abandonne-toi à ce que tu ressens, Rowan. Crois en toi et accepte le don qui a toujours été le tien.

C'est un jeu, songea-t-elle, rien qu'un jeu… Elle était la sorcière dont le pouvoir dormait, juste sous la surface de son esprit. L'éveiller était une simple question de foi, de croyance, d'acceptation…

Etendant les mains, elle les contempla avec le même détachement que si elles appartenaient à quelqu'un d'autre. Elles étaient étroites, longues et fines. Etrangement élégantes. Elles tremblaient légèrement, tout comme leur ombre portée sur le sol.

Elle percevait aussi le son de sa propre respiration, profonde et régulière. Elle avait presque l'impression de s'observer de l'extérieur alors qu'elle était en train de dormir.

Elle pensa au feu. Le feu qui éclairait. Le feu qui réchauffait. Le feu qui brûlait. Dans son esprit, l'image des flammes apparut. Dorées, rougeoyantes, mouvantes. Elles ondoyaient comme une torche dans le vent, dégageant une légère fumée.

La vision se faisait plus précise, plus réelle à chaque instant et elle vacilla légèrement.

Liam dut se forcer à ne pas intervenir, à la laisser trouver seule le chemin de son pouvoir. L'air autour d'eux était devenu parfaitement silencieux, comme si la nature elle-même retenait son souffle. Les yeux de Rowan étaient d'un bleu incandescent alors que sa concentration se faisait plus intense. Il comprit qu'elle était en train de perdre une forme d'innocence.

Le pouvoir surgit brusquement, les enveloppant tous deux et faisant voler les cheveux de la jeune femme. Sentant sa chaleur s'insinuer en elle, elle ne put retenir un hoquet de surprise. C'était la même sensation que celle que lui avait communiquée Liam dans la cuisine. Mais elle était plus pure, plus violente, plus sauvage.

Elle envahit chacun de ses membres, pénétrant au plus profond d'elle-même, la traversant de part en part pour se concentrer au bout de ses doigts. Stupéfaite, elle vit alors le feu qu'elle venait de créer à partir du néant.

Il brûlait sur le sol, à quelques mètres d'elle, parfait reflet de l'image qui habitait son esprit. Paniquée, elle perdit brusquement le contrôle et l'énergie fusa brusquement, faisant croître les flammes.

— Non ! s'écria-t-elle, terrifiée.

— Tout doux, Rowan. Tu dois rester concentrée.

D'un geste, il ramena la colonne de feu à des proportions moins alarmantes.

— Comment ai-je... Je ne...

Alors qu'elle prononçait ces mots, le feu disparut aussi soudainement qu'il s'était manifesté.

— C'est toi ! s'exclama-t-elle d'un ton accusateur.

— Tu sais bien que non, Rowan. C'est ton héritage. Et c'est à toi de choisir ce que tu en feras.

— Moi..., répéta-t-elle, se sentant vidée de toute force. C'est moi qui ai fait ça...

Liam lui sourit gentiment et ses derniers doutes s'envolèrent. Elle réalisa alors qu'à un certain niveau, elle avait toujours eu conscience de ce qu'elle était sans jamais l'accepter vraiment.

— Je l'ai senti, reprit-elle, exaltée. Je pouvais presque

le voir... Il y avait des mots dans ma tête, comme des chants. Mais je ne les comprenais pas.

— C'est ton sang qui parlait. Le souvenir lointain des fées qui t'ont donné ce pouvoir. Comment te sens-tu ?

— Emerveillée, répondit-elle en regardant ses mains comme si elle les voyait pour la première fois. Excitée... Terrifiée et heureuse à la fois. Il y a de la magie en moi...

Rowan hocha la tête. Il la voyait rayonner dans ses yeux, briller sur son visage transfiguré. Lorsqu'elle éclata de rire, il crut entendre celui d'une fée. Elle se releva alors et se mit à tourner sur elle-même au centre du cercle de pierre.

Liam s'assit en tailleur et l'observa avec un mélange de tendresse et d'indulgence tandis qu'elle célébrait à sa façon son héritage, qu'elle embrassait sa véritable nature. Jamais elle n'avait été aussi belle qu'en cet instant, réalisa-t-il. Le pouvoir qui s'était glissé en elle se mêlait à sa joie pour la rendre plus irrésistible encore.

Brusquement, elle se jeta à son cou et le serra dans ses bras.

— Toute ma vie, je me suis sentie ordinaire, lui dit-elle. Tristement banale et normale. Maintenant, il y a de la magie en moi...

— Il y en a toujours eu, Rowan, remarqua-t-il. Simplement, tu ne la voyais pas.

Elle éclata de nouveau de rire, se sentant aussi heureuse qu'un enfant découvrant ses cadeaux au matin de Noël.

— Tu peux m'apprendre d'autres choses ?

— Bien sûr, répondit Liam, stupéfait par la facilité avec laquelle elle acceptait son nouveau statut.

Il caressa doucement sa joue.

— Je le ferai, c'est promis, reprit-il. Mais pas maintenant. Cela fait plus d'une heure que nous sommes ici et je commence vraiment à avoir faim !

— Une heure ! s'exclama la jeune femme, ébahie. J'ai l'impression que cela n'a pris que quelques minutes...

— Il t'a fallu un certain temps pour te mettre en condition, expliqua-t-il. Mais ce sera beaucoup moins long la prochaine fois parce que tu n'auras plus à lutter contre toi-même. Une fois que nous aurons déjeuné, nous essaierons de déterminer quel est ton talent particulier.

Rowan hocha la tête avant de le regarder gravement. Se penchant vers lui, elle déposa alors sur ses lèvres un petit baiser.

— Merci, Liam. Merci infiniment.

Rowan apprenait vite. Liam ne se considérait pas comme un excellent professeur, loin de là, et il ne pouvait que supposer qu'il avait affaire à une élève vraiment talentueuse. Elle était toujours prête à tenter de nouvelles expériences et assimilait rapidement son enseignement.

Il ne leur fallut pas longtemps pour constater que son pouvoir de prédilection était la transmutation, tout comme Morgana. Par contre, son don de seconde vue était faible et elle n'était pas très douée pour la communication de pensées. Elle pouvait lui envoyer les siennes et pouvait entendre celle qu'il lui transmettait. Mais elle était incapable de lire dans son esprit.

Même après plus d'une heure d'intense concentration, elle ne parvint jamais à se transformer. Par contre, elle changea avec une facilité déconcertante un tabouret en rosier.

Anastasia avait conseillé à Liam de lui transmettre la joie que procurait l'usage du pouvoir. Mais Rowan n'avait vraiment pas besoin de son aide pour cela. Elle parcourait la forêt en dansant, modifiant à son gré la couleur des fleurs, transformant les rochers en cristaux multicolores, les plantes en feux d'artifice, le ruisseau en lait…

Il ne cherchait pas à endiguer son enthousiasme exubérant, se contentant de remettre les choses en ordre après son passage. Elle méritait bien de profiter de cet émerveillement initial. Les responsabilités, les engagements et les choix viendraient bien assez tôt.

En fait, Rowan avait entrepris de vivre son propre conte de fées. Elle était stupéfaite par la facilité avec laquelle elle pouvait à présent modifier le monde qui l'entourait. Sa capacité de visualisation s'améliorait chaque jour et, avec elle, son aptitude à la transmutation.

Elle se sentait plus heureuse qu'elle ne l'avait jamais été, redessinant la vie par touches de couleur au gré de ses fantaisies. Et Liam la regardait faire avec indulgence.

Un après-midi, elle l'entraîna dans la clairière de digitales qu'elle aimait tant et entreprit de la transformer entièrement. Bientôt, Liam eut l'impression qu'il venait de se retrouver projeté dans le tableau de quelque peintre fantaisiste. Mille couleurs éclataient autour de lui, formant une scène féerique.

Lorsque Rowan eut terminé son œuvre, elle se tourna vers lui, rayonnant du pouvoir tout neuf qui l'habitait. A ses yeux, elle était bien plus magnifique encore que son étrange création.

— Je sais que nous ne pourrons pas laisser la clairière dans cet état, lui dit-elle avec un sourire enchanteur. Mais j'ai toujours rêvé d'un endroit comme celui-ci. Un endroit qui ressemblerait au Pays des Merveilles avec des fleurs en forme d'instruments de musique, des champignons géants, des chenilles fumant le narguilé… N'est-ce pas fantastique ?

Liam hocha la tête en riant. Rien ne manquait. Pas même le sourire du chat invisible perché dans l'un des arbres. Il se pencha et ramassa l'une des roses gigantesques qui aurait pu provenir du palais de la Reine de Cœur et la tendit à la jeune femme.

— Lorsque j'étais enfant, j'ai lu ce livre des centaines de fois, lui dit-elle en portant la fleur à son visage. Je m'imaginais que j'étais Alice et que je partais au Pays des Merveilles à la recherche d'un beau Prince charmant.

— A quoi ressemblait-il ? lui demanda Liam, curieux.

— A toi.

— Je suis heureux de l'apprendre. J'avais peur que tu ne me changes en lapin blanc...

— Même mon don ne saurait transformer un loup en lapin, remarqua-t-elle malicieusement.

Il sourit.

— Dans mes rêves, reprit-elle d'un ton songeur, je portais toujours une robe bleu nuit et toi un habit noir rehaussé d'or.

Leurs vêtements se transformèrent aussitôt.

— Est-ce toi ou moi qui a fait cela ? demanda-t-elle, émerveillée.

— Qu'importe, Rowan ? C'est ton rêve. J'espère juste que tu embrassais le Prince...

— Oh, oui ! s'exclama-t-elle en se nichant entre ses bras. Et c'était un baiser comme ils n'existent que dans les rêves...

— Je ferai de mon mieux pour vous satisfaire, gente dame, lui dit-il en se penchant vers elle.

Leurs lèvres se rencontrèrent et s'unirent en un baiser plein de tendresse. Mais alors que, cédant à la passion, Rowan se faisait plus ardente, elle crut percevoir l'écho d'une valse. D'abord lointain, il se fit plus présent et emplit bientôt la clairière féerique. Sans même qu'elle s'en aperçoive, Liam avait commencé à la faire évoluer à son rythme sans jamais cesser de l'embrasser.

Emerveillée, elle se laissa entraîner au son des violons. Elle sentit alors ses pieds quitter le sol et ils se mirent à tournoyer dans les airs tandis que le soleil se couchait derrière la cime des arbres.

Elle vit alors s'allumer en contrebas des centaines de petites lumières qui constellaient la clairière comme un tapis d'étoiles. Incapable de retenir les larmes qui coulaient à présent le long de ses joues, elle s'arracha aux lèvres de Liam qui la regarda en souriant. Dans ses yeux brillait une douceur infinie.

— Comment as-tu su ? murmura-t-elle, la gorge serrée par une émotion presque insoutenable. Je n'étais encore qu'une enfant... Et je n'ai plus jamais refait ce rêve...

— Chut, souffla-t-il. C'est de la magie.

Renonçant à comprendre, elle s'abandonna au cadeau magnifique qu'il venait de lui offrir. Et lorsque les derniers accords de la valse retentirent, il la ramena dans la clairière et l'allongea doucement sur un lit de fougères.

Là, ils firent l'amour sous les étoiles tandis que les oiseaux célébraient de leurs chants l'arrivée de la nuit.

Lorsque leur désir fut assouvi et que Rowan sentit se dissiper sur sa peau les derniers frissons de plaisir, elle prit la main de Liam et la serra très fort dans la sienne. Le regardant dans les yeux, elle lui avoua enfin le secret qu'elle n'était plus capable de porter seule.

— Je t'aime, Liam.

A ces mots, elle le vit brusquement se raidir.

— Rowan..., commença-t-il.

Mais elle posa doucement ses doigts sur sa bouche pour l'interrompre.

— Je ne te demande rien, lui dit-elle. Simplement, je ne peux plus garder cela pour moi. J'avais peur de te le dire auparavant mais je crois que plus rien ne pourra plus jamais me faire peur, à présent.

— Tu dis cela parce que tu ne sais pas encore tout, répondit-il d'une voix sombre. Mais si c'est vraiment ce que tu crois ressentir, il est temps que je te révèle le dernier de mes secrets. Mais pour cela, il faut que nous allions chez moi.

— Je te suivrai où tu iras tant que tu voudras de moi, Liam, répondit-elle.

A ces mots, il détourna les yeux, incapable d'affronter l'innocence qu'il lisait encore dans les siens.

12

Rowan doutait fort que Liam puisse lui dire quoi que ce soit qui la surprenne à présent. Depuis quelques jours, elle nageait en plein rêve et avait renoncé à faire la part du réel et de la fantaisie. Les deux se mêlaient si intimement désormais qu'elle avait presque du mal à imaginer comment elle avait pu vivre autrement.

En moins d'une semaine, Liam avait effacé vingt-sept ans de croyances profondément enracinées et de convictions qu'elle croyait inexpugnables. Il lui avait prouvé que la magie existait. Et non seulement elle l'avait accepté mais elle l'avait même embrassée sans aucune hésitation.

Alors qu'est-ce qui pourrait bien encore l'étonner ?

Ils marchèrent à travers bois jusqu'à la maison de Liam. Pendant tout le temps que dura le trajet, celui-ci ne prononça pas un seul mot et elle le connaissait suffisamment, désormais, pour savoir qu'il ne servirait à rien de le presser de questions. Il parlerait lorsqu'il serait prêt et pas avant.

Mais plus ils avançaient et plus elle sentait croître son inquiétude. Car depuis qu'elle lui avait avoué qu'elle l'aimait, il paraissait s'être refermé sur lui-même.

— Est-ce donc si sérieux que cela ? demanda-t-elle, troublée.

— Pour moi, oui. Mais tu seras libre de décider ce que cela signifie pour toi...

Ils atteignirent enfin la maison et montèrent dans la chambre de Liam. Là, il s'approcha de la cheminée et ouvrit une porte qui était dissimulée dans le mur et qu'elle n'avait jusqu'alors jamais remarquée. Ils pénétrèrent dans une petite pièce qui n'était éclairée que par une faible lueur.

— Une pièce secrète, murmura-t-elle, le cœur battant.

— Pas secrète mais privée… Approche, Rowan.

Elle obéit sans hésiter, lui prouvant une fois de plus la confiance sans bornes qu'elle lui vouait. Le sol était fait de pierre nue, aussi lisse qu'un miroir. Les murs et le plafond étaient de bois poli. La lumière pâle se reflétait à leur surface qui paraissait onduler comme de l'eau.

Sur une table décorée de motifs compliqués trônait un bol de verre bleu, un calice d'étain, un petit miroir enchâssé dans une monture d'argent gravé de symboles étranges, un autre bol rempli de cristaux multicolores et une sphère de quartz posée sur un petit trépied représentant trois dragons ailés.

Elle se demanda à quoi tout ceci pouvait bien servir et ce qu'elle verrait si elle se concentrait sur le globe. Liam alluma plusieurs bougies qui dégageaient une odeur acre et vaguement animale.

Rowan avisa alors une autre table et une sorte de guéridon sur lequel était posée une très vieille boîte de bois aux lourdes ferrures. Liam l'ouvrit et en sortit une amulette d'argent attachée à une chaîne du même métal. Il la tint quelques instants entre ses doigts, comme pour la soupeser, puis la reposa précautionneusement dans son écrin.

— Est-ce une cérémonie ? demanda la jeune femme d'une voix qui trahissait une certaine nervosité.

Il la regarda avec étonnement, comme s'il avait oublié qu'elle se trouvait là. Mais ce n'était pas le cas, bien sûr. Liam n'oubliait jamais rien…

— Non, répondit-il enfin. Tu m'as interdit de lire tes pensées et je ne sais pas ce que tu penses de tout ceci, au juste... Mais je perçois beaucoup de choses dans tes yeux.

— Je t'ai toujours dit ce que je pensais et ce que je ressentais.

— C'est vrai.

Mais Liam, lui, ne lui avait jamais rien dit, songea-t-elle avec une infinie tristesse.

— M'expliqueras-tu à quoi sert tout ceci ? demanda-t-elle en désignant les objets disposés sur la table.

— Ce ne sont que des outils. Il t'en faudra à toi aussi.

— Est-ce que tu vois des choses dans cette boule de quartz ?

— Oui.

— T'arrive-t-il d'avoir peur de regarder ? Moi, je crois que j'aurais peur...

— Ce que l'on voit n'est pas l'avenir. Juste des faisceaux de possibilités.

Rowan hocha la tête. Elle sentait croître à chaque instant la tension qui l'habitait, pressentant qu'il s'apprêtait à lui révéler des choses qu'elle aurait peut-être préféré ne pas savoir. Elle ignorait s'il s'agissait d'une simple intuition féminine ou s'il fallait y voir une nouvelle manifestation de ses pouvoirs mais elle en était certaine.

Liam restait silencieux, ne sachant comment aborder ce dont il devait lui parler. Dans les yeux de la jeune femme, il lisait l'inquiétude qui s'était emparée d'elle et il comprit qu'il ne pouvait repousser éternellement l'échéance fixée par le destin.

— Je savais que tu viendrais ici, commença-t-il.

Rowan le regarda fixement, comprenant qu'il ne parlait pas de cette pièce mais de sa venue dans l'Oregon.

— Et savais-tu ce qui se produirait ?

— Je te l'ai dit, l'avenir n'est pas écrit. Tout n'est que probabilité. A présent, nous avons fait des choix mais il nous en reste d'autres à faire, peut-être plus importants encore. Je t'ai parlé de notre héritage mais je ne t'ai pas tout dit. Dans ma famille, il existe une tradition. On pourrait dire qu'il s'agit d'une sorte de noblesse bien que ce soit un peu plus compliqué que cela. En tout cas, l'un de nous doit prendre la tête du clan pour l'unifier, le guider et rendre des jugements lorsque c'est nécessaire.

Une fois de plus, il souleva l'amulette et la reposa.

— C'est la même que celle de ton père, s'exclama alors Rowan, commençant à comprendre. Mais la sienne est en or.

— C'est juste.

— C'est lui le chef du clan, n'est-ce pas ?

— Oui. Jusqu'au jour où il choisira de transmettre le flambeau.

— Et c'est toi qui hériteras de cette charge, j'imagine ?

— Exact. La tradition veut qu'elle soit transmise au fils aîné. Mais, pour pouvoir l'assumer, il doit remplir un certain nombre de conditions. Tout d'abord, il doit en être jugé digne par son père.

— Je suis certaine que Finn le pense.

— Il doit ensuite l'accepter de son plein gré.

— Est-ce le cas ?

— Je n'ai pas encore décidé, répondit Liam en plongeant les mains dans ses poches comme pour s'empêcher de toucher l'amulette. Je suis venu ici pour y réfléchir. Je refuse de revendiquer ce rôle simplement parce que je suis né le premier.

— Et c'est sans doute l'une des raisons pour lesquelles ton père te juge digne de prendre sa suite.

— Il y a d'autres conditions. Si le prétendant est marié, ce doit être impérativement avec une Halfelin. Et il doit s'agir d'un mariage d'amour et non de devoir. Les deux époux doivent y avoir consenti en leur âme et conscience.

— Cela tombe bien, répliqua la jeune femme en souriant. Je suis une Halfelin et je t'aime.

— Mais si je t'épouse, cela revient à accepter le décret du destin, à me soumettre à sa loi. Je ne suis pas sûr de vouloir renoncer à ma liberté, Rowan...

La jeune femme resta figée, luttant contre la sensation de vertige qui s'emparait d'elle. Comment pouvait-il dire une chose pareille ? Comment pouvait-il analyser aussi froidement ses propres sentiments ?

Il n'y avait qu'une explication, réalisa-t-elle, terrassée par cette brusque révélation. Il ne l'aimait pas. Il ne l'avait jamais aimée.

Il lui sembla soudain que son cœur volait en éclats et une violente douleur la foudroya sur place.

— Je vois, articula-t-elle enfin. Apparemment, tu as beaucoup réfléchi à la question...

— Il le fallait bien.

— Et je ne suis pas plus qu'un poids dans la balance sur laquelle tu pèses le prix à payer pour tes futures responsabilités. Aujourd'hui, tu dois décider ce que tu vas bien pouvoir faire de moi. C'est effectivement une position très inconfortable...

— Ce n'est pas aussi simple que cela, objecta-t-il, alarmé par le ton glacial qu'elle avait employé. Il s'agit de ma vie.

— Et pas de la mienne, peut-être ? Tu as dit que tu savais que je viendrais. Moi, j'ignorais que je te trouverais ici. Je n'avais pas le choix, pas la possibilité d'emprunter une autre voie. A la minute où je t'ai vu, je suis tombée amoureuse de toi. Mais toi, tu étais préparé. Tu avais tout programmé. Tu savais que je t'aimerais.

— Tu te trompes, protesta-t-il sans conviction.

— Vraiment ? Alors, dis-moi, combien de fois t'es-tu glissé dans mes pensées ? Qu'y as-tu lu exactement ? Combien de fois es-tu venu me voir sous la forme d'un loup ? Ne m'as-tu pas écoutée babiller à loisir ? Me l'as-tu laissée, cette liberté à laquelle tu tiens tant ? M'as-tu donné le choix ? Tu savais que je répondais aux critères et tu as pris tout ton temps pour peser le pour et le contre, pour décider de la voie à suivre !

— C'est faux ! s'exclama vivement Liam. J'ignorais que tu étais une Halfelin. Je ne l'ai compris que lorsque tu m'as parlé de ton arrière-grand-mère.

— Je vois. Alors jusqu'à ce moment-là, tu te contentais de jouer avec moi. A moins que tu ne m'aies considérée comme une porte de sortie au cas où tu déciderais de renoncer à la charge de ton père.

— C'est ridicule...

— Je ne trouve pas. Tu as dû être bien étonné lorsque tu as réalisé que j'étais une Halfelin. Une cousine qui te désirait, qui était prête à te tomber dans les bras. J'ai été si naïve. J'ai accepté tout ce que tu me donnais sans me poser de questions, sans imaginer un seul instant que, pendant tout ce temps, tu étais occupé à planifier ton propre avenir...

Rowan s'interrompit pour reprendre haleine. Elle se sentait profondément humiliée. Liam s'était servi d'elle alors qu'elle lui faisait confiance, qu'elle aurait été prête à tout pour lui. L'énormité de sa trahison lui donnait le vertige.

— Tu te trompes, Rowan. Je tenais à toi. Je tiens toujours à toi...

Elle pâlit, comprenant qu'il ne réalisait même pas à quel point il était en train de la faire souffrir.

— Sais-tu seulement combien c'est insultant ? articula-t-elle. Combien c'est humiliant d'entendre la personne que l'on aime vous dire qu'elle *tient* à vous ? Tu t'es joué de moi, Liam ! Tu ne m'as laissé aucune chance... Tu savais pourtant combien j'étais vulnérable en venant ici.

— Oui. Et c'est justement pour cela que...

— Que tu m'as offert un travail ? railla-t-elle. En sachant que j'étais folle de toi ? Ne crois-tu pas que c'était un cadeau empoisonné, Liam ? Une façon de me garder sous le coude en attendant d'avoir fait ton choix ? Ensuite, tu as franchi une étape en me révélant qui tu étais. Puis qui j'étais. A ton rythme. Toujours à ton rythme. Et, chaque fois, je faisais exactement ce que tu attendais de moi. Tu t'es conduit exactement comme Alan et comme mes parents, Liam ! Tu as essayé de me façonner telle que tu voulais que je sois !

— Ce n'est pas vrai, protesta-t-il, furieux, en l'agrippant par les épaules. Je pensais à toi. Je pensais même beaucoup trop à toi, si tu tiens à le savoir ! Et je me suis efforcé de faire ce qui était juste.

Comme il prononçait ces mots, Liam sentit une violente décharge d'énergie remonter le long de ses bras et il fut violemment projeté en arrière. Stupéfait, il observa Rowan, se demandant comment elle avait pu utiliser son pouvoir sans même qu'il puisse l'anticiper.

— Je ne te laisserai pas me violenter ! déclara-t-elle froidement.

Elle était encore sous le choc de ce qu'elle venait de faire. Jamais elle n'aurait pensé utiliser un jour contre lui le don qu'il lui avait révélé.

— Je suppose que tu n'avais pas prévu cette possibilité-là, reprit-elle. Tu pensais sans doute que je t'écouterais sagement et que je m'en remettrais à ta décision.

Liam la contempla avec un étonnement croissant. Ses yeux étincelaient de colère et, en cet instant, elle était aussi belle que terrible.

— C'est pourtant bien à moi de faire ce choix, objecta-t-il.

— Oh, oui ! Tu dois décider si tu es prêt ou non à accepter la charge de ton père. Mais ne t'imagine pas que je resterai assise bien sagement en attendant de savoir si tu veux me garder ou te débarrasser de moi ! Les gens ont toujours pris les décisions à ma place mais ce temps est révolu !

— Rowan, je ne suis ni tes parents, ni Alan, protesta-t-il. Les circonstances sont entièrement différentes...

— Peu importent les circonstances ! J'en ai assez d'être guidée et aiguillée à longueur de temps. Je ne peux plus le supporter. J'ai passé ma vie à obéir, à me croire faible. Evidemment, tu ne peux pas comprendre ce que cela signifie. Toi, tu as toujours connu ta puissance. Mais moi, je pensais ne rien valoir, n'avoir aucun talent. Aujourd'hui, je sais que je me trompais et je suis bien décidée à prendre ma vie en main !

— Rowan, plaida Liam, tout ce que je voulais allait dans le sens de ce que tu voulais toi-même.

— Presque tout ! Ce que je désirais le plus au monde, c'était que tu m'aimes, Liam. Juste pour moi, qui et quoi que je sois. Je n'y croyais pas mais je ne pouvais m'empêcher d'espérer...

Ses yeux se brouillèrent de larmes et Liam sentit toutes ses défenses s'écrouler, le laissant impuissant face à la détresse qu'il percevait en elle. Si seulement il avait trouvé les mots pour lui dire ce qu'il avait vraiment sur le cœur...

— Ne pleure pas, Rowan. Je ne voulais pas te faire de mal.

— Je sais, soupira-t-elle, sentant un mélange de désespoir et de lassitude la submerger. C'est ce qui rend cette situation d'autant plus pathétique. Je t'ai dit que je t'aimais mais tu n'es pas capable de me répondre la même chose. C'est aussi simple que cela...

Elle ravala courageusement ses larmes et se redressa fièrement.

— A partir d'aujourd'hui, c'est moi qui déciderai de

mon propre destin, Liam. Tu n'auras plus qu'à t'occuper du tien.

Se détournant brusquement, elle se dirigea vers la porte.

— Où vas-tu ? demanda-t-il, se sentant gagné par la panique.

— Où il me plaira. J'ai été ta maîtresse, Rowan, mais jamais ton amante. Je ne peux pas me contenter de cela. Même pour toi...

Elle se retourna et le regarda droit dans les yeux.

— J'ai remis mon cœur entre tes mains et tu n'as pas su quoi en faire. Je n'ai pas besoin de magie ni de boule de cristal pour te dire que tu n'en auras plus jamais d'aussi dévoué que le mien.

Sur ce, elle franchit le seuil et disparut de sa vie. Et Liam comprit qu'il ne s'agissait pas d'une simple prophétie mais bien de la plus cruelle des vérités.

Après son retour à San Francisco, il fallut une semaine à Rowan pour régler tous les détails pratiques concernant son prochain départ. Sans surprise, elle découvrit que la ville n'avait guère changé durant les mois qu'avait duré son absence. Elle, par contre, était différente.

Elle ne tarda d'ailleurs pas à s'apercevoir que ce n'était pas vraiment la ville qui l'avait rendue amère et insatisfaite, mais la place qu'elle-même occupait en son sein. Sachant qu'elle n'y vivrait probablement plus jamais, elle revisita tous les souvenirs qui y étaient attachés, bons comme mauvais.

— Tu es certaine que tu as pris la bonne décision ? lui demanda Belinda quand elle vint lui rendre visite.

Rowan sourit à son amie. A présent qu'elle connaissait son secret, elle avait compris bien des choses qui lui avaient jusqu'alors semblé un peu étranges chez elle.

— Non, répondit-elle gravement. Mais j'ai décidé de partir quand même.

Belinda hocha la tête, songeant que Rowan s'était métamorphosée au cours des dernières semaines. Elle était devenue plus forte mais il y avait aussi une profonde souffrance en elle.

— Je me sens un peu responsable, soupira-t-elle.

— Tu ne l'es pas du tout, protesta Rowan sans hésiter.

Belinda contempla la chambre presque vide de la jeune femme. Elle avait donné tous ses meubles, s'était débarrassée de tout ce qu'elle estimait superflu pour ne garder que quelques valises. Seuls ses livres étaient soigneusement emballés dans des cartons, dans la cave de ses parents.

— C'est pourtant moi qui t'ai envoyée là-bas...

— Non. Je t'ai demandé si tu pouvais me prêter ta maison et tu as accepté gentiment.

— Il y a tout de même certaines choses que j'aurais pu te dire.

— Tu ne pouvais pas savoir ce que j'étais, Belinda. Et, de toute façon, je ne t'aurais pas crue.

— Si j'avais su que Liam serait aussi stupide...

Elle s'interrompit et soupira.

— J'aurais dû le savoir. C'est l'homme le plus entêté et le plus irritant que j'aie jamais connu ! D'un autre côté, s'il est si borné, c'est souvent parce qu'il essaie de faire de son mieux...

— Je sais. Mais il faut croire que cela ne suffit pas toujours. Parfois, il faut savoir écouter son cœur et non sa tête. S'il m'avait fait confiance, s'il avait cru en moi, les choses seraient peut-être différentes aujourd'hui. S'il m'avait aimée, je suis certaine qu'elles le seraient...

— Es-tu certaine que ce n'est pas le cas ?

— La seule personne dont je puisse être sûre, c'est

moi-même. C'est la chose la plus cruelle et la plus précieuse que j'ai apprise de lui.

— Tu as pu discuter avec tes parents ?

— Oui... Enfin, j'ai essayé... D'une certaine façon, cela s'est moins mal passé que je ne le craignais. Ils étaient stupéfaits et très déçus que je m'en aille et que j'abandonne l'enseignement. Ils ont essayé de m'en dissuader, bien sûr...

— Je m'en doutais un peu, remarqua Belinda en souriant.

— Que veux-tu ? C'est dans leur nature. Mais nous avons beaucoup parlé, plus que nous ne l'avions jamais fait. Je leur ai expliqué pourquoi je partais, ce que je voulais faire et pourquoi... Je leur ai dit tout ce que je pouvais décemment leur dire sans passer pour une folle.

— Tu n'en as même pas parlé à ta mère ?

— Je n'ai pas pu. Quand j'ai fait allusion à mon arrière-grand-mère et au fait qu'elle avait bien fait de me donner le même prénom, elle n'a pas paru comprendre ou n'a pas voulu comprendre. Je crois que notre héritage n'a pas sa place dans le monde dans lequel elle vit...

— Alors elle ne saura jamais qu'elle aussi est une Halfelin ?

— Cela bouleverserait sa vie. Or elle est heureuse, à sa façon... Je pense qu'il est beaucoup trop tard.

— Tu as sans doute raison, acquiesça Belinda.

— Ce qui compte vraiment, c'est que mes parents aient compris les raisons principales de mon brusque revirement. Et je crois que j'ai enfin accepté le fait que ce qui comptait le plus pour eux, au fond, c'est que je sois heureuse.

— C'est normal, ils t'aiment.

— Oui. Et beaucoup plus, sans doute, que je ne l'avais cru jusqu'à aujourd'hui.

— Et Alan ?

— Eh bien, il semblerait qu'il se soit consolé dans les bras d'une belle mathématicienne. Ma mère m'a même avoué qu'elle les avait invités à dîner et qu'ils paraissaient faits l'un pour l'autre.

— Tu ne lui en veux pas ?

— Pourquoi ? C'est quelqu'un de bien et il mérite de trouver le bonheur.

— Toi aussi.

— C'est vrai. Et telle est bien mon intention. Je suis très excitée à l'idée de ce voyage, Belinda. Terriblement nerveuse mais très excitée... Me rendre en Irlande est un vrai saut dans l'inconnu. Mais j'aime le fait de ne pas savoir où j'irai et ce que je ferai.

— Tu commenceras par le château des Donovan à Clare, n'est-ce pas ? Pour rencontrer les parents de Morgana, Sebastian et Anastasia.

— Oui. Et je te remercie de les avoir contactés de ma part. Ils m'ont répondu qu'ils seraient ravis de m'accueillir aussi longtemps que je le désirerais.

— Je suis sûre que tu les aimeras beaucoup.

— Moi aussi. J'espère que la réciproque sera vraie. Et que j'en apprendrai plus sur mon don.

— J'en suis convaincue. En tout cas, tu me manqueras, cousine.

Belinda serra affectueusement Rowan contre son cœur.

— Mieux vaut que j'y aille avant de me mettre à pleurer comme une madeleine. Appelle-moi, écris-moi ou communique par magie mais reste en contact, d'accord ?

— Promis, répondit Rowan en la raccompagnant jusqu'à la porte.

Elles s'étreignirent une dernière fois.

— La bénédiction de la Déesse sur toi, Rowan, lui dit Belinda avant de s'éclipser, la larme à l'œil.

Très émue, la jeune femme ferma la porte et se retrouva seule dans son appartement vide. Il ne lui restait plus rien à faire. Le lendemain, elle partirait pour l'Irlande, en route vers sa nouvelle famille et les racines dont elle ignorait encore tout. Là-bas, elle prendrait le temps de les découvrir et de se trouver elle-même.

Elle avait déjà commencé à poser les premières fondations de sa nouvelle personnalité. Restait à bâtir les murs et le toit... Quant à Liam, il continuerait à la hanter jusqu'à n'être plus qu'un souvenir. Mieux valait vivre seule qu'avec quelqu'un qui ne pouvait accorder sa confiance.

On frappa alors à la porte et elle alla ouvrir, s'attendant à trouver Belinda. Mais, à son grand étonnement, elle se retrouva face à une femme magnifique aux longs cheveux blonds.

— Bonsoir, Rowan. J'espère que je ne vous dérange pas.

La jeune femme reconnut aussitôt l'accent de sa visiteuse inattendue, de même que les yeux dorés qu'elle avait légués à son fils.

— Pas du tout, Arianna. Entrez, je vous en prie.

— Je n'étais pas sûre d'être la bienvenue, remarqua la mère de Liam en pénétrant dans l'appartement. Après tout, mon fils s'est conduit comme un imbécile...

— Je suis ravie de faire votre connaissance. Et désolée de ne pouvoir vous offrir une chaise.

— Ainsi, vous partez. C'est bien ce que j'avais cru comprendre. Je suis venue vous apporter un cadeau qui vous sera utile durant votre voyage, je l'espère.

Elle tendit à Rowan une belle boîte de bois de rose. A l'intérieur se trouvaient des fusains de couleur.

— Finn m'a dit que vous vouliez vous y essayer...

— Il ne fallait pas.

— Disons que c'est une façon de vous remercier pour le superbe dessin que vous m'avez offert.

— Je suis surprise que vous soyez venue me voir après la dispute que j'ai eue avec votre fils, remarqua Rowan.

Arianna sourit et balaya cette remarque d'un geste de la main.

— Lui et moi nous sommes souvent disputés et je sais qu'il est impossible de ne pas s'emporter contre lui de temps à autre… Il a la tête plus dure qu'un mur de brique. Mais son cœur est tendre.

Rowan détourna les yeux pour cacher la tristesse qui s'y lisait.

— Je ne voulais pas vous mettre mal à l'aise, s'excusa Arianna.

— Cela ne fait rien, soupira la jeune femme en gagnant le plan de travail de la cuisine pour y déposer son cadeau. Il est votre fils et vous l'aimez. C'est parfaitement naturel…

— C'est vrai. Je l'aime malgré tous ses défauts. Mais je suis désolée qu'il vous ait fait du mal. Lorsque je l'ai appris, j'ai failli lui mettre une bonne paire de gifles !

Rowan ne put s'empêcher de sourire, amusée par ce brusque changement d'humeur.

— L'avez-vous déjà fait ? demanda-t-elle avec un brin de malice.

— Evidemment ! Avec Liam, il n'y a guère le choix. Il n'a jamais été facile, vous savez. Si je vous racontais le quart de ce qu'il a fait, vous n'en reviendriez pas. Je pense qu'il tient de son père. Remarquez, pour être tout à fait honnête, Finn est convaincu que c'est de moi qu'il a hérité son caractère impossible. Mais si je n'étais pas dotée d'un minimum de tempérament, ces deux-là m'auraient déjà avalée toute crue.

Les yeux des deux femmes se croisèrent et, à la profonde stupeur de Rowan, ceux d'Arianna se remplirent de larmes.

— Je suis désolée, murmura-t-elle. Je ne voulais pas regarder mais je n'ai pas pu m'en empêcher… Vous l'aimez toujours, n'est-ce pas ?

— Cela ne change rien, répondit Rowan en faisant mine de se détourner.

Mais Arianna lui saisit les mains et les serra dans les siennes.

— Au contraire, s'exclama-t-elle, cela change tout ! L'amour est la chose la plus importante au monde. Vous êtes assez sage pour le savoir. Vous savez, lui aussi souffre, Rowan.

— Arianna...

— C'est votre décision et elle n'appartient qu'à vous. Mais je tenais à ce que vous le sachiez. Vous lui manquez énormément.

— Mais il ne m'aime pas.

— Si tel était le cas, il n'aurait pas commis autant d'erreurs, croyez-moi ! Je le connais bien, Rowan. Son cœur est à vous si vous le voulez vraiment. Et je ne dis pas cela parce que j'aimerais le voir prendre la place de son père. Quelle que soit la personne qu'il ait choisie, Halfelin ou non, elle aurait été accueillie à bras ouverts dans notre famille. Alors ne tournez pas le dos au bonheur par fierté. La fierté est une bien triste compagne lorsqu'on est malheureux...

— Vous me demandez donc d'aller vers lui ?

— Je vous demande juste d'écouter votre cœur. Rien de plus, rien de moins.

Rowan entoura sa poitrine de ses bras, luttant contre la sensation de froid qui l'avait brusquement envahie.

— Je l'aime encore, avoua-t-elle. Je crois que je l'aimerai toujours. Je crois qu'une partie de moi l'a su dès l'instant où je l'ai rencontré. Je lui ai offert mon cœur.

— Et il en aurait pris soin comme il le devait s'il n'avait pas eu aussi peur.

— Il ne me fait pas confiance.

— Non, Rowan. C'est à lui-même qu'il ne fait pas confiance.

Cette fois, la jeune femme hésita longuement avant de parler.

— S'il m'aime, déclara-t-elle en regardant Arianna droit dans les yeux, il faudra qu'il me le dise. Il devra m'accepter comme une égale. Je ne me contenterai de rien de moins que cela.

Arianna sourit, les yeux brillant de joie.

— C'est juste, Rowan. Alors vous êtes décidée à aller le trouver ?

— Oui, soupira la jeune femme. Mais je vais avoir besoin de votre aide pour cela...

Le loup filait plus vite que le vent à travers les bois. La lune n'était qu'un pâle croissant dans le ciel étoilé mais ses yeux étaient perçants et la lumière incertaine qu'elle lui offrait lui suffisait amplement à se repérer dans cet environnement qu'il connaissait presque aussi bien que lui-même.

Son cœur était aussi lourd que son pas était léger. Il ne dormait quasiment plus, passant des nuits entières à courir dans la forêt pour échapper à ses propres rêves. Car, dans ceux-ci, c'était elle qu'il voyait.

Atteignant les falaises, il s'arrêta enfin et leva les yeux vers le ciel pour émettre un hurlement de détresse. Il appelait sa compagne sans espoir de la voir revenir. Il pleurait celle qu'il avait perdue à jamais.

Combien de fois s'était-il reproché sa propre attitude à son égard ? Mais il était trop tard pour revenir en arrière. On ne réécrivait jamais le passé. Il avait bien essayé de rejeter la faute sur elle, de se convaincre qu'elle était trop impulsive, trop passionnée, trop imprévisible. Mais lui-même n'était pas dupe de ces mensonges maladroits qui ne soulageaient en rien sa souffrance.

Se détournant des falaises, il reprit sa course solitaire, accélérant l'allure comme s'il avait voulu s'épuiser jusqu'à ne plus pouvoir penser à rien. Pourtant, ce soir-là, un murmure presque indistinct lui revenait comme un écho douloureux.

L'amour attend.

Il gronda, défiant le vent qui se moquait de lui. Mais celui-ci portait sur ses ailes une odeur tragiquement familière qu'il reconnut aussitôt.

Rowan.

Etait-il en train de perdre pied ? La fatigue avait-elle eu raison de ses sens, provoquant de cruelles hallucinations au sein de son esprit fiévreux ?

L'amour attend.

Cette fois, il distingua une lueur encore lointaine. Pressant le pas, il s'élança dans la direction du cercle de pierre. Et comme il l'atteignait enfin, il s'immobilisa brusquement, contemplant sans y croire la silhouette qui se trouvait en son centre.

Elle portait une longue robe noire et ses cheveux détachés flottaient sur ses épaules qui paraissaient plus blanches encore contre le tissu. A ses poignets, des bracelets d'argent faisaient entendre leur tintement. A ses oreilles il vit des boucles du même métal. A son cou pendait un médaillon en pierre de lune.

Elle se tenait droite auprès du feu qu'elle avait allumé au moyen de sa magie et elle lui souriait.

— Tu as besoin que je te gratte derrière les oreilles, Liam ? lui demanda-t-elle, moqueuse.

Elle vit un éclair de colère passer dans les yeux dorés de l'animal mais ne se départit pas de son sourire. Le loup se fit alors homme et s'approcha du cercle.

— Tu es partie sans même laisser un mot, lui dit-il, accusateur.

— J'ai pensé qu'il y en avait eu bien assez entre nous.

— Mais tu es revenue…

— On dirait bien, répondit-elle froidement. Je vois que tu portes l'amulette. T'es-tu finalement décidé ?

— Oui. J'assumerai mes responsabilités quand elles m'échoiront. Toi aussi, tu portes la tienne.

— Le symbole de l'héritage que m'a légué mon arrière-grand-mère, acquiesça Rowan en serrant la pierre dans sa main.

Elle sentit un mélange de calme et de puissance s'insinuer en elle, lui donnant le courage de poursuivre.

— Je l'ai acceptée comme je me suis acceptée.

Liam brûlait de la toucher mais il n'osait le faire, réalisant combien elle avait changé au cours de ces derniers jours, combien elle était devenue forte.

— Je vais bientôt retourner en Irlande, annonça-t-il.

— Vraiment ? fit-elle d'une voix amusée. Je compte moi-même m'y rendre. A vrai dire, je pars demain matin. C'est pour cela que je suis revenue. Je voulais en finir une fois pour toutes.

— Tu vas en Irlande ? s'exclama Liam, interloqué.

Qui était donc cette femme si calme, si posée, si sûre d'elle ? se demanda-t-il. Où était passée la Rowan hésitante qui doutait d'elle-même et se cherchait à tâtons ?

— Oui, répondit-elle. Je veux savoir d'où je viens. C'est un petit pays mais il est tout de même assez grand pour que nous puissions ne pas nous croiser, si c'est ce que tu veux.

— Je veux que tu reviennes ! s'exclama-t-il sans même prendre le temps de réfléchir.

Il étouffa un juron et plongea les mains dans ses poches. En dépit de son attachement viscéral à la liberté et à l'indépendance, il venait implicitement d'avouer à quel point il avait besoin d'elle. Mais il ne le regrettait pas. Car à quoi servirait la liberté si elle lui ôtait toute possibilité de trouver le bonheur ?

— Je veux que tu reviennes, répéta-t-il d'une voix plus assurée.

— Pour quoi faire ? demanda-t-elle en haussant un sourcil dubitatif.

Nerveusement, il passa une main dans ses cheveux, comprenant qu'elle ne se contenterait pas de faux-semblants.

— Je vais reprendre ma place au sein de la famille et je veux que tu sois à mes côtés, déclara-t-il.

— Ce n'est pas aussi simple que cela, Liam.

Il retint un nouveau juron et serra les dents. Le contrôle qu'il exerçait sur lui-même ne tenait plus qu'à un fil mais il était toujours là.

— Très bien, soupira-t-il. Je t'ai fait du mal et j'en suis désolé. Ce n'était pas mon intention mais je te présente mes excuses.

— Crois-tu que cela suffise ? Penses-tu vraiment que je vais te tomber dans les bras simplement parce que tu t'excuses ?

Il tiqua, blessé par la dureté du ton qu'elle avait employé. Mais n'était-ce pas ce qu'il méritait ?

— Que veux-tu que je te dise ? J'ai commis une erreur. De nombreuses erreurs, même. Et il m'en coûte de l'admettre.

— Il le faudra bien, pourtant. Tu as pris tout ton temps pour décider si je te convenais et si je répondais aux objectifs que tu te fixerais. Alors que tu ignorais tout de mon héritage, tu as envisagé de te servir de moi pour échapper à tes responsabilités. Même lorsque tu as découvert la vérité, tu n'as pas été capable de me rendre ce que je t'offrais.

— Ce n'est pas aussi simple que cela ! protesta-t-il.

Il soupira, réalisant brusquement que cet argument ne changeait rien. Au fond, elle avait raison : il avait été incapable de prendre sa décision en son âme et conscience et avait profité de ce qu'elle lui donnait sans s'engager à son égard.

— Ou peut-être que si, soupira-t-il, vaincu.

Elle se détourna tristement mais il se précipita à sa suite sans réfléchir.

— Ne pars pas !

Rowan lui fit de nouveau face, le regardant droit dans les yeux.

— Ne m'abandonne pas de nouveau, la supplia-t-il. Sais-tu seulement ce que j'ai ressenti lorsque je suis venu te trouver le lendemain de notre dispute et que j'ai découvert que tu avais disparu ?

Il passa les mains sur son visage pour chasser le souvenir de ce moment atroce.

— La maison était déserte. Il ne restait que ton odeur et elle me rendait fou. J'ai voulu partir à ta poursuite, te ramener de force auprès de moi, te dire combien j'avais besoin de toi...

— Mais tu ne l'as pas fait, objecta-t-elle.

— Non, répondit-il en la regardant droit dans les yeux. Parce que j'ai compris que tu avais raison. J'avais fait tous les choix pour nous. Celui-ci était le tien et je devais vivre avec. Maintenant, je te demande humblement de ne pas me laisser de nouveau, de ne pas m'imposer ça. Tu comptes énormément pour moi.

— Je *compte* pour toi ? répéta-t-elle. Ce sont des mots bien faibles pour une demande aussi lourde de conséquences. Si c'est tout ce que tu as à m'offrir...

— Je t'aime ! s'exclama-t-il, brusquement terrifié à l'idée qu'elle pourrait disparaître de nouveau. Bon sang, Rowan, tu sais bien que je t'aime !

— Comment veux-tu que je le sache si tu ne me le dis pas ? articula-t-elle d'une voix enrouée par l'émotion. Tu sais que je n'ai pas le don de double vue.

— Très bien ! s'écria-t-il, enragé par le contrôle absolu qu'elle exerçait sur elle-même. Alors je te le dis encore : je t'aime. Je t'ai aimée dès que je t'ai vue. J'ai essayé de me convaincre que ce n'était pas vrai, que je devais te laisser du temps, me laisser du temps… J'ai même réussi à m'en persuader. Mais il n'y a jamais eu que toi, Rowan.

La jeune femme l'écoutait en silence, incapable de museler la joie sauvage qui l'envahissait tout entière, qui faisait déborder son cœur et se répandait en elle. Liam, quant à lui, s'était mis à faire les cent pas comme un animal en cage.

— Je n'en avais pas envie ! s'exclama-t-il avec rage. Je n'en avais pas besoin !

Elle se demanda si elle devait se sentir insultée ou flattée par ce combat désespéré qu'il menait contre lui-même.

— Non, lui dit-elle enfin, consciente du pouvoir qu'elle avait sur lui. Moi non plus, d'ailleurs…

Il la fusilla du regard.

— J'étais parfaitement satisfait de la vie que je menais !

— Ça, par contre, ce n'est pas vrai, protesta-t-elle. Tu étais insatisfait et tu n'avais plus goût à rien, tout comme moi.

— C'est vrai, acquiesça-t-il. Tu étais malheureuse. Et aujourd'hui, tu essaies de me faire dire que j'aurais dû en profiter pour obtenir ce que je voulais de toi, te révéler à brûle-pourpoint la nature de mon héritage et du tien alors que tu ne savais même plus où tu en étais et t'emmener ensuite en Irlande pour t'épouser. Crois-moi, tu aurais perdu la raison bien avant cela ! Alors je ne regrette pas de ne pas l'avoir fait.

Il haussa les épaules d'un air fataliste.

— Tu prétends que je t'ai trompée et tu as peut-être raison. Mais tu avais besoin de temps tout autant que moi. Lorsque je suis venu te voir sous la forme d'un loup, c'était pour te réconforter et t'offrir mon amitié.

— Tu oublies que tu me faisais l'amour en rêve. Ce n'est pas précisément de l'amitié.

— Ce n'était que des rêves, Rowan. Et tu les appréciais autant que moi, je te rappelle.

— Je n'ai jamais dit le contraire. Mais déjà, à l'époque, tu ne m'avais pas demandé mon avis et tu avais fait le choix pour nous deux.

— C'est juste. Et je le ferais encore aujourd'hui parce que je te désire plus que tout au monde, parce que j'ai souffert le martyre quand tu étais loin de moi. A tel point que je suis prêt à te demander pardon aujourd'hui pour des choix que j'ai faits et dont je suis toujours persuadé qu'ils étaient les bons.

— Soit, concéda-t-elle, stupéfaite par cette soudaine humilité. Mais tu ne m'as pas encore dit ce que tu attendais de moi, à présent…

— Je pense pourtant avoir été assez clair. Veux-tu que je te supplie ?

— Oui, répondit-elle en le défiant des yeux.

Dans les siens, elle lut successivement de la surprise, de la colère puis un autre sentiment qu'elle ne parvint pas à identifier. Lorsqu'il s'approcha d'elle, elle réalisa qu'elle était parcourue d'irrépressibles frissons.

S'immobilisant alors à quelques centimètres de la jeune femme, Liam s'agenouilla pour la première fois de sa vie.

— Alors, je te supplie, Rowan, plaida-t-il en lui prenant la main. Si c'est ce que je dois faire pour te reconquérir…

— Liam…, protesta-t-elle.

— Si je dois m'humilier, laisse-moi au moins aller jusqu'au bout, l'interrompit-il. Je n'ai jamais cru que tu étais quelqu'un d'ordinaire ou de banal. Je ne t'ai jamais jugée faible. Ce que je voyais en toi, c'était une femme au cœur tendre, trop tendre parfois pour penser à elle-même. Tu es la femme que je désire, celle que j'aime. J'ai désiré d'autres femmes, j'ai cru en aimer certaines mais je n'ai jamais eu besoin d'elles. J'ai besoin de toi, Rowan. Sans toi, je ne suis plus que l'ombre de moi-même. Alors je te supplie à genoux de revenir auprès de moi.

Trop émue pour pouvoir articuler le moindre mot, la

jeune femme se contenta de le regarder d'un air éperdu et tous deux restèrent longuement silencieux. Liam à genoux et elle debout, lui tenant la main.

— Pourquoi ne me l'as-tu pas demandé avant ? interrogea-t-elle enfin sans pouvoir retenir les larmes qui roulaient le long de ses joues. Pourquoi avoir attendu tout ce temps ?

— Parce que je suis têtu, arrogant et sans doute complètement idiot, répondit-il en souriant. Mais je t'aime.

— Moi aussi je t'aime, murmura-t-elle en s'agenouillant en face de lui.

— Je veux que nous soyons tout l'un pour l'autre, lui dit-il d'une voix que l'émotion rendait presque rocailleuse. Je veux que tu sois ma femme, que nous partagions un même toit, que nous construisions un foyer tous les deux. Et, si la Déesse le veut, que nous ayons des enfants ensemble. Qu'elle me soit témoin, Rowan Murray, les loups aiment pour la vie et je veux devenir ton époux.

Il pressa doucement ses mains contre ses lèvres brûlantes avant de relever vers elle ses yeux dorés.

— Je ne veux nulle autre que toi. Tu m'as dit un jour que je tenais ton cœur dans le creux de ma main et que je n'en aurai jamais un autre aussi dévoué. Je remets le mien entre tes mains et je te retourne ta promesse, Rowan. Personne ne t'aimera jamais autant que moi.

— Je reçois ton cœur, Liam, souffla-t-elle, le sien battant à tout rompre. Entre ces pierres sacrées, en présence de la Déesse et des quatre éléments, je te promets de le chérir jusqu'à mon dernier souffle. Je suis à toi à jamais. Tel est mon choix et ma promesse.

— Alors à partir de cet instant, nous ne formons plus qu'un, déclara Liam d'une voix solennelle.

Se penchant vers elle, il l'embrassa avec une tendresse infinie qui portait en germe le bonheur de toutes les années à venir.

Agenouillés au milieu du cercle de pierre au fond des bois silencieux, ils formaient un bien étrange tableau qu'observaient de loin une biche blanche et un hibou au plumage argenté.

L'amour enfin était au rendez-vous.